KNAUR

Kate Thompson

DIE BIBLIOTHEK DER HOFFNUNG

Roman

Aus dem Englischen von
Anja Schünemann

KNAUR

Die englische Originalausgabe erschien 2022 unter dem Titel
»The Little Wartime Library« bei Hodder & Stoughton,
an Hachette UK company.

Besuchen Sie uns im Internet:
www.knaur.de

Aus Verantwortung für die Umwelt hat sich die Verlagsgruppe
Droemer Knaur zu einer nachhaltigen Buchproduktion verpflichtet.
Der bewusste Umgang mit unseren Ressourcen, der Schutz unseres
Klimas und der Natur gehören zu unseren obersten Unternehmenszielen.
Gemeinsam mit unseren Partnern und Lieferanten setzen wir uns
für eine klimaneutrale Buchproduktion ein, die den Erwerb von
Klimazertifikaten zur Kompensation des CO_2-Ausstoßes einschließt.
Weitere Informationen finden Sie unter: www.klimaneutralerverlag.de

MIX
Papier | Fördert gute Waldnutzung
FSC® C014496

Deutsche Erstausgabe März 2023
Knaur Taschenbuch

Redaktion: Gisela Klemt; lüra – Klemt & Mues GbR
Covergestaltung: ZERO Werbeagentur, München
Coverabbildung: Nach einem Entwurf von Becky Glibbery.
Collage unter Verwendung von Rekha / Arcangel und Elle Moss / Arcangel
Satz: Daniela Schulz, Gilching
Druck und Bindung: GGP Media GmbH, Pößneck
ISBN 978-3-426-52986-7

2 4 5 3 1

Für die Freundinnen aus dem East End,
die nicht mehr unter uns weilen.
Die Sprenkel Sonnenlicht im Schatten.
Trish. Minsky. Dot. Jessie. Ann.

Mit Dank an alle Bibliothekarinnen und Bibliothekare, ehemalige wie aktive, mit denen ich viele erhellende Stunden lang plaudern durfte. Ihre Liebe gilt nicht nur den Büchern, sondern auch den Menschen.

Und auch für die Mädels meines eigenen Bücherklubs,
die das Jahr 2020 verwandelt haben.
xx

Wir werden große Mengen billiger Unterhaltungsliteratur benötigen. Der Soldat wird ein Buch im Marschgepäck tragen; der Zivilist wird Bücher wollen, um sie am Kamin zu lesen. Wir sind ein lesendes Volk, und der Krieg wird die Nachfrage nach Büchern noch steigern.

Frederick J. Cowles, Chefbibliothekar des Swinton and Pendlebury Library Service

Prolog

7. September 2020

Menschen kommen in die Bücherei,
um die Welt zu verstehen.

Carol Stump, Präsidentin von Libraries Connected und
Chefbibliothekarin des Kirklees Council

Eine alte Frau geht in der U-Bahn-Station Bethnal Green über den Bahnsteig Richtung Westen. Wegen ihrer Arthritis kommt sie nur quälend langsam voran.

»Mum, können wir bitte wieder gehen?«, fragt ihre älteste Tochter Miranda, die sich Mühe gibt, ihre Ungeduld zu verbergen. Sie erwartet später eine Lieferung vom Online-Supermarkt, außerdem lechzt sie nach einem Kaffee. »Jetzt mitten in der Pandemie sollten wir uns besser nicht in öffentlichen Verkehrsmitteln aufhalten.«

»Ts.« Ihre Mutter winkt mit ihrem Gehstock ab. »Du kannst ja gehen, wenn du willst, aber ohne mich.«

Miranda wirft ihrer jüngeren Schwester Rosemary einen Blick zu und verdreht die Augen. Himmel, ihre Mutter ist manchmal wirklich schwierig. »Eine Naturgewalt«, wie ihr Ex-Mann sie einmal beschrieben hat.

»Zieh wenigstens deine Maske über die Nase, Mum«, verlangt Rosemary, doch die ältere Dame beachtet die beiden gar nicht. Beharrlich setzt sie ihren Weg fort.

Am Ende des Bahnsteigs halten alle drei inne und starren in die gähnende schwarze Mündung des Tunnels.

»›Wir reinigen unser Streckennetz regelmäßig mit antiviralem Desinfektionsmittel‹«, liest die alte Dame halblaut von einem Plakat an der Tunnelwand ab. »Nun, das ist nichts Neues. Im Krieg haben sie das jede Nacht getan.«

»Du bist im Krieg hierhergekommen?«, fragt Miranda und hat ihren Latte augenblicklich vergessen.

»Wir haben hier unten gelebt.« Ihre Mutter lächelt schief – ihr Gesicht ist seit dem Schlaganfall etwas verzogen. »Eure Tante Marie hat hier sogar Stepptanz gelernt.«

Miranda presst besorgt die Lippen zusammen. »Da bringst du sicher etwas durcheinander, Mum. Die Leute haben nur während des Blitz in der Station übernachtet.«

»Ich mag etwas eingerostet sein, aber im Oberstübchen bin ich noch gut beisammen!«, fährt die alte Dame sie an, und ihre Stimme ist scharf wie ein Messer. Sie liebt ihre Töchter heiß und innig, aber sie kann es nicht leiden, wenn die beiden sie nicht für voll nehmen und tun, als sei sie senil.

Sie schließt die Augen. Gedanken strömen in ihr Bewusstsein, marschieren auf wie eine Blaskapelle. *Hitze. Blut. Rauch.*

Erinnerungen, die sie tief vergraben hatte, von denen sie annahm, sie seien zu Staub zerfallen, drängen jetzt wieder an die Oberfläche, scharf und unaufhaltsam. Sie stolpert, ihr Gehstock fällt mit lautem Klappern auf den Bahnsteig. Ein paar Pendler schauen erschrocken auf, dann wenden sie sich wie die Lemminge wieder ihren Smartphones zu.

»Setz dich, Mum.« Rosemary ist sofort bei ihr und führt sie zu einer Bank unter dem Schild mit dem Namen der Station, Bethnal Green. »Wir bringen dich am besten nach Hause.«

»Nein!«, widerspricht sie unwirsch. »Erst müssen wir die Bücherei finden.«

Ihr entgeht nicht, dass ihre Töchter über den Rand ihrer Masken hinweg vielsagende Blicke wechseln.

»Mum«, sagt Rosemary langsam und zeigt nach oben. »Die Bücherei ist oberirdisch. Wir sind hier in der U-Bahn, hast du das vergessen?«

»Genau genommen ist es zurzeit gar keine Bücherei«, fügt Miranda hinzu. »Es ist ein medizinisches Zentrum für COVID-19-Impfstoffstudien. Ich habe es auf dem Weg hierher gesehen.«

Eine Bahn der Central Line fährt ein und stößt einen Schwall heißer Luft aus. Der Kopf der alten Dame ist müde, ihre Gedanken sind träge und verworren. Was soll dieses Gerede, dass es ein medizinisches Zentrum sei und keine Bücherei? Sie kennt sich in dieser Welt nicht mehr aus.

»Mrs Rodinski?«

Zwei Männer in den Warnwesten der Verkehrsbetriebe und mit glänzenden Plastikvisieren vor den Gesichtern kommen auf sie zu.

»Ja, das bin ich.«

»Mein Name ist Peter Mayhew, ich bin der Pressesprecher, und dies ist Grant Marshall, der Stationsvorstand. Danke, dass Sie uns kontaktiert haben.«

»Ich danke Ihnen, junger Mann, dass Sie mir mein Eigentum zurückgeben wollen. Mir liegt sehr viel daran.«

»Das kann ich mir vorstellen«, sagt der Pressesprecher, der wittert, dass diese Geschichte gute Publicity hergeben könnte.

»Wie alt sind Sie eigentlich, Mrs Rodinski?«, erkundigt sich der Stationsvorstand. »Wenn die Frage nicht zu indiskret ist.«

»Ganz und gar nicht. Ich bin achtundachtzig. Ich habe einen großen Teil meiner prägenden Jahre in diesem Tunnel zugebracht.«

»Meine Güte, Sie haben sich aber wirklich gut gehalten«, bemerkt er kichernd.

»Junger Mann, ich bin eine Frau und kein Baugerüst. Was ist nun, haben Sie meine Briefe?«

»Mum, was hat das alles zu bedeuten?«, will Rosemary wissen. Doch ihre Mutter nimmt die Frage gar nicht wahr, denn der Pressesprecher hält plötzlich einen Klarsichtbeutel mit einem Bündel Briefe in der Hand und überreicht ihn ihr.

»Wir haben sie kürzlich bei Renovierungsarbeiten gefunden, in einer Nische hinter den Kacheln in diesem Tunnel.«

Sie nickt. »Dort war früher die Rückwand der Bücherei.«

Ihre Hände zittern ein wenig, als sie sie aus den Taschen zieht. Sie nimmt das Päckchen, das mit einem cremefarbenen Band verschnürt ist, und hält es an die Nase. »Sie riechen noch immer nach der Bücherei.«

»Wir würden uns sehr freuen, wenn Sie bereit wären, der BBC ein Interview zu geben und ein wenig davon zu erzählen, wie es für Sie ist, diese Briefe aus der Kriegszeit wiederzubekommen.«

»Selbstverständlich, aber zuerst würde ich gern ungestört mit meinen Töchtern sprechen.«

»Natürlich. Kommen Sie doch bitte zu mir, bevor Sie gehen.«

Die Männer entfernen sich, und die alte Dame wendet sich Rosemary und Miranda zu. Die beiden sind sichtlich verwirrt.

»Das hier«, sagt sie und hält das Briefbündel hoch, »ist der Grund, weshalb wir hier sind. Ich dachte, ich hätte sie für immer verloren.«

Gerüche können Vergessenes wieder heraufbeschwören. Der muffige Geruch des alten Papiers hat in ihrem Geist Schleusen geöffnet, und Erinnerungen stürmen auf sie ein. Sie hört das helle Lachen von Kindern, die durch die Tunnel rennen. Das leise Rascheln von Buchseiten. *Plonk.* Eine Faust haut einen Stempel in ein Büchereibuch. Ein Bücherwagen quietscht. Sie hat wieder den Geruch von Karbol in der Nase, dem Desinfektionsmittel des 20. Jahrhunderts. Es sind die Gerüche ihrer persönlichen Geschichte.

Doch tief unten, noch tiefer als diese Tunnel, verstecken sich die *anderen* Erinnerungen. Ein Gedanke lässt ihr deshalb keine Ruhe: Was, wenn dieses Virus sie dahinrafft? Manchmal kommt es ihr vor, als sei es gar nicht die Frage, *ob*, sondern lediglich, *wann*. Wenn sie sterben sollte, ohne ihren Töchtern die Wahrheit erzählt zu haben, dann würde ihre Geschichte mit ihr enden, und dieser Verrat wäre doch gewiss viel schlimmer als die Geheimnisse, die sie all die Jahre bewahrt hat?

Wie hat Clara einmal zu ihr gesagt?

Jeder Mensch stirbt zweimal. Einmal, wenn sein Herz aufhört zu schlagen, und noch einmal, wenn sein Name zum letzten Mal ausgesprochen wird.

Es ist an der Zeit, ihre Geheimnisse aus dem Krieg ans Licht zu holen.

»Es war feige von mir, euch nicht die ganze Wahrheit zu sagen«, gesteht sie leise und nimmt ihre Maske ab. »Ich werde euch alles erzählen. Beginnen wir in der Bücherei.«

1

3. März 1944

CLARA

Ich fand immer schon, Bibliothekare sollten sich bemühen, ihre Kundschaft zum Lesen zu ermutigen, ohne dabei zu werten. Es geht darum, dass die Leute ihr Leseerlebnis genießen. Wer wären wir, darüber zu urteilen, was für ein Erlebnis das ist?

Alison Wheeler, MBE, ehemalige CEO der Suffolk Libraries, Bibliotheksaktivistin und Kuratorin des Bibliotheksverbands CILIP

»Ist Weinen in der Bücherei erlaubt?«

»Lieber Himmel! Wo kommst du denn so plötzlich her?« Clara blinzelte gegen die Tränen an. »Ich dachte, ich hätte abgeschlossen!«

Es war nicht gerade schicklich für eine Bibliothekarin, dabei ertappt zu werden, wie sie mit roten Augen und Rotznase neben ihrem Wagen mit zurückgegebenen Büchern flennte.

Clara schaute über den Tresen. Ein kleines Gesicht blickte ihr entgegen, die Augen hinter dem langen Pony verborgen. »Entschuldige, Liebes, wollen wir noch einmal neu anfangen? Ich heiße Clara Button, ich bin hier die Bibliothekarin.«

»Hallo. Ich bin Marie.« Das Mädchen pustete nach oben, sodass der Pony sich teilte und neugierige braune Augen zum Vorschein kamen.

»Möchtest du ein Lutschbonbon, Marie?«

»Sind Süßigkeiten denn hier erlaubt?«

»Ich habe einen geheimen Vorrat an Zitronenbonbons.« Sie zwinkerte. »Für Notfälle.«

Die Augen wurden groß.

»Wusste ich's doch, dass das deine Lieblingssorte ist.«

Marie griff blitzschnell nach der Süßigkeit und stopfte sie in den Mund. »Woher hast du das denn gewusst?«

»Ich weiß immer, was die Leute am liebsten mögen.«

»Wetten, du weißt nicht, welches mein Lieblingsbuch ist?«

»Wetten doch? Mal sehen. Wie alt bist du?«

Marie hielt acht Finger dicht vor Claras Gesicht.

»Acht, das ist ein wunderbares Alter!«

Clara ging in die Abteilung für Kinderbücher und krabbelte mit den Fingern flink über die Buchrücken wie eine Spinne. Marie grinste, das Spiel gefiel ihr.

Claras Finger verharrten kurz bei *Black Beauty* – zu traurig –, wanderten dann weiter zu *Aschenputtel* – zu rosarot – und blieben schließlich auf *Der Wind in den Weiden* liegen.

»Habe ich recht?«

Das Mädchen nickte. »Ich mag den Kröterich am liebsten.« Maries Blick glitt voller Verlangen über Claras sorgfältig gepflegten Bücherbestand. »Hier drin ist es wie in Aladins Höhle.«

Clara glühte vor Stolz. Sie hatte fast drei Jahre gebraucht, um nach der Bombardierung ihre Bücherei hier so weit aufzubauen.

»Darf ich das ausleihen? Ich konnte meins nicht mitnehmen.«

»Wurdest du evakuiert?«

Marie nickte. »Mein Vater ist auf Jersey geblieben.«

»Das tut mir leid. Du vermisst ihn bestimmt.«

Die Kleine nickte wieder und zwirbelte ihr rotzverklebtes Ärmelbündchen um die Finger.

»Meine Schwester sagt, ich darf nicht darüber reden. Kann ich denn Bücher ausleihen?«

»Aber ja, ich werde dir einen Leseausweis ausstellen«, erwiderte Clara. »Wenn du deine Mum bittest, zu mir zu kommen und das Anmeldeformular auszufüllen. Ich müsste dazu nur ihren Übernachtungsschein sehen.«

»Sie kann aber nicht kommen. Meine Schwester hat gesagt, ich soll sagen, sie hat immer viel zu tun, weil sie kriegswichtige Arbeit macht.«

»Oh, na, dann kann deine Schwester vielleicht fünf Minuten erübrigen.«

»Warum hast du eigentlich vorhin geweint?«, nuschelte Marie und schob das Zitronenbonbon in die andere Wange, die sich ausbeulte wie bei einem Hamster.

»Weil ich traurig war.«

»Und warum?«

»Weil ich jemanden vermisse, der mir viel bedeutet hat, das heißt, eigentlich drei Menschen.«

»Ich auch. Ich vermisse meinen Vater … Kannst du ein Geheimnis für dich behalten?« Maries glänzende Augen wurden noch größer. Vielleicht hatte die Süßigkeit ihr die Zunge gelöst oder die Aussicht auf *Der Wind in den Weiden*, jedenfalls spürte Clara, dass dieses kleine Mädchen dringend jemanden brauchte, dem es sich anvertrauen konnte.

»Großes Ehrenwort«, versprach sie und hob die Schwurhand. »Bibliothekarinnen können wunderbar Geheimnisse hüten.«

»Meine M–«

»Marie Rose Kolsky!«, fiel ihr eine scharfe, helle Stimme von der Tür her ins Wort. »Was denkst du dir dabei, dich hier herumzutreiben!«

Clara wandte sich zum Eingang um und schaute in das blasse, ernste Gesicht eines weiteren Mädchens.

»Es tut mir wirklich leid, Miss, meine Schwester hätte Sie nicht behelligen sollen. Ich habe ihr gesagt, dass sie an unserem Schlafplatz auf mich warten soll.«

»Ich wollte aber die Gutenachtgeschichte hören«, protestierte Marie.

»Sei nicht albern, Marie, die Bücherei ist geschlossen.«

»Nein, nein, deine Schwester hat schon recht«, unterbrach Clara, die das Bedürfnis hatte, das kleine Mädchen zu verteidigen. »Wir halten hier in der Bücherei jeden Abend um sechs eine Vorlesestunde. Nur heute Abend muss sie leider wegen einer Feierlichkeit ausfallen. Aber schaut doch gern morgen wieder herein.«

»Vielleicht. Komm jetzt, Marie.«

Die Größere packte ihre kleine Schwester am Arm und zerrte sie zur Tür. *»N'en soûffl'ye un mot.«* Clara verstand kein Französisch, aber ihr war klar, dass Marie einen Rüffel bekam.

»Komm wieder, ich lege das Buch für dich zurück.«

Doch die beiden waren schon fort, ihre Schritte hallten über den Bahnsteig Richtung Westen.

Clara schaute den Mädchen neugierig nach. Sie gingen gerade am Theater des Shelter vorbei. Marie lief hüpfend mit, halb von ihrer Schwester mitgeschleift. Sie trug zwei verschiedenfarbige Socken und Turnschuhe. Die Ältere wirkte steif und zugeknöpft. Gar nicht wie die meisten jungen Mädchen, die Nacht für Nacht in dem überfüllten, lärmigen Bethnal Green Underground Shelter schliefen. Die Minsky Agombars und Pat Spicers dieser Welt hatten ein loses Mundwerk und ein affektiertes Gehabe. Jeden Abend, wenn Clara die Bücherei abschloss, sah sie sie in Scharen bei ihren metallenen Stockbetten versammelt, wo sie verschwörerisch tuschelten oder sich mit den Nähnadeln ihrer Mütter gegenseitig Ohrlöcher stachen. Diese hier war anders. Nun, in ihrer kleinen unterirdischen Bücherei bekam Clara die unterschiedlichsten Menschen zu sehen.

Jetzt verschwanden die Schwestern in der Düsternis der von beißenden Gerüchen erfüllten U-Bahn-Station. Im Café in der Schalterhalle eine Ebene höher brieten Dot und Alice gerade Fisch zum Sabbat für die jüdischen Bewohner des Shelter, der Geruch zog von oben herunter und mischte sich in den Karbolgestank. Hier unten in den Tunneln konnte man die Luft schneiden.

Mit einem tiefen Seufzer besann Clara sich darauf, dass ihr kaum noch Zeit blieb, ihr Gesicht in Ordnung zu bringen und ihre Schminke aufzufrischen. Ihr graute schon vor dem Auftritt, der ihr bevorstand.

Ihr düsterer Blick fiel auf die Abendausgabe des *Daily Express,* die aufgeschlagen auf dem Büchereitresen lag.

BLITZ ENTFACHT LESEFIEBER, lautete die Schlagzeile auf der Titelseite, darunter war eine grässliche Fotografie von ihr abgedruckt und als Bildunterschrift: *Perle der Bibliothek geht unter die Erde.*

Perle der Bibliothek?

Der Artikel darunter war noch schlimmer.

Die junge, kinderlose Witwe Clara Button leistet ihren Beitrag zu den Kriegsanstrengungen, indem sie die einzige unterirdische Bücherei Großbritanniens leitet. Diese befindet sich über den U-Bahn-Gleisen in der als Notunterkunft genutzten Station Bethnal Green. Als die Zentralbibliothek des Stadtteils in der ersten Woche des Blitz ausgebombt wurde, wobei der leitende Bibliothekar Peter Hinton tragischerweise ums Leben kam, fand sich die Kinderbibliothekarin Mrs Button unverhofft in der Führungsrolle wieder. In Ermangelung männlicher Kollegen trat sie tapfer in die Bresche und sorgte dafür, dass 4000 Bände in die

U-Bahn-Station verbracht wurden. Dort, 24 Meter unter der Erde, wurde unter ihrer Leitung eine provisorische Bunker-Bibliothek eingerichtet.
Unsere barbarischen Feinde mögen finster entschlossen sein, London in Schutt und Asche zu legen, doch unter den Straßen der Stadt versieht Mrs Button unerschütterlich ihren Dienst und versorgt ihre Mitmenschen mit packender Lektüre, um sie auf andere Gedanken zu bringen, wenn oben die Bomben fallen.

Die Worte »kinderlose Witwe« waren der Anlass gewesen, weshalb sie vorhin geweint hatte. Die Beschreibung traf natürlich zu, aber war es denn nötig, ihren Status so unverblümt dem ganzen Land kundzutun?

Clara dachte wieder an Duncan, und die Trauer bohrte sich tief in ihr Herz wie ein glühendes Messer. Mehr bedurfte es nicht. Die Erinnerung an sein Gesicht, als er in der Tür stand, im Begriff, in den Krieg zu ziehen, die Stiefel auf Hochglanz poliert, aufgeregt wie ein Kind bei einem Sommerfest. Fragen rankten sich durch ihren Geist wie Unkraut.

Woran hatte er in den Augenblicken vor seinem Tod gedacht? Hätte sie ihre Anstellung in der Bücherei aufgeben sollen? Wie lange würde das Lügengebäude halten?

»Nein!«, schalt sie sich selbst und presste die Fäuste auf die Augen. »Damit fangen wir jetzt nicht an. Nicht ausgerechnet heute.« Einmal am Tag gründlich ausweinen, und niemals in der Bücherei. Das waren ihre Regeln, und eine davon hatte sie bereits gebrochen. Außerdem – wer hier in Bethnal Green trug nicht eine Zentnerlast an Trauer? Die Leute brauchten den Anblick einer fröhlichen, strahlenden Bibliothekarin, nicht das hier.

Ein Geräusch an der Tür ließ Clara aus ihren düsteren Gedanken aufschrecken.

»Verdammich noch mal, wir haben März, aber draußen ist es so kalt, dass einem Eisbären der Schwanz abfrieren würde …«

Ein riesiges Tablett mit Sandwiches und Würstchen im Schlafrock landete krachend auf dem Tresen.

»Knochenschinken, echte Butter … Nicht schlecht. Dot vom Café hat sich auf einen Handel eingelassen … Ich habe ihr versprochen, dass sie nächste Woche doppelt so viele Bücher ausleihen darf. Moment mal, du bist ja noch gar nicht fertig! Der Fotograf von der *Picture Post* ist schon im Anmarsch.« Eine schmale Hand griff flink nach dem *Daily Express* mit dem Artikel, den Clara eben gelesen hatte.

»Fantastisch, oder? Allerdings hat dich der Fotograf nicht gerade von deiner Schokoladenseite erwischt. Du siehst aus wie ein Schluck Wasser in der Kurve«, stellte Ruby mit schonungsloser Offenheit fest. »Wir müssen dich zurechtmachen, damit das bei den nächsten Bildern besser wird.«

»Danke, Rubes!« Clara musste lachen.

Ruby Munroe war ihre beste Freundin und seit einiger Zeit ihre Bibliotheksgehilfin. »Ungelernt, nicht qualifiziert wie unsere Clara«, erzählte sie jedem, der es wissen wollte oder auch nicht. »Ich bin dumm wie Bohnenstroh.« Doch das stimmte nicht. Ruby besaß mehr Schneid und mehr Grips als die meisten Männer, die Clara kannte. Ihre beste Freundin seit der Grundschule kam spielerisch durchs Leben, alles schien einfach an ihr abzuperlen, und sie hatte mehr Chuzpe als der durchschnittliche Bethnal Greener. In Rubys Welt war nichts unmöglich, alles ließ sich irgendwie einfädeln und aushandeln.

Es stimmte, dass Clara die Bücher auswählte, auch die Katalogisierung und das Leihsystem lagen in ihrer Hand, sie kümmerte sich um die komplizierteren Anfragen und die bibliografischen Recherchen. Aber Ruby mit ihrer sozialen

Intelligenz war diejenige, die zu den unterschiedlichsten Leuten einen Draht fand, denn in die Bücherei kamen Menschen jedweden Schlags.

»Ach, Liebes, du hast ja geweint.« Ruby löste das Kopftuch über ihrer hoch aufgetürmten Frisur und verzog das Gesicht. »Hast du an ihn gedacht?«

Clara nickte.

»Duncan oder Peter?«

»Eigentlich an beide. Es ist wegen dieser Auszeichnung – ich musste daran denken, wie gern die beiden heute Abend dabei gewesen wären.«

Ruby schüttelte den Kopf. »Dieser Abend gehört dir, Clara Button. Wir paffen noch schnell eine – ja, ich weiß, in der Bücherei ist Rauchen verboten, aber heute Abend kannst du wohl mal eine Ausnahme machen. Und während du das hier anziehst« – sie kramte in ihrer Netztasche und förderte etwas völlig Unmögliches in Feuermelderrot zutage –, »mixe ich uns einen kleinen Muntermacher.«

Claras Magen krampfte sich zusammen. »Ich glaube, ich kann das nicht.«

»Ach was, mit zwei Aspirin und einem Gin geht alles, Cla!« Ruby steckte sich grinsend eine schwarze Sobraine an und goss je einen reichlichen Schuss klarer Flüssigkeit aus einem Flachmann in zwei Marmeladengläser. »Du hast das halbe East End zum Lesen für den Sieg angestiftet. Die Leute wollen sich nur bei dir bedanken. Schlechte Zeiten sind gut für Bücher«, fuhr sie fort, dann leerte sie ihr Glas mit einem großen Schluck und schüttelte sich. »Teufel auch, das Zeug hat's in sich. Du bist ein unverzichtbares Rad im Getriebe der Kriegsmaschine, also genieße deine große Stunde, Mädchen.«

»Aber Rubes, findest du nicht auch, dass die Sache einen seltsamen Beigeschmack hat – ich meine, diese Auszeichnung ausgerechnet heute Abend zu verleihen?«

»'türlich.« Ruby zuckte die Achseln. »Sie wollen von dem schlimmen Ereignis ablenken. Die guten Seiten des Shelter hervorheben, um seine Vergangenheit zu vertuschen. Das liegt doch auf der Hand.«

»Aber es macht dir nichts aus?«, fragte Clara nach. »Ich meine nach allem, was du und deine Mum durchgemacht habt … und natürlich die Hälfte der Leute in dieser Notunterkunft. Hier unten gibt es doch niemanden, der damals nicht irgendwie betroffen war.«

Ruby lächelte dünn, dann begann sie ihren roten Lippenstift nachzuziehen. »Es ist nun mal passiert. Wer hier im Shelter hätte nicht jemanden verloren? Und jetzt hör auf zu trödeln und zieh dich um.«

»Ich dachte mir, ich könnte einfach das hier anbehalten«, erwiderte Clara und schaute an sich hinunter. Sie trug wie üblich eine Bluse, die in die Hose gesteckt war.

»Du wirst morgen auf den Titelseiten sämtlicher Zeitungen erscheinen, da kannst du nicht aussehen wie eine alte Jungfer, die sich in Büchern verkriecht.«

»So weit ist das aber nicht von der Wirklichkeit entfernt«, bemerkte Clara lachend.

Ruby zog eine geschminkte Augenbraue hoch. »Ich muss doch sehr bitten. Du bist erst fünfundzwanzig.«

»Schon, aber das hier geht entschieden zu weit!« Clara hob das rote Kleid hoch und verzog das Gesicht.

»Darüber können wir reden, während ich dir den Reißverschluss hochziehe.« Ruby zwinkerte, ihre Sobraine zwischen die Zähne geklemmt.

Eine halbe Stunde später – Clara steckte inzwischen in dem Kleid und in Schuhen mit schwindelerregend hohen Absätzen, die Ruby ihr ebenfalls geliehen hatte – herrschte in ihrer kleinen Bücherei ein Gedränge, wie sie es noch nie erlebt hatte: Mehrere Vertreter des Informationsministeriums waren anwesend, dazu Journalisten und die Stammkundschaft der Bücherei. Die gewölbte Decke des unterirdischen Tunnels verstärkte den Lärm, sodass ihr Kopf dröhnte. Nebenan im Theater des Shelter sollte heute Abend ein russischer Opernsänger auftreten. Er sang sich gerade ein, und seine klangvolle Stimme rollte durch den Tunnel der Central Line wie ein U-Bahn-Zug.

Mrs Chumbley, die resolute stellvertretende Leiterin der Notunterkunft, bemühte sich nach Kräften, die Schar neugieriger Kinder aus dem Shelter zurückzuhalten, die lärmend in die Bücherei drängen und von den Würstchen im Schlafrock stibitzen wollten.

Clara erkannte im Getümmel Maggie May und ihre beste Freundin Molly, außerdem Sparrow, Ronnie, Tubby und die übrigen Tunnelratten, wie sie sich selbst nannten. Die Kinder versuchten, auf allen vieren kriechend unbemerkt hereinzukommen.

Clara zwinkerte ihnen zu. Sie hätte jetzt viel lieber ohne Schuhe im Schneidersitz auf dem Boden gesessen und mit den Kindern gelesen, als sich hier so aufgetakelt vorführen zu lassen wie ein Zirkuspony. Sie hatten *Abenteuer der Familie Ruggles* von Eve Garnett gerade zur Hälfte durch, und schon nach wenigen Kapiteln hatten die Eskapaden der Hauptfiguren die Kinder in ihren Bann geschlagen.

»Hinaus!«, dröhnte die Stimme von Mrs Chumbley – sie hatte die kleinen Eindringlinge bemerkt und packte Sparrow am Schlafittchen.

Jemand tippte Clara leicht auf die Schulter. Als sie sich umdrehte, sah sie einen regelmäßigen Besucher ihrer Bücherei vor sich, Mr Pepper, einen älteren Herrn, und seine Frau. Die beiden waren vor drei Jahren ausgebombt worden und lebten nun dauerhaft in der U-Bahn.

»Ich möchte Sie nicht lange aufhalten, meine Liebe«, sagte er. »Meiner Frau ist es hier ein wenig zu laut, deshalb ziehen wir uns an unseren Schlafplatz zurück. Ich wollte Ihnen nur noch rasch zu Ihrer Auszeichnung gratulieren, die haben Sie sich wirklich verdient. Diese Bücherei ist das Beste, was dem Shelter passieren konnte.« Er lächelte, wobei sich um seine Augen ein Netz aus Fältchen bildete.

»Danke, Mr Pepper. Sie sind einer meiner eifrigsten Leser.« Clara warf seiner Frau einen Blick zu. »Es gibt nicht viele, die sich rühmen können, *Krieg und Frieden* in zwei Wochen geschafft zu haben.«

»Früher, bevor wir ausgebombt wurden, hat er jedes Buch verschlungen, das uns ins Haus kam«, erzählte seine Frau. Sie sprach so leise, dass Clara sich vorbeugen musste, um sie zu verstehen. Die ältere Dame roch nach Yardley's Lavender, und ihre Haut sah unglaublich zart aus.

»Der Verlust seiner ganzen Bibliothek war ein harter Schlag, aber als er Ihre kleine Bücherei hier entdeckte, war das für ihn wie ein Lebenselixier, meine Liebe.«

Mr Pepper schaute seine Frau liebevoll an.

»Leider lassen meine Augen nach, ich kann nicht mehr so lesen wie in meiner Jugend. Aber ich gebe zu, diese Bücherei ist mir in den vergangenen Jahren lieb geworden, ich finde hier Trost und Ablenkung. Ich kann gar nicht in Worte fassen, was Sie für mich getan haben, Mrs Button.«

»Ich bitte Sie, Mr Pepper«, sagte sie zwinkernd, »Sie kennen mich nun schon seit drei Jahren, bitte nennen Sie mich doch Clara.«

»Er ist immer so förmlich, das kommt daher, dass er lange Jahre Schulleiter war«, erklärte Mrs Pepper lächelnd. »Davon werden Sie ihn wohl nicht mehr abbringen können, meine Liebe. Bevor wir gehen, muss ich Ihnen noch etwas sagen: Ich habe eine Cousine in Pinner, die einige Bücher abzugeben hat. Sie wollte sie eigentlich der Büchersammlung spenden, aber wir haben sie überredet, sie stattdessen uns zu überlassen, damit wir sie Ihnen für die Bücherei geben können.«

»Oh, das ist ja großartig!«

»Sie ist ein richtiger Bücherwurm, Krimis liebt sie besonders. Sie hat eine ganze Sammlung von Agatha Christie, Dorothy L. Sayers und Margery Allingham. Hätten Sie Interesse?«

»Das fragen Sie noch? Krimis sind neben historischen Liebesromanen unsere beliebtesten Bücher, sie werden uns förmlich aus den Händen gerissen.«

»Dabei sollte man meinen, die Leute würden im wirklichen Leben schon genug Gewalt begegnen«, bemerkte Mr Pepper.

»Es geht wohl um die Spannung, das Rätseln, wer der Mörder ist. Darüber kann man diesen Krieg endlich einmal vergessen«, vermutete Clara.

»Äußerst merkwürdig!«

In diesem Moment trat Mrs Chumbley an die kleine Gruppe heran. Sie war so groß, dass Clara trotz ihrer hohen Absätze zu ihr aufschauen musste. Die arme Mrs Chumbley. Sie war nie verheiratet gewesen, sondern wurde nur aus Höflichkeit mit »Mrs« angeredet. Ihr Gesicht zeigte stets denselben unveränderlichen Ausdruck: Missbilligung.

»Sie bevorzugen wohl romantischere Lektüre?« Mr Pepper lächelte.

»Seien Sie nicht albern.«

»Was lesen Sie denn gern, Mrs Chumbley?«, erkundigte sich Mrs Pepper höflich.

»Lesen?«, schnaubte sie. »Woher sollte ich wohl die Zeit dazu nehmen? Ich habe alle Hände voll zu tun, dafür zu sorgen, dass hier im Shelter alles reibungslos läuft. Tubby Amos, leg sofort das Buch wieder hin!«

»Ich habe nichts dagegen, dass sie –«, setzte Clara an.

»Ich weiß, wo dein Schlafplatz ist, und ich werde mit deiner Mutter reden! Wo war ich? Ach ja, ich werde mit Lesen anfangen, wenn wir Hitler und die Seinen aus der Welt gebombt haben.«

»Kommen Sie schon, Mrs Chumbley, Lesen ist doch wirklich kein übertriebener Luxus«, redete Mr Pepper ihr zu. »Unsere Mrs Button könnte Ihnen gewiss die ideale Lektüre empfehlen. Sie scheint eine besondere Gabe zu besitzen, für jeden Menschen genau das passende Buch auszuwählen.«

Mrs Chumbley schaute Mr Pepper an und war augenblicklich besänftigt. Der ältere Gentleman stand bei den Bewohnern der unterirdischen Notunterkunft in hohem Ansehen, und selbst Mrs C war nicht immun gegen seinen kultivierten Charme.

»Vielleicht«, gab sie halb widerwillig nach. »Aber nur wenn es ein Buch ist, aus dem ich etwas lernen kann. Kürzlich habe ich ein Fachbuch gelesen: *Kriegsverletzungen und Knochenbrüche: Der umfassende Leitfaden.* Es war großartig!«

»Klingt faszinierend«, kommentierte Ruby trocken. Sie hatte sich unbemerkt genähert und zwei Männer mitgebracht, bei denen sie sich rechts und links untergehakt hatte. »Sie sollten sich vor Georgette Heyer in Acht nehmen. Clara, Liebes, tut mir leid, wenn ich störe, aber ich muss dir dringend jemanden vorstellen. Dies ist Minister Rupert Montague, der Leiter der Abteilung Home Publicity im Informationsministerium. Er versucht schon seit einer halben Stunde, mit dir zu sprechen.« Sie wandte sich dem kleineren der beiden Männer zu. Clara mit ihren hohen Absätzen fand sich in der etwas peinlichen Lage, ihn um reichlich zwei Fingerbreit zu überragen.

»Und dies ist Mr Pink-Smythe.«

»Pinkerton-Smythe«, korrigierte er, zog ein Taschentuch hervor und wischte sich damit über den Kopf, was unglücklicherweise den Effekt hatte, dass seine wenigen verbliebenen Haarsträhnen in die Höhe standen wie Antennen.

»Er ist der Vorsitzende des Bibliotheksausschusses, somit unser neuer Chef«, erklärte Ruby.

»Es ist mir ein Vergnügen, Sie kennenzulernen«, begrüßte Clara ihn. »Ich freue mich auf die Zusammenarbeit mit Ihnen.« Sie wandte sich an den Mann vom Ministerium. Dabei wünschte sie insgeheim, sie hätte sich nicht von Ruby überreden lassen, dieses Kleid anzuziehen. »Und willkommen in unserer unterirdischen Bücherei, Herr Minister.«

»*Sie* sind also die Bibliothekarin, von der alle sprechen«, sagte er strahlend und schüttelte ihr begeistert die Hand. »Dieser Ort ist wahrhaftig bemerkenswert. Ich hätte nie gedacht, dass ich in der U-Bahn einmal Bücher statt Zügen vorfinden würde. Wie tief sind wir hier – fünfzehn, zwanzig Meter unter der Erde?«

»Vierundzwanzig Meter. Dies ist der einzige Ort in Bethnal Green, wo man die Bomben nicht hört«, erwiderte Clara stolz.

»Und verzeihen Sie meine Unwissenheit – was ist mit dem Bahnverkehr?«

»Bethnal Green war eine noch im Bau befindliche Station an der östlichen Verlängerung der Central Line, die einmal Liverpool Street mit Mile End verbinden soll«, erklärte Clara. »Als der Krieg ausbrach, wurden die Bauarbeiten eingestellt. Alles wurde abgesperrt und den Ratten überlassen, bis die ersten Bomben fielen.«

»Und wie entstand dann dieses« – er breitete staunend die Arme aus – »unterirdische Dorf? Wenn die Bezeichnung nicht zu albern klingt.«

»Durchaus nicht. Wir alle, die wir hier unten in diesem

anderen London leben und arbeiten, betrachten uns manchmal als Bewohner eines geheimen Dorfes.« Clara schaute sich mit leuchtenden Augen um. »Wir sind alle sehr stolz auf unsere unterirdische Gemeinschaft. Nicht viele U-Bahn-Stationen können sich rühmen, in dreistöckigen Betten Schlafplätze für fünftausend Personen zu bieten, dazu eine Bücherei, eine Bühne für Musik-, Theater- und Tanzaufführungen –«

»Mit einem richtigen Flügel wohlgemerkt«, fiel Ruby ihr ins Wort.

»Genau. Ganz zu schweigen von einer Kinderstube, einem Café, einer Sanitätsstation mit Quartieren für Krankenschwestern und Ärzte, alles unterirdisch«, fuhr Clara fort.

»Wir haben sogar unseren eigenen Friseur hier unten.« Ruby griff sich augenzwinkernd an ihre hoch aufgesteckten Wellen.

»Hören Sie den Opernsänger, der sich nebenan einsingt? Er tritt heute Abend auf. Nächste Woche gibt das Ballett vom Sadler's Wells hier ein Gastspiel.«

»Du meine Güte! Kultur, Bücher und eine richtige Gemeinschaft. Wenn das Leben unter der Erde so viel zu bieten hat, sollte ich vielleicht selbst hierherziehen.«

Clara fing an, sich zu entspannen. Sie redete über nichts lieber als über den Shelter und seine Bewohner. Sie waren eine Gemeinschaft, wenn auch eine sonderbare, hier in der U-Bahn, wo niemand irgendwohin fuhr. Sie hatte eine Kundschaft, die ihr nicht weglaufen konnte. Ihre kleine Bücherei war das Herzstück dieser unterirdischen Siedlung, das kulturelle Äquivalent zu einem Dorfbrunnen.

»Erstaunlich – und wer oben herumläuft, ahnt gar nicht, was unter seinen Füßen liegt«, sinnierte der Minister. »Wie hat es angefangen?«

»Die Bevölkerung hat erwirkt, dass die Station geöffnet wurde«, erzählte Clara begeistert. »Die Menschen haben ihren Stolz, und die Schutzräume an der Straße hätte man keinem Hund zumuten können. Der Vater der kleinen Phoebe hat in der ersten Woche des Blitz die Schlüssel ›organisiert‹« – sie malte mit den Fingern Gänsefüßchen in die Luft –, »und die Familien kamen zu Tausenden, um hier unten Schutz zu suchen.«

Ruby lachte. »Der alte Harry ist ein Spieler durch und durch – er würde noch auf zwei Fliegen wetten, die an der Wand hochkrabbeln. Aber als es um das Leben seiner Familie ging, war er nicht gewillt, ein Risiko einzugehen.«

»Ich glaube kaum, dass der Minister sich für die Gesetzlosigkeit der subversiven Elemente von Bethnal Green interessiert«, warf Mr Pinkerton-Smythe rasch ein.

»Im Gegenteil«, widersprach Montague. »Ich finde das alles ganz faszinierend. Ich weiß, dass man in Whitehall fürchtete, die Leute könnten in eine Bunkermentalität verfallen, sich unter der Erde verkriechen und nie mehr nach oben kommen wollen, aber hier ist das offensichtlich gar nicht der Fall.«

»Als ob wir uns das leisten könnten«, schnaubte Ruby. »Die Leute müssen tagsüber zur Arbeit. Wir sind werktätige Menschen, keine Maulwürfe!«

Der Minister lachte schallend, offenbar sehr angetan von Ruby.

»Haben Sie UV-Lampen«, fragte er weiter, »um den Mangel an Tageslicht auszugleichen?«

»Nein, Sir«, antwortete Clara. »Ich denke, wir haben uns einfach an das unterirdische Leben gewöhnt. Allerdings leiden wir an Katarrh, und die Gerüche in den Tunneln sind mitunter etwas, wie soll ich es ausdrücken, erdig.«

»Aber dagegen hilft ja die allnächtliche Desinfektion«, fügte Ruby hinzu.

»Und wo sind die Latrinen?«, erkundigte er sich.

»Latrinen!«, kreischte Ruby, und Clara versteifte sich.

»Anfangs mussten wir hier unten unsere Notdurft in Kübel verrichten. Jetzt haben wir wenigstens Chemieklos. Eine zivilisatorische Errungenschaft, oder, Cla?«, grölte sie. Ruby war in Bethnal Green berühmt für ihr unverschämt dreckiges Lachen.

»Zuerst schliefen wir alle hier im westlichen Tunnel«, erzählte Clara. »Aber drei Monate nach Beginn der Luftangriffe mietete die Gemeinde die Station offiziell von den Verkehrsbetrieben.«

»Und da kam ich ins Spiel«, fiel Mrs Chumbley ein. »Wir säuberten die Tunnel, tünchten die Wände weiß und bildeten ein Shelter-Komitee. Wenn man etwas auf die Beine stellen will, braucht man schließlich ein Komitee, finden Sie nicht auch?«

»Und Sie sind …?«, fragte Montague.

»Mrs Chumbley, stellvertretende Leiterin des Shelter unter Mr Miller. Außer uns gibt es noch zwölf in Vollzeit beschäftigte Ordnungskräfte, hinzu kommt das Personal der Kinderstube, des Theaters, des Cafés und der Bibliothek.«

»Aber erklären Sie mir doch bitte, weshalb schlafen die Leute denn auch jetzt hier unten?«

»Wegen der Wohnungsnot«, antwortete Clara. »Es gibt viel zu wenige bewohnbare Häuser. Außerdem haben sich die Leute daran gewöhnt und fühlen sich hier unten wohl. Manche Kinder haben nie ein anderes sicheres Zuhause gekannt.« Sie zögerte. »Das heißt allerdings nicht, dass wir hier unten nicht auch unsere Tragödien erlebt hätten. Sie wissen ja vielleicht von –«

»Sollten wir nicht allmählich zur Sache kommen?«, fiel Mr Pinkerton-Smythe Clara ins Wort.

»Sehr gern«, erwiderte der Minister. Er räusperte sich, dann bat er mit erhobener Stimme um Ruhe. »Und nun möchte ich, nach einer kurzen Rede, Ihnen, Mrs Button, diese offizielle Auszeichnung für Ihre Verdienste um das Lesen für den Sieg überreichen.«

Clara unterdrückte ihre Wut. Warum durften sie nie darüber sprechen? Warum musste ihre Trauer stets im Namen der öffentlichen Moral geopfert werden?

Plötzlich stand ihr wieder das Gesicht ihrer Schwiegermutter vor Augen. Das hastige Begräbnis. Sie hörte wieder die Worte des Arztes. *Reißen Sie sich zusammen.*

»Clara …«, zischte Ruby und stieß ihr den Ellenbogen in die Seite. »Alles in Ordnung mit dir?«

»Tut mir leid«, murmelte Clara, atmete langsam aus und griff sich an den Hals.

Ihr neuer Chef, Mr Pinkerton-Smythe, starrte sie forschend an.

Der Minister hatte rasch den Fotografen von der *Picture Post* vor den Büchereitresen geholt.

»Bert, machen Sie doch bitte eine Aufnahme von mir und Clara Button, der Leiterin der einzigen Bücherei Großbritanniens, die in einer U-Bahn-Station betrieben wird. Sie ist das neue Gesicht unserer Kampagne ›Lesen für den Sieg‹.«

»Bin ich das?« Clara blinzelte, als das Blitzlicht sie blendete.

»Aber ja. Diese Bücherei ist in aller Munde. Auch in Whitehall hat man davon gehört …« Er senkte die Stimme. »Sogar Churchill weiß davon. Das ist ein echter Propaganda-Coup.«

»Danke, dass Sie alle heute hier unten bei uns sind.« Stille senkte sich über die Bücherei. Clara sah Mr Pepper und seine Frau zur Tür hinausschlüpfen und wünschte, sie könnte sich ebenfalls davonstehlen.

»Der Feind versucht, Zweifel und Unzufriedenheit unter uns zu säen, um unsere Moral zu zersetzen. Wir müssen stets im Blick behalten, worum es in diesem Krieg eigentlich geht und was auf dem Spiel steht. Zu diesem Zweck sind Bücher unverzichtbar. Die Bücherei des Bethnal Green Underground Shelter leistet unserer Nation einen wertvollen Dienst, indem sie Menschen zum Lesen hinführt und sie mit guter Lektüre versorgt.«

Alle Blicke waren nun auf sie gerichtet, und Clara wäre am liebsten in eines ihrer Bücher gekrochen.

»Als das Bibliotheksgebäude von einer Bombe getroffen wurde und der leitende Bibliothekar ums Leben kam, hätten wohl nicht viele junge Damen den Schneid besessen, in die Bresche zu springen. Da aufgrund der Rationierung von Papier neue Bücher zunehmend knapp werden, gewinnen die aus öffentlichen Mitteln finanzierten Stadtbüchereien wesentlich an Bedeutung.«

Wieder flammten Blitzlichter auf, Reporter kritzelten auf ihre Notizblöcke, und Clara betete, die Rede möge rasch zu Ende gehen. Doch der Minister setzte gerade erst zum Höhepunkt an, dramatisch, als gelte es, die ganze Nation mitzureißen.

»Büchereien sind die Motoren unserer Bildung und unsere Zuflucht vor der harten Wirklichkeit. Nie zuvor spielten sie eine so entscheidende, so prägende Rolle in unserem Leben. Bitte nehmen Sie nun diese Auszeichnung entgegen, die ich Ihnen mit verbindlichstem Dank aus Whitehall überreichen darf.«

Clara ergriff die gerahmte Urkunde. Ihr war klar, dass sie jetzt etwas sagen musste.

»Wir wurden aufgerufen, für den Sieg zu kämpfen, für den Sieg zu graben und für den Sieg zu sparen. Es kann gewiss nicht schaden, wenn wir die Menschen dazu anregen, auch für den Sieg zu lesen«, sagte sie lächelnd.

Applaus brandete durch die Bücherei, und Clara lachte, als

Ruby die Finger in den Mund steckte und einen gellenden Pfiff ausstieß, der selbst den Opernsänger nebenan übertönte. Die Tunnelratten draußen vor dem Eingang johlten lauthals und stampften mit den Füßen. Mrs Chumbley bahnte sich energisch einen Weg durch die Menge zu ihnen.

»Du liebe Güte«, bemerkte der Minister. »Ich dachte immer, Büchereien seien Orte der Stille.«

»Diese nicht«, versetzte Ruby und drückte Clara ein Glas in die Hand. »Hier geht es immer so zu. Vor allem abends, da bieten wir nämlich eine Vorlesestunde für die Kinder an.«

»Vorzüglich. Man muss sie für das Lesen gewinnen, solange sie noch klein sind, dann werden sie es ihr Leben lang beibehalten.«

Clara nickte eifrig. »Genau so ist es. Aber wir haben nicht nur die Bedürfnisse der Kinder im Blick. Wir haben auch ein mobiles Angebot für die jungen Fabrikarbeiterinnen im Stadtteil, jeden Freitagnachmittag machen wir mit unseren Büchern die Runde. Wenn der Berg nicht zum Propheten kommt …«

»… muss der Prophet zum Berg kommen«, beendete der Minister den Satz. »Und dazu haben Sie natürlich den –«

»Bücherbus.«

Clara war sehr stolz auf den alten Morris 25 HP Saloon, Baujahr 1935, eine Spende der Backwarenfabrik Kearley and Tonge an der Bethnal Green Road. Der Bücher-Lieferdienst, die sogenannte Bücherei vor der Haustür, erfreute sich immenser Beliebtheit. Vor allem die Fabrikmädchen waren begeistert, jede Woche mit Liebesromanen versorgt zu werden.

»Ich finde das wirklich großartig, und was Sie hier tun, ist genau das, was man sich in Whitehall wünscht. Bibliothekare müssen sich etwas einfallen lassen und Initiative entwickeln, um die Bevölkerung zum Lesen für den Sieg zu ermuntern.«

Der Minister hatte sich in Fahrt geredet, er wirkte jetzt richtig überschwänglich. »Ich werde vorschlagen, dass die *Times* ein Interview mit Ihnen führt. Die Zeitung beschäftigt sich gerade mit der Arbeit öffentlicher Leihbüchereien in ärmeren Stadtbezirken.«

»Ach, ich weiß nicht …«, erwiderte Clara zögerlich.

»Seien Sie doch nicht so schüchtern, meine Liebe«, redete der Minister ihr zu.

Claras weibliche Intuition sagte ihr, dass Mr Pinkerton-Smythe neben ihr mit dem Verlauf dieses Gesprächs durchaus nicht einverstanden war.

»Herr Minister, unser Ziel sollte doch sein, das Lektüreniveau in unserer Stadt zu heben«, warf er mit schmallippigem Lächeln ein. »Wir haben schließlich eine moralische Verantwortung, einen Bildungsauftrag, nicht wahr, Mrs Button? Heutzutage ist so schrecklich viel …« – er ließ den Blick über Claras Bücherregale gleiten – »… geistiges Opium in Umlauf. Schund. Alberne, seichte Liebesromane. Bücher von Halbgebildeten, geschrieben für Ungebildete.«

Clara spürte, wie ihr die Röte ins Gesicht stieg.

»Mit Verlaub, Sir, dem kann ich mich nicht anschließen. Peter … mein Kollege war überzeugt, der eigentliche Zweck von Büchern sei die Freude am Lesen.«

Sie dachte wehmütig an den Mann, der ihre Liebe zum Lesen genährt hatte. Er hatte auch ihren Eltern zugeredet, sie an der Aufnahmeprüfung der Central Foundation Girls' Grammar School in Spitalfields teilnehmen zu lassen, und sie später ermutigt, ihr Diplom als Bibliothekarin zu machen.

»Wer sind wir, darüber zu entscheiden, was Menschen lesen sollten und was nicht?«, fragte sie eindringlich.

»Da hat sie nicht unrecht, oder?«, sagte der Minister, an Mr Pinkerton-Smythe gerichtet. »Der Krieg hat vielen die Tür zur öffentlichen Bücherei geöffnet, die früher allenfalls eine kostenpflichtige genutzt hätten, und diese Klientel würden wir äußerst ungern wieder verlieren.«

»Hören Sie, Mrs Button«, sagte Mr Pinkerton-Smythe herrisch. »Ich bewundere Ihren jugendlichen Elan, aber wir wollen doch nicht vergessen, dass wir als Bibliothekare in der Pflicht stehen, schlechten Geschmack *nicht* ergeben hinzunehmen und zu bedienen, sondern diesem bedauerlichen Zustand so rasch wie möglich abzuhelfen und unsere Kundschaft zu bilden.«

Clara konnte nicht länger an sich halten.

»Nein!« Sie knallte ihr Glas auf den Büchereitresen. »Da irren Sie! Die Frauen in dieser Unterkunft suchen verzweifelt nach Ablenkung, um der Wirklichkeit zu entfliehen, nicht nach Bildung.«

»Wenn sie nicht mehr die Energie dazu aufbringen, etwas anderes als Schund zu lesen, würden wir ihnen einen echten Dienst erweisen, wenn wir sie daran hindern könnten, überhaupt zu lesen«, schoss er zurück.

»Die Menschen am Lesen hindern!«, rief Clara aufgebracht. »Was soll ich denn Ihrer Meinung nach tun – sämtliche Liebesromane aus dem Verkehr ziehen und vernichten? Soll ich etwa auf dem Bahnsteig eine Bücherverbrennung veranstalten wie Hitler?«

Ruby und der Minister verfolgten das hitzige Wortgefecht in wachsendem Unglauben.

»Na so etwas«, ließ sich der Minister kichernd vernehmen. »Sie sehen, Mr Pinkerton-Smythe, Ihre junge Bibliothekarin ist durchaus nicht geneigt, Dinge ergeben hinzunehmen. Sie hat Leidenschaft und Biss.«

Auf diese Worte folgte ein entsetzlich peinliches Schweigen. Der Minister warf einen Blick auf seine Armbanduhr.

»Sosehr ich angeregte Diskussionen auch schätze, ich muss jetzt weiter. Mein Automobil wartet bereits.«

Er schüttelte allen die Hand.

»Mrs Button, es war mir wirklich eine Freude, Ihre Bekanntschaft zu machen. Mr Pinkerton-Smythe, nehmen Sie sich in Acht. Mir scheint, Sie arbeiten mit explosivem Material, wie? Meine Mitarbeiter melden sich dann wegen des Interviews mit der *Times*.«

»Ich muss auch weg«, nuschelte Mr Pinkerton-Smythe. »Ich komme bald wieder, dann können wir die Unterredung fortsetzen«, kündigte er in giftigem Ton an, ehe er erhobenen Hauptes Claras Bücherei verließ.

»Trink aus«, murmelte Ruby und füllte ihr Glas nach. »Du wirst es brauchen, wenn du siehst, wer eben aufgetaucht ist.«

Clara drehte sich um und erstarrte, das Glas auf halbem Weg zum Mund.

»Mum. Du bist gekommen.«

Die Lippen ihrer Mutter waren schmal wie Bleistiftstriche.

»Bitte sag mir, dass du dich nicht in dieser Aufmachung hast ablichten lassen! Du siehst aus wie ein Flittchen! Dabei trägt deine Schwiegermutter noch immer Trauer.«

»Kannst du dich denn nicht einfach für mich freuen, Mum …?« Die Worte blieben ihr im Hals stecken, als sie sah, wie ihrer Mutter Tränen in die Augen stiegen. Wie machte sie das nur? Sie schien auf Kommando weinen zu können.

»Dem Himmel sei Dank, dass dein Vater das nicht mehr erleben muss«, sagte sie mit erstickter Stimme und zog ein Taschentuch hervor.

Clara schluckte krampfhaft, in ihrem Kopf wirbelten Bilder von ihren Eltern herum, wie sie schluchzend an Duncans Grab standen. Niemand hatte ihr direkt die Schuld an dem gegeben, was geschehen war, aber die vorwurfsvollen Blicke waren schwer zu übersehen gewesen.

Wie oft hatten sie sich seither getroffen? Drei-, vielleicht viermal in vier Jahren? Und dann war da noch diese grässliche Scharade am vorigen Weihnachtsfest gewesen.

»Ich wollte nur, dass du in die Bücherei kommst und siehst, was ich hier aufgebaut habe. Ich dachte, dann könntest du vielleicht besser verstehen, weshalb ich meine Anstellung nicht aufgeben wollte.«

»Nun, ich verstehe es nicht. Es war ein Fehler, überhaupt herzukommen. Ich hatte gehofft, du hättest es dir inzwischen anders überlegt und gekündigt.«

Clara bemerkte die Blicke der Umstehenden und senkte die Stimme.

»Mum, ich brauche meine Arbeit. Ich kann Duncan nicht zurückholen, aber hier unten in der Bücherei habe ich wenigstens die Möglichkeit, Menschen zu helfen.« Sie griff nach der Hand ihrer Mutter. »Außerdem ist das hier jetzt kriegswichtige Arbeit. Ich könnte nicht einfach kündigen, selbst wenn ich es wollte.«

Ihre Mutter zog die Hand weg.

»Du lässt dir nichts sagen, wie? Das war schon immer so, schon als Kind musstest du immer deinen Kopf durchsetzen.« Sie wandte sich zum Gehen.

»Mum, bitte bleib doch …«, bat Clara flehentlich.

»Nein, meine Liebe, tut mir leid. Du hast deine Entscheidung getroffen, und nun musst du damit leben. Ich will nichts mehr mit dir zu tun haben.«

Sie richtete ihr Kopftuch und ging. Es war, als bliebe ihr vernichtendes Urteil hinter ihr im Raum stehen.

Clara sah ihr nach wie vom Donner gerührt, dann schaute sie auf ihre Auszeichnung für Verdienste um das »Lesen für den Sieg« hinunter. Hatte sie soeben ihre Familie für die Bücherei geopfert?

2

RUBY

Als in England die Bomben fielen, suchten die Menschen nach einer Möglichkeit, das Grauen auszublenden und in eine neue Welt zu entfliehen, eine aufregende, fantastische Welt. Zwischen den Buchdeckeln eines Romans konnten sie eine solche Welt finden.

Dr. Robert James, Dozent für Geschichte an der University of Portsmouth

Ruby trat mit dem Fuß das Gestell des letzten Klapptisches ein und schleppte ihn zurück in das angrenzende Lesezimmer. Dann zog sie ihren roten Lippenstift aus dem Ausschnitt und benutzte ein Messer als Spiegel, um ihren Lieblingston, Renegade Red, dick neu aufzutragen.

»Ich denke, wir können das als Erfolg verbuchen«, bemerkte sie und vergewisserte sich mithilfe des Messers, dass sie kein Rot an den Zähnen hatte.

»Meinst du?« Clara stöhnte. »Meine eigene Mutter hat sich von mir losgesagt, und unser neuer Chef hasst mich.«

»Ach, Cla. Du und deine Mum. Ihr seid einfach sehr verschieden. Sie wird sich schon wieder einkriegen.«

Clara schüttelte den Kopf. »Diesmal nicht. Ich glaube, es ist ihr wirklich ernst.«

Ruby betrachtete ihre schöne, umwerfend intelligente, einfühlsame Freundin und fragte sich, wie eine so zutiefst menschliche Person nur von Henrietta Buckley abstammen konnte.

»Und ich habe unseren neuen Chef mit Hitler verglichen!«, fügte Clara seufzend hinzu.

Ruby griff nach der Ginflasche und stellte erschrocken fest, dass sie leer war.

»Zu Recht. Was für ein Gedanke, Frauen das Lesen verbieten zu wollen! So ein aufgeblasener Schwachkopf.«

»Schon, aber ich sollte ihn mir nicht zum Feind machen.«

Ruby warf einen Blick auf die Uhr und schluckte krampfhaft. Es war Zeit. Wie sollte sie das schaffen? Sie hatte nicht annähernd genug getrunken.

Mit leicht zitternder Hand steckte sie sich noch eine Zigarette an.

»Wollen wir jetzt nach oben gehen, Rubes?«, fragte Clara leise. »Es ist Viertel nach acht. In einer Minute geht es los.«

»Ich … ich glaube, ich kann das nicht, Cla. Ich warte lieber hier unten.«

Clara drückte ihre Hand. »Ich bin die ganze Zeit bei dir, versprochen. Komm, lass uns hingehen. Für Bella.«

Bella. Ruby hatte ihren Namen nicht mehr ausgesprochen, seit sie an jenem Abend vor genau einem Jahr gestorben war, doch ihre Gedanken kreisten ständig um ihre ältere Schwester. Unablässig quälte sie sich mit dem Gedanken *Hätte ich doch nur …*

Clara schloss die Bücherei ab, und sie gingen gemeinsam über den Bahnsteig. Ihre Absätze klackten auf dem Betonboden, dann auf den Stufen der Rolltreppe, die außer Betrieb war.

Oben in der Schalterhalle kamen ihnen zwei Männer entgegen, die bewundernde Blicke auf Rubys Kurven warfen. Sie schaute voller Verachtung zurück, dann realisierte sie mit Schrecken, dass sie mit einem der beiden vor mehr als einem Monat an einem ginvernebelten Abend im Bett gelandet war.

»Haben die Sandwiches geschmeckt?«, rief eine kleine Lady mit Schürze, die hinter der Durchreiche des Cafés Tee ausschenkte.

»Köstlich, Dot!«, rief Ruby zurück.

»Du weißt ja, Schätzchen, für dich immer gern. Clara, leg mir was Schönes zurück, ich komme morgen vorbei.«

»Wonach ist dir denn?«

»Nach Errol Flynn und 'nem steifen Gin«, sagte Dot lachend. »Aber wenn du beides nicht auf Lager hast, tut's auch ein Buch.«

»Soll es was Bestimmtes sein?«

Dot zwinkerte ihr durch den Dampf aus ihrer riesigen Teemaschine zu.

»Mir ist alles recht, wenn nur genug geseufzt und gestöhnt wird, Schätzchen.«

»Ich denke, dann könnte Denise Robins' *Gypsy Lover* nach deinem Geschmack sein …«, schlug Clara vor.

»Such du nur für mich aus, Schätzchen, du hast mich noch nie enttäuscht.«

»Gib ihr Denise«, warf Ruby neckisch ein. »Wie könnte eine Frau an einem verregneten Nachmittag zu einem heißblütigen Liebhaber Nein sagen?«

Dot johlte vor Lachen. Ruby wurde bewusst, dass sie mit ihren dreckigen Witzen und ihrem schamlosen Benehmen auf dem besten Weg war, zu einer Karikatur zu werden. Die üppige Blondine von Bethnal Green … Flittchen mit Herz … das Früchtchen mit dem rutschigen Schlüpfer! Seltsam, wie viele Redewendungen es für Frauen gab, die sich nicht an die Regeln hielten. Selbst ihr Spitzname, Ruby Red Lips, klang mehr nach einem gewagten Comic in einem Boulevardblatt als nach einer Frau.

Aber was war die Alternative? Über Nacht grau werden und sich für den Rest ihres Lebens abrackern wie ihre Mutter? Nein, danke. Sie wollte die sexuelle Freizügigkeit auskosten, die in Kriegszeiten möglich war, denn ihr war klar: Wenn der Krieg erst vorbei war, würde so etwas nicht mehr geduldet werden.

»Freches Luder!«, rief Dot. »Macht's gut, Mädels, und passt auf euch auf. Wir sehen uns morgen, so Gott will.«

»Bis morgen«, antwortete Ruby. Dann blieben sie am Fuß der unseligen Treppe stehen.

Clara hielt sie am Arm fest.

»Ich bin bei dir«, murmelte sie.

Ruby hatte plötzlich das Gefühl, nicht mehr richtig atmen zu können. *Nicht jetzt, bitte.* Jetzt war keine Zeit für eine Episode.

Sie kniff die Augen fest zu und ging langsam über das Grab ihrer Schwester. Bellas schönes Gesicht stand ihr vor Augen, und der Schmerz durchbohrte sie wie eine Messerklinge. In der plötzlichen Dunkelheit konnte sie den Bildern nicht entkommen, die sie verfolgten, und sie fühlte sich an jenen regnerischen Mittwochabend zurückversetzt.

Schreie. Dumpfes Poltern. Stöhnen. Warum hatte irgendwer Hunderte nasse Mäntel die Treppe hinuntergeworfen? Dann begriff sie. In den Mänteln steckten Körper. Hunderte sich windende, nach Luft ringende Körper, eine einzige Masse aus Menschenleibern. Gliedmaßen, in unmöglichem Winkel ineinander verknotet, Gesichter, die allmählich lila anliefen. Ein Berg, in dem unmöglich zu erkennen war, wo ein einzelner Körper anfing und ein anderer endete.

Dann war Mrs Chumbley da, beugte sich über den Haufen und zerrte verzweifelt Kinder heraus, riss so heftig an ihnen, dass ihre Schuhe stecken blieben.

»Bella! … Bella!«, hatte Ruby geschrien, hektisch an Händen und Beinen gezogen, um Menschen zu befreien, um ihre Schwester zu finden.

Aber sie hatte sie nicht gefunden. Nicht an diesem Abend. Erst fünf Tage später hatte sie sie in der Leichenhalle entdeckt, das Gesicht übersät mit Stiefelabdrücken, das prächtige rote Haar ausgebreitet wie ein Flammenkranz.

Ruby sah sich selbst von oben, wie sie den leblosen Körper ihrer Schwester in den Armen hielt, die schrecklich kalten Hände rieb, als könnte das Leben in sie zurückkehren. Weinte. Um Verzeihung bat.

»Rubes …?« Claras besorgte Stimme holte sie mit einem Ruck in die Gegenwart zurück.

Tränen strömten ihr übers Gesicht, sie lehnte sich mit dem Rücken an die Wand des Treppenschachts und nickte, sprachlos vor Erschöpfung und Schmerz. Die Angst überflutete sie in riesigen Wellen, in denen sie unterzugehen drohte.

»Ist es wieder passiert?«

Sie nickte. »Ich weiß, was du jetzt sagen willst, Cla«, brachte sie endlich heraus, »aber bitte sag es nicht.«

»Wie lange wirst du dir noch selbst Vorwürfe machen?«, fragte Clara flüsternd.

»Wahrscheinlich bis ich sterbe.« Ruby tat einen zittrigen Atemzug, doch es fühlte sich an, als könne sie nicht genug Luft in ihre Lunge bekommen. Hatte Bella in den Augenblicken vor ihrem Tod dasselbe empfunden?

Ruby schaute auf die schmutzige Betonstufe unter ihren Füßen. Was für ein Ort zum Sterben. Wie eilig die Stadt es gehabt hatte, diese Stufen zu reinigen, sobald die Leichen fortgeschafft worden waren! Eigentlich hätte ihr Zorn ihre Schuldgefühle auslöschen müssen, doch das Gegenteil war der Fall: Er schien sie noch zu steigern.

Ein kleines grünes Pflänzchen war aus einem Riss im Beton gesprossen und reckte sich nach oben ans Licht. Ruby fragte sich, wie irgendetwas wachsen konnte, wo der Nachhall solchen Grauens noch immer spürbar war.

»Rubes, schau mich an«, bat Clara. »Auch wenn du dich nicht verspätet hättest, wäre sie wahrscheinlich trotzdem in das Gedränge geraten.«

»Das werden wir wohl nie erfahren. Komm, lass uns weitergehen.« Ruby tat noch einen flachen Atemzug und versuchte, sich zu fassen. »Sehen wir zu, dass wir hier rauskommen.«

Sie traten blinzelnd ins bläuliche Licht eines stillen Märzabends hinaus. Kein Lufthauch regte sich.

Eine seltsame Stille hatte sich über den Abgang zur U-Bahn-Station gelegt, selbst die Vögel waren verstummt, als seien sie einfach vom Himmel gefallen. Es dauerte eine Weile, bis Rubys Augen sich umgewöhnt hatten, wie immer, wenn sie aus ihrer unterirdischen Welt an die Oberfläche kam. Im Zwielicht erkannte sie, dass sicher mehr als hundert Leute vor dem Eingang zur Station versammelt waren.

Männer mit Tellermützen, Frauen mit schwarzen Kopftüchern. Sogar Feuerwehrleute von den Einheiten für schwere Bergungsarbeiten mit respektvoll gesenkten Köpfen. Sanitäter mit weißen Stahlhelmen waren in Scharen gekommen, wie Ruby überrascht feststellte. Natürlich, sie alle waren an jenem Abend vor Ort gewesen, hatten Bilder gesehen, die sie noch jahrelang im Traum verfolgen würden.

Bethnal Green war das lauteste Stadtviertel der Welt, deshalb war es umso bewegender, den Ort so still und andächtig zu erleben.

Sie hielt in der Menge Ausschau nach ihrer Mum. So viele Gesichter, von Trauer gezeichnet. Da war Maud, deren zwei Töchter, Ellen und Ivy, diese Treppe hinuntergegangen und nie zurückgekehrt waren. Maud selbst hatte überlebt, schien aber entschlossen, sich langsam umzubringen, indem sie sich jeden Abend bis zur Besinnungslosigkeit betrank. Inzwischen gab es kaum noch einen Pub in Bethnal Green, wo sie nicht Lokalverbot hatte. Und dort auf den Stufen vor der Kirche stand Sarah, bleich wie ein Gespenst. Gerüchten zufolge hatte Sarah das tödliche Gedränge ausgelöst, indem sie mit ihrem Baby auf dem Arm am unteren Ende der Treppe gestolpert war. Das Baby war gestorben. Sarah hatte überlebt. Sie war über Nacht ergraut, zu einem Leben verdammt, das die reine Hölle war, und brachte ihre Tage fast nur noch in der St John Church zu.

Neben ihr war Flo, die lautlos weinte. Ihre jüngere Schwester war bei der Massenpanik auf der Treppe zur U-Bahn zu Tode gequetscht worden, die ältere während der Verdunkelung von einem Lastwagen geköpft. Nun stand die mittlere Schwester ganz allein da. In Bethnal Green war man von Leuten umgeben, die auf einem Pulverfass saßen.

Doch Ruby spürte die Trauer über Bellas Tod jetzt, ein Jahr später, nicht mehr glühend heiß. In den Wochen danach hatte sie sich gefühlt wie eine fest zusammengeknüllte Papiertüte. In dem Jahr, das seither vergangen war, hatte sie sich allmählich wieder entfaltet, aber die Knicke blieben.

»Da ist Mum«, flüsterte sie, als sie schließlich Netty vor der ausgebombten Bücherei gegenüber dem Eingang zur Station entdeckte. Ruby bemerkte den Lippenstift und den ramponierten Hut. Der Anblick versetzte ihr einen Stich.

»Du siehst hübsch aus, Mum«, sagte sie, als sie und Clara ihre Mutter erreicht hatten.

»Ich habe mir Mühe gegeben, für unsere Bella.«

Ruby beugte sich hinunter und küsste sie sacht auf die Wange. Dabei fragte sie sich, wann ihre Mutter eigentlich so dünn geworden war.

»Was geschieht jetzt?«, fragte sie.

»Der Pfarrer war da und hat ein Gebet gesprochen. Jetzt legen die Leute Briefe und Blumen ab und so. Das da ist von mir.« Sie zeigte auf ein Marmeladenglas voller hübscher

Tausendschön auf der obersten Stufe. »Nicht viel für ein Leben …«

Ruby hätte nicht sagen können, wie lange sie alle so dastanden, Schulter an Schulter, jeder allein mit seinen Gedanken und doch in ihrer Trauer vereint. Jedenfalls war es genug Zeit für Erinnerungen.

Es ist nicht deine Schuld. Wie oft hatte Clara ihr das gesagt?

Aber wessen Schuld war es denn, dass ihre Schwester und hundertzweiundsiebzig andere Menschen an jenem Abend diese Hölle erlebt hatten, übereinander gefallen und die Treppe hinuntergestürzt waren, bis der Druck ihnen die Luft aus der Lunge gepresst hatte? Nicht Sarahs, so viel stand fest. Gerüchten zufolge hatte die Gemeinde bei der Regierung Gelder angefordert, um die Treppe sicherer zu machen, ein Mittelgeländer anzubringen, die unebenen Stufen auszubessern. Der Antrag war abgelehnt worden. Das Ergebnis der Untersuchung stand noch aus. Vielleicht war es einfacher, die Leute die Schuld auf sich nehmen zu lassen, als nach der Wahrheit zu suchen?

Ruby war schon lange der Meinung, dass im Krieg die Arbeiterklasse als Kanonenfutter herhalten musste. Bis vor einem Jahr war ihr allerdings nicht klar gewesen, dass das nicht nur für das eigentliche Kampfgeschehen galt, sondern auch für die Menschen an der Heimatfront. Allzu lange wurden sie nun schon von den Vertretern der Reichen und Privilegierten herumgeschubst. Die relative Sicherheit des Shelter in der U-Bahn wurde ihnen auch nur zugestanden, weil sie die Sache selbst in die Hand genommen hatten. Sie atmete tief aus und versuchte, sich zu beruhigen.

»Pass doch auf, wo du hinläufst, Kumpel!«

Ruby drehte sich um und sah einen stämmigen Mann mit dunkler Wollfilzjacke, der sich rücksichtslos einen Weg durch die schweigende Menge zu ihnen bahnte.

»Das hat uns gerade noch gefehlt«, seufzte sie. »Ich dachte, er verbringt den Abend mit seinen Kumpanen?«

Netty schien in sich zusammenzusinken. »Er wollte runter zum Hafen, weil da eine Statue von irgendeinem Kaufmann enthüllt wird. Er hat sich in den Kopf gesetzt, dass er mit dem verwandt ist.«

Der Mann hatte sie jetzt erreicht und baute sich mit einem besitzergreifenden Grunzlaut neben Netty auf.

»Hallo, Liebling«, sagte Netty und rang sich ein Lächeln ab. »Ich dachte, du hättest heute Abend etwas vor?«

»Na klar! Kaum kehre ich den Rücken, da kommt es hier anspaziert und produziert sich.«

Es?

»Niemand produziert sich hier, Victor«, entgegnete Ruby scharf. »Wir gedenken der Opfer.«

»Wozu hast du dich so aufgetakelt?«, fragte er und schlug mit der flachen Hand gegen den Hut seiner Frau. »Aus einem Ackergaul kann man ja auch kein Rennpferd machen.«

Er lachte über seinen eigenen Witz.

»Du bist betrunken«, stellte Ruby fest.

»Hast du Geld?«, fragte er, ohne seine Stieftochter zu beachten. Victor Walsh war der zweite Ehemann von Rubys Mutter, sie hatte ihn geheiratet, um sich über den Tod von Rubys Vater hinwegzutrösten. Wie die liebenswürdige Netty ausgerechnet an diesen Mann geraten war, blieb für alle ein Rätsel.

»Tut mir leid, Liebling, ich bin pleite.«

»Aber heute war doch Zahltag.« Er wurde lauter, sodass seine Stimme über die schweigende Menge hallte.

»Tut mir leid, Liebling«, wiederholte sie peinlich berührt.

»Gibst du ihr etwa ihren Lohn nicht?«, wollte er von Clara wissen. Netty machte einmal die Woche in der Bücherei sauber, außerdem arbeitete sie als Reinmachefrau in der

Stadt und hatte eine Teilzeitstelle, bei der sie Kragen wendete.

»Liebling, bitte mach hier keine Szene. Natürlich hat Clara mir meinen Lohn gezahlt, aber das Geld ist schon für Miete, Lebensmittel und ausstehende Rechnungen draufgegangen.«

Wortlos griff Victor nach ihrer Handtasche, zog ihre Geldbörse heraus und öffnete sie.

»Lass sie in Ruhe«, befahl Ruby und riss ihm die Börse aus der Hand. »Selbst wenn sie noch Geld übrig hätte, würde sie es dir bestimmt nicht geben, du Schmarotzer.«

»Gibt es hier Schwierigkeiten, Netty?« Mrs Chumbleys Gestalt ragte über ihnen auf. Victor mochte ein Dreckskerl sein, aber für die stellvertretende Leiterin des Shelter brachte er einen gewissen widerwilligen Respekt auf.

»Alles bestens, nicht wahr, Liebling?«

Netty lächelte verkrampft. »Ja, natürlich, es ist alles in Ordnung, Mrs Chumbley.«

»Wir gehen jetzt nach Hause«, verkündete Victor und legte Netty energisch einen Arm um die Schultern.

»Ich schwöre, lange sehe ich das nicht mehr mit an …«, murmelte Ruby, während sie den beiden nachblickte. »Ich sollte auch gehen und Mum beistehen. Zu Hause wird er ihr die Hölle heißmachen.«

Ruby gab Clara einen Kuss auf die Wange.

»Du warst umwerfend heute Abend, Mädchen. Ich bin so stolz auf dich.«

Clara streichelte ihrer Freundin sacht über die Wange.

»Danke, Rubes. Und denk immer daran: Es war nicht deine Schuld!«

Ruby holte ihre Mum und Victor ein. Auf dem restlichen Nachhauseweg sah sie ihrem Stiefvater an, dass er sich innerlich in seine Wut hineinsteigerte.

Und tatsächlich, kaum dass sie die Wohnung betreten hatten, fing er an, Netty zu triezen.

»Wo bleibt mein Abendessen?«

»Ich mache so schnell, wie ich kann, Liebling«, erwiderte sie und schälte hektisch Kartoffeln. Ruby griff nach einem Schälmesser.

»Ich helfe dir, Mum.«

»Das ist lieb von dir.« Netty lächelte dankbar.

Victor nahm die Zeitung und setzte sich.

»Wenn du heute Abend nicht weggegangen wärst, um dich zu produzieren, bräuchte ich jetzt nicht zu warten.« Er raschelte mit der Zeitung. »Dass mir das nicht noch mal vorkommt!«

»Natürlich nicht, Liebling. Ich wollte nur hingehen, um unserer Bella zu gedenken.«

Er knurrte.

Ignorantes Schwein.

Doch Ruby behielt ihre Gedanken für sich. Sie konnten keinen Streit brauchen, heute Abend am allerwenigsten.

Im Handumdrehen hatte Netty drei Teller mit Spiegelei, Speck und Pommes frites fertig angerichtet.

»Niemand macht so gute Pommes frites wie du, Mum«, bemerkte Ruby anerkennend und träufelte großzügig Essig über ihre. »Findest du nicht auch, Victor?«

»Stimmt«, erwidere er und stopfte sich eine volle Gabel in den Mund, während er weiter in der Zeitung las.

»Ach, da schreiben sie über diesen Kaufmann, mit dem ich verwandt bin«, sagte er.

»Wie hieß er denn?«, fragte Ruby.

»Count Walsh.«

»Nie von ihm gehört. Ich wünschte nur, ich könnte dasselbe auch von seinem angeblichen Nachfahren sagen.« Ruby grinste frech.

Ehe Netty sich beherrschen konnte, entfuhr ihr ein lautes Lachen.

Victor hob ruckartig den Kopf. »Ach, du findest das wohl komisch, wie?«

Netty wurde bleich. »Nein, Liebling, ich habe nicht über dich gelacht, nur über unsere Ruby …« Sie begann zu zittern, während er seinen Stuhl zurückschob und aufstand.

»Weißt du, weil sie so schlagfertig ist, nichts weiter.«

»Dann wollen wir doch mal sehen, wie komisch du das hier findest«, sagte er leise und trat hinter sie.

Rubys Herz fing an zu rasen, das Blut rauschte in ihren Ohren.

»Victor, lass das«, bat sie. »Es war doch nur ein Scherz.«

»Ist das hier auch komisch?«

Damit packte er Netty am Hinterkopf und drückte sie langsam mit dem Gesicht auf den Teller.

Ohne den Blick von Ruby zu lassen, rieb er Nettys Gesicht auf dem Teller hin und her, bis ihre Augen hervorquollen.

»Es tut mir leid«, brachte sie keuchend heraus.

»Um Himmels willen, Victor, hör auf, sie kriegt ja keine Luft!«, schrie Ruby.

Victor riss Nettys Kopf wieder hoch und leerte den Teller darüber, dass Pommes frites und Stückchen von gebratenem Ei auf den Boden fielen.

»Passt auf, was ihr sagt, alle beide. Ich gehe runter ins Camel.«

Damit nahm er die Zeitung und seinen Mantel und stürmte aus der Küche. Er schlug die Tür so heftig hinter sich zu, dass die Schiebefenster schepperten.

Einen Moment lang herrschte entsetztes Schweigen, dann griff Netty nach einem Lappen.

»Bitte, Liebes« – sie hob zitternd eine Hand –, »ich will es nicht hören. Er ist mein Mann, Ende der Geschichte.«

»Mum, bitte … Du musst ihn verlassen.«

»Sei doch so nett und setz den Kessel auf, ich mache uns einen Tee«, murmelte Netty, während sie die Flecken vom Linoleum rieb. »Wir haben allerdings keine Milch mehr. Könntest du rasch zu Mrs Smart runtergehen und fragen, ob sie etwas für uns entbehren kann?«

Ruby hätte schreien mögen. *Ich will keinen verdammten Tee! Ich will, dass du diese Bestie verlässt!* Verzweifelt fuhr sie sich mit beiden Händen durchs Haar. Das hier … das war der Grund, weshalb sie nicht aus Bethnal Green fortgehen konnte. Weshalb sie Zuflucht bei einer Flasche oder im Bett eines Fremden suchte. Manchmal fragte sie sich, ob es sie ohne Clara und die Bücherei überhaupt noch geben würde.

Sie griff nach ihrem Mantel, da fasste ihre Mum sie plötzlich am Arm.

»Du wirst mich doch nicht verlassen, Liebes, oder?«

»Natürlich nicht, Mum.«

»Es ist nur …, seit das mit Bella passiert ist … Ich könnte es nicht ertragen, dich auch noch zu verlieren.« Sie lächelte, einen fiebrigen Glanz in den Augen. »Wir haben doch nur noch uns beide.«

»Ach, Mum.« Ruby umarmte sie so fest, wie sie es wagte. Dabei breitete sich in ihren Eingeweiden schwarzer Zorn aus.

Wie lange sollte es noch so weitergehen? Wie lange würde es dauern, bis sie es nicht mehr aushielt? Ihre Liebe zu ihrer Mutter kam ihr vor wie ein Fluss, über den keine Brücke führte – sie konnte die andere Seite nicht erreichen. Jeder Schlag, jeder Stoß, jedes böse Wort drückte ihre Mutter nur noch tiefer in den schlammigen Boden.

Dieser Mann behandelte Netty nicht wie einen Menschen, er nahm ihr Stück für Stück ihre Würde – was würde am Ende noch übrig bleiben? Von wegen *Schönheit ist die Pflicht der Frau. Klappe halten und weitermachen* wäre in Kriegszeiten ein passenderer Slogan gewesen, wenigstens für Frauen wie sie.

»Ich gehe nirgendwohin«, versprach Ruby und drückte ihrer Mutter einen Kuss auf den Kopf. »Versprochen. Du und ich gegen den Rest der Welt.« Sie löste sich von ihr und lächelte aufmunternd. »Ich besorge uns jetzt die Milch, ja? Und dann trinken wir beide eine schöne Tasse Tee.«

Ruby stieg über die Eireste auf dem Boden hinweg und verließ die stickige Wohnung. Ihr Lächeln erstarb, sobald sie außer Sicht war.

3

CLARA

Bibliothekare müssen allen Widrigkeiten mit unendlicher Geduld und Höflichkeit begegnen. Eine Liebe zu Menschen ist ebenso wichtig wie eine Liebe zu Büchern, wenn nicht noch wichtiger.

Charlotte Clark, Leiterin der Southworld Library

Nachdem Ruby gegangen war, saß Clara noch lange allein im Barmy Park, bis es dunkel war und sie Fledermäuse vom Dach der ausgebombten alten Bücherei huschen sah.

Nach der Gedenkstunde beim Eingang zur U-Bahn mochte sie nicht in ihre winzige Wohnung am Sugar Loaf Walk zurückkehren. Dort in ihren vier Wänden war sie nicht mehr die Bibliothekarin, sondern einfach nur noch Clara, die Witwe.

Nach Duncans Tod hatte sie lange Zeit in der Bücherei übernachtet, umfangen von der Wärme dieser riesigen unterirdischen Gemeinschaft. Ihre behelfsmäßige kleine Bücherei, mit fünfzig Pfund und viel Idealismus zusammengezimmert, hatte ihr das Leben gerettet. Und wahrscheinlich auch den Verstand. Die Arbeitszeiten waren strapaziös, täglich von acht Uhr früh bis neun Uhr abends, wenn im Shelter das Licht abgeschaltet wurde und nur noch die Notbeleuchtung brannte. Nur mittwochs und sonntags hatte sie einen halben Tag frei. Aber die Arbeit hatte sie davor bewahrt, unter der Last ihrer Trauer zusammenzubrechen.

Nach dem heutigen Abend, an dem sie so viele ihrer Kunden mit gesenkten Köpfen in der Menge hatte stehen sehen, wusste sie, dass die Bücherei diesen Menschen ebenso half wie ihr.

Sosehr die Ablehnung ihrer Mutter sie auch schmerzte – das war der Grund, weshalb sie der Bücherei nicht den Rücken kehren konnte … und Ruby auch nicht. Sie beide klammerten sich aneinander, zwei verlorene Seelen, die mit ihrer Vergangenheit rangen.

In der Nähe bellte ein Hund. Clara schaute sich rasch um, aber der Mond war hinter einer Wolke verschwunden, und die Dunkelheit war undurchdringlich wie ein schwarzer Vorhang. Ihr Magen krampfte sich zusammen, leichte Übelkeit stieg in ihr auf. Es war nicht gut, nach Beginn der Verdunkelung noch draußen unterwegs zu sein. Der Blackout Ripper, wie der Mörder und Vergewaltiger in Soho genannt wurde, war zwar längst gefasst, aber seine Taten waren für alle Frauen eine Warnung gewesen, nicht im Dunkeln allein aus dem Haus zu gehen.

Clara zog ihren Mantel fest um sich und tastete sich am Geländer entlang zurück zum Tor des Parks. Als sie den Sugar Loaf Walk erreichte, schlich sie durch die finstere Gasse weiter. Die Häuser, die aus dem vorigen Jahrhundert stammten, waren innen vielfach unterteilt worden, um in den feuchten Räumen möglichst viele Mieter unterbringen zu können. Hier draußen jedoch war sie ganz allein.

Sie blieb vor einer Tür stehen, von der sie hoffte, dass es ihre war, und kramte in ihrer Tasche nach dem Schlüsselbund. »Komm schon, wo steckst du?«, murmelte sie. Wo war ein Bombermond, wenn man ihn brauchte?

Wieder bellte ein Hund, und sie erstarrte. Ein Prickeln kroch ihren Rücken hinauf. In diesem Moment war sie sicher, nicht allein zu sein.

»Wer ist da?«, rief sie in die dunkle Gasse hinein. Stille. Schwärze umfing sie, und sie hörte das Blut in ihren Ohren.

Endlich ertastete sie das kalte Metall ihres Schlüssels und wollte ihn erleichtert ins Schlüsselloch stecken, doch statt der Tür stieß sie gegen einen menschlichen Körper.

Bevor sie schreien konnte, presste sich eine Hand auf ihren Mund. In Panik schlug Clara um sich und versuchte, sich zu befreien, doch ihr Angreifer war zu stark und zerrte sie durch die Gasse zurück in die Richtung, aus der sie gekommen war. Seine Mantelknöpfe gruben sich in ihren Rücken, sie spürte seinen heißen Atem am Ohr.

Plötzlich gellte ein Schrei, ein Ruck durchfuhr ihren Angreifer, und seine Hand gab ihren Mund frei.

»HILFE!«, schrie Clara und rang nach Luft. In der Dunkelheit konnte sie undeutlich einen weißen Helm ausmachen, zwei Männer, die miteinander rangen.

Ein gedämpfter Laut, ein Stöhnen, dann das Geräusch rennender Schritte.

»Alles gut«, sagte eine Männerstimme atemlos. »Er ist weg.«

»O mein Gott.« Clara brach in Tränen aus.

»Sie sind jetzt in Sicherheit … Sie sind in Sicherheit, ich bin Sanitäter«, versuchte die Stimme sie zu beruhigen. Ihr Retter schaltete eine abgeblendete Taschenlampe ein, der schmale Lichtstrahl erhellte die Dunkelheit zwischen ihnen ein wenig.

»Sind Sie verletzt?«

»Nein … nein, es geht mir gut«, behauptete sie, dabei fühlte sie sich hundeelend.

Im schwachen Licht erkannte sie den Mann wieder – er war vorhin bei der Gedenkstunde am Eingang zur U-Bahn gewesen.

»Sie bluten ja!«, rief sie aus, als ihr Blick auf seine aufgeplatzte Lippe fiel.

»Ach, das ist nichts. Er hat mich nur an der Lippe erwischt, als ich ihn von Ihnen weggezerrt habe.«

»Gott sei Dank, dass Sie gerade in der Nähe waren. Ich … ich weiß nicht, was sonst passiert wäre.«

»Haben Sie ihn erkannt? Konnten Sie sein Gesicht sehen?«

Sie schüttelte den Kopf.

»Nein. Es ging alles so schnell.«

»Kommen Sie«, sagte er. »Ich denke, wir gehen am besten in den Shelter in der U-Bahn. Dann können wir den Vorfall melden und Ihnen etwas gegen den Schock besorgen.«

»Mir geht es gut. Bestimmt war er nur auf meine Handtasche aus. Ich will keine Umstände machen.«

»Ich würde trotzdem gern sichergehen, dass alles in Ordnung ist.«

Eine feuchte Nase schnüffelte an ihrer Hand, und Clara fuhr erschrocken zusammen.

»Entschuldigen Sie, das ist mein Köter«, sagte er. »Platz, Mädchen.«

»Ach, dann war das vorhin im Park Ihr Hund?«

»Ja«, erwiderte er. »Ich habe gesehen, wie der Mann Ihnen folgte, als Sie den Park verließen, da bin ich Ihnen vorsichtshalber auch nachgegangen.«

Sie spürte seinen eindringlichen Blick. »Hören Sie. Ich weiß, Sie glauben, Ihnen fehlt nichts, aber im Schock passieren seltsame Dinge. Gibt es bei Ihnen zu Hause jemanden, der ein Auge auf Sie haben kann?«

Ihre Kehle wurde eng. »Nein«, gestand sie. »Ich lebe allein.«

»Kommen Sie. Eine halbe Stunde kann nicht schaden.« Etwas in seiner sanften Stimme brachte sie dazu, nachzugeben.

Unten im Shelter schloss Clara die Bücherei auf, und der Mann folgte ihr nach drinnen.

»Lassen Sie mich Ihre Lippe verarzten«, sagte sie. »Das Blut tropft auf den Boden.«

»Tut mir leid!«

Sie lachte zittrig auf. Erleichterung durchströmte sie, jetzt, da der Schreck nachließ.

»Nach dem, was Sie eben getan haben, brauchen Sie sich wirklich nicht zu entschuldigen. Setzen Sie sich.« Clara brachte rasch einen Klappstuhl aus dem Lesezimmer. Dann holte sie den Sanitätskasten hinter dem Tresen hervor, tränkte ein Stückchen Verbandsmull mit Antiseptikum und drückte es dem Fremden an die Lippe.

»Sind Sie sicher, dass Ihnen nichts fehlt?«, fragte er besorgt, als sie vor ihm stehen blieb. »Ich bin hier der Sanitäter, eigentlich müsste ich mich um Sie kümmern.«

»Es geht mir gut, wirklich. Es war ja nur ein kurzer Schreckmoment. Während des Blitz habe ich Schlimmeres erlebt. Außerdem hatte er es bestimmt nur auf meine Tasche abgesehen.«

Warum spielte sie den Vorfall herunter? Vielleicht weil sie nicht daran denken mochte, dass der Mann ihr noch aus einem anderen Grund gefolgt sein könnte?

Während sie ihren Retter verarztete, musterte sie ihn. Er war groß und schlaksig, hatte hellblondes Haar und ein Gesicht, das unscheinbar gewirkt hätte, wären da nicht die auffallend blauen Augen gewesen – Clara hatte noch nie so blaue Augen gesehen.

Er schaute sie ebenfalls neugierig an.

»Sie sind ganz anders, als ich Sie mir vorgestellt habe.«

Sie trat einen Schritt zurück, den blutfleckigen Mull, mit dem sie seine Wunde abgetupft hatte, noch in der Hand.

»Kennen wir uns?«

Sichtlich verlegen suchte er nach einer Antwort. Sein Blick fiel auf den Ausschnitt aus dem *Daily Express* – Ruby hatte

Claras Protesten zum Trotz darauf bestanden, ihn an die Pinnwand zu hängen, neben die Benutzerordnung der Bücherei.

»Ich – ich habe im *Daily Express* über Sie gelesen. In Wirklichkeit sehen Sie ganz anders aus.«

»Dem Himmel sei es gedankt.«

Sie tupfte noch etwas Antiseptikum auf seine Lippe, und er ließ sie dabei nicht aus den Augen.

»Sind Sie sicher, dass wir uns nicht schon früher mal begegnet sind?«, fragte sie.

»Sie haben mich wahrscheinlich in der Gegend gesehen. Ich bin von der Rettungswache an der Somerford Street.«

Der Hund bellte und rieb sich an Claras Schienbein.

»Sie dürfen sich geehrt fühlen, sie mag Sie.«

»Und Sie sind fertig verarztet.« Clara räumte den Sanitätskasten wieder weg, dann ging sie in die Hocke, um den Terrier zu streicheln.

»Wie heißt du denn?«

»Ich nenne sie Beauty.«

Clara schaute mit hochgezogener Augenbraue zu ihm auf.

»Im Ernst, diesen Hund nennen Sie die Schöne?«

Er hockte sich ebenfalls hin und hielt Beauty die Ohren zu.

»Hör nicht auf sie«, sagte er kichernd.

Beauty hatte kurze Stummelbeine, krumme Zähne und Bartzotteln.

»Sie ist hinreißend.« Clara lächelte und kraulte die Hündin hinter dem Ohr. Sofort wälzte das Tier sich auf den Rücken und streckte alle viere in die Luft.

»Sie kennt keine Hemmungen, wenn sie eine Chance wittert, am Bauch gekrault zu werden«, kommentierte der Mann belustigt. »Ich habe sie aufgelesen, als wir zu einem Notfall in der Shipton Street gerufen wurden. Eine Fallschirmbombe hatte eine ganze Familie ausgelöscht, nur das alte Mädchen hier hat überlebt.«

»Wie traurig«, sagte Clara betroffen.

»Ja, allerdings, aber seither hat sie sich bewährt. Sie ist gut darin, Verschüttete aufzuspüren.«

»Wie heißen Sie eigentlich? Wenn Sie Ihren Hund die Schöne nennen, dann sind Sie wohl das Biest?«

»Ha, ha, nein, ich heiße Billy. Billy Clark«, erwiderte er grinsend und richtete sich auf. Dabei taumelte er ein wenig.

»Hoppla, ist alles in Ordnung?«

»Tut mir leid …, ich glaube, er hat mich wohl doch etwas heftiger erwischt.«

»Setzen Sie sich wieder hin, ich hole Ihnen einen Branntwein. Wahrscheinlich haben Sie eine leichte Gehirnerschütterung.«

Sie ging zum Regal mit den Sachbüchern und nahm *Die Kunst der Haushaltsführung* heraus. Dahinter war eine kleine Flaschensammlung versteckt. Clara griff nach dem Branntwein und goss einen reichlichen Schuss in einen Emailbecher.

Billy trank, dann rieb er sich erschöpft das Gesicht.

»Verstecken Sie immer Hochprozentiges hinter Büchern über Häuslichkeit?«

»Dieses wird von allen unseren Büchern am seltensten entliehen, darum dachte ich mir, da wäre unser geheimer Vorrat sicher. Niemand will darüber lesen, wie man gepresste Blumen rahmt, wenn man vielleicht keine Wand mehr hat, an die man sie hängen könnte.«

Sie starrte auf das Buch, ehe sie es wieder an seinen Platz stellte.

»Witzigerweise hat meine Schwiegermutter es mir geschenkt, als ich ihren Sohn heiratete.«

»Sehr subtil.«

»Subtilität ist nicht ihre Stärke.« Clara verzog das Gesicht, als sie daran denken musste, wie Maureen ihr das Buch in die Hände gedrückt und sie dabei ermahnt hatte. *Nun, da du verheiratet bist, ist dies das einzige Buch, das du lesen solltest, meine Liebe. Aber gib acht, dass du nicht im Beisein meines Sohnes darin liest, sonst denkt er noch, du hörst ihm nicht zu.*

»Dann ist sie wohl nicht damit einverstanden, dass Sie hier arbeiten?«

»Allerdings nicht. Aber daran bin ich gewöhnt.«

»Inwiefern?«

»Leute finden es im Allgemeinen nicht gut, wenn ein Mädchen seine Nase ständig in Bücher steckt«, erklärte Clara, dann beschloss sie, sich selbst auch einen Branntwein zu genehmigen. Seine hellblauen Augen ruhten neugierig auf ihr, während sie einen kleinen Schluck nahm und sich schüttelte.

»Ich habe gelernt, mit dieser Haltung zu leben – wenn man als Mädchen viele Bücher liest, gilt man leicht als etwas unnatürlich, sogar als subversiv.«

»Wirklich?«

»Ja. Selbst meine Lehrerin in der Schule hat mich dafür kritisiert, dass ich so ein Bücherwurm war.«

Erst hieß es *Das ist nicht gesund, du wirst dir die Augen verderben,* später dann *Das schickt sich nicht für eine junge Dame, so bekommst du nie einen Mann.* Dabei hätte sie mit dreizehn lieber eine Lungenentzündung bekommen als einen Mann. Aber die Botschaft war immer dieselbe, als sei für jemanden wie sie, ein Mädchen aus der Arbeiterklasse, der bloße Akt des Lesens etwas Anrüchiges.

»Sie haben eine beachtliche Auswahl«, stellte Billy fest und schaute sich in der Bücherei um. »Was lesen die Leute hier unten denn gern?«

»Historische Liebesromane, Krimis und Sachbücher über militärische Triumphe der Briten werden uns förmlich aus den Händen gerissen …«

Er schaute sie verwirrt an.

»Sie wissen schon, so etwas wie der Sieg über die spanische Armada – Geschichten davon, wie wir eine überlegene Streitmacht entgegen aller Wahrscheinlichkeit geschlagen haben.«

»Ah, ich verstehe. Sie meinen, wir haben schon einmal einen kleinen, geistesgestörten Diktator vom Kontinent besiegt, also können wir es auch diesmal schaffen?«

»Genau. Die Leute suchen in der Geschichte nach Hoffnung und Bestärkung. Historische Bildung mit Glück als Beilage anstatt Schmerz.«

Er lachte. Clara beugte sich vor und schenkte ihnen beiden nach.

»Ich sehe, Sie lieben Ihre Arbeit hier, umgeben von all den Büchern.«

»Ja, sehr«, bestätigte sie. Plötzlich fühlte sie sich ein wenig benommen. »Es mag seltsam klingen, aber bei der Arbeit in einer Bücherei dreht sich gar nicht alles um Bücher. Es sind die Menschen, die diese Tätigkeit so besonders machen – man weiß nie, wer als Nächstes hereinkommt und welche Geschichte hinter dieser Person steht.«

Er grinste breit. Sofort war sein ganzes Gesicht wie verwandelt.

»Geschichten sind die Würze des Lebens.«

»Jetzt lassen Sie mich raten, welches Ihr Lieblingsbuch ist«, sagte Clara. »Ich möchte ja nicht angeben, aber ich habe ein Talent dafür.«

»Nur zu.«

»Sie sind ein Yankee-Freund. Sie lieben diese neuen amerikanischen Autoren. John Steinbeck, *Früchte des Zorns*, das ist Ihr Lieblingsbuch.«

Sie trank noch einen Schluck und lächelte triumphierend.

»Sehr gut geraten, ich bin ein großer Verehrer von Steinbeck, ebenso wie von Hemingway. Aber raten Sie weiter.«

»J. B. Priestley. Das ist bestimmt ein Mann nach Ihrem Herzen. Ich wette, *Verdunkelung in Gretley* haben Sie nur so verschlungen.«

»Stimmt, aber es ist nicht mein Lieblingsbuch.«

Wie ärgerlich. Normalerweise lag sie spätestens beim zweiten oder dritten Versuch richtig.

Billy stand auf und ging in der Bücherei umher. Hin und wieder blieb er stehen und nahm ein Buch in die Hand. In der Ferne hörten sie ein schwaches Grollen – U-Bahn-Züge, die kreuz und quer durch den Londoner Untergrund rollten.

»Bemerkenswert, eine Bücherei, die direkt über den Gleisen gebaut ist«, staunte er.

»Schauen Sie nicht zu genau hin. Das meiste ist Gipskarton, mit Holzlatten verstärkt.«

»Hier wurde wohl an nichts gespart!«

»Ha, ja, genau. Wir haben hundert Pfund beantragt, aber die höheren Mächte waren uns nicht gewogen, und so haben wir das alles mit fünfzig Kröten und Muskelschmalz zusammengezimmert.« Clara lächelte. »Unter die Erde zu gehen, Teil der Gemeinschaft in diesem Shelter zu werden, das war das Beste, was dieser Bücherei passieren konnte. Jetzt haben alle eine persönliche Beziehung zu ihr, die Leute betrachten sie als *ihre* Bücherei.«

»Vielleicht geht es bei dieser persönlichen Beziehung ja auch eher um Sie, Clara«, sagte er langsam.

Sie errötete. »Ach, das glaube ich nicht.«

»Haben Sie auch einen Lesekreis?«, fragte er unvermittelt.

»Nein.«

»Warum nicht?«

»Ist das nicht etwas abgehoben? Drüben in Hampstead kann ich mir so etwas vorstellen, aber in Bethnal Green würde es die Leute wohl kaum zu Begeisterungsstürmen hinreißen.«

»Weshalb dieses Schubladendenken?«, fragte er mit durchtriebenem Augenzwinkern. »Brechen Sie mit Konventionen, Clara. Gründen Sie einen Lesekreis, in dem es um die gemeinsame Liebe zum Lesen geht, nicht um Bildung. Klubs sollten nicht der Elite vorbehalten sein.«

»Da haben Sie recht. Wären Sie denn dabei? Ich würde Sie gern wiedersehen.«

»Ich glaube nicht, dass ich dafür Zeit finde. Tut mir leid, aber ich arbeite furchtbar lange Schichten.«

»Natürlich.« Clara senkte verlegen den Blick. Sie war zu direkt gewesen. Das machte gewiss ihre Erleichterung darüber, in Sicherheit zu sein – oder auch der Branntwein.

Die Stimmung hatte sich so schlagartig verändert, als habe jemand einen Schalter umgelegt.

»Ich gehe dann mal wieder«, sagte Billy mit einem Blick zur Tür. Er stellte seinen Emailbecher ab.

»Ja, natürlich. Ich halte Sie schon viel zu lange auf.«

»Nein, nein, durchaus nicht. Es war mir ein Vergnügen, ein wenig Zeit mit Ihnen zu verbringen, und ich …« Er brach ab, und sie sah ihm an, dass er noch etwas auf dem Herzen hatte.

Das Schweigen dehnte sich.

»Ich … ich … ach, vergessen Sie es.«

Er nahm Beauty auf den Arm. »Bitte gestatten Sie, dass ich Sie noch nach Hause begleite.«

»Das ist nicht nötig, ich schlafe heute Nacht hier unten. Hier fühle ich mich sicherer. Ich habe ein altes Feldbett hinter dem Tresen.«

Beide griffen gleichzeitig nach den Bechern, um sie wegzuräumen. Dabei berührten sich ihre Hände. Billy zog die seine hastig zurück.

»Entschuldigung«, murmelte Clara, verwirrt über die plötzliche Veränderung in ihm. Hatte sie ihn irgendwie gekränkt?

Als sie aus der Bücherei auf den Bahnsteig hinaustraten, schüttelte Billy verwundert den Kopf. Die gekrümmten Wände waren mit unzähligen Plakaten beklebt. *Regeln für den öffentlichen Schutzraum. Tragen Sie Ihre Gasmaske stets bei sich. Bitte verlassen Sie Ihren Schlafplatz nach 23 Uhr nicht mehr, dann beginnt die Desinfektion des Bahnsteigs.* Die Aushänge mit Vorschriften waren so zahlreich, dass kaum noch jemand darauf achtete.

»Es ist wirklich seltsam. Drinnen in der Bücherei vergisst man völlig, dass man sich in einer U-Bahn-Station befindet. Wenn man dann herauskommt, ist es im ersten Moment verwirrend«, bemerkte er. »Als könnte man sich plötzlich nicht mehr entscheiden, ob man eine Ausleihe verlängern oder eine Bahn erwischen will.«

»Sie sollten lieber die Beine in die Hand nehmen, sonst werden Sie noch desinfiziert«, sagte Clara grinsend.

»Ach, sieh an, Sie haben sogar eine Wetteranzeige.« Er hatte das kleine, hölzerne Schild an der Tunnelwand entdeckt, das Mrs Chumbley immer auswechselte, je nachdem, wie das Wetter oben war. »Das ist sicher praktisch.«

»Das war es«, erwiderte Clara. »Bis irgendein Witzbold während des Blitz das Täfelchen für ›stürmisch‹ festgeklebt hat.«

Ein Husten ließ beide zusammenfahren.

»Ihr Hund gefällt mir, Mister.«

Im Schatten an der Ecke des Verbindungsganges zu den Tunneln Richtung Osten und den Stockbetten erblickte Clara ein Paar große braune Augen.

»Marie!«

Es war das evakuierte kleine Mädchen, das vorhin in die Bücherei gekommen war.

Marie legte einen Finger an die Lippen. »Psst, verraten Sie meiner Schwester nichts. Sie schläft schon. Ich mache immer Mutproben, ich will sehen, wie weit ich komme.«

Sie ließ sich an der einzigen Stelle, die nicht verschlossen war, in den Hohlraum zwischen dem Gleisbett und der Abdeckung hinab. Er führte geradewegs zu der gähnenden Mündung des Tunnels Richtung Westen.

»Irgendwann schaffe ich es bis nach Tottenham Court Road.«

»Das darfst du nicht tun«, redete Clara ihr eindringlich zu. »Diese Gleise treffen auf andere Linien, die in Betrieb sind.«

»Keine Sorge.« Marie zwinkerte ihr zu. »Der Tunnel ist am Ende abgesperrt.«

Und schon war sie verschwunden. Aus der Dunkelheit drang noch ihre Stimme: »Denk dran, Bibliothekarinnen können wunderbar Geheimnisse hüten!«

»Du bist doch ein freches kleines …«

»Und heb das Buch für mich auf!«, rief die Stimme, nun schon von weiter entfernt aus den finsteren Eingeweiden Londons.

»Kleine Tunnelratte«, kommentierte Billy grinsend. »Von denen wimmelt es hier sicher. Ich wäre in ihrem Alter genauso gewesen.«

Er streckte Clara förmlich die Hand entgegen. »Also dann, gute Nacht.«

»Gute Nacht«, erwiderte sie und ergriff seine Hand. »Ich kann Ihnen gar nicht genug für das danken, was Sie heute Abend getan haben.«

»Sie sind in Sicherheit, Clara«, sagte er. »Das ist das Einzige, was zählt.«

Er lächelte knapp, und es war klar, dass das Gespräch damit beendet war.

»Dann also auf Wiedersehen.«

»Wiedersehen.« Sie schaute Billy nach, der mit langen Schritten über den Bahnsteig ging und dabei dem kleinen Hund etwas ins Ohr flüsterte.

Als Clara wieder in die Bücherei trat, sah sie, dass sein weißer Helm noch auf dem Tresen lag. Sie nahm ihn schnell und rannte damit wieder auf den Bahnsteig hinaus, aber Billy war bereits fort, ebenso plötzlich verschwunden, wie er vorhin in ihr Leben getreten war.

Clara versuchte sich vorzustellen, wie es sich anfühlen würde, den hochgewachsenen Sanitäter zu küssen. Nicht, weil er ein Leckerbissen war, wie Ruby vielleicht gesagt hätte, sondern weil er eine seltsam tröstliche und beruhigende Wirkung auf sie ausübte.

»Sei nicht albern«, ermahnte sie sich selbst und fühlte sich augenblicklich schuldig. Lieber Gott, wenn ihre Mutter und ihre Schwiegermutter es ihr schon so übel nahmen, dass sie nach Duncans Tod weiter in der Bücherei arbeitete, was würden sie dann wohl sagen, wenn sie sich mit einem anderen Mann einließe!

Ihre Eltern hatten gefunden, Kinderbibliothekarin sei ein anständiger Beruf, aber nur bis sie unter der Haube war und ihre eigentliche Bestimmung als Frau erfüllte. Als würde die Mutterschaft sie zu einem anderen Menschen machen, sie irgendwie dazu bringen, sich von den Büchern abzuwenden und sich stattdessen der Pflege ihrer Schusterpalme zu widmen! In den Augen ihrer Eltern war ihre Ausbildung nur eine vorübergehende Phase gewesen, von der ein anständiger Ehemann sie kurieren konnte.

Clara hatte ihren Abschluss als Bibliothekarin in dem Jahr gemacht, bevor sie Duncan heiratete und der Krieg ausbrach.

Durch die Kriegserklärung waren die Beschränkungen für verheiratete Frauen mit einem Schlag nichtig geworden, sodass sie ihre Stellung behalten konnte – auch wenn sie das nie so deutlich gesagt hätte. Ihre Mutter und Schwiegermutter waren empört gewesen, sie selbst jedoch hatte sich insgeheim gefreut.

Jetzt machte sie die Tür der Bücherei hinter sich zu und schloss instinktiv ab. Während sie ein wenig aufräumte, fragte sie sich, weshalb Schuldgefühle und Trauer so eng miteinander verknüpft waren. Wie lange musste man eigentlich warten, ehe man sich neu verlieben durfte, ohne dass es »unschicklich« war?

Nicht, dass das wichtig gewesen wäre. Billy hatte offenbar keinerlei Interesse an ihr. Außerdem – sich in seinen Retter zu verlieben, war so unsäglich klischeehaft.

»Den siehst du nie wieder«, redete sie sich selbst ein, während sie ihr Feldbett herrichtete und sich hineinlegte. Doch als sie so dalag, tief unter der Erde und schützend umgeben von all den Büchern, kehrten ihre Gedanken immer wieder zu ihm zurück. Seine blauen Augen waren das Letzte, was sie vor sich sah, als sie endlich in einen tiefen Schlaf fiel.

4

RUBY

Wenn eine Bücherei geschlossen wird, geschehen in dem betreffenden Stadtteil ungute Dinge. Die Bücherei ist der Leim, der die Gemeinschaft zusammenhält, und man merkt erst, was einem fehlt, wenn sie nicht mehr da ist.

John Pateman, Chefbibliothekar in Thunder Bay, Kanada

Huhu, ich bin's nur.« Mrs Smart aus der Wohnung unter ihnen steckte den Kopf durch den Türspalt. »Hatte der Hausherr wieder schlechte Laune?«

»Das können Sie laut sagen«, erwiderte Ruby.

»Dachte ich mir, ich hatte schon Angst, mir kommt die Decke runter.«

Ruby dachte an die Ereignisse des vergangenen Abends zurück. Ihr Stiefvater war in fürchterlicher Laune aus dem Pub zurückgekehrt, noch wütender, als er losgezogen war – sofern das überhaupt möglich war. Voll mit Bitterkeit und Alkohol vom Schwarzmarkt. Diesmal hatte er Nettys falsche Zähne und drei Teller zerschlagen.

Ruby starrte ihre Mutter an, die in einem Lehnstuhl am Fenster kauerte, blass und gebrochen. Sie hatte die Knie bis unters Kinn hochgezogen und saß einfach nur da, schaute auf ihre von Arthritis knorrigen Fingerknöchel. An ihrem Rücken zeichneten sich durch den Kittel die einzelnen Wirbel ab wie Perlen auf einer Schnur. Alles an ihr war geschunden. Ihr Gesicht, ihr Rücken … ihre Seele.

»Ich würde sie wirklich ungern allein lassen«, flüsterte Ruby Mrs Smart zu. »Sie hat den ganzen Morgen noch kein Wort gesprochen.«

Draußen ertönte ein lautes Hupen, und Ruby schaute zwischen den Klebestreifen hindurch, die als Splitterschutz an der Fensterscheibe angebracht waren. Ein geräumiger Morris stand mit laufendem Motor am Straßenrand.

»Ich muss jetzt zur Arbeit, ich werde abgeholt.«

»Geh nur, meine Liebe«, sagte Mrs Smart energisch. »Bei mir ist sie in guten Händen. Ich mache ihr einen Tee und etwas zu frühstücken. Sie wird im Handumdrehen wieder auf dem Damm sein.«

»Danke, Mrs S«, sagte Ruby und fasste die Nachbarin an der Schulter. Mrs Smart war die gute Seele des Wohnblocks, immer zur Stelle, wenn Hilfe gebraucht wurde: Sie lieh Nachbarn Geld, half bei Geburten und Todesfällen und verarztete nicht selten misshandelte Frauen. Ohne Mrs Smart wäre die ganze Nachbarschaft längst auseinandergebrochen.

Ruby nahm einen zinnoberroten Lippenstift aus der Küchenschublade und legte ihre Rüstung an.

»So ist's recht, Mädchen«, sagte Mrs Smart, die bereits die Regie übernahm und Tee in die Kanne löffelte. »Flagge zeigen und dann auf in den Kampf.«

Ruby warf einen Blick zu ihrer Mutter. »Mach's gut, Mum«, sagte sie leise und klappte ihren Taschenspiegel zu. Netty sah auf und lächelte schwach.

Ruby wandte sich ab. Während sie mit klappernden Absätzen die Außentreppe hinunterlief, band sie sich ein seidenes Tuch mit verblassten Spitfires über die blonden Locken.

Während sie über den Hof lief, reckte sie zornig das Kinn. Dieser Mann brachte ihre Mutter um. Es war Mord auf Raten, und das Schlimmste war, dass sie sich völlig machtlos fühlte.

»Oi, Jean Harlow!«, rief eine tiefe Männerstimme. »Komm doch heute Abend mit mir ins Kino!«

Stanley Spratt aus der Nummer 42 lungerte am Grundstückstor herum. Stan war ein aalglatter Typ und hatte bei jedem Schwarzmarktgeschäft die Finger im Spiel.

»Du und ich, Ruby Red Lips, wir beide könnten prächtige Babys machen.«

»Verpiss dich, Stan«, sagte sie mit liebenswürdigem Lächeln, stieg ins Auto und schlug ihm die Tür vor der Nase zu.

»Das nehme ich als ein Vielleicht?«, rief er feixend, und als Clara knirschend den Gang einlegte und der Morris mit einem Ruck anfuhr, rannte er hinter dem Wagen her. Aus dem Auspuff wölkte schwarzer Qualm.

»Dein neuer Freund?« Clara grinste.

»Stan? Ich bitte dich. Er hält sich für den Größten, aber mit dieser Ansicht steht er ziemlich allein da.«

Clara lachte und warf ihrer Freundin einen Seitenblick zu. »Wie machst du das nur?«

»Was denn?«

»Immer so auszusehen, als könntest du das Titelbild für die *Vogue* abgeben. Neben dir komme ich mir vor wie eine hässliche alte Schachtel.«

Clara trug wieder ihre gewohnte Alltagskleidung, eine schlichte Baumwollbluse, die in eine Stoffhose mit hoher Taille gesteckt war, und Schuhe mit Keilabsätzen, die an den Zehen offen waren. Sie war gertenschlank, und an ihr hätte selbst ein Sack schick ausgesehen.

Ruby dachte daran, Clara zu erzählen, was vorgefallen war, doch sie entschied sich dagegen. Indem sie den Schmerz in ihrem Inneren einschloss, bewahrte sie sich wenigstens ein paar Bereiche in ihrem Leben, wo sie atmen konnte.

»Kriegsbemalung, Schätzchen«, sagte sie stattdessen mit strahlendem Lächeln. »Warum fahren wir eigentlich mit dem Bücherbus? Es ist doch Samstag.«

»Ich dachte mir, wir könnten heute die Fabriken anfahren, nachdem wir es ja gestern wegen der Feierlichkeit ausfallen lassen mussten«, antwortete Clara.

Das Auto rumpelte über die Bethnal Green Road, vorbei an den samstäglichen Marktständen, an denen die Händler schreiend ihre Waren anpriesen.

»Was hieltest du eigentlich von einem Lesekreis?« Clara schaltete in den nächsten Gang. Dabei kreischte das Getriebe so schrill auf, dass der halbe Markt sich nach ihnen umschaute. Ruby schmunzelte. Ihre beste Freundin war eine der klügsten Frauen, die sie kannte, gebildet und alles, aber sie war eine lausige Autofahrerin.

»Eine gute Idee«, antwortete Ruby und klammerte sich an ihrem Sitz fest, als Clara einem Mann mit Fahrrad auswich, der Bagel verkaufte. Er schlingerte in die Gosse.

»Billy meinte nämlich –«

»Augenblick mal – Billy? Müsste ich den kennen?«

Clara seufzte. »Ich weiß nicht, wie ich es sagen soll. Also, gestern Abend auf dem Nachhauseweg hat ein Mann mich verfolgt und mich vor meiner Haustür überfallen.«

»Was?«, kreischte Ruby. »Halt sofort an.«

»Beruhige dich, es ist nichts passiert. Ich nehme an, er hatte es nur auf meine Handtasche abgesehen. Jedenfalls war dann gleich dieser Sanitäter zur Stelle, Billy, und er hat mich gerettet. Er hatte gesehen, wie der Mann mir gefolgt war.«

»Lieber Himmel, Clara, bist du sicher, dass der Kerl dich ausrauben wollte? Mir kommt das nicht sehr wahrscheinlich vor, nicht in dieser Gegend.«

»Wer weiß. Dank Billy werde ich es nie erfahren.«

»Ich muss diesen Billy kennenlernen, um ihm zu danken.«

»Ehrlich gesagt glaube ich nicht, dass ich ihn je wiedersehen werde.« Clara lächelte traurig. »Aber er war nett. Fürsorglich, und er hatte so blaue Augen, wie ich noch nie welche gesehen habe.«

»Du magst ihn!«, quietschte Ruby.

»Hör auf. Ich bin einfach sehr dankbar, dass er mir zu Hilfe gekommen ist, weiter nichts.«

Als sie die Fabrik erreichten, spannte Ruby sich instinktiv an. Einparken konnte Clara noch weniger als fahren.

Sie schrammten gegen den Bordstein, es gab eine Fehlzündung, und der Wagen kam mit stotterndem Motor zum Stehen. Ruby schloss die Augen.

»Mir müsste auch dringend jemand zu Hilfe kommen.«

»Frechdachs«, versetzte Clara lachend und sprang aus dem Wagen. Sie standen vor der Bekleidungsfabrik Rego.

»Komm, wir dürfen die Mädchen nicht warten lassen.«

Sie wuchteten zwei Kisten voller Taschenbücher aus dem Morris und schleppten sie stöhnend drei Treppen hoch. Oben stieß Ruby mit dem Hinterteil die Tür auf.

Pat Doggan, die älteste Maschinistin in dieser Etage, sah von dem Berg aus kakifarbenem Stoff auf, den sie verarbeitete, und grinste, dass ihre Zahnlücken sichtbar wurden.

»Mädels, schaut mal, die Bücherfeen sind hier. Oder sollte ich sagen, die Perlen der Bibliothek?«

Alle Arbeiterinnen stießen laute Pfiffe aus.

»Ihr habt den Artikel gesehen«, stellte Clara stöhnend fest.

»Natürlich, und wir sind stolz auf dich. Dass unser Shelter in die Zeitung gekommen ist und so, das ist einfach toll.« Sie hob die Stimme. »Chef, die Mädels von der Bücherei sind hier! Bitte um eine Pause.«

Mr Rosenberg, der Vorarbeiter, kam mit verdrießlicher Miene aus seinem Büro.

»Vor gerade mal zwei Minuten hab ich die Maschinen

abgeschaltet, weil ihr dringend Salzfleisch-Bagels haben musstet. Was ist das hier, eine Fabrik oder ein Ferienlager?«

»Ach, nun seien Sie doch nicht so.« Ruby legte lächelnd einen Arm um ihn und küsste ihn auf die Glatze, wobei sie leuchtend roten Lippenstift hinterließ.

»Was mag Mrs Rosenberg denn gern?«

»Alles, was von Schmalz trieft«, grummelte er und wischte sich den Kopf mit einem Taschentuch ab. »Am liebsten von Mills and Swoon.«

»Mills and Boon«, warf Clara ein. »Die sind aus, aber ich habe hier ein paar von Georgette Heyer. Bringen Sie Ihrer Frau doch das hier mit, *Die spanische Braut*. Das sollte sie für eine Weile auf andere Gedanken bringen.«

Während der Vorarbeiter losschlurfte, um seinen Leseausweis zu holen, fielen die Fabrikarbeiterinnen über die Bücherkisten her wie Blinde, denen soeben das Augenlicht geschenkt worden war. Es war schön mit anzusehen, wie diese Frauen sich fürs Lesen begeisterten, und ihre Freude wirkte ansteckend. Bücher waren ihre Zuflucht vor der harten Welt. Eifrig schauten sie nach den Titeln, nahmen einzelne Bücher in die Hand, manche schlugen sofort die letzte Seite auf, andere fingen vorn an zu lesen. Es war, als schaute man zu, wie hundert verschiedene Träume erwachten.

Pat Doggan griff nach einem Buch und steckte die Nase hinein.

»Aah, ich liebe den Geruch von Büchern, ihr nicht auch?«

»Wonach ist dir denn, Pat?«, erkundigte sich Ruby.

»Nach einer schönen Familiensaga.«

»Wie wäre es mit *Vom Winde verweht?*«, schlug Clara vor.

Pat blätterte kurz in dem Buch und legte es dann zurück.

»Neunhundert Seiten – so viel kann ich mir nicht antun, Schätzchen. Du weißt doch, ich habe neun Kinder.«

»Wenn du dir beizeiten neunhundert Seiten angetan

hättest, dann hättest du jetzt vielleicht nicht so viele Kinder«, neckte die Frau, die in der Schlange hinter ihr stand.

»Klapp die Futterluke zu, Irene, du kannst da nicht mitreden«, versetzte Pat lachend. »Wo wir gerade von Bälgern sprechen – kann ich meinen Jungen zu eurem Vorlesedings schicken?«

»Natürlich, alle deine Kinder sind willkommen«, erwiderte Clara.

»Das sagt keiner bei klarem Verstand«, bemerkte Pat. Sie griff nach *Vein of Iron* von Ellen Glasgow. »Spielt in Virginia, die Geschichte dreht sich um vier Generationen starker Frauen«, las sie aus dem Klappentext vor. »Das ist genau mein Fall, das nehme ich.«

Ruby stempelte mit einem satten *Plonk* das Datum auf den eingeklebten Zettel, dann war die nächste Frau an der Reihe. Ruby hatte sie schon öfter unten im Shelter gesehen und sich immer gefragt, wie sie ihr Leben im Griff behielt. Ihr Mann war irgendwo in Fernost. Sie hatte zwölf Kinder, drei Arbeitsstellen und eine unerschöpfliche Geduld.

»Habt ihr dieses *Keine Orchideen für Miss Blandish?*«

Clara machte große Augen, und Ruby musste sich zusammenreißen, um nicht zu lachen.

»Das ist etwas gewagt, Irene«, erklärte Clara. »In einer Rezension im *Bookseller* wurde es als anrüchige und sittengefährdende Lektüre bezeichnet.«

»Ein Grund mehr, es zu lesen.«

»Tut mir leid«, erwiderte Clara. »Ich habe es nicht im Bestand.«

Irene schaute enttäuscht drein, dann entschied sie sich stattdessen ohne erkennbare Anzeichen von Ironie für einen historischen Roman von Margaret Irwin, *Fire Down Below.*

Clara und Ruby hatten schon oft darüber gesprochen, dass Frauen Lektüre mit einer gewissen Würze schätzten. Und

Ruby kam es so vor, als habe der Appetit der Frauen auf etwas gewagtere Bücher zugenommen, je länger sich dieser Krieg hinzog, ohne dass ein Ende in Sicht war. Jetzt, 1944, da so viele Ehemänner und Freunde seit Jahren fort waren, war Lesen für diese Frauen die einzige Möglichkeit, ihre Einsamkeit zu ertragen.

»Irgendwann schreibe ich einen reißerischen Liebesroman, in dem gevögelt wird bis zum Abwinken«, sagte Ruby mit frivolem Augenzwinkern.

»Tu das, Schätzchen, ich lese ihn dann«, erwiderte Irene und legte ihr das Buch zum Stempeln vor.

»Ich hasse Gerammel«, bemerkte die nächste Frau in der Schlange abschätzig. Sie trug einen Turban und darunter unzählige Lockenwickler im Haar. »Einfach nur ekelhaft. Für mich ist das schon lange abgehakt.« Queenie Jenkins redete schnell und hatte immer eine Menge zu sagen.

»Kann ich dir nicht verdenken, Queenie«, erwiderte Ruby. »Wie kommt denn dein Brian damit klar?«

»Was schert es mich? Ich schlafe ja nur im Shelter, damit er seine dreckigen Pfoten von mir lässt.«

Queenie zog mit Dorothy Sayers' *Starkes Gift* fröhlich ab. Ruby empfand beinahe Mitleid mit Brian.

Als Ruby aufschaute, um das nächste Plappermaul zu bedienen, sah sie ein neues Gesicht vor sich.

»Hallo, Schätzchen, was hättest du denn gern?«

»Haben Sie *Rebecca* von Daphne du Maurier?«

Ruby konnte den Akzent nicht zuordnen.

»Bist du neu in der Gegend, Liebes?«

»Ich komme von Jersey.«

»Da bist du ja weit weg von zu Hause.«

»Ach, hallo«, grüßte Clara lächelnd. »Du bist doch Maries Schwester. Wir sind uns gestern schon begegnet, als deine Schwester in die Bücherei kam.«

»Es tut mir sehr leid, wenn sie Sie belästigt hat.«

»Aber nicht doch, es war mir ein Vergnügen. Ich würde mich sehr freuen, wenn sie heute Abend zur Vorlesestunde käme.«

»Vielleicht.«

»Sie macht mir wirklich keine Umstände, und sie könnte auch ein paar neue Freunde finden.«

»Hm, vielleicht.«

Ruby verfolgte das einseitige Gespräch mit großem Interesse.

»Ich möchte nicht neugierig sein, aber welche Sprache hast du gestern gesprochen, als ihr gegangen seid? War das Französisch?«, erkundigte sich Clara.

»Jèrriais. Das ist ein normannisch-französischer Dialekt. In Jersey reden wir so, wenn wir nicht wollen, dass Fremde uns verstehen.«

»Oh«, erwiderte Clara etwas betreten. »Nun, es klingt hübsch.«

Darauf folgte peinliches Schweigen, während das Mädchen den Blick über die Bücher gleiten ließ und dann eins herausgriff, das kein Roman war – *Die sieben Säulen der Weisheit,* ein autobiografischer Bericht von T. E. Lawrence.

»Bist du sicher, dass du nicht lieber etwas Leichteres möchtest?«, fragte Clara.

»Ich bin kein Kind mehr«, entgegnete das Mädchen scharf. »Ich bin sechzehn und offensichtlich alt genug, um zu arbeiten.«

»Tut mir leid, ich wollte dich nicht kränken. Schau, wir beide hatten keinen so guten Start. Du und Marie, ihr seid in meiner Bücherei *jederzeit* willkommen und dürft lesen, *was immer* ihr mögt.«

»Aber Sie haben doch gesagt, meine Mutter müsste uns anmelden.«

»Normalerweise muss ein Erwachsener unterschreiben, damit ein Leseausweis ausgestellt werden kann. Aber für euch werde ich eine Ausnahme machen, weil eure Mutter so beschäftigt ist. Komm abends um sechs mit deiner Schwester zur Lesestunde und bring euren Übernachtungsschein mit, dann erledigen wir das.«

»Danke«, sagte das Mädchen leise. »Ich bin Beatty.«

»Hört auf zu quatschen!«, schrie Mr Rosenberg, und Beatty fuhr erschrocken zusammen. »Das ist kein Kaffeekränzchen. Ob es sich wohl einrichten ließe, dass wir in diesem Jahrhundert noch ein paar Uniformen für die britische Armee herstellen?«

»Sie brauchen nicht gleich aus der Haut zu fahren!«, rief Pat Doggan zurück und wuchtete ihre Leibesfülle wieder auf ihren Platz an der Nähmaschine.

»Nur eins noch, Mr Rosenberg, bevor Sie die Maschinen wieder einschalten«, sagte Clara rasch und wandte sich dann wieder an die Frauen. »Ruby und ich überlegen, in den nächsten Wochen einen Lesekreis zu gründen, ›Die Bücherwürmer von Bethnal Green‹. Freitagabends in der Bücherei. Wer wäre gern dabei?«

Ein Meer ausdrucksloser Gesichter starrte ihr entgegen.

»Ich mache uns auch Gin-Cocktails«, fügte Ruby hinzu.

»Warum sagst du das nicht gleich?«

»Um wie viel Uhr soll's losgehen?«

Plötzlich riefen alle durcheinander.

»Mit welchem Buch wollt ihr denn anfangen?«, fragte Pat.

»Äh …« So weit hatte Clara noch gar nicht gedacht.

»Nimm einen Publikumsliebling«, zischte Ruby.

»*Vom Winde verweht*«, sagte Clara rasch – ihr Blick war auf das Buch gefallen, das zuoberst auf einem Stapel lag.

Draußen hievten sie die Kisten wieder in den Bücherbus,

dann wandte Clara sich an Ruby und stemmte die Hände in die Seiten.

»Wie willst du eigentlich genug Gin für die ganze Bande auftreiben?«

»Überlass das mir, Cla.«

»Rubes! Das ist eine Bücherei, keine Spelunke!«

»Bücher und Gin, wer könnte dagegen etwas einzuwenden haben? Und in Wirklichkeit findest du mich doch toll.« Sie zwinkerte, dann schlug sie die Hecktüren des Wagens so fest zu, dass ihre Armreifen klirrten.

»Manchmal bist du einfach unmöglich, Ruby Munroe«, erwiderte Clara lachend. »Aber ja, ich finde dich wirklich toll.«

»Wer war eigentlich das Mädchen vorhin?«, erkundigte sich Ruby, als sie eingestiegen waren. »Eine ziemliche Madame.«

»Ich mag sie.« Clara ließ den Motor an, und der Morris machte einen Satz nach vorn. »Sie ist irgendwie faszinierend.«

»Mit der wirst selbst du es nicht leicht haben«, prophezeite Ruby. Sie steckte sich eine Zigarette an und blies drei perfekte Rauchringe. »Hast du nicht gehört, wie sie dich als Fremde bezeichnet hat? Sie hat bestimmt irgendwas zu verbergen.«

Als sie wieder in die Schalterhalle kamen, pfiff Dot sie zu sich herüber und spendierte ihnen Tee und Kuchen aufs Haus. »Ihr solltet zusehen, dass ihr die Bücherei aufmacht, Mädels. Dieser Zeitungsartikel hat anscheinend ganz schönes Aufsehen erregt. Die Leute rennen euch bald die Tür ein.«

Am unteren Ende der Rolltreppe wartete der Leiter des Shelter mit einem jüngeren Mann.

»Aaah, Mrs Button, da sind Sie ja. Dies ist Detective Constable Devonshire vom Polizeirevier Bethnal Green.

Mrs Chumbley hat mir berichtet, dass Sie vergangene Nacht in der Bücherei schlafen mussten, nachdem Sie vor Ihrer Haustür Opfer eines Überfalls wurden.«

Ruby sah Claras Unbehagen.

»Nun, Überfall ist wohl etwas übertrieben. Der Mann hatte es sicher nur auf meine Handtasche abgesehen.«

Der Detective sprach mit gesenkter Stimme.

»Ich fürchte, es steckte wohl leider mehr dahinter. Vorige Woche wurde in Shoreditch eine junge Frau belästigt, und wir untersuchen noch eine ganze Reihe weiterer versuchter Vergewaltigungen und Entführungen in der Gegend.«

»Gütiger Himmel!«, stieß Clara hervor.

»Sie müssten bitte auf die Wache kommen und eine Aussage machen.«

»Natürlich.« Clara nickte. Sie war ganz blass geworden. »Ich komme nach der Arbeit, wenn es Ihnen recht ist?«

Sie gingen weiter. Die arme Clara sah aus wie vom Donner gerührt. Ruby empfand einen irrationalen Zorn. War der Krieg etwa noch nicht schlimm genug? Musste auch noch irgendein Irrer während der Verdunkelung Jagd auf Frauen machen?

»Gott sei Dank, dass dieser Billy zur Stelle war«, sagte Ruby und schloss Clara fest in die Arme.

»He da, wäre es wohl möglich, die Bücherei endlich aufzusperren?«, rief jemand ungehalten. »Meine Mittagspause ist in zehn Minuten rum.«

»Himmel«, murmelte Ruby, als sie sich von Clara löste und die lange Schlange sah, die weit über den Bahnsteig reichte. »Dot hat nicht übertrieben.«

»Komm, an die Arbeit«, sagte Clara.

Ruby hatte die Bücherei fast erreicht, als ein Mann, der an der gekrümmten Tunnelwand gelehnt hatte, vortrat und ihr den Weg verstellte.

»Wenn das nicht Ruby Munroe ist – hallo, meine Süße.«

Ein hochgewachsener, kräftiger GI schaute sie erwartungsvoll an. Er schien vor Gesundheit zu strotzen wie kaum jemand hier unten in den Tunneln. Mit seiner Größe, seinen makellosen Zähnen und dem gepflegten Äußeren wirkte er beinahe wie ein Exemplar einer anderen Spezies.

»Hier arbeitest du also?«, fragte er und schaute neugierig auf die schmale Tür. »Niedliche kleine Bücherei.«

Er löste seinen Schal. Dabei stiegen Ruby der Geruch nach Lucky Strikes und die holzige Note eines teuren Eau de Cologne in die Nase.

»Kennen wir uns?«

Er lachte.

»Himmel, das ist ja nicht gerade schmeichelhaft. Du verstehst es, einem Mann die Luft rauszulassen.«

Er nahm seinen Hut ab und fuhr sich mit den Fingern durch das blonde Haar.

»Eddie O'Riley. Im Dirty Dick's. Vorigen Oktober. Du hast mich im Wetttrinken besiegt, dann sind wir tanzen gegangen, und dann …« Er verstummte und zog eine Augenbraue hoch. »Junge, Junge, was für eine Nacht.«

Eine Erinnerung stieg auf. *O Gott, ja.* Es war an Bellas Geburtstag gewesen, und Ruby hatte so dringend vergessen wollen, dass sie am Ende im berüchtigtsten Pub von East London gelandet war. Sie erinnerte sich vage an einen Amerikaner, daran, wie sie Jitterbug getanzt hatte, wie sie sich nähergekommen waren, und dann verschwamm alles.

»Ah, na ja, nett, dich mal wiederzusehen, aber ich muss jetzt weiter.« Sie wollte in die Bücherei gehen.

»Hey, nicht so schnell, Ruby Red Lips«, sagte er und packte sie am Arm.

Plötzlich schossen ihr Tränen in die Augen. Erinnerungsfetzen wirbelten in ihrem Kopf durcheinander. *Falsche Zähne rutschten über das Linoleum. Ihre Mum auf allen vieren, flehentlich bittend. Neunzehn Stufen.*

»Fass mich nicht an«, sagte sie eisig.

»Entschuldige … tut mir leid.« Er hob die Hände. »Ich wollte dir keine Angst machen. Es ist nur – ich hatte gehofft, du würdest dich freuen. Ich war zum Training in Wales stationiert, und dies ist mein erster Urlaub seit fünf Monaten.«

Sie starrte ihn argwöhnisch an.

»Es tut mir wirklich leid«, beteuerte er noch einmal. »Junge, so war das nicht geplant.«

Er sah so zerknirscht aus, dass er Ruby beinahe leidtat.

»Du hast mir erzählt, dass du in einer Bücherei in East London arbeitest, falls du dich erinnerst?«

Sie erinnerte sich nicht.

»Und du hast gesagt, wenn ich wieder mal in der Stadt bin, soll ich vorbeischauen.« Er runzelte die Stirn. »Ich hatte keine Ahnung, wie groß East London ist. Oder wie viele Büchereien es hier gibt. Glaub mir, ich habe in letzter Zeit eine ganze Menge Bibliothekarinnen kennengelernt. Aber jetzt habe ich dich ja endlich gefunden.«

»Tja, tut mir leid, dass du deine Zeit vergeudet hast, Kumpel, aber ich muss jetzt wirklich arbeiten.« Aus dem Augenwinkel sah sie, dass Clara ihr Zeichen gab.

»Kann ich irgendetwas tun, damit du noch einmal mit mir ausgehst?«, fragte er hoffnungsvoll. »Du hast wirklich einen starken Eindruck bei mir hinterlassen, weißt du.«

Ruby lächelte traurig und schüttelte den Kopf.

»Mach's gut, Eddie.« Sie wandte sich ab und wollte gerade in der Bücherei verschwinden, als ihr plötzlich etwas einfiel.

»Weißt du was, ich werde mit dir ausgehen. Unter einer Bedingung.«

»Alles, was du willst!« Er strahlte.

»Bring mir zehn Exemplare von *Vom Winde verweht.*«

»Zehn!«

Sie nickte. »Ich brauche sie für unseren Lesekreis.«

»Wo soll ich denn zehn Stück davon auftreiben?«

Ruby zuckte die Achseln. »London ist voll von Buchläden. Für einen findigen Mann wie dich sollte das kein Problem sein.« Sie zwinkerte, dann ging sie in die Bücherei.

»Wer war das?«, fragte Clara neugierig, während sie den Durchgang im Tresen aufklappte.

»Ach, niemand. Ich nehme an, den sehen wir nie wieder.« Ruby strich eine Locke unter ihr Kopftuch zurück und setzte ein munteres Lächeln auf. »Komm, los geht's. Die Bücher leihen sich nicht von selbst aus.«

5

CLARA

Ich hüte das Tor zur Vergangenheit, teile mein Wissen über die Schätze unserer Bücher, damit andere sie entdecken können. Ich mache Glückserlebnisse möglich.

Mareike Doleschal, Bibliothekarin beim Shakespeare Birthplace Trust in Stratford-upon-Avon

Bis sechs Uhr abends kam Clara kaum zum Luftholen. Noch nie hatte diese Bücherei an einem Samstag solchen Andrang erlebt. Sie hatten den ganzen Nachmittag ununterbrochen gearbeitet, Bücher empfohlen und ausgeliehen, Rückgaben einsortiert, und das alles nur mit einer Tasse Tee und einem Stück Battenbergkuchen im Magen.

Plötzlich ließ ein Krächzen an der Tür sie aufblicken.

»O nein …« Clara machte unwillkürlich ein paar Schritte rückwärts, bis sie an ein Bücherregal stieß. »Nicht heute, Rita, wir haben schrecklich viel zu tun … ich …«

Rita Rawlins war eine korpulente, ungepflegt wirkende Frau, die irgendwo im Westen der Stadt arbeitete. Sie hatte es sich zur Gewohnheit gemacht, ihren Papagei in der Bücherei abzugeben, bevor sie samstags zur Abendschicht ging.

»Danke, Cla, du hast was gut bei mir. Meine Bettnachbarin hat sich schon bei Mrs Chumbley über den kleinen Petey beschwert, und die hat mich jetzt auf dem Kieker. Schätze, wenn ich ihn nicht weggebe, wird sie ihn früher oder später eigenhändig ausstopfen.«

Sie drohte dem gerupft aussehenden Vogel mit dem Finger.

»Armer kleiner Petey.«

»Wirklich, Rita … Es geht nicht –«

»Ich fürchte, er ist ein schreckliches Schandmaul. Das hat er von mir. Wenn er loslegt, deckt den Käfig einfach mit einem Handtuch zu. Bis dann.« Sie winkte mit den Fingern, deren Nägel scharlachrot lackiert waren.

»Rita … Wir können nicht …«

Clara gab es auf – Rita war bereits verschwunden.

»Meine liebe Clara, das hier ist eine Bücherei und kein Streichelzoo«, sagte Ruby und lachte schallend.

»Möchtest du vielleicht auch einen Leseausweis?« Clara hielt seufzend den Käfig mit dem streitlustig dreinblickenden grünen Papagei in die Höhe.

»Unverschämter Drecksack!«, kreischte der Papagei.

Clara schaute Ruby an, und Panik stieg in ihr auf.

»Ist das köstlich!«, stieß Ruby noch immer lachend hervor. »Ah, Mr Pepper, Sie kommen gerade recht. Wissen Sie vielleicht, wie man Papageien eine gepflegte Ausdrucksweise beibringt?«

Mr Pepper stand zögernd in der Tür, in einer Hand ein Einkaufsnetz voller Bücher.

»Mr Pepper, alles in Ordnung mit Ihnen?«

»Es geht schon, meine Liebe«, sagte er atemlos, zog ein Taschentuch hervor und wischte sich mit zittriger Hand die Stirn.

»Es tut mir furchtbar leid, dass ich das hier nicht schon eher vorbeigebracht habe … Der Weg zur Cousine meiner Frau in Pinner ist ziemlich weit. Es sind einige vorzügliche Krimis dabei.« Er wollte die Bücher auspacken und ließ dabei das ganze Netz fallen.

»Ach herrje.«

»Mr Pepper, ist wirklich alles in Ordnung? Soll ich vielleicht Mrs Pepper holen?«

»Sie … sie ist gestorben.«

»Was? Wie denn das? Und wann?«, fragte Clara fassungslos. »Sie waren doch gestern Abend noch gemeinsam hier!«

»W-wir haben den Shelter heute Morgen ganz früh verlassen, um die Bücher abzuholen, und auf dem Rückweg sind wir in einen Luftangriff geraten.«

Clara und Ruby wechselten entsetzte Blicke.

»Es geschah so plötzlich! Eben standen wir noch an der Liverpool Street und warteten auf den Bus zurück nach Bethnal Green, und im nächsten Moment …« Er schaute sie verstört an.

»Ich … mir ist etwas seltsam.«

»Rubes, könntest du Dot oder Alice bitten, Mr Pepper einen starken Tee zu machen? Mit so viel Zucker, wie sie erübrigen können.«

»Bin schon unterwegs.« Im Vorbeigehen legte Ruby Mr Pepper kurz eine Hand auf die Schulter.

Er wandte sich an Clara, und seine feuchten blauen Augen blickten ganz verloren.

»Ich … ich weiß gar nicht, was ich jetzt tun soll, Mrs Button. Abgesehen vom Burenkrieg waren wir beide nie auch nur für einen Tag getrennt. Bitte verzeihen Sie, dass ich Ihnen hier zur Last falle, aber ich hatte keine Ahnung, wohin ich sonst hätte gehen können.«

»Ach, Mr Pepper. Ich weiß gar nicht, was ich sagen soll … Es tut mir so furchtbar leid für Sie. Haben Sie denn jemanden, bei dem Sie unterkommen können?«, erkundigte sie sich.

»Die Cousine meiner Frau hat angeboten, mich bei sich aufzunehmen, aber ich möchte ihre Gastfreundschaft nicht strapazieren. Außerdem fühle ich mich sicherer, wenn ich hier unten im Tunnel schlafe.«

Das verstand Clara.

Dann brach er in Tränen aus, und Clara legte die Arme um den gebrechlichen Mann.

»Es tut mir so furchtbar leid, Mr Pepper. Sie war ein ganz wunderbarer Mensch.«

»Was soll ich denn nur ohne sie anfangen?«

Darauf hatte Clara keine Antwort. Sie wusste, Trauer war scharf und unberechenbar. Duncan zu verlieren war das Schrecklichste, was sie je erlebt hatte. Das Gefühl des Verlustes war ihr bis ins Mark gedrungen, und sie spürte es bei jedem Schritt.

»Sie werden nicht allein sein, Mr Pepper«, sagte sie energisch. »Schlafen Sie weiter in Ihrem gewohnten Bett, aber tagsüber kommen Sie hierher.«

»S-sie sind so gütig«, brachte er weinend heraus.

Da hallte Kinderlachen durch den Tunnel.

»Ich fürchte, hier wird es gleich ziemlich turbulent, Mr Pepper. Aber bleiben Sie einfach sitzen, Ruby kommt sicher bald mit Ihrem Tee. Später, wenn wir schließen, begleite ich Sie zurück zu Ihrem Schlafplatz.«

»Ich danke Ihnen, meine Liebe. Es tut mir leid, dass ich Ihnen so zur Last falle.«

»Ach, Mr Pepper«, erwiderte sie und umarmte ihn noch einmal. »Sie könnten doch niemals jemandem zur Last fallen.«

Die Vorlesestunden für die Kinder in der unterirdischen Bücherei von Bethnal Green waren ein Mittelding zwischen Krawall und Lesekreis.

Ruby schaffte es gerade noch mit Mr Peppers Tee in die Bücherei, bevor unzählige Kinder hereinströmten. Der Lärm war ohrenbetäubend. Große Kinder und kleine, rotznasige und tollpatschige, alberne und geschwätzige. Trotz ihrer Trauer durchströmte Clara für einen Moment ein reines, ungetrübtes Glücksgefühl. Die Tunnelratten, wie die Kinder des Bethnal Green Underground Shelter sich selbst nannten, schafften es immer wieder, sie aufzuheitern.

»Nur hereinspaziert«, sagte sie strahlend. »Geht gleich durch ins Lesezimmer. Hoppala, Vorsicht«, mahnte sie, als ein kleines Mädchen über Mr Peppers Gehstock stolperte und der Länge nach hinschlug.

»'tschuldigung, Mister«, sagte die Kleine rasch. Sie hob eine kaputte Brille auf, deren Bügel mit Kaninchendraht befestigt waren.

»Nicht doch, Liebes, das war meine Schuld«, erwiderte der ältere Herr und half ihr auf.

»Tut mir leid wegen des Lärms«, sagte Clara.

»Aber bitte, Sie brauchen sich doch nicht zu entschuldigen«, wehrte Mr Pepper mit zittriger Stimme ab. »Weshalb sollten die Kinder nicht nach Herzenslust plappern dürfen?«

Clara räumte schnell die Klapptische weg und verteilte Kissen und Decken auf dem Boden. Maggie May (Mrs Smarts Enkelin) und Molly (die Tochter von Dot vom Café) ließen sich als Erste nieder, schon im Nachthemd und mit ein paar zerschlissenen Teddys im Schlepptau.

»Beatty!« Clara blickte auf. »Schön, dass du gekommen bist.« Das junge Mädchen blieb zögernd an der Tür stehen. Marie hingegen kannte keine Zurückhaltung.

»Clara!«, schrie sie, warf sich stürmisch in ihre Arme und hängte sich mit klebrigen kleinen Fingern an ihren Hals. »Du bist meine beste Freundin.«

»Weil ich dir gestern ein Zitronenbonbon geschenkt habe?«

»Nein«, flüsterte Marie, ihr Gesicht kaum eine Handbreit von Claras entfernt. Sie roch nach Marmelade und Bleistiftspänen. »Weil du mich nicht verraten hast.«

Clara zwinkerte ihr zu und stellte sie wieder auf die Füße.

»Ruby, wärst du so nett, Beatty in unsere Nutzerkartei aufzunehmen? Und Molly, würdest du bitte für Marie ein wenig zur Seite rücken?«

»Klar.« Molly rutschte bereitwillig ein Stück. »Komm, setz dich zu uns. Wir sind Wildfänge.«

»Ich auch«, erwiderte Marie staunend, als habe sie eben eine verloren geglaubte Schwester wiedergefunden.

Clara beobachtete lachend, mit welcher Leichtigkeit das unerschrockene kleine Mädchen sofort ein Teil der Gruppe wurde.

Beatty stand noch immer an der Tür.

»Ich gehe dann mal wieder«, murmelte sie. »Ich hole sie nachher ab.«

»Bitte bleib doch, Beatty. Du bist hier herzlich willkommen.«

Das junge Mädchen mit den dunklen Augen erwiderte zweifelnd ihren Blick.

»Obwohl ich vorhin in der Fabrik so unhöflich zu Ihnen war?«

Clara runzelte verwirrt die Stirn.

»Du warst doch nicht unhöflich.«

»Doch, und es tut mir leid. Sie werden es doch nicht dem Leiter des Shelter erzählen, oder?«

»Da gibt es gar nichts zu erzählen. Außerdem – hier drin bin ich die Chefin, und ich würde mich wirklich sehr freuen, wenn du bleibst.«

Beatty schien sich zu entspannen.

»Du bist weit weg von zu Hause, da könntest du bestimmt eine Freundin brauchen.«

»Bücher sind meine Freunde«, erwiderte Beatty leise.

»Ich wäre auch gern deine Freundin«, bot Clara an. »Wenn du mich lässt.«

Sie hätte am liebsten mehr Zeit für Beatty gehabt, doch da

traf Pat Doggan mit ihrer Kinderschar ein. Die Kleinen hingen an ihren Armen und Beinen.

»Rein mit euch, Rasselbande, lauft schon«, sagte sie, schüttelte die Kinder ab und scheuchte sie mit einem angedeuteten Tritt ins Hinterteil.

»Möchtest du, dass ich bleibe, Cla?«

»Nein, geh nur, Pat, leg dich eine Stunde hin und genieße die Ruhe.«

»Sparrow«, sagte Pat zu ihrem ältesten Sohn. »Sorg dafür, dass die Kleinen sich anständig benehmen, und bring sie nachher zurück zu unseren Betten!«

Der elfjährige Sparrow Doggan und sein bester Freund Ronnie Richards waren die ältesten Kinder in der Gruppe und taten die Vorlesestunde normalerweise als »Babykram« ab. Clara und Ruby sahen sie ständig in Bethnal Green umherstreifen. Sie nannten sich die jungen Gärtner der Russia Lane und hatten angefangen, auf einem Trümmergrundstück einen Gemüsegarten anzulegen. Wenn sie einmal nicht mit der Gartenarbeit beschäftigt waren, fuhren sie auf ihren Fahrrädern zwischen den Trümmern um die Wette oder erkundeten die U-Bahn-Tunnel.

»Für Sie, Miss«, sagte Ronnie, legte eine lehmige Steckrübe auf den Büchereitresen und stellte eine hausgemachte Gemüsepastete daneben. »Die Pastete ist von Oma, die Rübe von mir. Ach ja, und meine Mum will einen Mord.«

Beatty beobachtete das Treiben, und Clara bemerkte erfreut, dass ein Lächeln ihre Mundwinkel umspielte.

»Danke, Ronnie. Aber ich fürchte, sie wird morgen selbst herkommen müssen, um sich ein Buch auszusuchen.«

Das Lesezimmer füllte sich, und zu Ronnie und Sparrow gesellte sich nun auch der Dritte im Bunde, Tubby Amos. Man hörte ihn schon von Weitem, wenn er durch die Tunnel lief, denn er trug eine Schiene am Bein, weil er als kleines

Kind an Kinderlähmung erkrankt war. Allerdings schien ihn das eiserne Gestänge kaum zu bremsen.

»Tut mir leid, dass ich zu spät bin«, sagte er fröhlich und rieb sich den Kopf. »Ich hab mir von Mrs Chumbley eine gefangen, weil ich durch die Station gerannt bin.«

»Schon gut, Tubby«, erwiderte Clara freundlich. »Wir haben noch nicht angefangen.«

»Ich bringe die *Abenteuer der Familie Ruggles* zurück«, sagte er und gab ihr das Buch. Darin steckte als Lesezeichen eine Schnur, an der ein angelutschter Ananasdrops voller Fusseln hing.

»Hoppla, 'tschuldigung, Miss. Tolles Buch.«

»Es freut mich, dass es dir gefallen hat, Tubby.« Clara löste die klebrige Schnur von der Buchseite. Dieser Fund würde in das Kapitel eingehen, das eines Tages Teil ihrer Memoiren werden sollte: skurrile Dinge, die als Lesezeichen benutzt wurden. Auf ihrer Liste standen bereits Speckstreifen und Socken.

»Du hast es ja in Rekordzeit gelesen.«

Tubby war ein besonders eifriger Leser, er verschlang die Bücher nur so. Clara wünschte nur, Sparrow könnte sich ebenso für das Lesen begeistern.

Während Ronnie und Tubby sich niederließen, saß Sparrow in demonstrativ trotziger Haltung auf einem Klapptisch am hinteren Ende des Raumes, die Arme verschränkt, Schorf auf den Knien. In einer seiner Hosentaschen steckte eine Steinschleuder, in einer anderen eine Broschüre mit dem Titel *Graben für den Sieg.*

»Möchtest du nicht näher kommen, damit du auch mithören kannst, Sparrow?«

»Nö. Ich hab's nich' so mit Büchern. Ich bin nur hier, weil ich nachher meine Brüder zurückbringen muss.«

»Unverschämter Drecksack!«, kreischte eine Stimme, und Clara stöhnte.

Die Kinder saßen da wie vom Donner gerührt, als sie hörten, wie jemand in der Bücherei solche unflätigen Ausdrücke gebrauchte.

»Rubes«, rief Clara, »wärst du so nett, Peteys Käfig mit einem Handtuch abzudecken?«

»Blöde Kuh!«, krächzte der Papagei und hüpfte auf und ab. »Blöde Kuh!«

Das war zu viel. Die Kinder konnten sich vor Lachen nicht mehr halten. Sparrows gespielte Gleichgültigkeit schmolz dahin, und er grinste breit. Selbst Beatty lachte.

»Eigentlich lesen wir ja gerade *Abenteuer der Familie Ruggles*«, sagte Clara schmunzelnd, »aber da wir Petey nun schon einmal bei uns haben – wer ist dafür, dass wir *Die Schatzinsel* lesen?«

»Ja!«, riefen die Kinder im Chor.

Hin und wieder plapperte Petey dazwischen, und die Kinder fanden offenbar, das hier sei das Beste seit der Erfindung des Ananasdrops. Man hätte eine Stecknadel fallen hören, während Clara von Piraten und vergrabenem Gold vorlas. Sie selbst jedoch fand es am faszinierendsten, die Gesichter von Sparrow und Beatty zu beobachten.

Die Geschichte von Jim Hawkins schlug die beiden völlig in Bann, schon mit den ersten spannenden Szenen im Gasthaus Admiral Benbow. Sparrows Augen leuchteten. Er war fasziniert von der zwielichtigen Gestalt des Einbeinigen mit dem Dreispitz, dem scharlachroten Mantel und dem wild aussehenden Papagei auf der Schulter.

Als Clara wieder einmal von dem Buch aufblickte, sah sie zwei Männer wie ein Paar Buchstützen zu beiden Seiten der Tür zum Lesezimmer stehen. Sie waren unbemerkt hereingekommen, während sie sich an Bord der *Hispaniola* befand. Einer der beiden war Billy. Der andere war Mr Pinkerton-Smythe, und sein finsterer Gesichtsausdruck stand dem eines mordlustigen Meuterers in nichts nach. Claras Herz machte einen Hüpfer und rutschte ihr dann in die Hose.

Sie wandte sich wieder ihrem Buch zu, doch jetzt fühlte sie sich beobachtet und entsprechend befangen.

Schließlich klappte sie das Buch zu und lächelte strahlend.

»Genug für heute. Aber sagt mal, Kinder, was meint ihr, was der eigentliche Schatz in diesem Buch ist?«, fragte sie.

»Na, es ist ein klassischer Entwicklungsroman, nicht wahr, Miss?«, bemerkte Tubby weise. »Der eigentliche Schatz, das sind nicht Goldmünzen, sondern dass Jim seine eigene Tapferkeit entdeckt.«

»Ich finde, da steckt noch eine Lehre drin«, sagte Sparrow.

»Ach ja?«

»Lass dich niemals in einem Gasthaus mit einem alten Seemann ein.«

»Hallo, Seemann«, ließ Petey sich vernehmen.

Alle kicherten. Marie entfuhr dabei ein kleiner Furz, was natürlich alle anderen umso mehr erheiterte. Molly lachte so heftig, dass sie umkippte und sich ihren Teddy in den Mund stopfen musste.

»Mrs Button, wir stören die Ruhe in der Unterkunft«, sagte Mr Pinkerton-Smythe, der inzwischen näher getreten war, steif. »Was ist das denn hier für ein Radau! Ich nahm eigentlich an, diese Vorlesestunde solle die jüngeren Nutzer der Bücherei auf die Nachtruhe einstimmen. Mir scheint, sie hat eher den gegenteiligen Effekt.«

»Entschuldigung. Kinder, beruhigt euch wieder. Es ist Zeit fürs Bett. Und vergesst nicht, morgen beginnt unser Lesewettbewerb. Jedes Kind, das bis zum Ende des Sommers zehn Bücher gelesen hat, bekommt einen Donut als Preis.«

Damit war die Lesestunde beendet. Die Kinder standen auf, und sofort wurde es wieder laut.

»Sparrow!«, rief Clara, als er seine jüngeren Brüder einsammelte. »Es war so schön zu sehen, dass dir dieses Buch gefallen hat.«

»Hm, ja, das war gut. Es is' ja auch kein Buch für Babys.«

»Ich habe eine Idee. Möchtet ihr drei, du, Tubby und Ronnie, vielleicht offizielle Bibliotheksgehilfen werden? Ich fürchte, ich kann euch keinen Lohn zahlen, aber ein paar Donuts gratis wären schon drin …«

»Mrs Button. Ich müsste Sie bitte sprechen«, unterbrach Mr Pinkerton-Smythe und schnippte mit den Fingern.

»Ja, ja, ich komme sofort. Einen Augenblick noch … Ich würde mich auch sehr freuen, wenn du herkämst, um den kleineren Kindern vorzulesen. Als Lesepate.«

Er zuckte die Achseln.

»Ronnie und Tubby können das ja machen, aber ich nich', Miss.«

»Das ist schade, Sparrow. Darf ich fragen, warum nicht?«

»Kann nich' lesen.«

»Oh, ach so, verstehe.« Clara verfluchte sich im Stillen. »Nun, vielleicht …«

»Ich habe nicht viel Zeit, Mrs Button …«

»Ja, gleich, ich wollte nur eben mit dem jungen Mann hier besprechen, wie –« Aber als Clara sich umdrehte, schob Sparrow gerade seine jüngeren Brüder zur Tür hinaus.

Verdammt.

»So, Mr Pinkerton-Smythe. Jetzt bin ich für Sie da«, sagte Clara, konnte jedoch ihren Ärger nicht verhehlen.

»Während Sie mit der Lesestunde beschäftigt waren, habe ich mich einmal gründlich in der Bücherei umgesehen und mir ein paar Punkte notiert, wo ich Änderungsbedarf sehe.«

»Änderungsbedarf, Sir?«

Er zog ein Notizbuch aus seiner Aktentasche.

»Zunächst einmal erscheint es mir übertrieben, den Kindern jeden Abend vorzulesen. Einmal wöchentlich sollte genügen.«

»Einmal wöchentlich?«

»Ja. Ich denke, es wäre in unserem Sinne, einige dieser Kinder nach Möglichkeit aus der Bücherei fernzuhalten. Manche sehen aus, als könnten sie womöglich Ungeziefer einschleppen.«

Er rümpfte verächtlich die Nase.

»Der Fröbel'sche Ansatz mag in manchen Büchereien fruchten, Mrs Button, aber in einer unterirdischen Bücherei Kinder herumtollen zu lassen, verbietet sich schlichtweg. Hier muss es gesittet zugehen.«

Clara blieb kaum Zeit, sich zu entrüsten, da kam er auch schon zum nächsten Punkt.

»Können Sie mir erklären, weshalb Sie Bücher, die verfilmt wurden, so augenfällig präsentieren?«

»Wir können den Einfluss Hollywoods nicht ignorieren«, argumentierte Clara. »Nach meiner Erfahrung steigt die Nachfrage immens, sobald ein Roman für den Film adaptiert wird.«

»Aber ist das denn die Sorte Leser, die wir in unserer Bücherei haben wollen, Mrs Button? Über dieses Thema haben wir doch gestern schon gesprochen. Wie ich bereits sagte, meine Liebe: Ihnen muss bewusst sein, dass viele dieser Frauen aus geistig niederen Sphären stammen und in ihrem Umgang mit dem gedruckten Wort der Anleitung und Förderung bedürfen. Wir müssen ihr Niveau heben, sie zu erbaulicherer Lektüre hinführen.«

Clara brachte kein Wort heraus.

»Schauen Sie sich das an«, fuhr Mr Pinkerton-Smythe fort und wies auf das Regal mit Frauenromanen. »Seichte Unterhaltungsromane von Autorinnen wie Ethel M. Dell und Denise Robins stellen eine erhebliche Gefahr für die Literatur dar. Indem Sie Frauen gestatten, so etwas zu lesen, tragen Sie denkbar wenig dazu bei, das geistige Niveau zu heben.«

»Ihnen *gestatten,* es zu lesen?«, rief Clara aus. »Sie reden, als wüssten meine Kundinnen nicht selbst, was sie wollen.«

Sie spürte, wie ihr Puls sich beschleunigte – die grenzenlose Verachtung dieses Mannes hatte sie getroffen wie ein körperlicher Schlag.

»Nun beruhigen Sie sich doch, meine Liebe, Sie sind ja schon wieder ganz aufgebracht.« Er lächelte kalt und herablassend. »Ich muss jetzt wirklich gehen. Wir werden dieses Gespräch ein anderes Mal fortsetzen. Nur eines noch – Ihre Zehen.«

Clara schaute auf ihre lackierten Zehennägel, die unter dem Saum ihrer Hose hervorschauten.

»Sie sind zu sehen.«

»Ja, nun, mein letztes Paar Strümpfe hatte Laufmaschen.«

»Wie dem auch sei, eine Bücherei ist kein Ort, wo man seine Zehen zeigt. Ich habe gehört, was Ihnen gestern Abend widerfahren ist. Meine Liebe, wie soll ich es ausdrücken … Wir wollen doch die Männer nicht auf falsche Gedanken bringen, wie? Ich werde das Thema bei nächster Gelegenheit im Bibliotheksausschuss ansprechen, aber einstweilen tragen Sie bitte geschlossene Schuhe.«

Wut stieg in Clara auf. Wie konnte er es wagen, anzudeuten, sie sei an dem Vorfall selbst schuld gewesen!

»Sehr wohl, Sir«, sagte sie mit vor Zorn bebender Stimme. In diesem Moment sah sie sich selbst mit seinem voreingenommenen Blick, und sie war sicher, dass dieser Mann nicht nur eine Abneigung gegen sie hegte – er hasste sie.

Er bückte sich nach seiner Aktentasche.

»Ach, und Mrs Button? Bitte schaffen Sie Ordnung und Sauberkeit in dieser Bücherei, sorgen Sie dafür, dass die Kinder und der Papagei verschwinden.«

Als er sich zum Gehen wandte, drehte sie sich zum Bücherregal um und biss sich in die Faust, um sich zu beherrschen.

»Wenn ich mir die Bemerkung erlauben darf, ich empfinde Ihre Zehen durchaus nicht als anstößig. Ich finde sie im Gegenteil recht hübsch.«

»Billy!«

Als Clara sich umdrehte, stand er vor ihr und schaute belustigt lächelnd auf sie herunter.

»Wie viel haben Sie von dem Gespräch mitgehört?«

»Mehr, als mir lieb ist. Wer war denn dieser komische alte Erbsenzähler?«

»Mein neuer Chef.«

»Hallo, Sie müssen der mysteriöse Billy sein«, sagte Ruby, die mit verschmitztem Lächeln hereinkam. »Ich weiß gar nicht, wie ich Ihnen dafür danken soll, dass Sie gestern Abend eingegriffen und diesen Kerl in die Flucht geschlagen haben.«

Er errötete ein wenig. »Ich habe eigentlich gar nichts gemacht. Ich war nur zur rechten Zeit am rechten Ort.«

Er wandte sich an Clara. »Habe ich vielleicht gestern Abend meinen Helm hier liegen lassen?«

»Ach ja, warten Sie, ich hole ihn.«

Als sie zurückkehrte, erkannte Clara, dass Ruby inzwischen ihren Charme hatte spielen lassen, und Billy sah aus wie ein Kaninchen im Scheinwerferlicht.

Ruby nahm sich den Aufruf *Schönheit ist die Pflicht der Frau* wahrhaftig zu Herzen. Sie hatte einen Blick, den man wohl am treffendsten als »glühend« beschreiben konnte. Ihre Lippen waren meist röter als ein Briefkasten, und ihre wohlgeformten Beine hatten dank reichlich Cyclax Stockingless Cream stets den edlen Schimmer von Nylonstrümpfen. Clara wusste, dass ihre Freundin der Welt nur eine draufgängerische Fassade präsentierte, ebenso falsch wie der Schönheitsfleck, den sie sich ins Gesicht malte. Die echte Ruby war nuanciert und vielschichtiger als eine Zwiebel – aber versteckten sie sich nicht alle hinter einer Rolle?

»Tut Ihre Lippe noch weh?«, erkundigte Clara sich bei Billy.

»Ich werd's überleben. Mir ist schon viel wohler, nachdem ich *Die Schatzinsel* gehört habe. Das war in meiner Jugend eins meiner Lieblingsbücher.«

»Aber jetzt ist es nicht mehr Ihr Lieblingsbuch?«

»Nein.« Er lächelte, und in seinem Blick lag ein Hauch von Herausforderung.

Sie gab ihm seinen Helm.

»Haben Sie schon gehört, dass es noch eine ganze Reihe weiterer Überfälle in der Gegend gab?«

Billy ließ den Helm prompt fallen.

»Nein!« Er war sichtlich erschüttert.

»Ich fürchte doch. Vorhin war jemand von der Polizei hier und wollte mich sprechen. Er wird sicher in den nächsten Tagen auch noch Ihre Aussage aufnehmen wollen.«

»Clara, das ist ja schrecklich.« Billy bückte sich nach seinem Helm. »Sie dürfen nicht mehr allein nach Hause gehen. Sie auch nicht, Ruby. Nie mehr.«

»Keine Sorge, das tu ich auch nicht.«

Er runzelte die Stirn. »Ich könnte kommen und Sie nach der Arbeit begleiten, sofern mein Dienstplan es zulässt.«

»Das ist wirklich nicht nötig, Billy«, wehrte Clara ab. »Sie haben schon mehr als genug getan.«

»Aber natürlich ist es nötig! Ich … es ist einfach unvorstellbar. Allein sind Sie nicht mehr sicher.«

Sie schaute ihn forschend an.

»Aber ich bin ja nicht allein. Ich habe doch Ruby. Und hier unten in der Bücherei sind wir bestens geschützt.«

Er drehte den Helm in den Händen, dann trommelte er nervös mit den Fingern darauf. Offenbar beschäftigte ihn etwas.

»Bitte gehen Sie keine Risiken ein, Clara.« Er warf ihr einen eindringlichen Blick zu, dann schaute er auf seine Uhr.

»Verdammt, ich muss jetzt los. Und Sie müssen mir versprechen, auf sich achtzugeben, Clara.«

Sie nickte. »Versprochen.«

Die beiden Frauen sahen ihm nach, als er sich unter dem niedrigen Türrahmen hinwegduckte und aus der Bücherei auf den Bahnsteig hinaustrat.

»Er hat ein Auge auf dich geworfen«, stellte Ruby fest und schnalzte mit der Zunge.

»Sei nicht albern.«

Ruby zog eine sorgfältig geschminkte Augenbraue hoch. »Glaub mir, er mag dich.«

»Rubes. Ich bin verheiratet … das heißt, ich war es.«

»Das weiß ich doch, Schätzchen, und ich möchte Duncans Andenken wirklich nicht beleidigen, aber seitdem sind fast vier Jahre vergangen. Du hast das Recht, dich neu zu verlieben.«

Clara schaute zur Tür, verwirrt, fasziniert von dem Gedanken und vielleicht ein klein wenig hoffnungsvoll. *War sie wirklich im Begriff, sich zu verlieben?*

Sie verwarf den Gedanken sofort wieder – es kam nicht infrage. Sich zu einem anderen Mann hingezogen zu fühlen, erschien ihr wie ein Verrat an Duncan. Außerdem wusste sie doch kaum etwas über Billy Clark, nur dass er die seltsame Gabe besaß, zur rechten Zeit am rechten Ort aufzutauchen, dass er viel arbeitete und einen unglaublich niedlichen Hund hatte. Sie kannte nicht einmal sein Lieblingsbuch!

Inzwischen war die Bücherei leer bis auf Marie, Beatty und Mr Pepper. Clara beschloss, früh zu schließen und alle drei zu ihren Schlafplätzen zu begleiten.

Gemeinsam gingen sie über den Bahnsteig und durch den schmalen, dunklen Gang, der den Tunnel Richtung Westen mit den Schlafbereichen des Shelter im östlichen Tunnel verband.

Es war Viertel vor acht, und die Bewohner des Shelter richteten sich für die Nachtruhe ein. Auf einer Strecke von tausendzweihundert Metern standen entlang der Tunnelwände dreistöckige Metallbetten (wegen der geringeren Ungeziefergefahr), montiert von den Pfadfindern.

Clara stockte bei dem Anblick jedes Mal der Atem. Man kam sich vor wie im Inneren eines riesigen Schlafwagens. Der Tunnel war in die Abschnitte A bis D unterteilt und bot Schlafplätze für bis zu fünftausend Personen, in einer besonders schlimmen Bombennacht während des Blitz 1940 hatten hier sogar achttausend Menschen Zuflucht gesucht.

»Welche Nummer hat denn Ihr Bett, Mr Pepper?«, fragte Clara, zog unauffällig ihr Riechsalz aus der Tasche und hielt es sich kurz an die Nase. Diese Tunnel retteten Leben, aber den Gestank der vielen ungewaschenen Körper, die hier Nacht für Nacht auf engstem Raum zusammenkamen, konnte sich keiner vorstellen, der ihn nicht selbst gerochen hatte.

»Ich fürchte, ich bin ganz weit hinten, am Ende von Abschnitt D.«

»Und wo schlaft ihr, Mädchen?«

»Nummer 2023 in Abschnitt B«, antwortete Beatty.

Marie hielt Claras Hand, hüpfte neben ihr her und winkte, wenn sie eine Freundin sah.

»Ich finde es toll, unter der Erde zu schlafen«, verkündete sie. »Bea sagt, irgendwann darf ich auch mal das oberste Bett haben.«

»*N'oublyie pon chein qué j'té dis*«, murmelte Beatty.

Marie verstummte.

»Das ist unser Bett«, sagte Beatty unbehaglich.

»Wo ist denn eure Mum, Liebes?«, erkundigte sich Ruby.

»Sie arbeitet nachts«, erklärte Beatty. »In der Flugzeugfabrik Plessey in Ilford.«

»Wann kommt sie zurück?«, wollte Clara wissen.

»Weiß nicht, manchmal macht sie auch Doppelschichten.«

»Und wer kümmert sich dann um Marie?«, fragte Ruby weiter.

»Ich«, erwiderte Beatty abwehrend. »Ich bin alt genug. Bevor meine Schicht bei Rego anfängt, bringe ich sie in die Kinderstube.«

»Kannst du mir noch was vorlesen, Clara?«, fragte Marie, während sie unter eine kratzige Decke kroch. »Bitte!«

»Nein, das kann sie nicht«, entgegnete Beatty. »Sie hat keine Zeit.«

»Ein anderes Mal, versprochen«, sagte Clara. »Aber komm doch morgen Abend wieder in die Bücherei.«

»Der Mann hat doch gesagt, du sollst die Lesestunde nur noch einmal in der Woche machen.«

»Das hast du gehört? Keine Sorge, Liebes, ich lese weiter jeden Abend vor. Jetzt schlaft gut und lasst euch nicht von den Flöhen beißen.«

»Nacht, Mrs Button«, erwiderte Beatty.

»Clara, bitte. Wir sind doch jetzt Freundinnen, schon vergessen?«

Beatty lächelte schüchtern. »Danke, Clara.« Sie nahm die Taschenlampe von ihrem Bett und schlüpfte mit ihrem Buch unter die Decke, genau wie Clara es als junges Mädchen getan hatte.

»Völlig unverantwortlich, wenn du mich fragst«, murmelte Ruby, sobald sie außer Hörweite waren. »Beatty ist erst sechzehn. Ihre Mum sollte sie nicht die ganze Nacht mit einer Achtjährigen allein lassen.«

»Was bleibt ihr anderes übrig?«, entgegnete Clara.

»Trotzdem. Mädchen in dem Alter brauchen ihre Mum. Wenn ich ihr mal begegne, werde ich ihr die Meinung sagen.«

Nachdem sie auch Mr Pepper zu seinem Schlafplatz begleitet hatten, verließen sie die U-Bahn und traten ins Freie.

»Was hab ich dir gesagt?« Ruby stieß Clara den Ellenbogen in die Seite. »Da ist unser alter Freund Billy mit den blauen Augen.«

»Billy!«, rief Clara. Er lehnte am Geländer neben der Treppe zur Station.

»Es zieht Sie wohl unwiderstehlich hierher, was?«, neckte Ruby.

»Ich konnte für heute Abend meine Schicht tauschen. Ich wollte einfach sichergehen, dass Sie beide gut nach Hause kommen«, erklärte er. Eine sandfarbene Haarlocke fiel ihm ins Gesicht.

Clara spürte, wie sich eine Wärme in ihr ausbreitete. Sie konnte nicht leugnen, dass sie sich zu diesem freundlichen und fürsorglichen Mann hingezogen fühlte.

Er bot ihr den Arm, und sie hakte sich ein.

Ruby bestand darauf, dass sie zuerst bei ihr vorbeigingen. Als sie sich trennten, zwinkerte sie Clara nicht besonders unauffällig zu. Fünf Minuten später spazierten die beiden durch den Sugar Loaf Walk.

An Claras Haustür blieben sie stehen. Billy schien es nicht eilig zu haben, sich zu verabschieden.

»Es war schön, nach Hause begleitet zu werden«, sagte sie. »Ich habe mich längst daran gewöhnt, allein zu leben und auf mich gestellt zu sein.«

»Ich habe gelesen, dass Sie verwitwet sind«, erwiderte er leise. »Mein herzliches Beileid zu Ihrem Verlust.«

»Danke. Mein Mann … Nun, er ist in Frankreich gefallen. Ich sage mir immer, dass viele andere den gleichen Verlust erlitten haben wie ich … Entschuldigen Sie, ich rede zu viel.«

»Aber nicht doch!«

»Was ist mit Ihnen?«, erkundigte sie sich. »Als Sanitäter sehen Sie sicher viele schlimme Dinge.«

»Ja, aber ich habe einen robusten Magen. Und ich liebe meine Arbeit.«

»Wurden Sie vom Kriegsdienst freigestellt?«, fragte sie, von plötzlicher Neugier getrieben.

»Ich bin KDV. Sie wissen schon, Kriegsdienstverweigerer aus Gewissensgründen.«

»Ah, ich verstehe. Das hat sicher eine Menge Mut erfordert.«

»Glauben Sie mir, Clara, so wie Sie denken nur wenige.«

»Warum?«

»Vermutlich aus demselben Grund, aus dem die Leute es auch nicht gern sehen, wenn junge Mädchen immerfort lesen. Es gehört sich einfach nicht … Außerdem ist es wohl nicht gerade heldenhaft, aus Gewissensgründen den Kriegsdienst zu verweigern.«

»Aber Sie leisten doch schließlich Ihren Beitrag an der Heimatfront – die Arbeit als Sanitäter ist sicher auch kein Zuckerschlecken.«

Er seufzte müde.

»Nein, natürlich nicht. Vergangene Woche habe ich fünfundsiebzig Stunden gearbeitet. Aber die Leute haben nun einmal ihre Ansichten, ihre Vorurteile, was weiß ich. Wenn sie nur sehen könnten, was ich als Krankenträger drüben in Dünkirchen gesehen habe …«

Darauf schwiegen beide eine ganze Weile lang. *Dünkirchen.* Claras Kehle wurde eng.

»Ich würde Sie gern hereinbitten, aber Sie wissen ja, wie schnell die Leute reden.«

»Natürlich, das verstehe ich vollkommen. Ich sollte mich ohnehin besser wieder auf den Weg machen.«

»Danke nochmals, Billy«, sagte Clara, während sie die Tür aufschloss.

»Ich habe nur meine Bürgerpflicht getan.« Er lächelte und trat abrupt einen Schritt zurück.

In diesem Moment überkam Clara ein überwältigendes Verlangen, ihn zu berühren, ihn zu küssen, in seinen Armen zu liegen, nicht allein in ihrem kalten Bett zu sein – und die Sehnsucht danach, wieder Hoffnung zu empfinden. *Alles* wäre ihr lieber gewesen, als jetzt in ihre leere Wohnung zu gehen, wo sie nur an ihr Versagen als Ehefrau erinnert wurde. Und diese furchtbare Stille – sie war das Schlimmste am Alleinsein. Es war ja nicht so, als ob sie und Duncan besonders viel gemeinsam gehabt hätten. Vor dem Krieg hatten sie abends meist am Kamin gesessen, sie mit einem Roman, Duncan mit dem Sportteil der Zeitung. Aber das einträchtige Schweigen war das, was ihr jetzt am meisten fehlte. Hätte sie nicht ihre Bücher gehabt, dann hätte sie bestimmt schon angefangen, Selbstgespräche zu führen.

»Zum Teufel, was soll's!«, rief sie plötzlich. »Kommen Sie doch auf einen Tee herein – an einer Tasse Tee kann wohl nichts Verwerfliches sein?« Sie lachte unsicher.

»Vielen Dank, Clara, aber das sollte ich besser nicht tun.« Er wandte sich ab und ging durch den Sugar Loaf Walk davon. Beauty trottete hinterdrein. Clara stöhnte und lehnte die Stirn an die Haustür.

Du Vollidiotin.

Dies war nicht einer von Dots Liebesromanen. Billy würde sie nicht in die Arme schließen und hier auf ihrer Türschwelle leidenschaftlich küssen. Sie schaute ihm nach, wie er in der Dunkelheit verschwand. Neugier regte sich in ihr. Wer war dieser Mann, der den Krieg ablehnte und doch tagtäglich mit dessen grauenhaften Auswirkungen zu tun hatte? Billy mit den blauen Augen steckte voller Widersprüche. Er hatte es plötzlich so eilig gehabt, sich zu verabschieden. Andererseits – wie hatte Ruby vorhin zu ihm gesagt? *Es zieht Sie wohl unwiderstehlich hierher.* Clara seufzte tief, dann trat sie widerstrebend in die gähnende Leere ihrer Wohnung.

6

RUBY

Wer ein Buch hat, der hat einen Freund. Als Einzelkind hatte ich IMMER ein Buch zum Freund.

Andrea Homer, ehemals samstägliche Aushilfe in der Cradley Library in Halesowen

In Bethnal Green hielt der Sommer Einzug, klebrig und stickig. Auf Trümmergrundstücken überall in der Gegend wucherten bereits Büschel von Weidenröschen, und in der warmen Luft lagen die Gerüche von erhitztem Asphalt und Kohlenstaub.

Der »Baby Blitz« – wie die kurze Serie von Luftangriffen genannt wurde, in der auch Mrs Pepper umgekommen war – war vorbei, doch nun braute sich eine andere, heimlichere Bedrohung zusammen wie ein Unwetter, das am Horizont heraufzog. Dreizehn Wochen waren vergangen, seit Clara vor ihrer Haustür überfallen worden war, und seitdem hatte es noch zwei weitere Übergriffe auf Frauen gegeben. Einer ereignete sich in Hoxton, wo die Frau den Angreifer abwehren konnte, der andere in Whitechapel, wo es leider weniger glimpflich ausging. Die Polizei warnte alle Bewohnerinnen des East End, auf der Hut zu sein. Ruby trug seither einen Schlagring in der Handtasche mit sich herum und war entschlossen, ihn einzusetzen, falls es nötig werden sollte. Nicht, dass sie viel allein im Dunkeln unterwegs gewesen wäre. Schließlich war ja jetzt Billy da.

Während Ruby nach der Arbeit die Treppe zu ihrer Wohnung hinaufstieg, grübelte sie über das Rätsel namens Billy Clark. Eben hatte sie sich von ihm und Clara verabschiedet. Billy schien es sich zur Aufgabe gemacht zu haben, Clara zu beschützen, und er begleitete sie und Ruby nach Hause, wann immer sein Dienstplan es erlaubte. Dabei hatte er stets seinen kleinen Hund bei sich.

Billy war der perfekte Gentleman, ging immer an der Straßenseite und brachte sie bis an die Haustür. Doch hinter diesem seltsam ritterlichen Benehmen schien sich noch etwas anderes zu verbergen. Der Sanitäter hatte etwas an sich, das Ruby nicht zu ergründen vermochte. Es war nicht zu übersehen, dass er sich zu Clara hingezogen fühlte, und doch schien er entschlossen, ihre Beziehung auf einer förmlichen Ebene zu halten. Wann immer sie ihn in die Bücherei einladen wollten, um gemeinsam etwas zu trinken, lehnte er ab.

Ein unschöner Gedanke drängte sich Ruby auf. Er war doch nicht etwa verheiratet? Ihr waren schon etliche untreue Ehemänner begegnet, vor allem während des Blitz. Männer, die es besser hätten wissen müssen, schickten ihre Ehefrauen aufs Land und nutzten die gewonnene Freiheit für Affären. Jede dunkle Gasse war dieser Tage ein weiches Bett!

Zum Teufel mit den Männern. Nach Rubys Meinung gehörten die meisten von ihnen kurzerhand kastriert. Allen voran ihr Stiefvater, der nichtsnutzige Drecksack. Dieser GI Eddie hatte auch nichts mehr von sich hören lassen, was Ruby allerdings nicht überraschte. Schließlich hatte sie ihm eine unmögliche Aufgabe gestellt. Seit das Papier rationiert wurde, waren so beliebte Romane schwer aufzutreiben. Heute Abend sollte ihr Lesekreis zum ersten Mal stattfinden, und sie hatten für die ganze Gruppe nur zwei zerfledderte Exemplare von *Vom Winde verweht!*

Seufzend stieß sie die Wohnungstür auf.

»Ich bin wieder da!«

»Hier drin, Liebes. Tür zu, es zieht.«

Ruby schlug die Tür schwungvoll zu.

Netty war in der Küche – wo auch sonst – und bearbeitete den Herd kräftig mit Ofenschwärze. Ihr Arm schnellte auf und ab wie der Ellenbogen eines Fiedlers. Die Kartoffeln für die Pommes frites lagen bereits fertig geschält in einem Topf mit Salzwasser.

»Ich kann nicht lange bleiben. Muss mich nur schnell umziehen und dann gleich wieder in die Bücherei.«

»Und dein Abendessen?«

Ruby schnitt sich eine Scheibe Brot ab und bestrich sie dünn mit Margarine.

»Das ist mein Abendessen.«

»Davon bleibst du doch nicht bei Kräften«, sagte Netty besorgt.

Ruby kaute achselzuckend. »Es reicht als Grundlage für den Gin.«

»Du trinkst zu viel, Mädchen«, stellte Netty fest. Sie wusch sich die Ofenschwärze von den Händen und trocknete sie an ihrer Schürze ab. »Victor sagt das auch.«

»Der muss es ja wissen«, murmelte Ruby halblaut. »Der Saufbold.«

»Was sagst du, Liebes?«

»Ich sagte, heute Abend trifft sich unser Lesekreis zum ersten Mal. Wir erwarten viele Teilnehmer.«

Sie wischte die Krümel von ihrem Teller in den Abfall, dann zog sie ihren Lippenstift nach.

»Sag mal, Mum, möchtest du nicht mitkommen?«

»In die Bücherei? Soll Victor sich sein Abendessen etwa selbst kochen?«

Ruby verdrehte die Augen. »Gute Idee.« Sie ließ ihre steifen Schultern kreisen und seufzte.

»Müde, Liebes?«

»Bücherarme.« Ruby verzog das Gesicht. »Wir haben heute Bücherkisten in bestimmt ein Dutzend Fabriken geschleppt und nachher wieder zurück zum Wagen. Ach bitte, Mum, komm zum Lesekreis. Es würde dir bestimmt gefallen.«

»Du kennst mich doch, Liebes. Ich kann mit Büchern nicht viel anfangen. Dazu bin ich zu dumm. Mir reichen die Strickmuster in der *Woman's Own*.«

»Ach, Mum, mach dich doch nicht immer selbst klein …«

Irgendwo unten krachte es laut.

»O Gott, Victor ist schon zurück! Grundgütiger, und ich habe noch gar nicht angefangen, ihm die Leber mit Zwiebeln zuzubereiten. Er wird außer sich sein.«

»Mum, beruhige dich.«

Vom Hof drang Lärm herauf.

Ruby trat auf den Laufgang hinaus. Im Innenhof zwischen den Wohnblöcken torkelte Victor herum. Er war so betrunken, dass er immer wieder an die Hauswände stieß und zurückprallte. Dabei grölte er ein Lied.

»Was glotzt ihr alle so? Verpisst euch! Geht zurück in die Küche, ihr neugierigen alten Weiber!«

Die Frauen aus den Häusern schauten von den Laufgängen aus zu und lachten sich schief, als er zwei Schritte vorwärts und drei zurück machte.

»Oi, Victor. Ist das ein neuer Tanz, den du da aufführst?«

»Oi, Netty, Schätzchen!«, rief Nell aus der Nummer 10. »Du solltet deinen Mann lieber reinholen. Er hat schwer geladen. Die Sheriffs rücken schon an.«

Netty trat neben Ruby ans Geländer.

»Hallo, Sir«, redete ein Polizist Victor an, der inzwischen gestürzt war und auf dem Boden kauerte. »Ihre Beine wollen wohl heute nicht so recht.«

Victor zeigte nach oben, und die beiden Polizisten schauten hoch.

»Gehört er zu Ihnen, Madam?«

»Tut mir leid …«, begann Netty.

»Wir haben den Mann noch nie gesehen, Officer!«, rief Ruby zurück.

»Ich kenne Sie doch, Sie arbeiten in der Bücherei in der U-Bahn, stimmt's?«

»Ganz recht, Officer«, bestätigte Ruby und schenkte ihm ein strahlendes Lächeln. »Ruby Munroe.«

»Ich fürchte, ich habe die Leihfrist für mein letztes Buch etwas überzogen.«

»Überlassen Sie das nur mir, Officer. Ich denke, die Säumnisgebühr wird sich in Luft auflösen.« Sie zwinkerte.

»Verbindlichsten Dank, Miss Munroe.«

Er richtete den Blick wieder auf den Betrunkenen am Boden.

»Hm, nach einer Nacht in der Zelle ist er gewiss wieder nüchtern. Und morgen früh kommt bestimmt jemand, um ihn abzuholen.«

Die beiden zogen Victor hoch.

»Können Sie ihn nicht einfach zu den Fundsachen packen?«, schlug Ruby augenzwinkernd vor. »Aber im Ernst, ich würde sagen, da ist wenigstens eine Anzeige wegen Ruhestörung fällig. In den Häusern hier gibt es viele kleine Kinder, die sollten solche unflätigen Ausdrücke nicht mit anhören müssen.«

»Da haben Sie recht, Miss Munroe.« Der Polizist warf ihr noch einen wohlgefälligen Blick zu, dann schleiften er und sein Kollege Victor in Richtung Polizeiwache davon.

»Ach, Liebes«, sagte Netty. »Das hättest du nicht tun sollen.«

»Aber Mum, so betrunken, wie er ist, wird er sich morgen früh sowieso an nichts mehr erinnern. Geschieht ihm recht. Jetzt hast du zwölf Stunden Ruhe vor ihm. Und du kommst mit zum Lesekreis.«

»Victor hätte sicher was dagegen. Er mag es nicht, wenn ich Bücher lese.«

Natürlich nicht, ihm ist es lieber, wenn du ungebildet bleibst, hätte Ruby am liebsten erwidert. Stattdessen lächelte sie freundlich.

»Mum, es ist doch nur ein Lesekreis, was kann denn daran falsch sein?«

Ruby nahm das Geschirrtuch von Nettys Schulter und warf es hinunter in den Hof. »Du kommst mit in die Bücherei.«

Sobald Ruby die U-Bahn-Station betrat, wusste sie, dass etwas nicht stimmte.

Clara rannte ihr quer durch die Schalterhalle entgegen.

»Wer passt auf die Bücherei auf?«, fragte Ruby.

»Mr Pepper. Es geht um die kleine Marie Kolsky.«

»Was ist denn mit ihr?«

»Sie ist verschwunden. Sie ist nicht zur Lesestunde gekommen, und Beatty kann sie einfach nirgends finden. Mrs Chumbley führt einen Suchtrupp durch die Tunnel, und ich will zu Billy und ihn fragen, ob ein paar Sanitäter bei der Suche mithelfen könnten.«

In diesem Moment stürmten Sparrow, Ronnie und Tubby in die Schalterhalle.

»Gut, ihr drei kommt mit mir«, befahl Ruby. »Ihr Tunnelratten könnt mir all eure Verstecke zeigen.«

Ruby, Netty und die Jungs liefen polternd die Rolltreppe hinunter.

Von unten drang ihnen Lärm entgegen. »Nein, nein, rufen Sie sie nicht an!«

Beatty war ganz außer sich, und die Krankenschwester des Shelter bemühte sich, sie zu beruhigen.

»Ich habe sie gefragt, wo ihre Mum arbeitet, damit ich ihr Bescheid geben kann wegen Marie, aber sie besteht darauf, dass ich sie nicht bei der Arbeit kontaktieren darf«, erklärte die Schwester.

»Bitte, Sie dürfen ihr nichts sagen!«

»Ich kann mit ihr in die Bücherei gehen, ihr ein Glas Wasser geben und mich zu ihr setzen, damit sie sich ein wenig beruhigt«, schlug Ruby vor, worauf die Krankenschwester nickte.

»Einverstanden. Wenn ich helfen kann, rufen Sie mich.«

»Danke, Schwester. So, Jungs«, sagte Ruby und wandte sich an Sparrow, Tubby und Ronnie, »ihr müsst jetzt jeden Winkel in diesen Tunneln durchsuchen. Findet Marie.«

Die drei überschlugen sich schier vor Eifer.

»Lasst uns im Raum des Grauens nachsehen!«, rief Sparrow.

»Raum des Grauens?«, schrie Beatty auf.

»So nennen sie den Raum mit der Lüftungsanlage«, beeilte sich Ruby zu erklären. »Weil man da so seltsame Geräusche hört.« Wenigstens hoffte sie, dass das der Grund war.

In der Bücherei goss Ruby ein Glas Wasser für Beatty ein und führte sie in eine stille Ecke im Lesezimmer.

»Setz dich, Schätzchen, und trink das. Du wirst sehen, deine Schwester taucht bald wieder auf.«

Beatty nahm widerstrebend Platz.

»Es war sicher schwer für euch beide, dass ihr euren Dad zurücklassen musstet, als ihr hergekommen seid.«

Beatty trank einen Schluck und nickte.

»Erzähl mir von Jersey«, forderte Ruby sie auf. »Ich wollte immer schon mal gern dorthin. Noch nach Ausbruch des Krieges wurden die Kanalinseln als bombenfreies Ferienziel angepriesen.«

»Das war mit das Problem«, erwiderte Beatty. »Wir waren nicht vorbereitet. Nachdem Frankreich gefallen war, brach Chaos aus.«

»Was hat deine Mum da gemacht?«, fragte Ruby.

»Sie hat stundenlang Schlage gestanden, um für uns einen Platz auf dem Boot zu ergattern, das uns von der Insel wegbringen sollte. Und als es so weit war … Ach, es war schrecklich! Am Anleger drängten sich massenhaft Menschen, und alle versuchten, auf eins der Boote zu kommen. Ich konnte mich nicht mal richtig von meinem Dad verabschieden.«

»Wie furchtbar! Warum ist dein Dad denn nicht mitgekommen?«

»Er wollte bleiben und sich um sein Geschäft kümmern. Ich – ich glaube, er hat nicht damit gerechnet, dass die Deutschen wirklich einmarschieren würden.«

Ruby nickte. Sie hatte mit Grauen die Zeitungsmeldungen gelesen, erst über die Luftangriffe auf die Kanalinseln und dann über die Invasion. Es war schier unvorstellbar, dass der älteste Besitz der Krone jetzt von den Nazis besetzt war.

»Warum seid ihr ausgerechnet ins East End gekommen?«

»Mum hatte eine Tante in Whitechapel. Aber als wir hier ankamen, erfuhren wir, dass sie schon evakuiert worden war.«

»Im Krieg erlebt man viele Überraschungen«, sinnierte Ruby. »Und die meisten sind unerfreulich. Wie ging es dann weiter mit euch?«

»Mum hat Arbeit und eine Unterkunft gefunden, dann wurden wir ausgebombt, und deshalb sind wir jetzt hier.«

Ruby verstummte, fasziniert von der Odyssee, die diese Sechzehnjährige aus ihrer idyllischen Inselheimat hierhergeführt hatte.

»Bethnal Green ist sicher ganz anders als Jersey«, bemerkte Ruby.

»Das kann man wohl sagen.« Beatty seufzte. »Ich vermisse es, im Gezeitenbecken von Havre des Pas zu schwimmen und zu tauchen. Bei der Kartoffelernte zu helfen. Ich vermisse den

Geruch von Vraic – das ist Seetang, der auf den Feldern trocknet.«

»Klingt himmlisch«, erwiderte Ruby.

»Das war es auch. Aber jetzt nicht mehr. Jetzt wehen auf unserer Insel die Hakenkreuzfahnen.«

»Vielleicht wird dein Vater die Zeit ja gut überstehen? Die Besatzung scheint weniger streng zu sein als in Frankreich«, sagte Ruby.

»Inwiefern?«, fragte Beatty verächtlich. »Sie glauben diese Propaganda doch nicht etwa? Unter dem Stiefel der Nazis kann es kein gutes Leben geben. Erst recht nicht für einen Juden, Miss Munroe.«

»Es tut mir leid, das war dumm von mir. Habt ihr denn mal etwas von deinem Vater gehört?«

»Die Seekabel zwischen den Kanalinseln und dem britischen Festland wurden gekappt, sobald die Deutschen gelandet waren, und das Postschiff verkehrt nicht mehr. Darum ist meine Mutter mit uns zum Roten Kreuz hier in London gegangen. Dort konnten wir einen Rotkreuzbrief aufgeben.«

»Und dann?«

»Wir haben viele solche Nachrichten geschickt, aber es ist nie eine Antwort gekommen.«

Beattys düsterer Blick ließ erahnen, wie sie unter dem Verlust und der Trennung litt.

»Ich verrate dir ein Geheimnis. Ich habe auch Angst.«

»Sie? Aber Sie wirken so fröhlich.«

»Glaub mir, Schätzchen«, sagte Ruby seufzend und dachte an Victor, »das ist alles nur Fassade.«

Aus diesem ganzen Gespräch zog Ruby zwei Schlüsse: Erstens war Beatty außerordentlich intelligent. Und zweitens schien ihre Mutter in ihrem Leben in der unterirdischen Notunterkunft keine große Rolle zu spielen. Ruby beschlich ein unschöner Verdacht.

»Arbeitet deine Mum häufig nachts?«

»Jede Nacht.«

»Dann bleibt ja eine Menge Verantwortung an dir hängen.«

»Ich bin sechzehn, ich bin kein Kind mehr.«

Ruby nickte. Beattys und Maries Mum wäre nicht die erste Frau gewesen, die sich nach ausländischen Soldaten umschaute. London erlebte derzeit einen starken Zustrom, und die Yankees mit ihrer freigiebigen Art verdrehten selbst den zurückhaltendsten Frauen den Kopf. Die GIs hatten Glanz und Farbe in die Stadt gebracht, ganz zu schweigen von Verhütung. Ruby musste es schließlich wissen. Bessere Uniformen und höherer Sold waren nicht die einzigen Extras, die die amerikanischen Streitkräfte ihren britischen Verbündeten voraushatten. Vielleicht genoss Mrs Kolsky ihre neu gewonnene Freiheit, während sie ihre Kinder in der Obhut des Shelter zurückließ?

»Trotzdem. Es ist nicht deine Aufgabe, für Marie zu sorgen.«

»Sie sollten sich gar kein Urteil erlauben, schließlich kennen Sie weder meine Mutter noch mich.«

»Ich will ja nur helfen, Beatty.« Da kam Ruby noch ein Gedanke. »Hör mal, brauchst du irgendwas? Ich habe einen Freund, der Sachen unter der Hand beschaffen kann.«

»Es gibt nur eins, was ich im Moment dringend brauche, und dabei können nicht einmal Sie mir helfen, Miss Munroe.«

»Kommt drauf an – was ist es denn?«

»Platz. Einen Ort für meine Gedanken.« Sie deutete um sich. »Hier gibt es nirgends Privatsphäre. Ich schreibe jede Woche Briefe an meinen Dad, und ich bewahre sie in meiner Tasche auf. Aber bei der Arbeit werden die Taschen kontrolliert, und jedes Mal machen Pat oder Queenie anzügliche

Bemerkungen, behaupten, ich hätte einen Liebsten. Beim ersten Mal war das noch komisch, aber ehrlich gesagt, inzwischen habe ich es einfach satt.«

Ruby lachte.

»Das kann ich mir vorstellen. Die beiden sind nicht gerade für ihre Zurückhaltung berühmt. Aber ich hätte da eine Idee.«

Sie stand auf, ging zum Regal mit Sachbüchern und zog *Die Kunst der Haushaltsführung* heraus.

Beattys dunkle Augen beobachteten sie aufmerksam, als sie die Flaschen mit Alkohol aus dem Versteck dahinter nahm. »Als diese Bücherei gebaut wurde, muss wohl das Material knapp geworden sein, denn hinter diesem Regal ist eine Lücke zwischen den Sperrholzplatten. Schließlich ist das Ganze nur als Provisorium gedacht – wenn der Krieg vorbei ist, wird alles wieder abgerissen.«

Sie griff in den dunklen Hohlraum.

»Das Regal grenzt an die Tunnelwand, und hier ist eine Nische.« Sie steckte die Hand tiefer in das Bücherregal, bis ihr ganzer Arm darin verschwand. »Wahrscheinlich war sie für Kabelhalter oder so etwas gedacht, jetzt ist sie jedenfalls leer. Wenn du möchtest, kannst du deine Briefe darin verstecken.«

»Versprichst du, dass du sie nicht öffnest?«

»Ehrenwort.«

Beatty zog die Briefe aus ihrer Tasche und gab sie Ruby.

»In dieser Bücherei ist nichts so, wie es scheint«, bemerkte sie und schaute Ruby neugierig an.

In diesem Moment hatte Ruby das Gefühl, dass sie das Vertrauen dieses seltsam erwachsenen Mädchens gewonnen hatte. Man sagte, Büchereien seien Orte, an denen Menschen dazu neigten, ihre Geheimnisse zu offenbaren. Vielleicht stimmte es ja – wenn man von so vielen Büchern umgeben war, die flüsternd ihre Geschichten zu erzählen schienen, dann konnte man vielleicht gar nicht anders, als seine eigene mitzuteilen? Ruby hatte oft das Gefühl, dass im Zwielicht des unterirdischen Labyrinths die alltägliche Fassade von den Menschen abfiel. Leute kamen in die Bücherei, sogen den Geruch der Bücher ein und entspannten sich. Jetzt gerade sah sie ein Mädchen vor sich, das voller Geschichten steckte. Das Ende hielt Beatty noch zurück, aber immerhin hatte sie den Anfang schon erzählt.

Beatty schaute sich in der kleinen Bücherei um, als sähe sie sie zum ersten Mal.

»Ist das von Marie?«

Sie hatte den Blick auf die Wand gerichtet, an der Clara die Buchbesprechungen der Kinder für den Lesewettbewerb aufgehängt hatte. Eine ganze Wand des Lesezimmers war ein buntes Mosaik aus Texten und Bildern von den Kindern des Shelter, die sich vorgenommen hatten, bis zum Ende des Sommers zehn Bücher zu lesen.

»Wundeba, ich libe *Black Beauty* es is das tollste Buch auf der Weld«, las Beatty aus der Buchbesprechung ihrer Schwester vor. »Die Rechtschreibung ist grauenhaft.«

»Sei nicht zu streng mit ihr, Beatty. Sie kann ja nichts dafür, dass die Schulen geschlossen sind. Und du würdest staunen, wie viel sie durch das Leben hier unten im Shelter lernt.«

»Was liest sie denn jetzt gerade?«, wollte Beatty wissen.

Ruby schaute in den Hefter. *»Die Prinzessin und der Kobold.«*

»Miss Munroe.« Mr Pepper steckte den Kopf zur Tür herein. »Ich glaube, Sie sollten mal kommen …«

Seine Worte gingen in dem Lärm unter, der in diesem Moment in die Bücherei drang.

»Marie!«, rief Beatty.

Draußen in der Station zwischen den Tunneln nach Osten und nach Westen hatte sich ein kleiner Menschenauflauf gebildet. In der Mitte standen Sparrow, Tubby und Ronnie.

»Wir haben sie gefunden!«, stieß Ronnie aufgeregt hervor.

»Um ein Kind zu finden, muss man denken wie ein Kind«, fügte Tubby hinzu und tippte sich an die Stirn.

»Was redest du da, Junge?« Mrs Chumbley bahnte sich mit den Ellenbogen einen Weg durchs Gedränge, gefolgt von Mr Pinkerton-Smythe.

»Na los, sag's ihnen, Sparrow«, drängte Ronnie und stupste ihn an.

»Mädchen«, sagte Sparrow verächtlich. »Auf die is' kein Verlass.«

»Sparrow«, redete Billy ihn freundlich an, »möchtest du uns nicht erzählen, wo Marie ist?«

»Sie is' bloß in den Notausgang gekrochen und kommt jetzt nich' mehr raus. Der Raum des Grauens is' eben nichts für Mädchen.«

»Warum zum Teufel heißt er der Raum des Grauens?«, platzte Mr Pinkerton-Smythe wütend dazwischen.

»Es handelt sich um den kleinen Raum mit der Lüftungsanlage, der vom östlichen Tunnel abgeht«, erklärte die Krankenschwester des Shelter. »Er ist mit einem Schacht verbunden, der hinauf zum Carlton Square führt und für den Brandfall als Notausgang vorgesehen ist. Soweit ich weiß, geht dort eine enge Treppe nach oben. Wenn es auf der Straße windig ist, hört man durch das Türgitter ein unheimliches Geräusch wie ein Stöhnen«, fuhr sie fort. »Es klingt richtig schaurig.«

»Und es übt eine magnetische Anziehung auf kleine Jungs und Mädchen aus, die es eigentlich besser wissen müssten«, fügte Mrs Chumbley hinzu.

»Nun, was stehen Sie noch hier herum?«, rief Mr Pinkerton-Smythe mit schriller Stimme. Aber Billy schnallte bereits seinen Stahlhelm fest und rannte auf den östlichen Bahnsteig, gefolgt vom Rest der Gruppe.

Sie drangen weiter in den Tunnel Richtung Osten vor, wo zu beiden Seiten Stockbetten standen. Ihre Schritte hallten von den Tunnelwänden wider, als sie in die Dunkelheit hineinliefen.

Endlich erreichten sie das letzte Bett, und dahinter endete der Tunnel an einer Trennwand aus Hartfaserplatten.

In der Düsternis konnte Ruby eine rußgeschwärzte kleine Türöffnung in der Tunnelwand ausmachen, die mit einem Metallgitter verschlossen war.

Billy öffnete das Gitter und wandte sich an Sparrow.

»Ist sie nach oben oder nach unten geklettert, Junge?«

»Nach unten, Sir.«

Das Metallgitter schloss sich mit unheilvollem Scheppern hinter ihm.

Die Gruppe stand in angespanntem Schweigen da.

»Hoffentlich ist sie nicht zu weit runtergestiegen«, flüsterte Tubby. »Unter den Tunneln gibt es angeblich ein Gewirr von Gängen, die bis unter den Tower führen. Ein Labyrinth, in dem man sich so verirren kann, dass man nie mehr herausfindet.«

Die Versammelten schnappten hörbar nach Luft.

»Das Kind hat eine lebhafte Fantasie«, sagte Clara in dem Versuch, unbeschwert zu klingen.

In diesem Moment kam Sparrows Mum Pat Doggan durch den Tunnel angestürmt.

»Du schon wieder!«, schrie sie Sparrow an. »Jetzt bist du aber fällig.«

»Gehört er zu Ihnen, Madam?«, wollte Mr Pinkerton-Smythe wissen.

»Was hat der Racker denn schon wieder angestellt?«

»Er und seine kleine Bande haben Eigentum der Londoner Verkehrsbetriebe unbefugt betreten.«

»Wir haben nichts Verbotenes gemacht«, protestierte Sparrow, aber seine Mutter brachte ihn mit einem kräftigen Klaps auf den Hinterkopf zum Schweigen.

»Er wird es nicht wieder tun, Sir, das verspreche ich Ihnen«, sagte Pat zornig. »Du wirst den nächsten Monat oben bei deiner Tante verbringen.«

Die beiden entfernten sich – Pat zerrte Sparrow hinter sich her und grummelte dabei etwas von Prügeln, und dass er ohne Essen ins Bett müsse.

»Ich wünsche den kleinen Kriminellen nicht wieder in der Bücherei zu sehen«, raunte Mr Pinkerton-Smythe Clara zu.

»Er ist kein Krimineller. Er ist ein anständiger Junge.«

Die ganze Gruppe verfolgte den Wortwechsel neugierig, bis hinter der Tür Geräusche ertönten.

Billy kam zum Vorschein, eine völlig verdreckte Marie Kolsky in den Armen. Eine Welle der Erleichterung lief durch die Gruppe.

»Könnten Sie bitte eine Trage holen, Schwester?«, sagte Billy und setzte Marie behutsam auf dem Boden ab. »Sie hat sich übel den Knöchel verstaucht.«

»Was hast du dir nur dabei gedacht?«, rief Beatty.

Maries Haar war wirr und schmutzig, und aus ihrem linken Nasenloch hing Rotz wie ein Eiszapfen.

»Es tut mir leid«, brachte sie weinend heraus. »Aber ich wollte doch nachschauen, ob es da unten Kobolde gibt!«

»Kobolde?«, wiederholte Mrs Chumbley.

»Die bösen Kobolde, die unter der Erde hausen. Ich dachte, die Geräusche kämen von denen, Miss. Und ich dachte, sie kommen irgendwann vielleicht hier rauf, um die Kinder zu holen.«

»Die Prinzessin und der Kobold.« Ruby klatschte in die Hände. »Daher hat sie die Idee.«

»Aah.« Jetzt war auch bei Clara der Groschen gefallen, und sie musste kichern. »Und, hast du denn Kobolde gesehen?«

»Nein. Nur Rattenköttel.«

Nun, da die Gefahr vorüber war, zerstreute sich die Gruppe allmählich.

»Vielen Dank, Billy«, sagte Clara. »Wieder einmal.«

»Ich habe nur meine Arbeit getan«, wehrte er errötend ab. »Ich muss kurz mit der Krankenschwester sprechen. Danach schaue ich noch einmal in der Bücherei vorbei.«

»Was man nicht alles erlebt in unserer kleinen Bunker-Bücherei«, seufzte Ruby. »Ich weiß ja nicht, wie es dir geht, aber ich könnte jetzt was Kräftiges zu trinken vertragen.«

»Ja, ich auch. Und bald fängt der Lesekreis an«, erinnerte Clara sie.

»Vorher noch auf ein Wort, Mrs Button«, sagte Mr Pinkerton-Smythe. »In der Bücherei.«

Clara folgte ihm. Im Vorbeigehen warf sie Ruby einen düsteren Blick zu.

Ruby brauchte jetzt erst mal eine kräftige Dosis Nikotin in der Lunge. Sie ging auf die Rolltreppe zu, die hinauf zur Schalterhalle führte.

»Miss Munroe ...«

Als sie sich umdrehte, sah sie Beatty da stehen.

»Danke.«

»Wofür?«

»Dass Sie meiner Mum nichts gesagt haben. Und für das geheime Versteck«, sagte Beatty leise.

»Ich hab dir doch gesagt, dass alles gut wird«, erwiderte Ruby. »Du kannst das ja in den nächsten Brief an deinen Dad schreiben.«

Beatty lächelte, dann machte sie kehrt und lief schnell zurück, um nach ihrer Schwester zu sehen.

Oben in der Schalterhalle fiel Ruby plötzlich etwas ein. *Mum!* In all dem Aufruhr war Netty einfach verschwunden.

»Was ist los?«, rief Dot hinter der Theke des Cafés. »Du siehst aus, als hättest du einen Penny gefunden und einen Shilling verloren.«

»Du hast nicht zufällig vor einer Weile meine Mum hier gesehen, Dot?«

»Netty? Doch, sie hat irgendwas davon gesagt, dass sie ihren Mann aus dem Kittchen holen müsste. Ach, wo du gerade hier bist« – Dot griff mit durchtriebenem Blick unter die Theke –, »scheint, als hättest du einen Verehrer, Schätzchen.«

»Ach, hör doch auf. Wer soll das sein?«

Dot knallte einen Stapel Bücher auf die Theke.

»Irgendein Yankee. Eddie hat er sich genannt. Hat nach dir gesucht, aber er sagte, die Bücherei war zu. Er war ganz geknickt, dass er dich verpasst hat.«

»Oh«, machte Ruby. »Ja, wir hatten einen Notfall, und ich musste die Bücherei für eine Weile zusperren.«

»Ein Jammer. Der Kerl sieht wirklich gut aus. Er hat neunmal *Vom Winde verweht* für dich dagelassen. Und das hier –«

Sie übergab Ruby eine Nachricht, die auf die Rückseite einer Lucky-Strike-Packung gekritzelt war.

Du brichst mir das Herz. Neun geschafft, eins fehlt noch. Ich komme wieder. Hoffnungsvolle Grüße, Eddie x

Ruby musste lachen. Dann nahm sie das oberste Buch vom Stapel und blätterte es auf – es schien brandneu zu sein.

»Wo hat er die nur aufgetrieben?«

»Das weiß ich nicht, Schätzchen.« Dot zwinkerte. »Jedenfalls legt er sich mächtig ins Zeug, um bei dir zu landen.«

»Ach, Dot, hör auf.« Ruby schnaubte. Dann nahm sie den

Bücherstapel. »Das Einzige, was dieser Mann will, ist ein Happy End.«

Sobald sie aus der U-Bahn ins Freie trat, steckte Ruby sich eine Zigarette an. Eddie war beharrlich, das musste sie ihm lassen, aber seine Motive waren reichlich durchschaubar. *Männer.* Sie legte den Kopf in den Nacken und blies den bläulichen Rauch himmelwärts. Keiner von denen bedeutete ihr irgendwas.

Dann überkam sie die Enttäuschung. Um ein Haar hätte sie es heute Abend geschafft, ihre Mutter in die Bücherei mitzunehmen. Dann hätte Netty sich endlich einmal entspannen und sich daran erinnern können, was für eine Frau sie gewesen war, bevor sie Victor geheiratet hatte. Bevor er angefangen hatte, sie grün und blau zu schlagen.

Gab es wohl in irgendeiner Bücherei auf der Welt ein Buch, aus dem ihre Mum lernen könnte, wie wichtig ein gesundes Selbstwertgefühl war? Wenn Ruby in den fast vier Jahren ihrer Tätigkeit in der Bücherei etwas gelernt hatte, dann war es, dass die Geschichte Antworten auf die Fragen der Menschen bereithielt.

Eine seltsame Erinnerung stieg in ihr auf: Während des Blitz, als es ihnen vorgekommen war, als würde London bis auf die Grundmauern niederbrennen, hatte Mr Pepper Auszüge aus Samuel Pepys' Tagebuch gelesen. Der Bericht über den Großen Brand von London hatte irgendwie tröstlich auf ihn gewirkt – vielleicht war es die Gewissheit, dass die Metropole wiederaufgebaut worden war und neue Zivilisationen aus der Asche der alten erstanden.

Damals hatte Ruby diese Lektüre makaber gefunden, aber jetzt verstand sie es.

Ihr Stiefvater war nicht einfach nur ein Säufer und Schläger. Victor war ein Diktator an der Heimatfront. Dieser Mann war so grausam, dass er fähig war, seiner eigenen Frau die Zähne auszuschlagen, um Kontrolle über sie zu erlangen. Es war ein Krieg, der nicht mit Gewehren und Panzern geführt wurde. Es war ein stiller Krieg, der sich hinter verschlossenen Türen abspielte.

Ruby sah, wie ein Grüppchen junger Fabrikarbeiterinnen von Rego vorbeikam, mit insgesamt drei Krimis und zwei historischen Liebesromanen auf dem Weg nach Hause, wo sie sich in ihre Lektüre stürzen würden. Eine kostbare Stunde oder zwei vor dem Schlafengehen, um die Rückenschmerzen und das kümmerliche Abendessen mit Ei-Ersatz zu vergessen.

Lesen war die Lösung. Irgendwo in einem Regal stand ein Buch, dessen Lektüre eine Frau in die Lage versetzte, auszubrechen und sich auf eigene Beine zu stellen. Sie musste dieses Buch nur finden.

Ruby trat ihre Zigarette aus und kehrte nach unten in die Bücherei zurück, neun Exemplare von *Vom Winde verweht* im Arm.

7

CLARA

Dieser Moment, in dem es klick macht und man weiß, man hat ein Kind zur Leserin oder zum Leser gemacht. Das ist reine Magie.

Donna Byrne, Bibliothekarin für Leseförderung bei den Havering Libraries

»Sagen Sie, Mrs Button, als Sie Ihre Ausbildung zur Bibliothekarin absolvierten, war da die Förderung von Kriminellen auch ein Prüfungsthema?«

Clara starrte den wütenden Pinkerton-Smythe an, und es war, als blickte sie in einen Revolverlauf.

»Sie wurden im Katalogisieren ausgebildet, in der Verwaltung einer Bibliothek, und Ihnen wurde der Wert schöngeistiger Literatur vermittelt, um Sie für Ihren Beruf zu befähigen. Ich gehe davon aus, dass Sie Ihr Examen bestanden haben. Sie sind doch diplomierte Bibliothekarin, oder nicht?«

»Ja, natürlich. Ich habe mein Diplom am Institut für Bibliothekswesen der Londoner Universität erworben. Außerdem habe ich eine Zusatzausbildung als Kinderbibliothekarin absolviert, unter Berwick Sayers, dem Präsidenten des Bibliotheksverbands.«

Er schnaubte abfällig.

»Dann sollten doch gerade Sie in der Lage sein, zu erkennen, dass die Mehrzahl der Kinder, die diese Bücherei aufsuchen, entweder Kriminelle oder Schwachköpfe sind.«

»Das ist nicht f–«

»Unterbrechen Sie mich nicht, jetzt rede ich! Diese Kinder haben hier nichts zu suchen, sie brauchen Bildung und Erziehung.«

»Aber die Schulen sind geschlossen. Wohin sollen sie denn sonst gehen?«, fragte Clara verzweifelt.

»Es ist nicht die Aufgabe einer Bibliothekarin, Kindern die Zeit zu vertreiben. Haben Sie eigentlich Kinder, Mrs Button?« Er schnippte mit den Fingern. »Nein, natürlich nicht, sonst würden Sie ja nicht hier arbeiten.«

»Mir ist nicht klar, was die Frage der Mutterschaft mit meiner Fähigkeit zu tun haben sollte, meine Pflichten als Bibliothekarin zu erfüllen«, flüsterte sie, während ihr heiße Tränen in die Augen schossen.

»Schauen Sie. Jetzt werden Sie emotional. Soweit ich weiß, ist Ihr Mann in Dünkirchen gefallen. Das tut mir leid für Sie, aber so, wie Sie die Dinge in dieser Bücherei derzeit handhaben, kann es nicht weitergehen.«

»Wie wäre es, wenn wir das mit dem Leiter der Abteilung Home Publicity im Informationsministerium besprechen?«, fragte Clara mit lauter Stimme. »Soweit ich mich erinnere, schien er mit dem, was ich hier tue, durchaus einverstanden zu sein.«

Mr Pinkerton-Smythes Gesichtsausdruck wechselte von Selbstzufriedenheit zu Zorn, und er beugte sich zu ihr vor.

»Eines Tages wird dieser Krieg enden, und zwar schon bald. Dann wird das Informationsministerium aufgelöst. Die Frauen kehren an den Herd zurück, die rechtmäßige gesellschaftliche Ordnung wird wiederhergestellt, und ich werde immer noch in meinem Amt sein, Mrs Button, als Vorsitzender des Bibliotheksausschusses. Und wo werden *Sie* dann sein?«

Clara öffnete den Mund, um etwas zu erwidern, doch er kam ihr zuvor.

»Sie sind eine Platzhalterin, Sie leiten die Zweigstelle, solange unsere männlichen Bibliothekare im Krieg sind. Und wenn sie zurückkehren, werden Sie wieder nur die Kinderbibliothekarin sein.«

Nur die Kinderbibliothekarin?

Er nahm seine Aktentasche und ging. Wo er gestanden hatte, blieb ein muffiger Geruch zurück.

Ganz plötzlich fiel die Anspannung von Clara ab, und sie brach in Tränen aus.

Ruby platzte mit einem Stapel Bücher herein, und zugleich kam auch Billy mit Beauty in die Bücherei.

»Achtung, Billy! Sieh dir das an, Clara, neun Exemplare von *Vom Winde …*« Ruby verstummte, dann rief sie: »Ach, dieser abscheuliche Kerl! Was hat er nun wieder angerichtet?«

Ruby legte die Bücher ab und wollte Clara umarmen, aber Billy kam ihr zuvor.

»Der Mann ist ein überheblicher Snob«, sagte er, durchquerte mit wenigen langen Schritten den Raum und schloss Clara in die Arme. Einen Moment lang verharrte er so, und ihr Kopf lehnte an seiner Brust.

Widerstrebend ließ er sie wieder los. »Entschuldigung, Clara. Ich wollte nur kurz hereinschauen, um mich zu verabschieden. Ich muss gleich wieder fort.«

Vielleicht lag es an den dramatischen Ereignissen dieses Nachmittags, jedenfalls vergaß Clara ihre Zurückhaltung.

»Aber bitte, bleiben Sie doch«, drängte sie. »Der Lesekreis war doch schließlich *Ihre* Idee.«

»Ich – ich würde ja gern, aber ich muss jetzt wirklich los.«

Hinter seinem Rücken verdrehte Ruby die Augen. »Ach, halten Sie doch den Mund und setzen Sie sich hin, Billy, Sie brauchen sich nicht zu zieren wie Aschenbrödel.«

Beauty bellte und rutschte mit den Pfoten auf dem glatten Boden aus. »Sehen Sie«, bemerkte Ruby, »sie stimmt mir zu.«

»Rubes!«, rief Clara.

»Schon in Ordnung«, lachte Billy. »Mir scheint, ich sollte doch lieber bleiben, damit Ruby und Beauty sehen, dass ich mich nicht in einen Kürbis verwandle.«

»Gute Entscheidung«, kommentierte Ruby mit durchtriebenem Grinsen. »Ich lasse euch zwei dann mal allein und räume inzwischen die Zeitungen weg, bevor der Lesekreis anfängt. Komm mit, Mädchen.« Beauty trottete hinter ihr her.

»Sehr unauffällig«, flüsterte Clara ihr zu, als sie an ihr vorbeiging.

Dann waren sie beide allein. Und irgendwie wirkte Billy an diesem Abend noch anziehender. Sein Gesicht war von der Sommersonne gebräunt, sodass seine blauen Augen umso strahlender wirkten.

»Eigentlich wollte ich Ihnen etwas geben, Clara«, sagte er nervös, griff nach seiner Tasche und zog ein verschnürtes Päckchen heraus. »Die trage ich schon die ganze Woche mit mir herum.«

Neugierig löste Clara die Schnur und schlug das braune Packpapier auseinander.

»A-aber … die können Sie mir doch nicht alle schenken«, protestierte sie, als sie den Inhalt sah.

Es waren die gesammelten Werke von Beatrix Potter in der Erstausgabe.

»Sie gehörten meiner kleinen Schwester.«

»Aber diese Bücher sind wertvoll.«

»Felicity hat nicht die Absicht, selbst eine Familie zu gründen. Sie arbeitet irgendwo auf dem Land an einem geheimen Ort. Sie ist ein Genie, und das Kriegsministerium hat eine Verwendung für ihre Fähigkeiten gefunden. Als ich ihr von Ihrer Bücherei erzählte, hat sie entschieden, dass Sie die Bücher bekommen sollen.«

Clara wischte behutsam die feine Staubschicht von einem Buchrücken, den Staub von Generationen.

»Herzlichen Dank! Sie werden viel Freude stiften.«

Als sie aufsah, schaute Billy lächelnd auf sie herab, sichtlich erfreut, dass sie das Geschenk so zu schätzen wusste.

»Ah, da ist ja *Die Geschichte von Frau Tiggy-Wiggel!*«, rief sie aus. »Die habe ich sehr geliebt.«

»Ich auch«, sagte er schmunzelnd.

»Und hier, *Die Geschichte von Jemima Pratschel-Watschel.* Die mochte ich am liebsten. Ich bin fast umgekommen vor Spannung, wenn der Herr mit dem rötlichen Bart erwartet wurde, und wissen Sie, schon als Kind hat es mich furchtbar geärgert, dass Jemima ihn nicht durchschaute. Man stelle sich vor, diese dumme Ente zieht sogar selbst los und holt die Kräuter, mit denen er seinen Entenbraten füllen will.«

Billy lachte.

»Ich mochte ja Peter Hase lieber. Ich fand es köstlich, wie geschickt er Mr McGregor entkommt.«

Die beiden schwelgten in Erinnerungen an ihre Lieblingsfiguren in den Geschichten von Beatrix Potter, und es war, als habe sich die Tür zur Vergangenheit geöffnet. Clara fragte sich, ob überhaupt jemand Mr Pinkerton-Smythe vorgelesen hatte, als er ein Kind gewesen war – vielleicht nicht, und er war deshalb so steif und mürrisch? Die Stellen in seinem Gehirn, wo sich durch das Lesen Einfühlungsvermögen entwickelte, hatten sich verhärtet, seine Fantasie war verkümmert, und er war geistig erstarrt wie Zement.

»Meinen Sie, ich sollte Sparrow vorschlagen, dass ich ihm das Lesen beibringe?«, fragte sie.

»Was denken Sie denn?«, fragte Billy zurück.

»Ich denke, jedes Kind verdient, dass jemand sich für es einsetzt. Wenn ich Peter nicht gehabt hätte, wäre ich …

nun, ich weiß nicht, wo ich jetzt wäre, aber jedenfalls nicht hier.«

»Sagen Sie doch so etwas nicht«, protestierte er.

»Nein, wirklich. Meine Eltern waren keine belesenen Leute. Bei uns zu Hause gab es nur zwei Bücher: ein Lexikon und die Bibel. Ich bin jede Woche mit meinem Leseausweis in die öffentliche Bücherei von Bethnal Green gegangen, um mir die erlaubten drei Bücher auszuleihen.«

Sie lächelte nostalgisch.

»Ich erinnere mich bis heute, wie Peter mir *Der geheime Garten* zu lesen gab, als ich dreizehn war. Die Vorstellung eines vergessenen Gartens hinter einer geheimen Pforte war faszinierend. Ich bin durchs Haus gelaufen und habe hinter alle Türen geschaut für den Fall, dass da etwas wäre. Das klingt furchtbar albern, nicht wahr?«

»Ganz und gar nicht.« Billy lächelte sie zärtlich an. »Es klingt, als hätte das Buch tatsächlich eine geheime Tür geöffnet, wenigstens in Ihrem Geist.«

»Es war magisch. Das Buch hat mein Leben verändert. Büchereien sind …« Ihre schlanken Finger glitten über die Buchrücken. »Sinnliche Orte.«

Clara war drei Jahre alt gewesen, als die lang ersehnte öffentliche Bücherei eröffnet wurde. Ihre ganze Kindheit hindurch waren die Räume voller Bücher ihr Palast der Träume gewesen. Und nicht nur ihrer – sie konnte nicht ermessen, wie viele Leben die Bücherei in dem roten Ziegelbau in Bethnal Green verändert hatte.

Sie schaute auf das Buch hinunter. »Manchmal braucht man einfach jemanden, der Anteil nimmt.«

»Möchten Sie vielleicht einmal mit mir ausgehen?«, fragte Billy unvermittelt, dann fügte er hastig hinzu: »Ich meine nur so, als gute Freunde …«

»Wohin denn zum Beispiel?« Sie sah überrascht auf.

»Ich würde furchtbar gern die Sommerausstellung in der Royal Academy sehen, und ich komme mir immer irgendwie albern vor, wenn ich allein eine Ausstellung besuche.«

»Nun, wenn das so ist«, erwiderte sie lachend, »dann sollte ich wohl mitkommen. Aber ich muss Sie warnen, ich habe nur mittwochs und sonntags nachmittags frei.«

»Kein Problem, ich kann warten.«

Insgeheim schlug ihr Herz Purzelbäume. Hatte sie sich zu Duncan je so hingezogen gefühlt? Dass sie beide ein Paar geworden waren, hatte sich eher so ergeben. Duncan hatte schon mit vierzehn Jahren in der Tischlerei ihres Vaters angefangen, er gehörte praktisch zur Familie, und so war es gewissermaßen selbstverständlich gewesen, dass sie beide einmal heiraten würden. Sie hatten rein gar nichts gemeinsam, dennoch hatten sie sich irgendwie geliebt. Duncan und ihr Vater hatten nicht nur zusammen gearbeitet, sie waren auch gemeinsam zum Windhundrennen gegangen, zum Speedway, und samstags waren sie zu den Fußballspielen von West Ham gepilgert.

Duncan war der perfekte Ehemann gewesen. Liebenswürdig und unbedingt loyal, ein Mann, auf den man sich felsenfest verlassen konnte. Clara schloss die Augen, fühlte sich hin- und hergerissen. Mit einem Mann in eine Ausstellung zu gehen, nur so als Freunde, war doch kein Verrat an Duncans Andenken, oder? Die schäbige Stimme meldete sich wieder. *Wenn du eine bessere Ehefrau gewesen wärst … wenn du deine Stellung aufgegeben hättest …*

»Ist alles in Ordnung mit Ihnen?« Billys Stimme holte sie in die Gegenwart zurück. »Wir müssen ja auch nicht miteinander ausgehen … Es war wohl keine gute Idee, oder? Vergessen Sie einfach, was ich gesagt habe.«

»Nein, schon gut«, erwiderte Clara leise. »Ich würde mich wirklich freuen.«

»Mrs Button, könnte ich Sie mal ausborgen?«, rief Mr Pepper aus dem Lesezimmer.

»Entschuldigen Sie mich, Billy.«

Widerstrebend ging sie hinüber. Im Lesezimmer standen er und Ruby vor dem aufgeschlagenen *Daily Herald*.

»Jemand hat die Spalte mit den Rennergebnissen herausgeschnitten«, sagte Ruby.

»Wer?«, wollte Clara wissen.

Mr Pepper hob die Schultern.

»Wir hatten gehofft, Sie wüssten es vielleicht.«

»Ich habe keine Ahnung. Wie sonderbar.«

»Jetzt ist keine Zeit, Miss Marple zu spielen«, stellte Ruby fest. »Gleich fängt der Lesekreis an.«

»Ich will Sex«, verkündete Irene.

»Nein! Mord!«, widersprach Queenie.

»Nein, was schön Feuriges«, ließ sich Dot vom Café vernehmen. »An den pikanten Stellen geht mir das Stricken schneller von der Hand.«

Ihre Worte riefen gackerndes Gelächter hervor.

»Noch jemand was zu trinken?«, fragte Ruby.

»Viel geht nicht mehr rein.« Pat hielt ihr Glas hin.

»Noch einen, und ich lieg auf dem Boden!«, rief Alice lachend. »Das war köstlich – was ist da drin, Ruby Red Lips?«

»Also, das Leseelixier, wie ich es genannt habe, besteht im Wesentlichen aus drei Zutaten: Gin, Gin und Gin. Nein, Scherz, etwas Orangensirup ist auch drin«, verriet Ruby augenzwinkernd und schenkte Pat nach. »Aber mit dem Sirup gehe ich eher sparsam um.«

»Nur gut, dass ich zu meinem Bett nicht weit zu torkeln brauche«, sagte Pat lachend.

Das Gründungstreffen der Bücherwürmer von Bethnal Green war von Anfang an sehr lebhaft verlaufen. Rubys

Cocktail hatte die Frauen noch redseliger gemacht, als sie sonst waren.

Clara sammelte Titel für ihre Leseliste, und wie üblich scheuten sich die Frauen von Bethnal Green nicht, ihre Meinungen zu äußern.

»Jetzt lasst uns wieder über Bücher sprechen«, mahnte Clara.

»Was Autoren angeht, bin ich wählerisch«, erklärte Pat entschieden. »Wenn mir eine Autorin gefällt, bleibe ich ihr treu.«

»Also ich lese nur Agatha Christie oder Dorothy Sayers, die haben mich noch nie enttäuscht«, fiel Queenie ihr ins Wort. »Die beiden haben nicht ein einziges blödes Buch geschrieben.«

»Aber ich kann Mordgeschichten nicht ausstehen«, protestierte die junge Krankenschwester des Shelter. »Ich sehe bei der Arbeit schon genug Blut.«

»Ja«, stimmte Dot ein, »ich brauche auch was Leichtes, Unbeschwertes. Ich könnte jede Woche einen Meter Liebesromane lesen, wenn man mich ließe.«

»Seichtes Geplänkel«, versetzte Queenie unwirsch.

»Lasst Mrs Button doch mal zu Wort kommen!«, rief Mrs Chumbley mit dröhnender Stimme. Es hatte den gewünschten Effekt.

»Danke, Mrs C«, sagte Clara. »Was ich sagen wollte: Der Sinn dieses Klubs ist, dass wir unsere Liebe zum Lesen miteinander teilen und uns gegenseitig ermutigen, auch mal etwas Neues zu probieren. Erst gestern hatte ich eine Lady hier, die mit geschlossenen Augen die Finger über eine Reihe Bücherrücken gleiten ließ und aufs Geratewohl eins herausgriff.«

»Warum?«, fragte Queenie.

»Sie sagte, sie hat es lieber, wenn das Buch sie aussucht.«

Alle verarbeiteten das schweigend, bis auf eine Frau, die bis jetzt unauffällig ganz hinten gesessen und gestrickt hatte.

»Tut mir leid, meine Liebe«, sagte sie nun, stand auf und packte ihr Strickzeug ein. »Aber ich hasse Bücher.«

»Warum sind Sie dann hergekommen?«, wollte Ruby wissen.

»Um im Warmen zu sitzen.«

Sie ging, und Clara hätte am liebsten das Gesicht in den Händen vergraben.

»Wie wäre es, wenn erst einmal jeder erzählt, was er kürzlich gelesen hat und inspirierend fand?«, schlug Mr Pepper vor, und alle nickten. »Wie steht es denn mit Ihnen, Billy, was lesen Sie gern?«

»Ich mag Romane, die das wirkliche Leben abbilden. Ich will der Wirklichkeit entfliehen, dabei aber zugleich das Gefühl haben, dass ich etwas über den Krieg erfahre.«

»Sind Sie nicht KDV?«, fragte Pat in scharfem Ton. »Mit Verlaub, junger Mann, wer etwas über den Krieg erfahren will, der muss darin kämpfen!«

»Politische Diskussionen sind hier fehl am Platz«, warf Clara rasch ein – sie hatte das Bedürfnis, Billy zu verteidigen.

»Schon in Ordnung.« Billy strich mit seinen langen Fingern durch Beautys Fell. Der kleine Hund schlief eingerollt auf seinem Schoß. »Pat hat ein Recht auf ihre Meinung. Und bis Mai 1940 hätte ich Ihnen noch zugestimmt.«

Clara rutschte unbehaglich auf ihrem Stuhl herum.

»Aber die Arbeit als Sanitäter in Dünkirchen während der Evakuierungen hat meine Sicht auf die Dinge verändert. Das kann man nicht erklären.«

Er stand auf und legte Clara die schlafende Beauty in die Arme.

»Dieses Buch schafft es viel besser, als ich es jemals könnte«, sagte er und zog *This Above All* von Eric Knight hervor.

Clara spürte, wie leise Panik in ihr aufstieg. *Dünkirchen. Duncan.* Beides war für sie untrennbar miteinander verbunden.

»Diese Klarheit, dieser unverstellte Blick auf die Realität – das wird mir noch lange in lebhafter Erinnerung bleiben.«

Stille legte sich über die Gruppe.

»Tut mir leid, ich rede zu viel. Muss am Gin liegen.«

»Sie brauchen sich nicht zu entschuldigen, Billy«, ließ Mr Pepper sich vernehmen. »Das ist der Krieg, mein Sohn. Er lässt einen nicht mehr los. Er prägt einen.«

»Das ist wahr«, sagte Pat langsam. »Wenn ein Mann aus dem Krieg zurückkehrt, ist er nicht mehr derselbe wie vorher.«

Clara spürte, wie ihr das Blut ins Gesicht schoss.

»Ach, Schätzchen, es tut mir so leid, ich wollte keine Wunden aufreißen«, sagte Pat zerknirscht.

»Schon gut«, warf Dot besänftigend ein. »Wenigstens ist dein Duncan als Held gestorben, und du solltest ihn für immer so in Erinnerung behalten.«

Clara lächelte schwach.

»Also ich finde, *Rebecca* von Daphne du Maurier ist ein ganz wunderbares Buch«, bemerkte Alice, um taktvoll das Thema zu wechseln. Das traf auf allgemeine Zustimmung.

»Sonst noch Vorschläge?«, fragte Clara.

»Ich liebe Detektivromane«, sagte eine kleine Stimme.

Clara und die Übrigen drehten überrascht die Köpfe. Fast niemand hatte die Frau bemerkt, die ganz leise hereingekommen war.

Sie war winzig und in einen großen, kratzigen Mantel gehüllt. Clara erkannte sie wieder, sie war ihr schon in den Tunneln begegnet. Mrs Caley schien ständig entweder ein Baby zu stillen oder das nächste zu erwarten.

»Mein Mann hasst es, wenn ich lese, außer wenn es ein Rationierungsbuch ist.«

Es war ihr sichtlich unangenehm, dass nun die Aufmerksamkeit der ganzen Gruppe auf sie gerichtet war.

»Es fehlt mir.«

»Warum verzichten Sie dann darauf?«, fragte Clara.

Sie zuckte die Achseln.

»Ich habe Krimis geliebt, aber jetzt geht das nicht mehr.«

»Warum?«

»Es gibt keinen Ort, an dem ich lesen könnte.«

»Sie könnten hierher kommen«, schlug Clara vor.

Allmählich erhellte sich Mrs Caleys Gesicht.

»Normalerweise gehe ich montags zum Frauenkreis im Women's Institute, aber ich könnte ja sagen, ich hätte Kopfschmerzen. Was er nicht weiß …«

»… macht ihn nicht heiß«, ergänzte Ruby.

»Ach, ich weiß gar nicht, was ich sagen soll.«

»Wer ist denn Ihr Lieblingsautor, meine Liebe?«, erkundigte sich Queenie.

»Wenn es um Detektivgeschichten geht, Margery Allingham.«

Sie nahm ein Buch aus dem Regal und sah aus, als würde sie sich am liebsten auf der Stelle darin vergraben.

»Nicht, dass mich jemand falsch versteht, ich liebe meinen Mann, aber Bücher … Bücher waren irgendwie immer für mich da.«

»Das verstehe ich«, versicherte Clara.

»Klingt, als wären Sie mit *Wer tötete den Ehemann* besser dran, meine Liebe«, bemerkte Pat weise, und zur Überraschung aller lachte Mrs Caley laut auf.

»Das hier war ja schon mal ein wunderbarer Anfang«, sagte Clara. »Wir beginnen also mit *Vom Winde verweht* und treffen uns wieder, wenn alle es gelesen haben. Dank Ruby haben wir neun neue Exemplare.«

Plötzlich kam ihr ein Gedanke.

»Rubes, die sind doch nicht etwa vom Schwarzmarkt?«

»Was denkst du denn von mir?«, entgegnete Ruby entrüstet. »Ich hatte ein bisschen was mit einem GI zu tun. Wenn du es genau wissen willst: Es war der Mann, der neulich hier war. Er hat die Bücher gespendet.«

»Und was soll die Gegenleistung sein?«, wollte Pat wissen.

»Hm, pass gut auf deine Höschen auf, Ruby Red Lips«, sagte Irene wissend. »Wenn ein Yankee zu nah kommt …«

»… werden Schlüpfer schnell schlüpfrig«, ergänzte Queenie. Das löste allgemeine Heiterkeit aus. Clara warf einen verlegenen Blick zu Billy, aber falls er an dem Geplänkel Anstoß nahm, so ließ er es sich nicht anmerken.

Da nun einmal das Thema Männer angeschnitten war, redeten bald alle lebhaft durcheinander, und keine nahm ein Blatt vor den Mund. Diese Frauen hatten drei Lieblingsthemen: Geburten, Todesfälle und schlechte Ehemänner!

»Nun denn«, ließ Mrs Chumbley sich schließlich vernehmen, »ich störe das gesellige Beisammensein ja nur ungern, aber die Bücherei muss jetzt schließen. Ich mache noch einen Kontrollgang durch den Shelter, also falls jemand nicht gern allein zu seinem Schlafplatz gehen möchte … Mr Pepper? Darf ich Sie begleiten?«

»Das wäre sehr nett von Ihnen. Ich sehe ja nicht mehr so gut.«

Sie bot ihm den Arm, und die beiden gingen hinaus in den Tunnel Richtung Westen, der gebrechliche Mann und die resolute Frau.

Die Übrigen halfen noch, die Stühle aufzustapeln, und entfernten sich dann in einem lachenden Pulk. Ihre lebhaften Stimmen hallten durch die abgedunkelten Tunnel.

Nur Mrs Caley blieb zurück.

»Mrs Button«, sprach sie Clara zögerlich an. »Nach dem,

was ich gehört habe, sind Sie doch eine recht aufgeschlossene Bibliothekarin.«

»Kommt ganz drauf an – was meinen Sie denn?«

»Ich bräuchte etwas, damit ich nicht immer wieder …« Sie klopfte sich leicht auf den Bauch. »Sie wissen schon – in Umstände komme.«

»Ah, ich verstehe.«

»Aber mein Mann darf auf keinen Fall davon erfahren.«

»Da habe ich genau das Richtige für Sie.« Clara senkte die Stimme. »*Empfängnisverhütung für die verheiratete Frau.* Es ist eine Broschüre. Kommen Sie morgen wieder, um sich etwas von Margery Allingham auszuleihen, dann stecke ich das Heftchen einfach in das Buch. So bekommt niemand etwas mit.«

»Danke«, sagte Mrs Caley erleichtert. »Und Sie werden meinem Mann auch nichts verraten?«

»Das würde mir nicht im Traum einfallen.«

Sie schaute Mrs Caley interessiert nach, als diese sich auf den Weg zu ihrem Schlafplatz machte.

»Hast du das gehört?«, fragte Clara Ruby, die noch die Gläser wegräumte. Ruby nickte.

»Arme Frau. Mit diesem Mann ist sie wirklich fürs Leben gestraft. Er ist vom selben Schlag wie Victor.«

»Apropos, ich dachte, deine Mum wollte heute Abend auch kommen?«

»Sie hatte keine Zeit, sie musste *ihn* aus dem Kittchen holen.« Ruby schwieg für einen Moment. Dann fuhr sie fort: »Cla, dass du Mrs Caley hilfst, hat mich auf einen Gedanken gebracht. Gibt es eigentlich einen Roman über eine Frau, die aus einer schlimmen Ehe ausbricht?«

»Lass mich nachdenken … Ach ja, ich erinnere mich, vor Jahren einmal *Die Herrin von Wildfell Hall* von Anne Brontë gelesen zu haben. Darin verlässt die Protagonistin ihren grausamen, trunksüchtigen Ehemann.«

»Klingt gut.«

»In der viktorianischen Zeit war es Frauen verboten, dieses Buch zu lesen – es galt als zu brisant.«

»Würdest du es auf die Bücherliste für den Lesekreis setzen?«

»Ich kann es versuchen. Aber wie bringst du deine Mum dazu, in den Lesekreis zu kommen?«

»Das lass mal meine Sorge sein. Beschaffe nur das Buch, und ich bringe Mum in die Bücherei.«

Billy kam aus dem Lesezimmer herüber.

»Ich habe die Tische wieder aufgestellt. Darf ich Sie beide noch nach Hause begleiten?«

»Nicht nötig«, wehrte Ruby ab und schlüpfte in ihren Mantel. »Ich kann allein gehen.«

Ehe Clara Einwände erheben konnte, war ihre Freundin bereits verschwunden.

»Dann bleiben also nur Sie und ich«, stellte Clara fest.

»Nur Sie und ich«, wiederholte Billy lächelnd.

»Es tut mir leid wegen des Geredes vorhin. Wenn viele zusammenkommen, sprechen die Frauen untereinander recht freizügig.«

»Glauben Sie mir, so etwas höre ich auf der Rettungswache ständig.«

»Und es tut mir auch leid, was Pat gesagt hat.«

Er zuckte die Achseln. »Wie ich schon sagte, ich bin daran gewöhnt.«

»Billy, darf ich Sie etwas Persönliches fragen? Was haben Sie dort in Dünkirchen erlebt?«

Da war es wieder – als würden die Jalousien vor einem Fenster sich schließen. Seine blauen Augen wichen ihrem Blick aus und schauten zu Boden.

»Ich … ich kann nicht darüber sprechen, Clara. Ich habe etwas getan, worauf ich nicht stolz bin.«

»Sie können mir alles erzählen …«, redete sie ihm sanft zu. »Wir alle machen Fehler.«

Er senkte den Kopf und trat einen Schritt zurück, sodass der Schatten des Bücherregals auf sein Gesicht fiel.

»Nicht solche.«

Er bückte sich, um Beauty anzuleinen, und als er sich wieder aufrichtete, war die Vertraulichkeit des Augenblicks dahin.

»Kommen Sie«, sagte er steif. »Wir sollten uns jetzt wirklich auf den Weg machen. Ich habe morgen Frühschicht, und ich habe so eine Ahnung, dass ich das Leseelixier von vorhin noch bereuen werde.«

Schweigend folgte Clara ihm nach draußen. Sie brannte darauf, ihm seine Geheimnisse zu entlocken. Aber dieser Billy Clark war wie ein verschlossenes Buch.

8

RUBY

Bibliothekarinnen und Bibliothekare bieten den Menschen Anleitung, Unterhaltung, Mitgefühl, ein offenes Ohr, Bildung und Freundschaft. Eine Bücherei ist viel mehr als nur ein Gebäude.

Carol Stump, Präsidentin von Libraries Connected und Chefbibliothekarin des Kirklees Council

Eine Woche nachdem die Truppen in der Normandie gelandet waren, gab es in der Bücherei kein anderes Gesprächsthema. Im Lesezimmer drängten sich Leute, die eifrig die Zeitungen studierten, und die Schlange derer, die Bücher entleihen wollten, reichte bis weit über den Bahnsteig.

Die Schlagzeilen kündeten von den Erfolgen der Alliierten und dem heroischen Vormarsch nach Westen durch die von den Nazis besetzten Gebiete. Eine zerbrechliche Hoffnung hatte sich in den Tunneln ausgebreitet.

Ruby dachte kurz an Eddie. Er musste mit seiner Einheit hinüber nach Frankreich geschickt worden sein, kurz nachdem er die Bücher für den Lesekreis abgeliefert hatte. Schuldgefühle überkamen sie, weil er ihretwegen seinen letzten kostbaren Urlaub damit zugebracht hatte, die Londoner Buchhandlungen abzuklappern, doch sie schob den Gedanken von sich. Jetzt gerade nahm die Sorge um ihre Mum all ihre emotionale Energie in Anspruch.

»Der Nächste!«, rief Ruby. Ein Paar mittleren Alters trat

schlurfend an den Tresen. Dabei schauten sich die beiden verstohlen um.

»Hallo. Was kann ich für Sie tun?«

Die Frau senkte die Stimme zu einem Flüstern. »Haben Sie vielleicht ein Buch, das einem Paar etwas auf die Sprünge helfen könnte?« Fast unhörbar fügte sie hinzu: »Sie wissen schon, im Schlafzimmer.«

Ruby lächelte und griff unter den Tresen. Bevor die Bücherei unter die Erde umgezogen war, hatten sie »anstößige« Bücher in einem verschlossenen Schrank aufbewahrt, aber dafür war hier unten kein Platz.

»Wie wäre es hiermit?« Sie zog ein Buch unter dem Tresen hervor. Der Titel lautete *Der Faktor Sexualität in der Ehe.*

Ruby hatte das Buch kaum gestempelt, da ließ die Frau es auch schon hastig in ihrer Tasche verschwinden, und die beiden hatten es eilig, die Bücherei zu verlassen.

Ein Fabrikmädchen trat vor.

»Ich habe gehört, ihr habt hier ein Buch, aus dem man was lernen kann«, nuschelte sie verlegen.

Ruby und Clara wussten aus jahrelanger Erfahrung, dass mitunter Fingerspitzengefühl erforderlich war, um Kundenwünschen auf den Grund zu gehen.

»Könntest du etwas konkreter werden?«

»Du weißt schon … Sachen fürs Schlafzimmer. Ihr habt der Freundin meiner Mum so was geliehen.«

Ruby warf Clara einen Blick zu. Es hatte sich also herumgesprochen. Elf Tage waren vergangen, seit sie die Broschüre über Empfängnisverhütung herausgegeben hatten. Mrs Caley hatte sie in zwei Tagen durchgelesen, danach hatte ihre Freundin sie entliehen und ebenfalls schon wieder zurückgegeben. Ruby schaute auf den Ringfinger des Mädchens.

»Das Problem ist nur, wir sollen es eigentlich nicht an unverheiratete Frauen rausgeben –«

»Schon in Ordnung, Rubes«, unterbrach Clara sie leise und griff nach der Broschüre. »Gib sie ihr ruhig.«

Sie wandte sich an die junge Fabrikarbeiterin.

»Aber geh bitte diskret damit um.«

»Danke«, sagte das Mädchen und schob das Heft in die Handtasche. »Ihr tut mir wirklich einen großen Gefallen.«

Sie ging, und Clara und Ruby wechselten einen Blick.

»Ich hoffe, dass ich das nicht bereuen werde«, sagte Clara.

»Es war die richtige Entscheidung«, versicherte Ruby. Sie selbst hatte die Broschüre mehr als einmal gelesen und freute sich zu sehen, dass sie nicht die einzige junge Frau in Bethnal Green war, die sich informierte. Alles war doch wohl besser als Seifenzäpfchen und Glücksspiel. Bis zum Kriegsausbruch war ihre Generation durchweg ahnungslos gewesen. Wenn man »ihn ranließ«, bevor der Ring am Finger steckte, hatte das eben seine Folgen, und soweit Ruby es beurteilen konnte, schien die Frau allein für die Folgen verantwortlich zu sein.

Um vier Uhr nachmittags waren endlich auch die Letzten in der Schlange abgefertigt. Mr Pepper ging, um für sie drei einen Tee zu holen, und ein Stadtstreicher aus der Gegend, der hier jeden Nachmittag ein Nickerchen im Warmen hielt, war hereingekommen. Den Geruch, den er verströmte, hätte man mit dem Messer schneiden können. Aber der Major, wie er unten in den Tunneln hieß, war friedlich und tat keiner Fliege etwas zuleide.

Außer ihm befanden sich nur noch zwei Personen im Lesezimmer: ein Zahnarzt aus der Gegend und eine Frau, die im Rathaus arbeitete. Für Ruby war schon seit Langem klar, dass die beiden eine Affäre hatten.

Heute tat sie, als läse sie in einer Broschüre, während er sein Exemplar von *Erkrankungen des Zahnfleisches und der Mundschleimhäute* nicht anrührte. Stattdessen tuschelten die beiden miteinander.

»Macht es dir nichts aus, dass die zwei dein Lesezimmer für ihre heimlichen Treffen benutzen?«, fragte Ruby leise.

»Nein, eigentlich nicht«, flüsterte Clara zurück. »So kommen sie immerhin in die Bücherei. Die Frau muss mehr Stempel auf ihrem Leseausweis haben als irgendjemand sonst in Bethnal Green.«

»Was liest sie denn da?«

»Eine Luftschutzbroschüre – über den Umgang mit Brandbomben.«

»Das wird sie brauchen, wenn ihr Angetrauter ihr auf die Schliche kommt«, murmelte Ruby.

Beide prusteten vor Lachen.

Die Frau gab die Broschüre zurück und ging, wobei sie dem Mann noch einen schmachtenden Blick zuwarf. Die *Erkrankungen des Zahnfleisches und der Mundschleimhäute* hatten keine Chance – eine Minute später verließ auch er hastig die Bücherei. Dabei stieß er beinahe mit Mr Pepper zusammen, der mit dem Tee hereinkam.

»Huch, wo brennt es denn?«, murmelte er.

»Was ist nur heute mit den Leuten los?«, fragte Clara und pustete auf ihren dampfenden Tee. »Sie sind ja alle ganz brünstig!«

»Das muss der D-Day-Effekt sein«, meinte Ruby. »Die Gefahr, die Todesnähe. Es gibt kein stärkeres Aphrodisiakum.«

Mr Pepper kicherte.

»Da könnten Sie wohl recht haben.«

»Seit ich hier aushelfe, ist mir bewusst geworden, dass Ihre Berufsbezeichnung eigentlich viel umfangreicher sein müsste«, fuhr er fort. »Mir scheint, Sie sind nicht nur Bibliothekarinnen, sondern auch Sozialarbeiterinnen, Bürgerberaterinnen, Krankenschwestern, Unterhalterinnen, Zuhörerinnen, Lehrerinnen ...« Seine Stimme wurde zittrig, und er verstummte. »Und Freundinnen«, fuhr er schließlich fort. Seine Augen wurden feucht, und er kramte in den Taschen seines Anzugs nach einem Taschentuch. »Meine Güte, ich werde auf meine alten Tage noch rührselig.«

»Seien Sie nicht albern, Mr Pepper«, sagte Clara. »Sie haben erst kürzlich Ihre Frau verloren. Niemand kann verlangen, dass Sie immer stoisch die Fassung bewahren.«

»Vierzehn Wochen und vier Tage ist es nun her«, erwiderte er, nahm die Brille ab und wischte sich die Augen.

»Sie fehlt Ihnen sicher sehr.« Ruby legte einen Arm um ihn.

»Allerdings, meine Liebe. Es sind die kleinen Dinge, die man vermisst. Die stille Zweisamkeit, die gelegentliche Schelte.« Er schaute an sich hinunter und verzog das Gesicht. »Dass einem jemand die Flecken von der Krawatte wischt.«

Clara nahm ihm behutsam das Taschentuch aus der Hand und entfernte einen kleinen Fleck von seiner alten Schulleiterkrawatte.

»Ich weiß nicht, was ich ohne Sie beide und diese komische kleine Bücherei täte.«

Clara umarmte ihn und Ruby zusammen.

»Auf unsere komische kleine Bücherei!«

Als sie sich so zu dritt in den Armen lagen, wurde Ruby bewusst, was für unterschiedliche Menschen hier arbeiteten: eine fünfundzwanzigjährige Witwe, ein achtzigjähriger Witwer und eine sechsundzwanzigjährige eingeschworene Junggesellin.

»Heißt das vielleicht, dass Sie uns von nun an beim Vornamen anreden könnten, Mr P?«, fragte Clara, als sie sich lächelnd von den anderen löste.

»Ich werde es versuchen … Clara«, sagte er ein wenig zögerlich.

»So ist es besser«, bemerkte Ruby. »Ohne die Förmlichkeit

fühle ich mich viel wohler. Ach, und Sie haben in Ihrer Aufzählung etwas vergessen, Mr P.«

»Ach ja?«

»Papageienhüter!«

»Und da glauben die meisten Leute, Bibliothekare seien verschroben und in sich gekehrt.« Clara lachte.

»Mich wirst du nie in einer Strickjacke sehen«, schwor Ruby.

»Ein Wort der Warnung möchte ich allerdings loswerden«, fügte Mr Pepper hinzu. »Pinkerton-Smythe sollte nicht erfahren, dass Sie die Broschüre über Verhütung herausgeben.«

»Da hat er recht, Cla«, pflichtete Ruby ihm bei. »Er würde toben.«

Clara nickte. »Keine Sorge, ich komme schon mit ihm zurecht. Ach, das hätte ich ja fast vergessen – schau mal, was vorhin reingekommen ist. Sogar brandneu.« Sie schob *Die Herrin von Wildfell Hall* über den Tresen.

Das Buch war in winziger Schrift auf dünnem Papier gedruckt wie in Kriegszeiten üblich, die Ränder waren schmal und die Abstände so klein, dass man kaum erkennen konnte, wo ein Kapitel endete und das nächste anfing. Diese allgegenwärtigen Sparmaßnahmen waren durch den Book Production War Economy Standard verpflichtend vorgeschrieben. Aber auch wenn neue Bücher nicht mehr in edler Aufmachung daherkamen, übten sie doch noch immer ihren Reiz aus.

»Danke, Cla«, flüsterte Ruby. Sie setzte große Hoffnungen in dieses Buch. Wenn es auch nur halb so befreiend wirkte wie die Verhütungsbroschüre, würde ihre Mutter vielleicht die Kraft finden, aus Victors Tyrannei auszubrechen – und dann gäbe es endlich eine Chance auf Heilung.

Ruby steckte das Buch in ihre Tasche. Als sie wieder aufblickte, sah sie Beatty und Marie eintreten.

»Kommt ihr zur Vorlesestunde, Mädchen?«

Beatty nickte. »Wir sind etwas zu früh. Clara, ich wollte fragen, ob du mir helfen könntest, einen Brief ans Rote Kreuz zu schreiben, wegen meines Vaters. Jetzt, nachdem die Alliierten in Frankreich gelandet sind, dachte ich mir, es gibt vielleicht Neuigkeiten über die Kanalinseln.« Sie kaute auf ihrer Unterlippe. »Weißt du, Mum hat keine Zeit, weil sie ja immer arbeiten muss.«

Clara war bestürzt. »Ach, Liebes, ich hätte dir wirklich gern geholfen, aber gleich fängt doch die Vorlesestunde an.«

»Ich übernehme das Vorlesen«, erbot sich Ruby. »Hilf du inzwischen Beatty.«

»Meinst du wirklich?«, fragte Clara. »Ich dachte, du wolltest deiner Mutter das Buch bringen?«

»Das kann warten, Beatty braucht dich jetzt.« Ruby warf Clara einen vielsagenden Blick zu. Sie hatten darüber gesprochen, wie sie den Mädchen von Jersey helfen konnten. Beatty schien sehr viel Verantwortung für ihre kleine Schwester zu tragen, und Ruby wusste, dass das Mädchen Clara am Herzen lag.

»Dann komm mit.« Clara führte sie lächelnd zu einem Tisch.

Ruby schaute den beiden traurig nach. Clara wäre eine wunderbare Mutter geworden. Sie hatte schon so schwere Verluste erlitten – hoffentlich hatte der Krieg ihr nicht auch die Chance auf Mutterschaft genommen.

Zwanzig Minuten später empfing Ruby die Kinder, die zur Lesestunde hereingestürmt kamen. Ihre Energie sprudelte durch den Raum wie Brause aus einer überschäumenden Flasche.

»Ich habe alle zehn Bücher für den Lesewettbewerb durch, Miss. Bekomme ich jetzt einen Donut?«, rief ein zappeliges kleinen Mädchen mit bernsteinblondem Haar.

»Ich auch!« Mrs Smarts Enkelin, Maggie May, reckte ihren Arm so angestrengt in die Höhe, dass Ruby fürchtete, sie könnte ihn sich auskugeln.

Höchst erfreut stellte Ruby fest, dass bis auf ein Kind alle ihre regelmäßigen Besucher die zehn Bücher geschafft hatten. Eine Wand des Lesezimmers war voll mit kunterbunten Bildern und Buchbesprechungen. Der schlaue Tubby hatte das Pensum in drei Wochen bewältigt, und die meisten Jungs hatten dieser beeindruckenden Leistung nachgeeifert und begeistert die Reihe *Just William* und klassische Abenteuergeschichten wie *Die Abenteuer des Huckleberry Finn* gelesen.

»Wie kommst du denn voran, Joannie?«, fragte Ruby eine Zehnjährige mit einem wilden roten Lockenschopf.

»Schlecht«, erwiderte Joannie mürrisch. »Ich mag keine Mädchenbücher.«

»Wer sagt denn, dass du Mädchenbücher lesen musst?«

»Meine Mum. Sie sagt, ich soll ein nettes Buch lesen, so was wie *Little Women.*«

»Worüber würdest du denn lieber lesen?«, erkundigte sich Ruby.

»Über Verbrecher und Spione und so.«

»Dann solltest du dich in Westminster rumtreiben«, bemerkte Tubby. »Mein Dad meint, da wimmelt es von Verbrechern.«

»Ich fand dieses Buch toll, das wir neulich gelesen haben, *Die Schatzinsel.* Aber das ist doch für Jungs, oder?«

»Nein, das stimmt nicht«, widersprach Ruby entschieden. »Kein Buch sollte nur für Jungen oder nur für Mädchen sein.«

Sie stand auf, ließ ihren Blick über die Buchrücken im Regal gleiten und überlegte fieberhaft.

»Hier, versuch's mal damit. *Emil und die Detektive* von Erich Kästner. Das ist ein spannendes Buch über einen

Jungen, der zusammen mit seinen Freunden einen Bankräuber zur Strecke bringt.«

»Klingt gut, Miss, aber meine Mum erlaubt bestimmt nicht, dass ich ein Buch von einem Nazi lese.«

»Erich Kästner ist kein Nazi«, widersprach Ruby.

»Nicht alle Deutschen sind Nazis«, warf Tubby ein.

»Längst nicht alle«, bestätigte Ruby. »Erich Kästners Bücher sind in Deutschland verboten, sie wurden sogar von den Nazis verbrannt. *Emil und die Detektive* ist das einzige, das die Nazi-Zensur nicht gleich verboten hat.«

»Warum verbrennen die Nazis eigentlich Bücher?«, fragte Maggie May. »Haben die keine Kohlen?«

Ruby seufzte. Tagtäglich wurden sie und Clara von den Kindern im Shelter mit Fragen bestürmt. Wann gehen die Vögel abends schlafen? Habt ihr ein Buch mit Fotografien von Drachen? Warum haben wir hinten im Hals so kleine Sandsäcke? (Es dauerte eine Weile, bis Ruby dahinterkam, dass die Mandeln gemeint waren.)

Aber diese Frage über die Bücherverbrennungen der Nazis erforderte einiges Nachdenken.

»Weil sie nicht wollen, dass die Menschen selbst denken«, antwortete sie schließlich, und dabei kam ihr der Gedanke, dass ihr Stiefvater einiges mit einem Nazi gemeinsam hatte. Dann sagte sie energisch: »Und jetzt geht es los! Wie die meisten von euch ja schon wissen, ist Tubby neuerdings Lesepate – er hat sich bereit erklärt, uns etwas vorzulesen.«

Tubby hielt stolz sein Exemplar von *Der Wind in den Weiden* hoch, sodass alle es sehen konnten. Dann sprang er auf, wobei seine Beinschiene klapperte, und ahmte den Kröterich nach. Gelächter hallte durch die Bücherei, als Tubby herrlich lebhaft und mitreißend vorlas, wie der Kröterich als Waschfrau verkleidet aus dem Gefängnis entkam, wie ein

Wahnsinniger mit einem Automobil fuhr und schließlich sein Zuhause aus den Klauen der Wiesel rettete.

»Und die Moral von der Geschicht'« – Tubby klappte das Buch schwungvoll zu – »heißt: Trau keiner Kröte nicht.«

»Weise Worte, mein Junge.«

Alle schauten sich um. Ganz hinten im Raum stand ein hochgewachsener, unglaublich gut aussehender GI mit einer braunen Papiertüte in der Hand.

»Wer mag denn eine Süßigkeit?«

Damit war die Lesestunde abrupt beendet.

»Okay, es gibt Pfefferminzbonbons, es gibt Karamell, es gibt diese grauenhaft klebrigen Dinger, die nie mehr vom Gaumen abgehen …«

»Ich! Ich!«, schrien die Kinder durcheinander.

»Eddie … Was machst du denn hier?«, murmelte Ruby ungläubig.

»Ich wollte das hier abliefern.« Er grinste und zog ein Exemplar von *Vom Winde verweht* hinter dem Rücken hervor.

»Damit sind es zehn. Ich glaube, es gibt in ganz England keinen GI, der mehr Buchhandlungen abgeklappert hat als ich«, sagte er lachend. »Jetzt musst du doch mit mir ausgehen, nicht wahr?«

»Ich dachte, du wärst drüben in Frankreich.«

»Mein Schiff läuft morgen aus.«

Clara kam herüber, um nach dem Grund für diesen Tumult zu schauen.

»Das ist Eddie«, erklärte Ruby.

»Eddie?«, wiederholte Clara verständnislos.

»Du weißt schon, *Vom Winde verweht*-Eddie.«

Er lachte. »Ihretwegen habe ich jedes Exemplar gekauft, das ich auftreiben konnte. Aber sie ist es wert.«

»Ah, *Sie* sind also Eddie«, sagte Clara.

»Ich konnte nicht fortgehen, ohne mich zu verabschieden.« Dabei glitt sein Blick voller Bewunderung über Rubys Körper.

Erwartungsvolle Spannung breitete sich im Raum aus.

»Küssen Sie sie jetzt, Mister?«, fragte Maggie May kühn, und alle Mädchen kicherten.

»Das will ich doch meinen«, verkündete Ruby.

Eddie schloss sie in die Arme und küsste sie theatralisch, und die Kinder brachen in Begeisterungsstürme aus – alle bis auf Tubby und Ronnie, die taten, als müssten sie sich übergeben.

»Nun, was sagst du, Ruby?«, fragte Eddie, als er sich endlich von ihr löste. »Lass uns das West End unsicher machen – zuerst ins The Windmill, anschließend essen und dann tanzen.«

Die Einladung war durchaus verlockend. Ruby dachte an ihre Mum, wie sie auf Zehenspitzen um Victor herumschlich, um ihn nur ja nicht zu verärgern. Zudem erwartete sie eine weitere unruhige Nacht, in der sie sich im Bett herumwälzen und immer wieder den entsetzlichen Moment durchleben würde, da sie Bella in der Leichenhalle entdeckt hatte. Manchmal kam es ihr vor, als brächte sie jeden Augenblick ihres Lebens damit zu, vor dem, was auf dieser Treppe geschehen war, davonzulaufen.

»Ich habe Whiskey …«, fügte er hinzu und zog seine Jacke etwas hoch, sodass ein silberner Flachmann sichtbar wurde. »Echten amerikanischen.«

»Warum sagst du das nicht gleich?«, scherzte Ruby. »Ich hole meinen Mantel.«

Hinter dem Tresen kramte sie in ihrer Handtasche nach dem Taschenspiegel und dem Lippenstift – dem guten, Renegade Red. Während sie sich die Lippen schminkte, zitterten ihre Hände ein wenig.

Clara öffnete die Klappe im Tresen und kam zu ihr nach hinten.

»Bist du sicher, dass du das willst, Rubes?«, flüsterte sie. »Ich meine, für all diese Bücher wird er im Gegenzug etwas von dir erwarten.«

»Das will ich doch hoffen.« Ruby klappte den Spiegel zu und lächelte etwas zu strahlend, während sie ihr Kopftuch abnahm und ihr Haar ausschüttelte.

»Bitte sei vorsichtig«, beschwor Clara sie.

»Ich bin nicht dumm.« Ruby fuhr sich mit den Fingern durch die blonden Locken, dann tupfte sie sich ein wenig *Evening in Paris* an den Hals. »Ich passe schon auf, dass er ein Gummi benutzt.«

Clara war sichtlich gekränkt. »Das habe ich nicht gemeint, und das weißt du. Ich mache mir doch nur Sorgen um dich. Ich glaube nicht, dass du das Ganze so spaßig findest, wie du vorgibst.«

»Ach, Clara«, erwiderte Ruby seufzend. »Es geht nicht um Spaß, es geht um Vergessen.«

Dann pflanzte sie sich ein strahlendes Lächeln ins Gesicht und zog los, um für eine Nacht allem zu entfliehen.

9

CLARA

Freundlichkeit, Geduld und Bücher sind alles, was Kinder brauchen.

Nanny Maureen, ehrenamtliche Lesepatin in den Havering Libraries

Clara schaute Ruby und ihrem GI hinterher, als sie in einer Wolke aus Parfümduft und Tabakgeruch davongingen. Die Tunnelratten liefen ihnen noch über den Bahnsteig nach. Äußerlich sahen die beiden aus wie ein Traumpaar in Kriegszeiten. Doch Clara wusste, dass Rubys freizügiges Benehmen eine Fassade war, und sie machte sich Sorgen um ihre Freundin. London war derzeit eine Stadt im Umbruch. Was heute war, konnte schon morgen wieder dahingehen – in Eddies Fall im ganz wörtlichen Sinn. Und Ruby wusste gar nichts über ihn.

Plötzlich kam Clara ein schrecklicher Gedanke. Was, wenn er der Mann war, der seit einiger Zeit East London in Angst und Schrecken versetzte? Immerhin hatte hinter den Gräueltaten des sogenannten Blackout Ripper ein angesehenes Mitglied der Royal Air Force gesteckt. Es lag nahe, dass der Mann, der für diese neuen Übergriffe verantwortlich war, nicht aus der Gegend stammte. Clara riss sich zusammen und versuchte, sich wieder auf ihre Arbeit mit den Büchern zu konzentrieren.

Beruhige dich, ermahnte sie sich selbst, während sie behutsam ihr einziges Exemplar von *Der Wind in den Weiden*

abwischte und zurück ins Regal stellte. Ruby konnte auf sich selbst aufpassen. Wenigstens hatte sie Liebschaften, sofern man das so nennen konnte. Clara und Billy hatten es nach elf Tagen noch immer nicht geschafft, sich zu einem gemeinsamen Besuch in einer Kunstgalerie zu verabreden, dabei sollte es nur ein rein freundschaftliches Treffen sein. Jedes Mal, wenn Clara dachte, sie kämen sich näher, ging er wieder auf Abstand. Ihr war bewusst, dass sie mit ihrer Frage zu Dünkirchen eine unsichtbare Grenze überschritten hatte. Es drängte sie zu erfahren, was er da getan hatte, worauf er nicht stolz war, aber sie wagte es nicht, noch weiter nachzubohren.

Manchmal war sie gar nicht sicher, ob er sich überhaupt zu ihr hingezogen fühlte. Andererseits – die Art, wie er sie anschaute … Es war alles so verwirrend! Seine Gefühle waren so flüchtig wie Sonnenglitzern auf Wasser, aber war das Wechselspiel von Licht und Schatten nicht gerade das, was ihn so faszinierend machte?

»Du siehst sehr nachdenklich aus.« Beatty schaute sie mit einem einfühlsamen Lächeln an.

»Ach nein, ich überlege nur gerade, welches Buch wir als Nächstes in der Vorlesestunde anfangen sollen.«

»Wie wäre es mit *We Couldn't Leave Dinah?*«

»Von Mary Treadgold! O ja, das ist ein wundervolles Buch.«

»Du hast davon gehört?« Beatty wurde lebhafter, als Clara sie je zuvor gesehen hatte.

»Aber natürlich, es wurde vor drei Jahren mit der Carnegie-Medaille ausgezeichnet. Das Buch handelt von Kindern, die während der Besatzung auf den Kanalinseln leben, nicht wahr?«

Beatty nickte. »Ich fände es gut, wenn du es vorlesen würdest. Es erinnert mich an mein Zuhause, oder wenigstens handelt es von einem Ort, der so ähnlich ist.«

Clara lächelte. Ihr war bewusst, was für ein seltener und kostbarer Augenblick dies war.

»Ich werde es für dich auftreiben«, versprach sie.

»Danke, Clara, und danke auch, dass du mir vorhin mit dem Brief geholfen hast.«

»Das habe ich sehr gern getan. Ich hoffe nur, dass du bald Nachricht bekommst.«

»Jetzt, wo die Alliierten in Frankreich sind, werden sie helfen, Jersey zu befreien, es ist ja so nah. Und dann werden wir sicher bald etwas von meinem Dad hören. Meinst du nicht auch?«

Clara tat sich schwer, darauf zu antworten. Sie hatte ihre Zweifel, wollte aber die Hoffnung des Mädchens nicht zunichtemachen, nun, da Beatty gerade anfing, ihr zu vertrauen.

»Lange kann es nicht mehr dauern. Komm, ich begleite dich und Marie noch zu eurem Bett. Mr Pepper, wären Sie so gut, abzuschließen?«

»Natürlich, meine Liebe, gehen Sie nur.«

Clara fasste ihr dunkles, welliges Haar zusammen und band ein gelbes Seidentuch lose zu einem Turban. Sie liebte dieses Tuch, weil Duncan einmal zu ihr gesagt hatte, die Farbe brächte die goldenen Sprenkel in ihren bernsteinfarbenen Augen besonders schön zur Geltung.

»Du bist sehr hübsch«, bemerkte Marie und griff nach Claras Hand, als sie gemeinsam die Bücherei verließen. »Warum gehst du nicht auch mit GIs tanzen wie Ruby?«

»Marie«, schalt Beatty, »sei nicht so aufdringlich.«

»Schon gut.« Clara lachte. »Ich bin wirklich viel zu langweilig.«

Als sie den Schlafplatz der beiden erreichten, zog Beatty *Der geheime Garten* hinter dem Kabelhalter an der Tunnelwand hervor.

»Ich finde dich gar nicht langweilig, Clara«, sagte sie, zog das Lesezeichen aus dem Buch und machte es sich in ihrem Bett bequem. »Ich finde dich sehr nett.«

Clara spürte einen Kloß im Hals. Beatty und Marie waren wunderbare Mädchen, so klug und geistreich. Was hätte sie nicht darum gegeben, ihre Mutter zu sein. Sie hätte ihnen jeden Abend vorgelesen, sie mit Liebe und Zärtlichkeit überschüttet und sie nicht die ganze Nacht in einem kalten U-Bahn-Tunnel allein gelassen. Sie dachte unwillkürlich wieder an jenen ersten Tritt, zart wie der Flügelschlag eines Schmetterlings, aber doch ein Lebenszeichen. Der Schmerz ging ihr bis ins Mark, und sie musste sich am Bettgestell abstützen.

»Alles in Ordnung, Clara?« Marie schaute mit großen, neugierigen Augen über den Rand ihres Buches.

»Ja, Liebes, es geht mir gut, ich bin nur etwas müde.«

Die Atmosphäre im Shelter hatte sich verändert – kurz bevor das Licht auf Nachtbeleuchtung umgeschaltet wurde, herrschte eine schläfrige Stimmung, und überall im östlichen Tunnel machten Leute es sich mit Büchern bequem oder strickten beim Schein einer flackernden Kerze. Ein paar schliefen bereits mit improvisierten Masken über den Gesichtern – Gazestreifen, auf die ein wenig Eukalyptusöl geträufelt war, um den Geruch zu überdecken und dem gefürchteten Katarrh vorzubeugen.

»Ich gehe dann mal wieder. Gute Nacht, Mädchen. Viel Spaß mit dem *geheimen Garten.*«

Beatty sah auf, und ihre Augen glänzten im schwachen Licht vor Begeisterung.

»Oh, den werde ich haben. Sie ist ganz kurz davor, das Tor zu finden.«

Clara hatte noch nie erlebt, dass jemand so begierig las. Beatty erinnerte sie daran, wie sie selbst als Jugendliche gewesen war, und sie freute sich über die Nähe, die sich zwischen ihnen entwickelte.

Wie Mary in *Der geheime Garten* war Beatty aus ihrer vertrauten Umgebung gerissen und in eine fremde Welt verpflanzt worden. Natürlich war die U-Bahn-Station nicht mit einem weitläufigen Landhaus vergleichbar, aber die ungesunde und komplexe Welt des unterirdischen Shelter war für Beatty ebenso fremd, wie es das Herrenhaus Misselthwaite Manor für Mary gewesen war.

Es lag nun an Clara, sie mit Büchern zu versorgen – Büchern, in denen sich Türen zu magischen Ländern öffneten. Ein Lächeln umspielte Beattys Mundwinkel, als sie die Seite umblätterte, ihre Augen huschten von links nach rechts. Manchmal formte sie mit den Lippen die Worte. War das Lesen in einer Welt, die von natürlichem Licht und Geräuschen abgeschirmt war, irgendwie inniger, wurde dadurch die Fantasie lebhafter?

Draußen tat die doppelte Sommerzeit ihre Wirkung, und Clara sah erleichtert, dass auf den Straßen und im Barmy Park noch reges Treiben herrschte. Sie schaute sich um in der Hoffnung, eine hochgewachsene, schlaksige Gestalt zu erblicken, aber zu ihrer Enttäuschung war Billy nicht da.

»Schlag ihn dir aus dem Kopf«, schalt sie sich selbst, während sie sich auf den Weg zur Russia Lane machte. Sosehr sie sich auch anstrengte, sie wurde das grässliche, niederschmetternde Gefühl nicht los, dass sie alles zunichtegemacht hatte – was immer »alles« sein mochte.

Sie traf Sparrow in seinem Garten an, wo er auf einem kleinen Primuskocher einen Fisch briet.

»Darf ich?« Sie deutete auf eine Holzpalette.

Er nickte.

»Wir vermissen dich in der Bücherei.«

»Es war nich' meine Schuld, dass das dumme Mädchen da festgesteckt hat.«

»Das weiß ich doch, niemand macht dir deswegen Vorwürfe.«

»Meine Mum schon.«

»Ich würde dir gern helfen, lesen zu lernen.«

»Von mir aus, is' mir egal.« Plötzlich schaute er auf, und seine Augen glänzten. »Aber Sie würden nur Ihre Zeit vergeuden. Ich bin zurückgeblieben, klar?«

»Wer sagt das?«

»Mein Lehrer, Mr Benwell. Er hat gesagt, bei mir is' Hopfen und Malz verloren.«

»Das stimmt nicht«, widersprach Clara sanft.

»Er hatte mich auf dem Kieker. Ich musste vor der ganzen Klasse aufstehen, und dann hat er auf die ganzen Löcher in meinen Anziehsachen und meinen Schuhen gezeigt. Ich musste mich sogar in den Papierkorb stellen, weil er gesagt hat, ich seh aus wie Müll.«

Clara spürte, wie Wut in ihr hochkochte.

»Hast du das jemandem erzählt?«

»Ja, und dafür hab ich's dann mit dem Rohrstock gekriegt.«

»Das ist kein Lehrer, das ist ein Sadist«, murmelte sie.

»Und wenn ich weggezuckt bin, gab's noch mehr. Aber das mit der Linken is' noch schlimmer.«

Er streckte seine linke Hand aus und drehte die Handfläche nach unten. Clara spürte, wie sich ihre Wut zu einem anderen, düsteren Gefühl verdichtete.

»Darum kann ich nich' lesen.«

»Warum?«

»Weil ich Linkshänder bin.«

»Wie meinst du das?«

»Sir hat's mir mit dem Rohrstock gegeben, wenn ich

mit links geschrieben hab. Er hat gesagt, Linkshänder sind schwachsinnig.«

»Nur weil du Linkshänder bist, heißt das nicht, dass du weniger schlau bist als andere. Als ich studiert habe, um Bibliothekarin zu werden, habe ich viele sehr kreative Menschen kennengelernt, die Linkshänder waren.«

»Oh«, sagte er und schaute verwirrt drein.

»Ich will dir wirklich helfen, Sparrow.«

Er reckte das Kinn. »Ich brauch keine Wohltätigkeit.«

»Was hältst du davon: Du bringst mir bei, wie man Gemüse anbaut, und ich bringe dir das Lesen bei. So lernt jeder etwas – das wäre doch ein gerechter Tausch, findest du nicht?«

Er runzelte die Stirn. »Gut, aber Sie dürfen es niemandem sagen.«

»Es ist unser Geheimnis. Wenn du möchtest, könnten wir gleich anfangen.«

»Nich' hier. Ich schätze, wir könnten zu meiner Tante gehen.«

»Wenn du mit deinem Abendessen fertig bist.«

Während er aß, erklärte er Clara, was er in seinem kleinen Garten anbaute. Sie war beeindruckt, wie viel er und die jungen Gärtner der Russia Lane ganz ohne Geld auf die Beine gestellt hatten.

Es war seine Idee gewesen, erzählte Sparrow stolz, die Erde auf dem Trümmergrundstück mit durchlöcherten Mülltonnendeckeln zu sieben, um all die Glas- und Granatsplitter zu entfernen.

»Doppelt umgraben is' ganz wichtig, Miss«, sagte er. »Und Dünger is' König.«

»Apropos König, ich habe gehört, du hattest voriges Jahr königlichen Besuch.«

Seine Miene erhellte sich. »Ja. Ich habe Ihrer Majestät ein

paar Tipps gegeben, was sie gegen die Kartoffelfäule machen kann.«

Clara lachte laut.

Zurückgeblieben? Wenn dieser Junge lesen lernen konnte, wären seinem scharfen Verstand keine Grenzen mehr gesetzt.

Bei Sparrows Tante Maisie angekommen, erkannte Clara schnell, dass diese liebenswürdige Frau völlig überfordert war – sie schaukelte einen gewickelten Säugling auf der Hüfte, während sie in einem Kochtopf rührte. Zwei kleine Jungen balgten sich auf dem Flickenteppich. Sparrow war sichtlich verlegen.

»Das is' Mrs Button aus der Bücherei unten in der U-Bahn. Sie hilft mir mit dem Lesen.«

»Oh, hallo. Reggie und Albert, macht nicht solchen Krach, man versteht ja sein eigenes Wort nicht.« Mit verlegenem Lächeln wandte sich Sparrows Tante wieder an Clara und klopfte leicht vorn auf ihre Schürze. »Das Nächste ist schon unterwegs, womit hab ich das nur verdient?«

Das Baby regte sich und gähnte, die Augenlider flatterten. Der Schmerz, den Clara vorhin empfunden hatte, schien sich auszudehnen, bis er sie ganz erfüllte.

Das Gähnen des Babys ging in leises Jammern über.

»Wie wäre es, wenn wir mit ihm im Kinderwagen spazieren gehen?«, schlug Clara vor, die es eilig hatte, dieser Szene unübersehbarer Fruchtbarkeit zu entkommen.

»Ach, würden Sie das tun?«

»Natürlich, komm, Sparrow.«

Gemeinsam packten sie den Säugling in einen großen Kinderwagen, der draußen vor dem Haus stand, und gingen los. Das Rütteln und Schaukeln des Wagens auf dem Pflaster lullte das quengelnde Baby rasch wieder in den Schlaf.

In was für eine Welt wurden die Kinder heutzutage nur hineingeboren, sinnierte Clara, als sie an einem zerbombten Haus vorbeikamen, aus dessen Fensterrahmen Schmalblättrige Weidenröschen wucherten. Am Ende der Straße war eine große Schar Kinder in ein kompliziertes Hüpfspiel versunken.

»Tut mir leid, Miss«, seufzte Sparrow und trat nach einem Stein. »Bei meiner Tante geht es immer so zu. Schätze, mit dem Lesenlernen wird es doch nichts.«

»Doch, natürlich«, widersprach Clara. »Wörter sind überall, man kann sie nicht nur aus Büchern lernen.«

Ihr Blick fiel auf eine riesige Plakatwand an der Seite der Eisenbahnbrücke, auf der dafür geworben wurde, während der Kriegszeiten selbst Gemüse anzupflanzen und dadurch einen Beitrag zum Kampf gegen den Hunger zu leisten.

»Versuch mal, das dort zu lesen.«

»Das is' einfach, ›Graben für den Sieg‹.«

»Bravo«, lobte Clara lachend. Sie gingen unter der Brücke hindurch und traten auf der anderen Seite wieder aus dem Schatten.

»Das war geschummelt. Ich hab's nur geraten, weil auf dem Plakat ein Stiefel und ein Spaten waren.«

»Es war eine begründete Vermutung, das zählt nicht als Schummeln. Jetzt versuch mal das da.« Sie zeigte auf ein riesiges Schild an der Seitenwand eines Pubs.

»Guinness … gi…« Er stockte.

»Gibt Kraft«, ergänzte Clara.

Sie bemerkte die Ecke der Broschüre *Graben für den Sieg*, die aus seiner Tasche ragte.

»Lass uns gemeinsam etwas darin lesen. Verstehst du die Anleitungen?«

»Das meiste rate ich, oder Tubby liest vor, während ich die einfache Arbeit mache.«

Er zog das Heft aus der Tasche, und Clara lotste ihn durch den Text, indem sie einzelne Sätze vorlas und ihn ermutigte, die einfacheren Wörter selbst zu versuchen. Sie war überzeugt, dass es nur eine Frage der Übung war – wenn sie so weitermachten, würde Sparrow sicher im Handumdrehen lesen lernen. Er war schlau wie ein Fuchs. Er musste nur selbst daran glauben.

»Was is' Ihr Lieblingswort, Mrs Button?«, wollte er wissen.

»Serendipität.«

»Was heißt das?«

»Es ist eine Art glücklicher Zufall, man entdeckt überraschend etwas, wonach man gar nicht gesucht hat. Zum Beispiel, dass wir beide uns in der Bücherei begegnet sind, das war für mich ein Fall von Serendipität.«

»Und welches Wort können Sie am wenigsten leiden?«, fragte er, während sie wieder unter der Eisenbahnbrücke hindurchgingen. Seine Worte gingen fast im Rattern des Zuges unter, der gerade über ihnen hinwegfuhr.

Sie überlegte. »Schleimig.«

»Warum?«

»Ich weiß selbst nicht recht, mich gruselt es einfach bei dem Wort. Was ist denn dein Lieblingswort?«, fragte sie zurück.

»Schluff.«

Sie hörte auf, den Kinderwagen zu schieben, und schaute ihn überrascht an.

»Das ist ein sehr schönes Wort. Woher hast du das?«

»Von Tubby. Er meint, das is' hier im Boden drin – wir haben Lehmboden, der besteht aus Sand, Ton und Schluff.« Er zwinkerte. »Schön schleimig.«

»Himmel, was macht dieser Zug für einen Lärm!«

Sparrow schaute mit zusammengekniffenen Augen zum Himmel auf. »Ich glaub, das is' kein Zug.«

Sie folgte seinem Blick.

Ein schwarzer Streifen bewegte sich schnell über die Hausdächer hinweg.

Plötzlich steigerte sich der Lärm gewaltig, bohrte sich in Claras Hirn. Ihre schweißnassen Hände umklammerten den Griff des Kinderwagens.

»Mrs Button …« Sparrows Hand an ihrem Arm holte sie in die Wirklichkeit zurück. »Wir müssen rennen!«

Doch zu ihrer ewigen Schande stand Clara nur wie angewurzelt da. Sie sah Peters Gesicht vor sich, blass und wächsern, als er rückwärts in den aufwirbelnden Staub stürzte, während um sie herum Bücher durch die Luft flogen.

»Ich … ich kann nicht.« Sie schluckte. Das Ding am Himmel kam mit röhrendem Lärm näher. Aus dem hinteren Ende drang Feuer. Ganz plötzlich verstummte der Lärm.

Sparrow riss Clara den Griff des Kinderwagens aus den Händen und schob mit einer Hand; mit der anderen packte er sie am Ärmel.

»Kommen Sie!«

Sein Ruf riss Clara aus ihrer Schreckstarre, und zusammen stolperten sie über die Grove Road, so schnell sie konnten. Die Räder des Kinderwagens hüpften und sprangen wie verrückt über das holperige Pflaster.

»Hier rein.« Sparrow zerrte sie in einen Hauseingang und drückte sie hinunter. Dann nahm er schnell seinen kleinen Cousin aus dem Kinderwagen und kauerte sich neben sie. Beide hielten instinktiv schützend die Arme über ihre Köpfe.

Die Explosion zerriss die Luft, alles bebte.

Schlagartig wurde es dunkel, dann folgten die leisen Aufschläge fallender Trümmerteile, die ringsum herabregneten, und ein beißender Geruch umfing sie.

Clara konnte nicht atmen. Sie hatte das Gefühl, sich am Bordstein festklammern zu müssen, weil der Gehweg schwankte und seitlich wegkippte.

»Mrs Button ...« Sparrow zog sie auf die Füße hoch.

Das Baby fing an zu weinen, während Clara und Sparrow sich fassungslos umschauten.

Die solide viktorianische Eisenbahnbrücke, unter der sie eben noch hindurchgegangen waren, war verschwunden. Gebäude waren eingestürzt. Leichen lagen auf der Straße herum wie Lumpenpuppen. Wohnhäuser und Geschäfte brannten lichterloh, und Damenbinden aus der Apotheke flogen durch die Luft, trudelten wie Ahornblätter und landeten zu ihren Füßen.

»Meine Tante!«, rief Sparrow aus.

Aus der Seite eines Gebäudes ragte das Heck des Flugzeugs.

Er wollte loslaufen, doch Clara hielt ihn zurück. Schon ertönten die Signalglocken von Rettungsfahrzeugen und Feuerwehr.

»Nein! Du darfst da nicht hingehen, Sparrow, es ist zu gefährlich.«

Doch Sparrow drückte ihr das Baby in die Arme und rannte auf die brennenden Gebäude zu.

Clara konnte den Anblick nicht ertragen. Sie kauerte sich auf den Bordstein, das Baby fest umklammert.

»Clara, sind Sie das?« Sie blickte auf. Billy war mit einer Krankentrage auf dem Weg zum Ort der Explosion.

»Billy!« Sie begann zu weinen, während er erstaunt und mit besorgtem Blick neben ihr in die Hocke ging.

»Sind Sie verletzt?«

»Mir ist nichts passiert. Aber Sparrow ist hingelaufen, um nach seiner Tante zu suchen. Bitte halten Sie ihn auf, Billy.«

»Natürlich. Aber Sie müssen zur Rettungswache gehen, um sich untersuchen zu lassen.«

»Mir geht es gut, ich warte hier.«

Er ließ die Trage los und ergriff sie fest an beiden Armen.

»Nein, Clara, das tun Sie nicht. Wenn Sie irgendwie zu Schaden kämen, würde ich mir das nie verzeihen. Gehen Sie jetzt!«

Ohne ein weiteres Wort wandte er sich ab und lief in den dichten Qualm hinein.

Das milchige Licht der Morgendämmerung drang bereits durch die Ritzen der Verdunkelung, als Billy endlich wieder in der Wache 98 eintraf. Sein Gesicht war grau vor Erschöpfung.

»Was ist mit Sparrow?«, fragte Clara sofort. Nachdem das Baby untersucht und dann wohlbehalten zu Pat in den unterirdischen Shelter gebracht worden war, hatte sie vor Sorge um den Jungen die ganze Nacht kein Auge zugetan.

Billy drückte ihr eine Tasse Fertigbrühe in die Hände.

»Er ist wohlauf. Er und zwei seiner Cousins sind jetzt bei seiner Mum und dem Baby unten im Shelter. Sie sind alle in Sicherheit.« Er zog die Decke um ihre Schultern zurecht und schaute besorgt auf sie hinunter. »Und Sie?«

Sie nahm einen Schluck von dem heißen, salzigen Getränk und schauderte.

»Mir geht es gut, bis auf ein geplatztes Trommelfell, aber wenn Sparrow mich nicht dazu gebracht hätte, loszurennen …« Sie brach ab. »Was ist mit Sparrows Tante?«, fragte sie dann.

»Es tut mir leid. Sie hatte keine Chance.«

Clara schüttelte den Kopf. Sie sah wieder die heitere Mutter mit ihrer Kinderschar vor sich, den Kochlöffel in der Hand, einen Eintopf auf dem Herd, in seligem Unwissen darüber, dass sie nur noch wenige Minuten zu leben hatte.

»Sonst noch jemand?«

»Zwei andere Cousins von Sparrow, kleine Jungen.« Billy schluckte mühsam. »Insgesamt sechs Tote. Für sie kam jede Hilfe zu spät.«

»Eigentlich sieben. Sparrows Tante war guter Hoffnung.«

Billy rieb sich verzweifelt das Gesicht, und Clara hatte das Gefühl, als ob eine kalte Hand ihr Herz zusammenpresste.

»Es tut mir so leid …«

Er nickte und schaute sie an. In seinen Augen stand noch das Grauen über das, was er in den eingestürzten Häusern gesehen hatte.

»Kinderleichen aus den Trümmern zu ziehen, daran gewöhnt man sich nie.«

Eine Zeit lang schwiegen beide.

»Es tut mir leid«, sagte er schließlich noch einmal und rieb sich seufzend die Augen. »Konversation muss ich wirklich noch üben.« Er schaute Clara direkt an. »Dieses Ding, das da explodiert ist, das war keine Messerschmitt oder sonst irgendein Flugzeug.«

»Was war es denn?«

»Eine Art Rakete, ich weiß es nicht genau. Jedenfalls ist kein deutscher Pilot gefunden worden, und glauben Sie mir, die Männer aus der Gegend haben einen ordentlichen Suchtrupp zusammengetrommelt. Wenn einer da gewesen wäre, dann wäre er ihnen nicht entkommen.«

Clara erinnerte sich an das grauenhaft ratternde Geräusch, das sie gehört hatte, bevor der Motor ausgegangen war.

Hitlers Geheimwaffe war in den vergangenen Monaten in aller Munde gewesen. Sie selbst hatte das Gerede davon als wildes Gerücht abgetan und darüber gelacht.

»Nun, hoffen wir, dass es das erste und letzte Mal war«, bemerkte Billy seufzend – ihm war selbst klar, dass im Krieg nichts jemals so einfach war.

Er ergriff ihre Hände, und plötzlich wurde Clara bewusst, wie nah sie sich waren.

»Wir hatten noch keinen Termin vereinbart, wann wir zusammen die Ausstellung besuchen, aber lassen Sie uns hingehen!«, drängte er. »Jetzt.« Er schaute ihr eindringlich in die Augen. »Es tut mir leid, dass ich es immer wieder aufgeschoben habe.« Plötzlich strömten die Worte aus ihm heraus. »Es ist schwer zu erklären, aber eins weiß ich: Wir haben nur das Jetzt. Wenn der Vorfall von gestern Abend mir irgendetwas klargemacht hat, dann das.«

Claras Herz schlug heftig, als er endlich die Worte aussprach, nach denen sie sich so gesehnt hatte.

»Ja … ja, gern … Aber Sie meinen doch nicht jetzt sofort? Schauen Sie mich nur an.«

Ihr Haar war nach der Nacht auf dem Feldbett ganz zerrauft, und sie war ziemlich sicher, dass um ihre Ohren noch eingetrocknetes Blut klebte.

»Sie sind wunderschön, Clara.« Er berührte ihre Wange. »Und vor allem lebendig. Sie …« Er stockte, und sie legte ihre Finger sacht an seine. »Sie können sich gar nicht vorstellen, was Sie mir bedeuten.«

Es war, als sei etwas Magisches geschehen. Als gäbe es jetzt kein Zurück mehr.

Billy lächelte, und der feierliche Ernst des Augenblicks verflog. »Aber, ja, wir können warten, bis Sie sich frisch gemacht haben. Nur bitte nicht viel länger, ich will keine Zeit mehr verlieren.«

Clara sehnte sich schon lange danach, sich all die heimliche Schande aus ihrer Vergangenheit von der Seele zu reden, das Lügengebäude einzureißen. Vielleicht hätte sie in diesem sehr verletzlichen Moment ihr Schweigen gebrochen – doch da erschien eine beleibte Frau, die mit einem hölzernen Löffel an einen Topf schlug.

»Essen fassen!«

Clara fuhr zusammen.

»Mavis Byrne«, sagte Billy grinsend. »Tochter eines Kapitäns auf der Ostsee und die Köchin unserer Wache. Sie macht die beste Rindfleisch-Nieren-Pastete in East London.«

»Sie haben sicher genug Leute zu verpflegen«, sagte Clara. »Keine Sorge, ich bin schon weg.«

»Nichts da«, widersprach Mavis und fasste sie am Arm. »Unser Billy hört ja gar nicht mehr auf, von seiner Freundin in der Bücherei zu reden.«

Billy verdrehte die Augen. »Tut mir leid«, flüsterte er Clara zu. »Bitte bleiben Sie zum Essen.«

Mavis führte die blinzelnde Clara in den Hof der Rettungswache hinaus, wo mindestens ein Dutzend Frauen die Köpfe drehten, um sie anzustarren. Inzwischen war die Sonne aufgegangen, und die Leute von der Nachtschicht saßen auf Klappstühlen, machten sich über ihre Teller mit Rindfleisch-Nieren-Pastete her oder rauchten.

»Ich muss den neuen Schichtleiter zur Inspektion der Fahrzeuge begleiten«, sagte Billy. »Wir können nicht ausrücken, ehe er alles abgenommen hat. Aber es dauert nicht lange.«

Er pfiff, um eine junge Frau auf sich aufmerksam zu machen, die nicht weit von ihnen gerade die Tür eines Rettungswagens polierte. Sie hatte die längsten Beine, die Clara je gesehen hatte.

»Blackie, würdest du dich bitte um meine Freundin kümmern?«

Die Frau kam auf sie zu, eine Kippe zwischen den rot geschminkten Lippen.

»Alberta Black.« Sie streckte die Hand aus, ohne ihre Zigarette aus dem Mundwinkel zu nehmen, und musterte Clara durch den Rauch. »So, Sie sind also die mysteriöse junge Dame, die unseren Wachleiter in solchen Aufruhr gestürzt hat.«

Sie hatte ihn in Aufruhr gestürzt? Das hatte Billy bisher erfolgreich vor ihr verheimlicht.

»Ich wusste gar nicht, dass Billy der Wachleiter ist«, sagte Clara.

»Ja, ja, er ist der Boss«, bestätigte eine Rothaarige. »Ich bin übrigens Angela Darlow. Alle nennen mich Darling. Haben Sie denn nicht die drei Streifen an seiner Uniform gesehen?«

Clara schüttelte den Kopf.

»Und von seinem Lametta hat er Ihnen wohl auch nichts erzählt?«, fügte Blackie hinzu, dann bückte sie sich, um Beauty auf den Arm zu nehmen. Der kleine Hund war auf den Hof gekommen, um nach heruntergefallenen Fleischstückchen zu suchen.

»Lametta?«

»Ja, er hat voriges Jahr die British-Empire-Medaille für Tapferkeit erhalten.«

»Ach, wirklich? Wofür wurde er denn ausgezeichnet?«

»Während des Blitz ist er mit einem Rettungswagen durch eine Flammenwand gefahren, weil eine Familie im Keller ihres Hauses eingeschlossen war. Er ist durch einen Tunnel gekrochen, durch den kaum ein Windhund gepasst hätte, und hat zwei Kinder in dem Keller vorgefunden. Hat ihnen Morphium verabreicht und beide lebend rausgeholt.«

Clara war sprachlos. Die Art, wie Billy über sich sprach – über Dinge, auf die er nicht stolz war, und seinen Status als Kriegsdienstverweigerer aus Gewissensgründen –, all das schien in krassem Widerspruch zu dem furchtlosen Mann zu stehen, den diese Frauen kannten.

Angela nahm ihre Sonnenbrille ab und bedachte Clara mit einem durchdringenden Blick.

»Wir sind hier ein komischer Haufen, aber wir halten zusammen wie eine Familie.«

Clara verstand, dass das eine freundschaftliche Warnung war, und sie war erleichtert, als Billy wieder in den Hof kam.

»So, Leute, die Inspektion ist beendet, ihr könnt los.«

Er legte Clara eine Hand in den Rücken und lotste sie auf die Straße hinaus.

»Wenn es Ihnen recht ist, komme ich nachher zur Vorlesestunde, und dann können wir einen Termin ausmachen?«

»Ja, bitte«, sagte sie erleichtert. »Und danke, Billy, dass Sie sich so um mich gekümmert haben.«

Er schloss sie in die Arme, und sie legte die Wange an den rauen Stoff seines Overalls. In diesem Moment hatte Clara das Gefühl, dass alle Anspannung von ihr abfloss wie geschmolzenes Wachs von einer Kerze.

»Ich finde, bevor wir uns verabreden, sollte ich offen mit Ihnen sein …«, begann er.

»Ja«, drängte sie erleichtert. »Ich will alles wissen, was es über Sie zu wissen gibt. Sie können mir vertrauen, Billy.«

»Clara!«

Die schrille Frauenstimme ließ sie verstummen.

Billy folgte ihrem Blick die Straße entlang zu einer Frau mit extravagantem Hut, die auf sie zukam.

»Wer ist das denn?«

»*Die Kunst der Haushaltsführung*«, erwiderte Clara seufzend und kämpfte ihren inneren Aufruhr nieder.

Ihre Schwiegermutter kam näher, und Clara setzte ein Lächeln auf.

»Hallo. Das ist aber eine Überraschung! Was machst du denn hier?«

»Clara, meine Liebe … Du kannst dir gar nicht vorstellen, welche Sorgen ich mir gemacht habe! Es war von einer Invasion die Rede. Sobald ich hörte, dass in Bethnal Green etwas vorgefallen ist, bin ich hergekommen. Ein Mann vom Luftschutz in der Grove Road erwähnte, dass eine Frau, deren Beschreibung auf dich passt, hierhergebracht wurde.«

»Bitte machen Sie sich keine Sorgen«, sagte Billy. »Ich war vor Ort und kann Ihnen versichern, dass sich dort keine deutschen Piloten befanden. Das mit der Invasion ist nur ein haltloses Gerücht.«

Claras Schwiegermutter warf Billy einen argwöhnischen Blick zu. »Kennen wir uns?«

Er schüttelte den Kopf. »Nicht, dass ich wüsste.«

Sie schürzte die Lippen. »Doch, ich bin sicher, dass wir uns schon einmal begegnet sind.«

»Ich habe wohl ein Allerweltsgesicht«, erwiderte Billy mit unbehaglichem Lachen. »Ich lasse Sie beide dann mal allein. Clara, wir sehen uns später in der Bücherei.«

Er wandte sich ab. Maureen starrte ihm hinterher.

»Irgendwoher kenne ich ihn«, sagte sie, als er außer Hörweite war. »Dieser verschlagene Blick.«

»Er ist nur ein Freund, und du hättest dir wirklich nicht die Mühe zu machen brauchen, den weiten Weg von Boreham Wood hierherzukommen.«

»Clara, wir sind immer noch eine Familie! Auch wenn du deiner eigenen Mutter den Rücken gekehrt hast.«

Clara seufzte. Offenbar hatten ihre Mutter und ihre Schwiegermutter miteinander geredet.

»Ich habe ihr nicht den Rücken gekehrt«, widersprach sie. »Ich liebe sie, aber sie kann nicht von mir verlangen, dass ich mich zwischen ihr und der Bücherei entscheide. Das ist nicht fair.«

»Deine Mutter und ich sind uns einig. Du kannst einfach nicht klar denken. Das geht nun schon eine ganze Weile so, genauer gesagt seit …«

»Seit Duncans Tod? Welch eine Überraschung! Entschuldige, ich möchte nicht unhöflich sein, ich bin einfach schrecklich müde.«

»Das sehe ich, und darum musst du mitkommen und bei uns wohnen.« Maureen berührte Clara mit ihrer behandschuhten Hand an der Schulter und entblößte die Zähne zu einem Lächeln. »Hier bist du nicht sicher. Und Duncan hätte es so gewollt.«

Clara starrte auf eine Amsel, die in einem kleinen Beet auf dem Gelände der Rettungswache einen hilflosen Wurm aus dem Boden zog.

»Das haben wir doch alles schon besprochen, Maureen. Ich … ich habe hier in Bethnal Green meine Arbeitsstelle und meine Freunde, ich habe hier ein Leben.«

Maureens Gesicht verhärtete sich, und ihr kleiner, rosiger Mund schmollte. Wie schnell die Fassade der Besorgnis bröckelte. »Was man von meinem Sohn nicht mehr sagen kann«, zischte sie. »Vermisst du ihn überhaupt?«

»W-was? Wie kannst du das nur fragen?«

»Nun, warum arbeitest du immer noch in dieser öffentlichen Leihbücherei?«

»Diese Bücherei ist mein Leben!«, rief Clara.

Maureen stieß ein bitteres Lachen aus. »Dein Mann hätte dein Leben sein sollen. Wer weiß, wenn du deine Arbeit nicht über alles andere gestellt hättest, dann wäre es vielleicht anders geendet.«

Clara starrte ihre Schwiegermutter sprachlos an. Die Federn auf Maureens albernem Hut zitterten.

»Aber wahrscheinlich ist es dir ganz recht, wie es ausgegangen ist. Du hättest ja nach dem Krieg deine Stellung aufgeben müssen, aber nun, da er tot ist, kannst du weitermachen. Das kommt der Madame natürlich sehr gelegen, wie?«

Clara hatte das Gefühl, keine Luft mehr zu bekommen. Die Hitze legte sich um ihren Hals wie unsichtbare Finger.

»Ich vermisse ihn jeden Tag«, brachte sie endlich heraus. »Die Bücherei ist mein Trost, aber sie ist nicht der Grund, weshalb Duncan tot ist.«

»Vielleicht nicht, aber sie ist der Grund, weshalb mein Enkelkind tot ist. Wärst du zu Hause geblieben und hättest dich geschont, wie wir alle es dir geraten haben, statt bis spät in der Bücherei zu arbeiten, dann wärst du nicht dort gewesen, als die Bombe einschlug.« Mit einem Ausdruck zornigen Triumphes stieß sie das Messer noch tiefer in die Wunde. »Dann hättest du das Kind nicht verloren.«

Clara fühlte sich auf seltsame Weise ein wenig erleichtert. Endlich war es gesagt. Bisher hatte Maureen immer darum herumgeredet, ebenso wie Claras Mutter – die beiden hatten Andeutungen gemacht, es aber nie direkt ausgesprochen.

»Ich denke, du solltest jetzt besser gehen«, sagte Clara leise. Die Amsel gab es auf, an dem Wurm zu zerren, und flatterte davon. Die Schwärze ihrer Flügel kratzte am Eierschalenblau des Himmels.

»Er war mein Sohn, er hatte ein Recht darauf, Vater zu werden und ein glückliches Leben zu führen.«

»Glaubst du, es vergeht auch nur ein einziger Tag, an dem ich mich nicht frage: ›Was wäre gewesen, wenn …?‹ Ich liege nachts wach und versuche mir vorzustellen, wie unser Kind ausgesehen hätte.«

Clara schloss die Augen. Sah wieder die Haufen verkohlter Bücher vor sich, Peters Leichnam unter dem umgestürzten Regal, und dann in den darauffolgenden Tagen das Blut, sie hatte gar nicht mehr aufgehört zu bluten.

»Diese Bücherei ist das *Einzige,* was mich am Leben hält.«

Plötzlich fiel die selbstgerechte Haltung von Maureen ab. »Es tut mir leid. Bitte zieh doch zu uns, dann bist du in Sicherheit.«

Clara dachte an die erdrückende Atmosphäre im Haus ihrer wohlanständigen Schwiegermutter, an die Ligusterhecken, die Stille. Für Maureen waren Bücher nur Zierrat, um ihren Nachbarn zu zeigen, dass sie es geschafft hatte. Sie kaufte die Bücher, von denen sie fand, man solle sie besitzen, und stellte sie in einem Schrank hinter Glastüren zur Schau.

Duncan hatte Clara einmal verraten, dass seine Mutter keines davon je gelesen hatte, sie staubte sie nur regelmäßig ab und schalt seinen Vater, wenn er es wagte, eins aus dem Schrank zu nehmen und zu lesen.

In einem solchen Haus hätte Clara sich unweigerlich fehl am Platz gefühlt. Sie schüttelte den Kopf.

Maureen seufzte.

»Überleg es dir noch einmal, meine Liebe. Ich komme bald wieder, vielleicht hast du ja bis dahin deine Meinung geändert. Und vergiss nicht, Clara …«

»Ja, ich weiß. Schweigen und die Würde wahren.«

10

RUBY

Mein alter Chef Pat war ein ehrfurchtsloser, anarchischer Mann mit Pullunder. »Mit einem guten Buch ist man nie allein«, pflegte er zu sagen. Ich habe ihn nie vergessen. Er hat mich geprägt, dank ihm bin ich die Bibliothekarin geworden, die ich heute bin.

Deborah Peck, Leiterin der Abteilung Bibliotheksentwicklung, Newham Libraries, East London

Ruby erwachte in einem fremden Hotelzimmer mit der Mutter aller Kopfschmerzen.

»Argh«, stöhnte sie und drehte den Kopf auf dem Kissen.

Ihre blonden Locken fielen über das Laken. Ihr BH und die Bluse lagen quer über einem Paar Schuhe in der Zimmerecke, wie aus einer Kanone abgefeuert.

»Du verstehst wirklich was davon, auf die Pauke zu hauen«, sagte eine träge Stimme.

Ruby wälzte sich herum und öffnete ein Auge. Da lag Eddie mit einem Arm hinter dem Kopf und rauchte schläfrig eine Zigarette.

»Wie spät?«

»Kurz nach fünf Uhr früh. Ich muss mich sputen, damit ich den Zug nicht verpasse.«

Er beugte sich zu ihr und küsste sie auf die nackte Schulter, dann überzog er ihren Arm mit Küssen und stöhnte.

»Junge, ich will wirklich nicht weg von dir. Ich will den ganzen Tag hierbleiben und dich lieben.«

»Warum tust du es dann nicht?« Sie lächelte aufreizend und zog ihn an seiner Hundemarke zu sich heran.

»Weil ich nicht vors Kriegsgericht will.« Er nahm eine ihrer blonden Locken und ließ sie sacht durch die Finger gleiten.

»In einem anderen Leben, in einer anderen Welt, o Baby ... du bist was ganz Besonderes, Ruby Munroe.«

Sie schaute ihn an. Gott, war er jung. Sicher höchstens einundzwanzig. Widerstrebend schwang er seine langen Beine über die Bettkante und öffnete die Verdunkelungsrollos. Das fahle Licht der Morgendämmerung drang herein und überzog seinen Körper mit einem perlmuttfarbenen Schimmer. Sie sah zu, wie er nackt im Zimmer umhertappte, seine Kleidung aufsammelte und mit wehmütigem Lächeln ihren BH von seinem Schuh nahm. Sein Körper war herrlich anzusehen, so geschmeidig und stark, und Ruby beobachtete ihn ohne Scham.

Sie dachte an die vergangene Nacht zurück, soweit sie sich überhaupt erinnern konnte. Cocktails aus süßem Wermut und Gin, die herrlichen, barbrüstigen lebenden Bilder im The Windmill Theatre, heißer Jitterbug im Lyceum, dann waren sie gemeinsam in sein Hotelzimmer gestolpert und hatten sich gegenseitig die Kleider vom Leib gerissen. Purer Genuss, schamlose Lust. Ruby sah wieder Claras schockiertes Gesicht vor sich, als sie gestern an Eddies Arm die Bücherei verlassen hatte, und versuchte, sich selbst mit den Augen der anderen zu betrachten. Sicher wusste inzwischen der halbe Shelter Bescheid, doch das kümmerte sie nicht. Sollten die anderen nur urteilen. Sie war jederzeit lieber ein Flittchen als eine Hausfrau.

Clara würde sagen, sie sei eine Frau ihrer Zeit, aber in Wahrheit war sie schon immer so gewesen – die Zeiten waren nur zufällig günstig für eine Frau wie sie.

»Das war achthundert *Vom Winde verweht* wert«, bemerkte Eddie, während er sich das Hemd zuknöpfte.

Ruby stand auf, wickelte sich das Laken um und steckte den Kopf zur Tür hinaus, um nachzusehen, ob die Gemeinschaftstoilette nebenan frei war.

»Ich muss mir nur schnell das Näschen pudern. Warte eine Minute.«

»Den Ausdruck kannte ich noch nicht«, lachte er. »Aber schnell noch einen Kuss, bevor du dich puderst!«

Grinsend wollte er nach dem Laken greifen, doch Ruby wich aus und warf ihm neckisch eine Kusshand zu, ehe sie schnell zur Toilette lief. Nachdem sie sich die Hände gewaschen hatte, wollte sie die Tür wieder öffnen, doch die klemmte.

»Komm schon«, murmelte sie und rüttelte am Türknauf. Der verdammte Blitz! Nach den nächtlichen Bombardierungen gab es in ganz London keine Tür mehr, die noch richtig öffnete und schloss. Plötzlich schienen die gekachelten Wände sich enger um sie zu schließen, und ihr wurde bewusst, wie klein der Raum war, in dem sie festsaß. Es gab nicht einmal ein Fenster. Angst schnürte ihr die Kehle zu.

»Ruhig Blut«, redete sie sich selbst zu und probierte den Türknauf noch einmal, aber schon ergriff die Panik von ihr Besitz, das Atmen fiel ihr schwer, und ihr wurde ganz heiß. Alles war zu klein … zu gedrängt. Sogar ihre Haut schien ihr plötzlich zu eng geworden. Sie streckte die Arme aus, als könne sie die Wände auseinanderdrücken. Die Toilette war winzig. Man konnte sich buchstäblich kaum umdrehen. Ruby rüttelte an der Tür, dann schlug sie mit der Faust dagegen, wieder und wieder. »Hilfe!«, schrie sie, das Gesicht nur eine Handbreit von der Tür entfernt. »Hört mich jemand?«

Stille. Die Enge wurde immer bedrohlicher, ihr war, als kämen die Wände noch näher, und sie stellte sich vor, wie sie ihren Schädel zerquetschten.

Sie schloss die Augen, sah Körper übereinander fallen, Gliedmaßen ineinander verknotet, ein wachsender Berg aus menschlichen Leibern. Ihr Verstand sagte, dass das in der U-Bahn gewesen war, nicht hier, nicht jetzt, und dennoch …

»Lasst mich raus!«, brüllte sie. Mit übermenschlicher Kraft riss sie am Türknauf und hatte ihn plötzlich in der Hand. Sie starrte darauf, und die Klaustrophobie überwältigte sie. Mit einem Schlag blieb ihr die Luft weg, ihr wurde schwarz vor Augen, Sterne wirbelten in ihrem Kopf.

»Hilfe«, wimmerte sie. Der Boden raste ihr entgegen, als sie auf den Fliesen zusammensackte.

Plötzlich ein Schwall kühler Luft. Mit einer einzigen raschen Bewegung hob Eddie sie auf die Arme.

»Alles gut, du bist in Sicherheit«, sagte er mit beruhigender Stimme, während er sie über den Flur in sein Hotelzimmer trug und behutsam aufs Bett legte. »Du bist in Sicherheit.« Diese Worte wiederholte er wieder und wieder, während er sich zum Nachttisch hinüberbeugte und ihr ein Glas Wasser eingoss.

Ruby trank zitternd. Allmählich erholte sie sich, doch sie fühlte sich so schutzlos und verletzlich wie noch nie in ihrem Leben.

»Alles in Ordnung«, murmelte sie und rückte ein wenig von Eddie ab.

»Nein, das ist es nicht«, widersprach er energisch, aber seine freundlichen Augen blickten voller Sorge. »Was zum Teufel war da eben los?«

Ruby zog die Knie an die Brust und starrte aus dem Fenster. Über den Hausdächern färbte sich der Himmel in Streifen rosig und orange.

»Du solltest jetzt lieber gehen, ich will doch nicht, dass du meinetwegen vors Kriegsgericht kommst.«

»Ich gehe nicht, solange du nicht mit mir geredet hast.«

Etwas in Ruby gab nach. Es war einfach so verdammt anstrengend, immer stark zu sein. Sich nichts anmerken zu lassen.

»Ich habe solche …« Sie brachte das Wort nur flüsternd heraus. »Episoden.«

Er sagte nichts, sondern streichelte ihr nur weiter den Kopf.

»Es hat angefangen, nachdem meine Schwester voriges Jahr unten in der U-Bahn ums Leben kam.«

»Oh, das tut mir leid, Ruby, ich hatte keine Ahnung davon!«

»Es war ein Unfall.« Ihre Stimme nahm einen bitteren Ton an. »Na ja, was heißt Unfall – es hätte verhindert werden können.«

»Erzähl«, drängte er.

»Eines Abends, als der Fliegeralarm losging, bildete sich am Eingang zur Station eine Schlange von Leuten, die nach unten wollten. Meine Schwester Bella war auch darunter …« Ruby brach ab, zog das Laken fester um sich.

»Sprich weiter«, redete Eddie ihr sanft zu.

»Dann gab es eine Explosion. Der Lärm war beängstigend, die Leute dachten, es sei irgendeine neue Kriegswaffe. Natürlich drängten alle vorwärts, um so schnell wie möglich nach unten in den Schutzraum zu kommen.«

»Und?«

Sie schüttelte den Kopf. »Ich sollte dir das eigentlich gar nicht erzählen, uns wurde eingeschärft, nicht darüber zu reden.«

»Ruby, Liebes, glaubst du wirklich, da, wo ich hingehe, spielt das noch eine Rolle?«

»Wohl nicht.« Sie trank ihr Wasser, tat einen zittrigen Atemzug. Es fühlte sich seltsam an, offen darüber zu sprechen – als ob sie jemanden verriete, dabei hätte sie gar nicht sagen können, wen.

»Die Leute liefen die Treppe runter. Eine Frau mit einem Baby im Arm stolperte, und bevor sie wieder auf die Beine kam, fielen andere über sie. Immer mehr Leute kamen zu Fall, einer stürzte auf den anderen. Die Stufen waren nass, uneben und rutschig, und in dem ganzen Treppenschacht brannte nur eine winzige Glühbirne.«

Ein Schatten legte sich über Eddies Gesicht.

»Bald waren Hunderte auf der Treppe eingequetscht. Ich hörte ihre Schreie, als ich aus der Bücherei kam und die Rolltreppe hochrannte.« Sie hielt sich die Augen zu, als könne sie die Bilder ausblenden, und unterdrückte ein Schluchzen. »Es herrschte völliges Chaos. Unzählige Körper, die sich gegenseitig erdrückten.« Tränen liefen über ihre blassen Wangen. »Ich wollte sie da rausholen, Eddie. Ich habe nach ihr gesucht, aber ich konnte sie nicht finden.«

Ruby starrte auf ihre Hände hinunter, die nicht hatten helfen können.

»Ich habe versucht, Leute an Armen und Beinen aus der Masse rauszuziehen, aber es ging nicht. Menschen sind vor meinen Augen erstickt! Kannst du dir das vorstellen? Ich habe mit angesehen, wie das Leben aus ihnen wich ...« Sie brach schluchzend ab, und Eddie drückte sie an seine Brust. »Und ich wusste, irgendwo mittendrin war meine große Schwester und rang nach Luft.«

»Ach, Ruby ...«

»Ich hab sie im Stich gelassen«, schluchzte Ruby. »Ich glaube, diese ... Episoden, wenn man es so nennen will, sind meine Strafe.«

»Nein ...« Er ließ sie los und schaute sie entgeistert an. »Wie kannst du das nur denken?«

Ruby wischte sich die Augen. »Weil es wahr ist.«

Eddie schloss sie wieder in die Arme und hielt sie eine lange Zeit schweigend fest.

Irgendwann hörten sie draußen auf dem Flur einen Eimer scheppern.

»Das Zimmermädchen ist da. Eddie, du musst jetzt wirklich gehen.«

Er löste sich von ihr. Sie sah die Verzweiflung in seinem Gesicht.

»Wie kann ich dich jetzt allein lassen, Ruby? Nach dem, was du mir eben erzählt hast …«

Sie lächelte traurig. »Du hast keine Wahl.«

Er küsste sie noch einmal lange und innig, dann lehnte er seufzend die Stirn an ihre. »Ich … ich weiß nicht, was ich sagen soll.«

Ihnen beiden war bewusst, wohin er ging. Es schien sinnlos, ihm viel Glück zu wünschen. Äußerlich wirkte er zwar gefasst, aber in ihm musste bereits ein Sturm aus Angst und Adrenalin toben.

»Ich schreibe dir, Baby. Und wenn ich –«

Sie legte ihm einen Finger an die Lippen und schüttelte den Kopf.

»Lass es uns als das in Erinnerung behalten, was es war, Eddie.« Sie küsste ihn sacht auf die Stirn. »Eine denkwürdige Nacht. Und es tut mir leid, dass ich dich mit meiner Geschichte belastet habe.«

Er nahm ihr Gesicht in beide Hände. »Verdammt, Ruby, du brauchst dich wirklich für nichts zu entschuldigen. Du bist umwerfend. Tapfer, witzig, schön …«

Er verstummte und schaute sie eindringlich an, als wolle er ihr Bild in sein Gedächtnis einbrennen.

»Mach's gut, Ruby Munroe.«

»Mach's gut, Eddie …« Zu ihrer Schande wurde ihr bewusst, dass sie sich nicht einmal seinen Nachnamen gemerkt hatte. Er würde für immer nur Eddie sein. *Vom Winde verweht*-Eddie.

Als er fort war, schien das Zimmer schlagartig allen Glanz verloren zu haben, es war nur noch ein kaltes, schäbiges Hotelzimmer an der Piccadilly. Ruby zog sich an, putzte sich mit dem Finger notdürftig die Zähne und verließ das Hotel. Dabei grinste sie dem Nachtportier zu, der mittlerweile, im Jahr 1944, schon zu viel gesehen hatte, um noch schockiert zu sein. Sie ging langsam zum Piccadilly Circus und warf einen Blick zu der Stelle, wo normalerweise die Eros-Statue stand. Der Gott der sinnlichen Liebe war nach Egham evakuiert worden, und der mit Sandsäcken geschützte Sockel war leer. Es wirkte wie eine passende Metapher für die Liebe in Kriegszeiten.

Ruby stellte sich in die Schlange vor der mobilen Kantine der Women's Voluntary Services. Sie fuhr sich mit den Fingern durch die wirren Locken und erhaschte einen Blick auf ihr Spiegelbild in der Glasscheibe. Ihr Lidstrich war verwischt, an den Lippen befanden sich noch Reste von Renegade Red. Ihre Verletzlichkeit von vorhin war verschwunden, in ihrem Inneren eingeschlossen wie gewohnt.

Der Gesichtsausdruck der Frau an der Essensausgabe sagte alles.

Ruby kannte die Sorte. Selbstgefällig. Schnell mit ihrem Urteil. *Wer sich so auftakelt, braucht sich nicht zu wundern.* Wie oft hatte sie das gehört? Zum Teufel mit diesen Leuten.

»Was darf's denn sein?« Wie erwartet lag ein frostiger Unterton in ihrer Stimme.

»Tee, bitte. Stark und süß.« Sie konnte sich nicht zurückhalten, frech hinzuzufügen: »Wie der Yankee, mit dem ich letzte Nacht im Bett war.«

Grinsend nahm sie ihren Tee entgegen und schlenderte weiter. Sie trank einen Schluck und verzog das Gesicht, weil er brühheiß war. Das Gebräu schmeckte wie Spülwasser, aber es würde ihre Kopfschmerzen etwas lindern. Trank sie zu viel? Vielleicht, aber wer tat das heutzutage nicht! Alle tranken, um die harsche Wirklichkeit abzumildern. Das war in Kriegszeiten praktisch unerlässlich. Das Problem war nur, dass es am Morgen danach umso schwerer fiel, die Dämonen zum Schweigen zu bringen.

Als sie sich der U-Bahn-Station näherte, hörte sie einen Zeitungsjungen die neuesten Nachrichten ausrufen. »Vorfall in Bethnal Green! Zeuge berichtet von unbemanntem Flugkörper!« Ruby ließ ihren Teebecher fallen und rannte hinunter zur Bahn.

Sie traf Clara in der Bücherei an und wusste sofort, dass sie bei dem Luftangriff etwas abbekommen hatte.

»Himmel, Clara, du siehst ja furchtbar aus!«

»Na, vielen Dank auch, das sagt die Richtige.«

Ruby umarmte ihre Freundin stürmisch, dann ließ sie sie wieder los. »Was ist passiert?«

Clara schüttelte den Kopf. »Ich wünschte, ich könnte es dir sagen, aber es ging alles so schnell. Nur eins weiß ich: Wenn Sparrow nicht gewesen wäre, würde ich jetzt nicht hier stehen.«

Ruby starrte ihre beste Freundin an. »Mein Gott«, hauchte sie. Dann brach sie in Tränen aus, so peinlich es ihr auch war. »Ich könnte es nicht ertragen, wenn dir etwas zustieße.«

»Komm schon, Rubes, das sieht dir gar nicht ähnlich. *Du* bist doch immer die Starke.«

»Ich weiß …« Sie dachte an das geschundene Gesicht ihrer Mutter, an ihr Geständnis gegenüber Eddie vorhin. »Versprich mir, dass du nicht weggehst, Clara.«

»Ich bleibe hier, versprochen. Und jetzt los, bring dein Gesicht in Ordnung. Bei der Gelegenheit könntest du uns beiden einen Tee holen. Ich und Mr P haben alle Hände voll zu tun.«

»Du bist der Boss«, erwiderte Ruby.

Als sie sich zum Gehen wandte, fügte Clara noch grinsend hinzu: »Ach, und ich brauche wohl nicht zu fragen, ob du gestern Abend Spaß hattest?«

»Freches Luder.« Ruby lachte kehlig und schnippte eine herumliegende Büroklammer nach ihr.

Auf der Toilette zog Ruby schnell ihren Lippenstift nach, wischte sich den verschmierten Lidstrich ab und trug neuen auf. Anschließend ging sie zum Café der Station. Inzwischen hatte sie sich so weit wieder erholt, dass sie mit den Männern vom Luftschutz flirten konnte, die dort anstanden. Und als sie in die Bücherei zurückkehrte, hatte sie das Gefühl, schon fast wieder die Alte zu sein.

Am Büchereitresen stand Beatty mit fünf Büchern, die sie stempeln lassen wollte. Clara zog gerade ihre Karte aus dem hölzernen Karteikasten.

»Hast du nicht erst vor ein paar Tagen *Der geheime Garten* entliehen?«

Beatty strahlte und fasste sich an das Seidentuch in den Farben des Union Jack, das sie um den Kopf trug.

»Gestern Abend zu Ende gelesen. Clara hat gesagt, diese Woche darf ich fünf ausleihen anstatt nur drei.«

»Psst.« Clara legte einen Finger an die Lippen. »Denk dran, das ist unser Geheimnis.«

»Ach ja, tut mir leid«, erwiderte Beatty und lächelte verlegen.

»Es ist so schön, dich lächeln zu sehen, Liebes«, bemerkte Ruby. »Und was für ein hübsches Tuch du da hast, es steht dir.«

»Danke. Mum hat es mir geschenkt.«

»Macht sie immer noch die Nachtschicht bei Compton?«, erkundigte Ruby sich beiläufig.

»Ja, genau.«

Jetzt wusste Ruby, dass die Geschichte erfunden war. Beim

letzten Mal hatte Beatty nämlich erzählt, dass ihre Mutter in der Flugzeugfabrik Plessey arbeitete. Wo mochte die abwesende Mrs Kolsky wohl beschäftigt sein, dass sie ihren Töchtern seidene Kopftücher schenken konnte?

»Hast du neue Briefe an deinen Dad, die ich in unserem Geheimversteck aufbewahren soll?«

»Nein, ich habe keine mehr geschrieben, und das wird wohl auch nicht mehr nötig sein. Wir gehen ja bald nach Hause zurück.«

»Wirklich? Wie kommt's?«, fragte Ruby vorsichtig.

»Nun, das ist doch klar, oder nicht? Jetzt, wo die Alliierten in Frankreich einmarschiert sind, wird auch Jersey sehr bald befreit.« Ihr Gesicht begann zu strahlen. »Ach, ich kann es gar nicht erwarten, endlich heimzukehren!«

Sie schäumte über vor freudiger Erwartung. Ruby öffnete den Mund, um sie darauf hinzuweisen, dass es acht Tage nach dem D-Day nicht den Anschein hatte, als ob die Alliierten es mit der Befreiung der Kanalinseln eilig hätten. Sie rückten vielmehr schnell nach Osten vor, in Richtung Berlin.

»Ich würde mir im Augenblick noch keine allzu großen Hoffnungen machen, Liebes«, begann sie, doch ehe sie weitersprechen konnte, warf Clara ihr einen warnenden Blick zu.

»Nun, wir alle werden traurig sein, wenn du und Marie uns verlasst«, sagte Clara.

»Ich bin dir wirklich sehr dankbar für alles. Marie und ich können dir deine Freundlichkeit niemals vergelten.«

»Bleib nur dem Lesen treu«, erwiderte Clara lächelnd. »Das ist für mich Dank genug.«

»Oh, ganz bestimmt!« Beatty nahm die frisch gestempelten Bücher.

Dieses Gespräch hatte allen in der unterirdischen Bücherei ein Lächeln ins Gesicht gezaubert, doch es erstarb, als etwa eine Minute später Pinkerton-Smythe eintraf.

Er ließ seinen stechenden Blick über den Büchereitresen gleiten, dann hob er die Büroklammer auf, die Ruby vorhin nach Clara geschnippt hatte.

»Das hier gehört zum Büromaterial«, sagte er steif. »Ich kann nicht dulden, dass Material verschwendet wird.«

»Tut mir leid, Mr Pinkerton-Smythe«, erwiderte Clara.

»Mir ist eine Beschwerde zu Ohren gekommen.« Er zog ein Notizbuch hervor. »Eine Mrs Marshall hat mich aufgesucht.«

Clara schaute ihn verständnislos an.

»Miss Munroe hat ihrer Tochter Joannie ein Buch für Jungen empfohlen. *Emil und die Detektive* von Erich Kästner, einem deutschen Autor.«

»Genau genommen kam die Empfehlung von mir«, behauptete Clara und warf Ruby einen verstohlenen Blick zu.

»Es ist doch gewiss nichts dagegen einzuwenden, dass Bücher deutscher Autoren ausgeliehen werden«, warf Mr Pepper tapfer ein.

»Selbstverständlich nicht, aber die Mutter dieses Mädchens hat durchaus etwas dagegen einzuwenden, dass ihre Tochter hier Bücher bekommt, die offensichtlich für Jungen gedacht sind. Das schickt sich einfach nicht.«

»Ja, aber –«

»Psst. Jetzt rede ich, unterbrechen Sie mich nicht. Dieser besagte Vorfall rückt wieder einmal Ihre Vorlesestunden für Kinder in ein fragwürdiges Licht, Mrs Button. Und eben sah ich ein junges Mädchen mit fünf Büchern hier herauskommen. Haben Sie etwa das Limit erhöht, Mrs Button?«

»Nein … es … das war ein Versehen«, stammelte Clara.

»Außerdem hörte mein Kollege einen Polizisten sagen, Sie hätten ihm die Säumnisgebühr erlassen.«

»Nun, es gab da einen Fall –«

»Die Säumnisgebühr liegt bei einem Penny pro Woche! Wirklich, Mrs Button, Ihre Arbeit hier lässt allzu sehr zu wünschen übrig. Regeln sind dazu da, dass man sie durchsetzt, sonst würden wir in Zügellosigkeit und Chaos abgleiten. Mit Büroklammern fängt es an, und am Ende führt es in die Anarchie.«

In diesem Moment spazierte der Major herein.

»Clara, meine Liebe, ich halte nur ein Nickerchen, bis die Heilsarmee ihre Türen öffnet!«, rief er. »Ich bin an meinem gewohnten Platz.«

Damit schlurfte er ins Lesezimmer, eine Wolke von Gestank um sich verbreitend.

Mr Pinkerton-Smythe sah aus, als stünde er kurz vor der Explosion. Er griff in seine Aktentasche.

»Dies ist eine offizielle Abmahnung wegen Ihres Verhaltens.« Er schob den Briefumschlag über den Tresen. »Wenn Sie sich weitere Verfehlungen leisten, werde ich mich für Ihre sofortige Entlassung einsetzen und dafür, dass diese Bücherei geschlossen wird, bis das Bibliotheksgebäude wieder instand gesetzt ist.« Er schnalzte mit der Zunge. »Und sorgen Sie dafür, dass unerwünschte Besucher aus der Bücherei verschwinden. Wir sind kein Gemeindezentrum für Stadtstreicher. Es ist nicht Ihre Aufgabe, sich um solche Leute zu kümmern – Sie sind Bibliothekarin, keine Sozialarbeiterin.«

Und damit ging er.

»Aber es ist meine Aufgabe, *menschlich* zu sein«, zischte Clara verzweifelt, sobald er außer Hörweite war.

»Cla«, sagte Ruby behutsam, »warum hast du wegen des Kästner-Buches die Schuld auf dich genommen?«

»Weil er es auf *mich* abgesehen hat. Verstehst du denn nicht? Er ist entschlossen, mich dranzukriegen. Nun, das wird ihm nicht gelingen.« Clara schaute von Ruby zu Mr Pepper. »Das hier ist schließlich eine öffentliche Bücherei, finanziert von den Steuergeldern der Bürger, oder etwa nicht? Und das heißt, sie steht *allen* Einwohnern von Bethnal Green offen.«

Um sechs Uhr abends geschah etwas Außergewöhnliches. Als die Tür zur Vorlesestunde geöffnet wurde, drängten mehr Kinder herein, als Ruby je zuvor in der Bücherei gesehen hatte.

Es hatte sich herumgesprochen, dass Clara nur knapp dem Tod entronnen war, und die Mütter hatten ihre Kinder mit Essenspäckchen geschickt. Ein Meer von Gesichtern, und es waren nicht nur die Kinder, die zur Lesestunde kamen – auch die meisten anderen regelmäßigen Besucher drängten sich in der Bücherei, wie die geliebten Bücher, die dicht an dicht im Regal standen. Da war Rita Rawlins mit ihrem fluchenden Papagei, die angeregt mit dem Major plauderte. Die liebestolle Irene diskutierte mit Queenie und der geplagten Ehefrau Mrs Caley über die jeweiligen Vorzüge von Kriminal- und Liebesromanen. Sogar das Paar mittleren Alters, das *Der Faktor Sexualität in der Ehe* ausgeliehen hatte, hatte sein Schlafzimmer verlassen und stand Arm in Arm da, mit geröteten Wangen wie ein junges Pärchen in den Flitterwochen.

Bald gab es auf dem Tresen kaum noch ein freies Fleckchen. Es war ein überwältigender Liebesbeweis für die Lieblingsbibliothekarin von Bethnal Green, durch die diese Bücherei das Wohnzimmer des Shelter geworden war.

»Hoch lebe Clara, dreimal hoch!«, dröhnte Mrs Chumbley, und gleich darauf wackelten schier die Wände.

»Noch ein bisschen lauter, Kinder, ich glaube, in Reading gibt es noch eine Frau, die euch nicht gehört hat!«, rief Ruby.

Dann kam Sparrow herein, Hand in Hand mit seiner Mutter.

»Ich weiß gar nicht, wie ich dir danken soll, Clara«, sagte Pat. »Wenn er nicht mit dir draußen spazieren gegangen wäre, hätte ich meinen Jungen verloren.«

»Nicht doch, ich muss mich bei deinem Sohn bedanken«, widersprach Clara. »Er war unglaublich mutig.«

Sparrow zuckte die Achseln und scharrte mit einem Schuh auf dem Boden.

»Nun, von jetzt an bleibt er jedenfalls immer bei mir und schläft auch hier unten, das kann ich dir versichern.«

»Mein herzliches Beileid zu deinem Verlust, Pat«, sagte Clara und legte der älteren Frau eine Hand auf den Arm.

Pat nickte, bleich vor Erschöpfung und Trauer über den Verlust ihrer Schwester und ihrer Neffen. Den jüngsten Neffen hielt sie im Arm, und es war offensichtlich, dass sie sich fragte, wie in aller Welt sie noch ein Baby versorgen, noch ein Kind durchfüttern sollte.

»Wir müssen diese Sache zu Ende bringen. Dieser elende Krieg muss enden, damit wir nicht noch mehr geliebte Menschen verlieren.«

Ruby nickte. »Amen.«

»Kann ich zur Lesestunde bleiben?«, nuschelte Sparrow.

Clara streckte ihm die Hand entgegen.

»Komm.«

Er nahm ihre Hand, und Ruby hörte sie flüstern: »Danke für das, was du getan hast. Du bist noch mutiger als Jim Hawkins.«

Er schaute zu ihr auf und fuhr sich mit dem Ärmel über die Nase. »Nee. Ich war nur zur richtigen Zeit am richtigen Ort. Serendipität.«

Ruby machte sich ans Aufräumen. Dabei wurde ihr bewusst, dass inmitten dieses entsetzlichen Krieges, der an so vielen Fronten ausgetragen wurde, ihre unkonventionelle kleine Bücherei-Familie etwas ganz Besonderes und Wertvolles war. Während sie den hölzernen Tresen mit Bienenwachs polierte, dachte sie an Eddie – ihre Haut prickelte noch immer von seinen leidenschaftlichen Küssen. Er war letztendlich doch ein guter Kerl. Immerhin hatte er sein Versprechen gehalten. Und er war zärtlich und freundlich und überraschend aufmerksam gewesen. Er hatte ihr zugehört, ohne zu urteilen – er war der einzige Mann, dem sie die Geschichte mit Bella anvertraut hatte. Er hatte sie so verletzlich erlebt wie niemand sonst.

Ein leises Bedauern regte sich in ihr. Hätte sie einwilligen sollen, ihm zu schreiben? Ihm etwas Hoffnung auf eine gemeinsame Zukunft machen sollen?

Das Bild von Bella stieg in ihr auf, wie sie am oberen Absatz dieser neunzehn Stufen stand, ihr rotes Haar schimmernd im schwachen Licht. *Wir sehen uns nachher, und komm nicht zu spät.*

Einen Monat vor ihrem Tod hatte Bella ihr anvertraut, dass sie von ihrer Arbeit – sie nähte Armeeuniformen und putzte Toiletten – genug Geld gespart hatte, um neben dem Eingang zur U-Bahn eine Kaffeebude aufzumachen, ein eigenes kleines Gewerbe. »Ich starte durch, Rubes«, hatte sie gesagt. Und sie war klug und entschlossen genug gewesen, um es schaffen zu können.

Wieder einmal breitete sich das Schuldgefühl düster in Ruby aus, erfüllte ihre Brust mit Schwärze. Sie *war* zu spät gekommen. Diesen Teil hatte sie ausgelassen, als sie Eddie die Geschichte erzählte. Fünfzehn Minuten, die Bella das Leben gekostet hatten.

Wäre sie pünktlich um Viertel nach acht aus der Station getreten, wie sie es Bella versprochen hatte, dann hätten sie sich schon in sicherer Entfernung von der verhängnisvollen Treppe befunden, als um siebzehn Minuten nach acht die Sirenen heulten. Aber sie war nun einmal nicht pünktlich gewesen! Die schreckliche, unausweichliche Tatsache war, dass Ruby noch am Fuß der Rolltreppe mit einer Bekannten geplaudert hatte, als ihre Schwester oben von der wachsenden Menschenmenge eingeschlossen wurde. Kurz nachdem die Sirenen losgegangen waren, hatten drei Busse beim Eingang zur Station gehalten, und die Leute waren ausgestiegen. Auch aus Lichtspielhäusern und Pubs waren die Gäste auf die Straße geströmt, sodass plötzlich ein Gedränge aus Hunderten Menschen entstanden war, die es eilig hatten, über die dunkle, enge Treppe in die unterirdischen Schutzräume zu gelangen.

Nichtsahnend hatte Ruby ihre Schwester in dieser angespannten Menge warten lassen. Sicher hätte Bella kehrtmachen und sich einen Weg aus dem Gedränge bahnen können, vielleicht hatte sie es ja sogar versucht? Doch Ruby kannte Bella. Ihre Schwester war so treu, wie der Tag lang war. Unter keinen Umständen wäre sie von der Stelle gewichen, wo sie verabredet waren, Fliegeralarm hin oder her. Und so war sie dort von der Menge eingeschlossen gewesen, als um siebenundzwanzig Minuten nach acht ein anderer, fremdartiger Lärm über den Köpfen der Menschen ertönt war. Keine feindlichen Bomben, sondern – wie später durchsickerte – eine Flugabwehrrakete, doch das hatte keiner gewusst. Bella war völlig eingekeilt, als die Menschenmenge vorwärtsdrängte, da alle glaubten, unter Beschuss zu stehen. *Als die Mutter mit dem Baby auf der untersten Stufe stolperte. Als die Körper übereinander fielen …*

In wenigen Augenblicken war es geschehen. Kostbare Augenblicke, die sie hatte verstreichen lassen. Als die Rufe und Schreie bis zu Ruby am Fuß der Rolltreppe drangen, war es bereits zu spät. Ihre Unpünktlichkeit hatte Bella das Leben gekostet.

Ruby faltete ihren Lappen zusammen. Ihre Hände zitterten, in ihrem Kopf stachen tausend Nadeln, als die vertraute Panik von ihr Besitz ergriff.

O Gott, nein, bitte nicht schon wieder. Die abscheulichen geflügelten Ungeheuer regten sich in ihrem Geist, zischelten ihre Wahrheiten, und diesmal war kein Eddie zur Stelle, der sie aufhob und in die Arme schloss.

Sie schluckte krampfhaft und schaute sich um. Die Lesestunde war zu Ende. Die Kinder kehrten zu ihren Schlafplätzen zurück. Clara stand an der Tür und winkte ihnen zum Abschied.

»Du siehst erschöpft aus, Cla. Geh nur, ich räume noch fertig auf«, erbot Ruby sich mit gepresster Stimme.

»Oh, würdest du das tun, Rubes? Danke. Ich bin wirklich müde.« Clara unterdrückte ein Gähnen. »Ich habe letzte Nacht in der Rettungswache nicht viel geschlafen.«

»'türlich, geh nur, husch, hinaus mit dir.« Ruby verscheuchte sie scherzhaft mit dem Staubtuch, und sie schaffte es, so lange zu grinsen, bis Clara gegangen war und sie die Tür zur Bücherei abgeschlossen hatte.

Dann rannte sie zum Bücherregal. Ihre Sicht verschwamm bereits, ihr Herz hämmerte wie rasend, als sie mit einem Schauder der Erleichterung *Die Kunst der Haushaltsführung* herauszog. Nur einen, schwor sie sich, während sie nach der Flasche griff.

11

CLARA

Menschen ohne Bücher sind wie Häuser ohne Fenster.

Der Bürgermeister von St Pancras, London, 1941 bei der Feier zur Eröffnung der ersten mobilen Bücherei Londons

Der August brachte blauen Himmel und einen regen Absatz von Erfrischungsgetränken. In der kleinen Bücherei im Shelter bekam man wenig von der Sommersonne mit, die sich wie Sirup über die Stadt ergoss, aber die schwülheiße Luft machte sich auch in den Tunneln bemerkbar.

»Himmel, ist es heute stickig.« Clara fächerte sich mit einem Bücherkatalog Luft zu, der Schweiß lief ihr in kleinen Rinnsalen über den Rücken. »Scheint oben die Sonne?«, erkundigte sie sich bei einem drahtig aussehenden Mann, der an ihren Tresen trat.

»Die Hitze sprengt schon die Pflastersteine, Schätzchen«, erwiderte er. Dann schaute er sich verstohlen um, und Clara ahnte schon, wonach er gleich fragen würde.

»Habt ihr auch Schmuddelkram?«

»Ich glaube, Sie sind hier falsch«, erwiderte Clara ruhig. »Versuchen Sie es mal am Charing Cross, da gibt es viele Buchhandlungen, wo Sie finden werden, was Sie suchen.« Seit Beginn des Krieges waren zahlreiche kleinere Verlage entstanden, die schlüpfrige »Romane« herausbrachten – sofern sie diese Bezeichnung überhaupt verdienten. Gedruckt wurde auf allem, was an Papier eben aufzutreiben war, sogar auf Margarinepapier, um die Millionen ausländischer

Soldaten zu bedienen, die durch London kamen. Für fünf Shilling bekam man so etwas diskret in einer braunen Papiertüte, hatte Ruby erzählt.

»Kannst du mir denn was empfehlen?«, beharrte der Mann und kratzte sich beiläufig im Schritt.

»Nein«, fauchte Clara, die nun mit ihrer Geduld am Ende war. »Bitte gehen Sie jetzt, ich habe zu tun.«

»Schon gut, Schätzchen, kein Grund, gleich aus der Haut zu fahren.« Er wandte sich ab, dann hielt er noch mal inne, als sei ihm etwas eingefallen. »Ich wünschte, die Blonde mit der dreckigen Lache würde heute bedienen. Du bist wirklich ein verdammt hässliches Weibsbild.«

»Ich finde Sie auch nicht besonders anziehend«, versetzte Clara steif. »Schönen Tag noch.«

Beim Hinausgehen stieß der schmierige Kunde mit Billy zusammen.

»Hat dieser Mann eben wirklich das gesagt, was ich glaube, verstanden zu haben?«

»Kommt vor«, erwiderte Clara achselzuckend.

»Aber das war mehr als unhöflich. Soll ich ihn zurückholen, damit er sich entschuldigt?«

»Nicht nötig. Glaub mir, Bibliothekarinnen sind einiges gewohnt.«

Billy schüttelte den Kopf und lachte, wobei sich in seinen Wangen Grübchen bildeten. »Ich muss dich hier rausholen.« Er verzog das Gesicht. »Kommt es mir nur so vor, oder ist der Gestank in den Tunneln schlimmer als sonst?«

»Jemand hat einen frischen Fisch auf *Mein Kampf* gelegt – offenbar aus Protest. Der Gestank war unerträglich. Wir mussten einen ganzen Stapel Bücher behandeln lassen, um den Geruch loszuwerden.« Sie putzte sich die Nase. »Meine Nebenhöhlen haben sich immer noch nicht ganz erholt. Die Luft ist wirklich zum Schneiden.«

»Ist es das denn wert, das Buch im Bestand zu haben, wenn die Reaktion so aussieht?«

»Ob du es glaubst oder nicht, es ist fast ständig entliehen und vorgemerkt. Die Leute wollen ihren Feind verstehen, sich über die Bedrohung durch seine Ideologie informieren.«

Billy nickte. »Das ergibt Sinn. Nun, dann lass uns mal an die frische Luft gehen.«

»Gleich, ich räume noch rasch diese paar Bücher ein.«

Elf Wochen waren vergangen, seit Clara in den Luftangriff geraten war. In dieser Zeit hatten sie und Billy sich behutsam angenähert, während beide versuchten, sich über ihre Gefühle klar zu werden. Billy bei der Arbeit zu sehen, hatte ihn in ein ganz neues Licht gerückt. Clara brannte darauf, ihn besser zu verstehen, seiner Scham auf den Grund zu gehen, aber ihr war klar, dass sie behutsam vorgehen musste. Das Wichtigste war, dass sie ihm etwas bedeutete. Das genügte. Vorerst.

Jedes Mal, wenn er kam, brachte er ein neues Buch mit, um es der Bücherei zu spenden. Ruby fand, er sei wie eine Katze, die Mäuse brachte, um ihrem Besitzer zu gefallen. Clara hatte die Bemerkung verächtlich abgetan und betont, sie seien nur Freunde. Doch wann immer sie Beautys Pfoten über den Bahnsteig trappeln hörte, machte ihr Herz einen Hüpfer.

Die Regierung hatte endlich die Existenz der neuen unbemannten »Vergeltungswaffe« bestätigt. In den vergangenen elf Wochen war Billy jeden einzelnen Tag mit seiner Truppe im Einsatz gewesen, oft arbeitete er Fünfzehnstundenschichten. Wenn Clara ihn traf, hing ihm das Grauen, das er gesehen hatte, noch nach – das Leid und die Zerstörung, die diese Raketen anrichteten, schienen an ihm zu kleben wie eine nasse, schmutzige Decke.

Clara selbst hatte ebenfalls alle Hände voll zu tun, die Zahl entliehener Bücher erreichte neue Rekordhöhen. Die Menschen strömten scharenweise in die Bücherei auf der verzweifelten Suche nach Ablenkung, nach packender Lektüre, durch die sie der Wirklichkeit entfliehen konnten.

Jetzt nahm sie den Bücherstapel und öffnete die Klappe im Tresen, aber Ruby verstellte ihr den Weg.

»Leg die wieder hin und verschwinde endlich nach oben!«

»Was, wenn Mr Pinkerton-Smythe reinkommt? Er hat mich bereits abgemahnt, schon vergessen?«

»Dann sage ich ihm, dass du deinen ersten freien Tag seit elf Wochen hast.«

»Ach, und noch etwas. Ich habe vorhin wieder eine Ausgabe des *Daily Herald* zerschnitten vorgefunden, wieder fehlt der Teil mit den Rennergebnissen. Anscheinend ist unser Phantom wieder da. Würdest du bitte ein Auge darauf haben?«

»Ja, natürlich. Und jetzt raus mit dir!«

»Meinst du, dass du dich überhaupt von der Bethnal Green Underground losreißen kannst?«, fragte Billy lachend, als sie in den Sonnenschein hinaustraten. Nach der trüben Beleuchtung unten war Clara ganz geblendet vom grellen Tageslicht und musste die Augen zusammenkneifen.

»Tut mir leid. Mir scheint, ich habe doch eine Bunkermentalität entwickelt!«

Es stimmte. Ihre wenige Freizeit brachte sie damit zu, Sparrow das Lesen beizubringen oder bei Marie und Beatty am Bett zu sitzen und ihnen vorzulesen.

»Denkst du gerade an Sparrow? Oder an die Mädchen aus Jersey?«, erkundigte Billy sich grinsend. Sie gingen zur Bushaltestelle hinüber und sprangen hinten auf die Linie 8 auf.

»Offenbar bin ich sehr durchschaubar.« Clara lachte. »Wenn Sparrow so weitermacht, wird er Beatty bald einholen. Ich habe ihm eine eigene Lesekarte in Form einer Leiter gebastelt – immer wenn er ein Buch gelesen hat, steigt er eine Sprosse auf, und wenn er ganz oben angelangt ist, bekommt er einen goldenen Stern …« Sie brach ab. »Tut mir leid, ich rede wohl zu viel. Demnächst werde ich dir noch die Feinheiten des Katalogisierens erläutern.«

»Nicht doch, ich höre gern zu, wenn du über Kinder und Bücher sprichst. Vor dem Krieg warst du doch Kinderbibliothekarin, nicht wahr?«

Sie starrte aus dem Fenster und sah die schmutzigen, heruntergekommenen Straßen vorbeihuschen.

»Ja, das stimmt, und wenn der Krieg vorbei ist und ich wieder auf meinen alten Posten zurückkehre – vorausgesetzt, Pinkerton-Smythe hat bis dahin nicht meinen Rauswurf durchgesetzt –, dann werde ich einiges reformieren, ich habe eine Menge Pläne.« Sie schüttelte den Kopf – »nach dem Krieg« war eine so vage Vorstellung …

Clara seufzte und malte mit dem Finger die Umrisse eines Buches auf die schmutzige Scheibe.

»Außerdem würde ich das Bücherbus-Angebot gern ausbauen. Menschen ohne Bücher sind wie Häuser ohne Fenster, meinst du nicht auch?« Sie wandte sich wieder Billy zu. Er lächelte sie so strahlend an, dass ihr Herz schneller schlug.

Nach kurzem Zögern nahm er ihre Hand. Sie spürte die Schwielen an seinen Fingern, die Wärme seiner Haut. Es fühlte sich intimer an als ein Kuss, und Clara empfand ein plötzliches, schwindelerregendes Glücksgefühl.

Im West End kam der Bus mit stotterndem Motor zum Stehen.

»Komm!«, sagte Billy.

Der Rest des Vormittags verging wie im Traum. Sie kauften Zitroneneis und gingen an der Themse spazieren, die sich wie ein graues Band durch die Stadt zog. Während sie das ungewohnte, süße Prickeln auf der Zunge genossen, schauten sie zu den Wolken auf, die eilig über die St Paul's Cathedral hinwegzogen.

Schöne junge Frauen kamen an ihnen vorbei, eine Meisterklasse in Eleganz mit geringsten Mitteln: das ungewaschene Haar unter schicken Turbanen versteckt, die zierlichen Figuren mit taillierten Jacken betont. Sie trugen ihre *Aus-alt-mach-neu*-Aufmachung mit trotziger Souveränität. Clara schaute auf ihre armseligen Strümpfe und den geflickten Rock hinunter, den sie statt der gewohnten Hosen trug, um ein wenig femininer zu wirken. Sie hörte die Stimme ihrer Schwiegermutter. *Was für ein schäbiger Anblick.*

Die Kampagne *Schönheit ist die Pflicht der Frau* schien an Clara – anders als an Ruby – gänzlich vorbeigegangen zu sein. War es eigentlich unschicklich für eine Kriegswitwe, sich die Lippen rot zu schminken? War das eher gewagt oder patriotisch? Clara fühlte sich orientierungslos. Die Moral war in diesen Zeiten ein vielschichtiges Konzept, auch wenn es für ihre Familie eigentlich nur Schwarz und Weiß gab.

Ihre Mutter hatte Clara seit jenem grässlichen Abend in der Bücherei, als sie die Auszeichnung erhalten hatte, nicht mehr gesehen, und ihrer Schwiegermutter war sie zuletzt bei der Rettungswache begegnet, am Morgen nach dem Vorfall mit der Rakete. Die beiden bemühten sich so angestrengt darum, Duncans Andenken zu schützen, dass es Clara manchmal vorkam, als bliebe für ihre eigene Trauer gar kein Raum. Dabei vermisste sie ihn doch auch so sehr.

Duncan wäre nicht freiwillig in eine Kunstausstellung gegangen, aber er hatte sie so innig geliebt, dass er sie dennoch begleitet hätte, nur um ihr eine Freude zu machen. Das allgegenwärtige Schuldgefühl stieg in Clara auf. Und doch fühlte es sich einfach so richtig an, jetzt hier zu sein, gemeinsam mit diesem einfühlsamen und rücksichtsvollen Mann.

An der Royal Academy angekommen, kauften sie zwei Eintrittskarten für die Sommerausstellung, dann wanderten sie in andächtigem Schweigen durch die Räume, bis sie zu einem Gemälde kamen, das den Titel *Dunkirk Beaches* trug – »Strände von Dünkirchen«.

Männer standen in Kolonnen zur Einschiffung an, und über allem hing eine bedrohliche schwarze Qualmwolke.

»Sehr lebensecht«, bemerkte Billy leise.

Allerlei Fragen schossen Clara durch den Kopf, doch keine schien den Weg auf ihre Zunge zu finden.

Was hatte er getan oder unterlassen? Hatte er ein Leben ausgelöscht, anstatt es zu retten, war er deshalb Verweigerer aus Gewissensgründen geworden? Das musste es sein, und doch …

»Billy?« Ihre Stimme hallte durch die Galerie und schien dann zu ersterben. Sie spürte, wie seine Hand in ihrer sich verkrampfte, dann zog er sie weg.

»Gehen wir?«, murmelte er und starrte zum Ausgang. Die Intimität, die eben noch zwischen ihnen geherrscht hatte, war verflogen.

»Ja, vielleicht ist es besser so«, erwiderte sie. Ihre Brust wurde eng vor Enttäuschung.

In gedrücktem Schweigen fuhren sie mit dem Bus zurück nach Bethnal Green.

Dort standen sie im Barmy Park und brachten beide nicht recht den Mut auf zu fragen: »Was nun?« Es war erst halb fünf Uhr nachmittags. Clara war die Vorstellung unerträglich, den Schlüssel im Schloss zu drehen und in die Leere und Einsamkeit ihrer Wohnung zurückzukehren, wo die Minuten sich zu Stunden dehnen würden. Trotz des Sonnenscheins schauderte sie, als ein Windstoß ihren Rock blähte.

»Schau mal«, sagte Billy plötzlich, »an der alten Bücherei steht ein Seitenfenster offen.«

Clara runzelte die Stirn. »Hoffentlich ist niemand eingestiegen.«

»Wir sollten nachsehen«, schlug er vor, und ehe sie ihn zurückhalten konnte, war er schon hingegangen.

»Ich finde, wir dürfen nicht –«, setzte sie an, aber er zwängte seinen schlanken Körper bereits durch das teilweise geöffnete Schiebefenster.

»Ich halte das für keine gute Idee!«, rief Clara ihm nach und warf nervöse Blicke in beide Richtungen.

»Ich schaue mich nur ein wenig um!«, rief er zurück. »Um mich zu vergewissern, dass alles in Ordnung ist.«

Clara zögerte. Um Himmels willen, sie war schließlich die Leiterin der Zweigstelle!

»Warte einen Moment!«, rief sie und schwang ein Bein auf das Fenstersims.

Auf der anderen Seite ließ sie sich in das düstere Innere der verlassenen Bücherei hinunterfallen.

Beim Landen knirschten Glasscherben unter ihren Füßen. Das Geräusch störte Tauben auf, Clara sah undeutlich die Bewegung, als sie aufflatterten. Als ihre Augen sich an das schwache Licht gewöhnt hatten, schaute sie sich beklommen um.

»Ich sehe hier niemanden«, stellte sie fest. »Und ohnehin gibt es kaum etwas zu plündern.«

»Wann warst du zuletzt hier drin?«, erkundigte sich Billy.

»An dem Abend, als die Bombe fiel. Ich muss gestehen, als es daranging, die Bücher herauszuholen, habe ich mich gedrückt. Das hat Ruby mit einem Trupp freiwilliger Helfer übernommen, während ich unten im Tunnel die behelfsmäßige Bücherei eingerichtet habe.«

»Zu viele Erinnerungen?«

Clara nickte und sah sich eingehender um. Sie wusste selbst nicht, was sie erwartet hatte, aber ihr bot sich ein Bild der Verwüstung. Wo einst die Bücherregale gestanden hatten, wucherten jetzt Vogelmiere und purpurfarbener Sommerflieder aus den Rissen im Boden. Was an Regalen und sonstiger Inneneinrichtung intakt geblieben war, hatten sie entweder in die unterirdische Bücherei gebracht oder gespendet, deshalb fiel es ihr nun schwer, sich zu orientieren.

Wo hatten sie und Peter sich aufgehalten, als die Bombe fiel? In der Leihbücherei für Erwachsene an der Rückseite des Gebäudes, aber in der stygischen Finsternis konnte sie nichts weiter erkennen als beschädigte Säulen und abblätternden Putz.

»Bücher zu verbrennen – unfassbar, nicht wahr?«, murmelte Billy, während er sich umschaute. »Welche militärische Bedeutung kann schon eine Bibliothek haben?«

»Bevor das hier passiert ist, hielt ich die Bücherei für den sichersten Ort in Bethnal Green …« Clara starrte in das ausgebrannte Lesezimmer.

»Was war Peter eigentlich für ein Mensch?«, fragte Billy behutsam.

»Sehr freundlich und liebenswürdig. Immer darum bemüht, anderen zu helfen, so gut er konnte.«

Plötzlich wurde ihr bewusst, welch verblüffende Ähnlichkeit zwischen Billy und Peter bestand.

»Zu seiner Beerdigung kamen Hunderte«, fuhr sie fort. »Er hat immer gesagt: ›Gute Bücher aus Bibliotheken erfüllen unsere Seele.‹«

Sie blickte zu den geborstenen Überresten der großen Glaskuppel im Dach auf, die diese Bücherei früher zu einem lichtdurchfluteten Raum gemacht hatte.

»Er war allerdings mitunter etwas exzentrisch. Ein Jahr vor Ausbruch des Krieges verschwanden auf einmal eine Menge Bücher. Peter war überzeugt, den Täter überführen zu können. Er hat sich heimlich auf dem Glasdach auf die Lauer gelegt und von dort oben alles beobachtet.«

»Und? Hat er den Dieb gefangen?«

»Eine Erkältung hat er sich gefangen, sonst nichts.«

Plötzlich fiel ihr etwas ein, und sie musste lachen.

»Es gab einen schwarzen Kater, vermutlich ein Streuner. Wir nannten ihn nur den Büchereikater, und Peter liebte ihn. Er hat ihn immer mit seinen Sandwiches mit Fischpaste gefüttert.«

Billy lachte auch. »Klingt, als ob Peter wirklich ein netter Kerl war.«

»Er war ein Unikum. Er behauptete steif und fest, dass Bücher Gerüche annehmen.«

Billy schaute skeptisch.

»Ernsthaft. Wildwestromane rochen bei der Rückgabe immer nach Muskelsalbe und selbst gedrehten Zigaretten.«

Billy lachte. »Jetzt erzähl mir nicht, dass Liebesromane bei der Rückgabe nach Rosen dufteten.«

»Nein. Meist nach Bratöl und Woodbines.«

»Klingt plausibel.« Er grinste. »Ich sehe noch vor mir, wie meine Mum am Herd stand, in einer Hand den Kochlöffel, in der anderen einen Roman von Ethel M. Dell. Sag, war dieses Gebäude nicht früher Teil einer Irrenanstalt?«

»Das ist richtig. Komm mal mit.«

Sie stiegen vorsichtig eine alte Treppe hinauf, die zu den Vortragsräumen im Obergeschoss führte. Die Stufen fühlten sich unter ihren Füßen glitschig an.

»Bitte sei vorsichtig«, flüsterte er. »Blackie und Darling hätten ihre helle Freude, wenn sie uns retten müssten, nachdem wir verbotenerweise in ein zerbombtes Gebäude eingedrungen sind.«

Sie schlichen einen stockfleckigen Korridor entlang, und die Luft wurde kühl.

»In diesem Bereich war früher der Männertrakt der Anstalt«, flüsterte Clara und blieb bei den Spinden vor dem

Lesesaal stehen. »Peter hat mir einmal erzählt, was für Heilmethoden hier eingesetzt wurden.« Ihr Gesicht verdüsterte sich. »Sofern man überhaupt von Heilmethoden sprechen kann, wenn Menschen tagelang im Bett angekettet wurden.«

»Wer vorher nicht verrückt war, der war es nach dieser Behandlung ganz bestimmt.«

Clara nickte. »Grausam. Alle sagten, dass es in diesem Korridor spukt. Wir hatten einen Heizungstechniker, der sich weigerte, den Teil des Gebäudes zu betreten.«

»Ich weiß nicht recht, ob ich an Geister glaube, aber das Leid von zwei Jahrhunderten hat gewiss irgendwelche Spuren hinterlassen.«

»Das hat es in der Tat.« Clara rückte einen Spind ab, der früher einmal ihrer gewesen war. An der Wand dahinter befand sich eine dunkel verfärbte Stelle, an der in krakeliger Schrift die Worte eingeritzt waren: *Ich bin aus dem Leben verschwunden.*

»Mein Gott«, hauchte Billy. »Ist es das, was ich denke?«

Clara nickte. »Graffiti aus dem 19. Jahrhundert. Peter hat die Inschrift bei Renovierungsarbeiten entdeckt und dafür gesorgt, dass die Handwerker sie dort ließen. Er sagte, sie gehöre zum Erbe dieser Bücherei – sie sei zu dem Zweck gegründet worden, Wissen zu verbreiten und Elend und Armut der Vergangenheit zu überwinden. Diese Inschrift sollte eine bleibende Erinnerung daran sein, wogegen diese Bücherei so hart kämpfte, was sie auslöschen sollte.«

Die Stille in dem kühlen Korridor schien sich zu dehnen, das einzige Geräusch war das Tropfen von Wasser irgendwo über ihnen. Clara spürte Peters Gegenwart auf Schritt und Tritt.

In diesem Moment wusste sie genau, was er ihr geraten hätte. *Erzähl ihm deine Geschichte.*

»Ich habe mein Kind verloren«, platzte sie heraus und war selbst überrascht, sich das sagen zu hören.

»Oh, Clara«, flüsterte Billy. »Das tut mir sehr leid.«

»Nein, nein, es ist schon in Ordnung, es ist gut, wenn ich darüber spreche. Das tue ich sonst nie. Meine Familie, Duncans Familie – alle geben mir die Schuld.«

»Weshalb sollte es denn deine Schuld sein?«, fragte er ungläubig.

»Weil ich an dem Samstagnachmittag, an dem der Blitz ausbrach, noch spät hier gearbeitet habe. Ich hätte meine Stellung aufgeben und mich auf dem Land in Sicherheit bringen sollen, sobald ich wusste, dass ich ein Kind erwarte. Aber stattdessen bin ich geblieben. Peter fehlten ohnehin schon so viele Mitarbeiter – alle männlichen Bibliothekare waren ja eingezogen worden …« Sie zuckte die Schultern. »Ich war also an jenem Samstag hier und half Peter, Bücher einzusortieren, als die Bomben fielen. Eine Woche nach Peters Tod haben wir ihn beerdigt, und gleich nach dem Begräbnis fing ich an zu bluten. Die Ärzte sagten, es käme vom Schock.«

»Ein Kind zu verlieren, ist unendlich traurig«, sagte Billy sanft. »Erst recht, da es das Einzige war, was dir von deinem Mann noch geblieben war. Aber es ist *nicht* deine Schuld, Clara.«

»Mag sein, aber wäre ich doch nur zu Hause geblieben …«

»Dann wäre vielleicht dort eine Bombe eingeschlagen!«, rief er aus. »Der Krieg ist verheerend und sinnlos, und zu unterstellen, du hättest Schuld am Verlust deines Kindes, ist einfach nur grausam.«

»Vielleicht, aber ich habe trotzdem das Gefühl, versagt zu haben. Wenn ich mich im Shelter umschaue, sehe ich all die Frauen, die scharenweise Kinder haben. Und ich habe nicht mal eins zustande gebracht.«

»Aber das ist doch nicht das Einzige, woran man Erfolg

messen kann, oder?«, beharrte er. »Du hast unvorstellbare Verluste erlitten, Clara. Deinen Mann, deinen Mentor, dein Kind … Aber du hast nicht zugelassen, dass diese Verluste dein Leben bestimmen. Du bist eine bemerkenswerte Frau, du bringst Licht in das Leben all der Menschen, die in deine Bücherei kommen. Ich wette, wenn dein Peter jetzt auf dich herabschauen könnte, würde er dir applaudieren und dich bestärken.«

Für einen Moment schwiegen sie beide, und Clara spürte ein Fünkchen Hoffnung. Da strich etwas Warmes, Weiches um ihre Fußknöchel.

Sie machte vor Schreck einen Satz rückwärts.

»O mein Gott!« Verwundert sah sie auf einen kleinen schwarzen Kater. Im nächsten Moment sprang er in ihre Arme und rieb sein Gesicht an ihren Wangen.

»Das ist Peters Büchereikater!«, rief sie. »Ich kann es kaum glauben. Ich dachte, er sei bei dem Bombeneinschlag getötet worden.«

»Vielleicht schaut dein Peter ja wirklich auf dich herab«, bemerkte Billy grinsend. Er kraulte den Kater an den Ohren, woraufhin der anfing zu schnurren wie ein Traktor.

Es mochte albern erscheinen, aber das Wiedersehen mit dem Büchereikater war ein wunderbarer Glücksmoment – ein Beweis dafür, dass der Krieg einem nicht alles nehmen konnte.

Aus einem plötzlichen Impuls heraus beugte Clara sich vor, um Billy zu küssen, doch er wich aus, sodass der Kuss auf seinem Ohr landete.

»Es tut mir leid«, stammelte sie. »Ich … ich weiß nicht, was plötzlich über mich gekommen ist.«

Seine blauen Augen starrten sie erschrocken an. »Glaub mir, Clara, ich täte nichts lieber, als dich zu küssen, aber …« Er fuhr sich mit den Händen übers Gesicht, und Clara brannte vor Scham. Wie hatte sie die Zeichen nur so völlig missdeuten können? Sie wandte sich ab.

»Geh nicht«, bat er.

»Es tut mir leid. Das war unpassend.« Mit dem Kater im Arm machte sie kehrt und lief davon, flüchtete sich an den einzigen Ort, wo sie sich sicher fühlte: in die unterirdische Bücherei.

Glücklicherweise gaben Minsky Agombar und ihre Schwestern gerade eine Gesangsvorstellung im Theater des Shelter, sodass der Bahnsteig menschenleer war. Eine winzige Tunnelmaus huschte vor Claras Füßen vorbei und schlüpfte in den Spalt zwischen dem Bahnsteig und den Holzplatten, mit denen die Gleise abgedeckt waren. Clara wünschte, sie könnte sich ebenfalls in einer Ritze verkriechen.

Als sie ins Lesezimmer kam, schauten Mr Pepper und die Kinder sich überrascht um. Mr Pepper las gerade mithilfe einer Lupe aus *The Country Child* vor. Alle starrten Clara an, und beim Anblick der Katze brachen die Kinder in Begeisterungsrufe aus.

»Mr P, soll ich übernehmen?« Clara drückte Sparrow den Büchereikater in den Arm.

Der alte Herr gab ihr das Buch, Clara ließ sich schwer auf den Stuhl sinken und begann zu lesen. Allmählich schlug ihr Herz wieder ruhiger. Im Stillen dankte sie Gott für die Bücher, in deren Seiten sie sich selbst nach dieser fürchterlichen Blamage flüchten konnte. Sie las weiter, verlor sich in den tiefen, uralten Wäldern.

Ihr Tonfall musste wohl ziemlich einschläfernd sein, denn die Kinder waren still geworden. Als sie aufsah, stand Billy in der Tür zum Lesezimmer.

»Tut mir leid, dass ich störe, Kinder, aber ich muss der Bibliothekarin etwas sagen.«

Fünfzig Augenpaare richteten sich erwartungsvoll von Billy auf Clara. Er durchquerte mit drei langen Schritten den Raum und zog Clara sanft von ihrem Stuhl hoch.

»Ich bin ein Trottel. Das hier hätte ich schon vorhin tun sollen.«

Behutsam nahm er ihr das Buch aus der Hand, dann umfasste er ihr Gesicht mit beiden Händen und küsste sie.

Als ihre Lippen sich berührten und seine Finger sich zwischen ihre schoben, durchströmte Clara eine überwältigende Erleichterung.

Die Kinder waren außer Rand und Band. Die Mädchen kicherten und machten große Augen – sie konnten es gar nicht glauben, dass die Bibliothekarin hier geküsst wurde. Sparrow verschränkte die Arme und gab sich lässig, allerdings behaupteten andere später, er sei vielleicht ein wenig eifersüchtig gewesen. Ruby, die den Tumult gehört hatte, kam neugierig herüber. Im Türrahmen blieb sie stehen, ein entzücktes Lächeln auf dem Gesicht.

»Es tut mir so leid, dass ich den Kuss nicht erwidert habe«, flüsterte Billy, als er sich von Clara löste.

»So behandelt man aber keine Lady, Mister«, protestierte Tubby.

»Wie bitte?«

Tubby verdrehte ungeduldig die Augen. »Man muss ihnen den Hof machen! Das weiß ja sogar ich, dabei bin ich noch ein Kind.«

»O ja, tut mir leid, Tubby, du hast natürlich recht.« Mit strahlendem Lächeln wandte Billy sich wieder Clara zu.

»Clara Button, ich liebe es, wie du diese Bücherei liebst. Wie du an deiner Frisur herumfingerst, wenn du nervös bist, sie aber völlig vergisst, wenn du dich für etwas begeisterst. Wie du die Regeln beugst, weil es manchmal einfach das Richtige ist.« Er stieß die einzelnen Sätze mit zittriger Stimme hervor. »Ganz besonders liebe ich deine Unvollkommenheiten, den Zahn, an dem eine kleine Ecke fehlt, deine Zehen – die jetzt leider bedeckt sind. Aber ich glaube, vor allem liebe ich einfach dich.«

Clara war, als ob die Bücherei sich drehte, Wörter, Buchseiten und Geschichten wirbelten schwindelerregend um sie herum.

Das Jubelgeschrei übertönte den Gesang der Agombar-Schwestern im Theater nebenan. Und so begann in der kleinen unterirdischen Bücherei inmitten der Wirren des Krieges eine neue Liebesgeschichte.

12

RUBY

Eine Bücherei ist mehr als ihre Bücher, sie ist ein Ort, wo Frauenleben eine ganz neue Wendung nehmen können.

Magda Oldziejewska, Fundraising-Koordinatorin,
Feminist Library

Und damit«, sagte Clara und klappte widerstrebend das Buch zu, »ist wieder einmal eine wunderbare Geschichte zu Ende.«

Drei Wochen hatten sie gebraucht, um Alison Uttleys *The Country Child* zu lesen. Das Buch war einfach zauberhaft, eine Mischung aus sagenhaften Elementen und lebendigen Schilderungen des englischen Landlebens.

Ruby hinter dem Tresen hörte andächtig zu. Niemand konnte eine Kinderschar so in Bann schlagen wie Clara. Die Gruppe, die regelmäßig zur Vorlesestunde kam, war erheblich geschrumpft – Ronnie, Joannie und viele andere waren aufs Land evakuiert worden, wo sie vor den V1-Raketen sicher waren. Geblieben war eine kleine Truppe aus Kindern, deren Eltern es nicht über sich brachten, sich von ihnen zu trennen. Ruby sagte sich, dass Clara wohl nicht zufällig ein Buch ausgewählt hatte, das in Englands grünen Wiesen und geheimnisvollen Wäldern spielte – wenn sie die Kinder schon nicht physisch in Sicherheit bringen konnte, versetzte sie sie doch wenigstens geistig durch eine Geschichte dorthin.

»Ich würde zu gern mal eine Nacht in einem dunklen Wald verbringen«, sagte Tubby träumerisch.

»Ich wette einen Shilling, dass du es keine Stunde aushältst«, erwiderte Sparrow herausfordernd. »Du würdest weglaufen, sobald auch nur eine Eule ruft.«

»Die Wette gilt.« Tubby spuckte in die Hand und streckte sie Sparrow hin.

»Aber, aber, Jungs«, ermahnte Ruby sie lachend. Als sie aufblickte, sah sie ihre Mum hereinkommen, die jeden Freitagabend in der Bücherei putzte. »Jetzt lasst uns aufräumen.«

Während die Kinder anfingen, Kissen und Bücher einzusammeln, schaute Ruby zu, wie ihre Mum sich an die Arbeit machte.

»Keine Veränderung?«, fragte Clara leise, als sie zu ihr hinter den Tresen kam.

Ruby schüttelte den Kopf. »Sie weigert sich immer noch, zum Lesekreis zu kommen oder auch nur das Buch zu lesen, das du für sie bestellt hast«, erwiderte sie ebenso leise.

»Ich weiß, stattdessen hat Mrs Caley es entliehen. Wer hätte das gedacht?«

»Gute Entscheidung«, bemerkte Ruby. »Mum steht einfach völlig unter der Knute dieses elenden Schweins.«

»Gib ihr Zeit.«

Rubys Blick fiel auf den Bluterguss, den das Kopftuch ihrer Mutter nur teilweise verdeckte. Netty hatte behauptet, sie sei »während der Verdunkelung gegen einen Laternenpfahl gelaufen«.

»Ich weiß nicht, wie viel Zeit sie noch hat, Cla. Irgendwann geht dieser Hurensohn mal zu weit.«

»Clara«, unterbrach Tubby das Gespräch und zog sie am Arm.

»Tubby, kann das bitte warten? Ich unterhalte mich gerade mit Ruby.«

»Ich weiß nicht recht, Miss. Ich bin ja ein aufgeschlossener

Zwölfjähriger, aber meinen Sie wirklich, die kleineren Kinder sollten so was hier lesen?«

Er hielt die Broschüre *Empfängnisverhütung für die verheiratete Frau* hoch.

»Woher hast du das?«, fragte Clara und nahm es ihm hastig aus der Hand.

»Es stand im Regal, neben *Babar der Elefant*.«

Ruby und Clara schauten sich verblüfft an.

»Wie ist es denn dahin geraten? Wenn das bekannt wird, könnte es für unsere Bücherei das Ende bedeuten!«

»Ich schwöre, ich habe es nicht dorthin gestellt«, beteuerte Ruby.

»Schon gut«, seufzte Clara und warf einen Blick zu Mr Pepper, der am Tresen stand und mithilfe seiner Lupe jede einzelne Pappkarte im Karteikasten sorgfältig überprüfte.

»Ich glaube, ich weiß, wer es war. Ich habe schon mehrmals Bücher an Stellen gefunden, wo sie nicht hingehörten. Bisher habe ich immer ein Auge zugedrückt, aber mir scheint, jetzt ist doch ein Gespräch mit Mr P über sein Sehvermögen fällig … Sag mal, du glaubst doch nicht etwa …?« Clara brach ab.

»Was glaube ich nicht?«, fragte Ruby.

»Dass Mr Pepper auch die Spalten aus den Zeitungen geschnitten hat? Vielleicht versehentlich? Ich habe gestern schon wieder eine zerschnittene Zeitung entdeckt.«

»Nein, natürlich nicht«, erwiderte Ruby schnell, dann fügte sie weniger überzeugt hinzu: »Wenigstens will ich es nicht hoffen. Komm, lass uns das Zimmer für den Lesekreis vorbereiten.«

Aber während sie anfing, die Stühle für das freitagabendliche Treffen der Bücherwürmer von Bethnal Green aufzustellen, dachte Ruby mit Schaudern daran, was wäre, wenn die Eltern der Kinder von der falsch einsortierten Broschüre erführen.

Eine halbe Stunde später zog sie *Die Kunst der Haushaltsführung* aus dem Regal. Dabei drängte sich ihr der unliebsame Gedanke auf, dass sie sich abends immer früher darauf freute, sich ein Gläschen zu genehmigen. Sie versuchte, sich zu erinnern – wann hatte sie zuletzt an einem Abend nichts getrunken? Nun, die Raketen waren natürlich eine zusätzliche Belastung. Und dann war da die Sorge um ihre Mum. Nach Feierabend trank sie ein Schlückchen, bevor sie die Bücherei verließ, um ihre Nerven zu stärken und die Treppe hochzukommen, ohne an Bella zu denken. Und dann noch etwas vor dem Schlafengehen, gegen die Albträume. *Wenn der Krieg vorbei ist, höre ich auf,* versuchte sie sich selbst zu überzeugen.

Sie entkorkte eine Flasche, und während Clara an der Tür Billy begrüßte, trank sie hastig einen großen Schluck. Als sie das Brennen in der Kehle spürte, schloss sie erleichtert die Augen.

»Bereit?«, fragte sie und drehte sich um, ein Lächeln auf den geschminkten Lippen.

»Los geht's«, erwiderte Clara grinsend und öffnete schwungvoll die Tür.

Queenie kam als Erste herein und ließ sich mit übertriebenem Stöhnen auf einem Stuhl nieder.

»Mach uns was zu trinken, Ruby Red Lips!«, rief sie. »Meine Kehle ist schon ganz staubig.«

»Für mich auch, Schätzchen«, schloss Irene sich an, die als Nächste eintrat. »War ein langer Tag. Ich hab solchen Durst, ich könnte Spülwasser trinken.«

»Was sollen die Teetassen, Rubes?«, fragte Dot. »Ich kann die Plörre nicht mehr sehen.«

»Keine Sorge, es gibt eine Spezialität des Hauses. Ich benutze nur eine Teekanne zum Ausschenken, weil Alkohol in der Bücherei eigentlich nicht erlaubt ist – falls unser Boss die Nase zur Tür reinsteckt, sieht er nichts weiter, als dass die Bücherwürmer von Bethnal Green ganz gesittet ein Tässchen Tee trinken.«

»Du bist unverbesserlich, Ruby«, schalt Mrs Chumbley und streichelte den Büchereikater, der ihr auf den Schoß gesprungen war.

»Ich dachte, Tiere sind im Shelter auch nicht erlaubt!«, rief Dot.

»Für ihn macht sie eine Ausnahme«, erklärte Mr Pepper kichernd.

»So ist es. Er hat diese Woche schon über zwanzig Ratten gefangen!«, verkündete Mrs Chumbley. »Er leistet mehr für die Hygiene im Shelter als alle städtischen Reinigungstrupps zusammen. Ich komme eben von einer langweiligen Sitzung im Rathaus, in der es um die Verschwendung von Toilettenpapier ging. Anscheinend benutzen die Bewohner des Shelter regelwidrig mehr als ein Blatt.«

»Ich bin also nicht die Einzige, die unter der Papierknappheit leidet«, bemerkte Clara grinsend.

»Clara, meine Liebe«, sagte Mrs Chumbley. »Ich habe vorhin im Büro des Shelter ein Gespräch zwischen Mr Pinkerton-Smythe und unserem Leiter mit angehört. Er hat Mr Miller gefragt, wie die Räume anderweitig genutzt werden könnten, falls die Bücherei im Shelter geschlossen werden sollte.«

Ein Aufschrei ging durch den Raum.

»Aber er kann die Bücherei doch nicht wirklich zumachen, oder?«, fragte Dot erschrocken.

»Bitte beruhigen Sie sich, alle«, sagte Billy. »Lassen Sie Mrs Chumbley ausreden.«

»Danke, Billy. Es ist wichtig, dass wir die Ruhe bewahren. Wut würde unserer Sache nicht nutzen.«

»Was würde uns denn nutzen, Mrs Chumbley?«, wollte Clara wissen. »Dieser Mann wird nicht eher ruhen, als bis er diese Bücherei geschlossen hat. Sie waren doch bei den Suffragetten. Soll ich mich vielleicht an meinem Leihtresen festketten?«

Ein wehmütiges Lächeln huschte über das Gesicht der älteren Frau. »Das ist ein verbreitetes Missverständnis. Ich gehörte nicht dem militanten Arm an. Ich war Mitglied der East London Federation of the Suffragettes. Wir glaubten daran, dass die Macht einer Armee der Frauen einen Wandel herbeiführen könnte.«

»Das verstehe ich nicht«, sagte Clara.

»Uns war klar, dass es den Frauen der Arbeiterklasse nichts nutzen würde, wenn man Schaufenster einschlägt und dafür ins Gefängnis geht. Deshalb richteten wir Sozialzentren ein, eine Kinderkrippe und eine Kantine, wo wir das Essen zum Selbstkostenpreis ausgaben, und sogar eine genossenschaftliche Spielzeugfabrik, wo die Arbeiterinnen einen anständigen Lohn bekamen, von dem sie leben konnten. Wir wussten, dass es nur eine Möglichkeit gab, Leute aufzurütteln und Unterstützung für unsere Sache zu gewinnen: Wir mussten Menschen Hilfe anbieten, und zwar eine Form von Hilfe, die eine echte Veränderung in ihrem Leben bewirkte.«

Clara starrte sie noch immer verständnislos an.

»Pinkerton-Smythe kann nicht gut eine öffentliche Einrichtung schließen, die der Gemeinschaft offensichtlich sehr viel bedeutet.« Sie legte Clara eine Hand auf den Arm. »Verteidigen Sie diese Bücherei, indem Sie eine Armee aus Lesern ins Feld führen. Bücher sind unsere Waffen!«

»Vielleicht sollten wir uns doch lieber für eine Weile zurückhalten«, warf Ruby ein. »Aufhören, die Verhütungsbroschüre rauszugeben, uns brav an alle Regeln halten.«

»Nein! Hören Sie nicht auf mit dem, was Sie hier tun.«

Alle drehten sich überrascht um, als die laute, energische Stimme ertönte.

»Diese Bücherei hat mir mein Leben wiedergegeben.« Mrs Caley rutschte unbehaglich auf ihrem Stuhl herum, da nun alle Blicke auf sie gerichtet waren.

»Erzählen Sie«, forderte Ruby sie auf.

»Ich habe neun Bälger.« Sie strich mit dem Finger über den Rand ihrer Teetasse. »Für jedes Jahr unserer Ehe eins, wie mein Mann immer stolz betont.« Sie sah auf, und aus ihren Augen strahlte Hoffnung. »Aber dieses Jahr nicht. Clara hat mir eine Lektüre gegeben, die mir geholfen hat, meinen Körper besser zu verstehen. Ich muss allerdings zugeben, ich hätte nie geglaubt, dass ich das hier wirklich schaffen würde.«

Auf ihrem Schoß lag *Die Herrin von Wildfell Hall*.

»Ich dachte, es wäre vielleicht, nun ja, zu langatmig für mich.«

»Und?« Clara beugte sich vor.

»Ich verlasse ihn.«

»Wie?«, platzte Netty heraus und sah von dem Regal auf, das sie gerade abstaubte. »Wo wollen Sie denn hin mit neun Kindern?«

»Zunächst mal zu meiner Schwester nach Suffolk.«

Jetzt erst bemerkte die Gruppe die ramponierte Reisetasche unter Mrs Caleys Stuhl.

»Er hat Nachtschicht. Meine Großen sind jetzt gerade im Tunnel und machen die Kleinen reisefertig. Ich habe genug gespart, um die Zugbilletts für uns alle zu kaufen. Und wenn wir erst mal draußen auf dem Land sind, sehen wir weiter.«

Sie trank ihre Tasse leer und stand auf.

»Aber ich wollte noch mal herkommen und mich bei Ihnen allen bedanken. Dafür, dass Sie mich daran erinnert haben, was für ein Mensch ich früher einmal war.«

»Was genau an diesem Buch hat Sie denn zu dem Entschluss gebracht zu gehen, Mrs Caley?«, wollte Mrs Chumbley wissen.

Mrs Caley legte den Kopf schief. »Ich weiß es nicht. Ich glaube, ich habe darin einfach Mut gefunden.« Sie hob ihre Tasche auf. »Ich gehe jetzt lieber, bevor ich noch die Nerven verliere. Viel Glück Ihnen allen und Gottes Segen.« An der Tür drehte sie sich noch einmal um. »Oh, das hätte ich fast vergessen.«

Sie legte ihren Leseausweis auf den Tresen.

Netty starrte ihr verblüfft hinterher, als sie die Bücherei verließ und ihrem neuen Leben entgegenging. Ruby warf einen verstohlenen Blick zu ihrer Mutter – insgeheim betete sie, dieser neu entdeckte Mut möge irgendwie auf sie abfärben. Doch in diesem Moment sah Netty ganz winzig aus, wie sie da stand, ihr Staubtuch in der Hand wie eine weiße Fahne. Hatte sie aufgegeben? Hatte Victor mit seinen Misshandlungen ihren Geist völlig zersetzt? Es dämmerte Ruby, dass dieser Aspekt das Schlimmste an der ganzen Sache war. Sein Zwang und seine Kontrolle über ihre Mutter wirkten langsam und heimtückisch, wie wenn ein Hausdach an einer kleinen Stelle undicht war und so lange tröpfchenweise Wasser eindrang, bis irgendwann das Gebälk morsch wurde und das ganze Dach einstürzte.

Nach diesem Zwischenfall machte sich in der Gruppe eine seltsame Stimmung breit, eine Art Euphorie, befeuert von Rubys starkem Gin und Mrs Caleys Befreiung.

»Ich wünsche ihr viel Glück«, bemerkte Queenie. »Ihren Mann konnte ich noch nie leiden.«

»Ja, aber wir sollten nicht darüber sprechen«, sagte Pat. »Schweigen ist Gold! Ihrem alten Herrn wird es gar nicht passen, wenn sie weg ist, und er wird bestimmt hier nach ihr suchen.«

»Pat hat recht«, schloss Mrs Chumbley sich an. »Wenn jemand fragt – wir haben sie heute Abend *nicht* gesehen.«

»Wen gesehen?«, fragte Irene, woraufhin allgemeine Heiterkeit ausbrach.

»Wenn ich gewusst hätte, dass ein Lesekreis eine so vergnügliche Angelegenheit ist, wäre ich selbst beigetreten«, bemerkte der Leiter des Shelter, Mr Miller, der jetzt den Kopf zur Tür hereinsteckte. »War das nicht Mrs Caley, die eben gegangen ist?«

»Nein, sie war heute Abend nicht hier. Gibt es ein Problem, Mr Miller?«, erkundigte sich Mrs Chumbley geflissentlich.

»Nein, kein Problem, ich wollte nur Ruby diesen Brief hier bringen.«

Alle rissen sich zusammen und bemühten sich, ernst dreinzuschauen, während er das Schreiben übergab.

»Ich will auch gar nicht länger stören, machen Sie nur weiter«, sagte er und winkte zum Abschied, ehe er die Tür hinter sich zuzog. »Wenn Hitler diesen Lesekreis sehen könnte, würde er auf der Stelle das Handtuch werfen. Schönen Abend noch!« Seine Schritte entfernten sich über den Bahnsteig.

»Wer schickt mir denn einen Brief hierher?«, rätselte Ruby laut, während sie den Umschlag aufriss.

»Ich fasse es nicht.« Sie fuhr sich mit einer Hand durch die Locken. »Es ist GI Eddie. Ihr wisst schon, der mit …«

»Ach, der«, fiel Dot ihr ins Wort. »Der mit den Zähnen, den Muskeln und dem …«

»Ja, ja, danke, Dot, wir wissen Bescheid«, unterbrach Mrs Chumbley. »Ich dachte, er sei drüben in Frankreich.«

»Da war er auch«, murmelte Ruby, während sie den Brief überflog. »Er wurde verwundet. Diesen Brief hat er von einem Lazarettschiff geschrieben, auf dem Weg zurück nach New York.« Sie schüttelte den Kopf. »Er nennt hier auch eine

Adresse in New York, an die ich antworten soll … Schreibt, dass er unsere gemeinsame Nacht nie vergessen wird. Anscheinend …« Ihr Grinsen wurde breiter. »Anscheinend hat der Gedanke daran ihm geholfen durchzuhalten, und jetzt würde er sich gern bei mir revanchieren, indem er mir Bücher aus Amerika schickt. Er hat offenbar eine Schwester, die bei Macmillan Publishing in Manhattan arbeitet.«

Ihre Hände zitterten, während sie weiterlas.

Liebste, ich muss immerzu an dich denken. Es war so furchtbar, dass ich gehen und dich allein in dem Hotelzimmer zurücklassen musste, erst recht nach…

Ruby brach ab und faltete den Brief energisch zusammen – plötzlich war ihr sehr bewusst, dass alle Blicke auf ihr ruhten. Wie konnte sie eingestehen, dass sie Eddie von dem Unglück erzählt, das Unaussprechliche ausgesprochen hatte?

Stattdessen warf sie den Kopf in den Nacken und stieß ein herzhaftes Lachen aus. »Was für eine Sülze.« Sie wollte den Brief zerknüllen.

»Wag es nicht!«, kreischte Irene und entriss ihn ihr.

»Das Mindeste, was Sie tun können«, erklärte Mrs Chumbley und zog ein Blatt Papier mit dem offiziellen Briefkopf des Bethnal Green Borough Council aus der Tasche, »ist, ihm zu antworten.«

»Na gut.« Ruby nahm das Papier und einen Stift. Sie füllte ihre Teetasse nach und leerte sie in einem Zug.

»Hör mal, ich habe von einem sehr gewagten Roman gelesen, der gerade in Amerika erscheinen soll, *Forever Amber* oder so«, sagte Irene. »Schreib ihm doch, er soll uns ein paar Exemplare davon schicken.«

Mit reichlich Gin im Blut kritzelte Ruby eine Antwort hin und drückte am Ende einen dicken roten Kuss auf das Blatt.

Patt riss ihr das Blatt aus den Händen und las laut vor.

»›Schreib mir, wenn du in Stimmung bist, für dich lasse ich alle Hüllen fallen.‹«

»Ruby! Das hast du nicht wirklich geschrieben!«, stieß Clara atemlos hervor.

»Keine Sorge, Cla, das geht niemals durch die Zensur.«

»Hoffentlich nicht, Ruby Red Lips«, sagte Pat und wischte sich die Augen. »Sonst steht hier bald die halbe amerikanische Armee Schlange. Du bist wirklich unübertrefflich.«

In diesem Moment erschien ein Schatten in der Tür, und der Büchereikater legte die Ohren zurück.

»V-victor!«, stammelte Netty. »Was machst du denn hier, Liebster?«

Ruby war mit einem Schlag wieder nüchtern.

»Ich komme, um das Weibsstück heimzuholen.« Er warf Clara einen finsteren Blick zu. »Es wird hier nicht mehr arbeiten.«

Das Lachen von eben gefror in der Luft.

»Darf ich nach dem Grund fragen?«, erwiderte Clara.

Victor betrachtete die Gruppe misstrauisch. »Ich weiß, was hier vor sich geht.«

»Wovon zum Teufel redest du, Victor?«, fragte Ruby.

»Alle in meinem Klub zerreißen sich das Maul über diese Bücherei«, fuhr er fort. »Hier werden Bücher von deutschen Autoren ausgeliehen. Heftchen, in denen unverheiratete junge Frauen lesen können, wie sie keine Babys kriegen. Es ist widerlich, jawohl!«

Rubys Magen krampfte sich zusammen.

»Und Clara macht mit diesem Verweigerer rum«, fuhr er in abfälligem Ton fort und zeigte mit dem Finger auf den sichtlich verblüfften Billy. »Kaum dass ihr Mann unter der Erde ist.«

»Ach, halt doch die Klappe, du ignoranter Schwachkopf!«, platzte Ruby heraus und sprang auf. »Ihr Mann ist seit vier

Jahren tot. Du hast Mum geheiratet, sechs Monate nachdem deine Frau gestorben war.«

»Und sie macht irgendwelchen okkulten Quatsch«, behauptete er, ohne Ruby zu beachten.

Ruby lachte laut auf. »Damit ist wohl klar, dass du nicht mehr alle Tassen im Schrank hast!«

»Es stimmt. Sie kann die Lieblingsbücher von Leuten erraten. Früher hätte man eine wie sie auf den Tauchstuhl gesetzt.«

Billy stand auf. »Ich denke, das reicht. Sie sollten jetzt besser gehen.«

»Willst du mich etwa rauswerfen, du jämmerlicher Verweigerer?«, höhnte Victor.

Mrs Chumbley erhob sich ebenfalls. »Ich erteile Ihnen Hausverbot, Mr Walsh. Verlassen Sie sofort den Shelter.«

Victor verzog das Gesicht zu einem grotesken Grinsen. »Mit Vergnügen.« Er schnippte mit den Fingern, wie um einen Hund bei Fuß zu rufen.

»Hierher, sofort.«

»Mum, geh nicht«, bat Ruby, doch Netty war bereits zur Tür hinaus.

Victor schüttelte den Kopf. »Das passiert, wenn man Frauen Bücher gibt.«

Nachdem er gegangen war, vergrub Clara das Gesicht in den Händen.

»Achte nicht auf ihn, Liebes«, redete Pat ihr zu.

»Ja, er ist ein Saufbold, das weiß doch jeder«, schloss Queenie sich an.

»Vor allem ist er ein Arschloch«, grummelte Ruby. Wie lange konnte sie diesen Mann noch ertragen? Sie sah schon bildlich vor sich, was sie zu Hause erwarten würde. Zerschlagenes Geschirr, zerschlagene Zähne und wieder neue Blutergüsse.

Was hatte es genutzt, dass sie die Sheriffs einmal dazu gebracht hatte, ihn mitzunehmen? Sobald er wieder nüchtern war, hatten sie ihn auf freien Fuß gesetzt. Außerdem gab es die »Nacht der fliegenden Teller« ja nicht nur bei ihnen. Die Polizei scherte sich nicht darum. Auf einen einzelnen Vergewaltiger machten sie eifrig Jagd, aber die Frauen, die Abend für Abend bis zur Besinnungslosigkeit geprügelt wurden, zählten nicht. Das ging schon in Ordnung, der Täter war ja der Ehemann.

Wut breitete sich in Rubys Brust aus, heiße, giftige Wut. In diesem Moment glaubte sie ernsthaft, dass sie fähig wäre, Victor ein Messer in den Bauch zu rammen, wenn eins zur Hand wäre. Stattdessen griff sie nach der Teekanne mit dem Gin, trank einen großen Schluck und spürte, wie der Alkohol ihr ins Blut ging.

Clara legte eine Hand auf ihre, kühl und beruhigend. Sie brauchte gar nichts zu sagen, Clara wusste immer, wenn eine ihrer Episoden drohte.

»Ich denke, wir müssen den Tatsachen ins Auge blicken«, sagte Clara zu der Gruppe, ohne ihre Hand von Rubys zu nehmen. »Die Leute reden. Wie um Himmels willen ist durchgesickert, dass wir diese Broschüre herausgeben?«

»Ich habe keine Ahnung, Cla«, beteuerte Ruby. »Ich kann mir nicht vorstellen, dass Mrs Caley irgendwas gesagt hat. Vielleicht war es eins der Fabrikmädchen?«

»Ich gehe mal nachsehen, ob er wirklich fort ist«, sagte Mrs Chumbley und fasste Ruby im Vorbeigehen kurz an der Schulter.

Als sie zurückkehrte, sah sie beunruhigt aus.

»Ist er noch dort draußen?«, fragte Mr Pepper.

»Nein, das ist es nicht.« Sie griff nach der Stuhllehne. »Haben Sie nicht auch gerade dieses Beben gespürt?«

»Wahrscheinlich die Fingerknöchel meines Stiefvaters,

die über den Bahnsteig schleifen«, witzelte Ruby lahm, und die Gruppe lachte, dankbar für die Gelegenheit, etwas von der Anspannung abzuschütteln.

»Nein, seien Sie mal alle still«, befahl Mrs Chumbley.

Rufe, gefolgt von polternden Schritten.

Panik durchfuhr die ganze Gruppe.

»In der Russia Lane ist eine Rakete eingeschlagen!« Der Schrei gellte durch den Shelter.

Dann rief jemand anders: »Es hat das Gartengrundstück getroffen!«

»Der Garten!«, wiederholte Pat tonlos. Die Teetasse fiel ihr aus der Hand und zerbrach. »Da sind Sparrow und Tubby!«

13

CLARA

Was uns an Geldmitteln fehlte, machten wir mit Fantasie wett. Viel Liebe und ein Leseausweis, das ist alles, was man braucht.

Claire Harris, pensionierte Kinderbibliothekarin

Billy war augenblicklich auf den Beinen, und die Frauen des Lesekreises schlossen sich ihm an.

Als sie aus der U-Bahn ins Freie traten, kam es ihnen vor, als sei finstere Nacht. Man hörte Schritte auf dem Pflaster, keuchenden Atem, die Signalglocken von Rettungswagen, und Clara hatte nur einen Gedanken: *Bitte, lieber Gott, nicht schon wieder.*

Als sie die Russia Lane erreichte, hatte Clara den Rest der Gruppe aus den Augen verloren. Für einen Moment drehte sie sich orientierungslos um sich selbst. Wo war sie? Das Gartengrundstück existierte nicht mehr. An der Stelle war nur noch ein Krater im Boden, aus dem Rauch aufstieg.

»Sparrow! Tubby!«, rief sie mit vor Grauen erstickter Stimme.

»Aus dem Weg, Schätzchen!«, redete jemand sie an, und Clara wich den Krankenträgern aus, die auf ihrer Trage die verkrümmten Überreste eines Menschen an ihr vorbeitrugen.

Die Rakete war eingeschlagen wie ein Meteorit, das Loch eine schwarze, bodenlose Grube. Ringsherum war ein Kordon gebildet worden, und drei Meter weiter versuchte Pat sich gerade durch die Menschenkette zu kämpfen. Fünf Mitarbeiter des Rettungsdienstes und Mrs Chumbley mussten sie zurückhalten, so verzweifelt wollte sie an den Ort des Unglücks gelangen. »Mein Junge! Mein Junge!«

Clara machte einen Schritt in Pats Richtung, da stolperte sie über etwas und schaute nach unten. Es war ein Kinderfuß, oberhalb des Knöchels abgetrennt.

Clara konnte sich nicht erinnern, wie sie nach Hause gekommen war – eben war sie noch bei dem Gartengrundstück gewesen, dann stand sie auf einmal heftig zitternd vor ihrer Wohnungstür. Billy brachte sie ins Bett, deckte sie gut zu und bestand darauf, dass sie versuchte, etwas süßen Tee zu trinken, aber sie befand sich in einem völligen Schockzustand. Er richtete sich aus ein paar Decken ein Lager her und schlief auf dem Boden.

Irgendwann gegen drei Uhr früh erwachte sie. Der Schock hatte nachgelassen, und an seine Stelle trat jetzt ein entsetzlicher Zorn. In ihrer Verzweiflung verlor sie die Kontrolle über sich, ließ sich aus dem Bett auf den Boden fallen und trommelte mit den Fäusten auf die verzogenen Holzdielen. All ihre Qual und ihr Elend brachen sich Bahn. Sie sah immerzu Sparrows Gesicht vor sich, stellte sich vor, wie er in seinem Garten grub, wie der Ellenbogen aus seinem geflickten Wollpullover ragte. Sie erinnerte sich, wie er ihr stolz seine Zwiebelbeete gezeigt hatte, welch überschäumende Energie er in alles gesteckt hatte, was er tat. Er war ein guter Junge, ein Kind seiner Zeit, das mit seinem scharfen Verstand gegen eine Welt angetreten war, die entschlossen schien, ihm jeden Erfolg zu verwehren.

Den Tod ihres Mannes hatte Clara ertragen, weil er ein Soldat gewesen war. Aber Sparrow war ein Junge. Und Tubby … Er wirkte so erwachsen, dass sie ihn die halbe Zeit gar nicht wirklich als Kind betrachtet hatte. Aber er *war* ein Kind. Ein Zwölfjähriger, durch eine von Wissenschaftlern entwickelte Rakete in Stücke gerissen. Was war das nur für eine Welt? Die Trauer zerriss ihr das Herz, und ein Schrei drang aus ihrem tiefsten Inneren.

»Clara, hör auf«, bat Billy. »Du wirst dir wehtun.«

»Sie waren Kinder, Billy! Sie waren doch noch Kinder. Warum?«

Irgendwann gegen fünf Uhr früh schlief Clara in Billys Armen noch mal ein, erschöpft und innerlich leer vor Trauer. Als rauchiges Dämmerlicht durch die Ritzen der Verdunkelung drang, war sie wieder auf den Beinen und zog sich an.

»Du willst doch nicht etwa zur Arbeit gehen?«, fragte Billy, als sie sich gerade die Hose zuknöpfte.

»Was soll ich sonst tun? Die Bücherei ist das Einzige, was mich noch aufrecht hält.«

Billy nickte. »Das verstehe ich. Aber ich will dir wenigstens vorher einen Tee machen.«

Er ging in die Küche, um den Kessel aufzusetzen, und sah zu, wie der Dampf sich an dem Glas zwischen den Klebestreifen niederschlug, die als Splitterschutz an der Fensterscheibe angebracht waren. Der Anblick, wie er da in ihrer Wohnung stand, hatte etwas so Solides, so tröstlich Normales an sich, dass sie instinktiv hinter ihn trat und die Arme um seine Taille schlang.

»Danke«, murmelte sie an seinem warmen Rücken. »Danke, dass du bei mir geblieben bist.«

Er drehte sich langsam um und schloss sie in die Arme, streichelte ihr Haar, küsste sie auf die Stirn in dem Versuch, ihrem Schmerz etwas von seiner Schärfe zu nehmen.

»Ich werde immer für dich da sein, wenn du mich brauchst«, flüsterte er.

Sie tranken ihren Tee und würgten jeder eine Scheibe altbackenes Brot mit Margarine hinunter. Die kleine Schale mit dunklen Pflaumen, die Sparrow vor zwei Tagen in seinem Garten gepflückt hatte, rührten sie beide nicht an.

»Ich gehe wieder zur Unglücksstelle. Ich muss den Kollegen helfen, sie haben mit Sicherheit die ganze Nacht weitergegraben«, erklärte Billy. »Allerdings ist nicht damit zu rechnen, dass wir noch Überlebende finden.«

Clara nickte. »Geh bitte als Erster aus dem Haus und zieh den Hut ins Gesicht. Die Leute reden schon.«

»Ich gebe nichts auf Tratsch«, erwiderte er.

Sie hob den Kopf, schaute ihm ins Gesicht, und ihr wurde bewusst, dass sich etwas zwischen ihnen verändert hatte. Dieses seltsame Tauziehen zwischen Erwartung und Verlangen war nicht mehr da. Es schien nicht mehr wichtig, was er in der Vergangenheit getan oder nicht getan hatte. Es ging nur noch darum, jeden Tag zu überleben.

»Ich liebe dich, Clara, und von mir aus darf es jeder wissen. Wir haben schon genug Zeit vergeudet.«

»Ich liebe dich auch«, erwiderte sie zärtlich. »Aber ich muss an das Ansehen der Bücherei denken.«

Draußen lag ein öliger gelber Nebel in der Luft, der an ihrem Gesicht zu haften schien. Clara hielt sich ein Taschentuch vor den Mund und eilte zur U-Bahn-Station. Auf dem Weg kam sie an der Russia Lane vorbei. Mrs Smart war schon vor Ort und hatte eine Armee aus Hausfrauen organisiert, die Glassplitter und Trümmer von der Explosion zu Haufen zusammenfegten. Städtische Arbeiter würden den Abfall später abholen.

Eine Frau kauerte schluchzend auf einer Stufe, die Tränen mischten sich mit dem Staub auf ihrem Gesicht. Die Rakete hatte eine Schneise in das Haus hinter ihr geschlagen. Man konnte in ihr Schlafzimmer hochschauen, wo ihr rosafarbener Morgenrock noch an einer Tür hing. Das Bett lag zwei Etagen tiefer in Trümmern. Clara ahnte, was für ein schwerer Schlag das war. Die Frauen von Bethnal Green hingen sehr an ihren Häusern – die gestärkten weißen Gardinen, die sauber geschrubbte Stufe vor der Eingangstür, die liebevoll gesammelten Ziergegenstände waren wie ein Teil ihrer Persönlichkeit. Dinge, die sie sich kaum leisten konnten und jahrelang in Ehren gehalten hatten, waren nun gewaltsam von ihrem Ehrenplatz gerissen worden.

Aus einem Impuls heraus blieb Clara stehen, fischte einen Zuckerwürfel, den sie von ihrer Ration aufgespart hatte, aus ihrer Handtasche und gab ihn der Frau.

»Schauen Sie doch nachher in der Bücherei vorbei, Mrs Cohen«, sagte sie. »Dann helfe ich Ihnen mit den Formularen für die Versicherung.«

»Danke, meine Liebe«, erwiderte die Frau zittrig.

»Und es tut mir leid … wegen Ihres Hauses.«

Sie zuckte die Achseln. »Was soll man machen? Die Tapete hat mir sowieso nie gefallen.«

Unten im Shelter waren die Tunnel voller Menschen, verhärmte Gesichter starrten aus der Düsternis. Die Leute wagten es nicht, »da rauf« zu gehen.

Die Ausdünstungen von der nächtlichen Desinfektion brannten Clara in den Augen, konnten aber den Modergeruch aus den Tunneln nicht überdecken.

Sie wollte nach Pat schauen, doch die war nicht an ihrem Schlafplatz. Ein Stück weiter entdeckte sie Marie und Molly, die ein Springseil schwangen. Ihr kindlicher Gesang hallte durch den Tunnel.

»Henriette, gold'ne Kette,
gold'ner Schuh, wie alt bist du …«

Clara wusste nicht, was sie verstörender fand – das Grauen an der Oberfläche oder die Tatsache, dass es für diese Kinder normal war, ihre Kindheit unter der Erde zu verleben.

»Clara.«

Eine zögerliche Stimme redete sie von hinten an.

»Beatty!«, rief sie aus und drehte sich um. Bei dem Anblick konnte sie nicht anders, als das Mädchen in die Arme zu schließen und fest an sich zu drücken.

»Geht es dir gut?«, flüsterte sie ihr ins Ohr.

Beatty nickte. »Wir waren in unseren Betten, als es passiert ist, aber wir haben die Erschütterung gespürt.«

Ein Schauder überlief Clara.

»Möchtest du, dass ich dich zur Arbeit begleite?«

Beatty löste sich von ihr, und Clara erkannte, wie verängstigt sie war.

»Wenn es dir nichts ausmacht? Es ist nämlich … Mum ist …«

»Bei der Arbeit, ich weiß.«

Auf dem Weg zu Rego schwiegen sie, aber Clara sah Beatty an, dass sie froh über ihre Gesellschaft war. Seit diese Raketen zu jeder Tages- und Nachtzeit fast ohne Vorwarnung einschlugen, wurden schon die alltäglichsten Wege zu einer Zerreißprobe für die Nerven.

Sie erreichten die Fabrik, und Beatty zog ihre Stechkarte hervor.

»Danke, Clara, dass du dich um mich und Marie kümmerst. Ich weiß, dass das nicht zu den Aufgaben einer Bibliothekarin gehört.«

»Mag sein«, erwiderte Clara lächelnd und strich eine Haarlocke unter Beattys Turban zurück. »Aber ich habe euch beide einfach ins Herz geschlossen.«

Clara sah, dass Beatty noch etwas bedrückte. »Noch keine Nachricht vom Roten Kreuz?«

Sie schüttelte den Kopf. »Nein. Dabei sind inzwischen mehr als drei Monate vergangen, seit die Alliierten in Frankreich gelandet sind. Sie haben Jersey wohl einfach vergessen.« Sie knibbelte an der abblätternden Farbe am Fabriktor. »Ich kann nur hoffen, dass er noch am Leben ist.«

»Du darfst die Hoffnung nie aufgeben. Und ich bin für dich da, solange du mich brauchst.«

Beatty rang sich ein Lächeln ab – es kostete sie sichtlich Kraft, tapfer zu sein. »Danke.«

Clara schaute ihr nach, als sie die Treppe hinaufging. Sie musste sich eingestehen, dass Beatty recht hatte: Die Alliierten hatten die Kanalinseln links liegen lassen. Was aus dem Vater der beiden Mädchen geworden war, würde wohl ein Rätsel bleiben, bis dieser Krieg an sein bitteres Ende kam.

In der Bücherei gingen den ganzen Tag über ständig Menschen ein und aus, um ihr Beileid auszusprechen. Die Gemeinschaft wusste, wie sehr Clara die jungen Gärtner aus der Russia Lane ins Herz geschlossen hatte. Sogar Pinkerton-Smythe schaute herein und heuchelte Mitgefühl. Clara musste sich eine bissige Bemerkung darüber verkneifen, dass es ihm ja ganz recht sein könne, weil er die Kinder ohnehin hatte loswerden wollen. Doch es hätte nichts geändert, wenn sie sich auf dieses Niveau herabgelassen hätte.

Rasch wurde allerdings klar, dass er eigentlich aus einem anderen Grund gekommen war.

»Von anderer Seite habe ich erfahren, dass eine regelmäßige Nutzerin Ihrer Bücherei fortgegangen ist«, bemerkte er in beiläufigem Ton.

Clara starrte ihn nur an.

»Eine Mrs Caley … Sie war wohl ein Mitglied Ihres freitäglichen Lesekreises«, fuhr er fort.

»Das ist richtig.«

»Aber Sie haben sie gestern Abend nicht gesehen? Es gab Gerede.«

»Wir sind hier in Bethnal Green, hier gibt es immer Gerede.«

»Angeblich soll sie ihren Mann verlassen haben.«

»Mir ist nicht klar, was ihre häusliche Situation mit mir zu tun haben sollte.«

»Ihr Mann hat eine Beschwerde eingebracht.«

»Eine Beschwerde?«

»Ja. Anscheinend hat sich ihr Verhalten verändert, seit sie sich den Bücherwürmern von Bethnal Green angeschlossen hatte. Sie fing an, ihre Pflichten gegenüber ihrem Mann zu vernachlässigen, und gestern Abend ist sie mitsamt den Kindern verschwunden.«

Clara starrte in das teigige, ausdruckslose Gesicht ihres Vorgesetzten und fragte sich, wie es sich wohl anfühlen würde, wenn ihre Faust damit in Berührung käme.

In diesem Moment fiel ihr Blick auf ein Lesezeichen, das oben aus einem Buch in dem Stapel mit den Rückgaben ragte. Es war Sparrows Leiter-Lesekarte, mit der sie seine Fortschritte im Lesen verfolgt hatte. Es fehlte nur noch die oberste Sprosse. Sie hatte ein Exemplar von Jack Londons *Der Ruf der Wildnis* aus Stepney bestellt, das sollte sein zehntes Buch werden. *Die Schatzinsel* hatte er verschlungen, wobei der Buchdeckel in seinem Garten leider einen Fleck abbekommen hatte.

»Also, wissen Sie irgendetwas über ihren Verbleib?«, hakte Mr Pinkerton-Smythe nach.

Clara sah ihm in die Augen. »Nein. Aber warum sollte ich auch? Ich bin doch nur eine Kinderbibliothekarin.«

Er starrte sie an, und sie sah, wie es in ihm arbeitete – er fragte sich, ob sie ihn provozierte.

»Nun gut, aber wenn Sie irgendetwas hören, lassen Sie es

mich unverzüglich wissen. Die Moral ist in diesen Zeiten schon angeschlagen genug – unglückliche, vernachlässigte Ehemänner können wir nun wirklich nicht brauchen.«

»Gott bewahre«, murmelte sie, während er sich zum Gehen wandte.

»Cla, wie willst du es heute mit der Lesestunde halten?«, fragte Ruby kurz darauf behutsam. »Sollen wir sie als Zeichen des Respekts verschieben?«

Clara nahm *Die Schatzinsel* in die Hand, holte einen weichen Lappen aus der Schublade und fing an, den Fleck zu bearbeiten.

»Ich glaube, ich brauche Löschpapier und etwas Natron, um das hier wegzumachen«, murmelte sie. »Und der Rücken muss neu genäht werden. Sparrow, was hast du nur mit diesem Buch angestellt? Du hast es wohl als Schaufel benutzt!« Sie rieb immer fester und fester an dem Fleck.

Plötzlich blitzte eine Erinnerung in ihr auf. *Er hat gesagt, bei mir is' Hopfen und Malz verloren.*

Er hatte keine Chance gehabt.

Der Buchdeckel riss ab.

»Verdammt!«, schrie sie und warf das Buch an die Wand.

Stille senkte sich über die Bücherei.

»Tut mir leid. Ich kann gar nicht fassen, dass ich das eben getan habe. Die Bücher sind so knapp, und nun habe ich es ruiniert … Alles ist ruiniert.«

Mr Pepper bückte sich umständlich, um das Buch aufzuheben. Ruby trat neben Clara und legte eine Hand auf ihre, während die ersten Tränen liefen.

»Es tut mir leid …«, begann sie, verstummte dann jedoch und starrte in atemlosem Schock zur Tür. Sie konnte nicht fassen, was sie da sah. Ihre Nackenhaare sträubten sich, als habe ihr jemand mit einer Feder über den Rücken gestrichen.

»Clara … Was ist? Was hast du?« Ruby drehte sich um, folgte ihrem Blick und schnappte hörbar nach Luft.

Mr Pepper fand als Erster seine Sprache wieder.

»Sparrow, wo kommst du denn her?«

Er war völlig verdreckt, trug ein Deckenbündel über der Schulter und machte ein Gesicht, als sei er höchst zufrieden mit sich.

»Und, wo is' er?«, fragte er grinsend.

»Wo ist wer?«, brachte Ruby heraus, die noch gar nicht glauben konnte, dass er wirklich vor ihr stand.

»Tubby natürlich. Der kleine Mistkerl hat unsere Wette nich' gehalten. Ich«, erklärte er und stieß sich stolz mit dem Daumen an die Brust, »hab die ganze Nacht im Epping Forest durchgehalten, und er is' gar nicht erst erschienen. Er schuldet mir einen Shilling.«

»W-was hast du denn da gemacht?«, stieß Clara hervor.

»Wir haben doch eine Wette abgeschlossen, als Sie *The Country Child* vorgelesen haben, wissen Sie nich' mehr? Wer es eine ganze Nacht in einem dunklen Wald aushält.« Erst jetzt bemerkte er die Bestürzung auf allen Gesichtern.

»Was is' los? Krieg ich eine Abreibung von Mum?«

In diesem Moment kam Pat in die Bücherei gestürmt – Sparrows Erscheinen im Shelter hatte sich binnen Minuten bis zu ihr herumgesprochen.

»Ich weiß nicht, ob ich dich umarmen oder verdreschen soll!«, rief sie unter Tränen. Sie tat beides, versetzte ihm erst eine Ohrfeige und drückte ihn dann heftig an sich.

»Tut mir leid, Mum«, schniefte er, das Gesicht an ihre Brust gequetscht. »Ich wollte nich', dass du dir Sorgen machst. Wir wollten doch nur ein Abenteuer erleben. Wo is' denn Tubby?«

Pat warf Clara über seinen Kopf hinweg einen eindringlichen Blick zu, und Clara verstand: Sie war diejenige, die es ihm beibringen sollte.

»Sparrow … Gestern ist auf dem Gartengrundstück eine Rakete eingeschlagen. Tubby wurde zuletzt dort gesehen. Ich nehme an, er wollte sich gerade auf den Weg zu eurem Treffen machen. Er … er wurde bisher nicht gefunden …« Die Worte erstarben auf ihren Lippen.

Sparrow zuckte zusammen, als habe ihn jemand mit kaltem Wasser übergossen. Dann begann er zu schluchzen, dass es allen in der Seele wehtat, laute, gequälte Schluchzer. Und dann trat er gegen den Büchereitresen, einmal, zweimal, ehe er auf dem Boden in sich zusammensackte.

»Es tut mir so leid, Sparrow«, flüsterte Clara und kauerte sich neben ihn.

Er schaute sie an. »Warum hat er das gemacht, warum hat er sich umbringen lassen?«

»Also wirklich, Sparrow«, schalt Pat peinlich berührt. »Reiß dich zusammen.«

Sparrow gab sich Mühe, aber er weinte noch immer, als seine Mutter ihn aus der Bücherei führte, und Claras Herz brach noch etwas mehr. *Reiß dich zusammen.* Das hatte sie in der Zeit nach Duncans Tod oft gehört.

Dieser kleine Junge hatte soeben seinen Verbündeten verloren, seinen Komplizen bei allen Schandtaten, und Clara wusste, dass ihn das fürs Leben prägen würde. Er hatte seinen Schatten verloren.

Es war ein Wunder, das allen bekannten Gesetzmäßigkeiten des Lebens zu trotzen schien, aber die tragische Tatsache blieb: Sparrow war »von den Toten zurückgekehrt«, wie der *East London Advertiser* berichtete, Tubby jedoch war tatsächlich tot, war zusammen mit Dutzenden anderen von diesem Krater verschluckt worden.

Sein plötzlicher Tod kam Clara unwirklich vor, eher so, als sei er nur vorübergehend verschwunden – ein Zaubertrick, nicht wie ein Endpunkt. Sie rechnete halb damit, dass er jeden Moment hereinstürmen würde, die Taschen voll mit angelutschten Süßigkeiten.

Tubbys Eltern gaben seinen Leseausweis zurück, und Clara sortierte ihn unter »verstorben« ein.

»Danke für alles, was du für ihn getan hast«, sagte seine Mutter mit vor Trauer verhärmter Miene.

»Ich?«

»Ja. Hierherzukommen war der größte Lichtblick in seinem Leben. Er hat diese Bücherei geliebt.« Sie zögerte. »Gib unsere Kinder nicht auf.«

»Das mache ich nicht«, versprach Clara.

Als der Herbst in einen eisigen Winter überging, stürzten mehr von den neuen V2-Raketen aus den Wolken herab, ohne Vorwarnung und schneller als der Schall.

Sparrow sprach nie wieder über seinen verschwundenen Garten und seinen besten Freund Tubby, nicht ein einziges Mal. Aber Clara wusste, dass seine Trauer ihn schier erstickte. Pat hatte ihr im Vertrauen erzählt, dass er das Bett nässte. Beatty vergrub ihren Schmerz ebenfalls tief in ihrem Inneren. Als sie begriffen hatte, dass sie nicht so bald würde nach Hause zurückkehren können, hatte sie aufgehört, von ihrer geliebten Insel zu reden. Ihr »Zuhause« war nun eine U-Bahn-Station, und sie verlor zusehends die Hoffnung.

Clara tat das Einzige, was in ihrer Macht stand: Sie hüllte die Kinder des Shelter in Geschichten ein, ließ sie sich in fantastischen Erzählungen über Ritter und Freibeuter, Gebirge und Meutereien verlieren, als könnten einzig Bücher das wirkliche Leben in Schach halten.

Dann hatte Ruby eine Idee.

»Es wird uns von den Raketen ablenken«, erklärte sie. Zuerst dachte Clara, sie habe den Verstand verloren, als Ruby ihren Plan darlegte. Die *Titanic* aus Lolli-Stielen und Garnrollen zu bauen, würde weder Tubby noch Beattys und Maries Vater zurückbringen. Aber die Kinder würden beschäftigt sein. Und so absurd es anfangs erschien, tatsächlich taten sie an den vielen langen Winterabenden in der Kinderabteilung der Bücherei genau das. Es war ein kühnes Unterfangen. *Tubby wäre begeistert gewesen.*

Als ihre *Titanic* fertig war, versammelten sie sich unter ihrem Bug und lasen Geschichten von Seefahrern, von riesigen Walen, Meerjungfrauen und Eisbergen, die so groß wie Häuser waren. Und sie lasen das letzte empfindliche Exemplar der *Schatzinsel*, das die unterirdische Bücherei noch besaß, notdürftig mit Faden und Leim wieder zusammengeflickt. Sie alle lasen es, als hinge ihr Leben davon ab. Sparrow bekam endlich seinen goldenen Stern und starrte die Auszeichnung an, als könne er es gar nicht fassen. Clara hätte ihm einen ganzen Himmel voller Sterne geschenkt, wenn es möglich gewesen wäre.

Billy kam jeden Abend zu Clara, wenn er Dienstschluss hatte, nachdem er den Tag über Tote aus den Trümmern zerbombter Häuser geborgen hatte. Oft war er so erschöpft, dass er nicht mehr imstande war zu reden, bevor sie aneinandergekuschelt einschliefen. Leute zogen die Augenbrauen hoch und redeten über die Beziehung zwischen der verwitweten Bibliothekarin und dem Kriegsdienstverweigerer vom Rettungsdienst, dabei spielte sich zwischen ihnen überhaupt nichts Unschickliches ab. Es war so kalt, dass gar nicht daran zu denken war, sich auszuziehen. Im Gegenteil, meist zogen sie sich zum Schlafen sogar noch mehr Kleidung an, und Beauty und der Büchereikater schlummerten sanft zu ihren Füßen.

An einem stürmischen Winterabend, als der Regen gegen das Fenster prasselte, drehte Billy sich zu ihr herum.

»Wenn der Krieg vorbei ist, wirst du mich dann heiraten?«

Clara lächelte in die Dunkelheit und drückte seine behandschuhten Finger.

»Wie kommst du jetzt darauf?«

»Weil ich dich liebe, seit ich dich zum ersten Mal gesehen habe. Dass du meine Liebe erwiderst, ist für mich wie ein Wunder.«

»Lass uns nach dem Krieg darüber reden«, sagte sie schläfrig. Aber während sie in den Schlaf glitten, aneinandergeschmiegt wie zwei Lesezeichen mit Pudelmützen, war ihr bewusst, dass sie sich eine Zukunft ohne diese einfühlsame Seele nicht mehr vorstellen konnte.

14

RUBY

Rene, die als erster weiblicher Hausmeister in der Bücherei von Whitechapel arbeitete, sah, wie jemand die Uhr von der Wand klaute. Sie muss damals schon in den Fünfzigern gewesen sein, aber das ließ sie nicht durchgehen. Sie verfolgte den Dieb bis hinauf zur Brick Lane und holte die Uhr zurück. Der Dieb hätte es sich vielleicht zweimal überlegt, wenn er gewusst hätte, dass er es mit Rene zu tun bekommen würde. Sie wohnte neben den Krays. Büchereien sind alles andere als langweilig.

Denise Bangs, Bibliothekarin der Idea Store Library,
Tower Hamlets, East London

Sie sehen eigentlich ganz harmlos aus.« Ruby nahm eins der schlichten grünen, fest gebundenen Bücher in die Hand und reichte es Clara.

»Und es riecht köstlich.« Clara sog den alkalischen Geruch des frischen Papiers ein. »Neunhundertzweiundsiebzig Seiten … ganz schön lang!«

»Ich werde mal reinschauen müssen, schließlich will ich wissen, weshalb alle so einen Wirbel um dieses Buch veranstalten«, bemerkte Ruby.

»Aber erst, wenn ich sie katalogisiert habe«, erwiderte Clara rasch.

»Sie müssen wirklich Eindruck auf ihn gemacht haben, Ruby, meine Liebe«, stellte Mr Pepper fest.

»Scheint so. Ich war völlig sprachlos, als das Paket ankam.«

Sie waren alle drei dabei gewesen, als am Vortag die Lieferung aus New York eintraf. Sämtliche Gebühren waren im Voraus bezahlt worden. Und das Paket enthielt ein Dutzend Exemplare des Buches, das Amerika gerade im Sturm eroberte: *Forever Amber.*

»Ich nehme an, es ist das, was man wohl als ›freizügigen erotischen Roman‹ bezeichnet«, sagte Mr Pepper und nahm das unschuldig aussehende Buch so vorsichtig, als handele es sich um eine Handgranate. »Ich habe in der *London Times* gelesen, dass dieses Buch in vierzehn US-Bundesstaaten verboten wurde, weil es pornografisch sein soll. Zuerst in Massachusetts, dort hat der Generalstaatsanwalt siebzig Bezugnahmen auf Geschlechtsverkehr gezählt.«

»Wenn das so ist, muss ich es unbedingt lesen«, kommentierte Ruby.

»Eine seltsame Vorstellung, dass ein erwachsener Mann ein Buch nur liest, um eine Auflistung der sexuellen Bezüge zu erstellen«, sinnierte Clara.

»Schmieriger Kerl«, murmelte Ruby halblaut.

»Ein Grund mehr, weshalb diese Bücher definitiv nur unter der Hand rausgegeben werden«, entschied Clara. »Ich will ja nicht prüde erscheinen, aber nach Mrs Caleys Verschwinden können wir es uns nicht leisten, noch mehr ins Gerede zu kommen.«

»Ich verstehe, und ich bitte nochmals um Entschuldigung«, sagte Mr Pepper.

Der arme alte Mr P! Ruby hatte sicher schon fünfzigmal gehört, wie er sich dafür entschuldigte, dass er versehentlich die Verhütungsbroschüre bei den Kinderbüchern einsortiert hatte.

Doch nun hatten sie noch ein weiteres anstößiges Werk im Bestand und mussten entsprechende Vorsicht walten lassen. Pinkerton-Smythe machte Clara und ihre Bücherei zum

Sündenbock und hetzte die Ehemänner von Bethnal Green gegen sie auf. Ruby hatte gehofft, ihre Mutter könnte in der Bücherei etwas Selbstwertgefühl gewinnen, aber seit Victor ihr verboten hatte, weiter hier zu arbeiten, wurde seine Kontrolle über sie mit jedem Tag stärker. Die Fronten waren gezogen. Ruby hasste Pinkerton-Smythe dafür, dass er ihrem gewalttätigen Stiefvater einen Vorwand geliefert hatte, ihre Mutter noch mehr zu isolieren. Wie viel größeren Schaden die Vertreter des Patriarchats anrichten konnten, wenn sie sich verbündeten!

Während Clara sorgfältig die neuen Bücher in den Bestand aufnahm, erinnerte Ruby sich wieder an Eddies Brief. Sie zog ihn aus der Tasche.

Du verstehst es wirklich, die Moral eines Mannes zu stärken, Ruby. Sie glaubte fast, das Lachen in seiner Stimme zu hören.

Ich hoffe, diese Bücher werden in der Bücherei zum Renner. Ich musste einige Überredungskunst aufwenden, damit meine Schwester mir diese druckfrischen Exemplare überließ. Hier bei uns sind sie wie Goldstaub: Schon in der ersten Woche wurden 100 000 verkauft. Ich habe ihr erzählt, dass ihr drüben furchtbar dringend Bücher braucht. Jetzt muss ich bis zum Frühjahr jeden Tag vor ihrem Haus den Schnee vom Gehweg schaufeln, aber das bist du mir wert, Ruby.

Doch ich will nicht länger um den heißen Brei herumreden – Ruby, ich habe mich in dich verliebt. Ich weiß, wir haben uns nur wenige Male getroffen. Aber wie ich schon sagte, das waren die schönsten Zeiten, die ich in England hatte. Du hast gesagt, wir sollten es bei der Erinnerung daran belassen, aber zum Teufel, Ruby, ich kann das nicht. Du bist die geistreichste und schönste Frau, der ich je begegnet bin. Wenn du nichts für mich empfindest, nun, dann komme ich damit klar, ich bin ja schon ein großer Junge. Aber wenn doch …

Das hier ist wohl das Verrückteste, was ich je getan habe, aber – willst du mich heiraten? Komm zu mir nach Amerika, nach Brooklyn, und lass uns gemeinsam ein neues Leben anfangen, Liebste. Ich kann dir weder eitel Sonnenschein noch ein Häuschen im Grünen versprechen, aber ich kann dir versprechen, dass ich dir zu Füßen liegen werde, wie du es verdienst. Wir könnten einander glücklich machen – und ist das nicht der Sinn dieses seltsamen Lebens, nach allem, was wir durchgemacht haben?

Dein Bücherengel sagt Lebewohl. In hoffnungsvoller Erwartung deiner Antwort

Dein Eddie xxx

PS: Lies unbedingt S. 134. Die Stelle erinnert mich an unsere gemeinsame Nacht.

Ach, Eddie. Der schöne Eddie mit seinen warmen, lebensbejahenden Worten. Sie würde zurückschreiben, um sich zu bedanken. Aber heiraten? Ruby Munroe als Braut eines GI? *Also wirklich.* Sie hatte ihr Leben hier in Bethnal Green, sie musste ihre Mutter beschützen, nicht einer Fantasie nachjagen. Sie faltete den amerikanischen Traum zusammen und ließ ihn wieder in ihrer Rocktasche verschwinden.

»Was schreibt er?«, wollte Clara wissen.

»Ach, was Männer eben schreiben, wenn sie richtig Spaß im Bett hatten und nicht einsehen wollen, dass das alles war, du weißt schon.«

»Nein, ich weiß nicht«, entgegnete Clara. »Du vergisst wohl, dass ich nie mit einem anderen Mann als Duncan zusammen war.«

»Dann weißt du nicht, was dir entgeht«, versetzte Ruby neckisch.

»Wenn es stimmt, was über dieses Buch geredet wird«, erwiderte Clara, »dann werde ich es bald erfahren. Ich kann es noch immer nicht fassen, dass er dir diese Bücher wirklich geschickt hat.«

»Ich dachte mir, fragen kostet nichts.« Ruby zuckte die Achseln.

»Das bringt mich auf eine Idee. Rubes, könntest du hier für eine Stunde die Stellung halten? Mr P, es gibt etwas, wobei ich Ihre Hilfe bräuchte. Ich glaube, wir sollten irgendwohin gehen, wo wir ungestört reden können.«

»Natürlich, meine Liebe«, erwiderte er, erfreut über die Gelegenheit, seinen Patzer wiedergutzumachen.

Sie verließen die Bücherei, und Ruby wartete, bis das Geräusch von Mr Peppers Gehstock auf dem Bahnsteig verhallte, dann griff sie unter den Tresen und zog *Forever Amber* hervor. Es konnte ja nicht schaden, rasch einen Blick hineinzuwerfen.

Auf Seite 26 angekommen, zog Ruby eine Augenbraue hoch. Unter der schlichten Aufmachung verbarg sich ein explosiver Inhalt. Auf Seite 50 war sie hingerissen. Die Hauptfigur, Amber St Clare, war ein durchtriebenes, frivoles Flittchen.

Ruby hatte noch nie etwas Vergleichbares gelesen und war überzeugt, dass es genau das Richtige sein würde, um die Frauen von Bethnal Green in diesen kriegsmüden Zeiten aufzumuntern. Es war nicht nur etwas gewagt, es war das literarische Äquivalent einer Brandbombe! Und Ruby hatte das Gefühl, dass es in den Tunneln schon bald das eine und andere Feuer entzünden würde.

Gebannt las sie weiter, ganz versunken in die Eskapaden von Amber, die sich im London der Restauration austobte.

»Oh, Amber«, murmelte sie, während sie eine Seite umblätterte, »du bist eine Frau nach meinem Geschmack!«

Ein tiefes Husten ließ sie aufschrecken.

Ricky Talbot war ein imposanter Mann. Gut eins achtundachtzig groß, stieß er in der Bücherei fast mit dem Kopf an die Decke. Er arbeitete tagsüber als Träger auf dem Fischmarkt von Billingsgate, und wie die meisten seiner Kollegen boxte er in seiner Freizeit.

»Na, Ricky, wie geht's?«

»Nicht so gut, Ruby. Meine Frau hat mich verlassen.«

»Nein!«

Plötzlich wurde Ruby klar, wer Rickys Frau war. Die Dienstagsnachmittagsaffäre.

»Das tut mir leid«, sagte sie unbehaglich. »Hat sie gesagt, warum?«

»Sie hat sich in einen Zahnarzt verliebt. Anscheinend hat sie ihn hier kennengelernt. Die beiden haben sich jede Woche hier getroffen. Hast du sie vielleicht gesehen?«

»Ich … äh …«

»Also ja.«

Er sah so geknickt aus, dass Ruby Mitleid empfand. »Es tut mir leid, Ricky. Wir waren nicht sicher, und es ist wirklich nicht unsere Aufgabe, Gerüchte in die Welt zu setzen. Hier gehen die unterschiedlichsten Leute ein und aus.«

Er schaute sich um. »Dann stimmt es anscheinend, was sie über diese Bücherei sagen.«

»Wer sagt was?«, fragte sie argwöhnisch.

»Unten auf dem Markt und in den Pubs – die Leute erzählen, dass diese Witwe Bücher ausleiht, von denen die Frauen auf Gedanken kommen.«

Ruby unterdrückte ihren Ärger. »Tja, Ricky, das ist im Prinzip der Sinn und Zweck von Büchern.«

Er schaute skeptisch drein.

»Ehrlich, Ricky, ich glaube kaum, dass diese Bücherei der Grund war, weshalb sie dir Hörner aufgesetzt hat.« Am liebsten hätte sie noch hinzugefügt, wenn er weniger Zeit im Pub verbracht und mehr mit seiner Frau geredet hätte, dann hätte sie sich vielleicht nicht anderweitig vergnügt.

»Na, wenn du mich fragst, mit diesem Laden stimmt was nicht. Ich hab sie wirklich geliebt.«

»Es tut mir sehr leid, Ricky, aber glaub mir, dieser Ort hier hatte nichts damit zu tun, dass deine Frau dich verlassen hat.«

»Aber er hat sie auch nicht dran gehindert, wie?«

Der Mann duckte sich unter dem Türrahmen hindurch und trat auf den Bahnsteig hinaus. Als er gegangen war, stieß Ruby tief die Luft aus.

Wie sollte sie Clara das beibringen? Sie hatte ihr bereits verschwiegen, dass allein in dieser Woche drei Personen ihre Leseausweise zurückgegeben hatten. Zwei hatten fadenscheinige Ausreden vorgebracht, aber Mrs Wandle, die für die Women's Voluntary Services die Kinderstube im Shelter leitete, hatte ganz direkt gesagt, sie »wünsche nicht mehr, mit Mrs Button und einer Bücherei wie der ihren in Verbindung gebracht zu werden«.

Lag es an Claras Beziehung mit Billy, an der Beschwerde von Joannies Mum oder daran, dass Mrs Caley ihren Mann verlassen hatte? Wer konnte das schon wissen – fest stand, wenn im East End ein Gerücht einmal in der Welt war, griff es um sich wie ein Feuer in einem Sägewerk.

Nun, sie würde ihrer Freundin nichts erzählen. Clara war seit Tubbys Tod ohnehin angeschlagen. Sie hatte in den vergangenen fünf Jahren so hart gearbeitet, und die Bücherei war ihr Leben. Ruby wollte um nichts in der Welt zulassen, dass ein paar engstirnige Tratschweiber Clara noch weiter herunterzogen.

Nach der Arbeit ging Ruby durch den Barmy Park nach Hause. Sie nahm die Kälte gar nicht wahr, denn sie steckte mit der Nase noch immer in *Forever Amber*.

Als sie bei Seite 134 ankam, blieb sie wie angewurzelt stehen. Bilder von ihrer letzten Nacht mit Eddie in dem Hotel in Soho stiegen in ihr auf und machten sie blind für ihre trostlose Umgebung. Sie erinnerte sich an die Hitze, das Gefühl unbekümmerter Hemmungslosigkeit, mit dem sie sich gegenseitig die Kleider vom Leib gerissen hatten …

Dann kam ihr ein Gedanke, und sie hätte über die Einfachheit und Kühnheit der Idee beinahe laut gelacht.

Ambers Raison d'Être war offensichtlich. Sie lebte in der festen Überzeugung, dass eine Frau keine Chance hatte, in einer Männerwelt etwas zu erreichen, wenn es ihr nicht gelang, die Schwächen der Männer zu ihrem Vorteil auszunutzen. Vielleicht sollte Ruby sich ein Beispiel an Amber nehmen.

Sie würde Eddies Antrag annehmen. Aber unter ein paar Bedingungen.

Es kam ihr vor, als habe sie die Welt die ganze Zeit durch eine schmutzige Fensterscheibe betrachtet, und nun war die Scheibe auf einmal klar.

»Mum!«, rief sie, noch ehe sie ihren Mantel abgestreift hatte. »Wo ist er?«

Netty saß am Küchentisch und schälte Kartoffeln. »Unten im Pub.«

»Gut, wir müssen reden. Ich habe eine Idee, und ich weiß, es wird dir völlig verrückt vorkommen, aber du musst dir anhören, was ich zu sagen habe.«

»Lass hören«, sagte Netty zögerlich.

»Was hieltest du von einem Neuanfang?«

»Ach, Liebes, ich kann nicht …«

»Doch, Mum, du kannst«, widersprach Ruby eindringlich

und nahm ihr das Schälmesser aus der Hand. »Eddie, der Amerikaner, hat mir einen Antrag gemacht. Wenn ich ihn überzeugen kann, dass es uns beide nur im Doppelpack gibt, dich und mich, dann können wir drüben neu anfangen.«

»Ja, sicher.« Netty lachte bitter. »Und was sollte ich wohl in Amerika machen? Die suchen da bestimmt gerade händeringend nach alten Reinmachefrauen.«

»Mum, schau mal, geputzt wird auch in Amerika. Natürlich wäre noch eine Menge zu regeln, aber wenn du mir deinen Segen gibst, werde ich seinen Antrag annehmen. Denk darüber nach, Mum. So eine Chance bekommen wir nie wieder. *Amerika! Stell dir vor!*«

»Ich kann nicht mal darüber nachdenken«, flüsterte Netty.

»Warum nicht?«, fragte Ruby gepresst, und ihre Brust wurde eng vor Enttäuschung.

»Weil ich in Erwartung bin.«

Ruby starrte ihre Mum bestürzt an.

»W-wie konntest du es dazu kommen lassen? Du bist fünfundvierzig!«

»Ich hatte in der Sache nicht viel mitzureden.«

Netty griff wieder zum Schälmesser und fuhr fort, Kartoffeln zu schälen, wie ein Automat.

»Willst du damit sagen …«

»Seit Mrs Caley bei Nacht und Nebel verschwunden ist, hat er mich immer wieder gezwungen. Wahrscheinlich hat er Angst, ich könnte sonst dasselbe tun – als sei es ansteckend, wenn eine Frau ihren Ehemann sitzen lässt. Und die Bücherei ist in seinen Augen wohl so was wie ein Sündenpfuhl.« Sie stieß ein hohles, kleines Lachen aus, dann nahm sie den Topf mit den Kartoffeln und ging zum Herd.

Sie stand mit dem Rücken zu Ruby, sodass diese ihr Gesicht nicht sehen konnte, aber ihre Worte fielen wie Steine zwischen ihnen.

»Von wegen Amerika. In ungefähr acht Monaten werde ich nicht mal mehr in der Lage sein, diese Küche zu verlassen.«

Mit einem Schlag war Rubys Traum zunichte. Eher würde sie den Atlantik auf ihrer *Titanic* aus Lolli-Stielen überqueren.

Sie ging zu ihrer Mum und legte die Arme um sie, während Netty über den Herd gebeugt heiße Tränen weinte.

»Es ist schon gut, Mum. Ich gehe nirgendwohin. Ich werde dich nie verlassen.«

In der darauffolgenden Stille fiel ihr ein Kinderreim wieder ein, den die Tunnelratten vorhin im Shelter beim Seilspringen gesungen hatten, und die Worte hallten verstörend in ihrem Kopf wider.

Lieber Gott, sag mir doch,
Wie viel Kinder krieg ich noch?
Eins, zwei, drei …

15

Dezember 1944

CLARA

In den 1970ern bewarb ich mich beim Tower Hamlets Council um eine Stellung als Bibliotheksgehilfin. Ich hatte keine passenden Schuhe, deshalb malte ich meine rosa Schuhe mit einer Dose glänzender schwarzer Farbe von Woolworth an. Das Bewerbungsgespräch war eine Katastrophe, weil die schwarze Farbe von meinen Schuhen auf den Parkettboden lief. Der Gemeindebibliothekar, der das Gespräch mit mir führte, war ein wichtigtuerischer Mann. Am Ende gerieten wir in Streit, weil er mir mitteilte, dass es keinen Sinn hätte, mir die Stelle zu geben – ich würde sie ja doch bald wieder aufgeben, um Kinder zu bekommen. Viele Jahre später war ich selbst in seiner Position. Ich holte das Bibliothekssystem ins 21. Jahrhundert herüber, indem ich die Büchereien des East End in Idea Stores umtaufte – Ideenläden. Nicht schlecht für einen Hippie mit angemalten Schuhen.

Anne Cunningham, Mitgründerin der Idea Stores und ehemalige Leiterin der Bibliotheken in den Tower Hamlets

Clara stolperte an dem armseligen Weihnachtsbaum am Fuß der Rolltreppe vorbei, eine Kiste voller Bücher in den Armen. Sie stöhnte unter der Last. Eine Kapelle der Heilsarmee versuchte tapfer, die Bewohner des Shelter zum Beginn der sechsten Kriegsweihnachten in festliche Stimmung zu versetzen.

»Clara, kann ich mal mit dir reden?« Marie wartete neben der Rolltreppe.

»Hallo, Liebes, natürlich, aber nicht jetzt. Ruby wartet draußen im Bücherbus. Wir unterhalten uns nach der Lesestunde, ja?«

Marie war sichtlich enttäuscht. »Aber ich kann heute Abend nicht in die Bücherei kommen.«

»Dann besuche ich dich nachher an deinem Schlafplatz.«

Marie kaute auf der Unterlippe.

»Kopf hoch, Spatz«, redete Clara ihr zu. »Bald ist Weihnachten!«

Sie ging weiter, in Gedanken schon wieder woanders, spürte das Ziehen in den Waden, als sie mit ihren hochhackigen Schuhen die stehende Rolltreppe hinaufstieg.

»Clara Button mit Rock und hohen Absätzen – dass ich das noch erleben darf«, neckte Ruby sie, als sie die Bücher auf den Rücksitz wuchtete und die Türen zuschlug.

»Alberne Folterinstrumente«, grummelte Clara.

»Und Lippenstift hast du auch aufgelegt«, stellte Ruby argwöhnisch fest. Sie gab Gas, und der Morris rumpelte über die Cambridge Heath Road.

»Nachher, wenn wir alle Fabriken angefahren haben, muss ich zu einem Termin bei Pinkerton-Smythe, um den ich ihn gebeten habe, und ich will ihn günstig stimmen.«

Ruby zog eine Augenbraue hoch.

»Das erzähle ich dir später. Übrigens glaube ich, wir sollten uns auf etwas gefasst machen.«

»Worauf denn?«

»Ich nenne es den Amber-Effekt.«

»Ach ja, das.«

»Dann hast du es schon durch?«

Ruby nickte. »Ich habe drei Nächte nicht geschlafen, das

Buch hat mich wirklich gepackt. Ehrlich gesagt hat es mich davon abgelenkt, was gerade zu Hause los ist.«

Clara wagte kaum nachzufragen.

»Sie ist in anderen Umständen«, erklärte Ruby düster.

»Ach, Ruby, ich weiß gar nicht, was ich sagen soll.«

»Was soll man schon dazu sagen? Ich wünschte nur, Mum hätte etwas von Ambers Chuzpe.«

»Chuzpe ist wohl das falsche Wort«, schnaubte Clara. »Sie hat während des Großen Brandes von London ihren Mann mit einer Reitpeitsche ermordet.«

»Schon, aber man muss ihr zugutehalten, dass er sie vergiften wollte.«

»Nur weil sie mit seinem Sohn geschlafen hat«, hielt Clara dagegen.

Beide schüttelten die Köpfe und lachten, während der Wagen vor der Fabrik Rego mit einem Ruck zum Stehen kam. Das Buch war wirklich außergewöhnlich, und Clara rang noch mit sich, ob es ihr nun gefiel oder nicht.

Während des Krieges hatten schon viele Bücher reißenden Absatz gefunden, von *Vom Winde verweht* bis zu *Cold Comfort Farm,* doch nun war ein neuer Titel im Rennen. Clara hätte nicht recht sagen können, warum, aber sie hatte das Gefühl, dass die Autorin, Kathleen Winsor, den vielen Millionen frustrierter und einsamer Frauen eine Stimme verliehen hatte. Eine Protagonistin, die durch Manipulation, Mord und den Einsatz ihrer weiblichen Reize die Pest und den Großen Brand im London des 17. Jahrhunderts überstand, taugte nicht unbedingt zur Sympathieträgerin, aber darum ging es vielleicht auch gar nicht. War ihre Geschichte nicht ein Spiegel dessen, was im wirklichen Leben geschah, wenn auch weitaus spektakulärer?

»Also, ich liebe an ihr, dass sie so subversiv ist«, sagte Ruby. »Es ist einfach schön zu sehen, wie eine Frau ihre weibliche

List einsetzt, um zu überleben. Außerdem«, fügte sie grinsend hinzu, während sie mit dem Ellenbogen die Tür zur Fabrik aufstieß, »wer könnte eine Hauptfigur nicht lieben, die ihre Widersacher ›törichte, wirrköpfige Tölpel‹ nennt?«

Drei Stunden später traf Clara zu ihrem Termin mit Mr Pinkerton-Smythe im Rathaus ein. Sie trug eine Warteliste für *Forever Amber* bei sich, die so lang war wie ihr Arm. Dabei hatten sie die Bücher erst vor gerade einmal sieben Tagen ausgepackt. Wie hatten in dieser kurzen Zeit bereits so viele Frauen davon erfahren, dass sie den Titel im Bestand hatte? Nun, eigentlich war das eine müßige Frage – eher hätte man die Themse mit Streichhölzern stauen können, als in Bethnal Green zu verhindern, dass eine Neuigkeit sich herumsprach.

Eine Sekretärin bedeutete ihr, zu warten. Clara schaute verlegen nach unten. Kürzlich hatte auch ihr letztes gutes Paar schwarzer Schuhe mit Absätzen den Geist aufgegeben, und sie besaß nur noch ein rotes Paar. Deshalb hatte sie gestern Abend eine Dose schwarzen Glanzlack gekauft und die Schuhe angemalt.

»Schicken Sie Mrs Button herein«, ertönte Pinkerton-Smythes Stimme über die knisternde Gegensprechanlage.

»Haben Sie etwas von Mrs Caley gehört?«, fragte er, kaum dass sie zur Tür herein war. »Ihr Mann war wieder bei mir.«

»Nein, tut mir leid.«

»Und ich hatte noch eine weitere Beschwerde.«

»Von wem?«, fragte sie müde.

»Mr Talbot. Anscheinend hat seine Frau sich in Ihrer Bücherei mit ihrem Liebhaber getroffen, und nun hat sie ihn ebenfalls verlassen.«

Clara unterdrückte einen Seufzer. Warum machte er sie persönlich für die Moral sämtlicher Frauen verantwortlich, die in ihrer Bücherei ein und aus gingen?

»Das ist bedauerlich, aber ich weiß nichts darüber.«

»Nun, ist es nicht sonderbar, wie viele Frauen auf dumme Gedanken kommen, nachdem sie angefangen haben, Ihre Bücherei zu nutzen? Wenn man solchen Leuten entzündliche Bücher gibt, führt das zu allen erdenklichen Problemen.«

Solchen Leuten?

»Ich hatte Sie bereits aufgefordert, erbaulichere Lektüre anzubieten, und nun kam mir stattdessen zu Ohren, dass die Bücherei im Besitz eines skandalösen amerikanischen Romans ist.«

»*Forever Amber?*«, fragte Clara.

»Ja, ganz recht. Haben Sie es gelesen?«, fragte er.

»Ja, ich lese jedes Buch, bevor ich entscheide, ob ich es ausleihe.«

»Und dieses erachten Sie für passend?«

Sie rutschte ein wenig auf ihrem Stuhl herum. »Nun, es steht durchaus in der Kritik, aber offen gesagt, an einem Freitagabend im Camel bekommt man Schlimmeres zu hören. Die Frauen brauchen etwas, um sich die langweiligen, trostlosen Stunden während der Verdunkelung zu vertreiben.«

»Frauen sind durch Gefühle gesteuert, nicht durch Vernunft. Das haben wir bereits bei Mrs Caley gesehen und nun bei Mr Talbots Frau. Sie tun Dinge, die sie nicht tun sollten, weil sie es nicht besser wissen.«

»Ich glaube kaum, dass die Frauen von Bethnal Green *Forever Amber* lesen werden, um sich darin Anregungen zu holen. Und die Ehemänner der meisten Frauen sind sowieso im Krieg.«

»Trotzdem, solche sittengefährdenden Bücher untergraben unsere nationale Kultur.«

»Mit Verlaub, Mr Pinkerton-Smythe, das Leben in England hat sich seit Beginn des Krieges verändert, ob Ihnen das nun gefällt oder nicht.«

Er legte die Fingerspitzen aneinander. »Schauen Sie. Ich bin viel zu beschäftigt, um mich auf Diskussionen über die englische Gesellschaft einzulassen. Weshalb sind Sie hergekommen?«

»Nun … ich habe eine Idee.«

Er warf einen Blick auf die Uhr. »Ich höre.«

»Wir brauchen dringend klassische Kinderliteratur. Inzwischen gibt es für jedes anständige Kinderbuch in unserem Bestand eine Warteliste.«

»Wir brauchen so vieles, Mrs Button. Aber wir leben im Krieg, ist Ihnen das vielleicht entgangen?«

Sie schloss die Hände locker zu Fäusten und grub die Fingernägel in ihre Handflächen.

»Das ist mir durchaus bewusst. Aber es spricht doch sicher nichts dagegen, Gesuche an Länder zu richten, die in der Lage wären, zu helfen? Ich dachte mir, mit Ihrem Einverständnis könnte ich an den kanadischen Bibliotheksverband schreiben und um Kinderbücher bitten.«

»Aber für so etwas gibt es doch die Büchersammlung?«

»Schon, aber mit Verlaub, Sir, hier in der Gegend hat niemand Bücher abzugeben. Ich habe eine Liste mit fünfzig Klassikern der Kinderliteratur erstellt.«

»Welche zum Beispiel?«

»*Alice im Wunderland, Little Women, Das Dschungelbuch.* Von der *Schatzinsel* haben wir nur noch ein einziges Exemplar, die musste also auch auf die Liste, außerdem diverse Titel von Enid Blyton …«

»Enid Blyton? Warum steht sie denn auf der Liste? Ihre Geschichten sind abscheulich stereotyp.«

»Sie zählt zu den beliebtesten Autoren in der Bücherei«, wandte Clara ein. »Eine unserer Nutzerinnen, die kleine Babs Clark, hat *Der Zauberbaum* sicher schon ein Dutzend Mal gelesen.«

»Das arme Kind«, bemerkte Pinkerton-Smythe in vernichtendem Ton. »Sollten Sie sie nicht lieber ermutigen, ein anderes Buch zu lesen?«

»Kinder, die Bücher mehrmals lesen, haben einen viel größeren Wortschatz und …« Clara brach ab, denn sie sah ihm an, dass ihn das nicht im Entferntesten interessierte. »Schauen Sie, ich kann Ihnen die Liste dalassen. Entscheidend ist, dass es Bücher sind, auf denen dauerhafte Lesegewohnheiten begründet werden –« Sie hielt inne.

Er starrte auf ihre Füße. »Was ist denn mit Ihren Schuhen los? Der Boden wird ganz schwarz, es sieht aus, als würden sie schmelzen.«

»O nein, das tut mir leid! Ich habe sie schwarz angemalt, aber es hält nicht richtig.«

»Höchst befremdlich. Hören Sie, ich habe wirklich viel zu tun. Von mir aus schreiben Sie Ihren Brief, aber Sie vergeuden nur Ihre Zeit.«

Er drückte eine Taste an seiner Sprechanlage. »Mrs Clutterbuck, bitte begleiten Sie Mrs Button nach draußen.«

Zurück in der Bücherei, brauchte Clara einen Schluck von Rubys Gin, um sich zu beruhigen.

»Dieser Mann!«, schäumte sie, zog ihre albernen, bemalten Schuhe aus und warf sie hinter den Tresen. »Er ist ein … ein …«

»Ein törichter, wirrköpfiger Tölpel?«, schlug Ruby vor.

»Lassen Sie sich nicht entmutigen«, redete Mr Pepper Clara zu. »Gehen Sie nur und schreiben Sie Ihren Brief, ich kann die Vorlesestunde für die Kinder übernehmen.«

Clara überlegte, den Stift in der Hand. Was hätte Amber St Clare, die Meisterin der Manipulation, wohl geschrieben?

Sehr geehrte Herren,

ich schreibe Ihnen aus der einzigen unterirdischen Bücherei Großbritanniens im Herzen des vom Blitz schwer betroffenen Londoner East End.
Hier in Bethnal Green stand einst das Haus, in dem Samuel Pepys während des Großen Brandes von London sein berühmtes Tagebuch in Sicherheit brachte. Nun wurden wir erneut von einem Großen Brand heimgesucht und haben einen Großteil unserer kostbaren Kinderbücher verloren.
Eine ganze Generation von Kindern wächst heran, ohne Zugang zu den großartigen Büchern der Vergangenheit zu haben. Deshalb ist dies eine dringende Bitte um Klassiker der Kinderliteratur.
Sämtliche Bücherimporte wurden eingestellt, ausgenommen sind nur mildtätige Spenden. Wenn Sie vielleicht einige der auf dieser Liste genannten Bücher erübrigen könnten, wären wir hier in Bethnal Green Ihnen wirklich dankbar.
Wir haben so vieles verloren, aber unseren Mut und unsere Hoffnung haben wir uns bewahrt. Bücher helfen uns, in einer unmenschlichen Welt menschlich zu bleiben. Würden Sie dem nicht zustimmen?

Clara hielt inne und kaute auf dem Ende ihres Füllfederhalters. Es fehlte noch etwas Schmeichelei.

Ich weiß, Kanadier sind warmherzige und aufgeklärte Menschen.
Mit verbindlichen Grüßen
Ihre Bibliothekarskollegin Clara Button

Sie dachte an den guten Tubby. Für ihn war es zu spät, aber nicht für Sparrow, Marie, Beatty und all die anderen Tunnelratten. Clara adressierte den Brief *An den leitenden Bibliothekar der öffentlichen Bibliothek in Toronto.*

»Ich gehe zur Post!«, rief sie Ruby zu.

»Warte mal kurz …« Ruby hielt eine Zeitung hoch, in die in der Mitte ein großes Loch geschnitten war. Sie schaute hindurch und verzog das Gesicht. »Die habe ich eben im Lesezimmer gefunden.«

»Wieder der Teil mit den Rennen?«

Ruby nickte.

»Und ein Artikel zum Thema *Schönheit ist die Pflicht der Frau!*«

»Ach, das darf doch nicht wahr sein. Was kann unser mysteriöser Zeitungszerschneider nur gegen dieses Thema haben? Wir müssen das Lesezimmer besser im Blick behalten.«

Ein paar Minuten später ging sie am Café vorbei. Anders als sonst sah Dot nicht auf und winkte. Sie briet gerade Leber, den Pfannenwender in einer Hand, *das Buch* in der anderen. Das Letzte, was Clara sah, ehe sie in die frostige Dezemberluft hinaustrat, war Mrs Chumbley im kleinen Büro des Shelter, und aus *Kriegsverletzungen und Knochenbrüche* schaute eine grüne Buchecke hervor.

Was hatte sie da nur auf die Frauen von Bethnal Green losgelassen?

»Es feiert die Extreme der Weiblichkeit. Amber verschiebt Grenzen, wie so viele Frauen in Kriegszeiten«, verkündete Mrs Chumbley später am Abend im Lesekreis.

»Und ich dachte, sie treibt es munter kreuz und quer durchs alte London«, bemerkte Pat. »Ich wünschte, ich wäre noch mal einundzwanzig, mit straffen Brüsten und einer

Sechsundvierzig-Zentimeter-Taille.« Die anderen Frauen brachen in schallendes Gelächter aus.

Irene seufzte. »Nachdem ich mir wieder mal den ganzen Tag Sorgen gemacht habe, ob ich meine Jungs je wiedersehe, hat mich dieses Buch« – sie drückte es an die Brust – »so glücklich gemacht wie schon lange nichts mehr.«

»Dem schließe ich mich an«, sagte Dot. »Ich bin völlig darin eingetaucht.«

Alle nickten.

»Was halten denn unsere männlichen Leser davon, Billy und Mr P?«, erkundigte sich Clara.

»Es wird Sie vielleicht überraschen, aber mir hat es gefallen«, antwortete Mr Pepper. »Geschichten aus der Vergangenheit sind die Fäden, die uns in das größere Bild einweben.«

»Sie haben recht«, pflichtete Billy ihm begeistert bei, und Clara lächelte über seinen Eifer. »Geschichten ermöglichen es uns, im Chaos dieses Krieges einen Sinn zu erkennen.«

»Fanden Sie es nicht etwas zu freizügig?«, fragte Clara nach. »Wissen Sie, in Boston wird es auf der Straße verbrannt.«

»Der Krieg hat die literarische Landschaft umgestaltet«, entgegnete Mr Pepper. »Es ist bemerkenswert, in welcher Geschwindigkeit sich das Leben der Frauen verändert. Ich denke, Ihre Kundinnen sind mehr als bereit für dieses Buch.«

»Genau! Wage es ja nicht, den Frauen von Bethnal Green ein bisschen harmlose Fantasie vorzuenthalten«, redete Ruby ihr zu.

»Ich finde, du solltest deiner Mum heimlich ein Exemplar mitbringen«, ließ Pat sich vernehmen. »Die arme Net könnte zurzeit etwas Vergnügen bestimmt gut brauchen.«

»Da sagst du was Wahres. Cla, wäre es dir recht, wenn ich ihr meins gebe?«

»Natürlich, wenn du meinst, dass sie Zeit hat, es zu lesen«, antwortete sie.

»Augenblick mal, Ruby Red Lips, wolltest du nicht eigentlich selbst ein versautes Buch schreiben?«, fragte Irene.

»Wollte ich das?«, erwiderte Ruby.

»Ja, das hast du doch gesagt, bei Rego, weißt du nicht mehr? Eins, ›in dem gevögelt wird bis zum Abwinken‹, hast du gesagt. Ich nehme dich beim Wort.«

»Ach ja, auf ein Buch von jemandem wie mir haben die Verleger bestimmt nur gewartet«, schnaubte Ruby. »Ich weiß ja nicht mal, wie ›kultiviert‹ geschrieben wird.«

»Es gibt viele Schriftsteller aus der Arbeiterklasse, Ruby«, warf Mr Pepper ein. »Nehmen Sie zum Beispiel Walter Greenwood, *Liebe geht stempeln.*«

»Ooh, dieses Buch fand ich wunderbar«, sagte Clara.

»Und wie viele dieser Schriftsteller aus der Arbeiterklasse sind Frauen, Mr P?«, fragte Ruby.

»Aber immerhin sprechen wir hier über dieses Buch, geschrieben von einer Frau über eine Frau, noch dazu eine *kühne, befreite* Frau – das zeigt doch offenbar, dass es auf diesem Gebiet Fortschritte gibt?«, konterte Clara.

»Ja, aber sie ist Amerikanerin«, hielt Ruby dagegen und griff nach ihrem Glas. »Da drüben ist es anders. Blicken wir doch den Tatsachen ins Auge: In dieser Bücherei gibt es nur einen einzigen Text über Geschlechtsverkehr, der von jemandem aus England geschrieben wurde, nämlich *Empfängnisverhütung für die verheiratete Frau.*« Sie trank einen Schluck und lachte bitter. »Und das stammt wahrscheinlich von einem Mann. Ich bin keine Schriftstellerin, ich bin nur eine Bibliotheksgehilfin.«

»Sag nicht, *nur* eine Bibliotheksgehilfin«, protestierte Clara, die wünschte, Ruby würde endlich ihr eigenes Potenzial erkennen. »Ohne dich könnte ich diese Bücherei nicht am Laufen halten.«

»Danke, Cla.« Ruby lächelte traurig. »Also, Irene, welche

Stelle gefällt dir denn am besten? Du hast da doch nicht ohne Grund ein Lesezeichen stecken, du verdorbenes Stück.«

»Das sagt die Richtige«, erwiderte Irene lachend und schlug das Buch auf, das an der Stelle schon von selbst aufklappte. »Hört euch das an.« Irene las eine beeindruckend detaillierte Beschreibung der körperlichen Merkmale des von Amber verführten dunkelhaarigen Mannes.

Dann schaute sie von dem Buch auf und fächelte sich scherzhaft Luft zu. »Lieber Gott, wenn du das hörst, bitte lass Bruce Carlton in mein Leben treten.«

»Hallo«, sagte eine tiefe Stimme mit melodischem Akzent.

Alle zuckten zusammen und schauten zur Tür, wo ein hochgewachsener Mann mit dunkler Lockenpracht und durchdringenden grünen Augen stand. Er wirkte nervös.

»Lieber Himmel, Irene«, murmelte Pat, »du scheinst einen direkten Draht nach da oben zu haben.«

»Hallo. Ich bin Clara, die leitende Bibliothekarin«, sagte Clara und sprang auf.

»Ähm, ich bin Roger, tut mir leid, wenn ich Ihre Zusammenkunft störe.«

»Willkommen, M'Lord«, schnurrte Ruby, »ich wüsste von einem Weibe, dem der Sinn danach steht, bei Euch zu liegen.«

Pat fiel vor Lachen fast vom Stuhl.

»Achten Sie nicht auf sie«, sagte Clara. »Was kann ich denn für Sie tun?«

»Sie sind doch der Mann, der mit einem Ruderboot von Jersey geflohen ist, stimmt's?«, fragte Dot.

»Ganz recht. Ich habe eben im Theater einen Vortrag gehalten. Jemand riet mir, in die Bücherei zu kommen, ich versuche nämlich, etwas über eine Familie herauszufinden, mit der ich auf Jersey bekannt war.«

»Kommen Sie herein«, forderte Clara ihn auf. »Wir werden Ihnen gern weiterhelfen, wenn wir können.«

»Bitte gestatten Sie, dass ich Ihnen die Hand schüttle«, sagte Mr Pepper. »Aus einem von Nazis besetzten Gebiet zu entkommen, ist eine wahrhaft kühne Tat.«

Sie schüttelten sich die Hände, und Roger zuckte die Achseln.

»Ich weiß nicht. Ich denke, es war mehr den günstigen Strömungen zu verdanken als meinem Mut. Aber hören Sie, ich frage mich, ob Sie mir vielleicht helfen können, zwei Mädchen ausfindig zu machen. Sie heißen Marie und Beatty Kolsky.«

»Marie und Beatty!«, rief Ruby laut. Clara hingegen bekam vor Verblüffung kein Wort heraus.

»Ach, Sie kennen sie also«, stellte er fest. »Welch glücklicher Zufall. Ich nahm an, dass sie in einem Kinderheim sind.«

Mrs Chumbley beugte sich vor. »Wie kommen Sie darauf?«

»Nun, nach dem Tod ihrer Mutter …«, erwiderte er sichtlich verwirrt.

»Augenblick mal!«, schaltete sich Ruby ein. »Ihre Mutter ist tot?«

»Aber ja«, bestätigte Roger. »Wir erfuhren durch das Rote Kreuz, dass sie in der ersten Woche des Blitz getötet wurde. Und in Anbetracht des Alters der Mädchen gingen wir davon aus, dass sie von der Fürsorge in Obhut genommen wurden.«

»Ihres Alters?«, wiederholte Clara, die sich ein wenig gesammelt hatte.

»Ja. Marie ist acht, und Beatty muss jetzt, lassen Sie mich nachdenken, zwölf sein.«

Clara schloss die Augen und versuchte, ihre Gedanken zu ordnen.

»Ich wusste, dass etwas nicht stimmt«, stieß Ruby hervor.

Sie war vor Schreck ganz bleich geworden. »Ich wusste, dass Beatty etwas zu verbergen hat!«

»S-sie *wussten* also, dass ihre Mutter tot ist?«, fragte Roger nach.

»Nein«, erwiderte Clara. »Nein, Beatty hat uns erzählt, dass ihre Mutter nachts arbeitet. Sie sagte, sie sei sechzehn. Sie hat eine Stellung in einer Fabrik hier in der Gegend.«

»Aber Beatty ist doch noch ein Kind! Wie konnten Sie das denn nicht sehen?«

»In den Monaten nach der Bombardierung herrschte hier Chaos«, verteidigte Ruby sich. »Da kann jemand leicht ein Geheimnis verbergen, wenn er entschlossen genug ist.«

»Natürlich, ich muss mich entschuldigen«, sagte Roger.

»Nein, der Fehler liegt definitiv bei mir«, erklärte Mrs Chumbley, die bis jetzt in erschüttertem Schweigen dagesessen hatte. »Die Bewohner des Shelter fallen in meine Verantwortung. Ich habe versagt. Morgen werde ich die zuständigen Behörden informieren und anschließend meine Kündigung einreichen. Ich habe ein schweres Versäumnis begangen und meine Fürsorgepflicht vernachlässigt.«

Plötzlich riefen alle durcheinander.

»Hören Sie, für Schuldzuweisungen ist später noch Zeit«, sagte Clara. »Auch ich habe mir einiges vorzuwerfen. Wir hatten schon unsere Zweifel bezüglich der Mutter.«

»Lieber Gott«, hauchte Ruby. »Ich dachte, sie ist nachts nicht hier, weil sie auf den Strich geht.«

»Aber ich verstehe das nicht«, warf Queenie ein. »Warum haben die Mädchen solchen Aufwand getrieben, um die Wahrheit geheim zu halten?«

»Wie ich Beatty kenne, würde sie alles tun, um zu verhindern, dass sie und ihre Schwester in Obhut genommen und voneinander getrennt werden«, sagte Ruby. Dann fiel ihr etwas anderes ein. »Was ist eigentlich mit dem Vater? Beatty hat ihm jede Woche Briefe geschrieben. Gibt es Nachricht von ihm?«

Rogers Augen verdüsterten sich.

»Ich fürchte, die States of Jersey werden sich für vieles zu verantworten haben, was den Umgang mit der jüdischen Bevölkerung betrifft«, sagte er bitter. »Die meisten jüdischen Bewohner der Kanalinseln sind vor der Invasion nach England gegangen. Die Verbliebenen fanden sich Gesetzen unterworfen, die auf Verlangen der Deutschen eingeführt wurden. Der Leiter der Ausländerbehörde hat dem Kommandanten eine Liste sämtlicher jüdischer Personen auf der Insel übergeben. Diejenigen, die nicht untergetaucht waren, wurden aufs Festland deportiert. Es ist fraglich, ob man sie jemals wiedersehen wird. Es gibt Gerüchte …«

»Gerüchte?«, wiederholte Ruby fragend.

»Die Kanalinsel, die dem nördlichen Zipfel Frankreichs am nächsten ist, heißt Alderney. Dort gibt es ein Arbeitslager, in dem russische und ukrainische Kriegsgefangene interniert wurden, französische Juden, spanische Republikaner und andere.« Er senkte die Stimme. »Auf Jersey haben wir Geschichten über Gräueltaten auf dieser Insel gehört, aber niemand hat gesicherte Informationen. Noch nicht.«

Gedrücktes Schweigen senkte sich über die Gruppe.

»Der Vater von Beatty und Marie wurde seit 1942 nicht mehr gesehen. Im günstigsten Fall ist er untergetaucht.« Er schüttelte den Kopf. »Ich habe mit eigenen Augen gesehen, wie brutal die Deutschen ihre russischen Kriegsgefangenen behandeln. Sie betrachten diese Leute ebenso wie die Juden als *Untermenschen.*«

»Dort, wo man Bücher verbrennt, verbrennt man auch am Ende Menschen«, murmelte Mr Pepper. »Das hat der Dichter Heinrich Heine vor vielen Jahren gesagt.«

Billys Gesicht veränderte sich schlagartig, seine sonst so sanften Züge wichen einem Ausdruck puren Hasses.

Doch Clara hatte keine Zeit, sich darüber Gedanken zu machen, denn plötzlich blitzte in ihr eine Erinnerung auf.

Ich kann heute Abend nicht in die Bücherei kommen.

»Marie wollte heute Morgen mit mir reden. Aber ich hatte keine Zeit. Hat irgendjemand die beiden heute schon gesehen?«

»Zur Lesestunde sind sie nicht erschienen«, sagte Mr Pepper.

»Wussten sie denn, dass ich in den Shelter komme?«, fragte Roger.

»Ja, das wurde überall angekündigt«, erwiderte Ruby.

»Dann sind sie verschwunden!«, rief Clara.

Sofort waren alle auf den Beinen und drängten zur Tür. Dabei fielen mehrere Exemplare von *Forever Amber* unbeachtet zu Boden.

»Wenn wir alle zusammen zu den Schlafplätzen stürmen, werden wir die Mädchen nur erschrecken, falls sie doch dort sind«, gab Billy zu bedenken. »Clara und Ruby, ihr solltet gehen.«

Als die beiden den Schlafplatz der Kolsky-Schwestern erreichten, fanden sie ihre schlimmsten Befürchtungen bestätigt. Das Bettzeug war verschwunden.

»Nein!«, rief Clara und klammerte sich an das metallene Bettgestell.

Alles, was geblieben war, waren die Leseausweise der beiden, die ordentlich nebeneinander auf dem Bett lagen.

16

RUBY

Bibliotheksmitarbeiter haben direkt mit Menschen zu tun. Zu mir sind viele Leute gekommen, um mir von ihren Problemen zu erzählen. Wir sind ein wenig wie Berater oder Therapeutinnen.

Michèle Jewell, ehemalige Bibliotheksassistentin aus Kent

Zwei Wochen später fehlte von den vermissten Kolsky-Schwestern noch immer jede Spur.

Es war der kälteste Winter, seit Ruby denken konnte, doch das Ende des Krieges war so nah, dass es geradezu mit Händen zu greifen war. Die Regeln für die Verdunkelung waren gelockert worden, sodass schwacher Lichtschein aus den Häusern durch den Nebel drang. Bis Weihnachten waren es nur noch ein paar Tage. Die Bewohner des Shelter versammelten sich jeden Abend um den Baum am Fuß der Rolltreppe und sangen bei Kerzenschein Weihnachtslieder. Die Hoffnung war noch zart und zerbrechlich, doch sie verband alle miteinander, umfing sie wie eine weiche Decke.

Währenddessen hatte trotz der bitteren Kälte – oder vielleicht gerade deswegen – das *Amber*-Fieber um sich gegriffen wie ein Lauffeuer.

Gerüchte über »das schmutzige Buch« liefen durch den Shelter. Fabrikmädchen hockten zusammengedrängt in Treppenhäusern und lasen sich gegenseitig Passagen laut vor, Hausfrauen vernachlässigten das Putzen, Sekretärinnen hatten das Buch in der Schreibtischschublade liegen, um zwischendurch heimlich hineinzuschauen. Sogar Rubys Mutter, die immer behauptete, dass sie »mit Büchern nicht viel anfangen« könne, hatte begonnen, darin zu lesen, wenn Victor aus dem Haus war.

»Was ist das nur mit diesem Buch, Cla?«, überlegte Ruby laut, während sie Belle Schaffer aus Bett 854 auf die Warteliste setzte.

»Cla?« Ruby berührte sie am Arm. Clara, die gerade zurückgegebene Bücher eingeräumt hatte, zuckte zusammen.

»Tut mir leid«, seufzte sie und unterbrach ihre Arbeit. »Ich kann einfach nicht aufhören, an die Mädchen zu denken. Sie sind in Gefahr, schließlich schlagen noch immer Raketen ein, und dieser Vergewaltiger wurde bis heute nicht gefasst!« Sie schauderte. »Ich mag gar nicht daran denken. Jetzt, da wir über ihre Mutter Bescheid wissen, fühle ich mich irgendwie verantwortlich für die beiden.«

»Sie werden wieder auftauchen, Cla«, redete Ruby ihr gut zu.

»Wie kannst du da so sicher sein?«

»Billy und seine Leute halten nach ihnen Ausschau. Der *East London Advertiser* hat auf der Titelseite einen Artikel über sie gebracht. Sogar die Tunnelratten haben Suchtrupps organisiert.«

Ruby schaute sich in der Bücherei um. Es war ein Samstag kurz vor Ende der Öffnungszeit. Abgesehen von ein paar Trödlern und einem sonderbar aussehenden Kerl, der sich im Lesezimmer über die *Daily Mail* beugte, war alles ruhig.

»Im Theater gibt es heute Abend eine Weihnachtsfeier für die Kinder des Shelter, bestimmt nehmen alle daran teil«, sagte sie. »Wie wäre es, wenn du nach Hause gehst und dich etwas ausruhst? Ich kann hier den Rest übernehmen.«

»Danke. Billy hat in einer Stunde Schichtende, und er will

sich danach noch mal auf die Suche machen. Ein Cafébetreiber drüben in Mile End hat ihm erzählt, dass an den meisten Tagen morgens zwei Mädchen hereinkommen, die der Beschreibung nach Beatty und Marie sein könnten. Ich möchte gern dabei sein. Nur für alle Fälle.«

»Ließe es sich eventuell einrichten, dass man hier mal bedient wird?«, unterbrach sie eine Stimme.

»Entschuldigung«, sagte Ruby. »Was kann ich denn für Sie tun?«

»Ich kann Bücher nicht ausstehen«, verkündete der Mann, der eben an den Tresen getreten war, unwirsch und nahm seine Melone ab. »Das heißt, hauptsächlich Romane.«

»Nun, wir haben auch einen ansehnlichen Bestand an Sachliteratur«, sagte Clara.

»Ich bezweifle, dass Sie irgendetwas haben, das meinen Ansprüchen genügt. Ich nehme einfach die *Times* und setze mich ins Lesezimmer.«

»Wie Sie wünschen«, erwiderte Ruby. Sie schaute dem Mann nach, als er ins Lesezimmer hinüberging.

»Schräger Vogel«, flüsterte sie Clara zu. »Aber jetzt geh schon.«

Um sieben entschied Ruby, vorzeitig zu schließen. Nach dem Lärm aus dem Theater nebenan zu urteilen, kam bei der Weihnachtsfeier für die Kinder gerade Stimmung auf.

Sie ging hinüber ins Lesezimmer, um die Schließung anzukündigen, und blieb wie angewurzelt stehen. Der schroffe Herr von vorhin war noch immer hinten in einer Ecke in seine *Times* vertieft, aber der andere Mann war mit etwas gänzlich anderem beschäftigt.

Er tat, als läse er Zeitung, doch seine beiden Hände waren unter dem Tisch, und der rechte Arm bewegte sich heftig auf und ab.

»Unfassbar«, murmelte Ruby. Ruhig ging sie wieder an

den Tresen, schaute sich nach einem dicken Buch mit solidem Einband um und kehrte damit ins Lesezimmer zurück.

»Wenn Sie noch fester rangehen, bricht er ab.« Der Mann sah auf, und es schien ihm überhaupt nicht peinlich zu sein, dass er beim Masturbieren ertappt worden war. Gelassen lehnte er sich auf seinem Stuhl zurück und schlug seinen Mantel auseinander. Er grinste in Erwartung einer schockierten Reaktion, doch stattdessen …

»Ich habe schon größere gesehen«, kommentierte Ruby, dann hob sie *Forever Amber* hoch in die Luft und ließ das Buch mit Wucht auf seine Männlichkeit niedersausen. Der Mann rutschte vom Stuhl und krümmte sich mit schmerzverzerrtem Gesicht auf dem Boden des Lesezimmers. Ruby packte ihn am Kragen. Glücklicherweise war er in keiner Hinsicht ein großer Mann, und so konnte sie ihn aus der Bücherei schleifen.

Mrs Chumbley begleitete gerade den Weihnachtsmann, der die Kinder überraschen sollte, zum Theater, als Ruby den unliebsamen Besucher auf den Bahnsteig hinausbugsierte.

»Mrs Chumbley, Sie kommen wie gerufen«, keuchte sie. »Würden Sie mir helfen, diesen Kerl aus dem Shelter zu werfen? Ich habe ihn in der Bücherei dabei erwischt, wie er an sich rumspielte.«

»Welch ein Ärgernis«, gab die stellvertretende Leiterin zurück und schob rasch den Weihnachtsmann ins Theater.

Anschließend krempelte sie die Ärmel hoch und schritt zur Tat. Es war wirklich ein Jammer, dass die Knie des Mannes auf dem Weg nach oben gegen so viele Stufen der Rolltreppe prallten, und unglücklicherweise ergab es sich so, dass er draußen vor der Bahnstation mit dem Gesicht in einer Pfütze landete.

»So ein Mit-Glied braucht die Bücherei wirklich nicht«, bemerkte Ruby verächtlich, ehe sie und Mrs Chumbley lachend die Treppen zur Station wieder hinunterliefen.

»Darauf sollten wir uns einen Schluck genehmigen, finden Sie nicht auch, Mrs C?«, fragte Ruby, als sie zurück in die Bücherei kamen.

»Womit haben Sie eigentlich zugeschlagen?«, erkundigte sich Mrs Chumbley, während Ruby ihnen beiden einen Schuss Branntwein eingoss.

»Forever Amber.«

Wieder brachen sie in Gelächter aus. Mrs Chumbley lachte sogar so heftig, dass sie sich setzen musste. Sie wischte sich mit dem Ärmel die Tränen ab.

»Augenblick mal.« Ruby stutzte und schaute sich um. »Das Buch lag doch hier.« Sie zeigte auf den Tresen, wo sie den Wälzer abgelegt hatte, bevor sie den Mann aus der Bücherei befördert hatte.

»Genau hier.« Sie eilte ins Lesezimmer hinüber, weil sie dachte, in dem Chaos hätte sie das Buch vielleicht doch dort zurückgelassen. Aber es war verschwunden – und der Herr mit der Melone ebenfalls.

»O Gott. Clara wird ausflippen. Es wurde gestohlen.«

»Keine Panik, meine Liebe, das ist nicht das Ende der Welt«, redete Mrs Chumbley ihr beschwichtigend zu. Ihre Stimme ging fast in dem anschwellenden Lärm unter, der aus dem Theater nebenan herüberdrang.

Aber Ruby empfand einen irrationalen Ärger. Im Laufe des Krieges waren bemerkenswert wenige Bücher gestohlen worden, und ihr gefiel die Vorstellung, dass das ein Zeichen dafür war, wie hoch sie im Shelter geachtet wurden.

»Es muss dieser sonderbare Kerl gewesen sein, der hier noch Zeitung las, als ich ging«, überlegte Ruby laut.

»Sollen wir nach ihm suchen?«, schlug Mrs Chumbley vor.

»Hat keinen Sinn, inzwischen ist er sicher längst über alle Berge«, erwiderte Ruby seufzend. Da regte sich etwas am Eingang, und beide fuhren herum.

»Netty!«, rief Mrs Chumbley aus.

»Mum!«, krächzte Ruby gleichzeitig.

An der Tür zur Bibliothek stand, nur mit einem Nachthemd bekleidet, Rubys Mutter. Ihre spindeldürren Arme und das Dekolleté waren mit Blutergüssen übersät.

Mrs Chumbley zog rasch ihren Uniformmantel aus und legte ihn Netty um die Schultern. »Schnell herein mit Ihnen, meine Liebe, Sie holen sich ja noch den Tod.«

Netty schien den Mantel gar nicht wahrzunehmen, sie zitterte heftig.

»Gießen Sie Ihrer Mum einen Branntwein ein«, befahl Mrs Chumbley.

Ruby erwachte aus ihrer Erstarrung und tat, wie ihr geheißen. Sie hielt ihrer Mum das Glas an den Mund.

»Diesmal ist der Hurensohn zu weit gegangen«, schäumte Ruby. Ihre Mutter war so geschunden, dass sie gar nicht wusste, wo sie mit dem Verarzten anfangen sollte.

»Ich hole den Erste-Hilfe-Kasten aus meinem Büro«, sagte Mrs Chumbley. »Ich beeile mich.«

Da begann Netty zu sprechen, die Worte strömten nur so aus ihr heraus. »E-er hat mich ertappt, wie ich *Forever Amber* gelesen habe. Ich dachte, er würde den Abend über wegbleiben, aber er ist nach Hause gekommen.« Ihre Stimme war so leise, dass sie fast im Lärm der Weihnachtsfeier unterging und Ruby Mühe hatte, sie zu verstehen.

»Er sagte, ich hätte eine Tracht Prügel verdient, die ich nie vergessen würde …« Sie starrte durch Ruby hindurch auf ein unbekanntes Grauen, das nur sie sehen konnte. »Er hatte so viel getrunken, dass er völlig von Sinnen war … Er hat mich getreten, immer und immer wieder. Hat gesagt, ich bin der

Teufel …« Sie griff nach Rubys Hand. »Ich dachte, er bringt das Baby um.«

Ruby war von ohnmächtiger Wut erfüllt. Dieser gewalttätige Kerl kannte einfach keine Grenzen.

»Ich habe gewartet, bis er die Besinnung verlor, und dann bin ich weggelaufen. Ich konnte an nichts anderes denken, als da rauszukommen.« Sie starrte ihre Tochter verstört an. »Ich habe ihn verlassen. Ich habe es endlich getan. Ich habe schon ein Kind verloren«, flüsterte sie, und beide dachten an Bella. »Ich will nicht noch eins verlieren. O Gott! Was passiert, wenn er aufwacht und merkt, dass ich weg bin? Dann ist die Hölle los.«

Ruby überkam eine kalte Angst. Und wo würde er dann als Erstes suchen?

Sie warf einen Blick zur Tür und fuhr erschrocken zusammen. Mrs Chumbley war zurück, aber ohne den Erste-Hilfe-Kasten.

»Er kommt! Ich habe ihn oben an der Rolltreppe gesehen.«

Netty sackte in sich zusammen, sodass Ruby sie stützen musste. »Er bringt mich um.«

Ruby hatte das Gefühl, ihr Herz müsse vor Angst zerspringen.

»Die Schlüssel!«, schrie Mrs Chumbley. »Ruby, holen Sie die Schlüssel und sperren Sie die Bücherei zu.«

Rubys Gedanken wurden zu Brei. Wo hatte sie nur die Schlüssel?

»Vergessen Sie es, dazu ist keine Zeit mehr«, entschied Mrs Chumbley. »Er wird jeden Moment hier sein. Und nach seinem Gesicht zu urteilen, wäre er fähig, die Tür einzutreten.«

»Was sollen wir tun?«, fragte Ruby verzweifelt. »Der Belüftungsschacht im Tunnel – können wir Mum vielleicht dort rausbringen?«

»Keine Zeit. Helfen Sie mir, den Tisch an die Tür zu schieben«, befahl Mrs Chumbley und lief bereits ins Lesezimmer. »Wir verbarrikadieren uns.«

Gemeinsam wuchteten sie einen langen Tisch quer durch die Bücherei. Gleichzeitig begann Mrs Chumbley laut zu rufen.

»Hilfe! Hilfe! Wir brauchen Hilfe in der Bücherei!«

Doch selbst ihre dröhnende Stimme ging im aufgeregten Geschrei von nebenan unter, wo das Puppentheater mit Punch und Judy soeben seinen Höhepunkt erreichte.

»Mum, versteck dich hinter dem Tresen«, befahl Ruby, während sie den Tisch fest gegen die Tür schoben.

Netty stand nur da, vor Schreck wie versteinert.

»Um Himmels willen, Mum, du musst dich verstecken!«

Ruby zerrte ihre Mutter hinter den Tresen.

Wie in Trance ging sie anschließend neben Mrs Chumbley hinter dem Tisch in Stellung.

Die Tür der Bücherei erzitterte, als Victor mit dem Fuß dagegentrat.

»Psst«, flüsterte Mrs Chumbley und legte einen Finger an die Lippen. »Keiner rührt sich.«

»Wo ist sie?«, fragte Victor lallend. »Sie ist der Teufel! Ich bring sie um!«

Ein lauter Krach ertönte. Die Tür bestand nur aus billigem Sperrholz und konnte dem wütenden Victor nicht lange standhalten.

Rumms! Rumms! Rumms! Sein schwerer Stiefel bearbeitete die Tür immer wieder, bis Ruby schon die Fußspitze sehen konnte.

»O Gott«, wimmerte sie.

»Halten Sie dagegen!«, befahl Mrs Chumbley und stemmte sich gegen den Tisch.

Mit einer gewaltigen Kraftanstrengung brach Victor die

Tür auf und stieß dabei den Tisch zurück, sodass Ruby zu Boden geschleudert wurde.

»Wo ist sie?«, brüllte er und torkelte wild mit den Armen fuchtelnd herein.

Ruby versuchte sich aufzurappeln, da prasselten auch schon Bücher auf sie herab, die Victor mit dem Arm von den Regalen fegte. In seiner Wut wirkte er riesenhaft.

»Ich dulde nicht, dass meine Frau Bücher liest, hörst du!«, brüllte er, und Speichel sprühte aus seinem Mund. »Ihr seid eine verfluchte, hinterhältige Bande, allesamt. Ihr setzt den Weibern Flausen in den Kopf.«

»Victor, Sie müssen sich beruhigen«, redete Mrs Chumbley ihm zu.

Doch er beachtete sie gar nicht, sondern zerrte Ruby vom Boden hoch und stieß sie gegen ein Bücherregal.

»Wo ist sie?«

Ruby gab sich alle Mühe, sich ihre rasende Angst nicht anmerken zu lassen, aber ihre Kehle war wie zugeschnürt.

»Sie ist nicht hier«, brachte sie heraus und sah ihm gerade in die Augen. »Und selbst wenn ich wüsste, wo sie ist, würde ich es dir nicht sagen.«

»Lügnerin!«

Seine Finger umfassten jetzt ihren Kehlkopf, quetschten das Fleisch an ihrem Hals, als wolle er so die Wahrheit aus ihr herauspressen.

»Sag es mir, oder ich bring dich um.«

Sein Gesicht war vor Wut und Paranoia verzerrt, und Ruby erkannte, wie krank dieser Mann war. Er versetzte ihr eine heftige Ohrfeige.

Ihr Kopf schlug gegen das Bücherregal. Undeutliche Formen schwebten am Rand ihres Gesichtsfeldes. Sie schaute an Victor vorbei und sah, dass ihre Mutter hinter dem Tresen hervorkam.

»Ich bin hier, Victor.«

Ruby wollte etwas sagen, ihre Mutter aufhalten, doch ihr blieb die Luft weg.

Und dann wurde sie aus der Bücherei geschleudert.

Sie prallte mit dem Rücken gegen die gekachelte Tunnelwand, genau unter dem rot-blauen Zeichen mit dem Namen der Station, Bethnal Green, und sackte auf dem Bahnsteig zusammen. Schmerz explodierte hinter ihren Augen.

17

CLARA

Als ich ein Kind war, standen in unserer Wäscherei in Peckham, South London, an der Wand lange Regale voller Taschenbücher für die Kundschaft. Man konnte Bücher spenden und kostenlos ausleihen. Alle waren so ehrlich und gaben die Bücher stets gewissenhaft zurück, damit noch andere Freude daran hatten. Die Lady, der die Wäscherei gehörte, begrüßte uns immer, unterhielt sich mit uns über die Bücher und gab Empfehlungen von anderen Kunden weiter, während sie die Wäschesäcke annahm. Es war alles so zwanglos und nett und kam uns damals völlig normal vor. Eigentlich ganz lustig, wenn man bedenkt, dass es doch gar nichts mit Wäsche zu tun hatte. Die kleine Bücherei in der Wäscherei von Peckham hat in mir eine Liebe zum Lesen geweckt, die mich mein Leben lang begleitet hat.

Ida Brown aus dem London Borough of Bexley

Sie waren schon am Fuß der Rolltreppe angekommen, als Billy nach Claras Hand griff.

»Überlassen wir doch bitte die Bücherei einmal sich selbst. Nur für diesen einen Abend, Clara. Du siehst furchtbar aus.«

»Oh, danke«, erwiderte sie mit einem schwachen Lächeln.

»Du weißt, wie ich das meine. Es war ein langer Weg zu Fuß nach Mile End und wieder zurück. Wie wäre es, wenn ich dich ins Salmon and Ball ausführe und dir einen steifen Drink spendiere? Ruby kann doch abschließen, oder nicht?«

Clara schaute zu der Gruppe, die um den Weihnachtsbaum versammelt war, die Gesichter in den Schein der Kerzen getaucht, die sie in den Händen hielten. »Stille Nacht« tönte ihr entgegen, und plötzlich fühlte sie sich sehr erschöpft.

»Das klingt in der Tat verlockend. Aber gibst du mir fünf Minuten? Ich habe vorhin versehentlich Rubys Schlüsselbund eingesteckt und muss ihn ihr schnell bringen.«

Billy drückte ihr einen Kuss auf den Kopf. »Also gut, aber lass uns nicht zu lange da bleiben. Wir brauchen den Rest des Abends zum Feiern … hoffentlich.«

»Feiern? Was denn?«

Aber Billy überhörte die Frage. Er ließ sich auf ein Knie sinken.

»Billy«, murmelte sie und schaute sich nervös nach dem weihnachtlichen Chor um. »Was tust du?«

»Was ich schon vor Monaten hätte tun sollen«, erwiderte er und nahm ihre Hand. »Clara, willst du mich heiraten? Ich kann nicht warten, bis der Krieg zu Ende ist. Ich will keine Minute mehr verlieren.«

Die Sänger verstummten, drehten sich um und verfolgten die Szene erwartungsvoll lächelnd.

»A-aber warum jetzt?«

»Weil ich will, dass die Mädchen, wenn wir sie finden, ein richtiges Zuhause bekommen, eine Familie. Sofern es das ist, was sie wollen. Und du und ich zusammen als Mann und Frau könnten ihnen das bieten.« Er lächelte. »Und außerdem bin ich unsterblich in dich verliebt.«

»I-ich weiß gar nicht, was ich sagen soll!«

»Wie wär's mit Ja?«, schlug eine Frau aus der Kapelle der Heilsarmee vor.

Clara schaute von den Gesichtern der schweigenden Truppe wieder zu Billy. Was ihr entgegenblickte, war die reinste

Liebe, die sie je gesehen hatte. Seit dem Tod ihres Mannes hatte sich alles nur noch um die Bücherei gedreht, doch sie konnte ihr Herz nicht für immer zu einem Mausoleum machen.

Billys Liebe lehrte sie, dass das Leben reich war und groß und voller Möglichkeiten, sogar in Kriegszeiten. Die einfachen Freuden des Daseins, die ihre Trauer vorübergehend ausgelöscht hatte. Mit ihm zusammen zu sein, fühlte sich an, als ob sie Türen in ihrer Bücherei entdeckte, die sie bisher nie bemerkt hatte.

»Das würdest du tun? Wenn wir die Mädchen finden, dann würdest du mir helfen, für sie zu sorgen?«

»Ich würde *alles* tun, was du möchtest, Clara.«

»Auch wenn sie vielleicht nie nach Jersey zurückkehren und für immer bei uns bleiben?«

»Für immer.«

»Dann ist meine Antwort Ja.« Sie fing an zu lachen und zu zittern, beides gleichzeitig. »Ja, Billy Clark, ich will dich heiraten.«

Billy sprang auf, schloss sie in die Arme und wirbelte sie herum.

»Billy!«, rief sie und hielt ihren Hut fest. Die Leute brachen in Jubel und Beifall aus. Eine elektrisierte Stimmung erfasste die ganze Station, man drängte sich um sie, um Billy kräftig die Hand zu schütteln und Clara auf die Wange zu küssen.

Erst zehn Minuten später gelang es den beiden, sich loszumachen, und die Kapelle stimmte ihnen zu Ehren »O Holy Night« an.

Während sie schweigend dem Gesang lauschten, genoss Clara das wohlige Gefühl der Geborgenheit in Billys Armen. Sie konnte selbst noch nicht ganz glauben, dass sie diesen Neuanfang wagte. Die Mädchen wurden noch immer vermisst, die Bücherei war nach wie vor in Gefahr, das ganze Leben war prekär – aber die Hoffnung hatte sich in ihrem Herzen eingenistet.

»Wollen wir jetzt etwas trinken gehen?«, flüsterte er.

»Ja, sobald ich Ruby die Schlüssel gebracht habe. Außerdem soll sie es als Erste erfahren.«

Er lachte. »Mir scheint, ich muss mich daran gewöhnen, Ja zu sagen, wenn wir erst mal verheiratet sind.«

»Gut erkannt«, erwiderte sie grinsend, dann kam ihr plötzlich ein beunruhigender Gedanke.

»Erwartest du von mir, dass ich meine Arbeit in der Bücherei aufgebe, wenn –«

Er brachte sie zum Schweigen, indem er ihr sanft einen Finger an die Lippen legte.

»Clara. Ich würde nie, *niemals* von dir verlangen, dass du dich zwischen mir und deiner Arbeit in der Bücherei entscheidest. Sie gehört zu dir.«

Erleichterung durchströmte sie.

»Komm mit.« Sie zog ihn an der Hand in Richtung Bücherei.

Plötzlich hörten sie einen schrillen Schrei, der irgendwo tief aus dem westlichen Tunnel kam.

»Klingt, als ob Santa im Theater für Begeisterungsstürme sorgt«, bemerkte Billy.

Sie wandten sich nach links. Während sie über den Bahnsteig eilten, wurde das Geschrei lauter, es hallte von den Tunnelwänden wider.

»Das kommt nicht aus dem Theater«, stellte Clara beunruhigt fest. »Es kommt von der Bücherei.«

»Ist das Ruby?«, fragte Billy, der sich anstrengte, im trüben Licht etwas zu erkennen. Am hintersten Ende des Bahnsteigs, wo sich der Eingang zur Bücherei befand, standen zwei Gestalten, die schreiend gegen die Tür hämmerten.

»O mein Gott, es ist Ruby!«, rief Clara aus. »Was ist passiert?«

Billy ließ ihre Hand los und begann zu rennen, ließ Clara mit seinen langen Beinen schnell hinter sich. Als sie ihn einholte, war ihr noch immer nicht klar, was eigentlich los war.

»Rubes! Was geht hier vor sich?«

»Victor ist da drin, ganz außer sich vor Wut!«, rief Mrs Chumbley. »Er ist eingebrochen und hat mich und Ruby rausgeworfen, jetzt ist er mit Netty allein.«

»Rufen Sie die Polizei, Mrs Chumbley, schnell«, befahl Billy.

»Dazu ist keine Zeit, sehen Sie das denn nicht?« Ruby drehte sich in hilflosem Entsetzen zu ihnen um. »Er wird sie töten!«

Drinnen ertönte ein dumpfes Poltern, dann ein erstickter Schrei.

Ruby packte Billy am Arm.

»Sie müssen etwas tun. Er hat die Tür mit einem Tisch verbarrikadiert.«

Aus der Bücherei drang ein Laut, der so grauenhaft war, dass er nicht mehr menschlich wirkte, etwas zwischen einem Schluchzen und einem Schrei.

»Er bringt sie um!«, kreischte Ruby und hielt sich die Ohren zu. »O Gott, er bringt sie um!« Billy wurde ganz weiß im Gesicht. Er wandte sich ab und rannte los.

»Billy, halt, warten Sie!«, rief Mrs Chumbley ihm nach.

Clara starrte ihm ungläubig hinterher.

»Dann liegt es wohl bei uns«, stellte Mrs Chumbley fest. Sie trat gegen die Tür, einmal, zweimal. »Kommen Sie!«, drängte sie.

Gemeinsam traten Ruby, Clara und Mrs Chumbley immer wieder zu, aber was auch immer die Tür von innen verschlossen hielt, ließ sich auch mit vereinten Kräften nicht von der Stelle bewegen.

»Hört mal«, sagte Ruby. Alle hielten inne. In der bedrohlichen Stille war nur noch ihr angestrengter Atem zu hören. Dann begann Ruby sich gegen die Tür zu werfen, wieder und wieder, rasend vor Wut. Clara schloss die Augen, um das Grauen, die Hilflosigkeit in dieser Situation auszublenden.

Als sie die Augen wieder öffnete, war Billy zurück, bewaffnet mit einer metallenen Schaufel.

»Aus dem Weg«, befahl er. Dann benutzte er die schwere Schaufel als Ramme und ließ sie mehrmals mit aller Kraft gegen die hölzerne Tür krachen. Endlich gaben die Tische nach, mit denen Victor die Tür von drinnen verrammelt und die Klinke verkeilt hatte.

Die Szene, die sich ihnen bot, überstieg Claras schlimmste Vorstellungen. Bücher türmten sich haufenweise am Boden, dazwischen lag Netty.

Ihr Mann war über ihr und umklammerte ihren Hals mit beiden Händen so fest, dass seine Fingerknöchel weiß waren.

Mit einer einzigen schnellen Bewegung riss Billy ihn von Netty fort und schleuderte ihn zu Boden, sodass Victor atemlos liegen blieb. In diesem Moment betete Clara, er möge zur Besinnung kommen, Vernunft annehmen und fluchend aus der Bücherei stürmen.

Stattdessen kam er überraschend schnell wieder auf die Beine, stürzte sich auf Billy und versetzte ihm einen krachenden Kopfstoß. Clara schrie auf. Sie hasste sich dafür, dass sie nicht in der Lage war, selbst irgendetwas zu tun, während die kämpfenden Männer kreuz und quer durch die Bücherei taumelten wie in einem grotesken Tanz. Victor war nicht groß, aber kräftig gebaut. Billy hatte sich von dem Kopfstoß kaum erholt, als Victor auch schon mit einem Faustschlag in den Bauch nachsetzte.

Billy krümmte sich, doch Victor zog ihn am Kragen wieder hoch, bis ihre Gesichter kaum noch eine Handbreit voneinander entfernt waren.

»Das ist dafür, dass du mir schon früher in die Quere gekommen bist, du mieser kleiner Verweigerer«, höhnte Victor und rammte seine Faust erneut in Billys Magengrube.

Durch die Wucht des Schlages wurde Billy zu Boden geschleudert und schlitterte auf dem Rücken quer durch den Raum, bis er gegen den Tresen prallte. Er hatte die Augen so weit aufgerissen, dass man das Weiße sehen konnte – vor Schmerz, dachte Clara zuerst, doch dann wurde ihr klar, dass es der Schock war.

»Du …«, stieß er hervor, eine Hand an die Brust gepresst, und sein Blick verriet, dass er sein Gegenüber jetzt wiedererkannt hatte. »Du bist der Kerl, der Clara überfallen hat!«

Clara fuhr herum und starrte Victor in ungläubigem Entsetzen an.

»Ja, und wenn ich mit dir fertig bin, nehme ich mir diese Hure endlich vor«, knurrte Victor und holte mit der Faust aus.

Clara schloss die Augen, sie konnte das nicht länger mit ansehen. Sie hörte den dumpfen Laut von Knochen gegen Holz, auf dem Boden raschelte Papier, dann folgte ein hohler, satter Krach. Das Ganze dauerte vielleicht zehn Sekunden, doch es fühlte sich an wie Stunden.

Als sie die Augen wieder öffnete, sah sie, dass Billy und Victor inzwischen draußen auf dem Bahnsteig waren.

Einzelne Bilder drangen in ihr Bewusstsein, bruchstückhafte Momentaufnahmen. Mrs Chumbley rannte über den Bahnsteig, verscheuchte die Leute, die sich dort zusammengeschart hatten, und rief, irgendjemand solle einen Krankenwagen rufen. Ruby hielt ihre Mutter in den Armen, beide hatten die Köpfe weggedreht.

Victor lag mit dem Gesicht nach unten auf dem Bahnsteig, und etwas Rotes breitete sich auf dem Beton aus wie eine Blüte, die sich entfaltete. Und über ihm stand Billy, die Schaufel in der Hand.

Die Muskeln an Claras Hals waren vor Entsetzen so verkrampft, dass sie anfangs nicht imstande war zu sprechen. Endlich entfuhr ihr ein kläglicher Schluchzer.

»B-billy, was ist passiert?«

Er starrte mit leerem Blick auf die reglos daliegende Gestalt, dann auf die Schaufel in seiner Hand. Der ungläubige Ausdruck auf seinem Gesicht schlug in Entsetzen um, als ihm bewusst wurde, was er getan hatte.

»Ich habe ihn umgebracht«, flüsterte er und stützte sich an der gekachelten Tunnelwand ab. »O Gott, Clara, ich habe einen Menschen getötet.«

3. Januar 1945

Das neue Jahr hielt in eisigem Nebel Einzug. Dann kam die Nachricht, die Rote Armee sei nur noch zweihundertfünfzig Kilometer von Berlin entfernt, doch Clara nahm das Weltgeschehen kaum wahr. Die Neuigkeiten in ihrem unmittelbaren Umfeld waren explosiv und zutiefst schockierend.

Die Polizei hatte darauf bestanden, dass die unterirdische Bücherei für zwei Wochen schloss, damit die fiebrige Atmosphäre abklingen konnte. Inzwischen waren die Blutflecken vom Bahnsteig geschrubbt worden. Täglich erhielt Clara Aufforderungen von Mr Pinkerton-Smythe, zu ihm ins Rathaus zu kommen. Doch sie hatte seit dem Tod von Victor Walsh jeden Tag mit Billy verbracht und sich darum bemüht, dass er sich öffnete. Abgesehen von ein paar Besuchen auf der Polizeiwache, wo er seine Aussage machte, und den

Spaziergängen mit Beauty weigerte er sich, seine Wohnung in Stepney zu verlassen. Bei seiner geliebten Rettungswache hatte er Urlaub genommen.

»Nun sind schon zehn Tage vergangen, Billy«, sagte Clara eindringlich, als sie an einem nieseligen Mittwochmorgen mit frischen Bagels von Rinkoffs bei ihm hereinschaute. »Wenn du nicht reden willst, musst du wenigstens etwas essen.«

Doch er weigerte sich, einen warmen Bagel anzunehmen. Stattdessen starrte er nur durch die mit Klebeband gesicherten Fenster des Gefängnisses, in dem er sich selbst eingesperrt hatte. Und Nahrung war nicht das Einzige, was er verweigerte. Die Blutergüsse um seine Augen, die Victors Kopfstoß hervorgerufen hatte, waren inzwischen zu einer senfgelben Farbe verblasst, aber er war nicht im Mindesten daran interessiert, sich seine Blessuren irgendwie von Clara behandeln zu lassen.

»Billy«, wiederholte sie sanft.

Beauty schaute von ihrem Schlafplatz auf und trommelte mit dem Schwanz auf die Bettdecke.

»Du hast gehört, was die Polizei gesagt hat«, beharrte Clara, legte die Tüte mit den Bagels ab und setzte sich zu Billy aufs Bett. »Gegen dich wird keine Anklage erhoben. Es gibt genug Zeugenaussagen, die bestätigen, was sich zugetragen hat, nachdem der Kampf sich aus der Bücherei auf den Bahnsteig verlagert hatte.«

»Ach ja, und was hat sich laut denen zugetragen?«, fragte er tonlos.

»Das weißt du doch«, erwiderte Clara verwirrt. »Mrs Chumbley, der Chor der Heilsarmee, der Leiter des Theaters … Alle sagen, dass du nur in den Kampf hineingeraten bist, weil du Netty helfen wolltest, und dass Victor dich angegriffen hat. Er hat dich gegen die Wand gedrückt und gewürgt, darum hast du dich gewehrt und mit der Schaufel zugeschlagen. Die Polizei ist offenbar zu der Überzeugung gelangt, dass es Notwehr war. Du wirst natürlich noch einmal vor dem Untersuchungsrichter aussagen müssen, aber es sieht nicht so aus, als ob du irgendwelche Konsequenzen zu fürchten hättest.«

Billy starrte noch immer ausdruckslos durchs Fenster nach draußen, wo gerade eine kleine Gruppe Kinder einen Kinderwagen voll mit gesammeltem Brennholz durch die schmale Straße schob. Ein Rad des Kinderwagens hing an einem Pflasterstein fest.

»Ihr habt ihn überladen«, murmelte er. »Ihr müsst etwas von der Last wegnehmen.«

»Billy, bitte hör mir zu«, beharrte Clara. »Wenn du nicht gewesen wärst – mir graut bei der Vorstellung, was dieser Mann mir dann angetan hätte, als er mich voriges Jahr vor meiner Haustür angriff. Denk doch nur, wie viele Frauen er noch überfallen hat! Das ganze Ausmaß werden wir wahrscheinlich nie erfahren.«

Sie streichelte Billy den Nacken, doch er wehrte ihre Hand ab. Clara unterdrückte die Kränkung und redete sanft weiter. »Es war ein schrecklicher Unfall, Billy.«

»Nein. Ich habe Victor absichtlich mit einer Schaufel geschlagen. Wenn ich das nicht getan hätte, wäre er nicht gestürzt und hätte sich den Kopf aufgeschlagen.« Er fuhr sich mit beiden Händen übers Gesicht, seine Stimme klang gequält. »Dann wäre er jetzt nicht tot.«

»Aber wenn das so wäre und wenn er noch leben würde, hätten wir ziemlich sicher Netty bereits begraben müssen. Du hast die Tür zur Bücherei aufgebrochen und bist dazwischengegangen, sonst hätte er sie erwürgt.« Sie nahm Billys Gesicht in beide Hände.

»Schau mich an, Billy«, sagte sie leise. »Dass ich nicht um diesen Mann trauere, liegt nicht nur daran, dass er mich überfallen hat. Ich habe dir nie davon erzählt, weil Ruby es mir verboten hat, aber er hat Netty schon seit Jahren misshandelt. Es ist noch schlimmer geworden, seit sie wusste, dass sie ein Kind von ihm erwartet. Du hast nicht nur ihr das Leben gerettet, sondern auch ihrem ungeborenen Kind. Du bist hier der Held, nicht der Schurke.«

Billy sprang so plötzlich auf, dass Clara fast vom Bett gefallen wäre. Beauty richtete sich auf und bellte.

»Rede doch nicht so ein abgedroschenes Zeug, Clara!«, fuhr er sie an und raufte sich die Haare. »Hier gibt es keine Helden. Wir sind nicht in einem deiner Romane. Ich habe einen Mann getötet! Meinetwegen ist ein Mensch gestorben!«

Sie starrte ihn bestürzt an, während er anfing, im Zimmer auf und ab zu gehen.

»Ich weiß, dass er ein brutaler Kerl war, aber es ist nicht an mir zu entscheiden, wer leben darf und wer nicht. Männer wie Victor gehören ins Gefängnis. Ich bin Pazifist, hast du das etwa vergessen?«

»Nein … natürlich nicht.«

»Das hier … das bin nicht ich. Ich erkenne mich selbst kaum wieder. Ich bin Sanitäter. Ich habe diesen Beruf ergriffen, um etwas gegen all den Tod und die Zerstörung zu tun, aber jetzt bin *ich* derjenige, der getötet hat.«

»Aber Ruby und Netty machen dir keinen Vorwurf.« Clara schüttelte den Kopf und suchte nach Worten für die Erniedrigung, die Angst, Gewalt und Brutalität, der Netty und wer weiß wie viele andere Frauen ausgesetzt gewesen waren. Auch wenn Ruby es niemals ausgesprochen hätte, wusste Clara, dass ihre Freundin über den Tod des Stiefvaters froh war.

»Netty lebte in ständiger Angst. Er war ein Ungeheuer.«

Billys Erregung ließ nach, und er sank wieder aufs Bett.

»Mag sein, dass sie mir keinen Vorwurf machen, aber andere schon, und viele behaupten, ich hätte ihn aus Rache getötet.«

Letzteres stimmte leider. Victors Tod hatte die Gemeinschaft im Shelter gespalten, nur ein Teil war von seiner Unschuld überzeugt. Der Tod schien einem Menschen Würde zu verleihen, und plötzlich wurde mit gedämpfter Stimme über Victor gesprochen. Dass er seine Frau misshandelt, Clara überfallen und regelmäßig den Frieden der Nachbarschaft gestört hatte, wenn er im Rausch randalierte, erschien auf einmal unbedeutend – mit einem Schlag war Victor nicht mehr »dieser verdammte Kerl«, sondern »der arme Mann«. Viele standen auf Billys Seite, aber andere, allen voran Ricky Talbot und Mr Caley, forderten die sofortige Schließung der Bücherei und behaupteten, sie sei eine Brutstätte des Lasters und der Sünde.

»Das Wichtigste ist, dass wir uns jetzt nicht unterkriegen lassen«, beharrte Clara. »Ich werde zu Pinkerton-Smythe gehen, ich kann das Gespräch mit ihm nicht ewig vor mir herschieben, und nächste Woche öffnen wir dann die Bücherei wieder. Ich finde, du solltest auch wieder zur Arbeit gehen, es wird dich auf andere Gedanken bringen.«

Billy starrte sie mit großen Augen an.

»Mich auf andere Gedanken bringen?«, wiederholte er.

»Schau, Billy, ich liebe dich so sehr! Was geschehen ist, war schrecklich, aber dank dir ist Netty noch am Leben. Ich will einfach, dass alles wieder so wird wie vorher. Wir müssen uns darauf konzentrieren, die Mädchen zu finden, und dann …« Sie seufzte und unterdrückte ihre aufsteigende Panik. »Dann können wir vielleicht wie geplant heiraten?«

Er schüttelte den Kopf. »Es tut mir leid, Clara, aber es kann nie wieder so werden wie vorher. Nicht nach dem, was geschehen ist. Du und ich …« Er brach ab und senkte den

Blick, scharrte mit dem Fuß an einer schadhaften Stelle des Linoleumbodens herum. »Das ist keine gute Idee.«

Schmerz stieg in ihr auf, und Fragen strömten auf sie ein.

»Ich … ich kann nicht glauben, was ich da höre«, stammelte sie. »Vor zehn Tagen hast du einen Kniefall vor mir gemacht und mir deine Liebe geschworen. Und jetzt stößt du mich weg. Ich verstehe das nicht.«

»Ich kann es nicht erklären«, sagte er niedergeschlagen.

»Es hat etwas mit dem zu tun, was in Dünkirchen geschehen ist, stimmt's?«, rief sie aus, und Billy schlug die Augen nieder. »Um Himmels willen, Billy, erzähl es mir bitte«, flehte sie. »Was immer du dort getan hast, ich verspreche, dass ich dich nicht dafür verurteilen werde. Ich weiß, dass du ein guter Mensch bist.«

Er schüttelte in tiefer Scham den Kopf. »Das bin ich nicht. Ich bin ein Feigling.«

»Diese Medaille, die du ganz hinten in deinem Kleiderschrank versteckst, sagt etwas anderes!«

»Bitte glaub mir einfach, Clara. Du bist ohne mich besser dran.«

»S-soll das heißen, es ist aus mit uns?«

Er trat wieder ans Fenster, unfähig, ihr in die Augen zu schauen. Die Kinder waren verschwunden. »Ich glaube, du gehst jetzt besser.«

Clara stand auf, nahm die Tüte mit Bagels, die auf den Boden gefallen war, legte sie wieder aufs Bett und durchquerte das Zimmer, verzweifelt um Fassung bemüht.

An der Tür drehte sie sich noch einmal um.

»Ich weiß, dass ich ohne dich nicht besser dran bin.«

Draußen rannte sie los in Richtung Bücherei. Angst und Anspannung krampften ihr die Brust zusammen, und alles war ein riesiges Fragezeichen. Was immer Billy in Frankreich erlebt haben mochte, verfolgte ihn offenbar noch immer, und Victors Tod hatte alte Wunden wieder aufgerissen. Im Laufen wurde Clara bewusst, dass sie Billy eigentlich gar nicht kannte.

Unten in der Bücherei traf sie Mr Pepper, Mrs Chumbley und Ruby an, die gemeinsam Bücher einräumten und Ordnung machten, damit sie wieder öffnen konnten.

»Er hat mich abserviert«, brachte Clara heraus.

»Ach, Liebes«, sagte Ruby. »Warum denn?«

»Ich weiß es nicht.«

»Er hat einen Schock erlitten, meine Liebe«, erklärte Mr Pepper. »Aber er wird es sich noch einmal überlegen, Sie werden sehen.«

»Ich kenne mich ja mit Herzensangelegenheiten nicht gut aus«, gestand Mrs Chumbley, »aber es ist nicht zu übersehen, dass er Sie innig liebt.«

»Offenbar nicht, denn er will nichts mehr mit mir zu tun haben.«

Clara unternahm einen heldenhaften Versuch, die Tränen zurückzuhalten, und öffnete die Klappe im Tresen. »Können wir bitte das Thema wechseln?« Sie spürte, dass alle Blicke auf ihr ruhten. »Wo ist eigentlich deine Mum? Geht es ihr gut?«, erkundigte sie sich bei Ruby.

»Alles in Ordnung. Sie hatte einen Termin mit einer Hebamme, und jetzt hält sie ein Nickerchen.«

»Und das Baby?«

»Dem geht es gut, scheint ein zähes kleines Ding zu sein.« Ruby lächelte. »Wie du«, fügte sie hinzu. »Du bist stark, Clara, so stark wie ein Soldat. Wir alle werden diese schwere Zeit überstehen.« Sie schloss ihre Freundin fest in die Arme. »Es tut mir so leid, dass er dir etwas antun wollte, Cla«, flüsterte sie. »Die Vorstellung, dass er dich angerührt hätte, ist mir unerträglich.«

»Dank Billy ist es ja nicht dazu gekommen. Mich schaudert, wenn ich daran denke, was deine Mum durchgemacht hat.«

»Ja, aber jetzt ist es ja vorbei. Sie ist endlich in Sicherheit.«

»Da sind Sie ja, Mrs Button«, ertönte plötzlich eine näselnde Stimme.

Clara erstarrte, dann wappnete sie sich innerlich für die bevorstehende Auseinandersetzung.

»Mr Pinkerton-Smythe und …« Sie musterte den Mann, der ihn begleitete.

»Dies ist mein Kollege aus dem Rathaus. Er ist hier, um dafür zu sorgen, dass es keine Schwierigkeiten gibt.«

»Schwierigkeiten? Wir sind Bibliothekarinnen, keine Gangsterbosse!«, schoss Ruby zurück.

Mr Pinkerton-Smythe zog eine Augenbraue hoch, und Clara wusste, was immer gleich kommen mochte, ein Teil von ihm würde es genießen.

»Ich habe Ihnen etliche Nachrichten geschickt und Sie zu einem Gespräch eingeladen, aber da Sie meinen Aufforderungen nicht Folge geleistet haben, blieb mir kaum etwas anderes übrig, als Sie hier aufzusuchen. Wo können wir ungestört reden?«

»Es tut mir leid, es war eine schwierige Zeit. Ich … ich wollte heute Nachmittag zu Ihnen kommen.«

»Nun, die Mühe habe ich Ihnen ja jetzt erspart.«

Ruby drückte Claras Hand, als sie an ihr vorbeiging und ihre Besucher ins Lesezimmer führte.

»Wenn es Ihnen recht ist, komme ich gleich zur Sache«, sagte ihr Vorgesetzter, nachdem er Platz genommen hatte.

»Der Gemeinderat von Bethnal Green kann nicht länger hinnehmen, dass von dieser Bücherei immer wieder Skandale ausgehen. Seit Sie hier die Leitung übernommen haben, hatten wir schon Klagen von erzürnten Müttern, Fälle von

Ehefrauen, die ihre Männer im Stich gelassen haben, und nun dies – ein Mann ist zu Tode gekommen.«

»Letzteres ist genau genommen nicht in der Bücherei passiert.«

»Sie betreiben Haarspalterei. Soweit ich gehört habe, hat Netty Walsh angefangen, *Forever Amber* zu lesen, und sich in ihren albernen Kopf gesetzt, ihren Ehemann zu verlassen …

»Weil er sie fast zu Tode geprügelt hat.«

»Himmel Herrgott, Frau, Sie sollen mich nicht unterbrechen!«, fuhr er auf und schlug mit der Faust auf den Tisch. Clara zuckte zusammen.

»Verständlicherweise war er damit nicht einverstanden. Er folgte seiner Frau also zur Bücherei in der Absicht, sie zu überreden, wieder nach Hause zu kommen. Und am Ende lag er tot auf dem Bahnsteig!«

»Mit Verlaub, Sir, er war extrem betrunken und hatte Augenblicke zuvor seine Frau angegriffen.« Dass Victor sich auch an ihr hatte vergreifen wollen, verschwieg Clara. Sie bezweifelte, dass es an der Haltung ihres Vorgesetzten etwas ändern würde.

»Können Sie es ihm etwa verdenken, dass er zornig war?«, beharrte er.

»Es war ein schrecklicher Unfall«, sagte Clara, verzweifelt bemüht, die Ruhe zu bewahren.

»Bei dem ein Mann ums Leben gekommen ist, und ein Mitglied Ihres Lesekreises steht im Mittelpunkt dieses jüngsten Vorfalls. Das schädigt den Ruf des ganzen Bibliothekswesens.«

»Es tut mir leid.«

»Ich habe Sie gewarnt. Habe ich Ihnen nicht gesagt, was passiert, wenn Frauen durch Romane auf überspannte Ideen kommen? Sie geben einer Frau ein Buch in die Hand, und schon ist sie unzufrieden mit ihrer häuslichen Situation.«

»Sie war unzufrieden, weil er sie einmal so schlimm verprügelt hat, dass sie zwei Wochen im London Hospital lag und sich nur durch einen Strohhalm ernähren konnte«, sagte Clara kühl. Sie konnte nicht länger an sich halten. »Ich bedaure zutiefst den Skandal, den das ausgelöst hat, und die Art, wie der Mann zu Tode kam, aber ich trauere ihm nicht nach und bereue auch nicht, dass ich seine Frau ermutigt habe, Bücher zu lesen.«

Clara sah sich plötzlich am Rand eines Abgrunds stehen, im Begriff, den Schritt über die Kante zu tun. Das Drama um Victors Tod und ihr zutiefst schmerzliches Erlebnis mit Billy vorhin ließen sie alle Zurückhaltung vergessen.

»Netty Walsh hat ein Recht darauf, in Sicherheit zu leben«, verkündete sie entschieden und reckte das Kinn. »Mrs Caley hat das Recht, ihren herrschsüchtigen Mann zu verlassen. Ricky Talbots Frau hat das Recht, glücklich zu sein.« Sie beugte sich auf ihrem Stuhl vor, das Blut rauschte in ihren Ohren. »Es mag Sie ja überraschen, aber Frauen sind keine Gegenstände, die man besitzen kann! Wenn die Bücher, die ich ihnen geliehen habe, ihnen die Kraft gegeben haben, nach ihren Überzeugungen zu handeln, dann ist das eine gute Sache. Ich bin froh darüber.«

Mr Pinkerton-Smythes Mund war so schmal geworden, dass er Clara an eine Messerklinge erinnerte.

»Und wo ich schon einmal dabei bin: Es mag Ihnen nicht gefallen, aber Tatsache ist und bleibt, dass jedes Kind, das in Bethnal Green wohnt, ab dem Alter von acht Jahren das gesetzlich verbürgte Recht hat, die Bücherei zu nutzen. Und ja, sogar Stadtstreicher haben hier Zutritt. *Alle* Teile der Gesellschaft haben hier Zutritt, denn ob Sie es glauben oder nicht, diese Bücherei gehört den Einwohnern dieses Stadtteils. Nicht Ihnen oder mir oder irgendeinem Schlipsträger im Rathaus.«

Mr Pinkerton-Smythe lehnte sich auf seinem Stuhl zurück und gestattete sich ein mädchenhaftes Kichern. »Schau an … nun ist es heraus.« Er stand auf. Um seinen kahlen Kopf kreiste eine Fliege. »Ich erwarte, dass Ihre Kündigung morgen früh auf meinem Schreibtisch liegt.«

»Und wenn nicht?«

»Dann wird man Sie aus der Bücherei entfernen. Diese Bücherei *wird* nächste Woche wie geplant wieder öffnen, aber Sie sind nicht länger die Leiterin der Zweigstelle, Mrs Button. Guten Tag.«

Er marschierte hinaus. Clara fragte sich, wie es nur so weit hatte kommen können, dass sie innerhalb eines Tages zwei der kostbarsten Dinge in ihrem Leben verloren hatte.

18

März 1945

RUBY

Stille in Büchereien? Von wegen! Jeder kann zur Tür hereinspazieren, und wir müssen stets bereit sein, zuzuhören und zu helfen.

Michelle Russell, Leiterin der Romford Library im London Borough of Havering

Die Bücherei hatte ihr Herz und ihre Seele verloren, das war elf Wochen nach Claras plötzlichem Weggang die vorherrschende Meinung. Der kalte Winter war in einen Frühling voller Ungewissheit übergegangen. Hitlers sogenanntes Drittes Reich lag in den letzten Todeszuckungen. Es schien, als würde der Krieg nun endlich bald vorüber sein.

Ruby warf einen verstohlenen Blick zu Mr Pinkerton-Smythe. Seine Glatze glänzte rosa und verschwitzt, und er summte leise vor sich hin, während er eifrig eins der Pakete mit Bücherspenden öffnete.

Ruby war drauf und dran gewesen, selbst zu kündigen, als er Clara an jenem grässlichen, düsteren Januartag gezwungen hatte, die Bücherei zu verlassen. Es kam ihr vor, als ob die Schreie ihrer Mutter noch von den Wänden widerhallten. Doch etwas hatte sie veranlasst zu bleiben. Ein Plan nahm in ihrem Kopf Gestalt an, anfangs noch vage, doch in den folgenden Wochen begann sie ihn allmählich klarer zu sehen.

Es war weiß Gott nicht leicht gewesen, sich zurückzuhalten, statt diesem Mann in aller Deutlichkeit zu sagen, wohin er sich seine neue Agenda stecken konnte. Und noch schwerer war es ihr gefallen, mit anzusehen, wie er alles zunichtemachte, was Clara so mühsam aufgebaut hatte.

Pinkerton-Smythe hatte sofort drastische Veränderungen beschlossen. Zuerst hatte er die Öffnungszeiten gekürzt, die Bücherei konnte jetzt nur noch zwischen 13 und 17 Uhr genutzt werden und blieb an den Wochenenden ganz geschlossen. Das bedeutete, dass Leute, die in einer Fabrik arbeiteten, keine Möglichkeit mehr hatten, Bücher zu entleihen und zurückzugeben. Als Nächstes hatte er verfügt, dass Kinder nur noch ab 15 Uhr für eine halbe Stunde Zutritt hatten, und der Bücherbus sowie die abendliche Vorlesestunde für die Kinder waren ganz gestrichen worden.

Stadtstreicher wie der Major waren in der Bücherei nicht mehr erwünscht.

Die Angebote der Bücherei waren drastisch reduziert worden. Und als Krönung hatte Pinkerton-Smythe *Forever Amber* auf die schwarze Liste gesetzt und die Warteliste triumphierend zerrissen. Durch einen einstimmig verabschiedeten Beschluss wurden allzu freizügige Bücher aus dem Bestand konfisziert, und Pinkerton-Smythe verringerte auch das Angebot an seichter und romantischer Unterhaltungsliteratur.

Die Mitglieder des Lesekreises – Frauen wie Pat, Queenie, Irene und Dot – kamen immer seltener oder gar nicht mehr. Selbst der Büchereikater zuckte angewidert mit dem Schwanz und verschwand. Inzwischen wurde die Bücherei nur noch von wenigen Menschen genutzt, die fast ausnahmslos den mittleren und höheren Gesellschaftsschichten angehörten. In den Räumen herrschte Grabesstille. Claras schlimmste Befürchtungen waren wahr geworden – hierher verirrte sich niemand mehr, der nicht ohnehin schon eine Beziehung zu Büchern hatte.

Doch der heutige Abend war eine Ausnahme. Heute blieb die Bücherei für eine besondere Veranstaltung länger geöffnet, und dazu war sogar eine Gruppe Kinder eingeladen, von Mr Pinkerton-Smythe persönlich ausgewählt.

Rubys Magen krampfte sich zusammen, wenn sie an ihr Vorhaben dachte.

»Kann ich Ihnen helfen, Mr Pinkerton-Smythe?«, fragte sie liebenswürdig.

»Ja, Sie können diese Bücher auf dem Tresen hübsch arrangieren. Mädchen tun so etwas doch gern.«

»Gewiss, Sir.«

Während sie anfing, die Bücher auszupacken, kam Mr Pepper aus dem Lesezimmer herüber und half wortlos mit.

»Wirklich eine tolle Idee von Ihnen, an den kanadischen Bibliotheksverband zu schreiben«, sagte sie schmeichelnd zu Mr Pinkerton-Smythe und schenkte ihm dazu ihr strahlendstes Lächeln. »Große Klasse.«

Er schaute sie zuerst etwas argwöhnisch an, doch als er keine Anzeichen von Sarkasmus entdeckte, warf er sich in die Brust.

»Danke, meine Liebe. Wir stehen schließlich in der Pflicht, für unsere junge Kundschaft zu sorgen, nicht wahr?«

»Heißt das, die Vorlesestunde für Kinder darf wieder stattfinden?«, fragte Ruby.

»Auf gar keinen Fall. Es ist wünschenswert, die jüngeren und die erwachsenen Nutzer voneinander getrennt zu halten. So – da hier so weit alles vorbereitet ist, muss ich noch auf einen Sprung ins Rathaus. Ich habe ein paar letzte Kleinigkeiten zu regeln, aber ich werde rechtzeitig zurück sein, um den Minister und die Presse zu empfangen.«

»Wann kommen sie denn, Sir?«

»Punkt sechs.«

»Klasse! Sie brauchen bestimmt nicht nervös zu sein, ich wette, Sie sind ein umwerfender Redner.«

Er nestelte an seinen Manschettenknöpfen. »Man tut, was man kann.«

Als er gegangen war, wandte Mr Pepper sich an Ruby.

»Wirklich, Ruby, ich weiß nicht recht, ob Ihre Idee so gut ist. Es wird ihm ganz und gar nicht gefallen.«

»Das will ich hoffen! Sie haben doch Mrs Chumbley nichts erzählt?«

»Natürlich nicht, ich möchte sie in ihrer Position als stellvertretende Leiterin des Shelter auf keinen Fall kompromittieren.«

»Und wie steht es mit ihrer Position als Ihre Verlobte?«, fragte Ruby grinsend und zupfte an seiner Krawatte. Mr Peppers Züge wurden weicher, und er schüttelte den Kopf.

»Himmel, wenn Sie mir vor einem Jahr gesagt hätten, dass ich heute in einer Woche Mrs Chumbley heiraten werde, dann hätte ich Sie für verrückt erklärt.«

»Und warum ist das heute anders, Mr P?«

Er strich mit der Hand über ein brandneues Exemplar der *Schatzinsel* und lächelte.

»Sie ist eine wunderbare Frau, und ich muss gestehen, ich habe sie falsch eingeschätzt.«

»Nun, sie ist im Shelter ebenso gefürchtet wie geachtet.«

»Ja, aber das ist nur eine Seite von ihr. Eine Seite, die sie kultivieren musste. Ich glaube, als sie zu Beginn des Krieges ihren Verlobten verlor, hat sie sich ein dickes Fell zugelegt, um zu überleben, aber unter der harten Schale verbirgt sich ein außerordentlicher Quell der Güte.«

Er schüttelte noch einmal den Kopf.

»Sie und Clara wissen natürlich längst, dass … Meine Augen lassen mich allmählich im Stich. Mir ist bewusst, dass ich immer wieder Bücher falsch einsortiere, und Sie und Clara mussten diese Fehler schon oft korrigieren.«

»So oft nun auch wieder nicht …«, log Ruby.

»Bitte, meine Liebe«, wehrte er ab. »Meinetwegen brauchen Sie nichts zu beschönigen. Meine Sehkraft verschlechtert sich rapide. Mein Arzt meint, ich kann von Glück sagen, wenn ich in einem halben Jahr überhaupt noch etwas sehe.«

»Oh, Mr P«, sagte Ruby. »Das tut mir wirklich leid.«

»Es muss Ihnen nicht leidtun. Mir wird etwas fehlen, wenn ich meine Bücher nicht mehr lesen kann, aber ich habe vieles, wofür ich dankbar bin. Mrs Chumbley und ich hatten das Glück, eine wundervolle Dreizimmerwohnung über der Whitechapel Library zu bekommen. Ihr wurde dort eine Hausmeisterstelle angeboten, deshalb werden wir nach der Hochzeit umziehen, und sie hat versprochen, mir oft vorzulesen. Das ist mehr, als ich verdiene.«

Er lächelte wehmütig und blinzelte durch seine Brille. Ruby fand, dass er aussah wie eine kleine Eule. »Sie ist eine bemerkenswerte Frau, die bereit ist, ihr Leben mit einem blinden alten Mann zu teilen.«

»Ach, Mr P, Sie beide werden mir sehr fehlen.« Mr Pepper gehörte zum Inventar der Bücherei, und die Tunnel würden nicht mehr dieselben sein, wenn Mrs Chumbleys dröhnende Stimme nicht mehr darin widerhallte.

Erst Clara, nun das hier. Selbst ihre eigene Mutter, die so abhängig von ihr gewesen war, wurde allmählich selbstbewusster, nun, da sie aus Victors Schatten herausgetreten war. Als Ruby gestern von der Arbeit heimgekommen war, hatte sie Netty draußen im Hof angetroffen, wo sie mit den Frauen aus den Nachbarhäusern zusammengesessen und über Gott und die Welt geplaudert hatte, eine Hand stolz auf ihren gerundeten Bauch gelegt. Nachdem das Leben jahrelang aus ihr herausgeprügelt worden war, befand sie sich nun auf dem Weg in ein besseres Leben, in die Freiheit.

Die Welt war im Wandel. Bald würde der Krieg zu Ende sein, aber die Frage blieb: Welchen Platz gab es in der Nachkriegswelt für eine sechsundzwanzigjährige Bibliotheksgehilfin, die im Krieg mehr Liebesabenteuer gesammelt hatte, als Stempel in einem Agatha-Christie-Buch in der Bücherei waren?

»Sie und Clara kommen doch zur Trauung? Nächsten Dienstag in der roten Kirche an der Bethnal Green Road?«, vergewisserte sich Mr Pepper.

»Sagen Sie das heute schon für den Fall, dass ich ab morgen Hausverbot im Shelter habe?«

»Nun …«

Sie zwinkerte. »Alles gut. Ich werde da sein. Das würde ich mir um nichts in der Welt entgehen lassen.« Sie rückte seine Krawatte zurecht. »Wenn ich mir die Bemerkung erlauben darf, ich finde, Mrs Chumbley kann sich glücklich schätzen, einen so gut aussehenden, gebildeten Mann zu bekommen.«

»Nicht doch«, wehrte er kichernd ab. »Wir haben beide großes Glück. Ich hoffe nur, dass auch Sie und Clara einmal solches Glück finden.«

»Ich brauche keinen Mann, der mein Leben komplizierter macht, vielen Dank auch, Mr P. Aber Clara …«

»Haben sie und Billy sich immer noch nicht versöhnt?«

»Schlimmer noch, sie hat keinen Mucks von ihm gehört. Er macht die Tür nicht auf und reagiert nicht auf ihre Briefe. Er hat sie völlig aus seinem Leben ausgeschlossen. Es scheint, als ob er sich nach wie vor die Schuld an der ganzen Sache gibt und die Beziehung daran zerbrochen ist.«

»Es war ein zutiefst traumatisches Erlebnis«, gab Mr Pepper zu bedenken.

»Ich weiß nur, dass Clara und er wie füreinander geschaffen waren. Die beiden haben es verdient, glücklich zu sein«, sagte Ruby mit Überzeugung.

»Vertrauen Sie auf die Liebe«, erwiderte er. »Sie findet am Ende immer einen Weg.«

»Ich hoffe es, Mr P. Und jetzt kommen Sie, diese Bücher packen sich nicht von selbst aus.«

Die beiden machten sich gerade wieder an die Arbeit, da kam ein hochgewachsener Mann herein und fing Rubys Blick auf.

»Sagen Sie, Schätzchen, haben Sie die Geburtsurkunde von Jack the Ripper hier?«, fragte der Mann mit amerikanischem Akzent, augenscheinlich war er ein Angehöriger der Army.

»Tut mir leid«, antwortete Ruby. »Versuchen Sie es mal in der Whitechapel Library. Ich glaube, die könnten sogar eine Fotografie von ihm haben.«

»Wow, danke, das mache ich. Ich finde Ihre britische Geschichte ganz faszinierend.« Ehe er ging, warf er ihr noch einen wohlgefälligen Blick zu. Mr Pepper schaute Ruby vielsagend an.

»Was?«, fragte sie mit durchtriebenem Grinsen.

»Mr Pinkerton-Smythe tut mir beinahe leid«, erwiderte Mr Pepper.

Um Viertel nach sechs am Abend war die Bücherei gedrängt voll.

»Liebe Güte, ist es wirklich schon ein Jahr her, dass ich zuletzt hier war?«, fragte Minister Rupert Montague, der Leiter der Abteilung Home Publicity im Informationsministerium, über das Stimmengewirr hinweg. Seit der Ankunft des Ministers war Mr Pinkerton-Smythe ihm nicht von der Seite gewichen, er führte ihn diensteifrig herum und machte ihn mit den Journalisten bekannt. Ruby atmete tief durch, dann positionierte sie sich so, dass der Blick des Ministers auf sie fallen musste.

»Ach, an Sie erinnere ich mich doch«, schnurrte er. »Aber wo ist denn diese umwerfende junge Bibliothekarin, Mrs Button, richtig? Das Gesicht unserer Werbekampagne?«

»Nun, sie hat ihre Stellung aufgegeben, Herr Minister«, antwortete Mr Pinkerton-Smythe rasch. »Gehen wir weiter?«

»Welch ein Jammer«, bemerkte der Minister. »Sie war so engagiert und visionär, auf mich wirkte sie gar nicht wie die Sorte Frau, die einfach das Handtuch wirft.«

»Nein. Das hätte man wirklich nicht von ihr gedacht, oder?«, warf Ruby sarkastisch ein.

»Herr Minister, Sie haben in fünfundvierzig Minuten den nächsten Termin«, ließ sein Assistent sich vernehmen.

»Nun denn.« Er wandte sich der versammelten Presse zu und klatschte in die Hände. Es wurde still im Raum.

»Wir sind heute hier zusammengekommen, um eine bemerkenswerte Leistung der Bücherei des Bethnal Green Underground Shelter zu feiern. Mr Pinkerton-Smythe, der Vorsitzende des Bibliotheksausschusses im Bethnal Green Borough Council, hatte die glänzende Idee, an den kanadischen Bibliotheksverband zu schreiben und um Spenden von Kinderbüchern zu bitten. Sein Aufruf wurde nicht nur an sechzehn Zweigstellen in Toronto weitergeleitet, sondern auch von der Canadian Broadcasting Corporation im Radio gesendet sowie in der *Globe and Mail* abgedruckt.« Der Minister wandte sich um. »Mr Pinkerton-Smythe, vielleicht möchten Sie uns erzählen, wie die Reaktion ausfiel?«

Pinkerton-Smythe hob beide Hände und errötete, als alle Blicke sich auf ihn richteten.

»Es liegt mir fern, mein eigenes Loblied zu singen …«

»Ich wünschte, er würde dran ersticken«, grummelte Ruby leise. Mr Pepper legte eine Hand auf ihre.

»Aber der Aufruf war ziemlich erfolgreich.«

»Ich bitte Sie, seien Sie nicht so bescheiden«, unterbrach ihn der Minister. »Es kamen reichlich Spenden aus allen Teilen des Landes, von Prince Edward Island ebenso wie aus British Columbia, aus Bergbaugebieten hoch im Norden und von Farmen in der Prärie. Sogar die Pfadfinderinnen haben gesammelt.«

Er trat an den Tresen und wies auf die Bücher, die Ruby dort arrangiert hatte.

»Schauen Sie nur! Fünfzig Exemplare von *Der geheime Garten* aus Vancouver, zehnmal *Die Schatzinsel* von einer Highschool, dreiunddreißig Exemplare von *Little Women* von den Pfadfinderinnen in Charlottetown. Der Women's Canadian Club in Toronto hat eine Bücherparty veranstaltet, die offenbar zu einer wahren Spendenflut führte, denn der Klub hat uns einhundertfünfzig Bücher geschickt!«

»Was ist eine Bücherparty?«, wollte ein Mann von der BBC wissen.

»Anscheinend ist es jenseits des Großen Teiches üblich, für werdende Mütter eine Party zu veranstalten, bei der sie mit Geschenken für das Baby überhäuft werden, damit sie die Erstausstattung nicht zu kaufen brauchen. Und diese Leute hatten nun die wunderbare Idee, auf die gleiche Weise Bücherspenden zu sammeln.«

Ein Raunen lief durch die Menge.

»Was war denn in der Kiste mit den hundertfünfzig Büchern?«, rief ein Reporter vom *Daily Herald*.

»Zu viele Schätze, als dass ich sie alle aufzählen könnte, aber ich kann Ihnen sagen, dass allein vierundvierzig Exemplare von *Die Wasserkinder* darunter waren.« Er nahm eine Ausgabe von *Ivanhoe* in die Hand. »In viele der Bücher sind

Widmungen eingeschrieben, so zum Beispiel hier: *Mögen die Jungen und Mädchen von Bethnal Green ebenso viel Freude an der Lektüre von Ivanhoe haben wie ich vor dreiundsechzig Jahren.* Dieses Buch stammt von einem achtundachtzigjährigen Farmer aus Alberta, der vor vielen Jahren in der Nichol Street Ragged School Knaben aus armen Familien unterrichtete.«

Der Minister wandte sich an das Publikum.

»Kanada hat mit offenen Händen gegeben und uns durch Bücher seine Verbundenheit ausgedrückt. Und nun bitte ich um Ihre Fragen.«

Sogleich wurde Mr Pinkerton-Smythe von der Presse bestürmt. Ruby spürte Mr Peppers Blick. Eine Stimme in ihrem Kopf trieb sie an.

Jetzt! Tu es jetzt!

Doch in diesem Raum voller Männer wurde ihre Zunge plötzlich zu Blei.

Kurz darauf sagte Pinkerton-Smythe auch schon: »Nun, wenn das alles ist, sollten wir jetzt ein Foto vom Herrn Minister mit den Büchern machen.«

»Nein!«, platzte Ruby heraus. »Ich habe etwas zu sagen.«

Doch Mr Pinkerton-Smythe begann, den Minister zum Tresen zu lotsen, und plötzlich redeten alle durcheinander. Aber Ruby hatte zu lange auf diesen Moment gewartet, als dass sie jetzt hätte zulassen können, dass ihre Stimme im Lärm unterging. Sie streifte ihre hochhackigen Schuhe ab, schwang sich behände auf den Leihtresen und stellte sich aufrecht hin.

»Wenn es Ihnen nichts ausmacht, würde ich gern etwas sagen!«

Die Menge stutzte angesichts dieses außergewöhnlichen Vorfalls. Alle schauten zu ihr hoch, und es wurde völlig still in der Bücherei.

In Rubys Kopf drehte sich alles, als sie bemerkte, dass die Journalisten sie fotografierten. Reporter, die eine saftige Geschichte witterten, zückten ihre Stifte und Notizbücher.

»Nur zu«, flüsterte Mr Pepper und lächelte ermutigend.

»Die Menschen kommen nicht nur in die Bücherei, weil sie Lesestoff suchen.«

»Nein?«, fragte der Minister mit einem Anflug von Belustigung in der Stimme.

»Nein. Viele kommen zu uns, weil sie jemanden zum Reden brauchen, weil sie einsam sind oder verängstigt oder beides. Manche haben den ganzen Tag noch mit niemandem sonst gesprochen.«

Sie richtete den Blick auf Mr Pinkerton-Smythe, der aussah, als stünde er kurz vor einem Wutausbruch.

»Meine Freundin Clara Button, die *eigentliche* Leiterin dieser Bücherei, wusste das. Sie hat mich gelehrt, dass wir nicht nur hier sind, um den Leuten dabei behilflich zu sein, Bücher auszuleihen. Wir müssen ein offenes Ohr für sie haben. Eigentlich«, fuhr Ruby grinsend fort, »müssten Bibliothekarinnen das doppelte Gehalt bekommen, denn sie erfüllen zugleich die Aufgabe einer Sozialreformerin, Kummertante, Lehrerin und Sozialarbeiterin. Schreiben Sie das in Ihr Blatt.«

Die versammelten Pressevertreter lachten. Sie wussten zwar nicht recht, wer diese temperamentvolle Blondine eigentlich war, aber fest stand, dass sie eine gute Story lieferte. Ruby entspannte sich – die Sache fing an, ihr Spaß zu machen.

»Meine Freundin Clara wusste, dass Bücher Veränderung möglich machen und Menschen durch sie diesem trostlosen Krieg entfliehen können, in Welten, die sie sich nie erträumt hätten.«

Sie schlug mit der Faust in ihre Handfläche. »Ausleihen, stempeln, lesen, zurückgeben. Zack! Schon sind Sie um die Welt gereist, ohne dabei Bethnal Green zu verlassen. Wie genial ist das?« Wiederum Gelächter. Der Assistent des Ministers zupfte ihn am Ärmel und drängte ihn zu gehen, doch Montague schüttelte ihn ab und betrachtete Ruby mit verzaubertem Lächeln.

»Clara glaubt leidenschaftlich daran, dass alle Teile der Gesellschaft kostenlosen Zugang zu Büchern haben sollten, *ganz besonders Kinder!* Insofern ist es zwar toll, dass wir jetzt all diese neuen Kinderbücher haben – wobei ich erwähnen muss, dass die Bitte um Bücherspenden eigentlich Claras Idee war, nicht die von Mr Pinkerton-Smythe –, aber es ist ein wenig so wie eine Galionsfigur aus Schokolade. Nutzlos!«

»Warum das?«, fragte ein Journalist vom *Daily Mirror*.

»Weil die aktuelle Benutzerordnung der Bücherei vorschreibt, dass Kinder nur eine halbe Stunde täglich Zutritt haben, und die Vorlesestunde hat Mr Pinkerton-Smythe gänzlich abgeschafft«, erklärte Ruby. »Kinder waren die wichtigste Zielgruppe dieser Bücherei, aber sie sind hier nicht mehr willkommen, also bleiben sie weg. Hier drin ist es so still geworden, dass man die Flöhe husten hört.«

»Ist das wahr?«, fragte der Minister an Mr Pinkerton-Smythe gewandt. »War diese Aktion Mrs Buttons Idee?«

»Ich … ich weiß nicht mehr, wer zuerst den Einfall hatte, aber jedenfalls habe ich die Angelegenheit abgesegnet«, stammelte er. »Ich bin von jeher entschieden dafür, Kinder ans Lesen heranzuführen.«

»Und warum haben sie dann nur noch für eine halbe Stunde am Tag Zutritt zur Bücherei?«, wollte der Minister wissen.

»Nun, ich war gezwungen, gewisse Kürzungen vorzunehmen«, verteidigte sich Mr Pinkerton-Smythe ausweichend.

»Deshalb haben wir hier eine Petition, die wir dem Herrn Minister gern überreichen möchten«, fuhr Ruby fort. Sie schaute zum Eingang, wo plötzlich Tumult ausbrach.

»Kommt rein, Kinder!«, rief Ruby laut.

Die Menge teilte sich, und eine lärmende Prozession aus Tunnelratten mit Sparrow an der Spitze marschierte herein. Die Kinder hielten selbst gemalte Plakate in die Höhe.

Wir wollen Geschichten! Bücher statt Bomben!

Der plappernden Schar aufgeregter Kinder folgten einstige Stammgäste der Bücherei, die Ruby seit dem vorigen Dezember nicht mehr gesehen hatte.

Rita Rawlins mit ihrem geschwätzigen Papagei, Pat Doggan, Queenie, Irene, Dot und Alice vom Café, der Major, das Paar, das seinerzeit das Buch über Sexualität entliehen hatte, die Fabrikmädchen, die die Verhütungsbroschüre nur so verschlungen hatten … Schulter an Schulter standen sie da und protestierten dagegen, dass das Licht im Herzen ihrer Bücherei ausgelöscht worden war.

»Mrs Chumbley, sorgen Sie unverzüglich dafür, dass diese Unruhestifter aus der Bücherei entfernt werden«, befahl Mr Pinkerton-Smythe.

»Ach, sorgen Sie doch selbst dafür, Mann!«, rief sie fröhlich, verschränkte die Arme und lehnte sich mit dem Rücken an die Tür.

»Mehr als fünftausend Personen haben diese Petition unterzeichnet. Wir fordern, dass Clara Button ihren Posten als Leiterin der Zweigstelle wiederbekommt«, erklärte Ruby, sprang vom Tresen und übergab dem Minister die Seiten.

»Ich danke Ihnen, Miss Munroe. Sie haben mein Wort darauf, dass ich dieser Angelegenheit meine volle Aufmerksamkeit widmen werde«, erklärte der Minister, der sich offenbar von seiner Verblüffung erholt hatte.

Er wandte sich an Sparrow, der sein Plakat umklammert hielt, und ging in die Knie, um mit ihm auf Augenhöhe zu sein.

»Hallo, junger Mann. Wie heißt du denn?«

»Sparrow, Sir.«

»Und bist du ein richtiger Cockney?«

»Schätze schon.«

»Stimmt es, dass ein echter Cockney in Hörweite der Glocken von St Mary-le-Bow geboren sein muss?«, fragte der Minister weiter.

»Nee! Ein echter Cockney muss sagen können: ›Forty thousand feathers on the thrush's throat‹.«

»Lieber Himmel, diesen Zungenbrecher würde ich niemals herausbringen!« Der Minister lachte. »Und was bedeutet dir diese Bücherei, junger Mann?«

»Alles, Sir. Meine Mum hat keine Zeit, mir vorzulesen. Weil wir so verdammt viele sind, sagt sie. Tut mir leid, Mum. Und sie hat schrecklich viel zu tun wegen dem Krieg. Clara hat uns jeden Abend vorgelesen. Und sie hat …«

Er brach ab und warf einen Blick zu seiner Mum. Pat nickte ihm ermutigend zu.

»Na ja, sie hat mir auch das Lesen beigebracht. Und als mein Kumpel Tubby gestorben is', war ich ganz traurig. Aber wenn ich hergekommen bin, ging es mir besser.«

Der Minister war sichtlich tief betroffen.

»Das mit deinem Freund tut mir leid, Sparrow. Wie ist Tubby denn ums Leben gekommen?«

»Bei 'nem Luftangriff.« Er zuckte die Achseln und biss sich fest auf die Lippe.

»Und welches Buch hat Clara euch zuletzt vorgelesen?«

»*Moby Dick*, Sir.«

Der Minister lächelte nostalgisch. »Oh, das habe ich sehr geliebt. Jedes Kind hätte verdient, diese Geschichte vorgelesen zu bekommen. Aber wenn du die Frage gestattest – kannst du denn nicht zu Hause lesen?«

»Wir sind ausgebombt, Sir. Wir wohnen jetzt hier unten. Das is' ja auch ganz toll, aber in den Tunneln is' es 'n bisschen duster zum Lesen.«

Der Minister schüttelte Sparrow die Hand und richtete sich wieder auf. »Ich finde, du bist ein prachtvoller Bursche und außerordentlich tapfer. Es war mir eine Ehre, deine Bekanntschaft gemacht zu haben, Sparrow.«

»Danke, hat mich auch gefreut.«

»Wir werden dafür sorgen, dass Mrs Button wiederkommt, damit sie euch das Buch weiter vorlesen kann.« Er wandte sich an die Menge. »Und nun muss ich wirklich gehen, sonst bekommt mein Assistent noch einen Herzanfall. Ich wünschen allen viel Vergnügen mit den neuen Büchern.«

Ruby war nah genug, um mitzuhören, was der Minister sagte, als er Mr Pinkerton-Smythe noch rasch beiseitenahm.

»Ich hoffe für Sie, dass Sie einen verdammt guten Grund hatten, sich von Mrs Button zu trennen. Sie haben hier einen gewaltigen Schlamassel angerichtet. Bringen Sie die Sache in Ordnung, Mann!«

Später am selben Abend ging Ruby zu Clara. Sie musste fast die Tür einschlagen, ehe ihre Freundin endlich öffnete.

»Wir haben es geschafft, Cla!«, schrie sie. »Oh, du hättest das Gesicht vom alten Pinkerton sehen sollen. Er stand da wie ein begossener Pudel!«

Clara trat beiseite, um die atemlose Ruby, Mrs Chumbley und Mr Pepper hereinzulassen.

»Was geschafft?«, fragte sie und zog ihren Morgenmantel fester um sich. »Was macht ihr alle hier?«

»Entschuldigen Sie die späte Störung, meine Liebe«, sagte Mr Pepper, während Mrs Chumbley ihn in Claras kleines Wohnzimmer führte.

Ruby platzte schier vor Aufregung, doch der Anblick ihrer Freundin traf sie wie ein Schlag. Clara sah furchtbar aus. Sie war immer schon gertenschlank gewesen, aber jetzt war sie bis auf die Knochen abgemagert. Und was bei Ruby alle

Alarmglocken schrillen ließ: Im ganzen Zimmer war kein einziges Buch zu sehen.

»Kann mir mal bitte jemand erklären, was los ist?«, fragte Clara.

»Du hattest doch nach Kanada geschrieben und um Bücherspenden gebeten – es war ein voller Erfolg, und Clara, du müsstest die vielen Bücher sehen, die sie geschickt haben!«, plapperte Ruby begeistert. »Hunderte! Alle Titel, um die du und Mr Pepper gebeten hattet, und noch kistenweise mehr. In vielen stehen Widmungen. Hör mal.« Sie zog *Die Abenteuer des Huckleberry Finn* aus ihrer Tasche und schlug das Buch auf.

»Für die Jungen und Mädchen von Bethnal Green in Dankbarkeit für die Opfer, die ihr für die Freiheit bringt.«

Clara schlug die Hände vor den Mund und riss vor Staunen die Augen weit auf. »Das ist ja unglaublich.«

»Ja, nicht wahr?«, schwärmte Ruby. Sie war erleichtert zu sehen, dass die guten Nachrichten ihre niedergeschlagene Freundin aufmunterten.

»Die Geschichte von unserer Bunker-Bücherei hat so viele Menschen berührt, und das haben wir dir zu verdanken, Cla«, verkündete Ruby. »Und das Beste kommt noch: Wir haben den Minister darüber aufgeklärt, wessen Idee das Ganze eigentlich war, und ihm eine Petition überreicht.«

»Eine Petition? Wofür denn?«, murmelte Clara.

»Natürlich dafür, dass Sie Ihren Posten wiederbekommen!«, antwortete Mrs Chumbley. »Seit Ihrem Weggang haben viele Leute die Bücherei boykottiert, weil das Angebot so drastisch reduziert wurde. Deshalb war es nicht schwer, die Unterschriften zusammenzubekommen. Erinnern Sie sich noch, was ich vor Monaten einmal zu Ihnen gesagt habe?«

Clara wurde blass. »Nein …?«

»Ich habe gesagt, Sie müssen die Bücherei verteidigen,

indem Sie eine Armee aus Lesern ins Feld führen. Ich hatte allerdings nicht damit gerechnet, dass einmal eine Armee aus Lesern zu *Ihrer* Verteidigung ins Feld ziehen würde.«

»Einfach genial, nicht wahr?«, warf Ruby grinsend ein. Sie konnte vor Aufregung kaum still stehen. »Jetzt wissen die höheren Mächte also, dass es deine Idee war, und der ganze Shelter ist auf deiner Seite – der alte Pinkerton steht mit dem Rücken zur Wand.«

»Sie hat recht, Clara, meine Liebe«, bekräftigte Mr Pepper mit sanfter Stimme. »Mein Gefühl sagt mir, wenn Sie morgen bei Mr Pinkerton-Smythe vorsprechen würden, hätten Sie ausgezeichnete Argumente, um Ihren Posten zurückzufordern.«

Clara stand schweigend da.

»A-aber ich habe gekündigt«, sagte sie dann.

»Nun, formal gesehen schon, aber doch nur, weil er dich dazu genötigt hat«, wandte Ruby ein.

»Und wozu soll das gut sein?«

»Wozu es gut sein soll?«, wiederholte Ruby verständnislos.

»Ja, ich meine, ich bin ja ohnehin nur eine Lückenbüßerin für die Zeit, bis die männlichen Bibliothekare aus dem Krieg zurückkehren. Und wenn man den Nachrichten glauben kann, wird das nicht mehr lange dauern.«

»Ich kann nicht fassen, dass du so redest, Clara!«, fuhr Ruby auf. »Wo ist dein Kampfgeist geblieben?«

Ruby starrte ihre Freundin an, die blass und niedergeschlagen in ihrem Morgenmantel dastand, und hätte sie am liebsten geschüttelt.

»Ich denke, wir sollten Clara ein wenig Zeit lassen«, schlug Mr Pepper diplomatisch vor. »Wir haben sie ja völlig überrumpelt, so, wie wir hier hereingeplatzt sind.«

»Ich brauche keine Bedenkzeit, Mr Pepper. Ich werde nicht versuchen, meine Stellung wiederzubekommen.«

»Aber warum denn nicht?«, rief Ruby laut. »Darüber hast du nie mit mir gesprochen – hast du schon eine Stellung in einer anderen Bücherei?«

»Nein. Ich habe keine andere Stellung. Es tut mir leid, Ruby. Ich wollte es dir sagen, ich habe nur noch nicht den Mut gefunden.« Sie knetete den Stoff ihres Morgenmantels zwischen den Fingern. »Ich ziehe zu meiner Schwiegermutter.«

»Was willst du denn da draußen in der Einöde?«, rief Ruby entgeistert. »Willst du der alten Schachtel etwa helfen, ihre Schusterpalmen abzustauben?«

Bei Rubys scharfen Worten lief Clara eine Träne über die Wange.

»Wie kannst du uns das antun?«, schrie Ruby wütend. »Denk doch an die Kinder im Shelter – was sollen die denn ohne dich machen? Was soll *ich* ohne dich machen?«

»Lassen wir Clara wirklich erst einmal in Ruhe verdauen, was wir ihr mitgeteilt haben«, ließ Mr Pepper sich wieder vernehmen. »Aber ich bitte Sie inständig, meine Liebe, überlegen Sie es sich noch einmal.« Er ergriff ihre Hände. »Ruby hat recht. Die Bücherei braucht Sie. Sie haben einmal zu mir gesagt, eine Liebe zu Menschen sei ebenso wichtig wie eine Liebe zu Büchern, *wenn nicht noch wichtiger*.«

»Aber das ist es ja gerade, Mr Pepper. Ich habe immer daran geglaubt, dass Bibliothekare dazu beitragen können, die Gesellschaft besser und gerechter zu machen, aber ich war im Irrtum.«

»Wovon redest du, Cla?«, fragte Ruby verzweifelt.

»Es war dumm von mir zu glauben, Bücher könnten das Leben der Menschen verändern … Kein Buch hat verhindert, dass diese fliegende Bombe Tubby getötet hat. Keine Geschichte hat Beatty und Marie daran gehindert, wegzulaufen. Kein glückliches Ende hat verhindert, dass ihr Vater von den Nazis verfolgt wurde!«

Jetzt konnte sie die Tränen nicht mehr zurückhalten, die Trauer und der Schmerz von Monaten brachen aus ihr hervor.

»Ein Mensch ist in meiner Bücherei gestorben, weil ich so dumm war …« Sie fasste sich mit beiden Händen an den Kopf. »So *dumm,* seiner Frau ein gewagtes Buch in die Hände zu geben. Und deswegen hasst Billy mich jetzt. Verstehst du denn nicht?«, rief sie aus. »Bücher sind eine nette Ablenkung, aber das Leben, das wirkliche Leben geht trotzdem einfach weiter.«

Sie führte ihre Besucher zur Tür und öffnete sie. Ihr Gesicht lag jetzt im Schatten. »Ich werde meine Meinung nicht ändern.«

Ruby wollte sich Mr Pepper und Mrs Chumbley anschließen, doch im letzten Moment drehte sie sich noch einmal zu ihrer Freundin um.

»Fünftausend Menschen wollen dich wieder in der Bücherei haben«, flüsterte sie. »Aber ich, ich *brauche* dich, Cla … als Freundin.«

»Es tut mir leid, Rubes. Ich bleibe für immer deine Freundin. Aber ich muss jetzt für mich ein Leben außerhalb der Bücherei finden.« Sie schloss leise die Tür.

Ruby fühlte sich so allein wie nie zuvor.

19

CLARA

Eine Bibliothekarin ist jemand, dem die Leute vertrauen. Sie lassen ihre Fassade fallen. Wir sind Sozialarbeiterinnen, Zuhörerinnen, Vertraute.

Maggie Lusher, Leiterin der Kesgrave Library in Suffolk

Eine Woche später kam der Tag, an dem Mr Pepper und Mrs Chumbley heiraten wollten. In aller Frühe zog Clara sich hastig an. Ein blassblaues Kleid und etwas Lippenstift mussten in Kriegszeiten genügen, um sich für eine Hochzeit zurechtzumachen. Clara warf einen Blick in den Spiegel und schauderte. Ruby konnte leuchtend roten Lippenstift tragen. Sie hingegen sah damit aus wie ein Clown.

Nachdem sie die Farbe wieder abgewischt hatte, nahm sie ihr Exemplar von *Der geheime Garten* und ließ das Buch aufklappen.

Für meinen Freund Sparrow. Du kannst noch so viele Türen öffnen. Bitte lies weiter. In Liebe, Clara

Sie steckte sich eine Zigarette an, dabei hatte sie seit Jahren nicht geraucht. Aber es half ihr, den Schmerz darüber zu betäuben, dass sie nicht lesen konnte. Zum ersten Mal in ihrem Leben war Clara nicht in der Lage, einem Satz zu folgen; sie nahm nur einzelne Wörter wahr, unzusammenhängend und bedeutungslos.

Die Verzweiflung über das Verschwinden der Mädchen

hatte sich mit dem Schmerz über Billys Zurückweisung vermischt, und beides machte ihre Trauer um Duncan nur noch schlimmer. Wenn es um Beziehungen ging, schien sie so etwas wie ein umgekehrter Midas zu sein: Alles, was Gold war, verlor seinen Glanz, sobald sie es berührte.

Nach dem Besuch von Ruby, Mrs Chumbley und Mr Pepper hatte sie sich ins Bett verkrochen und sich in ihrer Verzweiflung gesuhlt. Sie wäre wohl besser dortgeblieben. Quälende Erinnerungen an gestern stiegen in ihr auf. In dem Versuch, doch noch zu Billy vorzudringen, hatte sie die Rettungswache 98 besucht. Aber Blackie hatte ihr mitgeteilt, er sei nach Brentford versetzt worden.

»Oder war es Hendon?«, hatte Darling eingeworfen.

Die beiden wussten genau, wo er war. Sie schirmten ihn gegen sie ab.

Als sie wieder ging, hörte sie einen Hund bellen, und sie hätte schwören können, dass es Beauty war.

War er dort gewesen? Hatte er sich vor ihr versteckt? Bei dieser Vorstellung fühlte sie sich zutiefst beschämt.

Das alles ergab keinen Sinn.

Ich werde immer für dich da sein, wenn du mich brauchst.

Das hatte Billy nach Tubbys Tod zu ihr gesagt. Sein Versprechen war ihr so aufrichtig vorgekommen, aber wo war er jetzt?

Je eher sie aus dem East End fortging, umso besser. Sie drückte die Zigarette aus und griff nach ihrem Koffer.

»Tja, auf geht's.« Ihre Stimme erstarb in dem leeren Zimmer.

Draußen nahm Clara die Abkürzung durch den Barmy Park. Frühjahrsdunst vergoldete die Bäume. Die Ruinen der alten Bücherei schienen im Nebel zu schweben. Sie wandte sich ab und warf einen Blick auf ihre Armbanduhr: sechs Uhr früh. Es musste doch schon später sein! Sie schüttelte ihr Handgelenk. Seit nunmehr fünf Tagen war diese Uhr jeden

Tag um Punkt sechs stehen geblieben, und immer hatte zur selben Zeit nebenan ein Hund geheult.

Sie hatte gehofft, unbemerkt am Eingang zur U-Bahn-Station vorbeizukommen, doch es gelang ihr nicht.

»Clara!«, rief Mrs Chumbley, und sie blieb widerstrebend stehen.

»Sie kommen doch zur Hochzeit, oder? Die Trauung beginnt pünktlich um neun.«

»Das würde ich mir um nichts in der Welt entgehen lassen. Sagen Sie, würden Sie mir einen riesengroßen Gefallen tun?«

Sie kramte in ihrer Handtasche und reichte Mrs Chumbley *Der geheime Garten.* »Würden Sie Sparrow das geben?«

»Möchten Sie es ihm denn nicht selbst geben? Er ist noch an seinem Schlafplatz.«

Clara schaute die Treppe zur U-Bahn hinunter. »Ich … Tut mir leid, ich kann nicht.«

Sie wandte sich rasch ab und ging weiter die Bethnal Green Road entlang.

Ein Junge befestigte gerade die aktuelle Titelseite des *East London Advertiser* am Zeitungsstand.

AUS KANADA NACH BETHNAL GREEN …
KINDERBÜCHER FÜR ENGLAND

Darunter war eine Fotografie von Pinkerton-Smythe abgedruckt. Clara wandte sich ab – sein selbstgefälliger Gesichtsausdruck war ihr unerträglich.

»Clara … warten Sie …«

Sie drehte sich um. Sparrow rannte auf sie zu, *Der geheime Garten* fest in der Hand.

»Das hat Mrs Chumbley mir gerade gegeben«, sagte er atemlos.

»Ach ja …« Sie schluckte mühsam. »Es ist ein Abschiedsgeschenk.«

»W-was? Aber ich dachte, Sie kommen wieder? Wo wir doch 'ne Petition gemacht haben und alles!«

Sie schüttelte den Kopf. »Es tut mir leid, Sparrow. Das Ganze ist kompliziert.«

»Das sagen die Erwachsenen immer. Hab ich irgendwas falsch gemacht?«

»Lieber Himmel, nein. *Nein, nein, nein!* Es war mir immer eine große Freude, mit dir zu lesen.« Tränen stiegen ihr in die Augen. »Ich habe dich sehr gern, Sparrow.«

»So gern wohl auch wieder nich', sonst wären Sie gekommen und hätten sich richtig verabschiedet.«

Sie verzog schmerzlich das Gesicht.

»Erst Tubby«, flüsterte er ungläubig, »und jetzt Sie. Wie konnten Sie das machen?« Er starrte auf das Buch. »Ich hab Ihnen vertraut.«

»Es tut mir leid«, brachte sie unter Tränen heraus. »Ich verlasse das East End, nicht dich.«

Er drückte ihr heftig das Buch in die Hände, bebend vor Zorn. »Kommt auf eins raus. Ich brauch Sie auch gar nich'. Sie sind ein Feigling, weiter nichts.«

»Sparrow … bitte sei nicht so!«, rief sie ihm nach, doch er war schon davongelaufen. Seine Schritte hallten wie Gewehrschüsse.

Die Bethnal Green Road empfing sie wie eine alte Tante mit losem Mundwerk. Schrilles Gelächter. Magere Straßenhändler, die in unverständlichem Durcheinander ihre Waren anpriesen.

Während Clara ihren Stimmen lauschte, scharf und zugleich irgendwie melodisch, die jede ihre eigene Geschichte erzählten, fühlte sie sich innerlich zerrissen. Sparrow hatte recht. Sie war ein Feigling.

Sie bog nach links in die Vallance Road ein, wo eine kleine Armee Frauen gerade mit dampfenden Wassereimern die Türschwellen putzte. Es roch sauber und faulig zugleich, wie Bleiche in einer Metzgerei.

Ein alter Mann steckte den Kopf aus der Nummer 48, einen Rasierbecher in der Hand, das Gesicht noch halb von Schaum bedeckt.

»Clara, Sie müssen wieder in die Bücherei kommen«, bat er. »Meine Holde geht nicht mehr hin, seit Sie nicht mehr dort sind, und jetzt muss ich mir jeden Abend ihr Gekeife anhören. Sie lässt mich nur in Ruhe, wenn sie die Nase in ein Buch stecken kann.«

»Tut mir leid, Fred.«

Wenigstens ein halbes Dutzend Frauen kam mit kleinen Hochzeitsgeschenken angelaufen, die Clara für Mrs Chumbley mitnehmen sollte. Ihr war nicht bewusst gewesen, wie sehr sie diese starken und loyalen Frauen ins Herz geschlossen hatte. Güte und Freundlichkeit standen für sie an oberster Stelle.

Was erhoffte sie sich eigentlich davon, Bethnal Green den Rücken zu kehren? Wollte sie wirklich bei Maureens Whist-Runden die Getränke servieren?

»Clara! Untersteh dich zu gehen, ohne dich zu verabschieden.« Die Stimme hallte durch die lange Straße.

Ruby lief auf sie zu. Sie trug ein unglaublich enges, leuchtend rosafarbenes Kleid, ein dazu passendes Kopftuch und eine Sonnenbrille mit rosa Gestell.

»Das würde ich niemals wagen«, erwiderte Clara lachend. »Außerdem muss ich doch noch zur Hochzeit.«

Ruby hakte sich bei Clara unter. »Genau, und so habe ich noch reichlich Zeit, dich umzustimmen.«

»Kannst du mit diesem Kleid überhaupt laufen?«, fragte Clara.

»Wozu laufen, wenn man trippeln kann?«

»Ruby Munroe, du bist einfach unverbesserlich.«

»Nun sag es schon, ich weiß, dass es dir auf der Zunge liegt.«

»Was denn?«

»Dass ich Bethnal Greens Antwort auf Betty Grable bin.«

Clara wollte gerade mit einem lahmen Witz antworten, als etwas Seltsames geschah. Ein greller Lichtblitz erhellte die Straße.

Im nächsten Moment starrte Clara auf ihre Beine hinunter. Wieso lag sie plötzlich auf dem Gehweg? Sie spürte keinen Schmerz, doch auf dem Blau ihres Kleides breitete sich ein roter Fleck aus wie eine Mohnblüte. Ein paar Schritte von ihr entfernt lag Ruby der Länge nach am Boden, ihr Kopftuch glitzerte silbrig.

Clara kam taumelnd wieder auf die Beine. Glassplitter fielen von ihr ab. Sie half Ruby auf, und beide starrten voller Entsetzen auf die Qualmwolke, die wie eine schwarze Wand auf sie zukam.

»Eine fliegende Bombe!«, schrie eine körperlose Stimme. »Sie ist in die Hughes Mansions eingeschlagen.«

Plötzlich erwachte die Straße zum Leben. Leute rannten geradewegs in die Qualmwolke hinein.

»Komm mit, Clara«, drängte Ruby.

Die Vallance Road war lang. Rauch hüllte die Türschwellen ein, an denen Clara eben erst vorbeigegangen war. Türen waren aus den Angeln gerissen, Fenster zersplittert. Reihenhäuser waren durch die Wucht der Explosion an der Front aufgerissen worden, ergossen ihren Inhalt auf die Straße, sodass Clara und Ruby an mehreren Stellen über Trümmer hinwegsteigen mussten. Ziegelsteine und Beton schnitten Clara schmerzhaft in die Füße, und erst jetzt wurde ihr bewusst, dass sie ihre Schuhe verloren hatte.

Als sie tiefer in die Rauchwolke vordrangen, schalteten

ihre Sinne ab. Plötzlich war Ruby nicht mehr da. Panik überwältigte sie.

»Rubes!«, schrie sie und fuhr sich mit den Fingern durchs Haar. Sie schaute nach unten, ihre Finger waren blutverschmiert, und ihr wurde bewusst, dass ihr Haar voller kleiner Glassplitter war.

Eine Hand griff nach ihr. »Lass nicht los!«, schrie Ruby.

Es war unverkennbar, wo die Bombe eingeschlagen war.

Die Hughes Mansions an dem Ende der Vallance Road, das zu Whitechapel gehörte, waren Clara vertraut. Viele Besucher ihrer Bücherei wohnten hier, hauptsächlich jüdische. Drei identische fünfstöckige Wohnblocks standen Seite an Seite. Doch jetzt fehlte der mittlere Block, es bot sich ein Bild der Verwüstung. Traumatisierte, hysterische Menschen kletterten über die Trümmer, warfen Ziegelsteine beiseite, gruben mit bloßen Händen nach ihren Lieben.

»Runter da!«, schrie ein Mann vom Rettungstrupp, der hastig versuchte, den Rand des Kraters mit einem Seil abzusperren.

Ein blutüberströmter Mann stolperte vorbei, er trug ein Baby in den Armen und rief nach seiner Frau. Ein Soldat stand lautlos weinend neben einer Toten, von der nur die Beine aus den Trümmern ragten. In der Nähe lagen die zerfetzten Überreste eines Spruchbandes mit der Aufschrift *Willkommen zu Hause*.

Es war ein Bild wie aus der Hölle. Clara schaute auf ihre Armbanduhr, deren Glas gesplittert war. Sie wusste selbst nicht, wozu sie jetzt die genaue Uhrzeit wissen wollte – vielleicht um in diesem Chaos irgendeinen Anhaltspunkt zu haben. Sieben Uhr einundzwanzig. So viele Menschen hatten sicher gerade beim Frühstück gesessen, sich zur Arbeit fertig gemacht oder für das Pessachfest. Es war unfassbar, wie viele zu Tode gekommen sein mussten.

»Wir können nicht einfach hier rumstehen!«, rief sie, an Ruby gewandt.

Sie schoben sich durch die Menge, die sich schnell um die Absperrung versammelte. Clara erkannte Miss Miriam Moses, die Gründerin des Brady Girls' Club. Sie kam regelmäßig mit ihren Mädchen und den Jungen vom Brady Boys' Club in die Bücherei. Clara hatte die Energie der Sozialreformerin schon immer beeindruckend und inspirierend gefunden. Jetzt würde sie mehr gefordert sein als je zuvor.

»Miss Moses! Wie können wir helfen?«

Miriam wandte sich Clara zu, ihr Gesicht war ganz bleich. »Wir nutzen den Brady Club nebenan als Hauptquartier der Einheiten für die schweren Bergungsarbeiten. Gehen Sie dorthin.«

Damit wandte sie sich ab, um sich auf die Suche nach den jungen Mitgliedern ihres Klubs zu machen.

»Cla, geh du hin«, sagte Ruby atemlos. »Ich suche Mrs Chumbley und Mr Pepper, um ihnen Bescheid zu sagen, was passiert ist. Ich komme wieder, so schnell ich kann. Und ich bringe Schuhe für dich mit.«

Die beiden Frauen umarmten sich. Was sie um sich herum sahen, brach ihnen schier das Herz.

Die nächsten zehn Stunden vergingen wie im Flug, und mit jedem Augenblick hatte Clara das Gefühl, dass ihre Seele verdorrte und sich in sich zusammenzog. Sie kam kaum dazu, einmal richtig durchzuatmen, während sie zusammen mit anderen Freiwilligen in den Räumen des Klubs eine provisorische Kantine einrichtete. Ruby tauchte irgendwann auf und brachte ihr eine Hose, ein frisches Oberteil und Schuhe mit.

»Und das hier habe ich gefunden«, sagte sie und steckte *Der geheime Garten* in ihre Tasche. »Es lag noch an der Stelle, wo du es hast fallen lassen.«

Sie strichen Butter auf Brot und Bagels und bereiteten riesige Kannen Tee und Fertigbrühe zu. Diese Tätigkeiten erschienen belanglos angesichts dessen, was die Rettungs- und Bergungstrupps draußen leisteten, aber Clara hatte ein starkes Gefühl, dass sie hier sein und irgendetwas beitragen musste, ganz gleich, wie profan es war. Draußen hörten sie Maschinenlärm, ein mobiler Kran wurde zum Ort des Einschlags gebracht, um riesige Brocken Mauerwerk zu bewegen, damit die Retter zu den Verschütteten vordringen konnten. Schreie und Stöhnen drangen aus den Überresten des Gebäudes. Clara vermochte sich nicht vorzustellen, wie viele Menschen womöglich noch in Hohlräumen zwischen den Trümmern eingeschlossen waren, ganz in ihrer Nähe.

Als der Nachmittag voranschritt, das Licht draußen weicher wurde und der Rauch sich allmählich verzog, schlug der Unglaube über das Geschehene in heiße Wut und Fassungslosigkeit um. Im Klub hatten die Frauen vom Women's Volunteer Service auch eine Anlaufstelle eingerichtet, in der unter anderem eine Liste der bereits identifizierten Toten geführt wurde.

Die Warteschlange derer, die in den Klub kamen, um sich nach nahestehenden Menschen zu erkundigen, wurde immer länger, und in den Gesichtern stand die pure Verzweiflung.

Der Raum hallte von Stimmen wider, immer wieder fiel die Frage »Haben Sie … gesehen?« Manche erhielten die gute Nachricht – wenn man es denn so nennen konnte –, dass ihre Angehörigen lebend aus den Trümmern geholt und ins London Hospital gebracht worden waren. Andere mussten wieder gehen, ohne etwas erfahren zu haben. Und für einige arme Seelen endete der Weg hier. Die Zahl der Toten erreichte schon nach kurzer Zeit den zweistelligen Bereich.

Bald wurde der Klub völlig überrannt, es war das reinste

Irrenhaus. Clara und Ruby halfen den Frauen vom WVS, Namen und Adressen von Hunderten verzweifelten Angehörigen zu notieren. Dabei regte sich ein Gedanke hartnäckig in Claras Kopf. Hätte sie doch um ihren Posten in der Bücherei kämpfen sollen? Sie hätte dort ebenfalls ein Auskunftsbüro einrichten und so die Anlaufstelle hier entlasten können. Das Leid, das sie umgab, war überwältigend. Sie fühlte sich beinahe schuldig, weil sie sich inmitten all des Grauens mit einem Gedanken tröstete: Wenigstens waren Sparrow und die übrigen Tunnelratten im Shelter in Sicherheit.

Clara erkannte den Soldaten wieder, den sie vorhin schon gesehen hatte – er kauerte in sich zusammengesunken an einer Wand.

»Trinken Sie das«, sagte sie und drückte ihm einen Becher Tee mit sehr viel Zucker in die Hände. Der Mann blickte zu ihr auf und schien den heißen Becher gar nicht wahrzunehmen.

»Ich war ein Jahr in Burma«, murmelte er. »Ich bin erst seit achtundvierzig Stunden wieder zu Hause. Heute Abend wollte ich mit meiner Familie feiern.«

»Mein herzliches Beileid zu Ihrem Verlust«, sagte sie. »War das vorhin Ihre Frau?«

Er schaute sie an. »Nein, meine Mum. Und inzwischen habe ich erfahren, dass meine drei Schwestern auch dort drin waren.«

»Ach, mein Lieber«, sagte Clara sanft und legte eine Hand auf sein Handgelenk. Unter ihrer Berührung bröckelte seine Fassung. Der Teebecher fiel ihm aus der Hand, er vergrub das Gesicht in den Händen, und heftige Schluchzer schüttelten ihn.

»Meine ganze Familie ist ausgelöscht«, weinte er. »Was mache ich denn jetzt?«

Clara hielt ihn fest in den Armen wie ein Kind und teilte seine Trauer.

Später schaffte sie es, etwas Warmes zum Anziehen für ihn aufzutreiben und einen Sanitäter, der ihn ins Krankenhaus brachte.

»Der arme Kerl. Was für eine Heimkehr«, bemerkte Ruby kopfschüttelnd.

Nicht weit von ihnen meldete gerade jemand, man habe zwei Kinder, die nach drei Jahren Evakuierung erst vor ein paar Tagen wieder nach Hause gekommen waren, tot aus den Trümmern geborgen. Die Mutter sank auf dem Boden in sich zusammen, von lautlosen Schluchzern geschüttelt.

»Ich glaube, viel länger ertrage ich das nicht«, sagte Clara leise.

»Nimm die« – Ruby gab ihr eine Zigarette – »und geh mal kurz an die Luft.«

Tränenblind stolperte Clara aus dem Brady Club. Draußen wurde sie vom grellweißen Licht einer Bogenlampe geblendet, die am Rand des Kraters aufgestellt worden war, damit die Retter ihre Suche nach Überlebenden auch nach Einbruch der Dunkelheit fortsetzen konnten.

Clara machte einen Schritt vorwärts und stieß heftig mit jemandem zusammen.

»Können Sie nicht aufpassen, wo Sie hinlaufen …?« Die Männerstimme verstummte. »Clara!« Im nächsten Augenblick hielt der Sanitäter sie in den Armen. Es dauerte einen Moment, ehe sie begriff.

»Billy!« Erleichterung durchströmte sie, Liebe, dann Schmerz.

»Ich dachte, du wärst in Barnet oder Hendon oder wo auch immer«, sagte sie.

»Ich …«, setzte er an. »Es ist kompliziert. Was machst du hier? Bist du verletzt?«

»Nein, mir ist nichts passiert, nur ein paar kleine Schrammen.« Sie zeigte auf den Klub. »Ich helfe da mit.«

»Ich glaube nicht, dass das hier der richtige Ort für dich ist, Clara. Willst du nicht lieber zurück in die Bücherei gehen?«

Aus seinen Worten sprach Fürsorge, aber Clara ärgerte sich trotzdem. Es stand ihm nicht zu, besorgt um sie zu sein. Nicht mehr, seit er sie aus seiner Wohnung fortgeschickt hatte. Am liebsten hätte sie ihn angeschrien. Ihm gesagt, dass sie ihn hasste, dass er sich schämen sollte, weil er weggelaufen war, als sie ihn am meisten gebraucht hatte. Doch sie konnte die schmerzhafte Wahrheit nicht leugnen: So sehr sie auch dagegen ankämpfte, sie liebte ihn dennoch.

»Bitte, Clara, geh in den Shelter, dort bist du in Sicherheit.«

»Ich arbeite nicht mehr in der Bücherei. Ich habe gekündigt, nachdem du mich verlassen hast.«

»Was?« Das Erstaunen stand ihm ins Gesicht geschrieben.

Im gleißenden Licht standen sie sich gegenüber und starrten sich an.

»Das ist doch absurd«, sagte er schließlich.

»Das haben Ruby und die anderen auch gesagt. Aber ich gehe aus dem East End fort. Eigentlich wollte ich heute abreisen.«

»Bitte nicht«, sagte er und schob verzweifelt seinen Helm zurück.

»Was kümmert es dich noch?«, schleuderte sie ihm entgegen. »Du hast mich doch verlassen.«

»Clarkie, beeil dich, wir brauchen die Decken«, ertönte eine Frauenstimme. Blackie und Darling waren am Rand des Kraters gerade dabei, einen geschundenen Körper auf eine Trage zu betten.

»Hör zu, ich muss jetzt weitermachen«, sagte er. »Aber wir müssen reden. Ich habe dir einiges zu erklären.« Er wandte sich zum Gehen, dann hielt er noch einmal inne. »Ich liebe dich, Clara. Ich habe nie aufgehört, dich zu lieben.«

20

RUBY

Es gibt keine Kinder, die nicht gern lesen, nur Kinder, die noch nicht das richtige Buch gefunden haben.

Nicola »Ninja Librarian« Pollard, Schulbibliothekarin an der St John Fisher Catholic High School in Harrogate

Die Suche nach den Vermissten lief nun schon den dritten Tag. Ruby hatte so etwas noch nie erlebt. Rettungstrupps arbeiteten rund um die Uhr, und mit jeder Stunde, die verging, steigerte sich das Gefühl der Dringlichkeit. Sie hatten sogar speziell ausgebildete Spürhunde angefordert, um Verschüttete zu finden. Die Zahl der Todesopfer hatte die hundert überschritten und stieg immer weiter. Doch inmitten der Verzweiflung gab es auch Lichtblicke, die wieder Hoffnung weckten. Erst gestern hatte ein Junge die Stimmen seiner Geschwister aus den Trümmern gehört und den Rettungsleuten die Stelle gezeigt. Bruder und Schwester konnten lebend aus den Überresten des zerbombten Hauses geholt werden, unter denen sie vierundzwanzig Stunden lang eingeschlossen gewesen waren.

Die Organisation im Brady Club lief jetzt viel glatter, vor allem seit Mrs Chumbley einen Ruheraum für die Angehörigen der Vermissten eingerichtet hatte. Dort konnten auch Leute unterkommen, die durch den Bombeneinschlag in der nahen Deal Street obdachlos geworden waren.

Ruby und Clara waren gerade mit einer Menge Kleiderspenden auf dem Weg dorthin, als Ruby aufsah.

»Täusche ich mich, oder ist er es wirklich?«, fragte sie und spähte mit zusammengekniffenen Augen nach oben.

Nach der Bombenexplosion bot sich ein seltsames Bild. Wo der mittlere Wohnblock gestanden hatte, befand sich nun der Krater, aber der vordere Wohnblock, der an die Straße grenzte, war mehr oder weniger intakt geblieben. Im dritten Stock stand auf dem Laufgang, der über die gesamte Breite des Gebäudes verlief, Mr Pinkerton-Smythe und beugte sich über das Geländer. Er starrte in den Krater hinunter, dann wandte er sich ab und ging wieder ins Gebäude.

»Ich hatte keine Ahnung, dass er hier wohnt!«, rief Clara aus.

»Ich auch nicht.«

»Wir sollten hingehen und uns vergewissern, dass es ihm gut geht.«

»Ach, lass ihn doch, Cla. Er ist ein Arschloch, und außerdem sind wir sicher die Letzten, die er jetzt sehen will.«

Clara warf ihrer Freundin einen vorwurfsvollen Blick zu. »Das mag ja sein, aber er ist immer noch ein Mensch.«

Ruby war sich diesbezüglich nicht so sicher, aber sie wollte Clara nicht allein lassen, und die ging bereits auf das Gebäude zu.

»Ich sollte mal meinen Geisteszustand untersuchen lassen«, murmelte Ruby vor sich hin, dann lief sie ihrer Freundin nach.

Sie klopften an die Tür. Ein älterer Mann öffnete.

»Ja, bitte?«

»Wir arbeiten unten im Hilfezentrum mit«, erklärte Clara. »Wir wollten uns nur vergewissern, dass hier alles in Ordnung ist. Wir haben reichlich warme Kleidung, falls Sie etwas brauchen.«

Er schaute auf das Bündel alter Kleider hinunter, das Clara

in den Armen trug. »Das denke ich nicht. Aber Sie sollten wohl besser hereinkommen.«

Er machte eine auffordernde Geste, und die beiden betraten die kleine Wohnung.

»Gerald!«, rief er in den Flur. »Besuch für uns.«

Ruby schaute ihn an und grübelte. Wo hatte sie den Mann schon einmal gesehen? Er kam ihr vertraut vor, aber sie konnte sich nicht darauf besinnen, woher sie ihn kannte.

Mr Pinkerton-Smythe erschien, und im selben Moment fiel es Ruby ein.

»Was machen Sie beide denn hier?«, fragte er in frostigem Ton.

»Lieber Himmel, *Sie* sind das!«, rief Ruby aus und starrte den Mann an, der ihnen die Tür geöffnet hatte. »Sie waren in der Bücherei an dem Abend, als ich schnell wegmusste … An dem Abend, als *Forever Amber* gestohlen wurde.« Er war der Herr mit der Melone, der sich abfällig über ihren Bücherbestand geäußert hatte und dann mit der *Times* ins Lesezimmer gegangen war.

Einen Moment lang standen die beiden Männer wie erstarrt. Ruby schaute sich in der Wohnung um. Sie sah aus wie die meisten Wohnungen in der Gegend, nur dass sie mit Büchern vollgestopft war – an den Wänden standen hohe Regale mit teuer aussehenden gebundenen Büchern. Eines fiel besonders ins Auge, mit seinem apfelgrünen Einband hob es sich von den anderen Büchern ab wie ein Juwel.

Blitzschnell zog Ruby es heraus und schlug es auf. Drinnen steckte noch die Reservierungskarte.

»Clara, schau! Das ist das gestohlene Exemplar!«

»Was?« Clara ließ das Kleiderbündel fallen und ergriff das Buch. Sie strich mit den Fingern über den Stempel der Bethnal Green Library.

»Du hast recht, Rubes. Es ist …« Sie sah ungläubig auf.

»Seien Sie nicht albern!«, fuhr Mr Pinkerton-Smythe sie an, doch seine Augen verrieten, dass Angst in ihm aufstieg.

Ruby las die Titel auf einigen Buchrücken, und plötzlich begriff sie.

»Sie horten diese Bücher, um sie zu verkaufen, wenn der Krieg vorbei ist, nicht wahr?«

Clara ließ den Blick über das Regal gleiten. »Es sind einige kostbare Exemplare dabei!«

Sie griff wahllos eines heraus – *Stolz und Vorurteil.*

»Poplar Library! Auch ein Büchereibuch!«

Ruby konnte sich nicht erinnern, wann sie Clara zuletzt so zornig gesehen hatte. Sie zitterte buchstäblich vor Wut.

»W-was für eine abscheuliche und hinterhältige Tat«, stammelte sie. »Bücher aus Bibliotheken zu stehlen, erst recht aus solchen, die von Menschen genutzt werden, die sie ganz besonders schätzen und brauchen.«

Dann entdeckte Ruby am Rand eines Bücherregals säuberlich aufgestapelte Zeitungsausschnitte. Auf dem obersten war eine junge Frau zu sehen, die in den Armen eines Amerikaners Jitterbug tanzte. Darunter lagen die Spalten mit den Rennergebnissen.

»Und Sie waren es auch, der die Zeitungen zerschnitten hat!«, rief Ruby. »Oder Sie«, fügte sie hinzu und zeigte auf den anderen Mann. »Warum?«

»Nun, jemand musste ja die Rolle des Hüters der Moral in der Bücherei übernehmen, da Mrs Button dieser Aufgabe offensichtlich nicht gewachsen war!«

»Lieber Himmel«, flüsterte Clara. »Sie wollen ernsthaft kontrollieren, was die Leute in ihrer Freizeit tun und was sie lesen. Und ich hatte schon den armen Mr Pepper in Verdacht!« Sie lachte über diesen absurden Gedanken. »Sie sind eine Schlange!«

»Und Sie sind eine gefühlsduselige Liberale, die ihre Zeit mit Kindern vergeudet, bei denen Hopfen und Malz verloren ist«, versetzte Mr Pinkerton-Smythe. »Und Miss Munroe ist nichts als ein billiges, aufgetakeltes Flittchen.«

Ruby wollte sich mit einem Aufschrei auf ihn stürzen, aber Clara hielt sie zurück.

»Nein, Ruby«, sagte sie atemlos. »Lass dich nicht auf sein Niveau herab.«

Rubys Herz schlug heftig. Aber so gern sie diesem Mann auch die Augen ausgekratzt hätte, sie wusste, dass Clara recht hatte. »Nun, dann rufe ich jetzt die Polizei. Wir wollen doch mal sehen, wie man das im Rathaus aufnimmt.«

»Warten Sie!«, sagte der andere Mann und packte sie am Arm, als sie an ihm vorbeigehen wollte.

»Fassen Sie mich nicht an!«

Er ließ ihren Arm los.

»Ich bin sicher, wir können die Sache irgendwie einvernehmlich regeln. Es ist nicht nötig, die Behörden hinzuzuziehen.«

»Wer sind Sie eigentlich?«, wollte sie wissen.

»Ich bin Geralds Bruder. Was verlangen Sie, damit Sie über diese Angelegenheit Stillschweigen bewahren?« Er zückte seine Brieftasche.

»Wenn Sie uns noch länger den Weg versperren und uns daran hindern, zu gehen, werden Sie diese Brieftasche an einer Stelle wiederfinden, wo nur ein Chirurg sie entfernen kann«, fuhr Ruby ihn an.

»Warte, Ruby«, fiel Clara ihr ins Wort. »Ich denke, wir könnten tatsächlich zu einer Einigung gelangen.«

Ruby schaute sie verblüfft an. »Clara … Du meinst doch nicht etwa …?« Doch da nahm sie im Gesicht ihrer Freundin eine bemerkenswerte Veränderung wahr. Claras Zorn war einem anderen Ausdruck gewichen, und zum ersten Mal seit sehr langer Zeit entdeckte Ruby wieder etwas von der alten Clara. Resolut. Stark. Herrin der Lage.

»Zunächst einmal werden Sie Ihr Amt als Leiter des Bibliotheksausschusses niederlegen«, erklärte sie ruhig.

»Seien Sie nicht albern!« Mr Pinkerton-Smythe lachte.

Sie zuckte die Achseln. »Dann auf Wiedersehen.«

»Halt«, hielt der andere Mann sie zurück und warf Mr Pinkerton-Smythe einen eindringlichen Blick zu. »Gerald, wenn wir verhaftet werden, wäre das ein Skandal, über den wir niemals hinwegkämen. Ich muss auch an meine Stellung als Beamter denken.«

»Ihr Bruder hat recht«, ließ Ruby sich vernehmen. »Stellen Sie sich nur die Schlagzeilen vor! *Bibliothekschef reißt sich erotische Lektüre unter den Nagel.* Oder wie wäre es damit: *Korrupter Kommunalbeamter klaut freizügige Romane*? Wenn das vor Gericht kommt, werden Sie zum allgemeinen Gespött.«

Mr Pinkerton-Smythe wurde blass, als ihm bewusst wurde, welche Folgen diese Angelegenheit haben konnte.

»Aber wie soll ich meinen Rücktritt denn begründen?«

»Sagen Sie einfach, Sie wurden durch den Bombeneinschlag traumatisiert und wollen aus Bethnal Green fort«, schlug Clara vor. »Auf diese Weise bleibt immerhin Ihre Ehre intakt.«

Mr Pinkerton-Smythe ließ sich in einen Lehnstuhl sinken. »Ist das alles?«

»Nein. Bevor Sie Ihr Amt niederlegen, werden Sie Ihren Nachfolger nominieren.«

»Und wer soll das sein?«, fragte er misstrauisch.

»Mrs Chumbley. Sie wird eine ausgezeichnete Vorsitzende abgeben, vorausgesetzt, Sie sorgen dafür, dass ihre Ernennung auf breite Zustimmung trifft. Aber nach allem, was sie im Shelter geleistet hat, dürfte das ja kein Problem sein.«

»Und die Leitung der Zweigstelle?«, fragte Ruby.

Clara lächelte. »Nun, die übernehme ich natürlich«, antwortete sie. »Aber nur bis die Männer zurück sind. Dann hätte ich gern meinen alten Posten als Kinderbibliothekarin wieder.«

»Wirklich, Clara?« fragte Ruby zweifelnd nach. »Vor wenigen Tagen hast du doch noch ganz anders geredet! Und ich dachte, es ist dir zuwider, als Platzhalterin angesehen zu werden.«

»Ich werde nicht *nur* die Kinderbibliothekarin sein«, erklärte Clara mit einem vielsagenden Blick zu Mr Pinkerton-Smythe. »Sondern *die* Kinderbibliothekarin. Ich werde bei der Instandsetzung der Bücherei mitzureden haben und dem Leiter der Erwachsenenabteilung gleichgestellt sein.« Sie hielt *Forever Amber* in die Höhe. »Das hier behalte ich als Sicherheit. Damit Sie unsere Vereinbarung auch wirklich einhalten. Habe ich mich klar ausgedrückt?«

Er nickte. Ihm war anzusehen, dass er innerlich vor Wut schäumte.

»Gehen Sie jetzt!«, brachte er schließlich heraus.

»Mit Vergnügen«, erwiderte Clara. »Komm, Ruby.«

Vom Laufgang aus sahen sie unten Miss Moses, die gerade zum Brady Club hinübereilte. Sie war sichtlich am Boden zerstört. Es stand bereits fest, dass zweiundzwanzig jüdische Kinder aus dem Klub bei der Explosion ums Leben gekommen waren.

»Ach, da wäre noch etwas«, sagte Clara und drehte sich noch einmal um. »Eine letzte Bedingung für mein Stillschweigen. Verkaufen Sie so viele dieser Bücher, wie Sie können, und spenden Sie einen größeren Geldbetrag an den Brady Club, damit Miss Moses mit den Überlebenden eine Ferienfreizeit machen kann, wenn dieser Albtraum vorüber ist.«

Mr Pinkerton-Smythes Bruder lachte. »Mir scheint, Sie sind wirklich verrückt.«

Ruby trat ans Geländer und pfiff auf zwei Fingern. Ein Polizist, der an der Absperrung Posten stand, schaute hoch.

»Also gut, wir machen es.«

»Schön. Tätigen Sie die Spende unter dem Namen Amber und sorgen Sie dafür, dass das lokale Käseblatt darüber berichtet, damit ich erfahre, wenn es geschehen ist. Ach, und ich weiß, dass Sie unsere sämtlichen Exemplare von *Forever Amber* im Rathaus unter Verschluss halten – sorgen Sie dafür, dass diese Bücher unverzüglich wieder in der Bücherei zur Ausleihe zur Verfügung stehen.«

Damit gingen Clara und Ruby und ließen am Boden zerstörte Männer zurück.

21

CLARA

Da ich in Armut in einer Sozialwohnung aufgewachsen bin und kein Geld hatte, um etwas zu unternehmen, war die Bücherei meine Zuflucht. Ich habe Bücher verschlungen. Büchereien haben mein Leben verändert, und jetzt, da ich selbst Bibliothekarin bin, würde ich mir ein großes Schild wünschen, auf dem in Leuchtschrift steht: »Wir sind für alle da.«

Charlotte Begg, Abteilungsleiterin der Freshwater Library, Isle of Wight

Auf dem Weg zurück zur Deal Street war Ruby ganz aus dem Häuschen.

»Cla! Was zum Teufel war das eben?«

»Ich weiß auch nicht«, erwiderte Clara mit ungläubigem Lachen. »Du findest aber nicht, dass ich zu weit gegangen bin, oder?«

»Auf gar keinen Fall! Er hat es nicht anders verdient. Mein Gott, Mädchen. Was du da geleistet hast, war sensationell! Amber St Clare wäre stolz auf dich.«

Ruby drückte ihre Hand, und Clara bekam auf einmal ganz weiche Knie. Wie hatte sie nur so ruhig bleiben können? Ihr Herz schlug wie rasend.

»Aber woher der plötzliche Sinneswandel?«, fragte Ruby. »Vor ein paar Tagen warst du noch entschlossen zu gehen.«

»Es kam, als er zu mir sagte, dass ich meine Zeit mit

Kindern vergeude, bei denen Hopfen und Malz verloren ist. Ich musste daran denken, wie ich Tubbys Mutter in der Bücherei einmal versprochen habe, ihre Kinder nie aufzugeben. Doch dann habe ich sie im Stich gelassen.«

Sie erinnerte sich daran, wie gekränkt Sparrow bei ihrer letzten Begegnung ausgesehen hatte.

»Und vor allem habe ich die Kinder im Stich gelassen.«

Sie hatte zugelassen, dass das traumatische Erlebnis um Victors Tod und der Schmerz wegen Billy ihr Urteilsvermögen getrübt hatten, doch nun sah sie klar, welchen Weg sie einschlagen musste. Sparrow. Ronnie. Molly. Maggie May. Joannie. *Alle* Kinder in der unterirdischen Bücherei brauchten jemanden, der auf ihrer Seite war.

»Ich werde mich nicht mehr von den Erwartungen anderer bestimmen lassen und ich werde aufhören, in der Vergangenheit zu leben«, schwor sie. »Dies ist mein Leben, und ich muss zurück in meine Bücherei.«

»Mit oder ohne Billy?«, fragte Ruby.

»So oder so. Ich liebe Billy, und er sagt, er liebt mich auch, aber was immer bei ihm los sein mag, ich darf nicht mehr zulassen, dass es mein Leben bestimmt.«

Sparrows furchtbare Erlebnisse, Tubbys Tod, die Erfahrungen der beiden Mädchen von Jersey, die ihre geliebte Insel hatten verlassen müssen … Sie vermochte die Kinder nicht gegen den Krieg abzuschirmen, aber sie konnte ihnen die Situation erträglicher machen.

»So gefällst du mir.« Ruby boxte sie spielerisch gegen den Arm. »Schön, dich wiederzuhaben! Was kann uns ein Pinkerton-Smythe schon anhaben – oder sollte ich sagen, Gerald? Ich habe immer gewusst, dass er ein abscheulicher Widerling ist!« Ruby verstellte die Stimme. *»Miss Munroe ist nichts als ein billiges, aufgetakeltes Flittchen!«*

Clara amüsierte sich köstlich darüber, wie treffend ihre

Freundin Pinkerton-Smythe nachahmte. Sie lachte noch immer, als sie die Türen zum Hilfezentrum aufstießen.

»Die Kleider!«, rief sie plötzlich aus – erst jetzt fiel ihr wieder ein, dass sie noch in Pinkerton-Smythes Wohnung lagen. »Es tut mir so leid, Mrs Chumbley, aber wir haben sie liegen lassen.«

»Machen Sie sich darüber keine Gedanken«, lautete die düstere Erwiderung. »Es gibt Neuigkeiten. Sie sollten sich lieber setzen.«

Noch bevor Mrs Chumbley ein weiteres Wort gesprochen hatte, ahnte Clara, dass es um Beatty und Marie ging.

»Offenbar wurde in den Trümmern ein Tuch in den Farben des Union Jack gefunden. Jemand hat sich erinnert, dass ein Mädchen in der unterirdischen Bücherei ein solches Tuch trug. Wissen Sie vielleicht, wer das sein könnte?«

»Beatty!«, murmelte Clara. »Es ist Beatty, ich weiß es.«

»Das Tuch könnte auch irgendjemand anderem gehören«, gab Mrs Chumbley zu bedenken.

»Aber sie suchen doch an der Stelle?«

»Natürlich«, erwiderte Mrs Chumbley. »Allerdings sind inzwischen drei Tage vergangen …« Sie sprach nicht weiter.

»Umso wichtiger, dass sie keine Zeit mehr verlieren. Können Sie das für mich aufbewahren, Mrs Chumbley?« Clara drückte ihr *Forever Amber* in die Hand und rannte nach draußen. Sie nahm vage wahr, dass Ruby ihr nachrief, aber sie hörte nicht auf zu rennen, bis sie das zerbombte Gebäude erreichte.

Die Polizei war dabei, den Bereich abzusperren. All die Männer und Frauen, die dort in den letzten drei Tagen geschuftet hatten, sahen elend und völlig erschöpft aus.

»Bitte, ich muss Billy Clark sprechen!«, rief Clara und packte einen Polizisten am Arm.

Er zögerte. »Miss, die Rettungsarbeiten werden gerade

eingestellt. Die Verantwortlichen sehen kaum noch eine Chance, Überlebende zu finden.«

»Das interessiert mich nicht! Holen Sie Billy Clark her, wenn Sie können, er ist der Leiter der Rettungswache 98.«

»Also gut. Warten Sie hier.«

Ruby holte sie ein. Keuchend blieb sie stehen, beugte sich vornüber und stützte die Hände auf die Knie.

In diesem Moment kam Billy auf die Absperrung zu.

»Clara, was ist los?«, fragte er atemlos.

Er trug Schutzkleidung, einen dicken Gummi-Overall, und sein Gesicht war von einer Staubschicht bedeckt. Er sah gespenstisch aus und war kaum wiederzuerkennen.

»B-billy, bitte hör mir zu. Ich weiß, dass ihr Beattys Tuch gefunden habt.«

»Wir wissen noch nicht, wem das Tuch gehört, Clara. Die Spürhunde sind aber weiterhin im Einsatz, wir setzen sie auf den Geruch des Tuches an. Bitte geh und warte in der Deal Street, wir geben Bescheid, wenn es etwas Neues gibt.«

»Aber …«

»Keine Widerrede.«

»Komm, wir sollten tun, was Billy sagt«, drängte Ruby und geleitete Clara zurück zum Hilfezentrum.

Dort warteten sie in angespannter Atmosphäre.

»Clara, versuchen Sie bitte, sich zu beruhigen. Setzen Sie sich und trinken Sie eine Tasse Tee«, redete Mrs Chumbley ihr zu, aber Clara beachtete sie nicht. Sie ging im Raum auf und ab und knabberte an einem losen Hautfetzen an ihrem Daumen. Vorhin hatte sie geschworen, die Kinder des Shelter nicht mehr im Stich zu lassen – im Licht dieser neuen Entwicklungen nahm ihr Versprechen eine ganz neue Bedeutung an. Saßen Beatty und Marie in einem Hohlraum unter den Trümmern fest, lebendig begraben, allein und verängstigt? Waren sie vielleicht verletzt – oder Schlimmeres?

Als sie sich in der Anlaufstelle umschaute, wurde ihr bewusst, dass sie nicht die Einzige war, die voller böser Ahnungen auf Nachricht wartete. Die Leute im East End hatten in diesem Krieg vieles verloren, doch ihre jüdischen Freunde hatte es am härtesten getroffen. Inzwischen kamen aus den bereits befreiten Teilen Europas immer mehr Berichte über riesige Todeslager mit Leichen von Männern, Frauen und Kindern und mit ausgemergelten Überlebenden.

Die Zahl der Todesopfer in den Hughes Mansions war inzwischen auf hundertvierunddreißig gestiegen, und hundertzwanzig davon waren jüdische Bewohner.

Eine Stunde oder mehr verging, dann kam endlich die Meldung, dass ein Hund eine Witterung aufgenommen hatte. Clara stürmte zur Tür hinaus wie ein Wirbelwind, dicht gefolgt von Ruby.

Der Spürhund – es war Beauty – scharrte wie verrückt an einer Stelle in der hintersten Ecke des zerbombten Gebäudes. In bedrohlicher Nähe ragte das hintere Ende der Rakete aus den Trümmern. Ein Stück Mauerwerk war mit Holzbalken notdürftig abgestützt und darunter eine sehr enge Öffnung zu erkennen. Die Bogenlampe war über dem Loch positioniert worden.

»Billy! Was ist los?«, rief Clara über die Absperrung, und er kam zu ihr herüber.

»Wir glauben, etwas gehört zu haben. Der Hausmeister des Gebäudes meint, darunter muss die Kellertür sein.«

»Genau die Stelle, wo man Zuflucht suchen würde!«, rief Clara.

»Bitte mach dir keine zu großen Hoffnungen.«

»Aber ihr versucht es doch?«

»Natürlich. Solange es überhaupt noch Hoffnung gibt, geben wir nicht auf.«

Clara schaute auf die winzige Öffnung, die in einen Berg aus zertrümmertem Mauerwerk führte. Ein Schauder überlief sie. Es sah aus wie ein Eingang zur Hölle.

»Wer geht da rein?«, fragte sie atemlos.

Sie kannte die Antwort, noch ehe Billy sie ausgesprochen hatte.

»O nein, Billy, nein«, sagte Clara mit bebender Stimme. »Warum musst ausgerechnet du gehen?«

»Aus einem ganz praktischen Grund: Ich bin von allen der Schmalste.«

Clara schaute sich um, sah all die stämmigen Männer vom Rettungstrupp und wusste nichts einzuwenden.

»Außerdem habe ich mich freiwillig gemeldet«, fügte Billy hinzu. »Wenn die Mädchen dort unten sind, müssen sie bereits gefährlich dehydriert und völlig verstört sein. Ich kenne sie, darum kann es mir am ehesten gelingen, sie zu beruhigen und nach draußen zu bringen.«

Clara schloss die Augen und fügte sich in das Unvermeidliche.

»Danke«, flüsterte sie.

»Ich tue nur meine Arbeit, Clara.«

»Wir sind jetzt bereit, Billy!«, rief einer vom Rettungstrupp.

»Ich komme!«, rief er zurück.

Für einen Moment herrschte drückendes Schweigen, und Clara sah, wie Billy sich innerlich wappnete.

»Geh wieder ins Hilfezentrum und setz schon mal den Kessel auf, ja?«, sagte er. »Ehe du dichs versiehst, bin ich zurück. Und dann setzen wir uns zusammen und reden.«

Er ging, bevor Clara etwas erwidern konnte. Sie fühlte sich, als müsse sie jeden Moment vor Angst ohnmächtig werden.

»Komm, ich glaube, wir sollten da nicht zuschauen«, sagte Ruby.

»Ich gehe nirgendwohin«, widersprach Clara heftig. Sie wandte sich Ruby zu, ihr Atem sah im schwächer werdenden Licht aus wie Rauch. »Weißt du, während des Blitz hat er etwas Ähnliches getan. Wie oft kann so was wohl gut gehen?«

Als sie sich wieder umschauten, war Billy bereits verschwunden, hinunter in die Eingeweide der aufgewühlten Erde gekrochen.

Die Zeit schien sich zu verlangsamen, die Minuten dehnten sich endlos, und es herrschte eine angespannte, gequälte Stimmung. Jemand von den Rettungsleuten brachte Beauty, damit Clara sich um sie kümmerte, denn die kleine Hündin hatte nicht aufgehört zu jaulen und versuchte ständig, ihrem Herrn in das Loch zu folgen.

Im schwindenden Tageslicht kroch Nebel über das Trümmergrundstück. Die Spannung war wie mit Händen zu greifen. Die Stützen, die den Zugang offen hielten, erschienen Clara schmal wie Streichhölzer im Verhältnis zum Gewicht der Trümmer, die sie hielten. Als es kälter wurde, schien der Boden unter ihren Füßen zu ticken und zu stöhnen.

Clara entging nicht, dass die Rettungsleute immer wieder besorgte Blicke wechselten.

Dann ging plötzlich einer von ihnen in die Hocke und steckte einen Arm in das Loch. Ein Schrei ertönte, und mit einem Schlag waren alle wie elektrisiert.

Zuerst wurde eine Kinderhand sichtbar. Die Sanitäterinnen machten Tragen bereit. Es war ein Mädchen, das lange, dunkle Haar klebte wirr an seinem Kopf, das Gesicht war von einer Staubschicht bedeckt, sodass es maskenhaft wirkte.

»Wer ist es?«, fragte Clara hektisch. »Eine der Schwestern?«

»Ich weiß nicht, ich kann nichts erkennen, vielleicht«, plapperte Ruby. »Warte! Doch! Ja, ich glaube, es ist Beatty. Nein, halt, es ist Marie.«

Das Mädchen wurde aus dem Loch gezogen, dann hing der kleine Körper schlaff in den Armen eines Sanitäters, der mit vorsichtigen Schritten zur Trage ging.

Clara wusste sich vor Spannung kaum zu lassen, als sie näher kamen. »Ja, es ist wirklich Marie, und – warte mal, da ist noch etwas im Gange! Sie ziehen eine zweite Person aus dem Loch …« Sie schlug die Hände vors Gesicht und brach in Tränen aus, überwältigt von dem Wunder, das sich hier vor ihren Augen abspielte.

Die Menge schnappte nach Luft, als nun auch Beatty ins Freie befördert wurde, unversehrt, wenngleich sichtlich mitgenommen. Sie sah aus wie ein schwarzes Bündel Lumpen.

»Nun komm schon, Billy, komm schon … Wo bist du?«, drängte Ruby.

Clara warf einen Blick auf ihre Armbanduhr und schüttelte verärgert ihr Handgelenk. »Sie ist wieder um sechs stehen geblieben.«

Plötzlich reckte Beauty den Kopf gen Himmel und heulte.

Der Tunnel stürzte ein.

22

RUBY

Ich komme mir vor wie ein Barkeeper, denn wenn die Leute einen erst einmal kennen, fangen sie an, von ihrem Leben zu erzählen. Manchmal wäre es ganz passend, ein Glas, ein Geschirrtuch und hinter mir ein Regal mit Schnapsflaschen zu haben.

Anna Karras, Bibliothekarin in der Collier County Public Library in Naples, Florida

Bitte, Herr Doktor, können Sie uns denn nicht irgendetwas sagen?«, beschwor Clara den Arzt.

»Es tut mir leid, aber mehr weiß ich zu diesem Zeitpunkt wirklich nicht. Sein Zustand ist kritisch, und wir tun, was wir können. Ich schlage vor, Sie gehen nach Hause«, antwortete der Arzt kurz angebunden, dann machte er auf dem Absatz kehrt und ging davon. Seine Schuhe quietschten auf dem Fliesenboden des Korridors.

Clara ließ sich erschöpft auf eine Holzbank fallen und vergrub das Gesicht in den Händen.

»Cla.« Ruby ging vor ihr in die Hocke und nahm ihre Hände. »Du hast gehört, was der Arzt gesagt hat. Es ist vier Uhr früh. Wir sollten nach Hause gehen und uns etwas ausruhen.«

Clara sah auf. Ihr Gesicht war von Schmerz gezeichnet. »Wie könnte ich ihn jetzt allein lassen? Was, wenn er in der Nacht stirbt?«

Ruby wollte es nicht aussprechen, aber nach dem, was sie nach dem Einsturz des Tunnels mit angesehen hatten, erschien diese Möglichkeit sehr real. Es war unbeschreiblich gewesen. In dem Chaos und Durcheinander hatte sie Clara zurückgehalten, während die Leute vom Rettungstrupp fieberhaft gegraben hatten, um Billy aus den Trümmern zu befreien. Claras Schreie und Beautys Geheul schienen in jede Ritze dieses verschütteten Höllenschlunds zu dringen.

Sie hatten ihn gefunden, als es gerade dunkel wurde. Ruby hatte all ihre Kraft aufbieten müssen, um Clara festzuhalten, als die Türen des Rettungswagens zugeschlagen wurden und sie Billy so schnell, wie es die Umstände zuließen, zum London Hospital fuhren.

»Er ist in guten Händen, Cla. Ich finde, du solltest jetzt wirklich nach Hause gehen und dich ausruhen. Wir können ja gleich morgen früh wieder herkommen.«

Clara schüttelte den Kopf. »Geh nur, wenn du willst, aber ich rühre mich nicht von hier weg.«

»Nun gut, dann rutsch mal ein Stück.«

Clara hob müde den Kopf.

»Ich weiche dir nicht von der Seite«, erklärte Ruby. »Also los, rück ein Stück.«

Ruby zog ihren Pullover aus und faltete ihn auf ihrem Schoß zu einem Kissen zusammen.

»Leg deinen Kopf hier drauf.«

Dankbar streifte Clara ihre Schuhe ab und legte sich auf die Bank, den Kopf auf Rubys Schoß.

»Danke. Aber ich werde nicht schlafen für den Fall, dass der Arzt wiederkommt.«

»Psst, ruh dich einfach aus«, flüsterte Ruby und streichelte ihr übers Haar.

»Rubes …«

»Ja …?«

»Was mache ich nur, wenn er stirbt?«

»Schlaf jetzt, Liebes«, erwiderte sie, beugte sich über Clara und küsste sie sacht auf den Kopf. Es würde eine lange Nacht werden.

Um sieben Uhr früh hatten die Krankenschwestern Schichtwechsel, und Ruby hatte noch immer kein Auge zugetan. Sie rieb sich den Nacken, vorsichtig, um Clara nicht zu wecken. Ihre Beine waren ganz taub geworden, aber sie wagte sich nicht zu rühren. Clara brauchte so viel Ruhe wie eben möglich, damit sie das, was noch kommen würde, durchstehen konnte.

Die Oberschwester erschien und öffnete die Verdunkelungsrollos an den hohen Flurfenstern. Licht flutete herein. Clara regte sich müde.

Vom anderen Ende des Korridors näherten sich zwei vertraute Gestalten.

»Da sind Sie ja«, dröhnte Mrs Chumbleys Stimme.

»Mrs Chumbley, Mr P?« Clara setzte sich auf und gähnte.

»Wir dachten uns, dass wir Sie hier finden würden«, sagte Mrs Chumbley. »Gibt es Neuigkeiten?«

»Nein«, antwortete Ruby.

»Wie wäre es, wenn Sie beide nach draußen gehen und etwas frische Luft schnappen? Und nehmen Sie das hier mit«, schlug sie vor und gab Ruby eine Thermosflasche und zwei Emailbecher.

»Sie sehen aus, als könnten Sie eine kleine Stärkung vertragen, meine Lieben«, bemerkte Mr Pepper und zog eine Papiertüte aus seiner Tasche. »Hier sind noch ein paar Schinkenbrötchen von Dot. Alle im Shelter lassen Ihnen ganz liebe Grüße ausrichten. Sie beten für Billy.«

»Ich schaue mal, ob ich etwas in Erfahrung bringen kann«, erklärte Mrs Chumbley und stapfte über den Korridor davon.

»Komm, Cla«, sagte Ruby. Ihre Augen fühlten sich an, als habe jemand Sand hineingestreut. »Ich brauche dringend eine Kippe und einen Tee.«

Clara schüttelte den Kopf.

»Du kannst wirklich ein Sturkopf sein, Clara Button. Was gibt es denn Neues aus dem Shelter, Mr Pepper?«

»Etwas ganz Seltsames. Alle in den Tunneln reden darüber. Mr Pinkerton-Smythe hat seine Kündigung eingereicht.«

»Ach, tatsächlich?«, murmelte Ruby und warf Clara einen Blick zu.

»Ja. Anscheinend hat die Regierung ihm einen neuen Posten angeboten, was genau, ist streng geheim. Aber was noch seltsamer ist: Er hat dem Bibliotheksausschuss vorgeschlagen, dass Mrs Chumbley die neue Vorsitzende werden soll, und Clara soll wieder die Leitung der Zweigstelle übernehmen. Außerdem hat er reichlich Mittel für die Instandsetzung des Bibliotheksgebäudes aufgetrieben. Sobald die Arbeiten abgeschlossen sind, kann die Bücherei aus dem Tunnel wieder dorthin umziehen.« Mr Pepper schüttelte ungläubig den Kopf. »Und gerade heute Morgen hat er sämtliche Exemplare von *Forever Amber* in die Bücherei zurückgebracht. Einen solchen Sinneswandel habe ich noch nie bei jemandem erlebt.«

»Vielleicht hat er ja doch ein Herz«, bemerkte Ruby sarkastisch. »Was meinst du, Cla?«

Aber Clara hörte nicht zu, denn gerade kam Mrs Chumbley mit einem Arzt wieder.

»Dies ist Mr Clarks Verlobte, Clara«, erklärte Mrs Chumbley und warf Clara einen Blick zu, der jede Widerrede im Keim erstickte.

Clara sah aus, als stünde sie kurz vor einer Ohnmacht. Sie griff nach Rubys Hand.

»Was gibt es Neues, Doktor?«, fragte Ruby.

»Er lebt«, sagte der Arzt, und Ruby spürte, wie die ängstliche Anspannung aus Claras Körper wich.

»Wenn ich offen sprechen darf?«

»Ja, bitte«, sagte Mrs Chumbley energisch. »Wir alle haben in diesem Krieg schon vieles miterlebt, uns bringt so schnell nichts mehr aus der Fassung.«

»Er hatte starke innere Blutungen, und eine Hüfte ist gebrochen. Wir konnten ihn stabilisieren, aber er liegt im Koma. Außerdem mussten wir leider ein Auge entfernen, es wurde beim Einsturz des Tunnels zu stark beschädigt.«

Clara sprang auf, schlug eine Hand auf den Mund und rannte den Flur entlang.

»Ach, Billy!«, rief Ruby aus.

»Offen gesagt, das Auge ist seine geringste Sorge«, fuhr der Arzt in ernstem Ton fort. »Wir müssen seine Verlobte leider warnen, dass sein Zustand kritisch ist. Ich wünschte, ich könnte Ihnen mehr Hoffnung machen, aber er hat nur eine sehr geringe Chance, sich von diesen Verletzungen wieder zu erholen. Nach dem, was ich gehört habe, ist er ein unglaublich tapferer Mann.«

Er verstummte – seine letzten Worte hatten beinahe geklungen, als wolle er eine Beileidsbekundung aussprechen.

Clara kam zurück, im Gehen wischte sie sich noch den Mund ab. Ruby schloss sie in die Arme. Sie fand keine Worte, um das Gefühl der Hoffnungslosigkeit abzumildern.

»Können wir zu ihm?«, fragte Clara leise.

Der Arzt nickte. »Aber nur ganz kurz.«

Im Krankenzimmer rechnete Ruby damit, dass ihre Freundin zusammenbrechen würde, doch sie blieb bemerkenswert gefasst. Mrs Chumbley hingegen weinte bei dem Anblick und gab sich keine Mühe, ihre Tränen zu verbergen.

Alles im Zimmer war makellos sauber, selbst die Krankenschwester wirkte so frisch wie eine gestärkte Serviette. Umso weniger schien Billy ins Bild zu passen. Sein Gesicht war mit Schnitt- und Schürfwunden übersät. Manche waren mit Jod behandelt worden, andere genäht.

Ruby starrte unwillkürlich auf die Stelle, wo sein rechtes Auge gewesen war. So viele Fragen rumorten in ihrem Kopf.

Würde er überleben? Und wenn ja, wie würde er damit zurechtkommen, nur noch ein Auge zu haben? Würde er wieder arbeiten oder lesen können? Würde er einen Hirnschaden zurückbehalten? Würde er sich an Clara erinnern?

Er wirkte so verletzlich mit seiner papierdünnen Haut und den gebrochenen Knochen.

Plötzlich verlor Clara die Fassung. Tränen liefen ihr übers Gesicht und tropften auf die Bettwäsche.

»Billy! Du musst am Leben bleiben. Ich brauche dich. Die Mädchen und ich brauchen dich.« Sie hielt seine kalte Hand an ihre Wange, ihre salzigen Tränen nässten seine Haut.

»Clara Button?« Die Oberschwester war unauffällig eingetreten. »Da sind zwei Mädchen, die nach Ihnen fragen.«

Zwei Stockwerke tiefer schlossen Ruby und Clara Beatty und Marie in die Arme, drückten sie an sich und küssten sie wieder und wieder.

»Ihr habt uns einen ganz schönen Schreck eingejagt«, sagte Ruby.

»Tut mir leid«, erwiderte Beatty verlegen. »Ich nehme an, ihr wisst inzwischen Bescheid?« Sie sah plötzlich aus wie die Zwölfjährige, die sie in Wirklichkeit war. Nun, da Ruby ihr wahres Alter kannte, fragte sie sich, wie es nur sein konnte, dass sie die Wahrheit nicht erkannt hatte.

»Ja, wir wissen Bescheid«, bestätigte Clara. »Und es tut *uns* leid. Wir hätten uns besser um euch kümmern müssen.«

»Es ist nicht eure Schuld«, sagte Beatty niedergeschlagen. »Ich hatte nur solche Angst, jemand würde die Fürsorge informieren, und man würde uns voneinander trennen und ins Kinderheim stecken! Bevor wir von Jersey weggegangen sind, habe ich meinem Dad versprochen, dass ich das nicht zulassen werde, komme, was wolle.« Sie schaute Clara und Ruby mit großen, verängstigten Augen an. »Aber jetzt wird es wohl doch passieren?«

Clara schüttelte den Kopf. »Nein. Wenn ihr aus dem Krankenhaus entlassen werdet, könnt ihr bei mir wohnen. Ich werde für euch sorgen, bis wir etwas von eurem Vater hören. Ihr habt mein Wort.«

»Und mit der Arbeit in der Fabrik ist jetzt Schluss«, ergänzte Ruby. »Du kannst uns ja stattdessen in der Bücherei helfen.«

Marie lächelte erleichtert. »Ich auch?«

»Du ganz besonders, Krümel«, erwiderte Ruby und umarmte sie noch einmal fest. »Ich muss dich schließlich im Auge behalten. Damit du nicht noch mal abhaust und dich in den Raum des Grauens verirrst.«

»Aua«, protestierte Marie. »Das tut weh.«

»Entschuldige, Liebes.« Ruby ließ sie los.

Marie hatte drei gebrochene Rippen und Beatty einen Milzriss, außerdem hatten beide zahlreiche Schrammen und Blutergüsse und waren dehydriert gewesen, aber im Übrigen hatten sie das ganze Drama körperlich bemerkenswert gut überstanden. Ruby ahnte, dass die Wunden an der Seele länger brauchen würden, um zu heilen. Beide hatten keine Erinnerungen an die Zeit, in der sie verschüttet gewesen waren. Der Arzt hatte erklärt, das sei eine Art Selbstschutz des Gehirns, um mit einem so traumatischen Erlebnis fertigzuwerden.

»Wie geht es Billy?«, wollte Beatty wissen. »Ich würde ihn gern sehen und mich bei ihm für die Rettung bedanken.«

Ruby schaute zu Clara und hoffte, sie möge die Wahrheit nicht zu sehr beschönigen. Nach allem, was diese Mädchen durchgemacht hatten, schien Ehrlichkeit das einzig Richtige zu sein.

»Er ist in keiner guten Verfassung«, erklärte Clara behutsam. »Die Ärzte halten ihn mit Beruhigungsmitteln in einem Dämmerschlaf, damit er sich besser von seinen Verletzungen erholen kann. Wir können nichts weiter tun, als zu beten.«

Beatty brach in Tränen aus. »Wenn er stirbt, ist das meine Schuld, weil ich so dumm war«, schluchzte sie. »Es tut mir leid, dass wir weggelaufen sind, Clara.«

»Psst, sag doch nicht so was«, wehrte Ruby ab. »Das Wichtigste ist, dass ihr wieder bei uns seid, bei eurer Bücherei-Familie. Und wir werden euch immer lieben, ganz gleich, was geschieht.«

Ruby und Clara schauten sich über die Köpfe der Schwestern hinweg an, während sie die beiden erneut behutsam in die Arme schlossen. Sie hatten ihre Bücherei wieder. Die Mädchen waren in Sicherheit. Der Krieg war fast zu Ende, und doch schien die Zukunft ungewisser als je zuvor.

23

CLARA

Es hat dreiundfünfzig Jahre gedauert, aber jetzt arbeite ich endlich in der Bücherei, die ich als Kind immer besucht habe. Es fühlt sich an, als hätte ich mein Lebensziel erreicht. Es ist der beste Job auf der Welt.

Michelle Mason, Auskunftsbibliothekarin
in der Tilbury Library

Clara hatte ihre Leseblockade überwunden. Inzwischen waren fünf Wochen vergangen, seit Billy in höchst kritischem Zustand ins Krankenhaus gebracht worden war. Er lag noch immer im Koma. In dieser Zeit waren die Bücher ihre Stütze gewesen und hatten ihr geholfen, das alles durchzustehen.

Jeden Tag saß sie während der Besuchszeit an Billys Bett und las. Sie las auch auf der Busfahrt von der Bücherei zum Krankenhaus. Sie las in der wiedereingeführten Vorlesestunde, und abends las sie Beatty und Marie vor dem Einschlafen noch etwas vor. Sie las, weil es für sie im Augenblick das Einzige war, was sie ablenkte und tröstete.

Jetzt zog sie den *East London Advertiser* hervor und stellte mit Interesse fest, dass über den Raketeneinschlag in den Hughes Mansions endlich konkret berichtet wurde, nachdem wochenlang nur vage von einem großen Wohnblock »irgendwo im südlichen England« die Rede gewesen war, der von einer Bombe getroffen worden sei.

»Das hier wird dir ganz und gar nicht gefallen, Billy – sie

feiern dich als Helden«, sagte sie. »Hier wird über deinen selbstlosen Einsatz bei der Rettung der vermissten Mädchen berichtet.«

Auf der Titelseite war ein Bild von ihm abgedruckt, daneben eins von Beatty und Marie.

Clara überflog die Zeitung auf der Suche nach guten Nachrichten, die sie ihm vorlesen konnte. Auf der nächsten Seite entdeckte sie einen Artikel über Sparrow. Clara war tieftraurig gewesen, als sie erfahren hatte, dass er bei dem Versuch ertappt worden war, mit einem Messer in ein Lager für deutsche Kriegsgefangene einzubrechen. In dem Artikel stand, er habe erklärt, er wolle Rache für den Tod seines Freundes Tubby nehmen. Claras Herz krampfte sich zusammen bei dem Gedanken, dass sie ihn vielleicht dazu hätte bringen können, sich auf andere Weise auszudrücken, wäre sie nur zu der Zeit in der Bücherei gewesen. Sie sah wieder Sparrows Gesicht bei ihrer letzten Begegnung vor sich. *Ich brauch Sie auch gar nich'.*

Welchen Halt hatte dieser trauernde Junge noch gehabt, nachdem er seinen Garten und die Bücherei verloren hatte? Sie musste unbedingt eine Möglichkeit finden, ihn zu erreichen und dorthin zurückzuholen, wo er hingehörte.

Seufzend blätterte sie weiter.

»Ach, schau an, Billy. Ein geheimer Wohltäter, der nur unter dem Namen Amber bekannt ist, hat einen großen Geldbetrag an Miss Moses vom Brady Club gespendet. Sie plant, davon neue Sportausrüstung anzuschaffen und mit den Überlebenden aufs Land hinauszufahren.«

Clara lächelte befriedigt. Pinkerton-Smythe war fort, und sie empfand nicht den Hauch von Bedauern. Mrs Chumbley hatte die Stellung in der Whitechapel Library abgesagt und fand sich gut in ihre neue Rolle als Vorsitzende des Bibliotheksausschusses ein. Sie und Mr Pepper hatten sogar eine Erdgeschosswohnung in der Nähe des Vicky Park gefunden, mit einem winzigen Garten, wo er im Schatten eines Maulbeerbaums sitzen und den Vögeln lauschen konnte.

Mrs Chumbley und Ruby kümmerten sich gut um die unterirdische Bücherei, während Clara Billy und die Mädchen im Krankenhaus besuchte. Es war nicht immer einfach, alles unter einen Hut zu bringen, aber daran musste sie sich wohl gewöhnen, erst recht, wenn ihr Antrag, die Mädchen als Pflegekinder bei sich aufzunehmen, bewilligt wurde.

»Die Besuchszeit ist zu Ende«, verkündete die Krankenschwester. »Ich brauche wohl nicht zu fragen, ob Sie morgen wiederkommen?«

Clara nickte.

»Mir ist aufgefallen, dass Sie viel lesen. Wie wäre es, wenn Sie Billy laut vorlesen? Ich habe die Theorie, dass solche Patienten ihre Umgebung durchaus wahrnehmen.«

»Gute Idee, das werde ich tun.«

»Welcher ist denn sein Lieblingsautor?«

»Ich weiß es nicht«, gestand Clara – in diesem Moment wurde ihr bewusst, dass sie es tatsächlich nie erraten hatte. Zwischen ihnen war eine Menge ungesagt geblieben, und es gab so vieles, was sie über Billy nicht wusste. Ein Strahl Sonnenlicht fiel zwischen ihnen in den Raum, Staubkörnchen tanzten darin – es war wie ein Sinnbild für das Geheimnis, das sie beide trennte. Dahinter lag Billy in Dunkelheit verloren, seine Geschichte in sich eingeschlossen. Clara wandte sich rasch ab.

Als sie zu Hause ankam, stand Ruby wartend vor der Tür, einen Fuß an die Wand gestützt, und rauchte eine Zigarette.

»Ich komme mir vor wie bei der Essensausgabe vom Roten Kreuz. Aber was soll's, du kannst es brauchen. Du bist ja ganz vom Fleisch gefallen, mager wie ein Spatz bist du geworden.« Sie kniff ihre Freundin scherzhaft in den Arm. »Mum hat Brotpudding gemacht, Pat irgendwas, wovon ich vermute, dass es Haschee aus Corned Beef ist, und Queenie und Irene schicken dir zwanzig Players.«

»Ich habe das Rauchen aufgegeben.«

»Gut, es hat sowieso nicht zu dir gepasst. Komm, lass uns reingehen. Was hältst du von einer Tasse Tee und einer Fußmassage?«

»Klingt himmlisch«, erwiderte Clara.

Ruby lachte kehlig und trat ihre Zigarette auf dem Gehweg aus.

»Gibt es bei Billy irgendwelche Veränderungen?«, erkundigte sie sich, während Clara die Tür öffnete.

»Nein. Aber die Mädchen werden hoffentlich nächste Woche entlassen. Die Oberschwester hat zugestimmt, dass sie bei mir wohnen können, solange die Formalitäten wegen der Pflegschaft geregelt werden.«

»Das sind ja wunderbare Neuigkeiten, Clara!« Beide gingen geradewegs durch ins Wohnzimmer.

»Was sind wunderbare Neuigkeiten?«

Ruby fuhr erschrocken zusammen und packte Clara am Arm.

»Mrs Button, Sie haben mich zu Tode erschreckt!«, rief sie aus.

»Mich auch«, flüsterte Clara.

Dann starrte sie auf das Bild, das sich ihr bot: Ihre Mutter und ihre Schwiegermutter saßen zu beiden Seiten des Kamins wie zwei Buchstützen. Sie hatte ihre Mutter seit über einem Jahr nicht gesehen, und vor Überraschung verschlug es ihr die Sprache.

»W-wie seid ihr hereingekommen?«, stammelte sie schließlich.

»Ich habe einen Schlüssel«, antwortete Maureen in eisigem Ton. »Mein Sohn hat ihn mir gegeben. Falls du es vergessen hast, er hat auch hier gewohnt.«

»Natürlich.« Clara unterdrückte ihre Wut. »Hallo, Mum.«

»Hallo, Liebes«, erwiderte ihre Mutter steif.

»Wir hatten eigentlich vor mehreren Wochen mit dir gerechnet«, fuhr Maureen fort.

»Es tut mir leid, dass ich nicht mehr geschrieben habe. Es ist so viel passiert. Die fliegende Bombe, und dann sind die Mädchen aus Jersey wieder aufgetaucht.«

»Davon haben wir gehört«, erwiderte ihre Schwiegermutter. »Nun willst du also für diese Mädchen die … Ersatzmutter werden?«

»Ja, genau. Sie brauchen jemanden, der sie beschützt, bis ihr Vater ausfindig gemacht ist. Ich bin für sie im Augenblick das, was einer Familie am nächsten kommt.«

Maureen zog eine Augenbraue hoch. »Ein Jammer, dass du nicht in der Lage warst, dein eigenes ungeborenes Kind zu schützen.«

Diese Worte trafen Clara wie ein Schlag, sie rührten an eine tiefe Scham in ihrem Inneren.

»Das können Sie wohl gut, in den Wunden anderer Leute rumbohren, was, Sie abscheuliche alte Kuh!«, schrie Ruby.

»Ruby, lass«, bat Clara.

»Ich meine es ernst, Clara! Was ist das für eine Art, das Andenken meines Sohnes zu ehren?«

»Die beste Art«, versetzte sie hitzig. »Duncan hätte diese Mädchen ebenso geliebt wie ich. Er hatte ein Herz so groß wie der Mond!«

»Clara, siehst du denn nicht, wie sehr du Duncans Familie damit kränkst?«, meldete sich endlich ihre Mutter zu Wort. Sie beugte sich zu Maureen hinüber und legte eine Hand auf ihre.

Clara hätte schreien mögen. Warum kannst du nicht mich unterstützen, deine eigene Tochter? Warum kannst du mich nicht bedingungslos lieben? Doch es war eine traurige Tatsache, dass seit Duncans Tod etwas zwischen ihnen zerbrochen war – vielleicht hatte eigentlich er die ganze Zeit als Brücke fungiert?

Unbehagliche Kindheitserinnerungen stiegen in Clara auf. Wie sie sich mit einem Buch unter dem Bett vor ihrer Mutter versteckte. Wie sie sich als Außenseiterin fühlte. Indem sie ihre Stellung in der Bücherei behielt, statt sich ganz ihrer Rolle als Ehefrau zu widmen, hatte sie gegen einen unausgesprochenen Verhaltenskodex verstoßen. Eine tiefe Trauer überkam sie, als ihr bewusst wurde, dass sie sich eigentlich nie wirklich akzeptiert gefühlt hatte, außer bei Peter in der Bücherei.

»Es tut mir leid, Mum. Ich will niemanden kränken, aber ich kann nicht ändern, wer ich bin und wie ich empfinde.«

Ihre Mutter verdrehte die Augen. »Ich habe es dir ja gesagt, Maureen. Wir vergeuden nur unsere Zeit.«

Mrs Button stand auf und suchte nach abschließenden Worten. Clara war klar, dass es hier nicht um Liebe ging, sondern um Kontrolle.

»Du entscheidest dich also für zwei jüdische Mädchen und damit gegen dein eigen Fleisch und Blut?«, fragte sie. »Du weißt, ihresgleichen hat den Krieg über uns gebracht!«

Bemerkenswert, dachte Clara – wenn ihre Schwiegermutter sich in die Enge getrieben fühlte, zeigten all ihre tief verwurzelten Vorurteile ihre hässliche Fratze.

»Das werde ich keiner Antwort würdigen«, erwiderte Clara ruhig.

Maureen warf den Schlüssel auf den Kaminsims. Ihr verkniffener Mund war nur noch ein schmaler Strich.

»Dann bin ich fertig mit dir. Offenbar hatte deine Mutter die ganze Zeit recht, diese Bücherei ist dir wichtiger als deine wirkliche Familie.«

Die zwei Frauen gingen hinaus, zurück blieb ein Geruch nach süßlichem Parfüm und Mottenkugeln. Clara versuchte vergeblich, Bedauern zu empfinden – stattdessen fühlte sie sich einfach nur erleichtert.

Als die beiden fort waren, umarmte Ruby ihre Freundin lange und fest.

»Alles gut, Schätzchen?«, fragte sie nach einer Weile, und Clara nickte.

»In gewisser Weise stimmt es wohl, dass ich mich für die Bücherei entschieden habe.«

»Für deine Bücherei-Familie«, fügte Ruby hinzu. »Die dich heiß und innig liebt.« Sie küsste sie auf die Stirn und hinterließ eine dicke rote Lippenstiftspur. »Und jetzt mache ich uns Tee.«

In dieser Nacht schlief Clara so tief wie seit Langem nicht mehr. Das Urteil ihrer Mutter und Schwiegermutter, ihre Ablehnung und die Lügen hatten an ihren Kräften gezehrt. Billy hatte recht gehabt. Es war nicht ihre Schuld, dass sie das Kind verloren hatte. Sie hätte es ebenso wenig verhindern können, wie sie die Flugbahn der Bombe beeinflussen konnte, die die Fehlgeburt ausgelöst hatte. Sie hatte sich allzu lange mit Schuldgefühlen gequält.

Am nächsten Nachmittag ging sie mit leichterem Gefühl wieder ins Krankenhaus. Sie hatte ein Buch aus der Bücherei bei sich und hegte die Hoffnung, dass es heute vielleicht anders sein würde, dass Billy das Bewusstsein wiedererlangt haben könnte. Doch sein Zustand war unverändert. Er lag da, nicht tot, aber auch nicht wirklich lebendig, wie es schien. Gefangen in einer fremden, dunklen Wildnis.

Clara betrachtete sein Gesicht, die blutunterlaufene Haut um die Augenhöhlen. Er wirkte so zerbrechlich, als sei der Tod nur einen Schritt entfernt.

Sie nahm das Buch zur Hand. »*Liebe geht stempeln* von Walter Greenwood.«

Sie hatten dieses Buch im Lesekreis besprochen, und Billy hatte es geliebt, hatte gesagt, die Sprache fühle sich an, als würde man in knackigen Salat beißen. Und er hatte erklärt, noch nie habe ihn ein Buch so tief bewegt.

Die Geschichte spielte im Arbeiterviertel von Salford während der Weltwirtschaftskrise, sie drehte sich um die Armut und das Elend der Vergangenheit.

»Weißt du noch, Billy, was für eine starke Reaktion dieses Buch hervorgerufen hat?«, fragte sie. »Du hast gesagt, es sei ein Buch, das seine Wahrheiten laut verkündet. Ich hatte dich noch nie so eifrig erlebt.«

Die jüngeren Mitglieder des Lesekreises hatten keine so klaren Erinnerungen an die Weltwirtschaftskrise, Mr Pepper und Mrs Chumbley hingegen schon, ebenso wie Pat, Irene und Queenie.

Queenie hatte der Gruppe davon erzählt, wie ihr Vater Seite an Seite mit Hunderten anderer Männer in der Bücherei gesessen und in den Zeitungen nach Stellenangeboten gesucht hatte. Und Irene berichtete, dass ihr Vater die Hoffnung aufgegeben hatte, jemals Arbeit zu finden, und wie er seine Verzweiflung dann mit den Fäusten an ihrer Mutter ausgelassen hatte.

»Dieses Buch hat uns alle dazu gebracht, uns zu offenbaren, nicht wahr, Billy?«, sinnierte Clara. »Es hat Schleusen in unserem Inneren geöffnet und Geschichten zutage gefördert.«

Plötzlich wurde ihr etwas bewusst. Die Renovierungsarbeiten an dem oberirdischen Bibliotheksgebäude gingen schnell voran. Bald würde ihre behelfsmäßige kleine Bunker-Bücherei der Vergangenheit angehören. In dieser unterirdischen Gemeinschaft, umgeben von Freundinnen und Freunden und mit Billy an ihrer Seite, hatte sie die beste Zeit ihres Lebens verbracht. Schon kristallisierten sich diese Tage zu Erinnerungen. Der Geruch ramponierter alter Bücher mit geleimten Rücken und verblassten Schutzumschlägen. Kerzenlicht. Gelächter. Gin.

Sie begann zu lesen, versenkte sich in die Seiten in der Hoffnung, dass ihre Worte zu ihm durchdrangen. Dass sie irgendetwas in ihm anrührten. Das Ende des Krieges war schon fast mit Händen zu greifen, täglich rechnete man mit der Nachricht. Würde Billy noch die Welt erleben, von der er immer geträumt hatte? Eine Welt im Frieden?

Es sprach sich herum, dass Clara eigentlich wieder in der Bücherei war, aber auch täglich Billy vorlas, um ihn aus dem Koma zu wecken.

Mit dem Einverständnis des Arztes wurde ein Vorlesedienst eingerichtet: Die Bücherwürmer von Bethnal Green wechselten sich nach einem Plan dabei ab, Billy vorzulesen. So wurde Clara entlastet, damit sie wieder in der Bücherei arbeiten und zu Hause alles für die Ankunft der Mädchen vorbereiten konnte, die bald aus dem Krankenhaus entlassen werden sollten.

Im Laufe der nächsten Tage bekam Billy mehr Geschichten zu hören als irgendjemand sonst. Mrs Chumbley las aus Georgette Heyers *Lord Sherry* vor. Sie argumentierte, da er nicht viel von historischen Liebesromanen hielt, würde ihm dieses Buch vielleicht so auf die Nerven gehen, dass er aus dem Koma erwachte.

Mr Pepper las unter Zuhilfenahme seiner Lupe Gedichte vor. Wordsworth, Keats und Tennyson. Manchmal schauten sogar die Krankenschwestern herein, um zu lauschen, wenn seine beruhigende Stimme den Raum erfüllte.

Pat brachte Ernest Hemingway und die Nachricht mit, dass Hitler sich das Leben genommen hatte. Queenie ließ ihre Krimis liegen und las stattdessen Auszüge aus Graham Greenes *Die Kraft und die Herrlichkeit.*

Irene hingegen konnte sich nicht von ihrer gewohnten Lektüre trennen, sie las Billy mit Leidenschaft aus Denise Robins' *Desert Rapture* vor.

Doch es schien keinen Unterschied zu machen, was gelesen wurde – Billy zeigte nicht die leiseste Regung. Clara kam es vor, als triebe er irgendwo am Grund des tiefsten, dunkelsten Ozeans, an einem Ort, wo Geschichten ihn nicht erreichen konnten. Als das Warten andauerte, ergriff ein Gefühl ängstlicher Erschöpfung von ihr Besitz.

Der Arzt sprach mit ihr und mit Billys Verwandten. Die liebenswürdige Schwester, die ihre Beatrix-Potter-Sammlung der Bücherei gespendet hatte, kam und redete so freundlich mit Clara, dass diese vor Dankbarkeit hätte weinen mögen. Doch nichts konnte die bittere Wirklichkeit abmildern. Mit jedem Tag, der verging, schwand die Hoffnung auf Genesung weiter dahin.

Sie hörte Worte wie »Untersuchung der Hirnaktivität … persistierender vegetativer Zustand …«

Und dennoch. Und dennoch …

Was hatte Billy gesagt, bevor er in das Loch kroch, aus dem er nie wieder wirklich ans Licht gekommen war? *Solange es überhaupt noch Hoffnung gibt, geben wir nicht auf.*

An einem Dienstag hatte zumindest *ein* Warten schließlich ein Ende.

Clara war gerade im Krankenhaus, als draußen ungeheurer Lärm losbrach. Sie eilte ans Fenster. Die ganze Whitechapel High Street war im Freudentaumel.

Mit wild klopfendem Herzen lief Clara in den Flur hinaus, doch ausnahmsweise einmal war keine Krankenschwester zu sehen. Alle hatten sich im Zimmer der Oberschwester am Ende der Station um ein Radio versammelt, aus dem eine vertraute, heisere Stimme zur Nation sprach.

»Gott segne euch alle, dies ist euer Sieg ... In unserer langen Geschichte haben wir niemals einen großartigeren Tag erlebt als diesen.«

Einen Augenblick lang blieb es still, dann schien draußen donnernder Applaus loszubrechen.

Clara sah zu, wie die professionelle Kühle von den Schwestern abfiel, sie sich in den Armen lagen und sich küssten. Dann ging sie zurück in Billys Zimmer, nahm seine Hand und drückte sie an ihre Wange.

»Es ist vorbei.«

Sie beugte sich vor und sprach mit dem Mund dicht an seinem Ohr.

»Der Krieg ist vorbei, Billy.«

Nichts. Er lag da wie in einem marmornen Sarkophag eingeschlossen.

Im Laufe des Nachmittags sah Clara aus dem Fenster des Krankenzimmers immer erstaunlichere Szenen. Scharen in Rot, Weiß und Blau gehüllter Menschen drängten sich durch die Whitechapel High Street. Ein riesiger Holzstoß wurde errichtet, damit bei Einbruch der Dunkelheit ein Freudenfeuer entzündet werden konnte. Gebäude, die jahrelang verdunkelt gewesen waren, erstrahlten jetzt in hellem Licht, und Scheinwerfer malten silberne Bänder in Form eines V in den Himmel – Victory, Sieg.

Clara fühlte sich von dem Licht geblendet.

Sie wandte sich von dem Anblick ab. Im Krankenzimmer war alles kühl und steril, die Atmosphäre gedämpft.

Da ging leise die Tür.

»Ich dachte mir, dass ich dich hier finde.«

Ihre Gegenwart erfüllte den Raum wie ein Sonnenstrahl, der hinter einer Wolke hervorbrach.

»Rubes! Was machst du denn hier? Draußen ist die Party des Jahrhunderts im Gange.«

»Was du nicht sagst«, erwiderte Ruby lachend. »Du solltest die Häuser sehen! Mrs Chumbley organisiert Spiele für die Kinder. Pat ist so betrunken, dass sie auf der Russia Lane Polonaise tanzt. Minsky Agombar und ihre Schwestern singen auf einem Milchwagen, und Mrs Smart hat den schmierigen Stan mit einem Mülltonnendeckel k. o. geschlagen, weil er Mary O'Shaughnessy an die Wäsche wollte.«

Clara zog eine Augenbraue hoch. »Mir scheint, hier drin bin ich sicherer.« Sie drehte sich wieder zu Billy um.

»Ach, und Sparrow, Ronnie und seine Bande haben eine Hitler-Puppe gebastelt, die sie auf dem Freudenfeuer verbrennen wollen. Sieht geradezu unheimlich echt aus«, erzählte Ruby lachend, während sie ihre Handschuhe auszog.

Als Sparrows Name fiel, sah Clara abrupt auf. »Ich habe in der Zeitung gelesen, was vorgefallen ist.«

»Dafür hat er von Pat die Tracht Prügel seines Lebens bezogen.«

»Der arme Sparrow. Er durfte nie richtig um Tubby trauern. Ist es da ein Wunder, dass er wütend ist? Ich fürchte, ich habe sein Vertrauen zerstört, als ich mich ohne Abschied davonstehlen wollte. Wahrscheinlich hasst er mich, und zu Recht.«

»Unsinn«, schnaubte Ruby. »Für dich würde er den obersten Ziegel von einem Schornstein holen, wenn du ihn drum bitten würdest.«

Clara lachte wider Willen.

»Ehrlich, Cla. Er vermisst dich. Und die anderen Tunnelratten auch … Billy würde wollen, dass du jetzt draußen bei ihnen bist.«

Clara schüttelte den Kopf. »Ich kann ihn nicht allein lassen.«

»Dachte mir schon, dass du das sagen würdest.« Ruby streifte ihren Mantel ab und zog einen Stapel Bücher aus ihrer Tasche.

»Ich habe die Bücherei geplündert. Womit soll ich anfangen? *Früchte des Zorns* oder *Stolz und Vorurteil?*«

»Rubes, du musst nicht –«

Sie hob eine Hand.

»Sei still, Dummerchen. Wir haben den ganzen Krieg gemeinsam durchgestanden. Als ob ich dich jetzt im Stich lassen würde.«

»Aber deine Mum«, protestierte Clara. »Sie braucht dich auch.«

»Mum kommt zurecht«, erklärte Ruby entschieden. »Sie hat immer noch schlechte Tage, aber jetzt muss sie ja auch an das Baby denken.« Sie strich mit der Hand über die Buchrücken. »Als Victor noch am Leben war, schien es ein Fluch zu sein, aber jetzt gibt es ihr auf seltsame Weise Halt.«

Sie richtete ihre eisblauen Augen auf Clara. »Du bist diejenige, um die wir uns sorgen müssen, wenigstens bis der Bursche hier sich erholt.«

»Dein Wort in Gottes Ohr«, erwiderte Clara müde.

Ruby hielt die Bücher hoch. »Neuer Amerikaner oder alter englischer Klassiker?«

»Alter englischer Klassiker.«

Ruby schlug das Buch auf und begann zu lesen. Clara lehnte den Kopf an ihre Schulter. Jane Austens Prosa lullte sie ein, beruhigend wie ein Schlaflied. Sie schloss die Augen.

24

RUBY

Büchereien und die Liebe, beide brauchen ihre Zeit, um sich zu entwickeln. Ich habe meinen Partner bei der Arbeit kennengelernt, als er und ich noch junge Bibliothekare waren, kurz vor der Jahrtausendwende. Aber erst fast zwanzig Jahre später wurden wir ein Paar. Wir beide mussten erst noch viel nachdenken, wachsen und – ja – lesen.

Anne Welsh, Beginning Cataloguing

Himmel Herrgott, was ist das denn hier für ein Heidenkrach? Man versteht ja sein eigenes Wort nicht!«, schrie Ruby aus der Tür der Bücherei, sodass ihre Stimme über den Bahnsteig hallte.

In den drei Tagen seit dem Sieg in Europa war das Theater verschwunden, ebenso die Kinderstube und die Räume für das Sanitätspersonal. Der Lärm kam von einem Arbeitstrupp, der die metallenen Stockbetten in den Tunneln abbaute.

Ruby zog sich wieder in die Bücherei zurück. Ihr kam der Gedanke, ob hier nicht womöglich alles auseinanderfallen würde, noch bevor mit dem Abbau begonnen wurde. Der Holzboden war so abgenutzt, dass sie täglich damit rechnete, er könnte unter der Last der Bücher einbrechen, und die Bücherei würde mit allen, die sich darin befanden, auf die Gleise des westlichen Tunnels hinunterkrachen.

Sie hatten einen Räumungsbescheid bekommen. Die Verkehrsbetriebe forderten ihre Station zurück. Künftig sollten die Bahnen der Central Line durch die Tunnel rollen, wo zuvor Kinder gespielt hatten. Das Gelächter und Geschrei würde vom Zischen und Rattern der Waggons abgelöst werden. Der Krieg war vorbei, und sie hatten noch bis Ende des Sommers Zeit, mit ihren Büchern umzuziehen. Städtische Arbeiter setzten derzeit das zerbombte Bibliotheksgebäude im Barmy Park instand, damit die Bücher von Bethnal Green nicht obdachlos wurden.

Ruby fühlte sich verunsichert. Wer würde sie künftig sein, dort oben im zivilen Leben? Wohin sie auch schaute, überall hängten Leute Spruchbänder mit der Aufschrift *Willkommen zu Hause, Junge* auf, und die Straßen füllten sich bereits mit Männern in den Anzügen, die sie bei ihrer Entlassung aus dem Kriegsdienst von der Armee bekommen hatten. Mit dem Frieden hatte ein verzweifeltes Verlangen nach Normalität Einzug gehalten, und auch wenn Ruby es niemals zugegeben hätte, vermisste sie doch die Stimmen mit ausländischem Akzent, die Spielräume für zügelloses Benehmen, sie vermisste es, nach einer durchzechten Nacht klappernd die stehende Rolltreppe hinunterzulaufen. Die turbulente, unstete Kriegszeit war ein Aphrodisiakum gewesen, von dem sie sich nur schwer würde entwöhnen können.

»Ich weiß ja nicht recht, ob es Bibliothekarinnen erlaubt ist, die Ruhe zu stören.«

Ruby fuhr herum.

»Gott sei …« Sie brach ab, weil Clara ihr einen vielsagenden Blick zuwarf und mit dem Daumen hinter sich zeigte.

»Mädchen!«, rief Ruby aus, als sie Marie und Beatty schüchtern hinter Clara stehen sah. »Ooh, kommt her, was hab ich euch vermisst!« Sie umarmte beide zugleich so stürmisch, dass sie alle lachen mussten.

Maries Kichern ging in ein Husten über.

»Komm schon, spuck's aus, könnte eine goldene Uhr sein«, scherzte Ruby.

»Rubes«, schalt Clara. »Ihre gebrochenen Rippen sind gerade erst wieder geheilt.«

»Du machst dir zu viele Sorgen«, entgegnete Ruby. »Die beiden sind zäh wie Sohlenleder.«

Doch ihre Freundin lachte nicht. Clara wirkte vielmehr völlig ausgelaugt.

»Wir haben eben den König und die Königin getroffen«, verkündete Marie und hüpfte auf einem Bein.

»Ist nicht wahr!«, sagte Ruby ungläubig.

»Den König und die Königin *und* die Prinzessinnen Elizabeth und Margaret haben heute Morgen die Hughes Mansions besucht«, erklärte Clara. »Ich bekam in letzter Minute eine Nachricht, dass sie gern die Mädchen kennenlernen wollten, die dort gerettet wurden.«

»Mein Gott!«, flüsterte Ruby.

»Ja, ich konnte es auch kaum fassen. Ich wusste nicht recht, ob es so gut wäre, noch einmal an den Ort zu gehen. Schließlich wurden die beiden gerade erst aus dem Krankenhaus entlassen. Aber dann dachte ich, die Mädchen sollen es selbst entscheiden.«

»Und wir haben uns dafür entschieden«, erklärte Beatty mit fester Stimme.

»Die Königin war sooo nett, und Prinzessin Elizabeth sah wunderschön aus«, schwärmte Marie. »Und alle haben gesagt, wie tapfer ich war.«

»Es war sehr bewegend«, erzählte Clara nachdenklich. »Eine riesige Menschenmenge war versammelt, und die Leute haben die Absperrung durchbrochen – die Personenschützer waren ganz aus dem Häuschen, aber die Leute haben sich um die Königsfamilie geschart und gesungen, ›There'll Always Be An England‹.«

»Bemerkenswert«, sagte Ruby.

»Allerdings. Und sie wussten genau Bescheid, haben sich sogar bei mir erkundigt, wie es Billy geht.«

»Und?«

»Unverändert«, erwiderte Clara.

»Findest du, wir sollten ihn besuchen dürfen, Ruby?«, fragte Beatty.

»Ich, äh …« Sie schaute zu Clara.

»Ich habe den Mädchen gesagt, dass ich es mir überlegen werde. Ich weiß nicht recht, ob es im Augenblick so gut wäre.«

»Ich finde, wir sind alt genug, um selbst zu entscheiden«, verkündete Beatty, und ihre dunklen Augen funkelten trotzig.

Sie stapfte davon in die Kinderabteilung. Ruby warf Clara einen vielsagenden Blick zu. »Was hat denn der Arzt gesagt, als die beiden entlassen wurden?«

»Er hat mich darauf vorbereitet, dass mit auffälligem Verhalten zu rechnen ist. Marie ist schon wieder ganz die Alte, aber Beattys Schuldgefühle wegen Billy scheinen in Wut umgeschlagen zu sein. Ach, Rubes, ich kann nicht weiter darüber reden. Lass mich beim Packen helfen.«

Zwei Stunden später strömten die Tunnelratten in die Bücherei, denn es hatte sich herumgesprochen, dass die Vorlesestunde wieder stattfand. Keins der Kinder schlief mehr in den Tunneln, aber von manchen Ritualen aus der Kriegszeit konnten sie sich nicht so leicht trennen.

Molly und Maggie May stürmten geradewegs ins Lesezimmer. Clara hatte Marie und Beatty aufgetragen, Papier und Stifte an die Kinder zu verteilen, die hereinkamen. Die Bücherei füllte sich rasch, und Ruby entdeckte Gesichter, die sie seit Monaten nicht mehr gesehen hatte.

»Joannie!«, rief Clara. »Du bist wieder da!«

Der rothaarige Wildfang grinste. Es war die Kleine, deren

Mutter sich beschwert hatte, weil sie ihr *Emil und die Detektive* ausgeliehen hatten.

»Ja, meine Mum sagt, ich darf herkommen, solange wir noch darauf warten, dass meine Schule wieder aufmacht.«

»Und Ronnie, du bist ja nicht wiederzuerkennen!«, sagte Ruby. »Haben sie dich in Kompost gepflanzt?«

Er war nur für sechs Monate evakuiert gewesen, aber er war beachtlich in die Höhe geschossen.

»Nee«, erwiderte er mit schüchternem Grinsen. »Draußen auf dem Land gibt es jede Menge zu essen.«

»Wo ist denn dein Kumpel?«, fragte Clara, die angespannt darauf wartete, dass Sparrow zur Tür hereinkam.

Ronnie zuckte die Achseln. »Tut mir leid, ich hab ihn noch nicht gesehen, seit ich wieder da bin.«

Irgendwie zwängten sie sich alle in das Zimmer, in dem stapelweise Kisten standen.

»Es gibt großartige Neuigkeiten«, verkündete Clara und klatschte in die Hände, um sich Gehör zu verschaffen. »In diesen Kisten sind Hunderte neue Kinderbücher. Wir werden sie auspacken, wenn die richtige Bücherei wieder instand gesetzt ist und wir dort einziehen können. Und dann könnt ihr sie alle lesen!«

Alle Kinder starrten die hoch aufgetürmten Kisten an, und für einen Moment war es völlig still.

»Meine Güte«, flüsterte Maggie May, »das sind aber *richtig viele* Bücher.«

Ein achtjähriges Mädchen namens Dolly, das erst kürzlich neu dazugekommen war, brach in Tränen aus.

»Das schaffe ich ja nie, die alle zu lesen«, weinte sie.

Zum Glück waren die meisten einfach begeistert, dass es in ihrer neuen Bücherei ganz viele nagelneue Bücher geben würde, eigens für sie.

»Viele wurden von Jungen und Mädchen aus Kanada gespendet, deshalb dachte ich mir, wir könnten einen kleinen Wettbewerb veranstalten, wer den schönsten Dankesbrief schreiben kann«, schlug Clara vor.

Die Kinder waren Feuer und Flamme, und wenig später schrieben sie alle um die Wette. Das Kratzen von Bleistiften auf Papier war das einzige Geräusch in der Bücherei.

Da regte sich etwas an der Tür. Ruby stieß Clara an.

»Sparrow!«, rief Clara aus. Bei seinem Anblick spürte sie einen Kloß im Hals, sie hatte schon nicht mehr mit ihm gerechnet. »Du bist wieder da!«

»Sie auch.«

Er blieb an der Tür stehen, und beide schauten sich stumm an. Ruby wusste, wie viel dieses Kind Clara bedeutete. Eigentlich sollte man ja keine Lieblinge haben, aber diesen schlauen, missverstandenen Jungen hatte sie einfach ins Herz geschlossen.

»Bleibst du?«, fragte sie.

Er kam herein, wobei er eine Dreckspur auf dem Boden hinterließ, und übergab Clara ein unförmiges, schmutziges Päckchen. »Für Sie.« Er schniefte und fuhr sich mit dem Ärmel über die Nase.

»Stachelbeeren!«, rief Clara, als sie es öffnete.

»Dachte, Sie könnten Kuchen draus machen oder so.«

»Wo hast du sie denn her?«

»Hab sie nich' geklaut«, verteidigte er sich.

Clara fasste ihn am Arm. »Natürlich nicht, das weiß ich doch.«

»Diese Sache mit dem Kriegsgefangenenlager – ich wollte denen ja gar nichts tun. Ich wollte sie nur erschrecken, damit sie Angst haben. Weil Tubby doch bestimmt auch Angst hatte …«

»Ich glaube dir«, versicherte Clara. »Was hat denn die Polizei gesagt?«

»Dass ich aufpassen soll, nich' wieder in Schwierigkeiten zu geraten. Ich hab mir jetzt einen neuen Garten angelegt, unten bei den Bahngleisen. Ich hab Obstbäume und alles …« Er brach verlegen ab.

»Ich freue mich sehr, dass du hier bist, denn ich möchte dich etwas fragen.« Sie legte die Stachelbeeren ab. »Wenn wir mit der Bücherei in das Gebäude oben umziehen, dann hätte ich gern, dass du für mich arbeitest, als Bibliotheksassistent in Vollzeit in der Kinderabteilung.«

»Als Gehilfe?«

»Als so eine Art Lehrling. Ich fürchte, viel Geld kann ich dir nicht anbieten, aber es wäre ein Anfang.«

»Aber ich hab doch gar keinen Schulabschluss.«

»Dafür hast du Erfahrung in der Bücherei, und damit bist du umso besser geeignet.«

»Wie geht das denn mit so 'ner Lehre?«

»Nun, erst mal würdest du eine Weile einfach mitlaufen …« Clara sah seinen verständnislosen Blick. »Ich meine, du würdest dir anschauen, wie ich arbeite, und es mir nachmachen. Und später finden wir eine Möglichkeit, wie du einen Abschluss machen kannst. Wenn du das möchtest.«

Ruby sah, wie er über diese Aussicht nachdachte.

»Meine Mum müsste einverstanden sein.«

»Natürlich. Ich werde selbst mit ihr sprechen. Es geht hier nicht um Mildtätigkeit. Ich brauche wirklich jemanden wie dich, Sparrow, damit die Kinder verstehen, was man mit Lesen erreichen kann.«

Er nickte langsam.

»Ich werde auch Comics in den Bestand aufnehmen«, fuhr Clara fort. »Ich bräuchte deinen Rat, um eine gute Auswahl zu treffen.«

Sein Gesicht wurde ganz lebhaft. »Warum sagen Sie das nich' gleich? Wenn das so is' … Wann soll ich anfangen?«

»Ach, schön, das freut mich wirklich sehr!«

»Und es tut mir leid, Miss.«

»Aber was denn?«

»Dass ich Sie ’nen Feigling genannt habe.«

»Du hattest ja recht.«

Sie wollte ihn umarmen, doch dann besann sie sich eines Besseren.

»Würdest du das Buch, das ich dir schenken wollte, jetzt doch noch annehmen?«, fragte sie hoffnungsvoll. »*Der geheime Garten* – ich habe es aufbewahrt.«

»Schätze schon.«

»Gut, ich hole es nachher. Willst du nicht so lange bleiben? Wir haben ein brandneues Exemplar der *Schatzinsel,* das von einem Mädchen namens Dawn aus Toronto gespendet wurde. Ich dachte mir, du könntest ihr ja zurückschreiben?«

Sparrow zögerte. Ruby wusste, dass er im Schreiben noch nicht so sicher war wie im Lesen.

»Wenn du möchtest, schaue ich den Brief nachher durch«, schlug Clara vor. Er nickte, nahm einen Bleistift und ließ sich neben seinem Kumpel Ronnie nieder. So war Sparrow ohne weitere Umstände wieder Teil der Gruppe.

Die Lesestunde verging wie im Flug. Tubbys Lieblingsbuch, *Abenteuer der Familie Ruggles,* wurde abgestaubt, und ein Kapitel mit dem Titel »Die Schwarze Hand« rief große Begeisterung hervor.

Ruby beobachtete voller Bewunderung, wie Clara mit aller Leidenschaft die Geschichte zum Besten gab. Als sie erzählte, wie der kleine Jim Ruggles sich in einem Abflussrohr an Bord eines Schiffes versteckte, konnte man förmlich sehen, wie Ronnie und Sparrow im Geiste Pläne schmiedeten.

Als sich am Ende herausstellte, dass es ihn nach Frankreich verschlagen hatte, war die kleine Dolly vor Aufregung so außer sich, dass sie sich auf den Boden erbrach. An diesem Punkt entschied Clara, es sei das Beste, hier Schluss zu machen.

»Danke, Clara!«, riefen etwa fünfzig Stimmen im Chor.

»Wer will noch ein letztes Mal den Raum des Grauens besuchen?«, schrie Ronnie, und plötzlich drängte die ganze Kinderschar aus der Bücherei.

»Das haben Sie doch nich' gehört?«, fragte Sparrow, ehe er sich den anderen anschloss.

»Was denn?«, erwiderte Clara augenzwinkernd.

»Sie sind wirklich schwer in Ordnung«, sagte er grinsend, dann wandte er sich ab und rannte los, einem letzten unterirdischen Abenteuer entgegen.

»Hi, Jimmy Nacko, eins, zwei, drei ...«

Sparrow rief den alten Reim, dann sprang er auf Ronnies Rücken. Ronnie lief über den Bahnsteig, Sparrow hielt die Arme ausgebreitet wie Flugzeugflügel – die beiden stellten wohl eine Spitfire im Sturzflug dar.

Ruby und Clara beobachteten, wie die Jungen kehrtmachten und dabei das Rattern von Maschinengewehren nachahmten, sodass es laut durch den Tunnel hallte. Ruby wusste, dass die Erinnerungen an das unterirdische Leben diese Kinder noch lange begleiten würden. Das Nachlaufen in den Tunneln, der Raum des Grauens, der eine gruselige Anziehung ausübte, der Stepptanz im Theater, die Geschichten in der Bücherei ... All das würde tiefe und bleibende Eindrücke hinterlassen.

Plötzlich stieg Ruby ein eigenartiger Geruch in die Nase, eine Mischung aus Sumpf, Karbol und Erbrochenem.

»Eins sag ich dir, den Gestank hier unten werde ich nicht vermissen.«

Sie lachten noch immer, als Mr Pepper und Mrs Chumbley erschienen, die an diesem Tag endlich ihre aufgeschobene

Trauung nachgeholt hatten. Die beiden frisch Vermählten hatten vor Aufregung noch ganz rote Wangen.

»Bitte nehmen Sie es uns nicht übel«, sagte Mrs Chumbley, »aber es hätte sich unpassend angefühlt, groß zu feiern.«

»Ja, mit Rücksicht auf Billys Zustand fanden wir es angemessener, kein Aufhebens zu machen«, schloss Mr Pepper sich an.

Bei der Erwähnung von Billy erstarb Claras Lächeln.

»Jetzt sind wir gerade auf dem Weg, um ihn zu besuchen und ihm ein wenig vorzulesen«, fügte Mr Pepper hinzu.

»Das ist nett von Ihnen, danke. Ich gehe morgen wieder hin.«

»Mit uns«, drängte Marie, die plötzlich am Tresen auftauchte.

»Clara lässt uns nicht zu Billy«, ließ Beatty sich vernehmen. »Sie behandelt mich wie ein kleines Kind, dabei bin ich keins mehr!«

Clara warf Mr Pepper einen verzweifelten Blick zu.

»Mr Pepper, helfen Sie mir doch! Bitte erklären Sie den Mädchen, dass es nicht gut wäre, wenn sie Billy so sehen. Jetzt noch nicht, sie haben doch so viel durchgemacht.«

»Clara, meine Liebe, Kinder sind robuster, als wir glauben.«

»Siehst du, sag ich doch!«, trumpfte Beatty auf.

»Ich weiß immer noch nicht recht«, sagte Clara. »Der Arzt meinte, wir sollten schwierige Situationen unbedingt vermeiden.«

Beatty knallte ihr Buch so laut auf den Tresen, dass alle zusammenfuhren.

»Also wirklich! Wir mussten aus unserer Heimat fliehen, meine Mutter wurde getötet, mein Vater wird vermisst, und Marie und ich waren lebendig begraben!« Sie starrte Clara an, lodernden Zorn in den Augen. »Wie kannst du so etwas Albernes sagen?«

»Das habe ich doch nicht so gemeint, Beatty. Ich will euch beide ja nur schützen«, erklärte Clara und wollte sie am Arm fassen. Beatty schüttelte sie wütend ab.

»Wir brauchen deinen Schutz nicht, du bist nicht unsere Mutter.« Sie stürmte aus der Bücherei.

»Ich fürchte, solange wir nicht wissen, was aus dem Vater der Mädchen geworden ist, werden Sie es nicht leicht mit ihnen haben«, bemerkte Mr Pepper leise.

Ihr Gespräch wurde unterbrochen, denn in diesem Moment steckte Miss Moses vom Brady Club den Kopf zur Tür herein.

»Da sind Sie ja, Clara.« Sie trat ein und zog die Nadeln aus ihrem Hut.

»Ich bin froh, Sie zu sehen, Miss Moses«, erwiderte Clara. »Ich wollte sowieso zu Ihnen kommen, ich möchte mit Ihnen über die Anmeldung der Mädchen im Brady Club sprechen.«

»Das muss warten«, erklärte die ältere Dame mit sehr ernster Miene. »Ich habe Neuigkeiten. Ich muss Sie dringend unter vier Augen sprechen.«

»Wir wollen auch gar nicht länger stören«, sagte Mrs Chumbley sofort. »Wir müssen sowieso los, damit wir die Besuchszeit nicht verpassen.«

»Ich mache mich dann auch mal davon«, schloss Ruby sich an.

»Nein.« Clara griff nach ihrer Hand. »Bitte bleib. Ich brauche dich hier.«

Wortlos bedeutete Miss Moses ihnen, im Lesezimmer Platz zu nehmen.

»Es geht sicher um den Vater der beiden«, platzte Clara heraus. »Er ist tot, nicht wahr? Lieber Himmel. Erst Billy und jetzt auch noch das – wie soll ich es ihnen nur beibringen?«

»Beruhigen Sie sich, meine Liebe«, erwiderte Miss Moses. »Es geht in der Tat um den Vater der Mädchen, aber er ist am Leben, Clara.«

»Er wurde also gefunden!«, rief sie.

Miss Moses schob einen Brief über den Tisch. »Der hier ist im Brady Club eingetroffen. Von einer Mrs Moisan auf Jersey.«

Clara und Ruby starrten das Stück Papier an wie eine Handgranate.

»Offenbar hat sie verzweifelt über das Rote Kreuz nach ihren Nichten gesucht. Dann eines Tages griff sie nach der *Evening Post* und traute ihren Augen nicht, als sie in dem Artikel auf der Titelseite von der heldenhaften Rettung zweier von Jersey evakuierter Mädchen las. Daraufhin schrieb sie an den Klub. Ich wurde ja in dem Artikel erwähnt, und sie hoffte, durch uns etwas über den Verbleib der Mädchen zu erfahren. Sie wusste nur, dass sie nach Bethnal Green evakuiert worden waren, aber seit dem Tod ihrer Schwester im Blitz hatte sie jede Spur von ihnen verloren.«

Rubys Herz wurde schwer wie Blei, als sie Claras Gesicht sah – ihre Freundin war vor Schreck ganz weiß geworden.

»Was schreibt sie sonst noch?«, fragte Ruby.

»Sie ist fast umgekommen vor Sorge und möchte, dass die Mädchen unverzüglich nach Hause kommen. Ihr Vater wurde aus dem Lager Bergen-Belsen befreit.« Miss Moses schwieg für einen Moment, ehe sie weitersprach. »Er wird nächsten Monat nach Saint Helier zurückgeführt.«

»Nun, das sind ja große Neuigkeiten«, sagte Clara und stieß langsam die Luft aus. Im nächsten Moment sah Ruby, wie ihre Freundin ihr gewohntes stoisches Lächeln aufsetzte.

»Dann schaue ich mal nach den Mädchen und überbringe ihnen die Nachricht. Sie werden ganz aus dem Häuschen sein.«

»Ich komme mit«, bot Ruby an, aber Clara schüttelte den Kopf.

»Nein, das mache ich besser allein.«

Ruby schaute ihr nach, als sie zusammen mit Miss Moses die Bücherei verließ. Sie ahnte, dass es ihrer Freundin insgeheim das Herz brach – ihr Traum von der Mutterschaft wurde wieder einmal zunichte.

An diesem ersten Freitag im Frieden waren allerorten Veränderungen im Gange. Kaum war Clara fort, da hörte Ruby Schritte durch den Tunnel nahen. Sie wusste, dass es ihre Mutter war, noch ehe Netty den Kopf zur Tür hereinsteckte. Sogar ihr Gang war dieser Tage selbstsicherer geworden.

»Hallo, Liebes. Mrs Smart lädt alle zu einer kleinen Party ein. Hast du Lust?«

»Eigentlich nicht, Mum. Ich bin ziemlich erledigt. Aber geh du ruhig hin und amüsier dich.«

»Danke, Liebes, das werde ich tun. In der Küche liegt ein Kotelett für dich, ich habe es mit einem Geschirrtuch abgedeckt. Warte nicht auf mich, es könnte spät werden. Mach's gut.« Sie wandte sich ab, drehte sich dann aber noch mal um. »Ach ja, Liebes, ich wollte dir noch was erzählen. Mr Rosenberg, der Vorarbeiter bei Rego, hat mir Stückarbeit an den Maschinen angeboten. Das bedeutet regelmäßigen Lohn, und das Beste ist, ich brauche nicht mehr den ganzen Tag auf allen vieren herumzukriechen.«

»Das sind ja wunderbare Neuigkeiten, Mum!«

»Ja, nicht wahr? Erst recht jetzt, wo die Kleine mir allmählich beschwerlich wird.« Sie tätschelte ihren Bauch.

»Woher weißt du, dass es eine Sie wird?«

»Glaub mir, es ist ein Mädchen. Ich überlege, sie Amber Bella zu nennen.«

»Das klingt hübsch, Mum.«

»Meinst du, deine große Schwester wäre einverstanden?«

Ruby beugte sich vor und küsste ihre Mum auf die Wange.

»Sie wäre begeistert.«

»Sie fehlt mir.«

»Mir auch … Aber jetzt geh schon, husch!«

Netty eilte davon. Sie strahlte eine neue Leichtigkeit aus. Aber Ruby wusste, dass die seelische Misshandlung viel tiefere Spuren hinterlassen hatte. Der Frieden ihrer Mutter hatte einen hohen Preis gehabt.

Ohne nachzudenken, holte sie eine Flasche Gin hinter *Die Kunst der Haushaltsführung* hervor.

In dem Versteck lagen noch immer Beattys Briefe an ihren Vater, voller Hoffnung geschrieben in einer Zeit, als man noch nichts von den Lagern gewusst hatte. Ruby hatte wie viele andere Schlange gestanden, um im Lichtspielhaus Troxy die Wochenschau mit den Berichten über die Befreiung von Bergen-Belsen durch die britischen Truppen zu sehen. Es waren kleine Einblicke in eine unvorstellbare Hölle.

Welche unaussprechlichen Grauen mochte Mr Kolsky durchlitten haben?

Ruby trank einen kräftigen Schluck von ihrem Gin, und plötzlich empfand sie den gleichen brennenden Zorn, der Sparrow wohl dazu getrieben hatte, ein Messer zu nehmen und sich auf die Suche nach einem Deutschen zu machen. Sie dachte an die Familien, die nach dem Raketeneinschlag in den Hughes Mansions aus den Trümmern gezogen worden waren. Die Zeitungen hatten endlich ihre Namen veröffentlicht. Angesehene jüdische Familien, viele von ihnen hatten regelmäßig die Bücherei besucht.

Sie stellte mit zitternder Hand ihr Glas ab. Der Weg, der vor ihr lag, war schwierig und alles andere als gerade. Deshalb musste Ruby einen klaren Kopf bewahren, statt sich giftiger Wut hinzugeben. Das Problem war, der Alkohol war das

Einzige, was der Wirklichkeit etwas von ihrer Schärfe nahm, ihre kleine Belohnung. Mit einer herkulischen Anstrengung zwang sie sich, den Gin zurück in die Flasche zu gießen.

Anschließend ging sie in der Bücherei umher, rückte Stühle gerade und räumte Zeitungen fort. Da hörte sie draußen Lärm. Schwere, energische Schritte kamen über den Bahnsteig geradewegs auf die Bücherei zu.

»Mum, bist du das?«, rief sie, obwohl sie wusste, dass es nicht schon wieder Netty war.

Die U-Bahn war zu dieser Stunde beinahe menschenleer, abgesehen von den städtischen Wachleuten, die in den Tunneln patrouillierten, um Plünderer fernzuhalten.

Ruby griff nach der Ginflasche und schlich zur Tür. Ihr Herz schlug heftig, sie musste an den Abend denken, an dem Victor hier eingebrochen war.

»Hallo?« Ihre Stimme hallte in der dunklen Leere wider. Wo das Theater gestanden hatte, war nur noch Schwärze. Die Luft war trüb vom Staub der Abbrucharbeiten.

Eine hochgewachsene Gestalt erschien wie aus dem Nichts. Ruby schnappte nach Luft und hob die Flasche über ihren Kopf.

»Keinen Schritt weiter, Kumpel, sonst ziehe ich dir eins über!«

»Ruby, ich bin es!« Der Mann machte einen Schritt rückwärts und hob die Arme, wie um sich zu ergeben.

Rubys Puls raste.

»Eddie!«

Vorsichtig trat er auf sie zu und nahm ihr die Ginflasche aus der Hand.

Er grinste. »Ist das eine Art, einen Mann zu empfangen, der den Atlantik überquert hat, um dich zu sehen?«

»W-was zum Teufel machst du hier?«, stammelte sie.

»Schenk mir einen Gin ein, dann erzähle ich es dir.«

Zehn Minuten später hatte Ruby sich wieder einigermaßen gefasst, aber sie konnte den Blick nicht von dem Mann losreißen, der ihr in der Bücherei gegenübersaß.

Er war immer noch derselbe gut aussehende Eddie, der bei ihrer letzten Begegnung in einem Hotelzimmer in Soho nackt aus dem Bett gesprungen war, doch aus seinen Augen sprach Erschöpfung. Ein Mann, der vielleicht zu viel gesehen hatte.

»Wie geht es dir denn?«, fragte sie vorsichtig.

»Ich werde so bald keine Rennen laufen, aber ich kann mich nicht beklagen. Die Bücher, die ich dir geschickt habe, sind also angekommen.«

»O mein Gott, Eddie! Es tut mir so leid, ich wollte dir schreiben und mich dafür bedanken, aber es war, nun ja …«

Sie starrte auf die notdürftig reparierte Tür der Bücherei und tippte an ihr Glas. »Mein Stiefvater ist gestorben.«

»Das tut mir sehr leid.«

»Das braucht es nicht. Er war ein Arschloch vor dem Herrn.«

»Oh …«

»Ach, Eddie, aber das ist keine Entschuldigung dafür, dass ich nicht geschrieben habe. Es war so toll von dir, all diese Bücher zu schicken.« Sie grinste. »Du hast eine Menge Frauen sehr glücklich gemacht.«

»Es geht mir gar nicht um die Bücher. Es geht um die Frage, die ich dir in dem Brief gestellt habe.«

»Die Frage?«

Er lächelte sie so liebevoll an, dass etwas in ihrem Inneren nachzugeben schien.

»Ich habe dich gefragt, ob du mich heiraten willst.«

Ruby hatte das Gefühl, nicht mehr atmen zu können.

»Ach, Eddie, warum willst du mich denn überhaupt heiraten? Ich fühle mich ja wirklich geschmeichelt und so, aber, na ja …« Sie brach ab, dachte an all die Stacheln, die sich tief in ihr Herz gegraben hatten.

Meine große Schwester, die in einem feuchten Treppenschacht im Gedränge zu Tode gequetscht wurde. Die ausgeschlagenen Zähne meiner Mutter. Der rauchende Krater. Und wenn wir mal ehrlich sind, Ruby, dein Alkoholkonsum.

»Ich bin keine passende Braut für einen GI. Ich bin …« Sie suchte nach einem treffenden Adjektiv und fand keines. »Ich bin müde.«

»Das überrascht mich nicht«, erwiderte er sanft. »Mir scheint, du hast dich in den letzten zwei Jahren für etwas bestraft, das nicht deine Schuld war …«

Er rückte seinen Stuhl näher an ihren und legte eine Hand um ihren Nacken, fühlte die weiche Haut. Dann beugte er sich vor, und seine Lederjacke knarrte leise, als seine Lippen sanft die ihren berührten. Er roch nach teurem Eau de Toilette, nach einem Hauch von frischer, salziger Seeluft.

»Du erinnerst dich also daran, was ich dir erzählt habe«, flüsterte sie in die Spannung hinein, die zwischen ihnen in der Luft hing.

»Wie könnte ich das vergessen? Seither ist kaum ein Tag vergangen, an dem ich nicht daran gedacht habe.« Sie spürte, wie sein Körper sich anspannte. »Alles in mir hat sich dagegen gesträubt, dich in diesem Hotelzimmer allein zu lassen. Ich habe mir geschworen, wenn ich den Krieg überlebe, komme ich wieder und sage dir, wie bemerkenswert tapfer und stark du in meinen Augen bist. Manche Soldaten haben nicht halb so viel durchgemacht wie du.«

Sie schloss die Augen. Er verstand einfach nicht.

»Ich bin nicht stark. Ich bin ein verdammtes Wrack.«

»Zum Teufel, Ruby, sind wir nicht alle müde? Die ganze verdammte Welt.« Er nahm ihr Gesicht in beide Hände, küsste sie auf die Stirn, dann wanderten seine Lippen über ihre Wange, bis sie ihren Mund fanden. Sie spürte, wie ihre Entschlossenheit von ihr abfiel wie Blütenblätter von einer Blume.

»Aber ich will mein Leben nicht damit zubringen, zu bedauern, was war.« Er schaute sie eindringlich an. »Ich denke, wir, die wir den Krieg überstanden haben, während Millionen andere umgekommen sind, haben eine moralische Verpflichtung, unser Leben zu leben.«

Ruby dachte an ihren Schmerz, an die Hunderte kleinen Wunden, die ihr Herz davongetragen hatte. Es fühlte sich an, als müsste sie verbluten, wenn nur noch ein einziger Stachel hinzukäme.

»Du kannst dich nicht ewig hier in dieser unterirdischen Bücherei verkriechen, Ruby«, stellte er fest. »Früher oder später musst du nach oben kommen, in diese neue Welt.«

»Aber … aber das ist doch verrückt! Wo sollten wir denn leben?«

»Detailfragen.« Er zuckte die Achseln. »In Bethnal Green, in Brooklyn – mir ist es gleich.«

»Und was sollte ich in Amerika anfangen? Ich rede zu viel und zu laut, ich nehme kein Blatt vor den Mund, ich sage zu deutlich meine Meinung.«

»Damit würdest du in Amerika gar nicht weiter auffallen!«

»Aber … aber ich bin Bibliotheksgehilfin.«

Er fing an zu lachen. »Wir haben in Amerika auch Büchereien, Ruby, eine ganze Menge sogar.«

Sie verschränkte die Arme. »Na schön. Ich bin völlig unpassend als Ehefrau. Eigentlich müsste man mich in einem Museum ausstellen, und auf dem Schild müsste stehen: *Gefallene Frau aus der Kriegszeit!*«

Er zuckte abermals die Achseln.

»Wer will schon eine passende Frau heiraten?«

»Ich rauche und ich fluche zu viel.«

»Ich auch.«

»Wenn ich betrunken bin, erzähle ich fürchterlich versaute Witze.«

»Ich freue mich darauf, sie zu hören.«

Sie suchte im Geiste nach etwas, das ihn abschrecken könnte. »Um Himmels willen, ich trage einen verdammten Schlagring in der Handtasche mit mir rum.«

Das schien ihn tatsächlich etwas zu überraschen. »Ich bin sicher, du hast deine Gründe.«

Sie löste die Arme wieder und hob ratlos beide Hände. »Warum ich?«

»Weil ich keine andere Frau kenne, die so geistreich und so schön ist wie du, Ruby Munroe. Und du bringst mich zum Lachen. Nach dir wäre jede andere Beziehung nichts Halbes und nichts Ganzes.« Er lächelte über das ganze Gesicht. »Und das Herz will nun einmal, was es will.«

Endlich gingen Ruby die Einwände aus.

»Also sag schon«, drängte er. »Wie lautet deine Antwort?«

Sie griff automatisch nach ihrem Glas, doch dann hielt sie inne. Dort würde sie die Antwort nicht finden.

»Kannst du mir bis morgen früh Bedenkzeit geben?«

»Nimm dir so viel Zeit, wie du brauchst«, erwiderte er und lehnte sich lächelnd zurück. »Aber ich sage dir gleich, ich steige nicht ohne dich wieder auf das Schiff.«

»Du hältst dich wohl für unwiderstehlich, wie?«

Er trank sein Glas leer und stand auf. »Nein, ich bin nur bis über beide Ohren in dich verliebt, Ruby Munroe. Ich habe mein Lebtag noch keine andere Frau kennengelernt, die dir das Wasser reichen könnte, und ich will meine Zeit nicht damit vergeuden, nach einer zu suchen.«

Er hob sacht ihr Kinn an, sodass sie ihm in die Augen schauen musste. »Ich liebe dich, Ruby.«

Er streichelte ihre Wange, seine Finger fühlten sich warm und weich an. »Ich weiß, dass du Angst hast, auch wenn du es nicht zeigen willst, aber ich verspreche dir eines: Vor mir brauchst du dich *niemals* zu verstellen.«

Er küsste sie langsam. Als er sich wieder von ihr löste, waren seine Lippen rot von ihrer Schminke.

»Ich wohne im Rainbow Corner in Piccadilly. Ich warte dort auf dich.«

Dann war er fort, seine Schritte hallten über den verlassenen Bahnsteig.

Ruby schloss ab und stieg langsam die Rolltreppe hinauf. Als sie die Treppe erreichte, die aus der Bahnstation nach oben führte, trat sie bewusst auf jede Stufe und zählte sich dabei die Gründe auf, weshalb sie nicht weggehen konnte. *Clara braucht mich. Mum braucht mich.* Dann schob sich ein unschöner Gedanke dazwischen. *Du verdienst ihn nicht.*

Angst kroch ihren Rücken hinunter wie ein knochiger Finger. Es passierte wieder – da war dieser unerträgliche Druck auf der Brust, das Herzrasen. Die Dunkelheit schien sich um sie zu schließen, dick und heiß wie Suppe. Sie sah um sich herum menschliche Körper fallen, kurz erhaschte sie einen Blick auf wirres rotes Haar, wächserne, geschundene Gliedmaßen.

»HALT! KEHR UM!«, schrie sie, als ihre Knie einknickten. Sie hielt sich an der rauen Betonstufe fest und rang keuchend nach Luft. In der Dunkelheit tastete sie, bis ihre Hand das Mittelgeländer berührte, das Bellas Leben hätte retten können.

Sie zwang sich, ganz still zu sitzen, unterdrückte den Schrei, der aus ihr hervorzubrechen drohte.

Nach einer Weile wurde ihr etwas bewusst. Sie hatte nie richtig ausgeatmet, sich nie erlaubt zu sehen, was für eine gewaltige Lücke der Verlust ihrer wunderbaren Schwester in ihrem Leben hinterlassen hatte. Sie hatte keine andere Wahl gehabt, als ihren Schmerz hinunterzuschlucken, sich ein rotes, patriotisches Lächeln ins Gesicht zu malen und ihre Gefühle in Marmeladengläsern voller Gin zu ertränken. Doch nun war der Krieg vorbei, und ihre Trauer fühlte sich an wie ein Herbst, der niemals endete. Und jetzt war da dieser gut aussehende Mann, der ihr eine Chance auf Glück bot, doch das Problem war, sie wusste nicht, ob sie das konnte. Ruby weinte hilflos, ihre Schluchzer zerrissen die Dunkelheit.

»Rubes? Bist du das?«

»Cla«, flüsterte sie. »Was machst du denn hier?«

»Ich habe den Mädchen die Nachricht überbracht.« Sie runzelte die Stirn und setzte sich neben Ruby auf die Treppe. »Sie sind begeistert und haben zugleich große Angst. Marie schläft jetzt, aber Beatty lässt mich überhaupt nicht mehr an sich heran. Sie will allein sein. Es fühlt sich an, als hätte ich sie bereits verloren …« Sie brach ab und legte eine Hand an Rubys tränenüberströmtes Gesicht. »Rubes. Weinst du? Was ist passiert?«

Ruby erzählte ihr alles, von Schluchzern unterbrochen. Wie Eddie plötzlich wieder aufgetaucht war, sein Heiratsantrag, ihre Angst, im East End zu versauern und zu einem verbitterten, versoffenen Wrack zu verkommen wie Victor.

»Aber ich werde dich nicht verlassen, Cla, das verspreche ich. Ich bin immer für dich da.«

Clara löste sich von ihr, ein seltsames Lächeln auf dem Gesicht. »Ach, Liebes. Du hast dich die ganze Zeit nur darauf konzentriert, dich um alle anderen zu kümmern. Um mich, um deine Mum – und dabei haben wir uns gar keine Gedanken darum gemacht, was *du* eigentlich brauchst.«

»Und was ist das?«

»Liebe«, erwiderte Clara. »Mir scheint, du hast die Chance auf Glück mit einem Mann, der dich vergöttert. Um Himmels willen, Rubes, er ist eigens von Amerika hierhergereist, um dich zu sehen!«

»Aber was ist mit Mum, dem Baby und Bella?«

»Deine Mum hat scharenweise Frauen um sich, die sie unterstützen werden, wenn das Baby kommt! Außerdem ist sie stärker, als du glaubst … Sie hat dieselbe Stärke, die auch in deinen Adern fließt.« Claras Stimme wurde sanfter. »Und Bella ist nicht mehr bei uns. Deine Erinnerungen an sie kannst du mitnehmen, wohin du auch gehst.«

»Aber *du* brauchst mich«, beharrte Ruby und knibbelte an einer Stelle an ihrem Fingernagel, wo der Nagellack abblätterte. »Erst recht jetzt, wo die Mädchen fortgehen und Billy noch immer so krank ist.«

»Ach, Liebes, ich muss mich ein paar unliebsamen Tatsachen stellen. Billy liegt nun schon seit sechs Wochen im Koma. Die Ärzte wissen nicht, ob er je das Bewusstsein wiedererlangen wird und, wenn ja, wie viel dann noch von dem Mann übrig ist, der er einmal war …« Sie brach ab und stieß die Luft aus. »Du kannst dein Leben nicht für uns auf Eis legen. Deine Mum und ich, wir kommen schon zurecht. Es ist an der Zeit, dass sich die wahre Ruby Munroe zeigt.« Clara grinste und boxte sie spielerisch gegen die Schulter. »Gott steh uns bei!«

Das entlockte Ruby ein Lächeln. Ihr wurde schmerzlich bewusst, wie unentbehrlich ihre Freundin für sie geworden war, wie viel Kraft sie aus der Festigkeit ihrer Freundschaft gezogen hatte.

Clara zögerte, ehe sie weitersprach. »Ich glaube, es ist an der Zeit, Bella in Frieden ruhen zu lassen, meinst du nicht auch?«

Unwillkürlich hielt Ruby wieder die Luft an, während sie über die Frage nachdachte. Beide starrten in die tintenschwarzen Tiefen des Treppenschachts. Und dann geschah etwas so Außerordentliches, dass Ruby es für Einbildung oder eine Sinnestäuschung gehalten hätte, wäre nicht Clara dabei gewesen, die es ebenfalls sah. Ein Fetzen von der Schwärze schien sich zu lösen, zog wie ein Rauchfähnchen die Stufen herauf und kringelte sich schnurrend um ihre Fußknöchel. Ruby fuhr zurück.

»Der Büchereikater!«, rief Clara.

»So wahr ich hier sitze, er ist wieder da«, murmelte Ruby.

Sie hatten den schwarzen Kater seit Monaten nicht mehr gesehen, seit Pinkerton-Smythe in der Bücherei das Regiment an sich gerissen hatte und der Kater angewidert verschwunden war.

»Ich glaube ja eigentlich nicht an Zeichen und Wunder«, sagte Clara. »Aber dieser kleine Kater scheint immer dann aufzutauchen, wenn wir ihn am dringendsten brauchen.«

Er sprang Ruby auf den Schoß, und sie vergrub das Gesicht in seinem Fell, genoss seine tröstliche Wärme.

»Junge, wo warst du denn?«, murmelte sie.

In der Dunkelheit nahm sie an seinem Fell einen deutlichen Lavendelduft wahr, Bellas Lieblingsduft, und Ruby spürte die warme Gegenwart ihrer Schwester so stark, als stünde sie direkt hinter ihr auf den Stufen.

Clara hatte recht. Sie konnte nicht ewig in der Vergangenheit leben, sich selbst einsperren. Was auf dieser Treppe geschehen war, war unaussprechlich grauenhaft, aber sie musste den Blick nach vorn richten, mit ihrer Trauer weiterleben. Was sollte sonst aus ihr werden? Sie dachte an die kratzbürstige Maud, die sich jeden Abend im Salmon and Ball in stumpfe Gleichgültigkeit trank, und an die arme Sarah, von der es gerüchteweise hieß, sie sei zur »Behandlung« in einer Anstalt.

Ruby umarmte Clara so fest, wie sie konnte, ihre Tränen vermischten sich, und der Büchereikater lag zwischen ihnen eingekuschelt, ein kleines, warmes Fellbündel. Ruby spürte, wie Claras tiefes Mitgefühl und ihre Stärke sie durchströmten. Ihre Freundin war außergewöhnlich, vielleicht konnte sie es auch sein?

Ruby löste sich aus der Umarmung und gab Clara behutsam den Kater.

»Wohin gehst du?«, fragte Clara.

»Zu Eddie, bevor ich es mir anders überlege.«

Nach einmal Umsteigen sprang Ruby am Piccadilly Circus aus dem Bus und rannte mit wild klopfendem Herzen in Richtung des American Red Cross Club. Es begann so heftig zu regnen, dass ihr nach kurzer Zeit die Bluse am Körper klebte und ihr Kopftuch ganz durchnässt war.

»Ach, verdammt«, murmelte sie, als der Regen sich zu einer wahren Sintflut steigerte. Warum hatte sie nicht nachgedacht, warum hatte sie keinen Regenschirm mitgenommen?

Auf den nassen Gehwegen spiegelten sich Neonlichter. Paare rannten an ihr vorbei, kreischend vor Lachen, zum Schutz vor dem Wolkenbruch Zeitungen über ihre Köpfe haltend.

Rubys Füße rutschten in ihren nassen, hochhackigen Schuhen herum. Als sie über den runden Platz rannte, hätte sie sie beinahe verloren.

»So ein Mist!« Sie zog die Schuhe aus und lief auf Strümpfen durch die nassen Straßen von Soho. Dabei hielt sie den Kopf gesenkt, sodass sie ihn nicht wirklich wahrnahm, bis sie mit einem dumpfen Laut gegen ihn prallte.

»Ruby …«

»Eddie …«

»Was in aller Welt machst du hier bei diesem Unwetter?«, fragte er mit lachenden Augen. »Du bist ja völlig durchnässt. Und wo sind deine Schuhe?«

»Ich wollte dich nicht so lange schmoren lassen«, brachte

sie zitternd heraus, während der Regen auf ihren Kopf prasselte.

»Das ist wirklich sehr nett von dir, aber komm doch erst mal ins Trockene.«

»Nein, nein, ich muss jetzt reden«, stieß sie hervor. »Wenn ich es dir jetzt nicht sage, verliere ich wieder den Mut. Meine Antwort ist Ja.«

Seine Augen weiteten sich. »Meinst du das ernst?«

Ruby nickte. »Ja. Ich will dich heiraten und mit dir nach Amerika gehen.«

Sie sah ihr Spiegelbild im Fenster eines Lyons-Teehauses. Ihr Lippenstift war verwischt, und ihre blonden Locken klebten ihr am Gesicht. »Das heißt, wenn du mich noch willst. Teufel auch, bei meinem Anblick würde ja eine Uhr stehen bleiben!«

Eddie fing an zu lachen und zog sie unter seinen Mantel. Sein Duft umfing sie, und sie fühlte sich sicher, eingehüllt in seine Wärme und Stärke.

»Du hast noch nie so schön ausgesehen«, flüsterte er ihr ins Ohr, während er die Hände in ihrem Rücken verschränkte. Er wollte sie küssen, doch sie wich zurück.

»Aber ich brauche noch Zeit«, fügte sie hinzu. »Ich muss erst Clara auf die Kanalinseln begleiten und noch eine Weile bei meiner Mutter bleiben. Das sind meine Bedingungen.«

»Ich warte so lange, wie es nötig ist«, versprach er. »Du bist der Boss, Baby!«

»Bist du sicher, dass du mich heiraten willst?«

»Ja! Würdest du jetzt bitte den Mund halten, damit ich dich küssen kann?«

Und an diesem nassen Frühlingsabend im Jahr 1945 beugte Eddie sich hinunter und küsste sie so zärtlich, dass die Schuhe ihr aus der Hand auf den Gehweg fielen. Ruby dachte nicht mehr an den Regen. Sie dachte überhaupt nicht mehr.

25

CLARA

Mein Vorgänger während des Krieges trug den hochtrabenden Namen Arscott Sabine Harvey Dickinson. Als Chefbibliothekar der Saint Helier Library in der Zeit, als Jersey unter deutscher Besatzung stand, war er nicht zu beneiden. Die verängstigten, hungernden Inselbewohner hatten während der Verdunkelung kaum etwas anderes zu tun als zu lesen.

Edward Jewell, Chefbibliothekar der Jersey Library

An einem verträumten Sommertag glitt das alte Postboot aus dem Weymouth Harbour in das kühle Wasser des Kanals hinaus. Die salzige Luft schien golden zu leuchten und war doch zugleich so knackig frisch, dass man hätte hineinbeißen können.

Das Meer war umwerfend kobaltblau, der Himmel strahlend hell und weit. Nach Jahren unter der Erde wirkten all diese Sinneseindrücke überwältigend.

»Marie, das ist dein Mittagessen«, schalt Clara blinzelnd, als die Kleine einer lärmenden Möwenschar Stücke von ihrem Käsesandwich zuwarf.

»Ich kann jetzt nichts essen, ich bin zu aufgeregt«, erwiderte Marie.

Beatty sagte nichts. Ihr Gesicht war eine undurchdringliche Maske, ihre dunklen Augen auf die strahlend blaue Linie des Horizonts gerichtet. Irgendwie erschien das Ganze unwirklich – alle aus der kleinen unterirdischen Bücherei hatten dieses Gefühl, seit Miss Moses den Brief mit der Nachricht gebracht hatte, dass der Vater der Mädchen noch am Leben war. Beattys Schuldgefühle waren erst in glühenden Zorn umgeschlagen, der nun einem verstörenden Schweigen gewichen war.

Am Ende hatte es fünf Wochen gedauert, bis Mr Kolsky mit einem neuseeländischen Truppentransporter wieder in Saint Helier eingetroffen war. Sie wussten noch immer sehr wenig, nur dass die Tante mütterlicherseits wünschte, dass die Mädchen unverzüglich nach Hause gebracht wurden.

Das Postboot tuckerte gemächlich dahin, als Beatty plötzlich aufsprang.

»Die Briefe! Ich habe sie vergessen!«

»Welche Briefe?«, fragte Clara.

»Die ich geschrieben und dann dir, Ruby, zum Aufbewahren gegeben habe.«

»Ach ja.« Ruby blinzelte in die grelle Sonne. »Mach dir nichts draus, du wirst ihn ja schon ganz bald wiedersehen, und dann kannst du ihm selbst sagen, wie sehr du ihn vermisst hast.«

»Aber darum geht es doch gerade! Ich wollte ihm die Briefe zeigen, damit er weiß, dass wir ihn nie vergessen haben.«

Sie wandte sich ab und lief über das Boot. Dabei bahnte sie sich einen Weg zwischen den anderen Passagieren hindurch, die verärgert mit der Zunge schnalzten.

»Lass sie.« Ruby hielt Clara zurück, als sie dem Mädchen folgen wollte.

»Kannst du dir nicht vorstellen, wie sie sich fühlt? Sie ist im Begriff, zum ersten Mal seit fünf Jahren ihre Heimat und ihre Familie wiederzusehen.«

Clara seufzte und ließ sich wieder auf die Holzbank sinken.

»Nein …«, gestand sie. »Ich kann es mir nicht vorstellen. Zudem kommt sie ohne ihre Mutter nach Hause, und wir wissen immer noch nicht, ob ihr Vater das weiß.«

Im Augenblick war die ganze Welt ein Fragezeichen. Der Krieg hatte Millionen Menschen in die Luft gewirbelt wie Puzzleteile. Jetzt mussten sie alle erst einmal wieder ihren Platz finden, sich neu einfügen.

»Ich glaube, ich weiß gar nichts mehr sicher«, seufzte Clara. Die nächsten Tage versprachen kompliziert zu werden, und die Aussicht darauf schüchterte sie so ein, dass sie sich wie gelähmt fühlte.

»Alles ist so verquer! Ich fühle mich schuldig, wenn ich nicht bei Billy bin, und wenn ich bei ihm bin, fühle ich mich schuldig, weil ich nicht bei den Mädchen bin.«

»Da bist du nicht die Einzige«, bemerkte Ruby. »Wir Frauen scheinen die Schuld für uns gepachtet zu haben. Na, ich sage, zum Teufel mit der Schuld!«, verkündete sie laut über das Krächzen der Möwen hinweg.

»Psst«, machte Clara, »die Leute schauen schon.«

»Mir egal, sollen sie nur glotzen.«

Endlich lachte Clara.

»Schon besser«, kommentierte Ruby grinsend.

Clara schaute ihre Freundin liebevoll an, und eine ganze Weile lang schwiegen beide.

Nachdem Ruby Eddies Antrag angenommen hatte, war er in jeder freien Minute in die Bücherei gekommen, jeden Tag hatte er einen Armvoll Blumen mitgebracht oder eine entzückte Netty zu Tee und Kuchen ausgeführt. Clara hatte ihre Freundin noch nie so zufrieden gesehen. Dabei war sie noch immer die alte Ruby, aufgetakelt bis zum Gehtnichtmehr, ein Lachen, so dreckig wie ein Abwasserkanal, und doch war da ein weicher Zug, ein Licht, das die Dunkelheit durchdrang. Sie würde nie »heil« werden oder vergessen, was auf jener

Treppe passiert war, ebenso, wie Clara niemals Duncan und ihr Baby vergessen würde. Der Krieg hatte sie alle gebrochen, doch es war an der Zeit, die Scherben wieder zusammenzufügen.

»Wenn ich daran denke …«, sinnierte Ruby. »Das nächste Mal, wenn ich übers Meer fahre, geht die Reise nach Amerika!«

»Ich werde dich so vermissen«, sagte Clara wehmütig. »Ich kann immer noch nicht richtig glauben, dass du wirklich fortgehst.«

»Ich auch nicht«, gestand Ruby. Sie angelte eine Zigarette aus einer Packung Black Cat und steckte sie sich an. »Meinst du, die Raben verlassen den Tower, wenn ich aus London fortgehe?«

»Wahrscheinlich. Ich bin so stolz auf dich, dass du diese Chance ergreifst!«

»Ich muss ständig daran denken, Cla.« Rubys Kopftuch flatterte in der Meeresbrise. Sie blies seufzend den Zigarettenrauch aus. »Aber du hast recht. Ich bin es Bella schuldig. Ich muss jetzt für zwei leben.«

»Heißt das, du hast dir selbst verziehen, was an jenem Tag geschehen ist?«, fragte Clara.

»Nein, aber ich bin bereit, es zu versuchen. Das ist doch schon mal ein Anfang, nicht wahr?«

»Die Schuld ist ein vertrackter Knoten«, sagte Clara leise. »Ich muss es wissen. Es dauert lange, ihn zu lösen, aber du wirst es schaffen.«

Ruby seufzte und hob das Gesicht der Sonne entgegen. Eine blonde Locke war unter ihrem Kopftuch herausgerutscht und glänzte wie flüssiges Gold.

»Hoffentlich. Ich glaube, es wird mir guttun, an einem Ort zu leben, wo niemand weiß, was geschehen ist.«

Clara nickte. »Ja, das klingt plausibel.«

»Ich habe sogar beschlossen, mich an einem Roman zu versuchen, wenn ich nach Brooklyn komme. Von wegen ›wer nicht wagt‹ und so.«

»Ach, Rubes, das ist ja toll.«

Sie zuckte die Achseln. »Wer weiß, ob ich überhaupt das Zeug dazu habe, auch nur ein schlüpfriges Taschenbuch zustande zu bringen.«

Clara versetzte ihr einen Stups. »Genug Anschauungsmaterial hast du ja gesammelt.«

»Freches Luder!« Rubys billiger Schmuck glitzerte in der Sonne, und sie lachte ihr tiefes, kehliges Lachen. »Aber du hast recht.« Sie richtete den Blick zum Horizont. »Himmel, Cla, ich liebe ihn. Wirklich. Ich bin einfach hin und weg von Eddie. Und das Verrückte ist, anscheinend liebt er mich auch, und zwar so, wie ich bin.«

Clara war unbeschreiblich erleichtert, dass ihre Freundin offenbar tatsächlich einen Mann gefunden hatte, der sie nicht nach seinen Vorstellungen formen wollte. Sonst hätte sie sie wohl nicht gehen lassen können. Nach all den Jahren unter der Erde hatte Ruby ein Recht auf einen weiten Himmel, sie brauchte ein Land, in dem sie ihre Kühnheit und ihren scharfen Geist ausleben konnte.

»Wer hätte das gedacht – Ruby Munroe ist nun endlich doch bereit, in den Stand der Ehe einzutreten.«

»Die Frage ist allerdings, ob Amerika für dich bereit ist«, bemerkte Clara.

Ruby drückte sie heftig an sich, und die beiden lagen sich in den Armen. Clara roch Tabak und Phul-Nana. Alles, was warm und vertraut war, wurde ihr entrissen.

»Danke, dass du mich heute begleitest«, flüsterte sie.

»Ich hätte dich auf keinen Fall allein gehen lassen. Wir haben doch immer alles gemeinsam durchgestanden. So sind wir eben«, murmelte Ruby.

Clara sah, dass etwas hinter ihr Rubys Blick anzog, und drehte sich langsam um.

Die imposanten Granitklippen der Nordküste von Jersey ragten vor ihnen auf, kratzten schroff am Blau des Himmels. Der Moment war gekommen.

Im Hafen drängten sich Menschenscharen, als sie über die Laufplanke auf den Kai hinuntergingen. Hin und wieder stürzte jemand aus der Menge hervor und fiel einem eben gelandeten Passagier um den Hals. Noch immer kehrten Evakuierte auf die Insel zurück, von der sie an jenem düsteren Sommertag im Jahr 1940 geflohen waren.

Unglaublich rührende Szenen spielten sich ab, und als Clara Maries Hand in ihrer fühlte, war sie selbst ganz überwältigt.

»Wie sieht eure Tante denn aus?«, fragte sie.

»Sehr hübsch«, erwiderte Marie. »Mit ganz dunklen, welligen Haaren und unheimlich knuddelig.« Plötzlich runzelte sie die Stirn. »Soweit ich mich erinnere.«

Sie ließ den Blick über die Menge gleiten und knabberte an ihrer Unterlippe.

»Bestimmt bringt sie unsere Cousine Rosemary mit«, sagte Beatty – sie hatte kaum gesprochen, seit sie London verlassen hatten.

Hinter ihnen ertönte eine heisere Stimme. »Beatty! Marie!«

Sie drehten sich um.

»Tante?« Beattys ungläubiger Ton entging Clara nicht.

»Was seid ihr beide gewachsen!«, rief sie aus. »Dabei hatte ich mir fest vorgenommen, das nicht zu sagen.«

Sie breitete die Arme aus, und die Mädchen liefen auf sie zu.

Während die drei sich umarmten, musterte Clara die Tante neugierig. Das war nicht die Frau, die Marie eben beschrieben hatte. Sie war mager wie ein Spatz und trug ihr silbergraues Haar hoch auf dem Kopf aufgetürmt, dass es aussah wie ein Baiser.

»Ich freue mich sehr, Sie kennenzulernen, Clara«, sagte Mrs Moisan über die Köpfe der Mädchen hinweg. »Und Sie müssen Ruby sein. Sicher sind Sie erschöpft und hungrig. Kommen Sie, gehen wir nach Hause.«

Sie schlossen sich der Menge an, die vom Kai strömte. Nach der hektischen Betriebsamkeit in London kamen ihnen die engen, gepflasterten Straßen um den Hafen still und verschlafen vor.

»Ich fürchte, wir müssen den Weg auf Schusters Rappen zurücklegen, wie Ihr Churchill sagen würde. Aber es ist nicht weit von hier nach Havre des Pas, wo ich wohne.«

»Wo ist denn dein Auto, Tante?«, fragte Beatty. Sie wandte sich mit einem Anflug von Stolz an Ruby und Clara. »Meine Tante war die erste Frau auf der Insel, die einen brandneuen Austin 10 fuhr.«

»Den haben die Deutschen mir weggenommen«, sagte Mrs Moisan knapp.

»Und wo ist Rosemary? Ist sie zu Hause geblieben?«, wollte Marie wissen. Sie hatte Mühe, mit dem forschen Schritt ihrer Tante mitzuhalten, als sie auf die Straße nach Osten einbogen.

Nun blieb die Frau abrupt stehen und senkte den Kopf. »Sie haben die Deutschen mir auch genommen.«

Zwanzig Minuten später erreichten sie ihr Ziel. Ein hübsches viktorianisches Häuschen, cremefarben gestrichen, thronte über einem goldenen Sandstrand, ein Bild wie von einer Postkarte. Die Häuser und Hotels um die Bucht sahen aus wie mit Zuckerguss verzierte kleine Kuchen.

An der Tür drehte Mrs Moisan sich um. »Ich zeige euch erst einmal eure Zimmer, und wenn ihr euch frisch gemacht habt, gibt es Tee in der Stube. Und dann muss ich meine Neuigkeiten loswerden. Es gibt so viel zu erzählen.«

Sie legte erst Marie eine Hand an die Wange, dann Beatty, und Tränen stiegen ihr in die Augen. »Ich weiß, ihr wart in den letzten fünf Jahren sehr tapfer, *m's anges,* aber ihr müsst mir versprechen, noch etwas länger tapfer zu sein.«

Sie steckte den Schlüssel ins Schloss. Ruby und Clara wechselten einen Blick.

Eine halbe Stunde später versammelten sie sich in dem Zimmer, von dem Clara annahm, dass es die gute Stube war. Zwei mit Brokat bezogene Mahagonisessel standen an einem marmorgefassten Kamin. Der Raum war lang gestreckt, und durch die hohen Panoramafenster am hinteren Ende konnte man die Bucht überblicken. Die Sonne ragte eben noch über den Horizont, ein flammender Streifen orangefarbener Glut.

Die ersterbenden Strahlen beleuchteten eine dunklere Stelle auf dem Teppich.

»Da standen eigentlich noch mehr Möbel«, erklärte Mrs Moisan. »Aber die mussten wir letzten Winter verheizen. Deshalb müsst ihr leider auf dem Boden sitzen, Mädchen«, fuhr sie fort. Beatty und Marie ließen sich wortlos im Schneidersitz vor dem kleinen Feuer nieder. Ihre Tante bedeutete Clara und Ruby, auf den einzigen Sitzmöbeln Platz zu nehmen. »Ich stelle mich an den Kamin.«

»Nicht doch, bitte, ich kann stehen«, protestierte Clara.

»Das kommt gar nicht infrage«, entgegnete Mrs Moisan entschieden. »Sie sind meine Gäste.«

Sie stocherte ein wenig im Kamin, um das Feuer anzufachen. Dabei sah Clara, wie ihre Schulterblätter sich scharf unter der dünnen, cremefarbenen Bluse abzeichneten.

»Ich muss mich dafür entschuldigen, wie Sie uns hier antreffen. Ich kann Ihnen versichern, vor dem Krieg sahen wir nicht so aus und waren auch nicht so gekleidet. Wir

Inselbewohner sind stolze Menschen, und wir wurden von unseren …« Ihre Lippen wurden schmal. »… unseren ungebetenen Gästen in jeder erdenklichen Weise herabgewürdigt.«

Auf dem Kaminsims stand eine gerahmte Fotografie, und Clara begriff schlagartig, wer da abgelichtet war. Drei Mädchen in getupften Badekostümen standen bis zu den Knien in schäumendem Wasser. Mrs Moisan bemerkte ihren Blick.

»Diese Fotografie hat meine Schwester besonders geliebt. Rosemary war ein liebes Kind. Sie war aus diesem Schwimmbecken gar nicht mehr herauszubekommen, wisst ihr noch, Kinder?«

»Tante«, platzte Beatty heraus. Sie war erschöpft von der stundenlangen Reise und sichtlich mit ihrer Beherrschung am Ende. »Bitte erzähl, was ist aus Rosemary geworden, wohin haben die Deutschen sie gebracht, und wo ist unser Vater? Und Onkel Tim?«

Clara beugte sich zu ihr hinunter und legte ihr eine Hand auf die Schulter. »Gib deiner Tante etwas Zeit.«

»Nein, bitte, es ist schon gut. Sie haben ein Recht darauf, die ganze Wahrheit über ihre Familie zu erfahren – oder was davon noch übrig ist. Es tut mir so leid, aber Rosemary ist gestorben …« Sie strich mit der Hand über den Kaminsims und griff nach der Fotografie. »Und ich habe leider die Nachricht erhalten, dass ihr Vater, mein Mann, ebenfalls nicht mehr am Leben ist.« Einen Moment lang herrschte drückendes Schweigen.

»Wie sind sie denn gestorben?«, fragte Beatty mit leiser, verängstigter Stimme.

»Ich werde von Anfang an erzählen.«

Clara stand auf, fasste Mrs Moisan behutsam am Arm und führte sie zu dem Sessel. Diesmal erhob die Tante keine Einwände, sondern setzte sich, das Foto noch immer in der

Hand. Clara ließ sich mit gekreuzten Beinen auf dem Boden nieder. Instinktiv kuschelte Marie sich auf ihrem Schoß ein und zog Claras Arme um sich wie eine Decke. Mrs Moisan beobachtete sie aufmerksam, ihr entging nichts. Sie schloss die Finger um ihre Armlehne und begann ihren Bericht.

»Als der Krieg ausbrach, wirkte sich das zunächst kaum auf unser Leben aus. Mein Mann Tim und ich führten hier eine Pension. Meine Schwester, die Mutter der Mädchen, kam herüber und half mir, das Frühstück zu machen, während ihr Vater einen Juwelierladen in Saint Helier betrieb. Doch dann marschierten die Deutschen in Frankreich ein, und alles wurde anders. Ihre britische Regierung entschied, uns im Fall einer deutschen Invasion nicht zu verteidigen.«

»Aber warum denn nicht?«, fragte Clara. Sie schämte sich, so wenig über das Schicksal der Kanalinseln zu wissen.

»Es hätte keinen strategischen Wert gehabt, und so wurden wir im Stich gelassen. Wenigstens fühlte es sich für uns so an.«

»Und warum wurden die Mädchen und ihre Mutter evakuiert, während Ihre Familie und Mr Kolsky auf der Insel blieben?«, fragte Clara weiter.

»Ach«, seufzte Mrs Moisan mit wehmütigem Lächeln. »Bleiben oder gehen – mit dieser Frage hat jeder auf dieser Insel gerungen.« Sie zuckte die Achseln. »Meiner Schwester fiel die Entscheidung leicht. Sie hat von Anfang an gesagt, wenn die Deutschen zu nahe kämen, würde sie die Mädchen nehmen und nach England gehen. Wir hatten eine Tante in Whitechapel, und sie meinte, dort wären sie sicherer.«

»Wie das ausgegangen ist, haben wir ja gesehen«, bemerkte Beatty voller Bitterkeit. »Unsere Tante hatte sich schon selbst evakuiert, als wir dort ankamen, und Mum wurde in der ersten Nacht des Blitz getötet. Hier wären wir besser dran gewesen.«

»Nein, das wärt ihr nicht«, widersprach Mrs Moisan in so scharfem Ton, dass Beatty zusammenzuckte. »Wenn ich die Zeit zurückdrehen könnte, wären Rosemary und ich mit euch auf dieses Evakuierungsboot gegangen.«

»Und warum sind Sie geblieben?«, wollte Ruby wissen.

»Mein Mann stammte aus einer der ältesten Familien auf Jersey. Er war hier zu fest verwurzelt.« Sie seufzte wieder. »Das Leben fordert ständig Entscheidungen. Die meisten sind banal, und dann kommt plötzlich eine von so immenser Tragweite, dass man kaum weiß, welchen Weg man einschlagen soll. Letztendlich habe ich die Entscheidung meinem Mann überlassen.«

Sie schaute auf die Fotografie hinunter und strich zärtlich mit dem Daumen über das Gesicht ihrer Tochter.

»Es vergeht kein Tag, an dem ich es nicht bereue. Was euren Vater angeht, Mädchen – er respektierte den Wunsch eurer Mutter, zu gehen, aber er selbst teilte die Einstellung meines Mannes. Er sah, wie andere Männer verhöhnt wurden, wenn sie an Bord der Evakuierungsboote gingen, man nannte sie Ratten und Deserteure. Er hatte seinen Stolz.«

Sie schauderte und fing an, an einem losen Faden an der Armlehne ihres Sessels herumzuzupfen. »Allerdings war er als jüdischer Mann in der größten Gefahr …«

Clara hatte tausend Fragen, aber dies war Mrs Moisans Geschichte. Sie durfte sie nicht bedrängen, sondern musste ihr Zeit lassen, sie auf ihre Weise zu erzählen.

»Anfangs waren die Auflagen und Beschränkungen einfach nur lästig.« Mrs Moisan machte eine wegwerfende Geste. »Die Uhren wurden umgestellt, damit wir dieselbe Zeit hatten wie in Berlin, und wir bekamen Ausweisdokumente. Die Deutschen waren höflich. Rosemary konnte nicht die Straße entlanggehen, ohne dass ihr jemand den Kopf tätschelte. Mit ihrem blonden Haar erinnerte sie die Männer an ihre eigenen Töchter in der Heimat. Doch mit der Zeit begann die Fassade zu bröckeln.« Sie drehte ihren Ehering am Finger. »Ausgangssperren, Verdunkelung, Rationierungen … Unsere Welt wurde kleiner und düsterer. Das ganze Gebiet wurde zum militärischen Bereich erklärt. Können Sie sich das vorstellen? Wir liefen Gefahr, erschossen zu werden, wenn wir einfach nur nach neun Uhr abends auf der falschen Seite der Linie waren. Und mein Gott, die Nachbarn …«

Sie verzog das Gesicht. Clara konnte nicht erkennen, ob sie kurz davor war zu lachen oder zu weinen.

»Ganz Havre des Pas war ein Rattennest der Deutschen. Gleich nebenan in der Nummer eins war die *Geheime Feldpolizei*.«

»Sie meinen die Gestapo?«, fragte Ruby.

»Genau genommen ist das nicht dasselbe, aber der stellvertretende Befehlshaber in Silvertide war auf der Insel berüchtigt. Heinz Carl Wölfle. Er nannte sich sogar selbst ›Wolf der Gestapo‹, insofern scheint mir, die Unterscheidung war für niemanden wirklich klar. Am allerwenigsten für meinen Mann und euren Vater, Mädchen – dieser Wölfle ließ sie verhaften.«

»Aber warum?«, fragte Beatty.

»1942«, fuhr Mrs Moisan fort, ohne auf Beattys Frage einzugehen. »Das war das Jahr, in dem alles anders wurde. Im März dieses Jahres wurden die Auflagen für Juden verschärft. Da kam Tim auf die Idee.« Sie umklammerte ihre Armlehnen. »Er saß in diesem Sessel hier, als er zu mir sagte, wir hätten keine andere Wahl, als den Vater der Mädchen bei uns zu verstecken. Wenn er noch länger über seinem Juwelierladen wohnen bliebe, wäre es nur eine Frage der Zeit, bis sie an seine Tür klopfen würden.«

»Aber Sie hatten doch die Geheimpolizei gleich nebenan!«, rief Ruby aus.

»Schon. Aber wir dachten uns, jemanden direkt vor ihrer Nase zu verstecken, wäre so gewagt, dass es tatsächlich funktionieren könnte. Es war tollkühn, aber in Wahrheit blieb uns ja kaum etwas anderes übrig. Wir versteckten ihn im Keller und legten einen Flickenteppich über die Falltür. Er kam nur abends heraus, wenn die Verdunkelungsrollos geschlossen waren, und wir sprachen flüsternd miteinander. Alle Juden, die zu dieser Zeit noch auf der Insel lebten, waren untergetaucht, aber ein leerer Magen kann Leute, die man eigentlich für Freunde hielt, zu Informanten machen. Wir wurden eine Insel der Geheimnisse und der Spitzel. Wem konnte man noch trauen? Wer leistete Widerstand, wer war Kollaborateur?«

Sie sprach in einem kühlen, teilnahmslosen Ton, als habe die Besatzung ihre Gefühle abgetötet.

»Die Deutschen machten alle zu politischen Gefangenen. Nebenan kamen ständig Leute zu einer ›kleinen Plauderei mit dem Wolf‹.« Mrs Moisan schloss die Augen. »Es war ein Samstag im Juni. Ich war auf dem Markt und geriet in einen Streit mit Barbara Vibert, meiner alten Friseurin. Ich ergatterte den letzten stinkenden Kohlkopf auf dem Markt, und sie nahm mir das übel. Bei dem Streit hat sie mir den Mantel zerrissen.«

»Wegen eines Kohlkopfes?«, fragte Ruby.

Mrs Moisan öffnete abrupt die Augen. »Haben Sie schon einmal einen ganzen Tag lang nichts zu essen gehabt?«

»Entschuldigung«, murmelte Ruby.

»Ich sah, wie wütend Barbara war. Nach der Auseinandersetzung, als sie sich abwandte und gehen wollte, drehte sie sich noch einmal um. ›Ich habe Ihren Schwager, Mr Kolsky, schon länger nicht mehr gesehen‹, sagte sie zu mir. Das war alles, aber die versteckte Drohung war unverkennbar.«

Inzwischen war es dunkel geworden, und die Spannung im Raum war beinahe unerträglich.

»Sie kamen am nächsten Morgen kurz vor Tagesanbruch, der Wolf der Gestapo mit zweien seiner Männer. Sie brauchten nicht lange, um den Eingang zum Keller zu finden. Sie verhafteten Michael und meinen Mann.«

Sie hielt inne, in ihre Erinnerungen versunken.

»Wissen Sie, es ist seltsam. Das Ganze ging ohne Gewalt vonstatten. Der Wolf war elegant gekleidet, man hätte ihn für einen Versicherungsvertreter halten können.«

»Aber hatten Sie nicht schreckliche Angst?«, fragte Ruby.

»O doch. Mir war klar, dass sie uns früher oder später auch abholen würden, da gab ich mich keinen Illusionen hin. Schließlich war ich daran beteiligt gewesen, direkt vor ihrer Nase einen Juden zu verstecken – das konnten sie unmöglich durchgehen lassen.«

»Und was haben Sie getan?«, wollte Clara wissen. Ihre Eingeweide krampften sich zusammen.

»Ich musste mir schnell etwas einfallen lassen. Ich lief zu dem einzigen Menschen, dem ich noch vertraute. Dr. Noel McKinstry. Ich hatte gehört, dass er Leuten half, die in Schwierigkeiten steckten.«

»Aber woher wussten Sie, dass Sie ihm trauen konnten?«, fragte Ruby.

»Ich hatte ihn im Laufe des Krieges gut kennengelernt. Sie müssen wissen, Rosemary hatte Diabetes, und er hat immer alle Hebel in Bewegung gesetzt, damit sie ihr Insulin bekam. Er schrieb gleich einen Brief an die deutsche Verwaltung, in dem er mitteilte, Rosemary und ich hätten Tuberkulose. Er hat sogar medizinische Proben ausgetauscht. Dieser Brief tat seine Wirkung. Die Deutschen hatten nämlich schreckliche Angst vor Tuberkulose, und so ließen sie uns in Ruhe.«

»Aber für Ihren Mann und Mr Kolsky war es bereits zu spät?«, erkundigte sich Clara, und Mrs Moisan nickte.

»Michael wurde zwei Tage später auf den Kontinent gebracht. Mein Mann wurde ein paar Wochen später deportiert, als Teil einer Gruppe aus insgesamt zwanzig politischen Gefangenen von Jersey. Zwei aus meiner Familie wurden also von den Deutschen verschleppt – und nur einer ist wieder heimgekehrt.«

»W-wie kam es dazu?«, fragte Clara mit zittriger Stimme.

»Mein Schwager wurde aus Bergen-Belsen befreit. Ich muss euch warnen, Mädchen, er ist sehr krank, er liegt im Sanatorium in Saint Helier. Aber er ist am Leben.«

Beatty weinte offen, und Clara hätte sie am liebsten in die Arme geschlossen und vor diesem Schmerz beschützt.

»Mein Mann wurde von einem französischen Gefängnis ins nächste verlegt, doch als die Alliierten vorrückten, verschlug es ihn schließlich weiter nach Osten, ins Konzentrationslager Auschwitz-Birkenau.«

Mrs Moisan ballte eine Faust und presste sie auf den Mund. Ihr Gesichtsausdruck war für Clara schwer zu ertragen.

»Er starb an Typhus. Für ihn muss es wohl eine Erlösung gewesen sein, aber ich kann immer noch nicht begreifen, warum mein Mann, der so ein sanfter und gütiger Mensch war, an einem solchen Ort sterben musste.«

»Und Rosemary?«, fragte Clara. »Ich verstehe nicht – wenn Sie der Verhaftung entgehen konnten, wie ist sie dann ums Leben gekommen?«

Mrs Moisan starrte eine ganze Weile schweigend auf den Boden, als suche sie nach etwas.

»Sie ist zwar nicht in einem Konzentrationslager gestorben«, sagte sie schließlich, »aber glauben Sie mir, sie war ebenso ein Opfer der Nazis wie ihr Vater. Im Winter 1944 waren alle Insulinvorräte aufgebraucht, und sie wurde sehr krank. Dann erfuhr Dr. McKinstry zu unserer großen

Erleichterung von einer Lieferung aus Frankreich. Er eilte persönlich zum Hafen. Doch als er ankam, war der Container leer.« Sie schluckte, griff nach dem Wasserglas, das neben ihr auf dem Boden stand, und trank zittrig einen Schluck. »Insulin wurde auf dem Schwarzmarkt hoch gehandelt. Rosemary fiel in ein diabetisches Koma und starb. Wenigstens hat sie nicht mehr miterlebt, wie die Nachricht vom Tod ihres Vaters eintraf – dafür bin ich dankbar.«

Ihre Augen blickten entsetzlich leer.

»Warum bin ich nicht nach England gegangen, als ich die Möglichkeit hatte? Ich bin eine törichte Frau, und ich habe den denkbar höchsten Preis dafür gezahlt. Man sagt, so etwas bricht einem das Herz, aber meins …« Sie legte eine Hand an die Brust. »Meins schlägt einfach immer weiter.«

Marie erhob sich von Claras Schoß, ging zu ihrer Tante und legte ihr wortlos die Arme um den Hals. Bei der Berührung schauderte Mrs Moisan, als habe sie vergessen, wie es sich anfühlte, von einem Kind umarmt zu werden. Dann begann sie zu weinen.

Lange Zeit saßen sie so da und verarbeiteten die verflochtenen Stränge dieser furchtbaren Geschichte.

»Beatty, bitte bring mir, was in der obersten Schublade der Kommode dort liegt«, sagte Mrs Moisan schließlich.

Beatty stand zittrig auf und holte ein Bündel Rotkreuznachrichten aus der Schublade.

»Während der Wolf und seine Männer das Obergeschoss durchsuchten, schlich Rosemary in den Keller hinunter, und euer Vater gab ihr dieses Bündel.«

»Was ist das?«, fragte Clara.

»Unsere Nachrichten an unseren Vater«, antwortete Beatty und starrte ungläubig darauf.

»Er hat jede einzelne aufbewahrt. Das Wissen, dass ihr in Sicherheit wart, hat ihm Halt gegeben.«

Mrs Moisan lächelte, und ein Lichtschimmer kehrte in ihre Augen zurück. »Er war so stolz, dass seine Mädchen eine unterirdische Bücherei nutzten! ›Meine schlauen kleinen Bücherwürmer‹, pflegte er zu sagen. Rosemary konnte die Briefe unter ihrem Schachbrett verstecken. Er hatte furchtbare Angst, sie könnten den Nazis in die Hände fallen, sodass sie wüssten, wo ihr seid.«

»Ihre Tochter war unglaublich mutig«, bemerkte Ruby.

Mrs Moisan nickte. »Ja, das war sie.« Sie küsste Marie auf den Kopf. »Ich glaube, Mädchen, ihr braucht jetzt Ruhe, denn morgen gehen wir euren Vater besuchen.«

Als Clara am nächsten Morgen die Treppe herunterkam, legte Mrs Moisan die gleiche forsche, tatkräftige Art an den Tag wie bei ihrer ersten Begegnung. Die Gefühle, die sie am Vorabend offenbart hatte, waren wieder sicher in ihrem Inneren eingeschlossen.

Sie las gerade in der *Evening Post,* während Beatty und Marie Brot mit Marmelade frühstückten.

»Nehmen Sie doch Platz. Ich muss sagen, das ist meine kleine Freude – wieder eine Zeitung zu lesen, die nicht zensiert ist.« Sie griff nach der Teekanne und schenkte Clara ein.

»Das hier dürfte Sie als Bibliothekarin interessieren, Clara. In einem Dorf wurde Himmlers Privatbibliothek gefunden, voll mit Büchern, die überall in Europa geraubt worden waren. In der Nähe der Bibliothek hat man auch ein spezielles Bücherkrematorium entdeckt – darin wurden offenbar Bücher verbrannt, die in Deutschland nicht erwünscht waren.«

Ein Bücherkrematorium?

»Hoffentlich kann man einige retten«, sagte Clara und nahm dankbar den Tee an. Plötzlich stand ihr ein Bild vor Augen: eine gewaltige Aschewolke, die über ganz Europa hing. Sie blinzelte, denn der Dampf aus der Teetasse stieg ihr in die Augen, und sie spürte, wie ihr die Tränen kamen.

»Es tut mir leid, wenn ich gestern Abend allzu offen geredet habe. Ich lebe nun schon so lange mit dieser Wirklichkeit, dass ich mitunter vergesse, wie schwer das alles für andere zu verarbeiten ist.«

Clara legte eine Hand auf die der älteren Frau. »Bitte, bei mir brauchen Sie sich gewiss nicht zu entschuldigen. Ich bin hier, um den Mädchen zur Seite zu stehen, und wie könnte ich das tun, wenn Sie die Vergangenheit beschönigen?«

Mrs Moisan nickte. »Ich danke Ihnen. Und jetzt erzählen Sie mir etwas über sich. Wie war Ihre unterirdische Bücherei?«

»Ach, Tante, das war so eine tolle kleine Bücherei!«, ergriff Beatty zur Überraschung der beiden Frauen plötzlich das Wort. »Sie war ein sicherer Zufluchtsort für mich und Marie. Ich weiß nicht, was wir ohne sie getan hätten. Und Clara ist die beste Bibliothekarin auf der ganzen Welt.«

»Das stimmt nun wirklich nicht«, wehrte Clara hastig ab. »Aber ich danke dir, Beatty, für dieses riesengroße Lob.«

Sie war erstaunt. So viel hatte Beatty seit Wochen nicht mehr mit ihr gesprochen. Ihr Blick war sanfter geworden, und Clara erkannte, dass dies ihre Art war, sich zu entschuldigen. Sie hätte vor Erleichterung weinen mögen.

»Es stimmt, Tante«, beharrte Beatty. »Als wir vermisst wurden, hat sie nicht aufgehört, nach uns zu suchen, bis sie uns gefunden hat, und dann hat Billy uns gerettet …«

Sie verstummte, als sie den Gesichtsausdruck ihrer Tante bemerkte.

»Himmel, sie war für euch offenbar noch viel mehr als eine Bibliothekarin.«

Clara schaute in ihre Teetasse und fühlte sich unbehaglich. Hatte sie womöglich eine Grenze überschritten? Hatte sie aus dem verzweifelten Wunsch heraus, Mutter zu sein, eine allzu große Nähe zu den Mädchen aufgebaut?

Als Ruby in die Küche kam, war Clara froh, dass das Thema damit beendet war.

Sie tranken Tee und aßen Brot mit einem köstlichen, würzigen Aufstrich, der aus Äpfeln und Zimt hergestellt wurde und Apfelbutter hieß. Dann war es Zeit aufzubrechen.

Das nervöse Geplauder verebbte, als sie in ihre Mäntel schlüpften.

»Euer Vater liegt in Saint Helier in der Klinik, und dort handhaben sie es mit den Besuchszeiten ziemlich streng«, verkündete Mrs Moisan an der Tür. »Ich habe ein paar Fahrräder ausgeliehen.«

Während sie sprach, bemerkte Clara, dass ihr Erscheinen einiges Aufsehen erregte. Mehrere Nachbarn waren aus ihren Häusern gekommen und schauten neugierig zu den Mädchen herüber.

Plötzlich war Mrs Moisans Miene wie versteinert. Eine harmlos aussehende Frau in den Fünfzigern mit einem Einkaufskorb ging über die Straße auf sie zu.

»Nun, waren wir einkaufen?«, fragte Mrs Moisan in verächtlichem Ton, als die Frau näher kam. Die andere beschleunigte ihren Schritt und vermied es, Mrs Moisan in die Augen zu schauen. »Hoffentlich erstickst du an deinem Essen, du abscheuliche Hure!« Sie spuckte der Frau vor die Füße.

Clara und Ruby wechselten verblüffte Blicke.

»Mögest du niemals Frieden finden nach dem, was du getan hast.« Sie zeigte auf die Mädchen, die beide sichtlich erschrocken waren. »Das hier sind Mr Kolskys Kinder. Schau sie an …«

Die Frau fing an zu laufen.

»Schau in ihre Gesichter und frag dich, ob du mit dieser

Schuld leben kannst!«, schrie Mrs Moisan. Die Frau bog um die Straßenecke und verschwand außer Sicht.

Clara berührte Mrs Moisan behutsam am Rücken.

»Das war sie, nicht wahr? Die Frau, die Sie verraten hat?«

Mrs Moisan nickte mit wutverzerrtem Gesicht.

»Ich kann gar nicht glauben, dass das keine Konsequenzen hatte«, bemerkte Clara.

»Anscheinend gibt es kein Gesetz, das eine angemessene Strafe für solche Denunzianten vorsieht. Man fand, der Gerechtigkeit wäre am ehesten Genüge getan, wenn man es der Bevölkerung überließe, die Kollaborateure zu ächten.«

Clara fiel die Kinnlade herunter. Das erinnerte ja geradezu an den Wilden Westen.

»Von mir wird also erwartet, dass ich einfach weitermache, so wie sie auch.«

Mrs Moisan klappte mit dem Fuß den Fahrradständer hoch und radelte mit steifem Rücken los, die windige Küstenstraße entlang.

Die furchtbare Begegnung hing ihnen noch nach, als sie durch Saint Helier fuhren. Auf den Straßen herrschte heute mehr Betrieb, in den Geschäften wurden Fleisch und Gemüse verkauft, und Clara entdeckte sogar einen Süßigkeitenladen, vor dem die Kunden Schlange standen.

»Ihre britische Force 135 leistet hier großartige Arbeit, indem sie in Ordnung bringt, was die Deutschen hinterlassen haben, und unserer Wirtschaft wieder auf die Beine hilft«, bemerkte Mrs Moisan mit einem Blick auf die Scharen von Hausfrauen, die in Warteschlangen miteinander plauderten.

Erst als sie an einer Ampel hielten, bemerkte Clara ein sichtbares Zeichen dafür, dass die Besatzungszeit ihre Spuren hinterlassen hatte: An die Seitenwand eines Hauses war mit Teer ein großes Hakenkreuz gemalt.

»Nazihure«, kommentierte Mrs Moisan naserümpfend. »Wenn eine Frau sich mit einem Deutschen eingelassen hat, wurde ihr Haus markiert.«

Ruby, Clara und die Mädchen starrten wie gebannt auf das Zeichen.

»Bitte schauen Sie nicht so auffällig hin«, sagte Mrs Moisan. »Glauben Sie mir, auf dieser Insel gab es sehr viel mehr Widerstand als Kollaboration.« Ihre Augen funkelten trotzig in der strahlenden Morgensonne. »Es sind längst nicht so viele mit dem Feind ins Bett gegangen, wie heimlich gegen ihn gearbeitet haben.«

Die Ampel schaltete auf Grün, und sie radelte zügig weiter.

Zehn Minuten später hielten sie vor einem abweisend aussehenden viktorianischen Gebäude, das sich hinter einer soliden Granitmauer erhob.

»Da sind wir«, sagte Mrs Moisan.

Als sie die Klinik betraten, drehten sich Claras Gedanken weiter um den Sumpf aus Zorn und Vergeltung, in dem die schwer geschlagenen Inselbewohner noch immer steckten, und die unmöglichen Situationen, mit denen sie nach wie vor fertigwerden mussten.

Ein Arzt und eine Krankenschwester nahmen sie in Empfang.

»Guten Morgen, Beatty und Marie«, begrüßte der Arzt die Mädchen herzlich. »Bevor wir zu eurem Vater gehen, muss ich erst noch mit eurer Tante reden.«

Mit klopfendem Herzen folgte Clara, die bei dem Gespräch dabei sein sollte, Mrs Moisan und dem Arzt über einen langen Korridor zu seinem Sprechzimmer.

Nachdem sie Platz genommen hatten, zog er eine Akte hervor.

»Mr Kolsky ist ein sehr kranker Mann. Er ist stark unterernährt und litt an einer Sepsis, möglicherweise aufgrund einer Nahrungsmittelvergiftung oder durch verschmutztes Trinkwasser ...« Er verstummte und tippte mit dem Füllfederhalter gegen seinen Daumen. »Alle seine körperlichen Leiden werden behandelt, und wir sehen in dieser Hinsicht eine Verbesserung.«

»Aber?«, half Mrs Moisan nach.

»Was mir Sorgen macht, ist sein Geisteszustand. Die Sepsis oder seine Erlebnisse oder beides haben ihn so stark aus dem Gleichgewicht gebracht, dass er sich noch mindestens sechs Monate lang hier wird erholen müssen und intensive psychiatrische Behandlung benötigt.«

Claras Herz schlug so heftig, dass sie glaubte, die anderen würden es hören.

»Was für Erlebnisse waren das?«, fragte Mrs Moisan. »Bitte sprechen Sie offen.«

»Nun, es wird einen Bericht geben, wenn alle Informationen zusammengetragen wurden, noch ist das volle Ausmaß des Grauens nicht bekannt. Aber soweit ich weiß, war es in Mr Kolskys Fall nicht so sehr die Dauer der Zeit, die er in Bergen-Belsen zugebracht hat, sondern vor allem die Intensität des Erlebens, die zu dieser Zerrüttung führte ...« Er zögerte. »Wie soll ich es gegenüber Damen ausdrücken?«

»Um Himmels willen«, fuhr Mrs Moisan ihn an. »Der Krieg hat vieles angerichtet, aber die Ungleichheit der Geschlechter hat er nicht verschärft. Wir Frauen haben genauso schlimme Dinge erlebt. Wir können die Wahrheit verkraften.«

»Also gut. Als Mr Kolsky dort eintraf, versuchte die Lagerleitung in Erwartung der Alliierten bereits, alle Spuren ihrer Verbrechen auszutilgen. Viele Gefangene wurden auf Todesmärsche geschickt. Mr Kolsky jedoch blieb im Lager. Soweit ich weiß, musste er zusammen mit vielen anderen die Leichen beseitigen. In den drei Tagen vor der Befreiung des

Lagers wurde er gezwungen, Tote zu begraben. Er wurde mit Schlägen angetrieben, bis er unzählige Leichen in grausige Massengräber geschleppt hatte.«

»Fahren Sie fort«, verlangte Mrs Moisan ruhig. An ihrer Schläfe pulsierte eine Ader.

»Ich überlasse es Ihrer Vorstellung, wie unaussprechlich furchtbar es gewesen sein muss, Leichen tragen zu müssen, die teils sogar Opfer von Kannibalismus geworden waren.«

Sie verarbeiteten diese Information in erschüttertem Schweigen.

»Was macht das mit einem Menschen?«, hauchte Clara schließlich.

»Er scheint sämtliche Erinnerungen an sein Leben vor dem Krieg verloren zu haben. Wir hoffen, einige dieser Erinnerungen könnten zurückkehren, wenn er seine Töchter wiedersieht.«

Mrs Moisan wandte sich an Clara. »Das wird hart für die Mädchen. Deshalb wollte ich, dass Sie heute mitkommen. Die beiden brauchen eine vertraute Person an ihrer Seite.«

Clara wäre am liebsten aus diesem engen Raum mit dem penetranten Karbolgeruch davongelaufen, aber Mrs Moisan hatte recht. Die Mädchen brauchten ihren Vater, und er brauchte sie.

Sie nickte. Der Arzt stand auf.

»Wollen wir?«

Sie gingen zu Marie und Beatty, die vor dem Schwesternzimmer saßen. Claras Eingeweide krampften sich zusammen.

»Nun, Mädchen«, sagte der Arzt sanft und ging vor ihnen in die Hocke, »euer Vater erholt sich in einem eigenen Zimmer. Als ihr ihn zuletzt gesehen habt, war er vierundvierzig, aber ich muss euch warnen – er sieht jetzt viel älter aus. Das liegt an den Dingen, die er in dem Lager erlebt hat. Er wird sich auch nicht mehr so benehmen wie früher. Euch beide zu sehen, wird ein wichtiger Schritt in seiner Genesung sein, aber wenn ihr euch nicht dazu bereit fühlt oder wenn ihr noch Zeit braucht …«

»Wir sind bereit«, erklärte Beatty entschieden.

»Gut«, erwiderte der Arzt. »Aber bitte, es ist sehr wichtig, dass ihr das Lager mit keinem Wort erwähnt.«

Sie gingen durch ein Labyrinth aus Korridoren. Clara hielt die Mädchen an den Händen und spürte, wie die ängstliche Anspannung der beiden durch ihre Arme bis in ihr Herz kroch.

Eine Tür wurde geöffnet, und plötzlich standen sie in einem weißen Zimmer. Mitten im Raum lag in einem Bett, von Kissen gestützt, ein sehr alter Mann.

Clara stockte der Atem, und nach einem raschen Blick zu Ruby erkannte sie, dass es ihrer Freundin auch so ging. Der Mann war ein Skelett, das mit Haut umhüllt war. Er sah eher wie achtzig aus als wie Ende vierzig. Sein Haar war weiß und stand in Büscheln vom Kopf ab, und seine Haut hatte eine seltsam gelbliche Färbung.

»Mr Kolsky«, redete der Arzt ihn behutsam an. »Ich habe hier ganz besonderen Besuch für Sie. Es sind Ihre Töchter, Marie und Beatrice. Sie waren in England, und nun sind sie heimgekommen.«

Der Mann im Bett drehte langsam den Kopf, und es dauerte eine Weile, bis er sie richtig anschaute. Seine Augen waren feucht und blickten verschwommen. Clara ließ die Hände der Mädchen los, aber Marie klammerte sich weiter an ihre.

Langsam erhellte ein Ausdruck des Wiedererkennens Mr Kolskys Gesicht. Seine Finger krochen über das Laken, während Beatty zögernd einen Schritt auf ihren Vater zuging.

Sie war die Erste, die etwas sagte, und dabei schaute sie ihn liebevoll an.

»Papa, ich bin es …« Sanft nahm sie seine Hand. »Ich bin es. Ach, Papa.«

»Komm ins Licht, damit ich dich sehen kann«, flüsterte er.

Sie trat noch näher, und er hob ihre Hand an seine Wange. Plötzlich durchlief ihn ein Schauder, sein Gesicht verkrampfte sich kurz.

»Rose … Meine liebste Rose, wo bist du gewesen?«

Beattys Augen weiteten sich.

»Nein, Papa, ich bin nicht Mama. Ich bin es doch, Beatty, deine Tochter.«

Er schüttelte den Kopf und hielt ihre Hand fester. Sein Gesicht spiegelte einen Aufruhr widerstreitender Gefühle. Verwirrung. Zorn. Angst.

»Wo sind unsere Mädchen?«, fragte er bebend. »Was haben sie mit ihnen gemacht?«

Er fing an zu zittern. »Sie dürfen sie uns nicht wegnehmen, Rose. Hörst du, du darfst nicht zulassen, dass sie unsere Mädchen holen!«

Beatty zog ihre Hand weg und unterdrückte einen Schluchzer.

Er versuchte, sich aufzusetzen, während sie stolpernd zurückwich.

»Bitte, Rose, du musst die Kinder verstecken, damit ihnen nichts geschieht.«

Er zitterte jetzt heftig und versuchte, aufzustehen, doch er war so schwach, dass er kaum in der Lage war, die Decke zurückzuschlagen.

Der Arzt trat eilig vor, und Beatty flüchtete sich zu Clara.

»Ich glaube, Sie sollten jetzt besser gehen«, sagte der Arzt eindringlich.

Sie verließen das Zimmer. Mr Kolskys brüchige Stimme verfolgte sie noch bis auf den Flur.

»Wo ist meine Frau? Wo bringen Sie sie hin?«

Die Schwestern führten sie in einen separaten Raum, wo Beatty geschlagene zwanzig Minuten lang völlig aufgelöst in Claras Armen weinte, während Marie sich nur eng an sie schmiegte. Dann wurde die Tür leise geöffnet, und der Arzt trat ein.

»Wie ihr seht, ist euer Vater wirklich ein sehr kranker Mann«, sagte er.

»Wie können Sie ihm helfen?«, wollte Mrs Moisan wissen.

»Darauf gibt es keine klare Antwort«, gestand der Arzt betreten. »Wir hatten es noch nie mit etwas Vergleichbarem zu tun. Das Gehirn eures Vaters versucht, ihn vor dem Grauen zu schützen, das er mit ansehen musste.«

»Sie meinen, wie wenn eine Sicherung durchbrennt?«, fragte Beatty.

Der Arzt lächelte traurig. »Ja, ganz genau. Du bist ein kluges Mädchen. Aber ich verspreche dir, wir werden hier alles tun, was in unserer Macht steht, um deinem Vater zu helfen und gut für ihn zu sorgen, bis er wieder zu sich selbst zurückfindet.«

Als sie die Klinik verließen, war keine von ihnen mehr wie vorher. Das Bild des ausgemergelten Körpers hatte sich für immer in Claras Gedächtnis eingebrannt.

»Ich glaube, wir brauchen jetzt einen Spaziergang an der frischen Luft«, verkündete Mrs Moisan.

»Ja, gute Idee«, stimmte Clara zu.

»Entschuldigung, ich meinte, nur ich und die Mädchen«, sagte Mrs Moisan.

Ihre Worte trafen Clara wie ein Schlag. »Oh. Ja, natürlich. Wir sehen uns dann bei Ihnen zu Hause.«

Sie stieg auf ihr Fahrrad und trat in die Pedale, so schnell sie konnte, damit die Mädchen nicht sahen, dass ihr Tränen übers Gesicht liefen. Sie radelte aus Saint Helier hinaus, dankbar für die steife Brise, die ihre Tränen rasch wieder trocknete.

Ruby sagte kein Wort, sondern fuhr ihr einfach nach, westwärts um die Bucht von Saint Aubin herum und weiter zur Bucht von Saint Brélade. Wiesen und Strände huschten vorbei, mit hässlichen Befestigungsanlagen wie Narben überzogen, gewaltige Monstrositäten aus Beton, so undurchdringlich wie Mr Kolskys Geist. In Clara tobte ein Mahlstrom der Gefühle, wie sie ihn noch nie erlebt hatte.

Endlich, als am südwestlichen Zipfel der Insel das Land endete, hielt sie erschöpft an. Clara atmete tief ein, nahm die wilde Schönheit der Landschaft in sich auf. Gerade war Ebbe, und ein von schwarzen Felsen flankierter Damm führte zu einem majestätischen weißen Leuchtturm. In der Ferne hörte sie den Ozean gewaltig gegen das Land tosen.

»Sieht aus, als ob die Straße hier zu Ende ist«, murmelte Clara und stieg vom Rad. »Mir scheint, das ist eine ganz passende Metapher.«

Ihr Kopftuch hatte sich gelöst, und das dunkle Haar wehte ihr ums Gesicht. Sie zitterte, da der Wind auffrischte und riesige silberne Wolken über die Landspitze trieb.

»Ich habe sie verloren, nicht wahr?«

»Ach, Cla«, seufzte Ruby. »Meinst du denn, dass sie jemals wirklich dein waren?«

»Nein, wohl nicht. Aber ich kann nicht aufhören, an Mr Kolsky und Mrs Moisan zu denken.«

»Sag mal, kommst du eine Weile ohne mich aus?«, fragte Ruby plötzlich. »Wir treffen uns nachher im Haus wieder.«

»Wo willst du hin?«

»Ich habe Stan aus dem Wohnblock versprochen, bei seinem Onkel vorbeizuschauen, der einen Pub unten am Hafen hat.«

Clara zog eine Augenbraue hoch. »Ruby Munroe. Lass dich nicht auf Schwarzmarktgeschäfte ein.«

»Nein, es geht nicht um krumme Dinger, er ist kein Hehler. Ich muss ihm nur eine Nachricht überbringen.«

Sie beugte sich hinüber und küsste Clara auf die Wange.

»Bis später.«

Clara war noch nicht bereit, in den Ort zurückzukehren. Sie setzte sich hin, schloss die Augen und lauschte dem Ozean. Morgen früh würden sie und Ruby das erste Boot zurück nehmen.

Sie legte sich oben auf der Klippe rücklings ins kühle Gras. Der Wind schien flüsternd Geschichten zu erzählen, die der Ozean mit seinem Rauschen übertönen wollte. Doch auch das Poltern von Kampfstiefeln würde für immer auf dieser vom Krieg zerrissenen Insel widerhallen, und Clara fragte sich, wie die Mädchen hier ihren Platz finden sollten – und, was wichtiger war, wie sie mit dem zerrütteten Geist ihres Vaters zurechtkommen würden. Nun, Clara blieb nichts anderes übrig, als sich damit abzufinden, dass die beiden es ohne sie schaffen mussten.

Sie blieb lange liegen, und irgendwann musste sie wohl eingedöst sein, denn als sie die Augen wieder aufschlug, hatte jemand den Himmel angemalt.

Der Sonnenuntergang war spektakulär. Blutiges Orange verlief mit tiefem Indigo. Clara radelte langsam zurück, sah staunend, wie der Nachthimmel ein funkelndes Zelt über die niedrigen Hügel spannte, die Sterne wie Salzkörnchen in der Schwärze oben.

Als Clara wieder nach Havre des Pas kam, erwartete Mrs Moisan sie zu ihrer Überraschung an der Tür ihres Hauses.

»Da sind Sie ja. Ich hatte schon Sorge, Sie hätten sich verirrt. Wir müssen reden.« Etwas an ihrer Haltung hatte sich verändert. »Kommen Sie.« Sie fasste Clara am Arm. »Lassen Sie das Rad einfach stehen.«

Sie gingen über die Promenade, vorbei an den vornehmen Hotels mit Blick aufs Meer, bis Mrs Moisan bei einer Bank anhielt und sich setzte. Sie bedeutete Clara, ebenfalls Platz zu nehmen.

»Ich habe beobachtet, wie Sie und die Mädchen miteinander umgehen. Und mir ist klar geworden, dass Sie diejenige sind, die ihnen am ehesten die Mutter ersetzen kann. Heute Morgen haben Sie gesagt, ich solle offen reden, also …« Sie blickte aufs Meer hinaus. »Ich finde, die Mädchen sollten mit Ihnen zurückgehen. Ich kann ihnen nicht das geben, was sie brauchen – ich bin eine alte Frau und stecke zu tief in meiner Trauer.«

»Aber was ist mit ihrem Vater?«, fragte Clara, die kaum glauben konnte, was sie da hörte.

»Sie könnten in den Ferien herkommen und ihn besuchen. Ich hoffe, er wird sich erholen, und sie können ein Teil seines Genesungsprozesses sein, aber fürs Erste ist der beste Platz für die Mädchen bei Ihnen.«

Sie lächelte. Es war ein wunderschönes Lächeln, und sie hatten bisher so wenig davon gesehen.

»Die beiden brauchen Ihre Geschichten, Clara, Ihre Bücher und Ihre Bücherei. Aber vor allem Ihre Liebe.«

»Was wollen denn die Mädchen selbst?«, fragte Clara atemlos.

»Nun, ich habe vorhin den Spaziergang mit den beiden gemacht, um mit ihnen darüber zu sprechen. Sie möchten mich nicht enttäuschen, aber eigentlich wollen sie mit Ihnen zurück nach London gehen.«

»Sind Sie sicher?«

Mrs Moisan nickte.

Clara stieß langsam die Luft aus. »Ich werde wirklich gut für sie sorgen, und in den Ferien bringe ich sie immer hierher. Ich finde es herrlich hier, die Insel ist einfach wunderschön.«

»Sie war es und wird es wieder sein. Auch die Insel muss heilen.«

»Sie sind so stark und unerschütterlich!«

Ein wehmütiges Lächeln umspielte Mrs Moisans Mundwinkel. »Das höre ich öfter. Aber ich will nicht mehr stark sein. Ich bin müde. Ich will einfach nur in Frieden leben, mit meinen Erinnerungen.«

Die Mädchen und Ruby warteten im Haus auf sie. Ein Blick in ihre Gesichter bestätigte Clara, dass Mrs Moisan recht hatte.

»Dürfen wir mit dir zurück nach London fahren?«, fragte Beatty und schaute sie in banger Erwartung an.

»Aber natürlich dürft ihr das«, erwiderte Clara, lachend und weinend zugleich, und legte den beiden Schwestern zärtlich eine Hand an die Wange.

Alle drei umarmten sich lange, bis Beatty sich schließlich losmachte. »Ich hatte schon Angst, du würdest Nein sagen, weil ich so fies zu dir war. Ich war so wütend wegen Billy, verstehst du, ich habe mir selbst die Schuld gegeben und es an der Falschen ausgelassen.«

Clara lächelte und küsste sie auf die Stirn. »Ich kenne mich ja mit dem Muttersein noch nicht so gut aus, aber soweit ich weiß, gehört das dazu.« Sie schaute Beatty und Marie abwechselnd an. »Ich bin da, solange ihr beide mich braucht. Und auch noch, wenn ihr mich nicht mehr braucht.«

Am nächsten Morgen strahlte die Sommersonne kristallklar und spiegelte sich im Wasser des Hafens, während die Menschenmengen über den Kai drängten.

Mrs Moisan sah aus, als sei eine immense Last von ihren Schultern genommen.

»Kommt her«, sagte sie strahlend und drückte die Mädchen an sich.

»J'vos aime bein, èrvénez bétôt«, flüsterte sie.

Während sie sich umarmten, wurde Clara bewusst, welche Opfer diese Frau für das Glück ihrer Nichten brachte. Indem sie sie nach Bethnal Green gehen ließ, ermöglichte sie es ihnen, den Krieg hinter sich zu lassen.

Plötzlich erblickte Clara über ihre Köpfe hinweg ein vertrautes Gesicht.

»Das ist sie doch«, flüsterte sie und stieß Ruby an.

»Wer?«

»Barbara Vibert. Die Nachbarin, die Mrs Moisan denunziert hat.«

Die Frau war schwer mit Gepäck beladen und schleifte gerade mühsam zwei Koffer die Laufplanke hoch.

Ruby steckte sich eine Zigarette an und beobachtete sie durch den Rauch aufmerksam und mit einem schiefen Grinsen. »Tatsächlich. Dann braucht Mrs Moisan sie in Zukunft wenigstens nicht mehr zu sehen.«

»Ruby«, sagte Clara gedehnt. »Weißt du etwas darüber?«

Ihre Freundin verzog die rot geschminkten Lippen zu einem unschuldigen Lächeln. »Wie könnte ich? Vielleicht war ihr einfach nach einer Luftveränderung?«

»Rubes … Wie hast du …« Clara unterbrach sich. »Ach, weißt du was, ich will es lieber gar nicht wissen.«

Ruby klemmte ihre Zigarette zwischen die Zähne und griff nach dem Gepäck. »Komm«, nuschelte sie, »lass uns heimkehren. Ich vermisse schon die schlechte Luft.«

Als sie an Bord waren, sprangen die Motoren des Bootes lautstark an, und Aufregung und Reisefieber lagen in der von Salz- und Ölgeruch geschwängerten Luft.

Die Mädchen standen an Deck und winkten ihrer Tante eifrig zu, während das Boot ablegte.

Bald glitten sie durch die Wellen dem englischen Festland entgegen. Clara warf einen Blick auf die zusammengekauerte Gestalt von Barbara Vibert. Sie saß allein da, mit dem Rücken zur Küste von Jersey, die sich immer weiter entfernte. Manche Geschichten, sinnierte sie, würden für immer im Dunkeln bleiben. Sie waren allzu schmerzhaft, die Wunden zu tief. Doch das Leben musste weitergehen, an der Oberfläche würden sich bald Narben bilden, und die Überlebenden des Krieges würden entweder gesunden oder ihre Geschichten tief in sich vergraben.

Als die englische Küste in Sicht kam, lehnte Beatty den Kopf an Claras Schulter.

»Du darfst euren Vater niemals aufgeben«, sagte Clara unvermittelt.

»Das habe ich nicht vor«, erwiderte Beatty. »Wenn du nur auch Billy nicht aufgibst.« Sie schaute Clara eindringlich an, und Clara wich ihrem Blick nicht aus.

»Also gut. Wir können ihn gemeinsam besuchen, aber bitte mach dir keine zu großen Hoffnungen.«

Dann saßen sie eine Weile lang schweigend da. Wie würde Beatty zusätzlich zu der Sorge um ihren Vater auch noch mit der Ungewissheit und den Komplikationen rund um Billy zurechtkommen? Wie viel Trauma konnte ein einzelnes Kind verkraften?

Ein Ruck ging durch das Boot, als die Laufplanke auf dem Kai aufschlug.

»Es ist meine Schuld, dass er in diesem Krankenbett liegt«, sagte Beatty leise, während sie aufstand. »Ich habe schon einen Vater verloren, ich will nicht noch einen verlieren.«

26

RUBY

Büchereien zählen immer noch zu den sichersten und freiesten Einrichtungen, die wir haben. Die Menschen haben nach wie vor einen Rechtsanspruch darauf, die Gemeinden sind verpflichtet, ihren Bürgern den kostenlosen Zugang zu einer öffentlichen Bibliothek zu ermöglichen.

Kathleen Walker, Bibliothekarin im Ruhestand

Als Ruby die Augen aufschlug, wusste sie sofort, dass sie verschlafen hatte. Sie waren am Vorabend erst spät von Jersey zurückgekehrt, und weil sie ihre Mum nicht wecken wollte, hatte sie bei Clara übernachtet. Clara hatte ihr Bett den Mädchen überlassen, sie wartete immer noch darauf, dass eine Zweizimmerwohnung verfügbar wurde. Sie und Ruby hatten es sich deshalb in zwei Sesseln am Kamin bequem gemacht und noch bis spät in die Nacht miteinander geredet, ehe sie schließlich eingeschlafen waren.

Ruby gähnte und fuhr sich mit den Fingern durch das zerraufte Haar. Sonnenschein durchflutete den Raum, der vom Klang der Kirchenglocken erfüllt war.

»Morgen, Schlafmütze«, sagte Marie, die am Herd stand und in einem Milchtopf rührte. »Kakao?« Beauty saß ihr zu Füßen und wartete geduldig darauf, dass etwas für sie abfiel.

»Ja, bitte. Wie schön, wieder einmal Kirchenglocken läuten zu hören! Wo ist denn Beatty?«, fragte Ruby. »Draußen im Hof?« Sie deutete in Richtung der Außentoilette.

»Nein, sie ist schon los, Billy im Krankenhaus besuchen«, erwiderte Marie fröhlich.

Ruby stutzte. »Wie bitte?«

»Sie ist ungefähr vor einer Stunde losgegangen. Sie hat gesagt, ich soll dich und Clara nicht wecken.«

Ruby war mit einem Schlag hellwach. »Cla!«, rief sie und rüttelte ihre schlafende Freundin.

Clara öffnete träge ein Auge und setzte sich dann steif auf. »Hat jemand was von Tee gesagt?«

»Dazu ist jetzt keine Zeit. Es geht um Beatty. Sie ist losgegangen, um Billy im Krankenhaus zu besuchen.«

»O mein Gott. Nein, nein, nein! Sie kann unmöglich allein zu ihm. So war das nicht gedacht! Ich habe sie doch noch gar nicht auf den Anblick vorbereitet«, plapperte Clara hektisch. »Aber Moment mal, sie ist erst zwölf – man wird sie doch gar nicht allein zu ihm lassen?«

»Vergiss nicht, Cla, wir reden hier von Beatty.«

Clara sprang aus ihrem Sessel auf und schlüpfte hastig in ein Paar Pumps. »Du hast recht. Sie ist das entschlossenste Mädchen, dem ich je begegnet bin. Komm, wir müssen hin.«

»Cla, Schätzchen, willst du dir nicht erst etwas anziehen?«, fragte Ruby. »Du bist noch im Pyjama.«

»Keine Zeit. Komm schon. Und du, Marie, nimm den Topf vom Herd. Wir müssen los. Sofort!«

»Warum haben wir es denn so eilig, Clara?«, wollte Marie wissen, während sie durch den Barmy Park und an der Bibliothek vorbeirannten. Beauty sprang aufgeregt kläffend hinterdrein.

»Sie darf Billy nicht allein besuchen!«

Anwohner auf dem Weg zur Kirche blieben verwundert stehen und schauten der Bibliothekarin nach, die im Schlafanzug durch Bethnal Green stürmte, gefolgt von Ruby, Marie und einem kleinen Jack Russell.

»Bitte, lieber Gott, gib, dass sie nicht in seinem Zimmer ist«, keuchte Clara atemlos, als sie endlich das Krankenhaus erreicht hatten. Sie rannte die Treppe hoch, immer zwei Stufen auf einmal nehmend, dann hielt sie inne. »Beauty!«

Ruby und Clara schauten sich an.

»Die werden sie nicht bemerken«, erklärte Marie und ließ den kleinen Hund unter ihrem Mantel verschwinden.

Als sie ans Schwesternzimmer kamen, schaute die Oberschwester erschrocken auf. »Mrs Button, wir wollten Sie eben verständigen.«

Clara drückte sich eine Faust in die Seite, um ihr Seitenstechen zu lindern. »Es tut mir so leid! Sie ist erst zwölf – ich weiß, sie sieht älter aus –, und sie hat in der letzten Zeit viel Schlimmes durchgemacht«, brachte sie zwischen keuchenden Atemzügen heraus.

»Sie sprechen wohl von seiner ältesten Tochter? Sie ist drinnen bei ihm.«

Ruby rutschte das Herz in die Hose. Wie konnte Beatty so unverantwortlich und eigensinnig sein, wieder über ihr Alter zu lügen?

»Ach, um Himmels willen …«, stieß Clara aufgebracht hervor.

»Mrs Button, bitte hören Sie doch –«

Aber jetzt war keine Zeit, zuzuhören. Hastig stieß Clara die Tür zu Billys Zimmer auf, trat ein – und blieb dann so abrupt stehen, dass Ruby gegen ihren Rücken prallte.

Der Anblick traf sie völlig unvorbereitet. Mehrere Ärzte in weißen Kitteln und zahlreiche Krankenschwestern standen um Billys Bett herum, so viele, dass Ruby ihn nicht sehen konnte. Ihr Herz gefror. War er etwa gestorben?

Clara schrie auf.

»Beatty! Komm sofort da weg. Du darfst nicht hier sein, nicht jetzt.«

Die angestauten Emotionen der vergangenen Woche brachen sich Bahn, als würde ein Korken aus einer Flasche gedrückt, und plötzlich schwamm Clara in Tränen. »Bitte, Billy würde nicht wollen, dass du ihn so siehst.«

»Clara hat recht, bitte komm mit uns, Liebes«, schloss Ruby sich an.

»Billy kann das selbst entscheiden«, versetzte Beatty.

Die Ärzte wandten sich um, und plötzlich konnte Ruby auf das Bett sehen. Und sie begriff.

»Billy?«, stieß sie hervor und schaute zu Clara.

Die stand wie angewurzelt, beide Hände auf den Mund gepresst.

Billys Auge war offen, er hielt Beattys Hände. Zwischen ihnen lag ein aufgeschlagenes Buch auf dem Laken.

»Er ist aufgewacht, als ich ihm vorgelesen habe«, erklärte Beatty ruhig.

»Ich … ich kann … ich glaube das einfach nicht«, stammelte Clara.

Billy schaute sie an, und sein müdes Gesicht war voller Liebe. »Clara. Warum hast du denn meinen Pyjama an?«, flüsterte er.

Plötzlich flog hinter ihnen die Tür auf. Marie und Beauty stürmten ins Zimmer, und der kleine Hund sprang aufs Bett.

»Hallo, altes Mädchen«, begrüßte Billy sie mit schwacher Stimme, während der Hund sein Gesicht mit nassen Küssen bedeckte.

»Das verstößt gegen sämtliche Regeln«, stellte die Oberschwester fest, die nun ebenfalls den Raum betrat. »Dieses Zimmer muss sofort geräumt werden.«

»Lassen Sie sie nur«, sagte der diensthabende Arzt, der müde wirkte und im Krieg wohl zu viel gesehen hatte, um sich von dieser Situation noch aus der Ruhe bringen zu lassen. »Der Bursche hat schon genug Zeit verloren.«

Und dann umarmten und küssten Clara und die Mädchen Billy so vorsichtig, wie sie konnten, und versuchten das Wunder zu fassen, dass er wieder bei ihnen war. Ruby lächelte und zog sich unauffällig zurück, um die unkonventionelle kleine Familie nicht zu stören.

Während sie langsam nach Hause ging, ließ sie die Gefühle der letzten paar Tage Revue passieren, aber es war einfach unmöglich, alles, was sie gesehen und erlebt hatte, auf Anhieb zu verarbeiten. Es kam Ruby vor, als habe sie das Beste und das Schlimmste gesehen, wozu Menschen fähig waren, und sie war von ihren Gefühlen überwältigt.

Billy war wieder bei ihnen. Die Mädchen aus Jersey waren bei Clara und in Sicherheit. Es gab nur einen Menschen, mit dem Ruby all das gern teilen wollte, doch das musste warten. Zuerst würde sie sich waschen, und sie brauchte einen starken Kaffee. Bei diesem Gedanken stutzte sie – wenn ihr etwas widerfuhr, sei es gut oder schlecht, war bisher ihr erster Impuls immer gewesen, etwas zu trinken. Auf jeden Meilenstein hatte sie sich erst mal ein Glas genehmigt. Das Verlangen war noch da, aber seit Eddies Ankunft empfand sie es nur noch gedämpft.

Sie nahm die Abkürzung durch den Barmy Park. Überall um sie herum ergoss sich die Sommersonne wie warmer Sirup über die staubige Grünanlage. Zwischen Trümmerteilen aus dem Krieg und verrostetem Draht hatten sich Blumen hoffnungsvoll einen Weg ans Licht gebahnt und bildeten am Rand des Rasens eine leuchtend gelbe Bordüre.

Aus einem Impuls heraus pflückte Ruby eine Blüte, rannte zum Eingang der U-Bahn-Station Bethnal Green und legte sie auf der obersten Stufe ab.

»Ich liebe dich, Schwesterherz«, flüsterte sie. Doch Clara hatte recht: Ihre Schwester war nicht mehr hier. Sie würde woanders nach ihrem Geist suchen müssen – in den Opfern, die Frauen wie Mrs Moisan brachten, in Eddies bedingungsloser Liebe, im Wunder von Billys Genesung und im Anblick der Sonne, die sich in den neuen Glasscheiben der ausgebombten alten Bücherei spiegelte.

»Ruby. Sie sind wieder da!« Sie drehte sich um und sah Mrs Chumbley mit einer Kiste Bücher die Treppe aus der U-Bahn hochkommen.

»Haben Sie mich etwa vermisst?«, fragte Ruby grinsend. »Warten Sie, ich helfe Ihnen.«

»Ruby«, sagte Mrs Chumbley sehr ernst, »Ihre Mum hat Sie schon gestern Abend erwartet.«

»Ja, tut mir leid, die Rückreise von Jersey hat ewig gedauert. Sie werden nicht glauben, was …«

»Das spielt jetzt keine Rolle«, fiel Mrs Chumbley ihr ins Wort. »Sie müssen sofort nach Hause.«

Etwas an ihrem Gesichtsausdruck jagte Ruby Angst ein. Sie wandte sich ab und rannte los, bog um die Ecke zur Russia Lane und lief auf den Quinn's Square. Auf dem Platz flatterten die Wimpel von den Siegesfeiern noch immer im Morgenwind. Ruby nahm zwei Treppenstufen auf einmal und stürmte in die Wohnung.

In ihrer winzigen Küche waren Mrs Smart und anscheinend die meisten Frauen von der Etage versammelt, alle mit unterschiedlichen Aufgaben beschäftigt. Eddie, der am Tisch saß und eine Zigarette rauchte, wirkte inmitten der regen Betriebsamkeit völlig deplatziert. Auf dem Herd stand ein riesiger Topf mit köchelndem Wasser.

»Ach, Ruby, da bist du ja«, begrüßte Mrs Smart sie erleichtert. »Deine Mutter wurde gesegnet.«

Rubys Gedanken überschlugen sich. Gesegnet? Was sollte das heißen? Und warum waren so viele Leute in der Wohnung zusammengekommen? Das geschah hier im Wohnblock normalerweise nur, wenn jemand gestorben war.

Ruby wurde plötzlich ganz flau, und ihre Knie gaben nach. Eddie sprang auf.

»Nein, Liebling«, redete er ihr beruhigend zu, während er ihr aufhalf. »Nicht falsch verstehen. Deine Mutter wurde mit einem Kind gesegnet.«

Ruby öffnete den Mund, dann schloss sie ihn wieder.

»Es sieht dir gar nicht ähnlich, dass dir die Worte fehlen«, bemerkte Mrs Smart kichernd, dann wandte sie sich an Eddie. »Unsere Rubes ist die einzige Frau, die mit Sonnenbrand auf der Zunge aus dem Urlaub zurückkommt.«

»A-aber das Baby sollte doch erst frühestens in einem Monat kommen«, brachte sie heraus.

»Nun, Babys haben eben ihren eigenen süßen kleinen Kopf«, entgegnete Mrs Smart. »Sie kommen, wenn sie so weit sind, und richten sich nicht nach unserem Zeitplan. Jetzt reicht es aber mit dem Drama, Fräulein, geh rein und begrüße deinen kleinen Bruder.« Mrs Smart schob sie sanft zum Schlafzimmer ihrer Mutter.

Die Tür öffnete sich knarrend, und Ruby hielt die Luft an. Ihre Mutter lag von Kissen gestützt im Bett. In den Armen hielt sie ein winziges, in Decken gewickeltes Bündel.

»Hallo, Liebes. Schau, da ist der Kleine. Er ist sehr klein, aber die Hebamme meint, er ist gesund.«

»Oh, Mum«, brachte Ruby heraus und ließ sich auf die Bettkante sinken. »Es tut mir so leid, dass ich nicht hier war.«

»Schon gut, Liebes.« Ihre Mutter lächelte matt. Sie konnte den Blick nicht vom Gesicht des Neugeborenen losreißen. »Es ging alles sehr schnell. Dein Eddie ist gestern gekommen, um mich zum Einkaufen zu begleiten. Und auf halbem Weg, mitten auf der Petticoat Lane, ist die Fruchtblase geplatzt.«

Ruby machte große Augen.

»Ja, wirklich, das kann man sich nicht ausdenken! Eddie hat dann schnell ein Taxi angehalten. Es war das erste Mal, dass ich Taxi gefahren bin. Wie im Film. Als wir wieder zu Hause waren, ist er gleich losgerannt, eine Hebamme holen, aber es war schon zu spät. Als er mit der Hebamme zurückkam, war der Kleine bereits da, er ist mit Mrs Smarts Hilfe auf dem Küchenfußboden zur Welt gekommen!«

»Ach, Mum, ich fasse es nicht!«

»Ich auch nicht, Liebes. Dein Eddie is'n Guter, das ist mal sicher. Wenn er nicht so schnell das Richtige getan hätte, dann wäre der Kleine noch mitten auf dem verdammten Markt zur Welt gekommen.«

Ruby musste lachen.

»Aber wirklich.« Netty schüttelte den Kopf und grinste. »Kannst du dir das vorstellen? Mrs Smart meint, Eddie ist der Held der Stunde. Inzwischen hat schon halb Bethnal Green die Geschichte gehört.«

»Er ist wunderschön, Mum«, flüsterte Ruby und strich mit dem Finger über die samtweiche Wange ihres Bruders. »Wie soll er denn heißen?«

»Ich denke James, nach meinem Vater. Es ist komisch – ich war felsenfest überzeugt, dass es ein Mädchen wird, aber jetzt weiß ich nicht mehr, wie ich überhaupt darauf gekommen bin.«

»Die Dinge laufen wohl meist nicht so, wie wir es erwarten«, murmelte Ruby. Ihr wurde bewusst, dass sie ebenso wie ihre Mum immerfort wie gebannt das Gesicht des Babys anschaute.

»Da hast du recht. Als ich merkte, dass ich schwanger war, kam es mir vor wie ein Fluch. Jetzt kann ich mir mein Leben ohne den Kleinen schon gar nicht mehr vorstellen.«

Das Baby regte sich, und seine Lippen formten ein perfektes O.

»Er will wahrscheinlich trinken«, sagte Netty. »Hilfst du mir mal, mich aufzusetzen, Liebes?«

»'türlich, Mum. Es tut mir wirklich so leid, dass ich nicht hier war! Aber ich werde dich nicht wieder im Stich lassen. Ich bin von jetzt an immer da, um dich zu unterstützen.«

Zum ersten Mal wandte Netty ihren Blick von dem Baby ab.

»Kommt gar nicht infrage. Da draußen sitzt ein prachtvoller junger Mann, der dir ein gutes Leben bieten will. Ich und der Kleine sind bestens versorgt.«

»Aber Mum …«

»Nein. Es ist mein Ernst. Ich will nicht leugnen, dass ich dich tagtäglich vermissen werde, aber ich finde, es ist schon zu viel verloren, zu viele Leben wurden vergeudet. Du gehst nach Amerika, mein Mädchen, und damit basta.«

Ruby lächelte. Sie half ihrer Mum, sich aufzusetzen, und richtete die Kissen, sodass sie sich anlehnen konnte.

»Wenn du wirklich sicher bist, Mum …«

Netty nickte. »Ich bin jetzt frei, und du sollst es auch sein.«

Die Sonne schien durch das Fenster auf die drei, und die Zukunft breitete sich vor ihnen aus, weit und strahlend.

27

CLARA

Die Liebe zum Lesen und Schreiben entdecken zu dürfen, sollte nicht den Privilegierten vorbehalten sein, sondern sie ist für alle Menschen.

Lisa Roullier und Lena Smith, Barking and Dagenham Libraries

Weitere zwei Wochen vergingen, ehe Billy so weit zu Kräften gekommen war, dass Clara ihn im Rollstuhl ein wenig an die frische Luft schieben durfte. Der Arzt hatte sie ermahnt, behutsam zu sein. Billy hatte ein gewaltiges Trauma erlitten, und auch wenn die Anzeichen vielversprechend waren, wollten sie doch nichts riskieren, was zu einem Rückfall führen könnte.

Niemand wusste, was ihn aus dem Koma geweckt hatte. War es einfach die Zeit? Oder war Beattys Stimme auf unerklärliche Weise zu ihm durchgedrungen?

Es hatte mindestens fünf Tage gedauert, bis er in der Lage war, in zusammenhängenden Sätzen zu sprechen. Doch Clara wusste auch ohne Worte, dass er sie von Anfang an wiedererkannt hatte. Sie sah es an seinem Gesichtsausdruck, an der Art, wie er ihre Hand hielt, sogar wenn die Schwestern seine Verbände wechselten oder ihm Medikamente gaben.

Auch über die Besuche der Mädchen freute er sich offenbar sehr. Seine Augen leuchteten auf, sobald die beiden ins Zimmer wirbelten. Die Belustigung war ihm deutlich anzusehen, wenn Beatty Marie schalt, weil sie zu stürmisch war.

Er liebte diese Mädchen, und sein Versprechen, sie mit großzuziehen, schien ein starker Antrieb für seine Genesung zu sein. Beatty hatte recht gehabt. Clara hätte sie nicht unterschätzen sollen. Wie viel sie noch zu lernen hatte, um den beiden eine gute Mutter zu sein! Nun, wenn die Arbeit in der Bücherei sie eines gelehrt hatte, dann das: stets auf Unerwartetes gefasst zu sein.

Sie schob Billy im Rollstuhl zu einer kleinen Bäckerei in der Nähe und kaufte Apfelstrudel, dann ging es weiter zum Swedenborg Square. Sie fanden eine Bank vor einer kleinen Grünfläche, die von Reihen hübscher Stadthäuser aus dem 18. Jahrhundert gesäumt war.

Clara steckte die Decken um Billy zurecht.

»Ich weiß, dass ich ein Invalide bin, aber ich werde nicht kräftiger, wenn du mir jeden Handgriff abnimmst.«

»Tut mir leid«, sagte sie verlegen.

Im hellen Tageslicht bemerkte sie, dass sein sandfarbenes Haar graue Strähnen bekommen hatte und seine Wangen hohl wirkten.

»Ist das nicht verrückt?«, sagte sie. »Du wurdest im Krieg verschüttet und bist in einer Welt im Frieden wieder aus dem Koma erwacht.«

»Stimmt. Und es war ein Schock, als ich erfuhr, dass die Rettungswache 98 inzwischen aufgelöst wurde«, gestand er.

Blackie und Darling waren am Vortag zu Besuch gekommen und hatten berichtet, dass die Stadtverwaltung die Wache bereits geschlossen hatte – das Gebäude war eigentlich eine Schule, und bald sollte der Schulbetrieb wieder losgehen.

»Ich komme mir etwas überflüssig vor.«

Clara zögerte, zerbröselte Strudelteig zwischen den Fingern und ließ die Krümel zu Boden rieseln. Die Wolken zogen dahin, und plötzlich brach die Sonne hervor und schien auf sie. Die Zeit schien sich zu dehnen.

Fass dir ein Herz, Clara, und sag ihm, was du empfindest.

»An jedem Tag, den du in diesem Krankenbett lagst, habe ich mir geschworen, dir dies zu sagen, wenn du aufwachst«, platzte sie heraus. »Nämlich: Ich liebe dich noch immer.« Sie nahm seine Hände, fühlte die Knochen in seinen kalten, zerbrechlichen Fingern. »An jenem Tag vor dem Brady Club hast du mir gesagt, du liebst mich auch. Erinnerst du dich?«

»Natürlich erinnere ich mich«, erwiderte er und drückte ihre Hand. »Ich habe dich immer geliebt. Ich glaube, ich habe dich schon geliebt, bevor wir uns das erste Mal begegnet sind.«

Clara lachte vor Erleichterung. »Mir scheint, das strapaziert die Glaubwürdigkeit doch arg.«

»Meinst du?« Er wandte sich ihr zu, auch wenn ihm die Bewegung noch sichtlich schwerfiel. »Wie Duncan dich beschrieben hat, so schön, so elegant … ›Sie spielt in einer ganz anderen Liga‹, das waren seine Worte.«

Clara starrte ihn mit großen Augen an. Sie glaubte, nicht recht gehört zu haben. »H-hast du eben Duncan gesagt?«

Er nickte und schaute ihr dabei eindringlich in die Augen.

»Dann hast du meinen Mann gekannt?«

»Ja, ich kannte Duncan«, gestand er. »Als ich ihn das letzte Mal sah, habe ich ihm versprochen, auf dich achtzugeben, für deine Sicherheit zu sorgen.«

Clara las Scham in seinem Blick.

»Mir scheint, ich bin über dieses Versprechen hinausgegangen.«

Ihre Gedanken überschlugen sich.

»Verstehst du, Clara, ich hatte nicht die Absicht, mich in dich zu verlieben. Anfangs habe ich dich nur aus der Entfernung im Auge behalten, wie ich es Duncan versprochen hatte. Es war nicht schwer, du warst ja in allen Zeitungen, weil du die Bücherei im Shelter eingerichtet hattest. Aber dann kam der Abend, an dem Victor dich überfiel. Da war ich gezwungen, mich zu zeigen, buchstäblich aus dem Dunkel ins Licht zu treten. Bevor er sich dir näherte, hatte ich beobachtet, wie du nach der Gedenkveranstaltung allein im Park gesessen hast. Da war ich schon drauf und dran, auf dich zuzugehen und mich vorzustellen. Du hast so allein und verloren ausgesehen.«

»Mein Gott«, flüsterte sie und erinnerte sich wieder, wie ein Hund gebellt hatte. »Du warst mit Beauty in dem Park?«

Er nickte. »Ich bin dir gefolgt, um sicherzugehen, dass du während der Verdunkelung wohlbehalten nach Hause kommst, und dann bemerkte ich Victor.«

Clara brachte vor Bestürzung kein Wort heraus.

»Ich glaube, ohne diesen Zwischenfall hätte ich dich wohl nie angesprochen«, fuhr er fort. »Und von da an habe ich mich jedes Mal, wenn ich in die Bücherei kam, ein bisschen mehr in dich verliebt.«

»Aber … aber warum hast du mir nie erzählt, dass du ihn kanntest?«, fragte sie endlich stockend.

»Du hast zu mir gesagt, dein Mann sei gefallen …« Er schwieg kurz. »Ich wollte dich nicht in Verlegenheit bringen. Deshalb erschien es mir einfacher, nichts zu sagen und deine Version der Geschichte so hinzunehmen. Und dann … Je mehr Zeit verging und je mehr ich mich in dich verliebte …« Er stieß die Luft aus. »Umso schwerer wurde es zuzugeben, dass ich ihn kannte.«

»Wo seid ihr euch begegnet?«, wollte Clara wissen. Leichte Übelkeit stieg in ihr auf.

»Zuerst in Dünkirchen. Und später in England, in einem Lazarett an der Südküste.«

»Dann weißt du …« Sie brach ab, und plötzlich hatte sie das Gefühl, als trampelte jemand mit Stiefeln auf ihrem

Herzen herum. Ihr war heiß und kalt zugleich, ihre ganze Welt geriet ins Wanken.

»Dass er sich das Leben genommen hat? Ja.«

Clara drückte sich mit dem Rücken gegen die Lehne der Bank und umklammerte die Kante mit den Fingern.

»Warum hast du nichts gesagt?«, hörte sie sich selbst fragen.

»Weil du nicht darüber gesprochen hast und ich weiß, was für eine Schande ein Selbstmord in den Augen der Gesellschaft ist. Ich habe gespürt, dass du einmal kurz davor warst, es mir zu erzählen, an dem Tag in der alten Bücherei. Aber dann hast du es doch nicht getan.«

»Das stimmt.« Sie erinnerte sich. »Ich habe meiner Schwiegermutter versprochen, die Wahrheit über seinen Tod niemals zu offenbaren. Sie hat sich die Geschichte ausgedacht, und bei Gott, sie hat dafür gesorgt, dass ich mich an ihre Version hielt. Sie klang so viel tapferer als …« Das Wort blieb ihr in der Kehle stecken.

»Selbstmord«, flüsterte Billy.

»Das passte einfach nicht zu der Kriegshelden-Version, die meine Schwiegermutter bevorzugte. Sie glaubte …« Clara brach ab. Sie konnte selbst kaum fassen, dass sie das alles wirklich aussprach. »Sie glaubte, durch dieses Stigma würden wir anderen gesellschaftlich geächtet werden.«

Billy nickte.

»Vielleicht wäre für mich alles leichter gewesen, wenn ich nicht ein Kind von ihm erwartet hätte. Aber ich wurde bei seinem letzten Heimaturlaub vor Dünkirchen schwanger. Deshalb musste ich immer darüber nachgrübeln, ob vielleicht alles anders verlaufen wäre, wenn er das gewusst hätte.«

Billy schüttelte den Kopf. »Das glaube ich nicht, Clara. Es ging ihm gar nicht gut. Wenn wir zusammensaßen und miteinander sprachen, habe ich deutlich gemerkt, wie furchtbar er litt.«

Mit einem Schlag wurde Clara bewusst, dass er Duncan wirklich *gekannt* hatte – die beiden hatten im Lazarett Zeit miteinander verbracht und geredet, bevor Duncan die Überdosis nahm.

»Erzähl mir von damals, Billy«, bat sie. »Ich will alles hören. Die ungeschminkte Wahrheit.«

Er fuhr sich müde mit beiden Händen über das Gesicht, und Clara musste an die Worte des Arztes denken.

»Es tut mir leid, Billy. Es ist noch zu früh für dich, über so etwas zu reden. Ich kann warten.«

»Nein. Du verdienst es, die Wahrheit zu erfahren.«

Er räusperte sich. Eine plötzliche Angst befiel Clara.

»Ich war als Freiwilliger für das Rote Kreuz in Frankreich, als wir zur Evakuierung der British Expeditionary Forces aus Dünkirchen als Unterstützung angefordert wurden. Es war die reine Hölle. Wir wurden unablässig bombardiert. Wir konnten nur noch diejenigen versorgen, die eine reelle Überlebenschance hatten und die wir mit Tragen auf die Schiffe bringen konnten.«

Clara saß wie versteinert auf der Bank, unfähig, sich zu rühren, auch als die Decke von seinem Schoß rutschte.

»Am fünften Tag wurden wir zu einer Geschützstellung am Rand der Stadt gerufen. Die Einheit hatte den Befehl, sich zum Strand zurückzuziehen, ehe die vorrückenden deutschen Truppen eintrafen. Aber bevor sie ihre Stellung räumen konnten, stießen dreißig Stukas herab. Im Handumdrehen war unser Krankenwagen voll mit Verwundeten. Doch dann sah ich aus diesem Inferno einen jungen Soldaten kommen, der einen anderen Mann auf den Schultern trug.« Billy verstummte für einen Augenblick, ehe er fortfuhr: »Es handele sich um seinen befehlshabenden Offizier, erklärte der Soldat. Er hatte Bombensplitter im Schädel. Ich sah ihm an, dass er bereits im Sterben lag. Also sagte ich zu dem Soldaten, es sei kein Platz mehr im Krankenwagen, aber er bettelte, bis ich nachgab.«

»Dieser Soldat war Duncan, nicht wahr?«, fragte Clara in düsterer Resignation.

Billy nickte. »Wir hatten ihn eben hineingezwängt, als wieder Stukas kamen. Wegen des roten Kreuzes auf weißem Grund auf unserem Wagen hätten sie uns eigentlich nicht angreifen dürfen, aber sie schienen das Zeichen eher als eine Einladung zu verstehen«, sagte er bitter. Er schaute Clara an. »Dein Mann hat mich in einen Graben gestoßen und sich schützend auf mich geworfen.«

»Und heute würden die Leute ihn einen Feigling nennen«, murmelte sie.

Billy nickte abermals. »Ja.«

»Wie ging es dann weiter?«

»Als die Bomber vorbei waren, kletterten wir wieder aus dem Graben.«

Er verlor den Faden, und seine Gedanken schienen abzuschweifen. Clara beobachtete ihn voller Beklommenheit. Es war zu viel, sie musste aufhören, ihm Fragen zu stellen, aber …

Nach einem quälend langen Moment des Schweigens sprach er weiter. »Der Krankenwagen stand in Flammen. Alle darin verbrannten. Wir konnten nichts tun. Also liefen wir zum Strand und schafften es auf eins der letzten Boote.«

Clara schloss die Augen, als könne sie so das Bild ausblenden.

»Dein Mann war an jenem Tag ein Held«, erklärte Billy. »Er hatte alles getan, um seinem Offizier das Leben zu retten, und meins hat er ziemlich sicher gerettet. Aber er selbst sah es nicht so, als ich ihn daheim in Portsmouth im Lazarett besuchte, wo er wegen eines gebrochenen Schlüsselbeins behandelt wurde. Er gab sich die Schuld am Tod seines Offiziers. Er sagte, der Mann hätte noch am Leben sein können, wenn er nicht darauf bestanden hätte, dass er einen Platz in diesem Krankenwagen bekam. Ich habe mich weiß Gott bemüht, ihm klarzumachen, dass der Offizier ohnehin praktisch keine Chance gehabt hätte, aber er hat mir nicht geglaubt. Er sagte nur immer wieder, das sei seine erste Bewährungsprobe in diesem Krieg gewesen, und er habe versagt.«

»Wenn ich das nur schon früher gewusst hätte«, flüsterte Clara. »Er war ein fürsorglicher und gewissenhafter Mann. Er hätte für jeden alles getan, da wundert es mich nicht, dass er sich dieses Ereignis so zu Herzen genommen hat.«

»Ich erkannte, dass er geistig zerrüttet war«, erzählte Billy weiter, »deshalb habe ich ihn so oft wie möglich besucht. Bei unserer letzten Begegnung, bevor er wieder zu seiner Einheit entlassen werden sollte, schien er sich mit seinem ›Versagen‹ abgefunden zu haben. Er hatte wohl Besuch von irgendeinem Vertreter der Army bekommen, der ihm gesagt hatte, er solle sich zusammenreißen.«

Wieder diese Formulierung.

»Ich wurde nach East London versetzt, da die Gefahr einer Invasion hoch war. Da erzählte Duncan mir, seine wunderschöne Frau sei Kinderbibliothekarin in Bethnal Green.«

Billy schaute sie an. Sein Bericht hatte ihm sichtlich zugesetzt.

»Er bat mich als Freund, ein Auge auf dich zu haben. Hat mir sogar ein Foto von euch beiden an eurem Hochzeitstag gezeigt, das er immer bei sich trug.« Billy lächelte schwach. »Ich sagte zu ihm, er könne sich glücklich schätzen, so eine umwerfende Frau zu haben.« Sein Lächeln erstarb. »Er erwiderte, er habe dich nicht verdient.«

»Und wann hat er …?«

»Zwei Tage später. Jemand vom Pflegepersonal hat mir im Vertrauen erzählt, er sei ins Arzneimittellager eingebrochen und habe Tabletten geschluckt. Ich war am Boden zerstört. Am Ende konnte er wohl mit seinem Trauma nicht mehr weiterleben.«

Clara saß schweigend da und versuchte, das Gehörte zu verarbeiten.

»Es ist nichts Schändliches daran, sich das Leben zu nehmen, Clara«, redete Billy ihr zu. »Er hatte Mut für zwanzig.«

»Ich weiß. Ich habe mich auch nie für ihn geschämt, wirklich nie«, betonte sie. »Aber die anderen fanden, wir sollten niemandem erzählen, wie er wirklich starb.«

»Weiß sonst noch jemand Bescheid?«, fragte Billy.

Sie schüttelte den Kopf. »Niemand außer meiner Mutter und seiner. Ach ja, und natürlich Ruby, vor ihr könnte ich keine Geheimnisse haben.« Eine Erinnerung regte sich in ihr. »Damals vor der Rettungswache, da hat meine Schwiegermutter dich wiedererkannt, nicht wahr? Sie hatte dich schon einmal gesehen.«

Billy stieß die Luft aus. »Ja. Ich bin ihr flüchtig begegnet, als sie Duncan besuchte, kurz bevor er sich das Leben nahm.«

»Sie hat mir nie erzählt, dass sie ihn besucht hat!«, rief Clara aus. »Sie muss gewusst haben, wie schlecht es ihm ging.« Sie bebte vor Empörung über diesen Verrat. »Wie … wie konnte sie mir das verschweigen? Ich wäre doch auch hingegangen. Ich hätte …«

»Clara«, unterbrach er sie sanft. »Es nutzt nichts, ihr Vorwürfe zu machen. Trauer ist eine komplexe Angelegenheit. Ich nehme an, ihre ist unter unangebrachten Schuldgefühlen und Scham vergraben. Ich kann das gut nachvollziehen.«

»D-du?«, stammelte sie. »Welchen Grund hättest du denn, dich zu schämen? Augenblick mal! Ist das etwa das Geheimnis, über das du nie sprechen wolltest, diese Sache, von der du gesagt hast, du seist nicht stolz darauf?«

Er nickte. »Ich habe deinen Mann hintergangen, und darauf bin ich wirklich nicht stolz. Er hat mir vertraut, ich sollte ein Auge auf dich haben, und stattdessen habe ich mich in dich verliebt.«

»Hast du dich deshalb zurückgehalten, als ich dich in der Bücherei küssen wollte?«

»Glaub mir, Clara, ich hatte mir schon tausendmal vorgestellt, wie es wäre, dich zu küssen. Und ich werde dir keinerlei Vorwürfe machen, wenn du wegen dieser Geschichte jetzt einfach gehst.«

Clara bückte sich, hob die Decke auf und legte sie ihm um die Beine. »Und was würde das bringen?« Sie nahm sein Gesicht in beide Hände und küsste ihn zärtlich auf den Mund. »Dann wären wir mit Sicherheit beide unglücklich.«

Er starrte sie verblüfft an. »Aber es ist so kompliziert und verwirrend …«

»Nein, das ist es nicht«, widersprach sie energisch. »Im Gegenteil, für mich ist alles so klar wie schon lange nicht mehr. Ich sehe keine Schande in Duncans Selbstmord, und ich sehe auch nichts Schlechtes daran, dich zu lieben.« Sie legte eine Hand auf seine Brust, dorthin, wo das Herz saß. »Verstehst du nicht? Jetzt gibt es keine Geheimnisse mehr zwischen uns. Ich muss dich lieben, es ist die einzige Möglichkeit, Duncans Tod einen Sinn abzugewinnen. Er hat sich darauf verlassen, dass du künftig für mein Glück sorgst. Er hat etwas in dir gesehen, das ihn dazu brachte, dir zu vertrauen. Und das macht mich glücklich – dich zu haben. *Uns*.«

»Glaubst du das wirklich?«, erwiderte er. »Dass es auch *ihn* glücklich machen würde, wenn wir ein Paar sind?«

»Ganz ehrlich, ja. All der Schmerz und der Verlust waren in den letzten fünf Jahren eine einzige Qual. Ich muss die

Vergangenheit loslassen. Sie raubt mir die Kraft.« Sie blickte ihm in die Augen. »Bist du nicht auch einfach nur erschöpft von all dem?«

Er nickte und begann zu weinen, nun, da er das Geheimnis losließ, das er so lange mit sich herumgetragen hatte.

Eine ganze Weile lang saßen sie so da, und Billy weinte lautlos, bis er schließlich zitternd Luft holte.

»Genug davon. Clara, willst du mich heiraten?«

»Ich will! Unter einer Bedingung.«

»Was immer du willst.«

»Du verrätst mir, welches dein Lieblingsbuch ist.«

»Aaah«, machte er und lächelte unter Tränen. »Mir scheint, in diesem Punkt kennt Beatty mich am besten. Sie hat es mir vorgelesen, als ich aus dem Koma erwachte.«

»Beatrix Potter?«

Er nickte.

»Sprechende Tiere?«

»Was soll ich sagen? Ich gestehe, ich finde die Vorstellung, dass Tiere ein geheimes Leben führen, ganz faszinierend«, sagte er und lächelte. »Bist du immer noch sicher, dass du mich heiraten willst?«

»Ja«, erwiderte sie lachend. »Ja, ja, ja!«

Der zerbombte Platz in einem schäbigen Winkel Londons schien kaum groß genug für all die Gefühle, die Clara im Herzen trug.

Es war später Nachmittag, als sie Billy ins Krankenhaus zurückbrachte. Dann machte sie sich zu Fuß auf den Weg zurück nach Bethnal Green. Zum ersten Mal nach all den langen Jahren leuchteten die Häuser von innen heraus, man konnte hineinschauen, sah Familien an Tischen sitzen, Menschen im Kreise ihrer Lieben, andere nur mit Fotografien von ihnen. Ihr selbst standen sicher noch viele Schwierigkeiten bevor, aber was immer die Zukunft mit Beatty und Marie bringen mochte, wenigstens konnte sie ihr jetzt mit Billy an ihrer Seite entgegenblicken.

Im Barmy Park blieb Clara stehen und betrachtete den ansehnlichen roten Ziegelbau der Bücherei, dessen neu instand gesetzte Glaskuppel im spätnachmittäglichen Sonnenschein glänzte wie ein Leuchtfeuer der Hoffnung. Gerade wollte sie weitergehen, da sah sie Rauch durch die Schatten ziehen. Eine Frau mit sehr roten Lippen und einem pelzbesetzten scharlachroten Swagger-Mantel stolzierte durch den Park.

»Ruby Munroe, was machst du denn hier?«

»Heiliger Strohsack, Clara, du hast mich erschreckt!«

»Tut mir leid«, sagte sie lachend. »Aber du siehst aus, als ob du etwas im Schilde führst. Was ist es?«

Ruby grinste, sie hatte ihre Fassung wiedergewonnen. »Mrs Chumbley hat mir die hier gegeben.« Sie ließ einen Schlüsselbund von ihrem Finger baumeln. »Die Bücherei in der U-Bahn wird morgen abgerissen, nachdem ja alle Bücher ausgeräumt sind. Wie wär's, wenn wir noch ein letztes Mal hingehen?«

»Ich muss eigentlich nach Hause zu den Mädchen … Aber zehn Minuten Verspätung sind sicher nicht schlimm.«

Sie liefen klappernd die Rolltreppe hinunter, und ihre Schritte, die von den Wänden widerhallten, waren das einzige Geräusch, als sie tiefer in die Dunkelheit vordrangen.

»Es ist so still«, flüsterte Clara, als sie unten ankamen. Sie blieben stehen und lauschten. Die Stockbetten waren bereits abgebaut, ebenso wie das Theater, die Kinderstube und die Räume für das Sanitätspersonal. Zurück blieb hallende Leere. Die einzigen Geräusche waren das Scharren der Ratten, die durch die Tunnel huschten, und das ferne Rattern von U-Bahnen. Zum ersten Mal sah Clara den Ort als das, was er war: eine halb fertige U-Bahn-Station.

»Es fühlt sich anders an, nicht wahr?«, flüsterte Ruby. »Jetzt, wo die Menschen nicht mehr hier sind.«

Clara nickte. »Alles Leben hat sich hier abgespielt«, sinnierte sie. »Weißt du noch, die Hochzeiten im Theater, wo alle eingeladen waren, der Flügel, das spontane gemeinsame Singen –«

»Unzählige abgewetzte Reisetaschen, die Schnarcher, der Katarrh …«, fiel Ruby ihr ins Wort.

»Der Gestank!«, sagten beide zugleich und brachen in Gelächter aus.

»Himmel, ich werde das alles vermissen«, stieß Ruby hervor. Ihre milchweiße Haut schien in der Dunkelheit zu leuchten. »Wir gehören doch nicht etwa in eine Anstalt, was meinst du? Weil wir zu lange hier unter der Erde gehaust haben?«

»Nein.« Clara hakte sich bei Ruby ein. »Manchmal muss man unter die Erde und in die Dunkelheit gehen, um richtig sehen zu können.«

»Und es hat Leben gerettet, nicht wahr?«, bemerkte Ruby.

»Tausende!«

Sie gingen ein letztes Mal Arm in Arm über den Bahnsteig Richtung Westen, und Ruby steckte den Schlüssel ins Schloss.

»Ich weiß nicht, warum Mrs Chumbley überhaupt abgeschlossen hat«, sagte sie lachend und knipste das Licht an. »Hier drin ist ja nichts mehr.«

Es stimmte. Clara schaute sich in der leeren Bücherei um. Auch die letzten Bücher waren inzwischen abtransportiert, die Regale abmontiert, der hölzerne Tresen auseinandergeschraubt. Das Lesezimmer war nur noch eine leere Hülle aus Sperrholz. Clara schauderte. Ohne die Bücher wirkte die Bücherei nackt und verloren. Der Zauber war dahin.

»Es ist ein verdammtes Wunder, dass wir nie durch den Boden gebrochen und auf die Gleise runtergekracht sind«, sagte Ruby lachend. »Vor allem wenn die Tunnelratten zur Lesestunde hereingestürmt kamen. Schau nur, wie dünn die Bodenbretter sind! Ich kann durch die Ritzen aufs Gleisbett runterschauen.«

Aber Clara hörte nicht zu, sie hatte den Arm in den Hohlraum in der Tunnelwand gesteckt und zog *Die Kunst der Haushaltsführung* und eine angestaubte Flasche Gin heraus.

»Das hier muss Mrs Chumbley übersehen haben. Willst du den Gin, Rubes?«

Ihre Freundin schüttelte den Kopf. »Nein, danke.«

»Bist du sicher?«

»Ich trinke nicht mehr.«

»Himmel, dieser Eddie hat wirklich Einfluss auf dich. Dann willst du vielleicht das hier?« Sie bot ihr das Buch an.

»Wo denkst du hin! Ich werde ohnehin nicht zum Lesen kommen, sondern vollauf damit beschäftigt sein, selbst ein Buch zu schreiben.«

Clara lachte. »So kenne ich meine Ruby Red Lips. Wann reist ihr ab?«

»Ende des Monats, wenn alles gut geht. Zuerst müssen wir heiraten. Keine große Feier, nur standesamtlich.«

»Wäre es dir recht, wenn Billy und ich mit euch aufs Standesamt gehen?«, fragte Clara.

»Ihr heiratet auch?«, erwiderte Ruby überrascht.

Clara nickte. »Er hat mir heute Nachmittag – wieder – einen Antrag gemacht, als ich ihn im Krankenhaus besucht und zu einem Spaziergang mitgenommen habe. Du müsstest jetzt dein Gesicht sehen«, fügte sie lachend hinzu.

»Oh, Cla!«, rief Ruby, umarmte sie stürmisch und riss sie dabei von den Füßen. »Ich kann dir gar nicht sagen, wie sehr ich mich freue.« Sie ließ ihre Freundin wieder los. »Du willst es doch auch wirklich? Ich meine, du tust es nicht nur für die Mädchen?«

»Nun, es wird die Adoption tatsächlich sehr viel einfacher machen. Aber ich will es auch selbst, es ist mein größter Wunsch.« Sie erzählte nicht, dass Billy Duncan gekannt hatte. Das war seine Geschichte, und es lag allein bei ihm, wem er sie erzählte.

Plötzlich runzelte Ruby die Stirn. »Du wirst doch deine Arbeit in der Bücherei nicht aufgeben müssen?«

»Ich rede mit Mrs Chumbley darüber. Billy wird noch einige Zeit gesundheitlich nicht in der Lage sein zu arbeiten, deshalb hat er sich bereit erklärt, zu Hause zu bleiben und sich um die Mädchen zu kümmern, wenn sie aus der Schule kommen. Wir sind auf mein Einkommen angewiesen.«

»Gut«, sagte Ruby. »Du hast zu hart gearbeitet, um der Bethnal Green Library jetzt den Rücken zu kehren.«

»Das ist wahr.« Clara ließ den Blick durch die staubige kleine Bücherei wandern. »Es war eine tolle Zeit, oder?«

»Und verdammt harte Arbeit«, erwiderte Ruby.

»Ja. Aber Arbeit, die sich gelohnt hat. Ich meine, wir können uns zwar keine Orden an die Brust heften, aber wir haben unseren Beitrag geleistet, stimmt's?«

»*Du* hast diesen Beitrag geleistet, Cla, du bist eine Pionierin!«, erklärte Ruby mit Nachdruck. »Diese kleine Bunker-Bücherei war eine soziale Revolution. Als die Menschen nicht zu den Büchern gehen konnten, hast du die Bücher zu den Menschen gebracht. Und du hast nicht wenigen geholfen, ihre Liebe zum Lesen zu entdecken.«

»Das hoffe ich«, erwiderte Clara nachdenklich. »Ich wollte den Leuten einfach nur eine Möglichkeit bieten, dem Krieg zu entkommen, sei es auch nur für ein paar Kapitel.«

»Du solltest darüber schreiben. Weißt du, es für künftige Generationen dokumentieren.«

»Du meinst zum Andenken?«

Ruby nickte. »Oder als Vermächtnis.«

»Klingt ein bisschen narzisstisch, wenn du mich fragst«, wandte Clara ein. »Außerdem würde doch niemand glauben, dass wir eine Bücherei in einem U-Bahn-Tunnel betrieben haben.«

»Vielleicht hast du recht. Komm«, sagte Ruby, »lass uns gehen.«

Im nächsten Moment war Ruby zur Tür hinaus. Clara folgte ihr, doch sie konnte nicht widerstehen, noch einen letzten Blick auf den Schauplatz dieser großen Widerstandsgeschichte im Zweiten Weltkrieg zu werfen. Ein Wahrzeichen der Liebe. Hüterin all ihrer Geheimnisse. Sie warf dem leeren Raum eine Kusshand zu, dann drehte sie das Schild an der Tür um. *Die Bücherei ist geschlossen.*

28

CLARA

Sie wollen die Welt sehen? Gehen Sie nicht zur Armee, werden Sie Bibliothekarin.

Denise Bangs, Idea Store Libraries, Tower Hamlets, East London

---

East London Advertiser

HAPPY END FÜR BELIEBTE BIBLIOTHEKARINNEN VON BETHNAL GREEN

Bei prächtigem Juliwetter erlebte die Kirche St John on Bethnal Green am vergangenen Samstag einen wahren Besucheransturm, da zwei der beliebtesten Bibliothekarinnen des Stadtteils hier vor den Traualtar traten.

Bibliothekare aus den Nachbarbezirken Stepney, Whitechapel, Poplar und Bow bildeten ein Ehrenspalier aus Büchern, unter denen die Jungvermählten hindurchschritten. In cremefarbener Spitze gab die strahlende Braut Clara Button dem ehemaligen Sanitäter Billy Clark das Jawort. Clara erlangte Bekanntheit als die treibende Kraft hinter Großbritanniens erster und einziger unterirdischer Bücherei. Ihrer Initiative ist es auch zu verdanken, dass Hunderte Kinderbücher aus Kanada gespendet wurden, um die neu eröffnete oberirdische Bibliothek auszustatten, die im Krieg bei einem Luftangriff schwer beschädigt wurde. Clara und ihr frisch angetrauter Ehemann haben zwei Pflegekinder aufgenommen, die von den Kanalinseln evakuiert wurden. Die zweite Braut, Ruby Munroe, verblüffte die Gäste, als sie am Arm ihrer Mutter in einem weißen Kostüm von Max Cohen zum Altar schritt. Sie und ihr Bräutigam, der vormalige GI Eddie O'Riley, stachen am Tag nach der Hochzeit nach Amerika in See, wo die Braut bereits eine Stellung in einer Bibliothek in Brooklyn haben soll. Gerüchten zufolge plant sie außerdem eine Karriere als Romanautorin.

Frühjahr 1946

Clara schaute durchs Fenster in den Frühlingsnachmittag hinaus. Der Himmel hatte die Farbe von altem Pergament, und die Sonne drang endlich durch den Qualm, der von einer Brauerei in der Nähe aufstieg.

Sie und Billy waren inzwischen seit neun Monaten verheiratet. Die hastig geplante Doppelhochzeit hatte in einer Feier geendet, über die die Leute noch immer redeten. Ruby war nicht einfach aus dem East End fortgegangen – es war ein Auszug mit Pauken und Trompeten gewesen.

Inzwischen hatte das Leben in einen ruhigeren Rhythmus gefunden. Zu dem Fertighaus, das sie mittlerweile bewohnten, gehörte ein Gärtchen – nichts Großes, gerade genug Platz für einen kleinen Gemüsegarten, den Billy anlegte, und ein paar Hühner. Es war ein träger Sonntagnachmittag. Auf einem sonnigen Fleckchen Erde räkelte sich der Büchereikater, den sie adoptiert hatten – oder vielleicht hatte er vielmehr sie adoptiert – und der nun den Namen Peter trug.

Vom Nachbargrundstück drang das Rattern eines Rasenmähers herüber. Marie baute eine Grotte aus Muscheln, die sie von Jersey mitgebracht hatte. Beatty las Billy vor, und er saß ganz still und hörte zu. Beauty lag eingerollt auf seinem Schoß.

Er ermüdete noch immer schnell, und es machte ihm zu schaffen, dass er nicht arbeiten konnte. Wenn Beatty ihm vorlas, war das für ihn eine wunderbare Ablenkung, und die Bindung zwischen den beiden wurde mit jedem Kapitel stärker. Er war nicht ihr Vater, aber solange Mr Kolskys Geist noch darum rang, die Grauen der Vergangenheit zu verarbeiten, war Billy für die Schwestern da.

Und Clara ebenfalls. Sie beide schenkten den Mädchen ihre bedingungslose Liebe. Dabei war Clara bewusst, dass die zwei jederzeit beschließen konnten, wieder nach Jersey zurückzukehren. An Weihnachten war sie bereits mit ihnen auf der Insel gewesen.

Dieser zweite Besuch war sehr emotional verlaufen. Die Tante der Mädchen hatte viel kraftvoller gewirkt, nun, da sie nicht länger im Schatten ihrer Denunziantin leben musste. Beatty war ganz begeistert davon gewesen, dass Mrs Moisan zu Ehren ihrer Tochter Rosemary einen Schwimmklub in einem alten viktorianischen Badebecken gegründet hatte, der an den Wochenenden gut besucht war. Clara hatte sich nicht überwinden können, am ersten Dezemberbaden des Klubs teilzunehmen, aber sie hatte auf der Brücke gestanden und die Kinder von Jersey angefeuert, als sie kreischend und lachend in das Becken sprangen, dass das Wasser hoch aufspritzte. Hier wurde eine neue Geschichte geschrieben.

Mr Kolsky war körperlich kräftiger, allerdings ging es ihm nach wie vor gar nicht gut. Sie hatten ihn jeden Tag besucht. Er verwechselte Beatty zwar nicht mehr mit seiner Frau, aber er war verwirrt und aufgewühlt. Bei ihrem dritten Besuch wurde er so von Gefühlen überwältigt, dass er sich an Marie klammerte und weinte. Sie war ungemein zärtlich und geduldig mit ihm, ebenso wie ihre Schwester. Clara war sehr stolz auf beide, auch wenn sie von diesen tapferen Mädchen nichts anderes erwartet hätte.

Mit der Zeit ließ die ängstliche Anspannung, die sie alle bei den Besuchen empfanden, nach, und am letzten Tag ihres Aufenthalts auf der Insel durften die Mädchen ihren Vater sogar im Rollstuhl, in warme Decken gehüllt, hinunter zum Strand schieben. Marie plapperte ohne Unterlass, Clara hielt sich diskret im Hintergrund. Die drei zusammen zu sehen, wie sie auf einer Bank mit Blick auf den Ozean saßen und Fish and Chips aßen, stimmte sie demütig. Die Mädchen wuchsen zu bemerkenswerten jungen Frauen heran, und Mr Kolsky genoss ihre Gesellschaft. Clara beobachtete, wie Beatty die Decken um ihren gebrechlichen Vater zurechtsteckte und ihm vorlas, und ihr kam der Gedanke, dass sich die Rollen verkehrt hatten – in vielerlei Hinsicht war die Tochter jetzt mehr wie eine Mutter für ihn. Der Arzt war vom reifen Verhalten der beiden Schwestern beeindruckt gewesen und hatte sie ermutigt, bei ihrem nächsten Besuch noch mehr Bücher mitzubringen und ihrem Vater wieder vorzulesen. Er hatte sogar gesagt, dass das Vorlesen eine wichtige Rolle für den Genesungsprozess spielen könnte, aber das war für sie natürlich nichts Neues.

Es gab mehr als eine Art, Vater oder Mutter zu sein. Claras Aufgabe bestand einfach darin, den Mädchen Liebe zu geben, bis sie bereit waren, auf eigenen Beinen zu stehen. Doch sie sagte sich, dass das nicht so weit von der Rolle entfernt war, die viele Frauen für ihre leiblichen Kinder spielten. Kinder gehörten einem nicht, man konnte sich an ihnen erfreuen, solange sie es selbst wollten.

Zurück im East End, hielt der Brady Club die Mädchen auf Trab. Zwischen Miss Moses und Beatty hatte sich eine enge Freundschaft entwickelt. Sie brachte Beatty sogar Jiddisch bei und hatte sie ermutigt, sich einen Leseausweis für die Whitechapel Library zu besorgen, da diese über einen riesigen Bestand an jüdischer Literatur verfügte. Beatty hoffte, vielleicht Blockaden im Geist ihres Vaters lösen zu können, indem sie ihm in seiner Muttersprache vorlas. Es gab allen Grund zur Hoffnung.

Das Radio knisterte am offenen Küchenfenster. Clara hatte ein Hühnchen im Ofen, und dazu gab es Frühkohl aus dem eigenen Garten. So ließ es sich leben.

Sie lächelte vor sich hin, während sie Brotscheiben vom Vortag mit Butter bestrich, um daraus einen Brotpudding zu machen. Mit der Bibliothek ging es prächtig voran. Nachdem die Arbeiten am Gebäude abgeschlossen waren, hatte sie angefangen, den hübschen Raum mit Wandschirmen zu unterteilen, die mit Bildern von Pflanzen, Bergen und Tieren aus aller Welt dekoriert waren. Es gab runde Tische mit Blumen darauf, niedrige Bücherregale, Flickenteppiche auf dem Parkettboden und kirschrote Vorhänge am Fenster. Clara dachte sogar über ein Miniaturtheater nach. Sie verwirklichte ihren Traum, die Kinderbücherei zu einem hellen, farbenfrohen, einladenden Ort zu machen, um junge Geister zu inspirieren.

Sparrow erwies sich als begeisterter Hüter all ihrer schönen neuen Bücher aus Kanada. Kürzlich hatte er einen Comic-Klub ins Leben gerufen, mit dem er mehr Jungs in die Bücherei locken wollte, und einen Klub für Brieffreundschaften, in dem die Jungen und Mädchen von Bethnal Green sich mit den kanadischen Kindern austauschten, die Bücher gespendet hatten.

»Warum soll es in der Bücherei immer nur um Bücher gehen?«, hatte er argumentiert. Und er hatte recht. Schließlich führte diese Aktivität dazu, dass Kinder etwas lernten – wer wäre Clara da gewesen, Einwände zu erheben? Allerdings hegte sie den Verdacht, dass dieser Brieffreundschaftsklub auch etwas mit einem hübschen, rothaarigen Mädchen namens Dawn aus Toronto zu tun hatte, das auf Sparrows Dankesbrief geantwortet und ein Foto von sich mitgeschickt hatte.

Sparrow war nicht der Einzige, der große Pläne verwirklichte. Clara lächelte, während sie Gewürze über den Pudding streute und zu ihrer Pinnwand aufschaute. Daran hing ein Ausschnitt aus der *New York Times.*

ERSTLINGSAUTORIN ERREICHT NEUE HÖHEN

Unter dieser Schlagzeile war ein Pressefoto von Ruby abgedruckt, die oben auf dem Empire State Building posierte. Sie trug einen eng anliegenden Pullover, hatte das Haar hoch aufgesteckt und zeigte ihr strahlendstes Lächeln.

Sie hatte es geschafft! Nicht, dass Clara jemals daran gezweifelt hätte. Sie erinnerte sich an Rubys Ankündigung damals in der Textilfabrik. *Irgendwann schreibe ich einen reißerischen Liebesroman, in dem gevögelt wird bis zum Abwinken.*

»Ich habe *Hinter der Verdunkelung* auf der Überfahrt in die Staaten angefangen«, hatte sie dem Reporter erzählt. »Meine Protagonistin Bella findet während des Blitz sexuelle Befreiung. Verglichen mit ihr wirkt Amber St Clare wie eine Klosterschülerin.«

Sie wurde als die neue Kathleen Winsor gepriesen, und um das Manuskript war ein hitziges Wettbieten zwischen sechs New Yorker Verlagen entstanden.

Ruby hatte ihre Ziele hochgesteckt. Ihr Plan war aufgegangen, und Clara freute sich ungemein für sie. So schmerzlich sie Ruby auch vermisste, es überwog doch das Glück zu sehen, wie ihre beste Freundin ihr Potenzial verwirklichte.

Clara warf dem Foto eine Kusshand zu, dann schob sie die Form mit dem Brotpudding in den Ofen.

Sie hatte in letzter Zeit viel über die Zukunft nachgedacht und über Rubys Vorschlag, sie solle über ihre kleine Bunker-Bücherei schreiben. Doch es hatte eine Weile gedauert, bis sie eine Vorstellung dazu entwickelte, wie sie es angehen würde. Jetzt nahm sie ein Blatt Papier und einen Stift. Sie wollte ihre Geschichte in einem Brief niederschreiben, den unterirdischen Büchereibetrieb für künftige Bibliothekare dokumentieren. Wie eine Zeitkapsel, dachte sie – der Leiter der Zweigstelle von Bethnal Green sollte sie am hundertsten Geburtstag der Bücherei öffnen. Sie rechnete aus, dass das im Jahr 2022 sein würde – das Datum schien in ferner Zukunft zu liegen. Wenn sie dann noch am Leben wäre, würde sie hundertdrei sein. Sie lachte über diese absurde Vorstellung.

Es wird Sie vielleicht interessieren, etwas über die Herausforderungen und Freuden zu erfahren, die ich in Ihrer Position erlebt habe. Ich schreibe dies im Frühjahr 1946. Es ist leicht, in Friedenszeiten zu reflektieren, nach vorn zu blicken und sich die Zukunft auszumalen, aber ich versichere Ihnen, als die ersten Bomben fielen, war diese Zukunft alles andere als sicher.
Für Sie mag es amüsant sein, sich vorzustellen, dass wir die Bibliothek während des Krieges in einer provisorischen »Zweigstelle« über den Gleisen der Central Line weiterführten. Wir liebten diese behelfsmäßige kleine Bücherei. Sie hat uns auf vielerlei Weise das Leben gerettet. Wahrscheinlich kommt Ihnen das heute fast unglaublich vor. Fahren die Menschen noch immer U-Bahn? Meine Pflegetochter stellt sich vor, dass sich die Leute später einmal alle mit Maschinen fortbewegen werden, die über dem Boden schweben, oder mit Flugzeugen am Himmel.

Eingehüllt von Zimtduft, schrieb Clara über die Freuden des unterirdischen Lebens, die Schwierigkeiten, neue Bücher aufzutreiben, die Rationierung von Papier, ein wenig über die Bomben, aber mehr über die Kameradschaft bei der Vorlesestunde. Sie riss ihre Meinungsverschiedenheiten mit Mr Pinkerton-Smythe an, hielt den Ton des Briefes jedoch positiv. Im Mittelpunkt standen die Bücher, die sie gelesen hatten, und die Art und Weise, wie Geschichten sie in der Kriegszeit genährt hatten.

Die Hintertür wurde schwungvoll geöffnet. »Ich verhungere, wann ist das Essen fertig?«, rief Marie laut, und Clara entschied, zum Schluss zu kommen.

Und so frage ich mich, wie ist das Leben in der Bibliothek wohl für Sie im Jahr 2022? Mit welchen Herausforderungen haben Sie zu kämpfen, wie hat die Bücherei sich gehalten, wie ist sie mit der Zeit gegangen? Nennen Sie den Park noch immer Barmy Park? Ich wünschte, ich könnte mich mit Ihnen zusammensetzen und Geschichten austauschen, aber das ist natürlich nicht möglich. Herzlichen Glückwunsch zum hundertjährigen Bestehen der Bücherei! Die Zukunft gehört Ihnen, mein Freund. Ich hoffe, meine Worte treffen auf offene Ohren und Sie finden etwas Erhellendes in der Geschichte unserer kleinen Bunker-Bücherei. Möge die Bethnal Green Library 2022 ebenso wertgeschätzt und genutzt werden wie heute. Was wären die Menschen schließlich ohne Bibliotheken?

Epilog

7. September 2020

In einer Bücherei vergeht die Zeit wie im Flug. Sie ist einer der wenigen öffentlichen Begegnungsorte, wo man Sicherheit und Wärme findet, wo man dem Alltag entfliehen, Neues entdecken und sein Leben bereichern kann. In einer Zeit der Verschwörungstheorien macht der Zugang zu verlässlichen Informationen Büchereien bedeutsamer denn je.

Professor Shelley Trower und
Dr. Sarah Pyke, Living Libraries

Ach, Mum …«, bricht Rosemary endlich das Schweigen. »Das ist wirklich unglaublich. Wir hatten ja keine Ahnung, was du im Krieg durchgemacht hast.«

Beatty nickt erschöpft. Sie fühlt sich ganz leer, nun, da sie diese düsteren Ereignisse offenbart hat. »Ich weiß, Liebes, und es tut mir leid, dass ich euch all das nicht schon früher erzählt habe. Es ist schwer zu erklären, aber am Ende war wohl der Drang, es mitzuteilen, stärker als der Wunsch, es zu vergessen.«

Als die Mädchen heranwuchsen, hatte sie ihnen die Geschichte in groben Zügen erzählt. Dass sie von Jersey hatten fliehen müssen, wie ihre Mutter bei einem Luftangriff ums Leben gekommen war, dass ihr Vater im Lager Entsetzliches durchgemacht hatte und dass Clara und Billy am Ende sie und Marie mit ihrer Liebe gerettet hatten. Sie hatte nie vor ihren Töchtern verheimlicht, dass sie adoptiert war und eine schmerzliche Vergangenheit hatte. Aber die Einzelheiten, *das Fleisch und Blut und die Eingeweide,* die aus dem bloßen Skelett der Geschichte eine menschliche, gelebte Erfahrung machten – die zu erzählen, hatte sie nie über sich gebracht. Seit vielen Jahren wurde eigentlich kaum noch über den Krieg gesprochen. Man mied das Thema einfach. Wer wollte schon als jemand angesehen werden, der dauernd alte Geschichten ans Licht zerrte, die Vergangenheit nicht loslassen konnte? Sie jedenfalls nicht. Sie hatte den Blick stets nach vorn gerichtet. Auf ihre Tätigkeit als Grundschullehrerin, darauf, den Mädchen das Studium zu ermöglichen … Bis sie eines Tages aufgewacht war und festgestellt hatte, dass sie alt war.

Die Pandemie hatte das gefahrlose, abgesicherte Leben mit einem Schlag infrage gestellt. Niemand konnte mehr mit Gewissheit sagen, was morgen sein würde. Als dann ihre Briefe entdeckt worden waren, hatte es sich für sie angefühlt, als ob die Bücherei ihrer Kindheit nach ihr rief und sie dazu verführen wollte, die Geschichte ihres Lebens aufzuschlagen.

»Wir sind es, die sich entschuldigen müssten, Mum«, sagte Miranda. »Wir haben dich eigentlich nie richtig nach dem Krieg gefragt und danach, was du damals durchgemacht hast. Wir wollten dich nicht damit belasten, über Grandad Michael zu reden.«

»Und ehrlich gesagt, Mum, über ihn zu sprechen, fühlte sich auch irgendwie unloyal gegenüber Grandad Billy an«, fügt Rosemary hinzu.

Beatty nickt. »Das verstehe ich. Ihr wart noch klein, als er starb, zu klein, um zur Beerdigung nach Jersey mitzukommen. Ihr kanntet nur Billy und Clara als eure Großeltern.«

Rosemary lächelt nostalgisch. »Ich sehe ihn noch vor mir, wie er in seinem kleinen Garten saß und Granny Claras Kümmelkuchen an die Vögel verfütterte. Er hat so viel Zeit dort verbracht, dass man hätte meinen können, er hätte Wurzeln anstatt Füße.«

»Ich habe ihn mal nach seiner Augenklappe gefragt, da hat er mir erzählt, er hätte eine Auseinandersetzung mit einer Mistgabel gehabt, und die Mistgabel hätte gewonnen«, erinnert sich Rosemary lachend.

»Euer Großvater war immer ein guter Geschichtenerzähler. Es wäre ihm nie eingefallen, sein eigenes Loblied zu singen und darüber zu reden, wie er das Auge wirklich verloren hat.«

»Indem er dich und Tante Marie aus den Trümmern rettete.«

Fragen liegen in der Luft, knisternd wie die Elektrizität, die durch die Bahngleise strömt. Jede neue Erkenntnis wirft die nächste Frage auf.

»Wollten Granny Clara und Grandad Billy denn keine eigenen Kinder?«, erkundigt sich Rosemary.

»Später im Leben hat Mum mir gestanden, dass sie es versucht haben, doch es sollte nicht sein. Aber sie fand, sie *beide* fanden, dass sie an mir und Marie auch genug hätten.«

»Komisch«, bemerkt Miranda. »Ich hatte keine Ahnung, dass sie eine unterirdische Bücherei aus dem Nichts aufgebaut hat. Sie war eine Pionierin! Was für ein Geniestreich, all diese Bücherspenden aus Kanada einzuwerben. Ich dachte immer, sie sei einfach nur eine Bibliothekarin gewesen.«

»Wenn ihr eines aus meiner Geschichte gelernt haben solltet, dann ist es, dass niemand *einfach nur* Bibliothekarin ist. Sie war eine Ermöglicherin des Glücks, wie ihr jungen Leute wohl sagen würdet!«

»Und du kanntest Ruby Munroe«, flüstert Miranda und schüttelt verwundert den Kopf. »Sie ist eine Legende, ich habe alle ihre Bücher zu Hause. Ich dachte immer, sie sei Amerikanerin.«

Beatty kichert. Wenn sie die Augen schließt, hört sie das Klimpern von Rubys billigem Schmuck, und der Duft ihres Parfüms vom Schwarzmarkt steigt ihr in die Nase.

»Sie mag ihren Akzent abgelegt haben, aber glaubt mir, sie war ein Mädchen aus Bethnal Green. Lieber Himmel, sie war ein Naturereignis. Eine geborene Überlebenskünstlerin, das muss man ihr lassen.«

Beatty betrachtet ihre wunderbaren Töchter und kann förmlich hören, wie ihre Gedanken arbeiten. Sie weiß, dass sie nach dem, was sie ihnen erzählt hat, ihr Bild von ihrer Mutter völlig neu denken müssen.

Beattys Gedanken wandern zu den neunzehn Stufen – vorhin auf dem Weg in die Station haben sie eine Ewigkeit gebraucht, die hinunterzusteigen. Sie denkt auch an die Skulptur in Form einer umgedrehten Treppe aus Teakholz, die oben im Barmy Park als Denkmal aufgestellt wurde – eine hartnäckige kleine Gruppe aus Überlebenden und Angehörigen hat das Geld dafür aufgebracht, um an die Toten zu erinnern. Es tat gut, die Namen der Opfer in das Holz geschnitzt zu sehen, es war eine Erleichterung, festzustellen, dass nicht alle Geschichten aus der Kriegszeit begraben und vergessen sind. Nicht, dass Ruby jemals vergessen hätte. Sie hat den Namen ihrer Schwester nicht in Holz verewigt, aber auf Papier. Warum sonst hätte sie all ihren dreißig Romanen die Widmung *»In Gedenken an Bella«* vorangestellt?

Erst jetzt im Rückblick erkennt Beatty, wie unglaublich traumatisch es für Ruby gewesen sein muss, tagtäglich über das Grab ihrer Schwester zu gehen, und wie schwer sie und alle anderen in Bethnal Green an ihrem Verlust und ihrer Scham trugen.

»Sie sind immer in Kontakt geblieben, Ruby und deine

Großmutter. Sie haben sich geschrieben, bis Ruby in den 1970ern starb.«

»Warum hat Granny Clara sie denn nie in New York besucht?«, will Rosemary wissen.

»Damals sind die Leute noch nicht so viel gereist, und es gab noch nicht dieses Zoomy, oder was immer ihr heute benutzt.« Sie lächelt und sieht wieder den Koffer voller Briefe vor sich, den sie nach Claras Tod unter ihrem Bett fand.

»Sie haben das Briefeschreiben zur Kunstform erhoben. Man könnte allein mit ihren Briefen ein ganzes Buch füllen.«

Pendler gehen mit gleichgültigen Blicken vorbei, und plötzlich wird ihr bewusst, was für ein merkwürdiges Bild sie abgeben müssen: eine kleine Gruppe Frauen auf dem Bahnsteig Richtung Westen, auf einer Reise in die Vergangenheit.

»Es muss traumatisch gewesen sein, so lebendig begraben zu sein«, bemerkt Miranda. »Hältst du es deswegen nicht in Menschenmengen aus?«

»Und musst in geschlossenen Räumen immer nah bei der Tür sitzen?«, fügt Rosemary hinzu.

»Ich dachte, das hätte ich erfolgreich vor euch verborgen«, erwidert Beatty traurig. »Aber glaubt mir, ich bin nicht die Einzige, die so etwas durchgemacht hat.«

»Ach, was ist denn eigentlich aus Sparrow geworden?«, will Rosemary wissen.

Beatty schüttelt den Kopf. »Ihr werdet es nicht glauben. Letzte Woche habe ich die *Times* aufgeschlagen, um die Todesanzeigen zu lesen. Stellt euch nur meine Überraschung vor – da stand Sparrows Name. Er ist vorigen Monat gestorben.«

»Nun, er muss ja schon ein stattliches Alter erreicht haben, Mum«, erwidert Rosemary.

»Schon, aber das Bemerkenswerte war, dass er den Order of the British Empire trug. Er war so eine Art globaler Unternehmer und hat sein gesamtes Vermögen Save the Children vermacht. Offenbar waren es mehrere Millionen.«

»Nicht zu fassen!«, staunt Rosemary.

»Wirklich. Wir haben uns aus den Augen verloren, aber anscheinend ist er nach Kanada gezogen, hat seine Brieffreundin Dawn geheiratet und dort ein Unternehmen gegründet. Nicht schlecht für einen Jungen, der sich einen Großteil seiner Bildung im Krieg in einer provisorischen kleinen Bücherei unter der Erde angeeignet hat.«

»Und unser Großvater – ich meine, unser leiblicher Großvater? Erzähl uns mehr über ihn. Ich erinnere mich kaum an ihn.«

»Ich wünschte, ich könnte euch sagen, dass es ein Happy End gab. Aber er hat sich nie wirklich erholt – wie auch, nach allem, was er durchmachen musste?« Beatty zeichnet mit ihrem Gehstock einen Kreis auf den staubigen Bahnsteig, dann streicht sie ihn mit zwei gekreuzten Linien durch.

»Die menschliche Seele kann nicht unbegrenzt Leid ertragen. Er ist nicht alt geworden, aber ich weiß, es hat ihn getröstet, dass Marie und ich am Ende bei ihm waren. Er wusste nicht mehr, wer wir waren, aber wir haben ihn so sehr geliebt, wie ein menschliches Herz eben lieben kann.«

Sie wendet sich ihren Töchtern zu und schaut sie an. Eine tiefe Erleichterung durchströmt sie, nun, da sie die Geschichte mit ihnen geteilt hat, die ihr seit fast achtzig Jahren auf der Seele lag. »Ist das nicht das Einzige, worauf es wirklich ankommt? Liebe.«

Sie schließt die Augen und sieht. In der Geschichte geht es nicht um Daten und Schlachtfelder, Herrscher und Anführer. Es geht um gewöhnliche Menschen, die auch unter den widrigsten Umständen ihr Leben weiterleben. Und es dabei irgendwie schaffen, die Hoffnung zu bewahren. Das ist die schlichte Wahrheit.

Plötzlich öffnet sie die Augen wieder und starrt auf die leeren Gleise. Doch statt des schmutzigen Tunnels sieht sie einen chaotischen Raum voller Bücher vor sich. Einen sicheren Ort. Eine Zuflucht vor dem Irrsinn der Welt über ihren Köpfen. Ihr Blick ist jetzt ganz klar.

»Danke, dass ihr mir alten Frau den Gefallen getan habt, mich hierher zu begleiten.«

»Es war offenbar ein sehr besonderer Ort, Mum«, sagt Rosemary, und Beatty lächelt. Sie erinnert sich an die knisternde Spannung, die anarchische weibliche Energie, die zwischen den Regalen in der Luft lag.

»Ein Leseausweis und ganz viel Liebe – das war alles, was wir brauchten.« Sie packt ihren Gehstock fester. »Jetzt können wir gehen und Kaffee trinken.«

»Nein, Mum«, widerspricht Miranda und greift nach ihrer Hand. »Lass uns zu dem Denkmal gehen und den Namen von Rubys Schwester suchen.«

»Wirklich? Habt ihr denn noch nicht genug von meinen alten Kriegsgeschichten?«

»Nein«, beharrt Miranda. »Ich will alles über sie erfahren. Überhaupt will ich alle deine Kriegsgeschichten hören. Lass uns keine Zeit mehr verlieren.« Ganz behutsam greift sie nach dem Päckchen vergilbter Briefe, brüchiges Papier, das all die Jahre in diesem Tunnel versteckt war wie in einer Zeitkapsel. »Lass uns mit der Bücherei anfangen.«

Die wahre Geschichte um die Bethnal Green Library und den Kampf zu ihrer Rettung

Nie zuvor habe ich einen so starken und lebendigen Bezug zwischen der Geschichte und der Gegenwart empfunden. Denn als ich anfing, für diesen Roman zu recherchieren und ihn zu schreiben – basierend auf der verblüffenden, wahren Geschichte der Bethnal Green Library im Zweiten Weltkrieg, vor achtzig Jahren –, war die Bücherei in ihrer Existenz bedroht.

Zu Beginn der Pandemie wurde der Bibliotheksbetrieb eingestellt, und später wurden die Räume als medizinisches Zentrum für COVID-19-Impfstoffstudien genutzt. Dann kamen unschöne Gerüchte auf, die Bücherei solle Sparmaßnahmen zum Opfer fallen, womöglich sogar ganz geschlossen werden. Ich schloss mich einer Kampagne zur Rettung der Bethnal Green Library an und leistete meinen Beitrag, indem ich ihre Geschichte in den Blickpunkt rückte – ebendie Geschichte, die Sie gerade gelesen haben.

Als der Gemeinderat plante, dieses Symbol des Widerstands durch Streichungen und Kürzungen auf einen Schatten seiner selbst zu reduzieren, fragte ich mich, wie viel diese Leute eigentlich über die bemerkenswerte Geschichte des Gebäudes und der Menschen darin wussten, die selbst in den finstersten Zeiten sicherstellten, dass die Arbeiterklasse im East End Zugang zu Büchern hatte. Ich schlug vor, man könnte sich doch ein Beispiel daran nehmen, wie die Gemeinde im Krieg die Herausforderungen bewältigte.

An einem frischen Oktobermorgen im Jahr 1922 versammelte sich eine große Menschenmenge zur Eröffnung der ersten ständigen öffentlichen Leihbücherei von Bethnal Green, die in einem ansehnlichen roten Ziegelbau im Barmy Park untergebracht war (bereits seit 1919 hatte es eine provisorische kleine in der Old Ford Road gegeben). Aus einer Stiftung des in Schottland geborenen Unternehmers und Philanthropen Andrew Carnegie waren 20 000 Pfund in die neue Bibliothek geflossen, die übrigen 16 000 brachte die Kommunalverwaltung auf.

Scharen von Kindern versammeln sich vor ihrer neuen öffentlichen Bücherei. Abdruck des Fotos mit freundlicher Genehmigung der Tower Hamlets Local History Library and Archives

»Der Gemeinderat schuf für künftige Generationen ein Vermächtnis, das ihnen den Zugang zu Wissen ermöglichen und helfen sollte, Elend und Armut zu überwinden«, sagte der Bürgermeister in seiner Eröffnungsrede. Das war eine kaum verhohlene Anspielung darauf, dass sich in diesem Gebäude noch zwei Jahre zuvor eine psychiatrische Anstalt befunden hatte.

Die »Irrenanstalt« von Bethnal Green in East London war hundertzwanzig Jahre lang in Betrieb gewesen, und sie war für ihre grausamen Behandlungsmethoden berüchtigt. Noch heute nennen die meisten Bewohner des East End das Gelände um die Bücherei »Barmy Park«, den »Park der Irren«. Schockierenderweise wurde die Anstalt erst 1920 geschlossen.

Zwei Jahre später wurde im ehemaligen Männertrakt die Bücherei eröffnet. Wo zuvor psychisch Kranke mit verstörender Grausamkeit eingekerkert worden waren, entstand nun ein Ort der Gelehrsamkeit und Lektüre. Was für eine hoffnungsvolle Botschaft das an die Gemeinschaft ausgesandt haben muss!

Bei ihrer Eröffnung wurde die Bücherei vom *Daily Herald* als »eine der schönsten Bibliotheken in der Metropole« beschrieben. Schnell entwickelte sich die Bethnal Green Library zum kulturellen Zentrum des Stadtbezirks, und im Juni 1924 hatte die Zahl der ausgeliehenen Bücher bereits die Marke von einer Million überschritten. Die Kuratoren des Carnegie United Kingdom Trust waren nach eigenem Bekunden »höchst erfreut«.

Der Vater einer blinden jungen Frau, die nur ein Jahr nach der Eröffnung der Bethnal Green Library an der London University ihr Examen mit Auszeichnung bestand, schrieb den Erfolg seiner Tochter der Unterstützung durch die neue Bücherei zu.

Doch es standen schwere Zeiten bevor. Achtzehn Jahre nach der Eröffnung, im September 1940, schlug eine Bombe in das Dach der Leihbücherei für Erwachsene ein. Es geschah um 17:55 Uhr an dem Tag, der später als »Schwarzer Samstag« bekannt wurde, zu Beginn des Blitz. Im Bruchteil einer Sekunde verwandelte sich die ordentliche, gut ausgestattete Bücherei in ein Bild der Verwüstung.

Tausende Bücher wurden vernichtet, als am ersten Abend des Blitz im Jahr 1940 die Bombe in die Bethnal Green Public Library einschlug. Abdruck des Fotos mit freundlicher Genehmigung der Tower Hamlets Local History Library and Archives

Hier nimmt nun die Geschichte eine überraschende Wendung. Anstatt einfach in den nächsten Luftschutzraum zu laufen, zogen der leitende Bibliothekar George F. Vale und sein Stellvertreter Stanley Snaith ganz gefasst eine Plane über die zerborstene Glaskuppel und begannen, ein soziales Experiment zu planen, welches das Leben der Londoner in diesem Krieg verändern sollte.

Bethnal Green Underground war bei Ausbruch des Krieges eine halb fertige Station der Central Line. An der Verbindung zum Bahnhof Liverpool Street wurde noch gearbeitet, aber 1939 wurde die Station verschlossen und den Ratten überlassen. Eine Woche nach Beginn des Blitz widersetzten sich die East Ender Churchills Anweisung, nicht in U-Bahn-Stationen Zuflucht vor den Luftangriffen zu nehmen, und forderten ihr Recht auf Schutz ein. Vierundzwanzig Meter unter der Erde gelegen, war diese Station einer der wenigen wirklich sicheren Orte in Bethnal Green – die Anwohner nannten sie eine »eiserne Lunge«.

Im Lauf der nächsten zwölf Monate entstand hier eine voll funktionsfähige unterirdische Gemeinschaft mit einer verblüffenden Fülle an Angeboten und Einrichtungen. Dreistöckige Betten erstreckten sich 1200 Meter weit durch den Tunnel Richtung Osten und boten Schlafplätze für bis zu fünftausend Menschen. Wer einen Übernachtungsschein vorweisen konnte, hatte Anspruch auf ein Bett.

Im Shelter gab es ein Theater mit dreihundert Sitzplätzen, einer Bühne und Scheinwerfern, in dem Opern- und Ballettaufführungen geboten wurden, außerdem ein Café, eine Sanitätsstation und eine Kinderbetreuung, damit die Frauen, die ihre neuen Möglichkeiten nutzten, tagsüber arbeiten gehen konnten. Und das Beste: Es gab auch eine Bibliothek!

Ich liebe es, wenn die Geschichte Überraschungen bereithält. Als ich von der unterirdischen Bücherei erfuhr, die

George und Stanley über den abgedeckten Gleisen im westlichen Tunnel eingerichtet hatten, war ich wie verzaubert. Die Entdeckung hat mich überhaupt erst dazu inspiriert, diesen Roman zu schreiben.

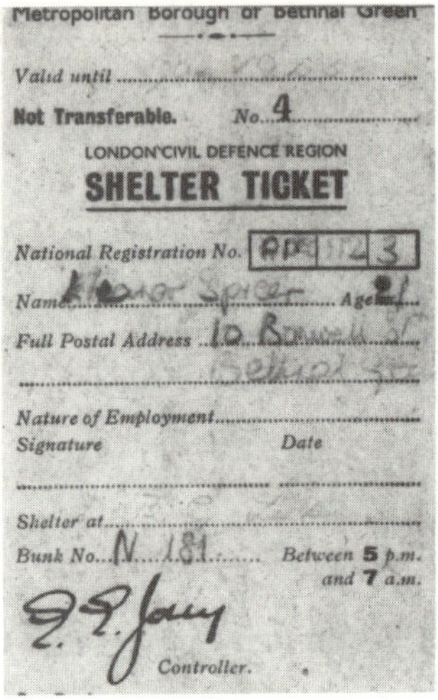

Metropolitan Borough of Bethnal Green

Valid until ....

Not Transferable. No. 4

LONDON CIVIL DEFENCE REGION

SHELTER TICKET

National Registration No.

Name .... Age ....

Full Postal Address ....

Nature of Employment ....

Signature Date

Shelter at ....

Bunk No. N 181 Between 5 p.m. and 7 a.m.

Controller.

Die dreistöckigen Metallbetten waren nicht sonderlich bequem, aber tief unter der Erde zu schlafen, hat so manchem das Leben gerettet. Abdruck der Fotos mit freundlicher Genehmigung der Tower Hamlets Local History Library and Archives

Dass es diese Bibliothek gab, erfuhr ich im Gespräch mit der zweiundneunzigjährigen Pat Spicer aus dem East End.

»Ich habe mir immer *Milly-Molly-Mandy* in der unterirdischen Bücherei ausgeliehen. Wenn ich mich in ein Buch versenken konnte, vergaß ich meine Sorgen wegen der Bomben«, erzählte sie mir.

»Eine unterirdische Bücherei?«, fragte ich nach.

»Ja, meine Liebe«, bestätigte sie geduldig.

Zweifeln Sie niemals an einem Cockney in den Neunzigern. Bei einem Besuch in den Tower Hamlets Local History

Library and Archives stellte sich heraus, dass Pats Erinnerungen absolut korrekt waren.

Es gab eine Fotografie von einem Bibliothekar, der ruhig Bücher stempelte, und dazu eine große Menge schriftlich festgehaltener Erinnerungen.

Georges und Stanleys Pionierwerk, die unterirdische Bücherei. Abdruck der Fotos mit freundlicher Genehmigung der Tower Hamlets Local History Library and Archives

»Büchereien in umfunktionierten Ladenlokalen, in Gemeindehäusern oder auch mobil in Bussen sind keine Seltenheit. Aber Büchereien in U-Bahn-Stationen, die als Bunker und Notunterkunft dienen, sind etwas Neues unter der Sonne«, schrieb Georges Stellvertreter Stanley 1942 überschwänglich im *Library Review*. »Als die Londoner während der schwersten Bombardierung in der Geschichte allen Gesetzen und Vorschriften trotzten, indem sie die Bahnsteige und Treppenschächte der U-Bahn in Besitz nahmen, wurde rasch offenkundig, dass eine neue soziale Situation entstanden war. Menschen, die acht bis vierzehn Stunden pro Nacht in einer Station tief unter der Erde zubrachten, brauchten Verpflegung, Schlafplätze, medizinische Versorgung und Erholung, körperliche wie auch geistige. Eine neue Struktur musste geschaffen werden, und sie wurde geschaffen, teils durch zentrale Planung und teils – wie es unsere englische Art ist – durch geniale Improvisation.«

Die Mühlen der Bürokratie mahlten in Kriegszeiten offenbar schnell, und der Gemeinderat bewilligte 50 Pfund für die Finanzierung.

»Der Gemeindeinspektor nahm sich der Sache rasch an«, schrieb Stanley. »Den ganzen letzten Sommer hindurch hallten die unterirdischen Räume und Tunnel vom Lärm der Hämmer und Sägen wider. Das Ergebnis war ein Triumph.«

Während der Luftangriffe, wenn die Türen verschlossen waren, konnte die Kundschaft dieser Bücherei nicht weglaufen. Sie war täglich von 5:30 Uhr früh bis 20:00 Uhr abends geöffnet und hatte einen entleihbaren Bestand von viertausend sorgfältig ausgewählten Bänden. Dazu gehörten Liebesromane ebenso wie literarische Klassiker, Kinderbücher, Gedichte und Dramen.

Ich habe mir einige dichterische Freiheit herausgenommen, indem ich meine fiktionale, von Clara und Ruby geführte Bücherei etwas größer gemacht und die Öffnungszeiten ausgedehnt habe, aber alles andere über den unterirdischen Shelter, seine faszinierende Gemeinschaft und die Einrichtungen, vom Theater bis zur Kinderstube, die Kinder, die in den Tunneln Fangen spielten, und selbst der Raum des Grauens, all das ist authentisch. Es gab sogar eine reale Mrs Chumbley, eine heldenhafte Luftschutz-Ordnerin, die bei der Massenpanik im Treppenschacht Kindern das Leben rettete. Ich habe ihren Namen verwendet, um ihre Leistungen in der Kriegszeit zu würdigen, im Übrigen ist die Figur jedoch frei erfunden.

Im Vergleich mit anderen Schutzräumen in U-Bahn-Stationen war Bethnal Green etwas Besonderes.

»Ich habe im Laufe des Krieges wohl auf jedem Bahnsteig

der Central Line geschlafen, von der Liverpool Street Station bis zum Oxford Circus«, vertraute die neunzigjährige Gladys mir an. »Aber Bethnal Green war am besten.«

Meine ebenfalls neunzigjährige Freundin Babs Clark ist davon nicht ganz so überzeugt. »Es war kalt und es roch schlecht, Kate, und wir mussten unsere Notdurft in einen Kübel verrichten. Aber die Gemeinschaft dort unten hielt felsenfest zusammen. Irgendwann fühlte es sich eigentlich ganz normal an, in der U-Bahn zu schlafen.«

Können Sie sich vorstellen, in einer U-Bahn-Station aufzuwachsen, Ihre Kindheit neben den Gleisen zu verleben, all Ihre Entwicklungsschritte unter der Erde zu durchlaufen, in der Schalterhalle, auf den Bahnsteigen?

Patsy Thompson (geb. Crawley), vierundachtzig, braucht sich das nicht vorzustellen, sie kennt es aus eigener Erfahrung. Die ersten sechs Jahre ihres Lebens brachte sie größtenteils im Bethnal Green Underground Shelter zu. »Heute hört sich das ganz komisch an, aber damals war es einfach normal. Ich kannte es ja nicht anders«, erzählt sie lachend. »Meine Mum Ginnie arbeitete als Freiwillige im Café des Shelter. Sie war eine ganz reizende Lady, immer ein Lächeln auf den Lippen, wie ein Wirbelwind mit ihrer Schürze. Alle kannten sie nur als Tante Ginnie. Wenn sie arbeitete, trieb ich mich mit meinen sechs Cousins herum. Wir hatten viel Spaß, rannten durch die Tunnel wie kleine Tunnelratten. Und wir machten eine Mutprobe daraus, in den ›Raum des Grauens‹ zu gehen, wie wir den Raum mit der Belüftungsanlage nannten. Es war streng verboten, aber abenteuerlustige Kinder, die wir waren, kletterten wir in den Schacht hinauf. Es war erstaunlich, was unten in der U-Bahn während des Krieges angeboten wurde – es gab alles, was man brauchte. Sogar eine mobile Friseurin, die in die Tunnel kam und den Frauen vor dem Schlafengehen das Haar auf Stoffstreifen drehte, sodass sie am anderen Morgen mit Locken aufwachten. Unglaublich! Als der Krieg vorbei war, vermisste ich das Leben unter der Erde. Mir wird heute noch warm ums Herz, wenn ich nach Bethnal Green komme und das Schild der U-Bahn sehe. Für andere ist sie ein Verkehrsnetz, für mich war sie mein Zuhause.«

Eines dunklen, regnerischen Abends im März 1943 ereignete sich in diesem »Zuhause« allerdings etwas Grauenhaftes. Wie ich durch die Geschichte von Ruby und Bella erzählt habe, kamen auf der Treppe zum Shelter tatsächlich 173 Menschen in einer Massenpanik ums Leben, weil eine Mutter mit einem Baby im Arm stolperte, während die Sirenen heulten.

Was sich an jenem Abend abspielte, ist unvorstellbar. Ordner vom Luftschutz arbeiteten Seite an Seite mit Hausfrauen und Pfadfindern, um Verletzte zu retten und sie mit allem, was Räder hatte, ins Krankenhaus zu bringen. Als die Nachricht kam, im Krankenhaus sei kein Platz mehr und man müsse die Toten schon auf den Flur legen, brachte man die geborgenen Leichen stattdessen in die Krypten der umliegenden Kirchen oder legte sie unten im Shelter in der Nähe der Bücherei ab. Mehr als sechzig Polizisten, Rettungskräfte und Freiwillige waren im Einsatz, um die Toten und Verletzten von oben aus dem Treppenschacht zu ziehen. Durch die Dunkelheit, den Druck und die Lage der Körper war es schwierig und zeitraubend, einzelne Personen zu befreien. Es dauerte drei entsetzliche Stunden, bis das letzte Opfer herausgeholt werden konnte. Die Behörden ließen hastig die Treppe reinigen und befahlen denen, die Zeugen des Unglücks geworden waren, Stillschweigen darüber zu bewahren.

Der furchterregende Lärm, von dem Menschen berichteten und der sie in Panik versetzte, war am Ende gar nicht von feindlichen Flugzeugen verursacht worden – die Regierung erprobte in einer kurz zuvor eingerichteten Flakstellung im nahen Victoria Park neuartige Flugabwehrraketen. Aufgrund der Geheimhaltungsvorschriften konnten die Anwohner nicht gewarnt werden. Eine der größten zivilen Katastrophen des Zweiten Weltkriegs wurde unter dem Official Secrets Act hastig vertuscht, da die Regierung um jeden Preis vermeiden wollte, dass Informationen über den Skandal in feindliche Hände fielen. Das galt als moralschädigend.

Das verordnete Schweigen verstärkte die Schuldgefühle der Überlebenden noch. Rettungskräfte ergrauten über Nacht, Familien zerbrachen am Verlust der Kinder. Frauen, wie ich sie im Roman beschrieben habe, gab es wirklich, wie etwa die arme Maud, die trank, um den Schmerz über den Verlust ihrer beiden kleinen Töchter zu betäuben. Rubys Leiden ist dem dieser Frauen nachempfunden, es war ein Schmerz, der nie wirklich nachließ, sondern dauerhaft schwärte. Rubys Panikattacken und Flashbacks basieren auf der Tatsache, dass Überlebende und Zeugen gezwungen waren, ihr Leiden zu internalisieren – sie hatten keine Gelegenheit, sich über das Erlebte auszutauschen, keine Beratungs- und Therapieangebote, keine Möglichkeit, mit dem umzugehen, was wir heute posttraumatische Belastungsstörung nennen. Doch nur weil etwas vor langer Zeit geschehen ist, heißt das nicht, dass es jemals zu spät ist, darüber zu sprechen.

Über die Jahre habe ich viele Überlebende interviewt, darunter auch die beeindruckende junge Ärztin, die an jenem Abend Dienst hatte. Sechs Monate bevor sie mit hundertzwei Jahren starb, gestand Dr. Joan Martin, MBE: »Dreiundsiebzig Jahre lang verfolgten mich jede einzelne Nacht lebhafte Albträume, in denen Menschen zu Tode getrampelt wurden.«

Babs Clark war erst zwölf, als ihre ältere Schwester sie aus der Masse zerrte und ihr damit das Leben rettete. Als sie später nach Hause gingen, fragte sie ihre Mum Bobby, warum da so viele Leute auf dem Gehweg lägen. »Die schlafen ein bisschen, Babsey«, antwortete die Mutter. Die Wahrheit erfuhr Babs am nächsten Tag, als sie zur Schule ging und die Hälfte ihrer Klassenkameradinnen fehlte – die Kinder waren in dem Gedränge erstickt.

Vielleicht empfanden die Mitarbeiter der Bücherei deshalb eine so eiserne Loyalität gegenüber ihrer Kundschaft. Stanley Snaith hat in bewegender Weise über East Ender wie Pat, Babs, Patsy und Ginnie geschrieben. »Jeden Abend bei Einbruch der Dämmerung macht sich die erste Gruppe auf den Weg in die Eingeweide der Erde. Gesunde und Kranke, Alte und Junge kommen herabgestiegen, mit Reisetaschen, Päckchen und Bündeln, mit Laken oder grobem Sacktuch als Bettzeug – hier ein Hafenarbeiter, dort ein kleiner Bursche, der seine Last auf dem Kopf trägt wie ein Atlas und für seine Mutter den tapferen Ritter spielt –, derbes Volk, nette Menschen, typische East Ender. In der Bücherei machen sich die Kinder lautstark daran, sich Bücher auszusuchen, aber weshalb sollten sie nicht nach Herzenslust plappern dürfen? Diese munteren kleinen Schelme haben schon so wenig Unbeschwertheit in ihrem Leben, da ist jetzt nicht die Zeit, sie zu maßregeln.«

Diese »Kinder« sind heute über neunzig Jahre alt und tragen noch immer Erinnerungen an die kleine Bücherei im Herzen.

»Für mich war sie ein Zufluchtsort«, erzählte Pat mir. »1943 war ich vierzehn, und es hatte schon so viel Schreckliches gegeben, den Blitz, die Tragödie auf der Treppe zur Station. Sie können sich nicht vorstellen, was diese Bücherei für mich bedeutete – sie war ein Ort, an dem ich der Wirklichkeit entfliehen und etwas lernen konnte. Sie hatte tiefgreifende Auswirkungen auf mein Leben.«

Und ich nehme an, nicht nur auf das von Pat.

Pat Spicer, Nutzerin der Bücherei

»Wir können mit gemischten Gefühlen auf diese unterirdische Bücherei zurückblicken – mit Stolz darauf, gute Arbeit geleistet zu haben, und mit der innigen Hoffnung, dass so etwas nie wieder nötig sein wird«, schloss George Vale.

Ich habe mich gefragt, was George und Stanley wohl zu den Plänen sagen würden, hundert Jahre Geschichte auszulöschen. Es lagen unterschiedliche Vorschläge auf dem Tisch, darunter der, die Öffnungszeiten der Bethnal Green Library von fünfzig auf nur noch fünfzehn Stunden zu kürzen, aber auch, sie ganz zu schließen, die Öffnungszeiten anderer Büchereien im Stadtteil zu reduzieren oder die Cubitt Town Library auf der Isle of Dogs zu schließen. Wie viele Stellen würden verloren gehen? Wie viele Bibliothekarinnen und Bibliothekare wären arbeitslos, nachdem sie während der Pandemie heroischen Einsatz gezeigt haben, um ihre Kundschaft zu unterstützen? Ich wurde wütend. Wenn man sich emotional auf die Geschichte einer so hochgeschätzten öffentlichen Einrichtung einlässt, liegt einem auch deren Zukunft am Herzen. Zählte die Geschichte denn gar nichts? Wie konnte es sein, fragte ich mich, dass in einem Klima der Angst, Entbehrung und wirtschaftlichen Instabilität die Vorgänger dieser Leute in der Kriegszeit die Fantasie und die Mittel aufbrachten, die Öffnungszeiten der Bücherei zu erweitern und neue Zweigstellen zu eröffnen?

Kate Thompson in dem Tunnel, in dem damals die Bücherei war

Der Blitz und Corona sind zwei sehr unterschiedliche Bedrohungen, aber beide hatten die gleiche Wirkung auf das Leseverhalten der Menschen: Niemals sonst haben wir so begierig gelesen oder unsere Bibliotheken mehr gebraucht und geschätzt. »Lesen war für viele die beste Möglichkeit, sich zu entspannen«, schrieb George über seine Kundschaft in Kriegszeiten. Kommt Ihnen das bekannt vor?

Büchereien sind von entscheidender Wichtigkeit für die Zukunft unserer Communitys. Die Coronapandemie hat uns vor Augen geführt, dass nicht alle Kinder Zugang zu Fernunterricht und zum Internet haben. Das wurde insbesondere in den Tower Hamlets zum Problem, wo Hunderte Kinder in beengten Wohnverhältnissen leben. Viele sind auf die kostbaren Büchereien des Stadtteils angewiesen, als Zufluchtsort und erweitertes Wohnzimmer.

Nun, dank der unermüdlichen Kampagne so vieler Menschen im Stadtteil – zu der auch ich ein kleines bisschen beitragen konnte – wurde die Bibliothek im letzten Moment gerettet! Unfassbare Freude.

»WIR HABEN UNSERE BÜCHEREIEN GERETTET!«, schrieb Glyn Robbins, der die Initiative geleitet hatte. »Zu meiner großen Freude kann ich Ihnen allen mitteilen, dass der Tower Hamlets Council es sich unter dem Druck unserer Kampagne noch einmal überlegt hat. Bei seiner Kabinettssitzung wurde ein neuer Vorschlag vorgelegt, als Alternative zu Kürzungen und Schließungen von Bibliotheken. Im Ergebnis wird die Cubitt Town Library nicht verkauft, und ihre Öffnungszeiten werden ebenso wie die der Bethnal Green Library und des Watney Street Idea Store nicht gekürzt, sondern erweitert. Das ist ein fantastischer Sieg. Ich danke Ihnen allen. Dennoch gibt es nach wie vor viele Kürzungen bei wichtigen öffentlichen Einrichtungen, und die Entscheidung zu unseren Bibliotheken wird in achtzehn Monaten noch einmal überprüft werden, deshalb ist unsere Freude nicht ungetrübt. Aber wir sollten dennoch feiern! Wieder einmal hat sich gezeigt: Wenn Menschen wütend werden und sich organisieren, können sie siegen.«

Ich schreibe dies im September 2021, nachdem ich zu meiner Erleichterung erfahren habe, dass die Bücherei kein medizinisches Zentrum für COVID-19-Impfstoffstudien mehr ist, sondern in Kürze wieder der Öffentlichkeit zugänglich sein wird. Wer weiß, vielleicht wird mir sogar das Glück zuteil, dieses Buch in der Bethnal Green Library vorstellen zu dürfen, im Rahmen einer Veranstaltungsreihe zur

Feier ihres hundertjährigen Bestehens. Pat und Patsy sowie Scharen anderer East Ender werden natürlich Ehrengäste sein! Die Leistung, den Menschen einhundert Jahre lang kostenlosen Zugang zu Büchern ermöglicht zu haben, ist wahrhaftig einer großen Feier würdig. Und es ist eine Geschichte, die es wert ist, erzählt zu werden.

Bibliografie und Quellen

LITERATUR

Bissell, Andrew: *London's East End Survivors: Voices of the Blitz Generation.* Bournemouth: Centenar, 2010.

Black, Alistair: *The Public Library in Britain 1914–2000.* London: The British Library, 2002.

Cabeldu, David: *The Fishing Cats of Fort D'Auvergne (And Other Tales).* 2019.

Garnett, Eve: *The Family from One End Street.* London: Puffin Books, 1937.

Gorman, Michael: *Broken Pieces. A Library Life, 1941 to 1978.* Chicago: American Library Association, 2011.

Harris, Leo: *A Boy Remembers.* Jersey: Apache Guides Ltd., 2000.

Morgan, Allie: *The Librarian: A Memoir.* London: Ebury Press, 2021.

Orlean, Susan: *The Library Book.* London: Atlantic Books, 2019.

Orton, G. I. J.: *An Illustrated History of Mobile Library Services in the United Kingdom.* Sudbury: Branch and Mobile Libraries Group, 1980.

Raby, Angela: *The Forgotten Service. Auxiliary Ambulance Station 39.* London: Battle of Britain International Ltd., 1999.

Sayers, W. C. Berwick: *The Children's Library: A Practical Manual for Public, School and Home Libraries.* London: George Routledge & Sons Limited, 1911.

Smith, Ali: *Public Library and Other Stories.* London: Penguin Random House, 2016.

Snaith, Stanley: *A Tube Shelter Lending Library.* In: Library Review Vol. 8 (No. 5). Bingley: Emerald Group Publishing, 1942, S. 154–158.

Turpin, Albert: *The East End: My Birthright.* London: Francis Boutle Publishers, 2017.

Vale, George F.: *A Library Service in a Bombed Area. London:* Bethnal Green Public Libraries Local Collection, 1947.

Vickers, Salley: *The Librarian.* London: Penguin Books, 2018.

Walton, John K. und James Walvin: *Leisure in Britain, 1780–1939.* Manchester: Manchester University Press, 1983.
Winsor, Kathleen: *Forever Amber.* London: Penguin Books, 2002.

INTERVIEWS

mit Robert James, Dozent für Geschichte an der University of Portsmouth und Autor von *»Read for Victory«. Public Libraries and Book Reading in a British Naval Port City During the Second World War.* In: Cultural and Social History. The Journal of the Social History Society. Vol. 15 (No. 2). Milton Park: Routledge Taylor & Francis Group, 2018.
mit Alistair Black, Professor emeritus der University of Illinois und Autor von *The Public Library in Britain 1914–2000.* London: The British Library, 2002.

WEITERE QUELLEN

Library Association Record über die Kriegsjahre (1939–1945) (zugänglich an der British Library).
Mass Observation Report on *Books & The Public* – Report 1332 (1942) (zugänglich im Mass Observation Archive an der University of Sussex).

Danksagung

Ich habe während der COVID-19-Pandemie, als ich für dieses Buch recherchierte und daran schrieb, viel mit älteren Bewohnerinnen und Bewohnern des Londoner Ostens – echten Cockneys – sowie mit Bibliothekarinnen und Bibliothekaren gesprochen, und ich kann mir keine Personengruppen vorstellen, mit denen ich inmitten all dieser Unsicherheit lieber Zeit verbracht hätte.

Dass dieses Buch überhaupt entstehen konnte, ist dem freundlichen Entgegenkommen all der wunderbaren Bibliothekarinnen und Bibliothekare geschuldet – aktiver und solcher im Ruhestand, im privaten wie im öffentlichen Bereich, an Universitäten oder in Kinderbüchereien, ehrenamtlich, qualifiziert oder unqualifiziert, in leitender oder assistierender Funktion –, die ihre kostbaren Gedanken, Erinnerungen und vor allem ihre Geschichten mit mir geteilt haben. Ich fürchte, die vollständige Liste wäre zu umfangreich, aber ich möchte jeder einzelnen Person, die ich interviewt habe, aus tiefstem Herzen danken. Ein riesiges Dankeschön an meine Freundin Sarah Richard, die die meisten dieser Interviews transkribiert hat.

Ich bin dankbar für die Großzügigkeit, Freundlichkeit, Gastfreundschaft und Wärme der East Ender der Kriegsgeneration und schätze mich glücklich, viele dieser Menschen meine Freunde nennen zu dürfen.

East Ender sind sozusagen lebende Bücher, die von Geschichten nur so überquellen. Vielen Dank an Ray, Pat, Patsy, Beatty, Marie, Babs, Sally, Gladys, Minsky und ihre Töchter Lesley, Linda und Lorraine, Alf und Phoebe, alle vom

Brenner Centre im Stepney Jewish Community Centre, The Geezers of Bow, Joe Ellis und alle in der Facebook-Gruppe Bethnal Green & East London.

Herzlichen Dank an Robert James, Dozent für Geschichte an der University of Portsmouth und Autor von *»Read for Victory«: Public Libraries and Book Reading in a British Naval Port City During the Second World War*. Robert hat mir großzügig seine Zeit gewidmet, meine Fragen zum Konzept des Lesens für den Sieg beantwortet und eine frühe Entwurfsfassung dieses Buches gelesen. Außerdem hat er mir die Mass Observation Survey zugeschickt, auf die ich in einer Zeit strenger Lockdownmaßnahmen sonst nicht hätte zugreifen können und die mir die Arbeit an diesem Buch sehr erleichtert hat. Ich stehe tief in Ihrer Schuld.

Ein riesengroßes Dankeschön auch an Alistair Black, Professor emeritus der University of Illinois und Autor von *The Public Library in Britain, 1914–2000* (2000), der sich mir ebenfalls für ein Interview zur Verfügung gestellt, einen ersten Entwurf durchgesehen und mir Bibliothekskontakte vermittelt hat. Niemand weiß mehr über die Geschichte öffentlicher Büchereien als er.

Vielen Dank an Liz und Alex Ditton, Alison Wheeler, Anne Welsh von Beginning Cataloguing, Helen Allsop, Charmaine Bourton, Mark Lamerton, Dave Cabeldu, Lor Bingham, Gloria Spielman, Vince Quinlivan – auch sie haben frühe Fassungen des Buches gelesen, mir Feedback gegeben und ihre Expertise mit mir geteilt.

Großen Dank schulde ich auch Paul Corney, dem Präsidenten von CILIP, und überhaupt allen bei CILIP, dem Verband für Bibliotheks- und Informationswesen, die sich sehr für dieses Buch eingesetzt haben – ich weiß das wirklich zu schätzen. Besonderer Dank gebührt Gemma Wood und

Natalie Jones bei CILIP, deren Begeisterung, Kontakte und Leidenschaft für Bibliotheken keine Grenzen kennen.

Es war mir eine große Freude, mit Dr. Sarah Pyke und Professor Shelley Trower zu sprechen, die ein absolut faszinierendes Projekt für mündliche Geschichte ins Leben gerufen haben. Es heißt Living Libraries und dokumentiert öffentliche Büchereien mit den Worten der Menschen, die sie nutzen, darin arbeiten oder sie leiten. Mehr über dieses Projekt erfahren Sie unter https://www.livinglibraries.uk.

Außerdem danke ich allen Mitarbeitenden der Tower Hamlets Local History Library and Archives. Ich war als Erste zur Tür herein, als sie nach dem ersten Lockdown wieder öffneten. Die Berichte, die die realen Bibliothekare der Kriegsjahre, George F. Vale und Stanley Snaith, hinterlassen haben, waren inspirierend und ein Quell der Freude und des Mutes. Ich hätte große Schwierigkeiten gehabt, dieses auf einer wahren Geschichte basierende Buch zu schreiben, wären nicht die fantastischen Bibliotheken für Stadtgeschichte und ihre Mitarbeitenden gewesen, die mir geholfen haben, mich in die Vergangenheit zurückzuversetzen und mich darin zurechtzufinden.

Wieder einmal ein riesengroßes Dankeschön an Sandra Scotting von Stairway to Heaven, die mich wunderbar unterstützt hat. Nähere Informationen über die Katastrophe in der U-Bahn-Station Bethnal Green finden Sie unter www.stairwaytoheavenmemorial.org.

Danke an Glyn Robbins und Louise Raw dafür, dass sie die Kampagne zur Rettung der Bücherei orchestriert und mich bei der Arbeit an diesem Buch sehr unterstützt haben.

Ich möchte allen danken, die ich bei meinen diversen Besuchen auf Jersey interviewt habe, insbesondere Ann Dunne, dem gesamten Personal der Jersey Archives, Age UK, Eric Blakeley, Jenny Lecoat, dem Chefbibliothekar der St Helier

Library Edward Jewell, Howard Baker von der Channel Islands Occupation Society (CIOS), der auf Jersey lebenden Autorin Gwyn Garfield-Bennett und Deborah Carr. Und ganz besonders allen Überlebenden der Besatzung, die ihre Erinnerung an jene dunklen Tage mit mir geteilt haben – Bob Le Sueur, Leo Harris, Maggie Moisan, Audrey Anquetil, Don Dolbel –, meinen innigen Dank und meine Hochachtung. Mein Interesse an der Geschichte wurde bei einem Besuch auf Jersey anlässlich des Literaturfestivals geweckt. Diese Insel steckt voller Geschichten. Ich habe mehr Material gesammelt, als ich im letzten Kapitel dieses Buches überhaupt unterbringen konnte.

Auch meinen geliebten Schriftstellerfreundinnen und -freunden gilt meine Dankbarkeit. Sie sind stets für mich da, mit Wärme, Weisheit und Wein!

Und schließlich danke ich meiner wunderbaren Lektorin Kimberley Atkins und meiner Agentin Kate Burke – sie sind *das Dream-Team!* Ich empfinde sehr viel Hochachtung und Bewunderung für diese Frauen und alle bei Hodder & Stoughton, die mitgeholfen haben, dieses Buch zu verwirklichen.